Andrej Kurkow

Die letzte Liebe des Präsidenten

Roman

Aus dem Russischen von Sabine Grebing

Diogenes

Titel der 2004
im Folio-Verlag, Charkow,
erschienenen Originalausgabe:
›Poslednjaja ljubov presidenta‹
Umschlagfoto: Philipp Keel,
›The Portrait‹, 2001

www.diogenes.ch
150/05/44/1
ISBN 3 257 06486 1

I

Kiew. Mai 1975. Sonntagnacht.

In der Luft hing der Duft blühender Akazien und Kastanien. Ich war vierzehn Jahre, nach einer kleinen Sauferei im Zentrum zu Fuß unterwegs nach Hause. Ich ging durch die völlig menschenleere Tupolew-Straße: links das Flugmotorenwerk, rechts der Zaun der Gemüsefabrik. Hinter dem Zaun schimmerte rötliches, diffuses Kunstlicht: in den Gewächshäusern ließ man die Frühtomaten und Gurken nicht schlafen. Von weit her hörte ich Schritte. Und ich hörte meine eigenen. Ich paßte meinen Rhythmus dem Rhythmus der fremden Schritte an, ging im Gleichschritt mit jemandem, der mir entgegenkam. Dann sah ich ihn. Wir hielten uns an den Rechtsverkehr (dabei wußte ich noch nicht, daß es Linksverkehr überhaupt gab). »Woher?« rief ich meinem Altersgenossen zu. – »Von der Blücherstraße, nach Swjatoschino!« antwortete er. – »Ich von der Saksaganski zur Tupolew!« Dann riefen wir uns gegenseitig »Viel Glück!« zu und gingen aneinander vorbei. Der Abstand zwischen uns wurde größer. Ich war aus seinem Tritt geraten, langsam verstummten seine Schritte, und in meinem Körper war jetzt auch die Wirkung des vorhin getrunkenen Portweins verklungen. Rechts tauchte unser kleiner Park auf, hinter dem die Schachbrettreihen der Sechzigerjahre-Wohnblocks anfingen. Die erste Reihe, das waren die ›Sechzehner‹-Häuser, ich wohnte im zweiten Haus der zweiten Reihe. Achtzehn-A, fünfter Stock. Ich hatte den Schlüssel in der Tasche, mit dem ich ganz leise aufschließen mußte. Aber schon als ich in den Hof einbog, sah ich, daß bei uns in der Küche Licht brannte. Sie warteten auf mich … Gleich würde es einen Zehn-Minuten-Skandal geben. Dann wäre alles still, und der Montag würde beginnen.

2

Kiew. Mai 2015. Montag.

Die Sommersprossen entdeckte ich auf meinem Körper ganz plötzlich, einen Monat nach der Operation. Erst sah ich sie auf der Brust, dann wanderten sie zu den Schultern hoch und überzogen schließlich die Unterarme. Mit der Zeit wurde der ganze Körper rötlich, sogar Handrücken und Finger. Der Dermatologe zuckte nur die Achseln und erklärte, nach einer Flechte sehe es nicht aus, am ehesten hänge das mit Genetik zusammen.

»Herr Präsident, hatten Sie Verwandte mit Sommersprossen?« fragte er.

»Wir hatten Schlaganfälle, Infarkte und Brustdrüsenkrebs«, sagte ich. »Keine Zwillinge und keine Tuberkulose. Von Sommersprossen weiß ich nichts.«

Trotzdem sah ich alle Familienfotos durch, die in zwei alten Ledermappen auf dem Dachboden lagen. Den Geschmack des Dachbodenstaubs habe ich bis jetzt noch auf der Zunge. Ich sah auf den Schwarzweißfotos kein einziges deutlich sommersprossiges Gesicht, dafür belebte ich in der

Erinnerung die Gesichter von Cousinen, Cousins, Onkeln und Tanten wieder.

Der Onkologe, den sie am nächsten Tag kommen ließen, verwarf den Gedanken an Hautkrebs.

»Krebs tritt herdförmig auf, und Sie sind durchgehend gepünktelt. Machen Sie sich keine Sorgen. Sie sehen ja, wie sich das Klima wandelt. Die globale Erwärmung ... Das kann ein Dutzend Gründe haben, aber Ihre Haut ist gesund. Und was ist das da für eine Narbe? Herzoperation?«

Die Narbe ist zu meiner Schwachstelle geworden. Gleich nach der Operation. Als ich sie sorgfältig im Spiegel besah, erkannte ich, daß genau diese Narbe das Epizentrum meiner Sommersprossen war. Eigentlich war sie eine einzige langgezogene, zarte Sommersprosse. Auch wenn das komisch klingt, denn eine Sommersprosse ist schließlich ein Punkt, und ein Punkt kann nicht langgezogen sein.

3

Kiew. März 2015.

Nach der Operation erwachte ich frühmorgens. Das Bett in meinem zweiräumigen Luxuskrankenzimmer stand direkt unter einem breiten, nach Osten hinausgehenden Fenster. Ich schlug die Augen auf und kniff sie gleich wieder zu. Ich hörte Vogelgezwitscher. Kein heutiges, sondern sozusagen eines aus der Vergangenheit. Die Vögel sangen früher anders. Vielleicht schwungvoller. Kennen Sie den Unterschied zwischen dem Klang einer CD und einer alten Vinylplatte, zerkratzt und mit Tee oder Bier übergossen? Die

Platte klingt ›schmutzig‹, aber echter. Genauso sangen auch die Vögel früher echter, aber jetzt glaubte ich ihnen nicht mehr. Wie ich auch dem Fernseher nicht glaubte, der verkündete, daß ich bloß erkältet war und man daher meinen Besuch in Malaysia auf Juni verschoben hatte.

»Die Vögel singen schlecht«, sagte ich zu meinem Assistenten, der auf einem Stuhl bei der Tür wachte.

Seine Hand fuhr zum Nachttischchen mit dem Telefon. Aber dann sah er sich noch mal unsicher nach mir um, nickte und ging hinaus. Fünf Minuten später hörte ich unter dem Fenster leises Hin und Her. Mein Assistent kam wieder und bat um zehn Minuten Geduld.

Nach zehn Minuten verstummte das Treiben, und kurz darauf zwitscherten die Vögel los. Und sie zwitscherten jetzt wirklich gut, fröhlicher und optimistischer.

Ich wollte von meinem Assistenten wissen, wie sie es geschafft hatten, das Vogelgezwitscher zu verbessern. »Man hat drei Schälchen mit Vitaminfutter unter Ihr Fenster gestellt.«

Dieser Morgen am Fenster, das nach Osten ging, war die exakte Wiederholung eines anderen Morgens – im Jahr 1965, an dem ich genauso die Augen zugekniffen hatte. Und jetzt zwitscherten die Vögel vorm Fenster genauso fröhlich. Damals war ich beim Aufwachen ein vierjähriges Kind, und jetzt war ich vierundfünfzig. Runderneuert durch die besten Chirurgen. Vor der Tür meines Krankenzimmers stand eine Leibwache, meine Ärzte schrieben Bulletins über meinen Gesundheitszustand, meine Berater nutzten meine Abwesenheit, um ihre Freunde näher an die staatlichen Freßtröge ranzuschieben. Aber daran wollte ich jetzt nicht denken. Ich blieb in der Erinnerung beim Zwitschern der Vögel von 1965 und verglich es mit dem Tirilieren, das jetzt vor dem Fenster ertönte. Die Brust fühlte sich an wie in einem eisernen Schraubstock. Die Naht würde zusammenwachsen, ihr blieb gar nichts anderes übrig. Und die Sommersprossen stellten sich erst später ein.

4

Kiew. März 2015.

»Na, wie geht es dem Patienten?« Der Chefarzt beugte sich über mich. Erstaunt sah ich den gestickten blauen Dreizack auf der Brusttasche seines blütenweißen Kittels.

Der Chefarzt war nicht älter als fünfzig, aber die dicken grauen Haare, alle in einer Welle zur Seite gekämmt, verliehen seiner Erscheinung Patriarchenwürde.

»Hier, bitte.« Er zog aus der Kitteltasche eine Praline ›Ferrero Rocher‹ und streckte sie mir hin.

Ich spähte hinter seinen Rücken – niemand da. Eine komische Geste! »Weshalb bieten Sie mir das an?« fragte ich drohend.

»Das kriegen alle.« Er trat einen halben Schritt zurück. »Jedem auf dieser Station steht bei Visite eine Praline zu.« Und um die Wahrheit seiner Worte zu untermauern, zog er eine Handvoll einzeln verpackter Pralinen aus der anderen Kitteltasche und ließ sie gleich wieder verschwinden. »Das ist bei den Behandlungskosten inklusive... Oder vielleicht wollen Sie wissen, warum es keine einheimischen Pralinen sind?«

»Nein.« Ich war nun beruhigt und streckte die Hand aus, um das mir Zustehende entgegenzunehmen.

»Wenn Sie nichts dagegen haben, können wir Ihnen erlauben, Besucher zu empfangen. Von heute abend an. Aber höchstens zwei Stunden täglich.«

»Ist das nicht noch ein wenig früh?« fragte ich mit leiser Hoffnung.

»Um die Wahrheit zu sagen: ja, aber Ihr Stabschef setzt mich unter Druck. Vielleicht sagen Sie es ihm selbst!«

Ich seufzte.

»Gut, wir empfangen.« Ich wandte mich an meinen Assistenten. »Hast du die Besucherliste schon?«

Er nickte.

5

Kiew. Mai 1977.

Das erstaunlichste Geschenk zu meinem sechzehnten Geburtstag war ein Pickelausdrücker. Schanna hatte ihn gebracht. Eigentlich lagen in dem von ihrem Vater aus Syrien mitgebrachten Maniküreset zwei solche Ausdrücker: einer für große Pickel und einer für kleine, nur den für große hatte Schanna für sich behalten. Irgendwann später mal zeigte sie mir dieses Set: ein Dutzend verchromter kleiner Werkzeuge mit Perlmuttgriffen. Zur Entfernung von unter den Nägeln festsitzendem Schmutz, zum Zurückschieben und sanften Abschneiden von Nagelhaut und ähnlichem. Nur die Bestimmung dieser zwei kleinen Werkzeuge, die aussahen wie Miniaturlöffel mit einem akkuraten Löchlein in der Mitte, konnte Schanna zuerst einfach nicht begreifen. Aber zur arabischen Gebrauchsanweisung gab es Bildchen, und da wurde ihr alles klar. Sie hatte große Pickel an der Stirn, und ich hatte kleine Mitesser auf der Nase. An der Nase probierte ich ihr Geschenk dann auch aus. Am Tisch tranken sie gerade auf mein Wohl, aber ich schloß mich im Badezimmer ein, Nase an Nase mit meinem Spiegelbild, führte den Ausdrücker mit dem Löchlein an einen Mitesser und drückte den kleinen Löffel fest. Der weiße Talgwurm lief gleich durch das akkurate Löchlein wie ein Faden durchs Nadelöhr und ringelte sich wie eine winzige Natter. Ich nahm den Löffel weg und hielt mir den besiegten Feind vors Auge, dann wischte ich ihn mit einem Stück Klopapier ab.

Als ich an den Tisch zurückkam, war meine Nase röter als eine Möhre. Die Stimmung zog gleich mit der geleerten Flasche rotem ›Schampanskoje‹, und die liebevollsten Blicke schenkte ich an jenem Abend Schanna. Als meine Eltern dann demonstrativ ins Kino gingen, schalteten wir das Licht aus, den Kassettenrekorder ein und erklärten den ›weißen Tanz‹: Damenwahl. Natürlich forderte Schanna mich auf. Und damit begannen unsere Rendezvous. Die Pickel auf ihrer Stirn verschwanden dann auch bald, und ich ließ das Alter der geschlechtlichen Reifungsprozesse hinter mir. Einfacher gesagt, ich wurde erwachsen.

6

Kiew. März 2015.

Der erste Besucher, den ich in meinem Luxuskrankenzimmer empfing, war der Vizepremier für humanitäre Angelegenheiten. Eine halbe Stunde vor seinem Erscheinen wurden zwei Ledersessel ins Zimmer getragen, mein ›intelligentes‹ Bett so eingestellt, daß ich halbwegs darin sitzen konnte, und eine Tischplatte so angebracht, daß man das Glas Tee irgendwo hinstellen und ein Blatt mit Stift dazulegen konnte. Auch die Liste der Besucher erhielt ich eine halbe Stunde vor Beginn der offiziellen Besuchszeit. Ich sah sie flüchtig durch und überschlug dabei, wieviel einige der empfohlenen Besucher wohl bezahlt hatten, bis mein Stabschef sie auf die Liste setzte. Gegen drei Namen war ich absolut allergisch, ich hatte nicht die geringste Lust, mich mit den Fragen der Stahlindustrie zu beschäftigen. Diese Namen strich ich durch. Dann erst fiel mir auf, daß unten auf der Liste ein unbekannter Frauenname stand. Und den Abschluß bildete der Chef der Präsidialverwaltung persönlich: Kolja Lwowitsch.

›Na, dann‹, dachte ich und nickte meinem Assistenten zu, der stumm und starr an der Tür stand.

Der Vizepremier war ein angenehmer Mensch, Idealist in der Politik und Pragmatiker im Privatleben.

»Herr Präsident«, begann er, »eine Katastrophe bahnt sich an!«

»Eine humanitäre?« unterbrach ich ihn und versuchte, ihn von seiner offensichtlich auswendig gelernten Rede zu einem normalen menschlichen Dialog zu bringen.

»Was?« Er war verwirrt.

»Ist es eine humanitäre Katastrophe?« fragte ich noch mal.

Der Vizepremier seufzte. »Ja«, sagte er. »Sie wissen ja, die Fünfundzwanzigjahrfeier der Unabhängigkeit fällt fast zusammen mit der Hundertjahrfeier der Oktoberrevolution. Und bei uns sind bis jetzt weder Patriotismus noch nationale Wiedergeburt in Sicht. Wenn wir zum Unabhängigkeitsjubiläum nicht einen entschiedenen und im ideologischen Sinn grandiosen Schritt tun, dann walzt Rußland uns platt mit seiner Revolutionshundertjahrfeier! Ich habe Vorschläge mitgebracht.« Er zeigte mir eine dicke Mappe.

»Schon gut«, winkte ich ab.

»Ich erkläre Ihnen kurz –«

»Ganz kurz!«

»Ich habe mit der obersten Geistlichkeit gesprochen, sie sind einverstanden. Wir sollten einen feierlichen kirchlichen Bibelschwur auf die Treue zur Heimat einführen. Verstehen Sie, die Ausgabe der Pässe an die Volljährigen erfolgt in der Kirche, im festlichen Rahmen. Die Pässe werden von den Geistlichen ausgegeben. Dazu wird man noch ein besonderes Gebet verfassen. Das Ganze auf ukrainisch…«

»Hast du das mit allen Kirchen besprochen?«

»Nein, nur mit Filaret.«

»Und was machen wir mit den Krimtataren, den Katholiken und den Russisch-Orthodoxen?«

»Ja, also ich hatte gedacht… man könnte in diesem Zusammenhang die Kiewer Orthodoxe Kirche zur Staatskirche ernennen…«

»Schon wieder?! Vereinige erst mal alle orthodoxen Kirchen, und dann reden wir weiter!«

»Aber das ist doch unmöglich!« Die Augen des Vizepremiers rundeten sich und wurden jüdisch-weise, demütig und kummervoll.

»Such neue Wege!« riet ich und wandte den Blick zu meinem Assistenten.

Der Vizepremier begriff, daß seine Zeit um war.

»Erinnere mich nachher an diese zwei Jahrestage«, befahl ich meinem Assistenten, als der erste Besucher gegangen war.

7

Moskau. Januar 2013.

Zur Vierhundertjahrfeier der Romanow-Dynastie reisten wir in zwei Schnellzügen. Der erste war auf ganzer Länge in den Farben der ukrainischen Flagge gestrichen, der zweite in den Farben der russischen. Die Probefahrt beobachtete ich vom Hubschrauber aus und war begeistert: Zwanzig Kilometer weit fuhren zwei Züge wie zwei lange Flaggen, einer immer dreihundert Meter hinter dem anderen. Im Hubschrauber dachte ich, daß es sogar noch effektvoller wäre, sie auf parallelen Schienen laufen zu lassen, damit niemand mir mangelnde Achtung gegenüber der Russischen Föderation vorwerfen konnte, in der Art von: ›Bitte schön, wieso fährt die russische Flagge hinter der ukrainischen?‹ Aber Feinde sind auch dafür Feinde, daß sie aus jeder Situation einen Vorwand zur Provokation ziehen können.

In die offizielle ukrainische Delegation wurden nur die

Ausdauerndsten aufgenommen. Den ganzen Dezember über trainierten sie abends in Kontscha-Saspa. Dank der militärischen Abschirmung fanden die Trainingseinheiten der Delegation tatsächlich von der freien Presse unbemerkt statt. Es ging jedoch nicht ganz ohne Opfer ab. Die Wassertemperatur betrug plus eins, die Lufttemperatur minus zehn. Nach dem dritten Training begab sich der Staatssekretär für Gesundheit zuerst ins Krankenhaus, und dann reichte er sein Rücktrittsgesuch ein. (Ich merkte mir das gleich und beschloß, für alle hochrangigen Ämter eine verbindliche Prüfung im Eisschwimmen einzuführen. Ein hervorragender Anlaß, ambitionierte Gestrige medizinisch begründet auszusondern!) Die übrigen durchliefen den Kurs ›Junges Walroß‹ für junge Eisschwimmer erfolgreicher. Ich selbst war längst ein bewährtes ›Walroß‹, ehe ich mein Staatsamt antrat. Wäre es nach mir gegangen, hätte ich in die Delegation nur Mitglieder des ›Vereins der Freunde des Eisschwimmens‹ aufgenommen, aber wie schon in alten sowjetischen Zeiten bestand der Verein aus vernünftigen, allerdings Politik und Politiker verabscheuenden Menschen. Inzwischen konnte ich sie gut verstehen.

Bereits in Moskau, nach der pompösen Begrüßung auf dem Kiewer Bahnhof, flüsterte mein Assistent mir zu, daß es unterwegs nicht ohne Provokationen abgegangen war: Ein Journalist vom ›Kiewer Neuen Wort‹ hatte einen Lokführer und die Wachleute bestochen, um in der Lokomotive des russischen Flaggenzuges mitzufahren. Er hatte alle betrunken gemacht, den Abstand zwischen den Zügen gefährlich verringert und sogar ein paarmal die Zugpfeife betätigt. In der russischen Abendpresse erörterten sie diese

Situation als Metapher der russisch-ukrainischen Beziehungen. Sie hoben besonders hervor, daß die Ukraine mit ihrer ökonomischen und geographischen Situation Rußlands Weg ins Vereinigte Europa behinderte. Gut, daß wenigstens eine Zeitung den Kommentar des ukrainischen Botschafters brachte. Der Botschafter sagte nur einen Satz, aber was für einen! »Albanien ist dem Vereinigten Europa gelassen ferngeblieben, und dabei liegt es mittendrin!«

›Na ja, mit Albanien hat er ganz schön übertrieben‹, dachte ich, als ich im Gästehaus in Barwicha am Kamin die Presse durchsah. ›Aber ein guter Mann! Er muß belohnt werden. Gegen Angriffe muß man sich kurz und bündig wehren, buchstäblich in einem Satz. Auf lange Erklärungen hört sowieso niemand!‹

»Bring Whisky!« befahl ich meinem Assistenten.

»Die Kleidung für die Feier ist eingetroffen.« Mein Assistent war aufgestanden und nickte in Richtung Tür.

»Bring auch die mit!«

Der Kleidersack aus braunem brasilianischem Leder war offenbar ein Geschenk. Genau wie das ganze Outfit für den morgigen Festakt.

Ich stellte mir die morgigen Schlagzeilen unserer nationalistischen Presse vor. Ja, die Romanows hatten das ukrainische Volk unterdrückt, die ukrainische Sprache verboten. Aber sie hatten ein Imperium errichtet, und ein Imperium kann man nicht mit einer Nation allein errichten. Man muß die Nachbarn versklaven oder, besser noch, die Nachbarvölker und angrenzenden Territorien in den eigenen Staat integrieren.

Der schottische Whisky ›Balquider‹ war ein echter Single

Malt, vierzig Jahre im Eichenfaß auf einer Seite gelagert. Das las ich auf dem Etikett.

Neben dem Kamin lag ein Reisigbündel mit einem anderen Etikett: ›Russische Birke. Made in Finland.‹

Ich befahl meinem Assistenten, beim Minister für Forstwirtschaft in Erfahrung zu bringen, ob wir russisches Birkenholz nach Rußland lieferten. Wenn ja, zu welchem Preis. Wenn nicht, wieso nicht.

Die offizielle Kleidung zur Feier bestand aus einer Badehose in den ukrainischen Nationalfarben, einem Frotteebademantel gleicher Farbkombination mit dem blauen Dreizack auf der Brusttasche und einem Frotteebadetuch.

»Na, wie findest du's?« fragte ich meinen Assistenten.

»Ein Zarengeschenk«, äußerte er sich vorsichtig.

Ich lächelte. Mein Assistent hatte wortwörtlich recht, auch wenn er es anders gemeint hatte.

8

Kiew. März 2015.

Sie war etwa vierzig, diese Frau, deren Name als vorletzter auf der Liste der genehmigten Besucher stand. Und sie kam nicht allein herein, sondern mit Kolja Lwowitsch.

»Was haben Sie für eine Frage?« wollte ich müde wissen.

»Ich wollte Sie nur miteinander bekannt machen«, sagte mein Stabschef leise.

Ich wurde mißtrauisch. Kolja Lwowitsch benahm sich verdächtig höflich und korrekt, als wollte er auf die Frau einen guten Eindruck machen.

»Maja Wladimirowna Woizechowskaja«, erklärte er ehrerbietig, während er mit dem Blick auf sie wies.

»Sehr angenehm. Und worum geht es?«

»Es ist im Augenblick wegen Ihres Gesundheitszustands noch zu früh, gewisse Entscheidungen zu treffen...«

»Was meinst du?«

»Wenn Sie gestatten, erkläre ich Ihnen alles morgen oder übermorgen. Auf Wiedersehen.«

Die Frau lächelte freundlich und nickte beim Hinausgehen zum Abschied. Kolja Lwowitsch folgte ihr.

»Finde heraus, wer das ist und worum es geht!« befahl ich meinem Assistenten.

9

Moskau. Januar 2013.

Das gewaltige Freiluftschwimmbad – eine exakte Kopie jenes traditionsreichen Moskauer Schwimmbads, an dessen Stelle man die Christ-Erlöserkirche wieder aufgebaut hatte – lag in den Worobjow-Bergen.

An diesem Morgen schimmerte das verschneite Moskau wie ein verzaubertes Märchenreich. Auf Anordnung seines Bürgermeisters, Luschkow Junior, war jeder Privatverkehr bis zehn Uhr morgens verboten. In dieser Zeit flogen etwa fünfzig große Hubschrauber Besichtigungsflüge über Moskau. Aus tausend Metern Höhe erschien die riesige Stadt ungewohnt freundlich. Die weißen Straßen und Alleen unterm unberührten Schnee sahen aus wie zugefrorene Kanäle. Aus dieser Höhe mußte man sich in Moskau einfach verlieben.

Das Schwimmbad umstanden eigens errichtete hölzerne Bauernkaten. Im Grunde waren es nur Umkleidekabinen, aber über den Ein- und Ausgangstüren hingen überall die Staatsflaggen. Damit die Gäste wußten, wohin.

Ich hatte schon die offizielle Badehose angezogen, trug den Frotteemantel und Schlappen, als mir irgendwie unbehaglich zumute wurde. Ich fühlte mich klein, schwach und unbedeutend. Offenbar wirkte sich so der Flug über Moskau aus. Die staatlichen russischen Politpsychologen hatten alles genau geplant, sogar den Moment, an dem die Wirkung dieses Fluges eintrat. Und da stand ich jetzt hinter meiner Tür. Draußen führte der Weg über einen Teppich zu einer kleinen Leiter in das zugefrorene Becken, das in ein gemütliches Eisloch verwandelt war. Sie hatten die Kanten glatt geschliffen und mit Tannen- und Kiefernzweigen geschmückt. Erst kriegte man Rußland von oben, und hier hatte man es direkt vor sich, unten, am Eisloch. Das uralte, erbarmungslose, kalte, unnachgiebige, triumphierende Rußland.

Jemand klopfte an die Tür, hinter der ich zögerte. Das war mein treuer Assistent. Ich kannte seinen Namen nicht, und ich wollte ihn auch nicht wissen. Nach den Unannehmlichkeiten mit meinem vorigen Assistenten hatte ich beschlossen, Distanz zu wahren, und die beste Distanz ist, wenn du nichts von dem Menschen weißt. Weder Vorname noch Nachname, noch Geburtsort. Dafür kann er sich nicht an dich wenden, keine Fragen, keine Klagen. Von wem? Von einem Mann ohne Namen?!

Der Schnee unter dem Läufer knirschte im Takt meiner Schritte. Angenehmer Frost kroch unter den Bademantel.

Rechts von mir kam über denselben Läufer im Bademantel der britischen Flagge der junge Premierminister des Vereinigten Königreichs, der Führer der konservativen Partei. Von links näherte sich dem Eisloch vorsichtigen Schrittes der im letzten Jahr ganz schön gealterte Kim Tschen Ir.

Und wo war Putin? Ich streifte suchend mit dem Blick die Umgebung, aber ich sah nur Hunderte ununterscheidbarer Gesichter und jede Menge Film- und Fernsehkameras. Ah! Die größte Umkleidehütte stand auf der anderen Seite des Eislochs, auf dem Dach die flatternde russische Fahne.

Die Eiseskälte des Wassers brannte angenehm. Dieser Teil des Eislochbeckens war nur für die Staatsoberhäupter. Den Mitgliedern der offiziellen Delegationen hatte man das Hauptbecken zugewiesen, das von hier kaum zu sehen war. Dafür konnte man sehen, daß im Hauptbecken-Eisloch alle drei, vier Meter schwimmende Tischchen mit Champagner und Knabbereien umhertrieben.

Hier, im Becken für die Staatsoberhäupter, gab es keine Tische. Einen Augenblick lang wurde mir traurig zumute. Weil ein natürliches Verlangen aufkam, gegen die Kälte anzukämpfen. Da hätten fünfzig Gramm guten ukrainischen Wodkas nicht geschadet. Aber mein Amt hatte mich schon gelehrt, meinen Wünschen zu widerstehen. Unablässig hätte ich gern. Ich hätte gern die Renten und Gehälter erhöht, den Bergleuten die ausstehenden Löhne gezahlt, das Land glücklich und blühend gemacht. Aber normalerweise tauchte in solchen Momenten Kolja Lwowitsch oder irgendein anderer auf und erklärte überzeugend: Reiches Land hieß arme Regierung. Eine arme Regierung, das hieß ein armer Präsident, billige Wageneskorte, schlechte Ausstattung der

Präsidentenmaschine und letzten Endes Prestigeverlust unter den Amtskollegen auf der politischen Weltkarte.

Die Delegationsoberhäupter waren schon alle im Eisloch und warteten. Und da erklang die russische Hymne, und die Türen der Haupthütte öffneten sich. Auf den Läufer heraus trat der Herr der russischen Weiten. Er hatte sich nicht verändert. Immer noch eher klein und mager. Vor einem Jahr war er nach vierjähriger Unterbrechung an die Macht zurückgekehrt, und die Ukraine hatte ihm auf Zarenart gratuliert und ihm einen Kilometer Krimufer mit Waldvilla geschenkt. Nur so konnten wir diese Banditen vom ›Zentrum zum Schutz der Natur auf der Krim‹ loswerden, die die Simferopoler Behörden nicht in den Griff bekamen. Da reiste dann eine einzige Gruppe russischer Spezialeinheitler an, um das Geschenk offiziell in Empfang zu nehmen, und umgehend war die ganze Leitung des Zentrums spurlos verschwunden.

Im Eisloch bewegte Putin sich als erstes zum neuen Präsidenten der USA hinüber.

Dann sprach er mit dem Präsidenten von Kasachstan. Schließlich kam er zu mir geschwommen.

10

Kiew. März 2015. Dienstag.

»Wachen Sie auf! Wachen Sie auf!« Jemand rüttelte mich aus dem Schlaf, wie man ein Ferkel aus dem Sack schüttelt.

Gleich fuhr mir ein Stich durch die Brust, und die Finger

zuckten nach dem roten Hilferufknopf, der neben mir auf dem Bett lag.

»Neuigkeiten, dringende!« Die Stimme von Kolja Lwowitsch bebte.

»Was ist los?« fragte ich und versuchte verschlafen, in seinem runden Gesicht etwas zu erkennen.

›Aber frisch rasiert ist er!‹ registrierte ich. ›Wenn er noch Zeit hat, sich zu rasieren, ist kein Krieg.‹

»Der Gouverneur von Odessa muß schleunigst aus dem Amt«, sprudelte er atemlos. »Gestern hat er in Kischinjow mit den Moldawiern über die Grenzlinie verhandelt. Hat versprochen, ihnen drei Kilometer Autobahn abzugeben.«

»Im Austausch wofür?«

»Das ist noch nicht klar.«

»Und woher weißt du das alles? Haben wir denn auch Leute in Moldawien?«

»Unsere Freunde haben welche«, entgegnete Kolja Lwowitsch.

»Und wer sind heute unsere Freunde?«

»Herr Präsident, es ist äußerst ernst! Ich habe schon einen Erlaß vorbereitet, der muß nur noch unterschrieben werden.«

»Und wer soll seinen Platz einnehmen?«

»Brudin.«

»Mit dem bist du doch in eine Klasse gegangen!«

»Deshalb empfehle ich ihn ja. Ich rate doch nur zu Leuten, die ich wenigstens schon zwanzig Jahre kenne... Wie könnte ich denn irgendwen von der Straße empfehlen.«

»Ja, von der Straße ist gefährlich. Na, dann. Laß den Erlaß hier. Morgen früh sehe ich ihn mir an.«

Kolja Lwowitsch ging. Ich warf einen unzufriedenen Blick auf meinen Assistenten, der auf seinem Stuhl neben dem Telefon schlief. Er hatte das ganze Gespräch verschlafen, und ich hatte Lust, ihn anzubrüllen. Aber ich kannte seinen Namen nicht, und ihn einfach so anzuschimpfen wie namenloses Vieh, danach war mir nicht.

Wieder einschlafen ging nicht. Dafür fiel mir diese Frau ein. Wie hieß sie? Maja Wladimirowna? Wer war sie? Hatten wir hier vielleicht wieder irgendeine gefährliche Intrige meines lieben Stabschefs? Maja... Aber jetzt war März. Sie war ein wenig zu früh aufgetaucht...

Ich lächelte. Eine Welle plötzlicher Munterkeit lief mir durch den Körper. Ich warf das Kopfkissen nach meinem Assistenten. Er sprang hoch und sah mich erschreckt an.

»Nicht schlafen!« rief ich ihm zu.

11

Kiew. Juli 1983. Freitag.

Im Restaurant ›Kleine Eiche‹ wurden gleichzeitig vier Hochzeiten gefeiert. Drei aus Schwangerschaftsgründen. Die vierte war leise und nicht mehr jung. Nicht die Braut natürlich, sondern die Hochzeitsgesellschaft. Der Bräutigam war etwa fünfzig, die Braut um die dreißig. Sie hatten wenig Gäste und saßen still an drei zusammengeschobenen Tischen. Ich hätte angenommen, daß sich da alte Freunde trafen, hätte nicht einer von ihnen, mit gerötetem Gesicht, im gestreiften Dreiteiler, die Silberkrawatte gelockert, von Zeit zu Zeit das traditionelle ›*Gorko!*‹ gerufen.

Meine Hochzeit war eine aus Schwangerschaftsgründen. Deshalb saßen am Tisch nur Sweta und ich mit der Familie. ›Macht nichts‹, dachte ich. ›In ein paar Tagen feiere ich richtig. Mit meinen Freunden und ohne Frau!‹

In Kiew fing der Asphalt vor Hitze an zu kochen, der Geruch hing sogar hier im Restaurant. Und er verschwand nur, wenn man sich ein Glas Wodka unter die Nase hielt. Bei einem Glas Sekt blieb der Asphaltgestank erhalten.

›Ist das vielleicht eine Warnung?‹ überlegte ich, während ich mit einem stumpfen Messer einen Fleischklops zerschnitt. ›Ist Asphaltgestank vielleicht das Symbol für Familienleben?‹

Ich sah auf die Uhr, die mir der künftige Schwiegervater zwei Tage zuvor geschenkt hatte. Sie stand. Aufziehen wollte ich sie nicht. Denn wenn ich sie aufzog, fing sie an, die Minuten meines neuen unfreien Lebens zu zählen!

Irgendwann würde ich mich scheiden lassen und Alimente zahlen. Die Uhr würde ich dann den Exverwandten demonstrativ zurückgeben. Aber im Augenblick schwankte die Festatmosphäre zwischen erzwungenem Glück und weiser jüdischer Trauer.

12

Kiew. März 2015.

»Also, wer ist diese Frau?« fragte ich Kolja Lwowitsch und stopfte dabei Löffel um Löffel Grießbrei mit zerdrückten Erdbeeren in mich hinein.

»Der Chefarzt hat gebeten, Ihnen noch ein paar Tage

zur Stabilisierung der Gesundheit zu geben. Danach erzähle ich.«

»Intrigierst du?«

»Aber nicht doch, Herr Präsident!« Kolja Lwowitsch schüttelte den Kopf, wovon seine morgens vom Friseur der Präsidialverwaltung in Form gebrachte Frisur auseinanderfiel. Das hieß, der Scheitel zerfiel. Seine monolithische, haarspraybetonierte Fönwelle zerbrach, und ein Teil des Schopfes hing über der Stirn. Er spürte das und schob die Haare an ihren Platz zurück.

»Hat dir mal wer gesagt, daß du aussiehst wie der junge Berija?« fragte ich.

»Was sind Sie denn heute für komischer Stimmung? Sie haben Berija doch nie gesehen! Und wieso jung? Ich bin älter als Sie!«

»Man muß Berija nicht sehen, um zu wissen, daß du aussiehst wie er! Das ist kein Porträt, das ist symbolisch...«

Ich sah, wie Kolja Lwowitsch innerlich zu kochen begann. Auf dem runden Gesicht noch ein Lächeln, aber in den Augen schon kalte Wutfunken.

»Wenn Sie wüßten, wieviel Schmutz für Sie aus dem Weg geschaufelt werden muß!« sagte er fast wütend. »Und Sie unterschreiben seit zwei Monaten nicht mal dieses kleine Dekret über den dem Staat zugefügten Mindestschaden!«

»Unter Narkose unterschreibe ich gar nichts! Und mit deinem kleinen Dekret schicken wir gleich ein gutes Dutzend Verbrecher in die Freiheit!«

»Aber was sind das denn für Verbrecher? Ein Expräsident, zwei Premierminister, und die übrigen drittrangige

Gestalten! Und wenn Sie es nicht unterschreiben, dann werden auch Sie später sitzen.«

»Weswegen?«

Ich warf einen Blick zu meinem Assistenten hinüber, der bei der Tür neben dem Telefon saß. Der arme, bleiche Kerl tat so, als würde er ein Buch lesen. Schade, daß man den Titel nicht erkennen konnte.

»Wegen der Verursachung eines finanziellen Staatsschadens in Höhe von über drei Milliarden Euro!«

»So viel Schaden soll ich verursacht haben?!« Ich schob den Grießbreiteller weg und versuchte, die Tischplatte aus der Verankerung zu lösen.

»Wenn Sie es noch nicht getan haben, dann werden Sie es noch tun. Oder Ihre Leute, und Sie werden es verantworten! Unterschreiben Sie das Dekret! Es geht doch nur darum, die Mindestgrenze für eine strafrechtliche Verfolgung auf zehn Milliarden Euro heraufzusetzen! Und das Gesetz bleibt gewahrt, und keiner wird sitzen!«

»Geh zum Teufel, du Idiot!« brüllte ich ernsthaft erbost.

Der Teller hielt sich nicht auf der Tischplatte, flog hinunter und zersprang klirrend.

Mein Assistent fuhr hoch. Sein Buch fiel zu Boden, und ich sah endlich, daß er Gogols ›Tote Seelen‹ gelesen hatte. Gut so, sollte er sich ruhig weiterbilden!

Kolja Lwowitsch schoß aus dem Zimmer wie ein Korken aus der Flasche. Durch die offene Tür kam der Chefarzt herein, hinter ihm eine Putzfrau mit Schaufel und Besen.

»Es ist für Sie noch zu früh, sich in vollem Umfang mit Staatsgeschäften zu befassen«, sagte er ruhig und ließ den Blick über das am Boden liegende Buch schweifen.

Mein Assistent bückte sich, nahm es und ließ es im Nachttisch verschwinden.

13

Kiew. Swjatoschino. 31. Dezember 1977.

Auf der Uhr war es elf Uhr abends. Im Einkaufsnetz lag eine der Außentemperatur entsprechend kalte Flasche süßer Sekt. Wir waren zu dritt, ich, Igor Melnik und Jura Kaplun. Der heutige Abend war ein Reinfall. Swetas Eltern wollten zu Freunden feiern gehen, und wir wollten zu Sweta, um Neujahr bei ihr zu feiern. Aber dort gab es ein Drama. Ihre Mutter hatte im Schrank ihres Mannes einen kleinen Privatvorrat entdeckt: dreihundert Rubel, dem Familienbudget vorenthaltenen Lohn, und eine Packung Präservative! Sie hatte ein Riesentheater gemacht, er schlug ihr aufs Auge. Das Theater war vorbei, aber das Veilchen am Auge von Swetas Mutter war geblieben. Am Ende blieben sie zu Hause und feierten jetzt nur zu zweit, sogar Sweta hatten sie zu einer Cousine geschickt.

Und wir hatten keinen ›Plan B‹. Die Straßen waren verlassen, die Temperatur betrug minus zehn. Wir wanderten von einem Trinkwasserautomaten zum nächsten, aber die Gläser waren alle schon geklaut worden. Hinter jedem Fenster leuchtete es froh und festlich. Dort tranken und lachten die Kinder der Sowjetunion, nur wir Stiefkinder wußten nicht, wo unterkriechen. An wessen Liebe uns anlehnen? An wessen Ofen uns aufwärmen?

Als um Mitternacht aus einer Lüftungsklappe im Erdgeschoß der Fernsehglockenklang herausdrang und der Bewohner, der Parasit, den Regler auf volle Lautstärke stellte, stiegen mir Tränen in die Augen. Tränen der Kränkung.

Wir zogen in den nächsten Hauseingang und drückten uns an die Rippen der Heizkörper, die wenigstens waren warm. Jura entkorkte den Sekt, und wir ließen die Flasche reihum gehen wie eine Friedenspfeife. Sekt läßt sich schwer aus der Flasche trinken, er ist luftig, sauer, drängt mit den Gasbläschen in die Nase und dann von dort wieder heraus.

»Macht nichts, bald kommen die Betrunkenen auf die Straße«, tröstete uns Igor Melnik. »Da finden wir Gesellschaft!«

14

Moskau. Januar 2013.

Der Präsident der USA und der englische Premier hielten die festliche Zeremonie nicht aus und kletterten aus dem Eislochbecken, wo sie schon von Helfern mit warmen Frotteemänteln erwartet wurden. So eingepackt, leerten sie an Ort und Stelle jeder ein Glas Wodka, das ihnen von einem Mädchen im Badeanzug in russischen Folklorefarben und traditioneller Haube gereicht wurde. Dann gingen sie zu dem aufblasbaren Hangar hinüber, in dem eine echte russische Festtafel bereitstand. Für die wärmeliebenden Staatschefs. Die anderen weilten noch im Eisloch. Jeder wartete, bis er an der Reihe war, mit Rußlands Präsidenten zu reden. Nach dem Motto: Willst du mit ihm reden – dann halte durch!

Mir fiel das nicht schwer. Das kalte Wasser brannte angenehm auf Bauch und Beinen. Von Zeit zu Zeit tauchte ich bis ans Kinn ein, man mußte versuchen, gleichmäßig zu erkalten, damit nicht unterschiedlich warmes Blut durch Venen und Arterien jagte.

Unsere Unterhaltung begann, wie sonst auf der Krim, mit gegenseitigen Forderungen. Die Probleme waren die immer gleichen, dafür stabil und leicht auf die fernere Zukunft zu verschieben. Aber man mußte regelmäßig an sie erinnern, sonst hatte man nichts zu reden: die Gas-Schulden, Sewastopol, die Beziehungen zur Türkei und die ukrainischen Bataillone im russischen Heer.

»Du hast doch Proportionalwahlen fürs Parlament eingeführt«, sagte er in seinem üblichen gleichgültigen Ton. »Warum hast du sie denn dann in Sewastopol verboten?«

»Sie verstehen doch, um die Plätze im Parlament kämpfen Parteien, die verschiedene finanzielle Interessen vertreten. Aber auf der Krim sind es Parteien, die verschiedene ethnische Gruppen vertreten. Wenn ich denen freie Bahn lasse, gewinnt die Russische Partei der Krim, die Partei der Krimtataren erhält noch zwanzig Prozent, und die Ukrainische Partei der Krim wird gar nicht zur Wahl zugelassen. Was kriege ich dann von den Dumpfbacken in meinem Parlament zu hören?«

»Zeig ihnen die Nummern ihrer Auslandskonten! Oder weißt du vielleicht nicht, wohin der Staatshaushalt davonschwimmt? Das kann ich dir übermitteln. Ich habe Dossiers über etwa vierzig deiner Parlamentarier. Soll ich dir Kopien schicken?«

»Nein, danke.«

»Paß auf, du wirst die Macht im Zentrum nicht halten – die Ränder fallen ab. Ich mache eine Kehrtwende, schließe die Grenzen... Ziehe die Schrauben an...«

»Sie haben eine Operation ›Fremde Hände‹ vorgeschlagen, wissen Sie noch?« erinnerte ich ihn und brachte damit das Gespräch auf das Niveau, das ihm gefiel. Es war Zeit, ihn zum Lächeln zu bringen.

»Und, wie? Bist du schon einverstanden?«

»Beinah. Nur die Besetzung unserer Brigade muß noch bestimmt werden, die sich eure oberen Schichten vornimmt.«

»Wozu bestimmen? Ich kann dir das heute noch zukommen lassen. Die Namen all deiner ehrlichen Tschekisten sind uns bekannt, und die anderen interessieren uns nicht. Bestimme lieber den Rahmen, in dem man bei dir mal richtig durchfegen kann...«

Ich nickte. Er sah auf die Uhr. Dann sahen seine kleinen Augen an mir vorbei zum Durchgangskanal, durch den man an einem normalen Tag in die anderen offenen Becken dieses Komplexes gelangen konnte.

»Na gut, der Turkmen-Baschi kann warten«, sagte er zu sich selbst. Dann wies er mich mit dem Blick auf den Kanal.

Dort kam aus dem leichten Nebel heraus ein Tischfloß – oder Floßtisch – geschwommen, über dem etwas Seltsames schwebte.

Es erwies sich als hölzernes Boot mit niedriger Bordkante, vollgestellt mit kristallenen Weingläsern, Champagner, Bergen von Bliny mit Kaviar und einigem anderen. Es hielt in der Mitte des Eislochbeckens an. Jetzt konnte man darüber deutlich die letzten Mitglieder der Romanow-Familie als Laserhologramm erkennen. Sie waren so real, daß mich ein Schauer überlief. Ich begegnete dem Blick von Zar Nikolaj, und auch wenn ich begriff, daß das nur Spezialeffekte waren, packte mich einen Augenblick lang Furcht. Etwas Knechtisches stieg in meinem Herzen auf, und auch das Herz selbst, das Kälte und Eisschwimmen liebte, zuckte zurück, verkrampfte sich.

Zarewitsch Alexej hob plötzlich die Hand und umfaßte mit einer Geste alle im Eisloch Versammelten. Er lächelte, drehte sich um, aufrichtige Freude und Neugier in den Augen.

»Bist du heute morgen auch über Moskau geflogen?« fragte mich plötzlich der russische Präsident.

Und ich hatte gedacht, er sei schon fortgeschwommen.

»Ja, hab's gesehen«, antwortete ich. »Herrlich! Die weißen Alleen!«

»Ich wollte allen zeigen, daß Moskau nicht schlechter ist als das alte Petersburg!«

Der Kopf des russischen Präsidenten bewegte sich im leichten Nebel langsam übers Wasser hinüber zum Präsidenten Moldawiens.

Aber ich konnte den Blick nicht losreißen von der Zarenfamilie. Als hätte diese Darstellung in meinem genetischen Gedächtnis einen alten, treuen Untertanengeist aktiviert.

»Auf Russsss-sss-land!« dröhnte über dem Komplex eine klare, verstärkte Männerstimme. »Auf die Mutter der russischen Städte und Fluren!«

Meine Hand griff zum nächstbesten kristallenen Weinglas.

15

Kiew. März 2015.

»Hast du herausgefunden, wer diese Frau ist?«

Mein Assistent schüttelte den Kopf, Schuldgefühl im Blick.

»Wieso nicht?«

»Von denen, die mit mir reden, kennt keiner irgendwen, und in der Verwaltung... Die scheißen doch auf mich!« In der Stimme schwang Kränkung.

»Na, na«, beruhigte ich ihn. »Wenn du dich ordentlich benimmst, scheißt du nachher selber auf sie!«

In seinen Blick traten Dankbarkeit und Hoffnung auf bessere Zeiten.

»Du magst Gogol?« fragte ich. Ich war einfach heute morgen allem wohlgesinnt.

»Nein«, gestand er. »Aber meine Tochter braucht es für die Schule, und sie hat keine Zeit zum Lesen.«

»Was macht sie denn?«

»Sie leitet eine Gruppe von Anwälten in spe. Zur Zeit führt sie ihre Schäflein jeden Tag zum Gericht, Prozesse verfolgen.«

»Wie alt ist sie denn?«

»Dreizehn.«

»Die Unglückszahl«, entfuhr es mir, und ich begriff, daß ich für einen Augenblick ganz woanders gewesen war. Ich fing mich gleich wieder: »Aber ein gutes Alter. Das goldene Alter!«

16

Kiew. September 1983. Samstag.

Hinter dem Fenster rauschte Regen auf die Blätter. Das Fenster war lange nicht geputzt worden. Im Flur der Entbindungsstation war es still. Unter dem kalten Heizkörper stand ein Schälchen mit Milch, daneben schlief ein Kätzchen, rötlich und mager. Eine dicke Helferin im schmuddeligen weißen Kittel kam vorbei und blieb stehen, hockte sich hin und streichelte das schlafende Kätzchen.

»Du Unglückswurm«, sagte sie mitleidig. Dann stand sie wieder auf und ging weg, ohne mich im geringsten zu beachten.

Der unterdrückte Schrei einer Gebärenden klang von irgendwo aus den Tiefen der Entbindungsstation. Ich befand mich auch in diesen Tiefen, aber dem Schrei nach zu urteilen, lagen zwischen mir und der Gebärenden zwei, drei Türen oder Wände. Vielleicht war das Sweta?

Ich lauschte. Wieder erklang der Schrei, aber ein Schrei ist keine Stimme, schwer zu erkennen, zu wem er gehört.

Wieder Stille. Das Kätzchen war aufgewacht und trank die Milch.

Eine Ärztin eilte den Flur entlang und verschwand hinter einer weißen Tür. An der Tür hing kein Schild, also gab es dahinter auch nichts Bestimmtes. Es brachte einfach irgendwer ein Kind zur Welt.

Noch ein Schrei, nur jetzt schon anders.

Wieder kam die dicke Helferin an mir vorbei. In der Hand einen Schrubber und einen Blecheimer, auf den rot die Inventarnummer aufgemalt war.

»Entschuldigung.« Ich hielt sie an. »Wie lange dauert denn normalerweise so eine Geburt?«

»Bis das Kind auf der Welt ist«, antwortete sie und ging weg.

›Na, gut, also warten‹, seufzte ich. Dann überlegte ich, daß ich nicht mal ein Fläschchen Krim-Portwein mitgebracht hatte, zum Feiern! Ich sah auf die Uhr, die der Schwiegervater mir vor der Hochzeit geschenkt hatte. Marke ›Raketa‹, Weißmetall, verchromtes Armband. Halb zwei nachts.

Die Ärztin kam heraus und sah mich an.

»Ihr Kind ist tot geboren«, sagte sie in einem Ton, als wäre ich an etwas schuld.

Ich fühlte mich hilflos, wußte nicht, was ich tun sollte.

»Ein Junge? Ein Mädchen?«

»Ein Junge. Ihre Frau behalten wir noch drei Tage hier, bis die Nähte verheilt sind. Und Sie können gehen.«

17

Kiew. Mai 2015.

General Swetlow hätte Verteidigungsminister sein können. Wenn er größer gewesen wäre oder wenn ich auf die Meinung von Kolja Lwowitsch pfeifen würde. Das eben war seine Meinung, der Verteidigungsminister mußte eine stattliche Erscheinung sein. Erscheinung, nicht Persönlichkeit. Und General Swetlow war eine Persönlichkeit, nur nicht von großer Statur, rein körperlich. Schade. Er war mir treu ergeben.

Er war hereingekommen und stand da in meinem Arbeitszimmer. Wartete, bis ich ihn mit dem Blick zu einem Sessel wies.

»Setz dich, setz dich, Walera! Tee? Kaffee?«

Er lehnte ab, klappte eine Ledermappe auf und sah mich an.

»Ich habe die Liste für die Operation ›Fremde Hände‹ dabei. Zweiundsiebzig Namen. Hauptsächlich aus Moskau, aber es gibt auch ein paar aus Krassnojarsk, Kronstadt und Petersburg. Für die verbürge ich mich. Die verkaufen ihr Gewissen nicht.«

»Und was hältst du von der anderen Liste?«

»Alte Daten. Von dreiundfünfzig bestehen nur noch vierzig, von den vierzig würde ich für achtundzwanzig die Hand ins Feuer legen. Die sind bewährt. Die übrigen?« Er zuckte die Achseln. »Wäre gut, sich nicht zu blamieren.«

»Gut. Laß die achtundzwanzig, nimm von dir dreißig dazu und versammle alle übermorgen in Puschtscha-Wodiza in unserem Sanatorium. Gegen elf Uhr morgens, und ohne unnötige Lauscher. Ich komme. Aber das bleibt alles unter uns.«

Swetlow nickte.

Ein halbes Stündchen später hatte ich Lust auf Bewegung. Ich dehnte mich ein paarmal vor dem Spiegel, aber mein Blick blieb wieder an den Sommersprossen hängen, die mein Gesicht buchstäblich zugeschüttet hatten. Jede Lust schwand. Ich ging hinaus auf den Flur. Am Ende des Flurs an der Treppe befand sich unser kleiner Wachposten mit den Leibwächtern. An der nächstgelegenen Tür hantierte ein Handwerker. Er montierte das Türschild ab. Auf dem Schild stand:

ABTEILUNG ANTRAGSREGISTRIERUNG

GRESS, NADJESCHDA PAWLOWNA

»Und was kommt da jetzt rein?« fragte ich.

Der Handwerker hatte mich offenbar nicht kommen hören und erschrak.

»Ich weiß nicht. Der Chef hat nur gesagt, abhängen.«

»Und wer ist dein Chef?«

»Nikolaj Lwowitsch.«

»Und wo ist er jetzt?«

»In seinem Büro, aber er ist beschäftigt...«

›Ach, sieh mal an!‹ dachte ich. ›Beschäftigt?!‹

Ich ging hoch zu seinem Empfangszimmer im zweiten Stock. Die Sekretärin sprang hinter ihrem Tisch auf.

»Ich sage es ihm sofort!« erklang ihre zarte Stimme.

»Nicht nötig, ich sage es ihm selber!«

Er unterhielt sich mit zwei Besuchern. Ich kannte ihre Gesichter: Abgeordnete. Nur wußte ich nicht mehr, zu wessen Clan sie gehörten.

»Los, verschwindet!« befahl ich, und beide Abgeordneten huschten hinaus. Leicht und geräuschlos, ungeachtet ihrer massigen Gestalten.

»Alles in Ordnung«, sagte Kolja Lwowitsch leise. »Keine besonderen Vorkommnisse. In einer Stunde halte ich eine Rede zur Lage...«

»Und was willst du in der Registrierungsabteilung unterbringen?«

»Hat die Ziege sich beschwert!« Das verschreckte Lächeln verwandelte sich in Zähnefletschen. »Dabei habe ich ihr gleichwertigen Ersatz versprochen, dazu noch Fernseher plus Mikrowelle...«

»Laß die Pawlowna in Frieden. Sie hat sich nicht beschwert! Erklär mir nur, was in das Zimmer kommt!«

Kolja Lwowitsch hielt die Luft an und konzentrierte sich.

»Man kann mit Ihnen nicht ruhig reden, Herr Präsident! Wir bräuchten etwa zwei Stunden, damit ich alles richtig erkläre.«

»In Ordnung! Verschiebe das Treffen mit dem israelischen Botschafter auf morgen, und ich erwarte dich in einer halben Stunde bei mir. Und vergiß nicht den Bericht zur Lage!«

Im Umdrehen sah ich, wie Kolja Lwowitsch blaß geworden war. Ich konnte nicht verbergen, daß sein erschrockener, aufgescheuchter Anblick mich mit Befriedigung erfüllte. Sollte er nur öfter blaß werden!

18

Kiew, September 1983. Sonntagnacht.

Der Regen rauschte auf die Blätter. Alles verschwamm, unter den Füßen und vor den Augen. Der Herbst war überall, selbst in mir drinnen. Ich, der ich nicht Vater geworden war, wanderte die Straße entlang heimwärts. Nach der müden Gleichgültigkeit kamen mir plötzlich die Tränen. Die Tränen standen mir in den Augen wie aus Solidarität mit dem Herbstregen.

Ich bog in die Tupolew-Straße ein. Das verschwommene gelbe Licht der Laternen und die genauso gelben Augen der Autoscheinwerfer, das war alles an Beleuchtung in dieser Nacht.

Über der Gemüsefabrik hing der rote Schein des lumineszierenden Gewächshauslichts. Am Fabriktor saß jemand auf dem umgestürzten Laternenpfahl. Ich trat näher und hörte leise rhythmische Schluchzer.

Ich hockte mich hin und sah in das wie eine müde Sonnenblume zu Boden gesenkte Gesicht.

»Geht es dir nicht gut?« fragte ich.

»Gar nicht gut!« antwortete eine junge Mädchenstimme. »Sie haben mich bei der Arbeit rausgeworfen!«

»Weshalb?«

»Ich hab den Chef nicht an mich rangelassen.«

»Gut gemacht!« versuchte ich sie aufzumuntern.

Sie hob das Gesicht und sah mich mit verweinten Augen an. Sie war vielleicht achtzehn, eine gefärbte Blondine mit tränenverschmierter Schminke. Aber unter all der Farbe war etwas Echtes. Echtes Leiden an ihrem Unglück.

»Mir geht es auch nicht gut«, sagte ich, um sie zu trösten.

In ihren Augen glomm ein Funke Hoffnung auf, als wollte sie Genaueres erfahren über mein Unglück und es dann mit ihrem vergleichen.

»Mein Junge ist tot geboren worden«, ergänzte ich.

Sie hob den Kopf noch höher und sah mich aufmerksamer an: ›Na los, beklag dich über das Leben!‹

»Meine Frau behalten sie drei Tage in der Klinik. Bis die Nähte zu sind.«

»Wieviel hat er gewogen?« fragte sie.

Ich zuckte die Achseln.

»Tote wiegen sie doch nicht«, dachte ich laut. »Aber einen Namen muß er bekommen. Damit man sich besser erinnern kann!«

»Hast du ihn gesehen?«

»Nein.«

»Wenn du willst, gehen wir zu dir!« schlug die durchnäßte, verweinte Blondine vor.

»Wir wohnen bei meinen Eltern.«

»Dann können wir zu mir gehen, ins Wohnheim. Ist hier in der Nähe. Wir müssen nur durchs Fenster rein, um die Burtschicha nicht zu wecken, das ist unsere Hausmeisterin. Sie ist eine blöde Kuh, kommt bloß mal einer zu Besuch, holt sie gleich die Miliz.«

»Gehen wir.« Ich war einverstanden.

Nach Hause zog es mich aus vielen Gründen nicht.

19

Kiew. Puschtscha-Wodiza. Mai 2015.

General Swetlow liebte zivile Kleidung. Er trug einen Anzug von Woronin junior. Grau, aber knitterfrei, und er glänzte bei besonders schummrigem Licht. Wenn ein General Zivil bevorzugt, kann man ihm völlig vertrauen. Das bedeutet, er träumt nicht vom Oberbefehlshaberposten. Er ist frei von Größenwahn.

Neben Swetlow standen am offenen Tor der Direktor des Sanatoriums, Muntjan, und alle möglichen hiesigen Beamten. Hinter ihnen blitzte in der Sonne die vertraute Glatze des Chefs meiner Leibwache, Oberst Potapenkos. Auch er ein Anhänger ziviler Kleidung.

Die Mercedes-Troika rollte durchs Tor, und es schloß sich wieder. Ich saß im mittleren Wagen. Der erste war leer, im dritten saß mein Assistent.

»Alle vollzählig versammelt«, berichtete Swetlow, schon vor dem Hauptgebäude. »Sie warten im Konzertsaal.«

»Verlegen!« Ich sah ihm direkt in die Augen. »Den Saal verlegen. In einer halben Stunde im Jagdhaus.«

»Dann lieber in fünfzehn Minuten«, sagte Swetlow leise. »Für alle Fälle.«

Ich nickte und begab mich zu Muntjan.

»Irgendwelche Probleme?« fragte ich den Direktor des Sanatoriums.

»Haben wir immer, aber wir beschweren uns nicht!«

»Richtig so. Deswegen bist du ja auch schon zehn Jahre hier! Machst du uns einen Kaffee?«

Kurz darauf saßen wir schon in der Sanatoriumsbar, und ein Kellner mit Teenagergesicht brachte den Espresso. Man sah, wie ihm unter dem Blick des Direktors die Hände zitterten.

»Wessen Söhnchen ist er?« fragte ich mit Blick auf den Kellner.

»Kasteljanschi. Auf unsrem Gebiet vertraut man lieber den Dynastien.«

»Auf unsrem auch. Jedenfalls denkt die Mehrheit so. Wird sonst noch jemand von der Verwaltung für heute erwartet?«

»Nikolaj Lwowitsch ist noch da, sonst niemand. Heute ist schließlich Werktag.«

»Nikolaj Lwowitsch ist hier?« Ich war stinkwütend.

»Er ist gestern abend gekommen. Nicht allein.« In Muntjans Augen blitzte gutmütige Nachsicht, als spräche er von einem Kind. »Sie frühstücken gerade auf dem Zimmer, und sein Chauffeur ist auch schon da. Also fährt er jeden Moment ab.«

»Mit wem ist er denn hier?« Jene Frau kam mir in den Sinn, Maja Woizechowskaja, von der ich außer ihrem Vor- und Nachnamen immer noch nichts wußte.

»Eine Junge, eine Zigeunerin.« Muntjan machte eine kunstvolle Pause. Am Gesicht konnte man ihm ansehen, daß er alles wußte. »Na, sie ist Sängerin, Inna Schanina...«

»Pfui!« entfuhr es mir ungewollt.

»Wieso ›pfui‹!« In der Stimme des Direktors war Widerspruch zu hören. »Das ist eine sehr nette Frau. Sie sollten besser mal heiraten...«

»Du hast sie wohl nicht mehr alle!« Ich ballte die Rechte zur Faust und erhob mich aus dem Ledersessel.

»Verzeihen Sie, ich bitte Sie inständig«, stammelte er los. »Das ist die Müdigkeit. Und es stammt auch nicht von mir. Das hat Nikolaj Lwowitsch über Sie gesagt!«

»Dein Nikolaj Lwowitsch ist ein Idiot!« knurrte ich.

»Ja, ja, ein Idiot«, stimmte Muntjan nickend zu.

Beim Anblick der reinen, offenen Gesichter, die sich im Jagdhaus versammelt hatten, um mir zuzuhören, besserte sich meine Stimmung. Was für Blicke! Hier war sie, unsere Ressource. Hier, und nicht auf den Arbeitsämtern!

»Guten Tag!« sagte ich und stoppte mit einer Geste jeden Versuch, mich zu begrüßen. »General Swetlow hat euch ausgewählt für eine wichtige Staatsaufgabe. Wir haben mit der Russischen Föderation die gemeinsame Operation ›Fremde Hände‹ vereinbart. Der Sinn ist, denke ich, klar. Das, was regelmäßig die Kiewer ›Kobra‹ auf der Krim und die Tschernigower in Dnjepropetrowsk unternimmt, werdet ihr in Rußland unternehmen, und sie bei uns. Nur auf ganz anderer Ebene. Ihr reist nach Moskau und von dort sofort in die Regionen. In Moskau erhaltet ihr Informationen über die höchsten Persönlichkeiten der Regionalmacht, die in kriminelle Aktivitäten verstrickt sind. Ohne die örtlichen Sicherheitsorgane oder Geheimdienste in Kenntnis zu setzen, nehmt ihr in drei, vier Nachtstunden die Verhaftung dieser Persönlichkeiten vor und fliegt umgehend nach Kiew zurück. Einsitzen werden diese Persönlichkeiten auf unserem Territorium. Die russische Gruppe wird exakt das gleiche hier unternehmen und unsere verbrecherischen Elemente nach Rußland ausführen. Alles klar?«

Die Jungs nickten. Ich sah, daß ihnen meine Entschlossenheit gefiel. Sie waren heiß auf den Kampf gegen das Verbrechen auf höchster Ebene. Natürlich hätten sie sich damit lieber bei uns und ständig befaßt, aber das war ausgeschlossen. Leider. Etwas Radikales konnte man hier nur mit fremden Händen durchführen. Genau wie in Rußland. Gebe Gott, daß wir damit weitermachen konnten.

»Alles weitere erfahren Sie von General Swetlow, den ich zum Verantwortlichen der Operation von ukrainischer Seite erkläre. Viel Erfolg!«

Während ich vom Jagdhaus zum Hauptgebäude ging, spürte ich im Rücken die Blicke dieser Jungs. Ich kam am See vorbei, ein Schwan zog seine Kreise, und ich blieb stehen.

›Und was, wenn sie meine Jungs nur für lokale Umstürze benutzen?‹ Zweifel schlich sich ein. ›Nein, ich werde die russischen Jungs ja auch bestimmungsgemäß gebrauchen. Und nicht, um zum Beispiel mit Kolja Lwowitsch abzurechnen...‹

»Ist er noch da?« fragte ich Muntjan, der neben meinem Mercedes stand.

»Er ist weg. Als er gesehen hat, daß Sie hier sind, ist er sofort verschwunden!«

20

Krim. Sudak. Juli 1982.

»He! Wer ist der letzte?«

Die Schlange vor dem ›Kisljak‹-Weinfaß drehte sich um. Genauer, jeder drehte sich um, um sich zu vergewissern, daß er nicht der letzte war. Alle waren sie Männer, alle in Badehose. Die Hälfte hielt Dreilitergläser in den Händen.

»Ich. Ich bin der letzte«, gab sich ein alter Mann in Badehose und Panamahut zu erkennen.

Wir drei stellten uns dazu. Wir, das waren ich, Baliko aus Moskau und der lange Schenja von ebendort.

Wir hatten zwei Dreilitergläser und eine Tüte frische Muscheln. Wir hatten es eilig, weil es heiß war. Weil die Muscheln nur ganz kurze Zeit frisch sein würden.

Bald zischten sie auf dem Grill, unter dem das vom Meer aufs felsige Ufer geworfene Holz brannte. Sie spuckten die letzten Tropfen Feuchtigkeit aus sich heraus.

Und wir tranken Kisljak. Die Verkäuferin beim Faß hatte

gesagt, es sei kein Wein, sondern ausgesonderter Sekt, das hieß Sekt, der nicht sprudelte. Am Geschmack merkte man das nicht, aber er war kalt, und die Sonne sengte ungeheuer. Fünfunddreißig Grad plus. Deshalb war uns egal, ob das ausgesonderter Sekt war. Oder ausgesonderter Wein. Wir saßen einfach auf den Steinen und genossen das Leben. Genießt, so lange ihr genießen könnt! Liebt, so lange ihr lieben könnt!

Wir waren erst den dritten Tag hier, deshalb hatten wir noch nicht herausgefunden, wen wir lieben sollten. Man mußte sich natürlich aufmachen, in die Diskothek irgendeines Sanatoriums ziehen und sich vor Ort mal umsehen. Aber das vielleicht morgen. Heute fühlten wir uns auch zu dritt wohl.

»Ein klasse Odessa-Witz«, eröffnete Schenja. »Sitzt ein Jude auf der Brücke und kratzt sich die Eier. Kommt ein zweiter zu ihm und fragt: ›Senja, was sitzt du auf der Brücke und kratzt dir die Eier?‹ – ›Wieso?‹ antwortet Senja. ›Willst du, daß ich mich auf die Eier setze und die Brücke kratze?‹«

Wir lachten, wir hatten keine Wahl. Wir waren nicht verwöhnt. Wir waren Realisten. Vor uns lagen drei Wochen mit Muscheln, kaltem Wein aus dem Faß und netter weiblicher Gesellschaft, die sich, falls sie sich verfestigte und wir uns am Schluß noch leiden mochten, auch nächsten Sommer wieder hier einfinden würde.

21

Kiew. Mai 2015.

Nikolaj Lwowitsch streckte den Kopf herein. Ich bat ihn, in einer halben Stunde vorbeizukommen. Weil mir gegenüber auf Major Melnitschenkos legendärem Sofa der Abgeordnete Karmasow saß, Vorsitzender der Kommission für Staatsfeiertage. Der Bürstenschnitt stand ihm. Er sah aus wie ein Boxer, dabei war er Veterinär, unterhielt ein Netz von Tierkliniken. Ein guter Mann, hatte mit fünfunddreißig schon eine Menge auf die Beine gestellt!

»Aber verstehen Sie«, sagte er, »das Land erleidet schreckliche Einbußen. Es wird Zeit, die Zahl der Staatsfeiertage einzuschränken! Rechnen Sie nur mal!« Er wies mit ausholender Geste zum Wandkalender hinüber, den mir das Institut für Judaistik geschenkt hatte. »Seit dem fünfundzwanzigsten April liegt die Wirtschaft im Koma! Hier, sehen Sie! Der deutsche Bundestag schickt schon zum dritten Mal einen Brief mit der Bitte um Aufhebung des Feiertages des Sieges. Das ist doch ein Feiertag fürs Archiv! Es sind keine Veteranen mehr übrig! Das Land, das gesiegt hat, gibt es schon lange nicht mehr. Europa hat sich von seinem 8. Mai schon letztes Jahr verabschiedet, und dort war der Tag immer ein Arbeitstag! Wenn es neue Siege gibt, dann wählen wir auch einen neuen Tag, damit die Sieger irgendwann feiern können. Aber wir sind doch ein friedliches Land! Wir führen doch gegen niemanden Krieg!«

»Gut«, sagte ich. »Du weißt ja, ich bin ganz deiner Ansicht. Setz es auf die Tagesordnung, und mein Sprecher im Parlament wird meine Meinung kundtun. In Ordnung?«

Der Tierarzt Karmasow war zufrieden. Er hatte sich drei Monate um einen Termin bemüht. Wenn ich gewußt hätte, worüber er reden wollte, hätte ich ihn früher empfangen. Aber ich hatte Angst gehabt, es würde um die Einführung neuer Feiertage gehen!

»Ruf Lwowitsch!« bat ich meinen Assistenten.

»Er ist nicht da.«

»Dann finde ihn. Sag, daß ich ihn erwarte!«

Als Kolja Lwowitsch kam, war er finster und beleidigt. Er fragte: »Worüber haben Sie mit ihm gesprochen?«

»Was geht das dich an? Über den Tag des Sieges.«

»Und?« Lwowitsch glaubte mir eindeutig nicht.

»Wir schaffen ihn ab, damit die Wirtschaft im Mai das Niveau von April und Juni erreicht. So. Setz dich, und ich höre!«

Lwowitsch setzte sich in die weiche Kuhle, die der gerade verschwundene Abgeordnete im Sofa hinterlassen hatte.

»Was wollen Sie hören?«

»Alles. Der Reihe nach. Wieso steht das Registrierungsbüro leer? Wer ist diese Frau, die Sie zu mir ins Krankenhaus gebracht haben?«

»Das ist ein und dieselbe Frage.« Kolja Lwowitsch brannte eindeutig nicht darauf, mir davon zu erzählen. Aber er konnte nicht mehr zurück. Erst recht nicht im Sitzen. »Sie heißt Maja Wladimirowna Woizechowskaja.«

»Schon gehört.«

»Ihr ist eine große Tragödie widerfahren. Vor drei Monaten ist mit dem eigenen Hubschrauber ihr Mann Woizechowski, Igor Leonidowitsch, Jahrgang 1980, verunglückt. Sie hat ihn sehr geliebt.«

»Erzählst du mir hier einen indischen Film?« Ich wurde allmählich ungeduldig.

»Wenn Sie keine Zeit haben ...« Lwowitsch erhob sich vom Sofa.

»Bleib sitzen«, sagte ich zu ihm. »Sitz und erzähl!«

»Als Sie im Februar im Koma lagen, mußte man die Frage rasch entscheiden. Es war nötig für die Stabilität im Land ... Nebenan hat man ihren Mann zu retten versucht, hat es bloß nicht geschafft. Die Gehirnfunktionen waren zerstört. Sie war kategorisch dagegen, sein Herz für eine Transplantation zu verwenden. Sie hat sogar geschworen, sich nie von ihm zu trennen, und mit irgendeinem Institut vereinbart, daß die für hunderttausend Dollar im Jahr das Herz ihres Mannes am Leben halten ... Wir mußten entscheidende Kompromisse eingehen. Es war schließlich das frischeste Herz.«

Ich faßte mir mit der Hand an die Brust. Mir war warm geworden.

»Letzten Endes mußten wir mit ihr einen Vertrag schließen. Wenn Sie wieder ganz bei Kräften sind, werde ich Sie mit ihm bekannt machen. Einer der Punkte im Vertrag legt ihr Recht fest, sich ständig in der Nähe des Herzens ihres verstorbenen Mannes aufzuhalten. Deshalb wurde der Raum, von dem Sie sprechen, für sie frei gemacht. Aber wir werden fürs erste keinerlei Schild anbringen. Und sie weiß ja selbst nicht, ob sie hier sitzen will oder nicht!«

Ich faltete die Hände und versank in Gedanken.

»Hast du nicht den Eindruck, daß meine Sommersprossen sich vermehren?« fragte ich Lwowitsch.

Er starrte mir ins Gesicht.

»Nein, es sind keine mehr dazugekommen...«

»Hattet ihr denn etwa kein anderes Herz?«

»Auf ein anderes hätte man warten müssen, und das hier war direkt im Nachbar-OP. Es gehörte natürlich keinem herausragenden Vertreter der Gesellschaft. Aber Maja Wladimirowna hat versprochen, diese Information geheimzuhalten.«

»Und nachts? Wo schläft sie?« fragte ich.

Lwowitsch wand sich. »In der Desjatinnaja, in Ihrer Dienstwohnung. Hinter Ihrer Schlafzimmerwand. Dort war früher der Dienstbotenruheraum. Aber der Eingang ist von der Hofseite. Machen Sie sich keine Sorgen, niemand sieht sie, und niemand weiß von ihr. Fast niemand.«

»Was hast du getan?!« fragte ich und durchbohrte Lwowitsch mit meinem Blick.

»Ich habe Ihnen das Leben gerettet und die Stabilität im Staat erhalten, was übrigens noch viel wichtiger war. Sie wissen selbst, wer sofort Ihre Krankheit oder Ihren Tod ausgenutzt hätte, um der Korruption in den höchsten Rängen den Kampf anzusagen und unter diesem Vorwand unsere Schicht komplett auszutauschen.«

»Unsere Schicht?« Ich wunderte mich über den mir neuen Ausdruck.

»Ja, unsere Schicht. Wir sind eine Schichtgesellschaft geworden. Wie eine ›Napoleon‹-Torte. Wir haben nur eine Schicht Arme, aber viele Schichten Reiche und Halbreiche, die daran glauben, daß persönlicher Reichtum sich in der Politik schafft, nicht in der Wirtschaft.«

»Halte mir keine Vorträge! Was hast du dieser Dame noch versprochen?«

»Herr Präsident, machen wir es lieber wie in Tausendundeiner Nacht. Schrittweise. Eins nach dem anderen. Sie werden noch die ganze Wahrheit erfahren. Das Herz ist schließlich nicht Ihres, vielleicht hält es nicht soviel aus. Und wofür habe ich mich dann abgemüht?«

22

Paris. Café ›Boucheron‹. Oktober 2011.

»Ich möchte heiraten«, sagte sie und sah in ihr Glas mit ›Beaujolais nouveau‹.

»Alle Frauen wollen früher oder später heiraten«, stimmte ich ihr zu und rauchte am Streichholz des Kellners eine Gauloise an. »Das heißt nicht, daß sie Glück wollen. Sie wollen Stabilität.«

»Letztes Mal, in Brüssel, hast du versprochen, mit dem Rauchen aufzuhören. Du hast versprochen, daß wir uns mindestens alle zehn Tage treffen. Du hast nicht versprochen, mich zu heiraten, aber mir selbst erzählt, daß deine Frau schon vor drei Jahren gestorben ist und deine Tochter in Amerika in die Schule geht. Kann ich ihr denn wirklich nicht die Mutter ersetzen?«

Jedesmal, wenn Veronika und ich uns trafen, begann das Gespräch mit einer Streiterei und gegenseitigen Vorwürfen. Dieses Treffen wurde keine Ausnahme. Ich sah sie an, eine schöne Frau, die allmählich ihre Jugend verlor und deshalb anspruchsvoller gegenüber dem Leben und ihrer Umgebung wurde. Ich war ein Teil ihrer nächsten Umgebung. Sie lebte auf der Wladimirskaja, aber in Kiew trafen wir uns nicht. Das war unmöglich. Dafür war es möglich, ein Flugticket nach Paris zu kaufen. Eines für mich, das zweite, für den nächsten Flug, für sie. Es war möglich, sie am Flughafen Charles de Gaulle mit einem Blumenstrauß abzuholen. Sie ins Sheraton-Hotel zu fahren. Sich gegenseitig zwei Stunden in der Wanne zu verwöhnen, eine Aroma-Massage und eine Flasche Champagner aufs Zimmer zu bestellen. Es war möglich, sie sich ein paarmal im Monat als Grande Dame fühlen zu lassen, als Salonlöwin, allerdings außerhalb der Salons.

»Warum sagst du nichts?« fragte sie, berührte den Wein mit den geschminkten Lippen und stellte das Glas auf die Theke zurück.

»Junger ›Beaujolais‹, das ist für die Armen«, lächelte ich. »Junger Wein kann kein guter sein. Denk daran!«

»Würde ich mir alle deine Wahrheiten merken, würde ich zu einer Fundgrube von Banalitäten!«

»Denk daran, oder besser, vergiß nicht, daß du eine junge, schöne Frau bist, die heiraten möchte«, bemerkte ich.

Sie taute für einen Moment auf, schüttelte aber rasch das Wohlgefühl ab, das ihr meine Worte bereitet hatten. Sie straffte die Schultern und schoß mir einen scharfen Blick aus den verengten grünen Augen zu.

»Und du bist ein Technokrat ohne Gefühle, der sich mit Technik nicht auskennt! Nicht mal mit der Technik der Liebe! Dich zieht es nur immer irgendwohin, und du weißt selbst nicht, wohin!«

»Nicht irgendwohin hat es mich gezogen, sondern hierher. Ich habe davon geträumt, dich zu sehen. Ich habe dafür alles Mögliche unternommen und sogar, könnte man sagen, die Interessen der Heimat vernachlässigt!«

»Rede nicht von der großen Heimat!« Sie schüttelte bedauernd den Kopf. »Du bist nicht vor den Wählern und nicht im Parlament. Du bist jetzt überhaupt nirgends! Du bist nicht mal hier, bei mir!«

»Nein, ich bin nur bei dir.« Ich sah auf die Uhr. Meine Patek Philippe zeigte halb sechs. »Ich gebe dir noch zwanzig Minuten für Vorwürfe, und dann gehen wir essen!«

Veronika warf einen Blick auf ihre kleine Tussaud-Platinuhr. Sie dachte vermutlich an die Zeit. Daran, daß jeder Abschnitt im Leben sich in Minuten und Stunden mißt, und wenn man nachlässig die Minuten verschwendet, die fürs Glück bestimmt sind, daß dann auch das Glück immer abgenutzter wird, ein Secondhandglück sozusagen.

»Ich habe dich nicht betrogen«, sagte sie sanft. »Aber ich will heiraten, und wenn du nichts dagegen hast, schon in einem Monat.«

»Wen denn?« fragte ich und bewunderte die kunstvolle Trauer in ihrem Gesicht.

»Alchimow...«

»Senior oder junior?«

»Machst du dich über mich lustig? Selbstverständlich den Sohn.«

»Ja.« Ich nickte absolut ernst. »Der Senior ist reicher, aber der Junior ist jünger und auch nicht arm. Am Ende geht auch Papas Reichtum auf ihn über, wenn an der Ölgeschäftsfront kein neuer Krieg ausbricht... Was soll ich dir sagen? Ich habe kein Recht, dich aufzuhalten. Also heirate!«

In Veronikas Augen blinkten Tränen.

»Nimmst du schon Abschied von mir?« fragte ich. »Und was ist mit dem Abendessen?«

»Nein.« Sie schüttelte den Kopf. »Wir haben noch zwei gemeinsame Tage. Ich habe kein Recht, unser Treffen abzubrechen. Ehe ist das eine, Liebe ist das andere. Selten fallen sie zusammen.«

Aus ihren Augen kullerten tatsächlich zwei Tränen über die Wangen.

›Es täte ihr gut, ein bißchen zuzunehmen‹, dachte ich, während ich Veronika ansah, ihr zartes, feines Gesicht, die smaragdgrüne Bluse, den ebenso smaragdenen engen, knielangen Rock, der sie behinderte, wenn sie leicht die Beine übereinanderschlagen wollte.

»Du mußt aber doch dann mit ihm leben«, sagte ich nachdenklich. »Du wirst dich nicht mit ihm in Paris oder Amsterdam treffen, nicht am Themseufer bei Pimlico flanieren.«

»Ich weiß, ich weiß ja.« Sie stand auf und zog den Rock gerade. »Bin gleich zurück.«

Und Veronika nahm ihr Handtäschchen und ging sich die Nase pudern.

Ich dachte daran, daß ihr vorbereiteter und geprobter Monolog auf einmal zum ehrlichen Aufschrei der Seele geworden war. Sie war nicht darauf gefaßt gewesen, und deshalb hatte sie sich nicht im Griff gehabt. Jetzt konnte nur der Spiegel auf der Toilette ihr helfen, wieder neue Kräfte zu sammeln. Die Kräfte der Frauen liegen im Gesicht, der Kriegsbemalung der Brauen, Wangen und Wimpern, in der Verbindung von entschiedenem Ton und entschiedenem

Blick. Es ist eine harte Anstrengung, eine schöne Frau zu sein. Ja, nicht nur einfach zu *sein,* sondern als schöne Frau zu *leben.* Ich beneidete sie nicht. Ein solches Leben führt oft in die Sackgasse der Einsamkeit.

23

Eupatoria. September 2002.

»Serjoscha, paß auf, daß er kein Meerwasser trinkt!« bat Mama und zeigte auf meinen Zwillingsbruder Dima.

Dima stand bis zu den Knien im Meer. Weit vom Ufer. Er starrte gebannt zum Horizont. Das erste Mal am Meer und das erste Mal seit fünf Jahren außerhalb des Wohnheims für psychisch Kranke. Er war einer von den Stillen. Von den sehr Stillen.

»Serjoscha, ich gehe Eis holen! Was für eins willst du?« rief Mama.

»Schoko-Vanille.«

»Das nehme ich für ihn auch, ihr seid schließlich Zwillinge!«

Ich sah ihr nach, wie sie am menschenleeren Strand entlangging. Ein schönes Bild. So würde sie immer in meiner Erinnerung bleiben, am menschenleeren Strand davongehend.

Vor kurzem erst hatte der Regen aufgehört, und die Urlauber kamen nur ganz langsam ans Wasser zurück. Sie mochten nicht auf dem feuchten Sand liegen, aber uns war das egal. Wir waren hergefahren, um Dima das Meer zu zeigen.

Und er starrte gebannt hin, mit offenem Mund.

Er trug blaue Schwimmshorts mit weißen Nahtstreifen. Die billigsten. Ihm war es ja egal. Nur uns war es wichtig, daß er wie ein Gesunder aussah.

»Und dort...« Dima drehte sich zu mir um. Seine Hand zeigte zum fernen Meereshorizont. »Was gibt es da? Schiffe?«

»Ja, da gibt es Schiffe, Odessa, andere Länder.«

»Serjoscha.« Er suchte meinen Blick. »Ich bin doch nicht krank! Leben interessiert mich bloß nicht.«

Dima sprach langsam. Ich blickte ihm ins Gesicht und begriff, daß nur unsere Mutter in uns noch Zwillinge sehen konnte, wenn sie für beide das gleiche Eis holte. Er war mager, die Augen verschwollen, eine Schramme auf der Nase: Er hatte sich zusammen mit den anderen Irren prügeln müssen, um den Lebensmitteltransport fürs Heim gegen die Plünderer aus dem Dorf zu verteidigen. Diese Aktion weckte ja Zweifel an seiner Krankheit. Dort war wohl eher der Chefarzt krank. Aber vielleicht hatte der auch keine andere Wahl gehabt, als die Patienten zu Hilfe zu rufen, nachdem die Leute den Laster umzingelt und angefangen hatten, den Fahrer aus dem Führerhäuschen zu zerren.

Eine merkwürdige Geschichte, die mit einer Urkunde für Dima vom Chefarzt endete; Dima hatte sie mitgenommen, um sie abends vor dem Schlafen zu betrachten und mal mich, mal Mama zu bitten, sie vorzulesen.

»Für Heldentum und selbstlosen Einsatz bei der Verteidigung der Güter des Heims Nr. 3 im Dorf Gluchowka, Tschernigower Gebiet, wird ausgezeichnet: Bunin, Dmitrij Pawlowitsch.«

»Dein Vater hatte eine Medaille«, sagte Mama, als sie die Urkunde am ersten Abend vorgelesen hatte. »Eine silberne. ›Für Heldentum‹. Du kommst ganz auf ihn raus!«

24

Kiew. September 1983. Sonntagnacht.

»Die Telefonnummer von deinen Eltern!« verlangte die Hausmeisterin des Wohnheims.

In dem Zimmer brannte eine nackte Glühbirne an der Decke. Auf dem einen Bett schlief, als wäre nichts, eine etwa dreißigjährige Dicke. Auf dem zweiten saß, nur im Rock, mit den Händen die mickrige Brust bedeckend, die, mit der ich hier gelandet war. Ich weiß nicht, wer in dieser Nacht wen trösten wollte, aber ich hatte ihr hinaufgeholfen, durchs Fenster dieses hohen Erdgeschosses. Dann kletterte ich selber hoch. Dann zog sie Jacke und Pulli aus, sagte, ihr sei kalt, und ging ins Nachbarzimmer, um leise aus dem Nachttisch ihrer Freundin eine Flasche ›Madeira‹ zu holen. Kaum war sie zurück, kam hinter ihr die Hausmeisterin Burtschicha herein und knipste das Licht an.

Das war die ganze Geschichte!

»Ich kenne ihn nicht!« wiederholte das Mädchen.

»Bei uns verschwinden seit drei Tagen Sachen!« sagte die Hausmeisterin, ein etwa fünfzigjähriger Schrank von einer Frau, und guckte mir streng in die Augen. Sie stand im Türrahmen und füllte ihn fast völlig aus. »Gib mir die Telefonnummer von deinen Eltern! Sollen sie kommen und Strafe für dich zahlen! Oder ich rufe die Miliz!«

»Nur zu«, sagte ich. Völlige Gleichgültigkeit erfaßte mich. Heute war die Nacht der Verluste, aber ich hatte das Gefühl, jetzt gab es nichts mehr zu verlieren.

Da täuschte ich mich, wie sich herausstellte. Mit einem Schrei in den finsteren Flur holte die Hausmeisterin irgendeinen halbbetrunkenen Petja herbei, der mich festhielt, während sie bei der Miliz anrief.

»Wie bist du ins Wohnheim reingekommen?« verhörte mich, schon auf der Bezirkswache in der Schtscherbakow-Straße, der verschlafene Sergeant. »Durchs Fenster?«

»Ja.«

»Um einen Diebstahl von Privateigentum zu begehen?«

»Nein.«

»Willst du was aufs Maul?« Der Sergeant sah vom Protokoll hoch, an dem er schrieb, und fixierte mich mit diesem Uniformiertenblick.

»Das Mädchen hat mich mitgenommen.«

»Sie hat dich nie vorher im Leben gesehen!«

»Ja, wir haben uns eben erst kennengelernt, und sie hat mich ins Wohnheim mitgenommen.«

»Na, hör dir mal an, was du da redest! Wie kann ein Mädchen den ersten Dahergelaufenen nachts in ihr Zimmer mitnehmen? He?«

Ich zuckte die Achseln. Der Sergeant sah auf die Uhr – halb drei. Meine Mutter kam zur Tür herein.

»Was hat er angestellt?« fragte sie mit Tränen in den Augen. »Was hast du gemacht? Kannst du uns keine Ruhe lassen! Lump! Abschaum! Schmarotzer!«

»Beruhigen Sie sich, Genossin.« Der Sergeant betrachtete sie mißbilligend. »Ihr Sohn wollte einen Diebstahl von Privateigentum aus dem Wohnheim der Gemüsefabrikarbeiterinnen begehen.«

Eine Pause entstand, während deren im Kopf meiner Mutter alle möglichen Szenarien abliefen, und ihr Ton wandelte sich.

»Verstehen Sie doch! Die Söhne sind ohne Vater aufgewachsen, er kam bei einer Truppenübung um. Armeeangehöriger, Offizier, Hauptmann. Er hat einen kranken Bruder, ich bin die ganze Zeit mit seinem Bruder beschäftigt. Von der Arbeit nach Hause, von dort zu den Ärzten...«

»Verstehe«, bremste sie der Sergeant ab. »Es kann natürlich als grober Unfug ausgehen, aber als böswilliger. Ins Frauenwohnheim eindringen, das ist ja nicht einfach ein Fenster einschlagen!«

»Geh mal raus auf den Flur!« befahl mir meine Mutter.

›Wer ist hier der Sergeant?‹ überlegte ich und fügte mich.

Fünf Minuten später wurde ich wieder reingerufen.

»Nächstes Mal bist du vernünftiger! Und denkst an die Folgen!« sagte meine Mutter im Hinausgehen.

Aber mich behielten sie da. Ich bekam zehn Tage. Zehn Tage lang fegte ich das Gelände der Wache, wischte die Böden im Erdgeschoß und im ersten Stock, spielte heimlich Black Jack mit dem sechzigjährigen Sjama, der fünfzehn Tage bekommen hatte, weil er der Nachbarin vor die Tür schiß, nachdem sie mit Kreide ›Jud‹ auf seine Tür geschrieben hatte.

25

Kiew. Mai 2015.

»Also, heben Sie mal das Hemd hoch«, forderte mich mein Leibarzt auf.

Kam da in mein Arbeitszimmer und übernahm das Kommando. Aber ich gehorchte. Er hörte sich mein neues Herz an, horchte aufmerksam. Dann legte er mir das chromkalte Stethoskop an die Brust und lauschte auf die Lungen.

»Die Sommersprossen gehen nicht weg?« fragte er zwischendurch.

»Können Sommersprossen denn wieder weggehen?« fragte ich, nachdem ich schon die Hoffnung aufgegeben hatte, sie je wieder loszuwerden.

»Wenn sie eine krankhafte Erscheinung sind, dann ja. Wenn nicht, dann bleiben sie. Das Wesen spontanen Auftretens von Sommersprossen im Erwachsenenalter ist nicht ausreichend erforscht.«

»Womit befaßt sich denn die medizinische Forschung auf Staatskosten?«

»Jedenfalls nicht mit Sommersprossen«, sagte der Arzt ehrlich. »Mit Krebs, Aids, Sarkomen. Aber wenn ich ehrlich sein soll...«

»Was schweigst du?« Ich drehte mich um und musterte diesen von Kolja Lwowitsch empfohlenen Exarmeearzt.

»Es ist nur eine Vermutung«, fuhr er nach einer Pause fort. »Mir scheint, die westliche Pharmazie züchtet neue Arten von Grippe und Asthma, um neue Arzneien auf den Markt zu bringen. Na ja, wie die Computerleute ihr Geld mit Antivirusprogrammen verdienen, nachdem sie vorher neue Computerviren entwickelt und in Umlauf gesetzt haben.«

»Ah, ja?« Den Gedanken des Arztes fand ich interessant. »Also sind meine Sommersprossen vielleicht doch eine neue Krankheit, und es gibt schon ein Mittel dagegen?«

»Nicht daß ich wüßte.«

»Dann finde es heraus! Wenn du es weißt, berichte mir!«

Nach dem Arzt kam Lwowitsch mit einem Stapel Unterlagen herein.

»Das ist zum Unterschreiben.« Er legte den Stapel auf den Tisch. »Und noch etwas. Damit Sie das nicht überrascht... Während Sie krank waren, haben wir im Ministerkabinett eine Reform durchgeführt...«

»Was für eine Reform?« Ich sah in sein rundes Gesicht wie in einen leeren Teller, der mir zu essen anbot, was er nicht enthielt.

»Einen Premierminister als solchen gibt es nicht mehr«, führte Lwowitsch ruhig aus. »Premierminister werden reihum alle Ressortminister, und auf diese Weise erhält jedes Ressort mal eine Zeitlang Vorrang. Zur Zeit kommt Wirtschaftsminister Sinko den Premierministerverpflichtungen nach. Dort bei den Papieren befindet sich der Plan dieser Reform. Urheber sind Sie.«

»Geh raus, komm in zehn Minuten wieder!« kommandierte ich. »Ich lese es selbst.«

Als ich allein war, sah ich die Papiere durch. Die Reform war vernünftig, bloß schade, daß sie von diesem Kleindenker stammte. Allerdings war er kein Dummkopf, wenn er meinen Namen unter die Reform gesetzt hatte.

»He«, rief ich meinen Assistenten. »Hol ihn her!«

Kolja Lwowitsch kam wieder herein. Ich wollte ihm gern etwas Nettes sagen. Aus dem Gesamtbild, das diese graue Persönlichkeit bot, fiel mir die gar nicht zu seinem Äußeren und der Farbe seines Anzugs passende lila Krawatte ins Auge.

»Schöne Krawatte!« sagte ich lächelnd zu ihm.

Er war zufrieden.

»Vielleicht einen Schluck ›Hennessy‹?« schlug er vor.

Ich nickte meinem Assistenten zu, der alles gehört hatte.

»Auf die Reform!« Lwowitsch hob den Kognakschwenker.

»Auf die hübsche Reform!« stimmte ich zu.

26

Kiew. Oktober 1983.

Die zehn Tage Hoffegen auf der Bezirksmilizwache gereichten mir zum Nutzen. Nicht nur deshalb, weil ich nützliche Bekanntschaften schloß. Nein, vor allem eröffnete sich mir dort überreichlich Zeit zum Nachdenken über menschliche Werte und Moralvorstellungen, wenn man es mal großspurig ausdrücken will. Leiser gesagt, kam ich nicht nur dazu, mein Schicksal zu beweinen, sondern auch dazu, an die Zukunft zu denken. Ich begriff, daß das Leben selbst, wie ein Fluß, mich in den Hof dieser Bezirkswache gespült hatte, und jetzt hing es von mir ab, ob ich weiter im Strom schwamm oder versuchte, selbst eine Richtung zu finden. Was lag hinter mir? Die Schule, ein Dutzend Arbeitsstellen, von denen ich es auf keiner länger als drei Monate ausgehalten hatte, und eine Heirat. Und jetzt also die ersten zehn Tage Haft. Was lag vor mir? Praktisch das ganze Leben, nur womit es neu beginnen? Mit Scheidung?

Von Scheidung fing Sweta selbst an. Als ich von der Miliz heimkam, fehlten schon ihre Sachen in unserem Zimmer.

»Sie hat dir einen Brief dagelassen«, sagte meine Mutter. »Ich habe ihn nicht gelesen!«

Der Umschlag war zugeklebt, aber eingerissen. Und der Brief, als ich ihn herauszog, roch nach Hering. Meine Mutter liebte Hering, und zweimal pro Woche gab es bei uns abends gehackten Hering mit Kartoffelpüree.

Serjoscha!

Verzeih mir. Ich habe das Gefühl, der Tod unseres Kindes ist ein Omen, ein Zeichen gegen unsere Ehe. Ein zweites Omen sind deine ›zehn Tage‹. Ich glaube, wir müssen uns scheiden lassen. Wenn du nichts dagegen hast, ruf an. Ich bin bei meinen Eltern. Kuß, Sweta.

›Na, so was‹, wunderte ich mich. ›Heißt es nicht: 'Aller guten Dinge sind drei'?‹

Aber trotzdem rief ich sie an und sagte: »Ich habe nichts dagegen.« Sie schien sich zu freuen. Die Scheidung ging rasch über die Bühne. Ihre Eltern regelten alles durch ihre Bekannten beim Standesamt.

»Das mußt du feiern!« sagte mein Freund Schenja, der zwei Stockwerke unter uns wohnte.

Und ich feierte. Nahm eine Flasche Portwein und ging abends zur Bezirksmilizwache, fand den Sergeanten, der mich verhaftet hatte, und wir saßen ganz nett zusammen in seiner Dienststube. Auf meine Scheidung trank auch ein junger Leutnant mit uns, der Dagestaner Marat Husseinow.

»Wenn du mal Probleme hast, komm vorbei!« sagten sie mir zum Abschied.

27

Kiew. Oktober 2014. Nacht.

Vorm Fenster im Haus auf der Desjatinnaja schüttete es. Der Regen klatschte an die Scheiben, schlug mir aufs Trommelfell. Aber ich schlief. Im Kamin brannten die Scheite herunter. Durch den leichten Schlaf hörte ich ihr Knistern, und es drängte das Regenrauschen ein wenig in den Hintergrund. Ich hatte einen schweren Tag gehabt. Nichts zermürbte mich so wie die monatliche Fernsehansprache an die Nation. Das war alles live, und dann die Pressekonferenz, auch die live. Und die Fragen, eine erhebender als die andere. »Wird die Ukraine Sanktionen gegenüber Polen einführen als Antwort auf das polnische Einreiseverbot für den ukrainischen Diesel-Lastverkehr?« – »Was halten Sie von dem Gesetzesentwurf zur Einbürgerung illegaler Einwanderer?« – »Wann wird die Regierung Ordnung schaffen auf dem Energiesektor?«

Noch im Schlaf hörte ich all diese Fragen. Es war zwei Uhr nachts. Und plötzlich ein leises Klopfen an der Tür. Das Klopfen hielt eine Weile an, bis ich die Augen öffnete.

Ich starrte auf das erloschene Kaminfeuer und kam zu mir, stand auf, warf den Morgenrock über und ging zur Tür.

»Verzeihung, Herr Präsident«, meldete gedämpft der

Chef meiner Leibwache, Oberst Potapenko. »Nikolaj Lwowitsch will zu Ihnen. Etwas Dringendes.«

»Was hast du?« fragte ich beim Eintreten ins Wohnzimmer, wo er mein Aufwachen abgewartet hatte.

»Heute morgen wird Kasimir die Erhöhung der Strompreise bekanntgeben«, haspelte Lwowitsch nervös. »Um fünfzig Prozent! Ist Ihnen klar, was das bedeutet?«

»Aber der Strom gehört doch ihm«, antwortete ich. »Wir haben ein Land mit Marktwirtschaft. Was können wir da machen?«

»Setzen Sie sich!« bat Lwowitsch. Dann drehte er sich zur diensthabenden Wache um. »Was stehst du da rum, geh und koch einen Kaffee!«

Während die Wache fort war, beugte Lwowitsch sich zu mir und flüsterte nervös: »Das ist erst der Anfang! Verstehen Sie doch! Er fängt wieder an, den Schuldnern den Strom abzuschalten. Und wer ist sein größter Schuldner – der Staat! Er schaltet auch uns ab! Er hat OblEnergo zusammengekauft, um irgendwann das Licht im ganzen Land auszuschalten, sich zum Präsidenten zu machen und das Licht wieder einzuschalten! Stellen Sie sich vor, was passieren kann! Und das alles, weil ein Mann die gesamte Elektrizität in der Hand hat!«

»Aber Fedjuk hat ihn doch gelassen!«

»Richtig, aber Präsident Fedjuk sitzt im Gefängnis, wegen Verursachung eines Staatsschadens … Übrigens, vielleicht unterschreiben Sie doch das geänderte Dekret? Über die Heraufsetzung der Mindestschadenssumme?«

»Bring mich nicht durcheinander! Es ist zwei Uhr nachts!« Ich wurde ärgerlich.

»Gut, gut!« Lwowitsch nickte. »Wir brauchen Sofortmaßnahmen...«

»Gibt es Vorschläge?«

»Gibt es.«

Am Ausdruck seines runden Gesichts konnte man erkennen, daß die Vorschläge bei mir Widerspruch auslösen könnten.

»Man muß das Parlament einberufen«, sagte er vorsichtig.

»Wann? Jetzt?«

»Jetzt.« Er guckte hoch zur großen Standuhr. »Auf vier Uhr morgens. Nicht das ganze, nur die gesamte Opposition – sie haßt Kasimir – und die Zentristen. Dann reichen die Stimmen. Sie treten gegen Kasimirs Pläne auf und schlagen einen Gesetzesentwurf vor...«

»Was für einen?«

»Ich habe ihn vorbereitet. ›Über die Produktion von billigem Strom und die Restrukturierung der Staatsschuld für verbrauchte Energie‹. Das ergänzen wir um ein Strompreismoratorium bis zu den nächsten Präsidentenwahlen. Das geht durch! Die Stimmen reichen.«

Der Leibwächter kam zurück, hinter ihm ein verschlafenes Dienstmädchen mit einer Kanne Kaffee.

»Beruf das Parlament ein!« sagte ich zu Lwowitsch.

Per Handy rief er irgendeinen seiner Leute an.

»Hörst du! Plan ›A‹!« sagte er und steckte es wieder weg.

Ich trank meinen Kaffee und versuchte, mir Plan ›B‹ vorzustellen. Sicher existierte so ein Plan, erdacht für den Fall, daß Plan ›A‹ nicht meine Zustimmung gefunden hätte.

Es gibt nichts Besseres, als einen Auftritt vor einem verschlafenen Parlament. Zwar war ich selbst auch etwas verschlafen, aber das schadete der Sache nicht. Im Saal hing die Atmosphäre erhöhter Verantwortung. Nächtliche Sitzungen hätten das Land kräftig weiter in Richtung Europa bewegen können, aber wir nutzten diese Möglichkeit äußerst selten, zum dritten Mal in zwei Jahren.

Das Ergebnis der Abstimmung übertraf noch meine Erwartungen. Der Erlaß war angenommen und trat sofort in Kraft.

Nach der Sitzung des Parlaments rief General Swetlow mich beiseite. Er schlief nachts auch nicht, wie sich herausstellte.

»Ich gebe Order, alle Unterlagen über die Stromschuldner zu beseitigen«, erbot er sich. »Dann schlagen wir ihnen gleich die letzten Trümpfe aus der Hand.«

»Sehr gut! Los geht's!« verabschiedete ich ihn.

Vor dem Parlament starteten dreihundert Mercedesse, Jaguars, Lexusse und brachten die immer noch verschlafenen Oppositionsvertreter und Zentristen in alle Richtungen nach Hause. Ich blickte aus einem Fenster im ersten Stock auf diese Bienengeschäftigkeit. Ein schöner Anblick! Die gelben Scheinwerfer zogen hübsche zweifache Linien durch die frühmorgendliche Dämmerung. Die Wagen schienen dem Duft ferner Blüten entgegenzufliegen, sie eilten zum Pollen. Sie wollten die ersten sein.

»Und, wie?« erklang hinter mir Lwowitschs zufriedene Stimme.

Ich drehte mich um.

»Ausgezeichnet! Heute kannst du mich bitten, worum du willst!« sagte ich halb im Scherz.

»Unterschreiben Sie das kleine Dekret! Über die Heraufsetzung der Mindestschadenssumme...«

Ich seufzte, und plötzlich klärten sich die Gedanken und wurden konkret und einleuchtend.

»Gut«, sagte ich. »Aber das Dekret erhält keine rückwirkende Gültigkeit – die, die nach dem alten Dekret sitzen, bleiben drin!«

»Selbstverständlich.« Lwowitsch breitete die Arme aus. »Wozu sie anrühren! Die Hauptsache ist schließlich die Zukunft!«

»Und noch was.« Meine Miene wurde ernst und undurchdringlich. »Ich muß sofort auf einen Staatsbesuch. Vor neun Uhr heute morgen! Die Abrechnung mit Kasimir muß in meiner Abwesenheit geschehen!«

Lwowitsch dachte nach.

»Gut«, nickte er. »Fahren Sie direkt nach Borispol. Ich setze mich gleich mit dem Außenministerium und dem Flughafen in Verbindung. Das Flugzeug wird bereitstehen. Während Sie hinfahren, finden wir ein Land für Ihren Besuch.«

28

Tschernigower Gebiet. Dorf Gluchowka. August 2003.

Sechs Uhr morgens. Nach dem nächtlichen Gewitter war die Luft ozongetränkt, Atmen war ein reines Vergnügen. Mama und ich saßen in meinem alten Opel, die Wagentüren weit offen. Aber das Tor zum Heim Nr. 3 für psychisch Kranke war noch verschlossen, jedenfalls für Besucher. Die kranken Psychen schliefen noch, und Außenstehende wurden gebeten, sie vor dem Frühstück nicht zu stören. Das Frühstück stand sicher schon auf dem Herd, fünf kleine, alterslose Frauen hatten schon das Gelände betreten. Ein Wächter hatte sie an seinem Wächterhäuschen zwischen Tor und Betonmauer hineingelassen.

»Wir hätten später losfahren sollen«, sagte ich zu Mama.

Sie seufzte, beugte sich vor und zog aus der Tasche zu ihren Füßen eine weiche Packung Kefir. Sie riß eine Ecke ab und hob die Öffnung an die Lippen. Dann reichte sie sie mir.

»Ich habe jedesmal Angst, daß ich nicht mehr rechtzeitig komme«, sagte sie dann. »Gebe Gott, daß du das nicht verstehst!«

Ich hörte ihr zu und verstand wirklich nicht, was sie meinte. Körperlich schien Dima doch gesund. Es war seine Seele, die krank war. Unsre Mutter selbst war natürlich schon ein wenig alt, fünfundsiebzig Jahre. Aber sie war doch noch ganz gesund!

»Du hättest auch einen besseren Wagen nehmen können, mit Fahrer!« Sie wandte sich zu mir und betrachtete mich kritisch. Dann zog sie ihr rosa Kopftuch zurecht und musterte sich mit dem gleichen kritischen Blick – rote Jacke, langer schwarzer Rock.

»Und du hättest dich besser anziehen können«, sagte ich. »Würde ich einen Wagen mit Fahrer nehmen, dann wüßte das ganze Ministerium, daß ich einen Bruder in der Klapsmühle habe!«

Um neun Uhr ließen sie uns auf das Gelände. Als erstes ging ich zum Chefarzt und legte einen Umschlag mit hundert Dollar und meine Visitenkarte auf den Tisch.

»Wenn es irgendwelche Probleme gibt, rufen Sie an!«

Er nickte, Dankbarkeit in den Augen.

»Für wie viele Tage nehmen Sie ihn mit?«

»Für eine Woche.«

Mama und Dima waren schon draußen. Sie sagte irgend etwas, und er hatte das Gesicht mit zusammengekniffenen Augen der Sonne zugewandt.

Ich schaute ein wenig in die Runde und sah auf einmal eine junge Frau in einem lila Morgenmantel. Gepflegte Haare, das Gesicht von frappierender Schönheit, allerfeinstes Profil, elegant. An den Füßen silberne armenische Pantöffelchen mit hochgebogenem Schnabel. Abwesender Blick.

Ich beobachtete sie mit gierigem Interesse. Sie wanderte langsam übers Gras. Jetzt kam sie näher, aber noch ein paar Augenblicke – und sie würde vorbeigehen. Diese Leute hier erinnerten mich an kosmische Sputniks, jeder zog seine Bahn, an Sternen und Planeten vorbei, und die Bewegung jedes einzelnen war unendlich.

Ich trat einen Schritt auf sie zu und fragte leise: »Wie heißen Sie?«

Ihr Blick erstarrte. Sie blieb stehen und sah mich etwas erschrocken an.

»Walja. Walja Wilenskaja.«

Ich schwieg, und sie stand schweigend vor mir, als würde sie darauf warten, daß ich das Gespräch fortsetzte. Aber was konnte ich sie noch fragen? Und während ich fieberhaft überlegte, wandte sie sich ab und nahm ihre Bewegung übers Gras wieder auf.

»Ich komme gleich!« rief ich Mama zu und eilte noch mal zurück ins Verwaltungsgebäude.

Der Chefarzt war allein im Zimmer. Durchs Fenster drang helles Sonnenlicht, an der Wand hinter dem Tisch hing ein Bild unseres Nationaldichters Schewtschenko. Auf dem Tisch ein offener Schnellhefter, daneben ein Glas Tee. Der Arzt sah hoch.

»Haben Sie etwas vergessen?«

»Sie haben hier ein Mädchen, Walja Wilenskaja«, sagte ich. »Wer ist sie?«

»Leichte Form der Schizophrenie.« Der Chefarzt zuckte die Achseln. »Einmal im Monat kommt ihre Schwester, ebenfalls eine Schönheit.«

»Treten die Pfleger ihr nicht zu nahe?« fragte ich, für mich selbst ganz unerwartet.

»Wo denken Sie denn hin! Wir passen auf.«

Der weiße Chefarztkittel und Walja Wilenskajas lila Morgenrock blieben auf dem Heimgelände zurück, und wir fuhren in dem alten Opel nach Kiew, auf dem Rücksitz der glückliche Dima.

»Unterwegs essen wir irgendwo«, sagte Mama. Dann wandte sie sich nach hinten: »Was habt ihr zum Frühstück gehabt?«

»Haferbrei mit Kompott.«

»Wie in England!« sagte ich lachend.

»Gehen wir dann angeln?« fragte Dima. »Letztes Mal hast du es versprochen.«

»Na klar! An der Flußmündung, weißt du, wie sie da anbeißen! Du wirfst aus und ziehst sofort wieder raus!«

Ich sah ihn im Rückspiegel an, sah sein Lächeln und dachte: ›Er hat es sich gut eingerichtet. Als hätte er mit dem Leben einen bilateralen Nichtangriffspakt!‹

29

Kiew. Oktober 1983. Abend.

Es regnete und regnete. Freund Schenja aus dem dritten Stock hatte einen Videorekorder und eine Pornokassette mitgebracht. Mama war zur Schneiderin gefahren. Wir guckten und wunderten uns.

»Bei ihnen zeigen sie so was jeden Abend im Fernsehen, stell dir vor!« sagte Schenja. »Und bei uns – Nachrichten und die Dorfstunde. Wir kriegen einfach nichts zu sehen!«

Auf dem Bildschirm schwamm in einem Swimmingpool eine nicht mehr junge Frau mit großen Brüsten. Von Zeit zu Zeit kam sie an den Rand geschwommen und streichelte sich selbst die Brust. Dabei lächelte sie merkwürdig.

Ich zuckte die Achseln.

»Wolltest du denn so was die ganze Zeit im Fernsehen sehen?« fragte ich.

»Warte, es wird noch interessanter!« versprach Schenja.

Weiter war auf der Kassette fast das gleiche, nur gegen Ende tauchte ein Mann auf, zog sich nackt aus und tauchte auch ins Becken. Zuerst redeten sie englisch, natürlich ohne Übersetzung. Dann ging es schon zur Sache, aber im Wasser war praktisch nichts zu sehen.

Ich zuckte noch mal die Achseln, sah Schenja fragend an.

»Das ist nicht die richtige Kassette!« entschuldigte er sich. »Sie haben mir eine andere versprochen, aber dann die hier angebracht…«

Er stöpselte den sperrigen Rekorder vom Fernseher los und trug ihn samt Kassette weg. Ich blieb allein. Eigentlich war es noch nicht so spät, aber hinter dem Fenster schüttete es, und es sah aus, als wäre es schon Nacht und als ginge sie nie zu Ende.

30

Ukrainischer Luftraum. Oktober 2014. Nacht.

Die Besatzung der Präsidentenmaschine war sichtlich angespannt. In der letzten halben Stunde war der Kapitän der Besatzung zweimal zu mir gekommen.

»Es gibt keine Order vom Boden«, meldete er. »Was sollen wir tun?«

»Kreisen Sie weiter über Kiew. Die Order kommt noch!«

Die beiden Stewardessen, ganz junge Blondinen, hatten es schon geschafft, sich zu schminken. Eine nach der anderen, auf der Toilette. Jetzt standen sie am anderen Ende des Salons und flüsterten nervös. Anscheinend hatte sich die Unruhe der Piloten auf sie übertragen. Aber die Piloten waren ja nicht dumm, sie merkten, daß hier irgendwas nicht stimmte. Dachten wahrscheinlich, während wir hier am nächtlichen Himmel kreisten, gab es auf der Erde einen gewaltsamen Umsturz oder etwas in der Art. Tatsächlich hatten Kolja Lwowitsch und ich ja einen kleinen Umsturz durchgeführt. Natürlich könnte Kasimir einen Gegenumsturz versuchen, aber ich hoffte, er schlief noch und wußte von nichts.

Ich erhob mich aus dem Sessel und wanderte nachdenklich über den breiten Durchgang mit dem sorgfältig glattgezogenen Läufer. Ich trat zu den Stewardessen. Sie verstummten und sahen mich fragend an.

»Wohin möchten Sie fliegen?« fragte ich scherzhaft.

»In die Türkei, ans Meer«, antwortete das Mädchen links. Sie war mutiger als ihre Freundin.

»In die Türkei?« Ich sah zu Boden, dann auf die schlanken Beine der Stewardessen. Sie bemerkten es.

Dann hob ich den Blick wieder.

»Vielleicht fliegen wir ja wirklich hin! Ich überlege es mir!« Ich drehte mich um und schlenderte vor zum Cockpit.

Die Tür stand offen. Unzählige kleine Lämpchen brannten dort, blaue, rote, grüne. Weiter, hinter der Scheibe – völlige Finsternis.

Der Kapitän kam mir entgegen.

»Herr Präsident, es gibt eine Order! Wir fliegen in die Mongolei!«

»Die Mongolei?« Ich wunderte mich. Die Türkei wäre mir wirklich lieber gewesen. Die lag hier nebenan, auf der anderen Meerseite.

Eine Stunde später erfuhr ich, daß uns in der zweiten Präsidentenmaschine eine eilig zusammengestellte Delegation aus Vertretern der ukrainischen Wirtschaft hinterherflog. Kolja Lwowitsch war auch dabei. ›Gut, wenn ein Land einen Präsidenten und zwei Präsidentenmaschinen hat‹, dachte ich noch, ehe ich unter dem monotonen Brummen der Flugzeugmotoren einschlief.

31

Kiew. Juni 2015. Sonntag.

»Vielleicht fahren Sie nach Kontscha? Zur Erholung?« Mein Assistent war unruhig.

Er stand im Türrahmen meines Arbeitszimmers im offiziellen Präsidentenwohnsitz auf der Desjatinnaja-Straße. Draußen war es heiß, und in der Wohnung erhielten nur drei geräuschlose Klimaanlagen die angenehme Kühle aufrecht. Schon vom Blick aus dem Fenster wurde mir heiß. Heiß und unwohl.

»Nein.« Ich sah meinen Assistenten an und versuchte mir eine Aufgabe für ihn auszudenken, damit er mich in Ruhe ließe. »Weißt du, was? Ich habe eine Bitte... Natürlich darf davon niemand wissen...«

Mein Assistent spannte sich wie eine Saite – bei Berührung hätte er einen Ton von sich gegeben. Er hatte sich, schien es, sogar auf die Zehenspitzen gereckt, um besser zu hören.

»Nimm einen Wagen und treibe irgendwo zwanzig Kilo gutes Eis auf. Das bringst du hierher, verstanden?«

Mein Assistent nickte und gab die Tür frei. Die kühle Luft zirkulierte wieder ungehindert über die Schwelle.

Gegen Mittag kam der Arzt, hörte mir Herz und Lunge ab.

»Vielleicht einen Whisky?« fragte ich.

»Ich darf nicht«, seufzte der Arzt. »Die Leber.«

»Und ich?« fragte ich.

»Sie dürfen, erhöhen Sie dabei die Dosis langsam. Das Herz wird Ihnen sagen, wann Sie aufhören sollen. Ein fremdes Herz ist empfindlicher als das eigene. Und auf die fremden Organe achtet der Mensch auch mehr. Meine Leber ist ja auch nicht meine, sie ist von einem Menschen, der das Trinken aufgegeben hat. Deshalb kann ich nicht…«

Ich sah den Arzt an. Heute gefiel er mir, er war menschlich, verletzlich und genau wie ich, aus eigenen und fremden Organen zusammengesetzt.

»Wie entspannen Sie sich denn dann?« Ich war neugierig.

»Ich halte es wie in dem Witz: Ich spanne mich gar nicht erst an«, sagte der Arzt lächelnd. »Im Ernst: Ich gehe angeln, Pilze sammeln und mache meine Freunde betrunken…«

Das interessierte mich.

»Sie machen sie betrunken und trinken selber nicht?«

»Genau. Sie trinken, reden, ich gieße nach und höre zu.«

»Interessant!«

»Sie können das Hemd wieder zumachen. Alles in Ordnung. Die Hauptsache ist: kühlen Kopf bewahren, keine Aufregung. Probleme kann es nur geben durch die Nerven oder durch plötzliche Erregung. Übermäßige Begeisterung ist daher auch nicht anzuraten.«

»Ich bin ein ruhiger Mensch.«

Ein Leibwächter brachte den Arzt zum Ausgang, und auf der Schwelle erschien wieder mein Assistent.

»Wohin soll das Eis?« fragte er.

»In die Wanne«, antwortete ich.

»Das ganze?«

»Das ganze.«

»Und dann?«

»Dann rufst du mich.«

Fünf Minuten später brannte mein von der Hitze erschöpfter Körper in der Eiseskälte. Das Eis bedeckte den ganzen Boden der Whirlpool-Wanne. Ich lag wie auf Kohlen darauf, etwa fünf Minuten. Dann drehte ich das kalte Wasser auf, und es schlug mir mit seinem Strahl auf den Körper, begann die kleinen und großen Eiswürfel unter mir auszuwaschen und versetzte sie in strudelnde Bewegung.

»He!« rief ich meinen Assistenten, und er guckte sofort herein.

»Whisky«, sagte ich.

»Mit Eis?«

»Ohne.«

Das war eine komische Befriedigung: Whisky extra, Eis extra.

Mir war nach noch irgendwas, nach etwas Wildem, das eine Reaktion im Körper hervorufen könnte.

Ich bat meinen Assistenten, Musik einzuschalten. Er kannte meinen Geschmack und fand sich schon in meinen Launen zurecht, das mußte man ihm lassen.

O könnt' ich in Tönen mich erklär'n ... Aus den in die Decke eingelassenen Lautsprechern klang Fjodor Schaljapins beherzter Baß herunter. Da war sie, die Reaktion des Körpers. Ich spürte einen leichten Schauer, der Beweis, daß ich dieser Stimme nicht nur mit den Ohren, sondern mit der ganzen Haut lauschte, mit meinem ganzen in der Eiswanne erkalteten Wesen.

»Ein Brief für Sie«, unterbrach die Stimme meines Assistenten meine trägen Phantasien.

Ein Brief? Ich betrachtete den länglichen Umschlag mit der Aufschrift ›An den Herrn Präsidenten‹.

»Wer hat den gebracht?«

»Der Chef der Wache hat ihn mir gegeben, sagt, er hat ihn auf dem Boden gefunden.«

»Bring mir noch Whisky!«

Er ging hinaus, und ich öffnete den Umschlag, und meine Augen wurden rund. Ich hatte vermutlich schon seit zehn Jahren nicht mehr gesehen, daß jemand von Hand schrieb. Das Wort war längst zum gedruckten geworden. Buchstaben, geschliffen wie alte Gläser, ließen sich zu beliebigen Sätzen drucken, bis hin zum Heiratsantrag. Für emotionale Briefe gab es eine eigens ›aufgeregte‹ Schrift, für erboste wieder eine andere, ›aufgeblasene‹ und hochmütige.

Lieber Präsident!

Ich hoffe, daß es Ihnen bald bessergeht und Sie bald damit einverstanden sind, mich zu treffen. Das bedeutet mir sehr viel. Wenn ich mich auch zur Zeit mit jenen fünf Metern begnüge, die uns in den Nächten trennen.

Ich wünsche Ihnen inneres Gleichgewicht und Wohlwollen gegenüber Ihrer Umwelt.

Aufrichtig Ihre

Maja Woizechowskaja.

Der Brief überfuhr mich wie ein Traktor. Ich lag da in der Wanne, entwaffnet von der Dreistigkeit dieser Dame. Ihre Handschrift versetzte mich in der Erinnerung zurück in die erste Klasse, wo ich im Spezialliniennheft lernte, die Buchstaben richtig zu ›neigen‹, um die Handschrift zu entwikkeln.

»Ihr Whisky!« tönte über meinem Kopf mein Assistent.

Ich nahm das zweite Glas. Stellte es auf den Wannenrand, fischte zwei Würfel Eis aus dem Wasser und warf sie in den Whisky.

Ich trank von dem Whisky, betrachtete die rötliche Flüssigkeit und verglich ihre Farbe mit der Farbe meiner Sommersprossen. Als ich ausgetrunken hatte, verrenkte ich den Fuß und betrachtete meine Fußsohle – die Sommersprossen waren sogar dort.

32

Kiew. Oktober 1983.

Viertel vor acht. Abend. Hinter den ›Sechzehner‹-Häusern wurde der Kampf vorbereitet. Kein gewöhnlicher, sondern ein fast ritueller – ›in Schlachtordnung, Mann gegen Mann‹. Von unserer Seite waren wir etwa fünfzig. Unsere Seite, das waren die Jungs aus den ›Sechzehner‹- und ›Achtzehner‹-Häusern. Plus zehn Jungs, die neben der Schule Nr. 27 wohnten. Die Mehrheit der Kämpfer war sechzehn, siebzehn. Ich war zweiundzwanzig, ich war Hauptmann. Schenja und ich entwarfen Strategie und Taktik.

»Gib mir einen Dreier, ich geh Portwein holen.« Witja Glatze kam angelaufen. »Der Laden macht zu.«

Ich zog zögernd einen Dreier raus. Witja Glatze lief weg. Der Wind rauschte. Die Bäume unseres kleinen Parks schwankten in den Wipfeln und rauschten auch. Irgendwo in der Ferne donnerte es.

»Weißt du«, flüsterte ich Schenja zu, »bleib du für mich hier. Ich geh uns absichern. Sag unsern Leuten, daß sie die

Ketten erst ganz am Schluß und nur im Notfall rausholen sollen. Nur, wenn sie sehen, daß die ›Kreise‹ unehrlich kämpfen!«

Wie ein Kundschafter schlich ich mich an dem Haufen ›Kreise‹ vorbei – unsere Gegner von der Schtscherbakow-Straße. Ich ging langsamer und lauschte.

»Mit den Stangen auf die Beine!« drang es an meine Ohren. »Dann treten...«

Ich lief zu Schenja zurück.

»Hör zu, es ist ernst. Sie haben Eisenstangen. Sag den Jungs, daß sie gleich mit den Ketten zuschlagen sollen. Auf die Beine.«

Fünfzehn Minuten später stürzte ich, außer Atem von dem nächtlichen Sprint, in die Milizbezirkswache.

»Oh! Was treibt dich her?« rief mir durchs Fenster des diensthabenden Leutnant Marat Husseinow zu.

Ich streckte den Kopf durchs Fenster.

»Gleich gibt's ein Massaker, Mann gegen Mann. Zwischen den ›Sechzehnern‹ und dem Park. Die ›Kreise‹ haben Eisenstangen.«

»Und deine?«

»Ketten.«

»Eisenstangen sind schwerer«, nickte der Leutnant nachdenklich. »Also, schlägst du vor, sie zu verscheuchen?«

»Nicht sofort. Zehn Minuten müssen wir uns schlagen, um zu sehen, wer stärker ist, und dann – verscheuchen.«

Leutnant Husseinow schaute hoch auf die Wanduhr im Dienstraum.

»In einer halben Stunde gibt es Fußball. Dynamo Kiew gegen Dynamo Tiflis. Das muß vorher geschafft sein.«

»Ich bin schon weg!« sagte ich. »In einer Viertelstunde!«

»Gut«, sagte der Leutnant ruhig, und seine Hand streckte sich aus zu den dicken weißen Tasten der monströsen Minifunkstation.

Der Kampf begann fast spontan. Aus Richtung der ›Kreise‹ flog ein halber Ziegelstein in die Menge unsrer Jungs. Jemand schrie vor Schmerz, und im nächsten Augenblick warf sich die ganze Streitmacht kettenschwingend auf die Gegner. Vom Balkon im zweiten Stock des nächsten Hauses beobachtete ein Mann im weißen Unterhemd die Schlacht. Er beugte sich übers Geländer, guckte und schrie: »Ruft die Miliz! Irgend jemand soll die Miliz rufen! Ich habe kein Telefon!«

Vom Wohnheim der Gemüsefabrik fiel das Licht von Wagenscheinwerfern auf die kämpfende Menge. Eine Milizsirene ertönte.

Ich versuchte zu erkennen, wer am Gewinnen war, aber das war unmöglich. Ich mußte mich die ganze Zeit vor Schlägen ducken. Schon zweimal war eine Eisenstange an meinem Kopf vorbeigezischt. ›Und sie haben noch gesagt, auf die Beine‹, empörte ich mich über die doppelte Ehrlosigkeit des Gegners.

»Miliz!« rief jemand.

Und die Schlacht zerfiel, zerbröselte, verstreute sich in der Dunkelheit.

Der Milizwagen fuhr langsam. Es war klar, daß sie niemanden fangen wollten. Wenn sie wen festnahmen, mußte ein Protokoll geschrieben werden, mußte man ihn in die Zelle setzen. Und der Fußball?

Hinter einem alten Kirschbaum hervor beobachtete ich

das verlassene Schlachtfeld. Im Licht der Scheinwerfer sammelten zwei Milizionäre Eisenstangen und Ketten vom Boden auf. Und plötzlich drehten beide die Köpfe in Richtung Haselnußsträucher. Von dort war ein Stöhnen zu hören.

›Wer kann das sein?‹ überlegte ich nervös. ›Hoffentlich keiner der Unsrigen!‹

Die Milizionäre zogen jemanden unter den Sträuchern raus und führten ihn zum Wagen. Im Licht der Scheinwerfer untersuchten und betasteten sie seinen Kopf.

Das war ja Belyj! Der Sohn der Lehrerin!

Ich kam hinter dem Baum hervor und ging zu dem Wagen.

»Das ist Wassja Belyj«, sagte ich zu den Uniformierten. »Ich bringe ihn lieber nach Hause!«

»Und wer bist du?« fragte der verwirrte Fähnrich mit dem pockennarbigen Gesicht. »Gehörst du auch zu der Bande?«

Ich studierte das Gesicht des zweiten Uniformierten. Auch unbekannt.

»Los, beide ins Auto!« befahl der Fähnrich.

Der Wagen wendete, und Wassja und ich sahen schweigend zu, wie hinter uns die Silhouetten der fünfstöckigen Blocks zurückblieben, die Bäume des kleinen Parks, die Wohnheime der Gemüsefabrik.

Ich war nervös. Mir schien, das waren irgendwelche anderen Milizionäre. Vielleicht hatte die hier einer von den ›Kreisen‹ gerufen? Und meine hatten es einfach vergessen?

Aber der Wagen hielt vor der vertrauten, viele Male gefegten Bezirkswache.

Dort empfing uns schon Husseinow. Wassja gossen sie

ein Fläschchen Jod über den verletzten Kopf, und dann sahen wir zusammen mit den Milizionären Fußball.

Nach der ersten Halbzeit stand es 2:1 für uns.

33

Kiew. September 2003.

»Sergej Dmitritsch will Sie sprechen.« Meine Sekretärin spähte durch die angelehnte Tür herein.

Ich nickte, und Dogmasow betrat das Zimmer: Zweimetermann, Doktor der Geschichtswissenschaften, Präsident des Fonds ›Intellektuelle Ressourcen‹. Ich wußte noch, wie ich seine Visitenkarte beschneiden mußte – anders hätte sie nicht in den Kartenhalter gepaßt. Auf der Visitenkarte war eine solche Menge Titel und Ämter aufgezählt, daß, bis ich die letzten gelesen hatte, die ersten schon wieder vergessen waren.

Aber das machte nichts, das waren die Ambitionen. Ein Leben lang hatte er nach vorn gestrebt, und jetzt hatte er es endlich geschafft. Sollten ruhig alle wissen, was er erreicht hatte!

»Sergej Pawlowitsch!« sagte er lächelnd. »Man kommt gar nicht mehr zu Ihnen durch. Seit zwei Wochen rufe ich an. Mal sind Sie in Straßburg, mal in Brüssel! Werden Sie nicht müde?«

»Ich würde gern, aber es gelingt mir nicht«, antwortete ich lächelnd. »Denn wenn man nicht müde wird, ruht man sich auch nicht aus. So kann ich mich nicht mal richtig ausruhen.«

»Ich denke, das ist kein Problem«, sagte er lachend und setzte sich in den Besuchersessel an den kleinen Tisch.

Es war sein traditioneller Beginn jeder geschäftlichen Unterredung. Und je geschäftlicher es ihm war, desto länger dehnte sich die scherzhafte Einleitung.

»Wie geht es Ihrer Mutter? Ist sie wieder gesund?«

»Sie wissen wahrhaftig alles!« staunte ich. »Ja. Ich mußte einiges für die Medikamente hinblättern, aber Sie verstehen ja...«

Er nickte. Ich warf verstohlen einen Blick zur Uhr. Es wäre sehr unangenehm, wenn diese Unterredung länger dauern würde. Ich hatte für heute noch andere Pläne.

»Ist es Ihnen nicht zu eng hier?« Sergej Dmitritsch sah sich in meinem geräumigen Zimmer um.

»Eigentlich nicht, ganz gemütlich«, sagte ich und dachte dabei: Ist das ein Test, ob ich es satt habe, oder der Vorschlag, noch eine Stufe höher zu klettern?

Die nächsthöhere Stufe gefiel mir nicht. Jetzt war ich stellvertretender Minister. Der stellvertretende Minister lebte gewöhnlich länger als der Minister. Und ich war auch kein großer Liebhaber der Scheinwerfer staatlichen Ruhms. Mir ging es auch bei Kerzenlicht ganz gut.

»Ich hatte den Eindruck, daß diese Arbeit Ihnen nicht gestattet, sich ganz zu entfalten. Ich kenne mich doch mit Menschen aus. Ich sehe, wer zu klein ist für die ihm gestellten Aufgaben und wer zu groß. Ja, und Sie sind in der letzten Zeit so gewachsen...«

»Wollen Sie einen Kaffee?«

Er nickte. Ich bat Nilotschka, meine Sekretärin, uns mit einem starken Arabica zu erfreuen.

»Wir haben da in der Präsidialverwaltung eine Vakanz«, erklärte er plötzlich halb flüsternd. »Gleiches Geld, aber mehr Spaß. Und Verantwortung, natürlich. Überlegen Sie es sich, ich rufe Sie wieder an.« Er zog einen Palm aus der Tasche, ließ irgendwelche Notizen über das Display laufen. »Am Mittwoch, um elf!«

Den Kaffee fand Dogmasow zu stark, und er kippte drei Löffel Zucker in die Tasse.

»Wissen Sie«, sagte er lächelnd, »bei uns in der Familie waren stets alle Anhänger von Süßem, aber kein einziger Fall von Diabetes!«

Als Sergej Dmitritsch ging, ließ er wieder einmal auf dem Tischchen seine Visitenkarte zurück. Eine komische Gewohnheit von ihm! Direkt wie aus irgendeinem Krimi! Oder aus diesem Film meiner Kindheit, ›Fantomas‹.

Ich nahm die Visitenkarte und wollte sie zuerst in den Papierkorb werfen, aber die Hand erstarrte über dem Plastikeimer. Die Putzfrau brachte diesen Müll später weg, aber wo brachte sie ihn hin? Würde diese Visitenkarte nicht bei irgendwem auf dem Tisch landen? Nein, ich durfte nicht vergessen: je näher zur Sonne, desto heißer.

Ich las die endlose Aufzählung von Ämtern und Titeln durch. Es sah aus, als wäre etwas dazugekommen. Das hier – ›Mitglied der europäischen Führungsakademie‹. Na gut.

Ich griff zum Kartenhalter und steckte Dogmasows in der Mitte geknickte neue Visitenkarte in ein Fensterchen, über die alte.

»Sergej Pawlowitsch.« Nilotschka sah herein. »Sie haben Wassja aufgetragen, für drei einen Wagen bereitzustellen. Er wartet schon.«

»Ich komme heute nicht mehr«, sagte ich der Sekretärin im Gehen.

Ich erkannte Swetlana Wilenskaja sofort. Sie sah ihrer Schwester so ähnlich. Sie saß an einem Tischchen im Restaurant ›SSSR‹ beim Höhlenkloster und wartete auf mich. Der Chefarzt des Heims war ein Prachtkerl! Er hatte alles richtig gemacht. Ich hatte ihn gebeten, sich mit ihr in Verbindung zu setzen und zu sagen, daß da ein Mensch ihrer Schwester helfen wollte. In medizinischer Hinsicht. Und sie hatte selbst angerufen, das war das Wichtigste. Nicht ich rief an, um ein Treffen zustande zu bringen, sondern sie!

»Verzeihen Sie, daß ich zu spät komme.« Ich setzte mich neben sie. »Der Dienst! Essen Sie etwas?«

Da erschien schon ein Kellner im Pionierhalstuch und schlug ein Menü vor.

Wir nahmen beide Salat und ein Glas Muskateller.

Sie war etwa fünfunddreißig, schwer zu sagen, ob sie älter oder jünger als Walja war.

»Wissen Sie, mein Bruder wohnt auch dort, in Gluchowka im Heim. Der Chefarzt meint, Ihre Schwester und mein Bruder haben ähnliche Krankheitsbilder…«

Sie sah mich aufmerksam an, sehr aufmerksam. Das kurze modische Kostümjäckchen war aufgeknöpft, darunter ein enganliegendes wollenes Shirt. Ich wanderte kurz mit dem Blick weiter – enge Jeans und spitze braune Lederschuhe.

»Ist Ihr Bruder schon lange da?« fragte sie.

»Er war erst in der Nähe von Kiew, nach Gluchowka ist er vor drei Jahren gekommen. Und Walja?«

»Walja ist noch nicht lange dort. Das zweite Jahr … Nikolaj Petrowitsch sagte –«

»Ja, als er die Diagnosen erwähnte, dachte ich, vielleicht versuchen wir diese neue Methode gleichzeitig? … Verstehen Sie, worum es geht? Ich bin kein Arzt und erst recht kein Psychiater … wie geschluckt, so ausgespuckt, entschuldigen Sie den Ausdruck. Farbtherapie, angeblich von den Deutschen erfunden. Man wählt eine individuelle beruhigende Farbe und dann eine zweite, die die konkrete Aufmerksamkeit für die Realität stimuliert, läßt sie für die Zeit der Behandlung in einer speziellen therapeutischen Wohnung in diesen zwei Farben wohnen und korrigiert die Psyche.«

»Ich habe Geld«, sagte Swetlana ruhig. »Hauptsache, es hilft.«

»Vielleicht brauchen Sie kein Geld. Ich versuche, das übers Gesundheitsministerium zu organisieren. Es ist eine neue Klinik, sie hat gerade erst die Lizenz bekommen … Und was machen Sie so?«

»Honig«, sagte sie. »Ich exportiere Honig …«

»Und wie läuft das?«

»Zuwenig.« Swetlana seufzte. »Es gibt zuwenig Honig. Man könnte an die dreihundert Tonnen mehr verkaufen …«

»Sie sind also nicht gegen meinen Vorschlag?« fragte ich.

Sie war einverstanden.

»Dann lassen Sie mir doch bitte Ihre Visitenkarte da, und ich halte Sie auf dem laufenden«, sagte ich und ärgerte mich innerlich über mein plötzliches Gestammel.

Swetlana Wilenskaja
Tel.: 210-00-01
Fax: 210-00-02

Es war ungewohnt, eine Visitenkarte zu sehen, auf der außer Name, Telefon- und Faxnummer nichts geschrieben stand. Was war das? Zeichen einer verschlossenen Natur?

34

Moskau. Oktober 2014.

In die Mongolei zu fliegen und nicht wenigstens auf dem Rückweg in Moskau vorbeizuschauen wäre einfach unsinnig gewesen. Um so mehr, als Rußland immer die strategischen Pläne der Nachbarn kennen will.

»Wie kann denn die Mongolei strategischer Partner der Ukraine werden?« wunderte sich der Vizesprecher der Duma aufrichtig. »Was finden Sie denn dort außer Tierhäuten?«

»Unsere Delegation hat zweiundsiebzig Verträge unterschrieben«, entgegnete ich nicht ohne Stolz. »Ja, die Hälfte davon betrifft Leder und die Lederwarenindustrie. Aber Sie verstehen, über Ihren Kopf weg springt man nicht weit. Deshalb sind die Lederverträge auch fürs russische Geschäft offen…«

›Woher nehmen die bloß diese Bären?‹ überlegte ich, während ich den Vizesprecher ansah. ›Von solchen Deutschen hat Hitler geträumt, aber es hat nicht geklappt! Der reinste Arier, blonder Zweimetermann, blauäugig und rotbärtig!‹

Mein Hals war müde von der Anspannung. Und es war auch einfach unerfreulich, sich den Hals zu verrenken, wenn man eigentlich mit einem Rangniedrigeren sprach. Lieber hinsetzen.

»Kommen Sie, setzen wir uns«, sagte ich und gab zu erkennen, daß ich erschöpft war. Er seinerseits hatte eindeutig nicht die Absicht, Sessel anzubieten.

»Ja, ja.« Der russische Arier nickte und sah sich um. »Gehen wir ins Beratungszimmer. Das Kaminzimmer ist besetzt, dort trifft sich der Premier mit dem deutschen Kanzler.«

›Beratungszimmer‹, das war ihr Jargon. Einfach ein kleines Wohnzimmer, wie es im Kremlpalast anderthalb Dutzend gab. Allerdings waren die Sessel lederbezogen, und die Bedienung war sofort zur Stelle, ein disziplinierter junger Mann im strengen schwarzen Anzug.

Der Vizesprecher nickte ihm zu, und schon ein paar Minuten später erschien auf dem Tisch eine mächtige Obstschale mit frischen Früchten und Mineralwasser, dazu Kristallgläser.

»Was war das eigentlich bei euch in Kiew für ein Aufruhr vor ein paar Tagen?« fragte der Vizesprecher plötzlich.

»Aufruhr? Sie meinen die nächtliche Parlamentssitzung?«

»Ja, Herr Präsident.«

»Da wurden auf ganz gewöhnlichem Wege dringende Entscheidungen getroffen«, antwortete ich, und mir wurde auf einmal klar, daß mir schon seit zwei Tagen keiner mehr über die Lage im Land berichtet hatte. »Aber jetzt ist alles ruhig?« Halb fragte, halb bestätigte ich.

»Ja, es hat funktioniert!« Der Vizesprecher nickte anerkennend. »Gescheit gemacht!«

Auf einmal wurde mir leichter zumute. Die Stimmung hellte sich auf, und dieser russische Arier kam mir nicht mehr so übermächtig vor. Im Gegenteil sogar. Jetzt, wo wir beide saßen, hatte ich Lust auf einen Apfel. Ich nahm den größten aus der Schale, mein Blick fand weder Obstmesser noch Teller, also hob ich einfach den Apfel zum Mund und biß hinein. Es krachte durchs ganze Zimmer. Auf dem Gesicht des Vizesprechers stand Überraschung. Er hatte wohl von seinem Gast eine derartige Kühnheit nicht erwartet.

Als der Apfel gegessen war, schlug ich dem Vizesprecher vor, über die Gründung von ein paar gemeinsamen lederverarbeitenden Firmen und eine freie Grenzzone bei Charkow nachzudenken.

Er sagte Gegenvorschläge im Lauf der Woche zu. Damit verabschiedeten wir uns.

Das zweite Präsidentenflugzeug mit den Vertretern der ukrainischen Unternehmerelite war bereits nach Kiew abgeflogen. Unseres rollte erst noch auf die Startbahn hinaus.

Im Sessel mir gegenüber saß Kolja Lwowitsch, ein Glas Mineralwasser in der Hand.

»Ja, Herr Präsident«, sagte er. »Ich habe vergessen zu berichten. Zu Hause ist alles in Ordnung. Das Volk hat die Billigstromdekrete begrüßt. Es hat sogar eine Prodemonstration gegeben!«

»Und mit der Mongolei?« fragte ich. »Was denkst du? Wird das was?«

»Die brauchen einen Weg auf den europäischen Fell- und Ledermarkt. Sie haben nur einen Konkurrenten – die Türkei. Die Ukraine ist näher an Europa als die Türkei, und die Arbeitskräfte kosten das gleiche. Und unser Markt ist gar nicht so schwach. Nach ungefähren Schätzungen liegt das Verkaufspotenzial bei drei bis vier Milliarden Dollar pro Jahr, dazu kommen fünf-, sechstausend neue Arbeitsplätze...«

»Ja, gut«, seufzte ich und merkte, daß ich müde war.

Das Flugzeug löste sich mühsam von der russischen Erde. Hatten die dort vielleicht Magneten vergraben? ›Nur schnell nach Hause und ab ins Bett‹, dachte ich.

35

Kiew. Oktober 2003.

Sergej Dmitriewitsch Dogmasow fuhr mich in seinem schwarzen Wolga bei irgendwelchen Büros vorbei und stellte mich verschiedenen Leuten vor, die ich nie vorher gesehen hatte. Ich fühlte mich wie ein junges Mädchen bei der Brautbeschau. Gut, daß sie mich nicht noch baten, mich im Kreis zu drehen und meine Zähne zu zeigen. Das nächste Büro lag am Anfang der Wladimirskaja. Eine Wohnung im dritten Stock, gepanzerte Tür ohne Nummer und Namensschild. Eine Wache im Tarnanzug empfing uns, dann erschien ein junger Mann im Anzug mit Krawatte und führte uns durch einen langen Flur, man sah, es war früher eine Gemeinschaftswohnung gewesen. Am Ende des Flurs lag ein geräumiges Büro, die Wände voller gerahmter Diplome. Hinter einem glänzenden Tisch ein etwas gebeugter Mann mit Glatze. Er war etwa fünfzig. An den dicken Fingern steckten zwei massive Ringe mit Steinen. Die Hände lagen vor ihm auf dem Tisch, deshalb sah man die Ringe sehr gut. Und neben den Händen lag ein großer Taschenrechner.

»Hier also, wie angekündigt, wissen Sie noch?« Dogmasow blieb vor dem Herrscher dieses Büros stehen und wies mit dem Blick auf mich. »Das ist Sergej Pawlowitsch Bunin.«

»Schöner Nachname«, nickte der Kahlköpfige. »Irgendwo hab ich den schon mal gehört...«

Man sah, er versuchte sich zu erinnern, aber dann wendete er sich von meinem Namen ab und sah mir aufmerksam in die Augen.

»Sind Sie hinreichend flexibel?« fragte er und bewegte gleichzeitig Gesicht und Blick etwas zur Seite, als wollte er versuchen, mich im Profil zu sehen.

»Hinreichend«, sagte ich.

»In fünf Jahren noch unter fünfzig?«

»Ja.«

»Keine chronischen Krankheiten?«

»Nein.«

»Also gut.« Er sah Dogmasow an. »Morgen reden wir drüber.«

Und damit war die Unterredung beendet, es war die achte Begegnung dieser Art.

»Wollen Sie nach Hause oder zur Arbeit?« fragte Dogmasow auf der Straße.

»Nach Hause.«

36

Kiew. Juli 2015. Montag. 7 Uhr morgens.

Auf dem Tisch im Wohnzimmer standen eine silberne Kaffeekanne und eine silberne Schale mit noch warmen Kuchenstückchen. Ich goß Kaffee in die Meißener-Porzellantasse und lauschte dem Geläut der Glocken der Andreaskirche. Die Glocken läuteten auf meine Bitte hin. An so einem sonnigen Morgen wollte man sich Gott näher fühlen, wollte seine Billigung spüren.

Nein, ich war nicht richtig gläubig geworden, aber ich war jetzt kein Atheist mehr. Ich hatte begriffen, daß die Wichtigkeit der Kirche und die Wichtigkeit des Glaubens zweierlei waren. Die Kirche, das war ein Teil des Staatswesens, sehr wichtig zu Wahlzeiten. Der Glaube, das war Anlaß und Anregung für die gläubigen Wähler, der Kirche zu vertrauen. Gar nicht zu reden davon, daß Kirche schön war, wie ausländisches Theater, bei dem man ohne Übersetzung nichts verstand, dafür ein Fest für die Augen!

Ach ja, Theater – übermorgen war die Begegnung mit dem Bildhauer Sdoboj. Das war der angenehme Teil der Innenpolitik, der Präsident mußte Sorge um die Kunst bekunden.

Der Kaffee schmeckte unaufdringlich bitter. An der Tür erschien mein Assistent. Er sah erschrocken aus, und mir war gleich klar, wer gekommen war.

Immerhin entschuldigte Kolja Lwowitsch sich für sein so frühes Eindringen.

»Ernster Vorfall in Rußland«, sagte er. »Ich denke, Sie müssen wissen…«

»Sag schon!«

»Heute nacht ist der Gouverneur der Primorje-Region, an der chinesischen Grenze, mit fünf Stellvertretern und zwölf Abteilungsleitern entführt worden.«

»Na, so was!« wunderte ich mich. »Und warum muß ich das wissen?«

»Acht der Entführten sind ethnische Ukrainer. Wenn Tschetschenen sie geholt haben, können wir uns für sie einsetzen und mit Rußland das Spiel ›Wer kann besser verhandeln?‹ spielen.«

»Aber die haben doch sicher russische Pässe«, überlegte ich laut. »Wieso sollen wir uns in diese Sache einmischen?«

»Ich werde Sie jedenfalls auf dem laufenden halten. Rußland schätzt Hilfe in solchen Situationen.«

»Gut, du berichtest mir«, sagte ich.

Es war komisch, aber der frühe Besuch von Kolja Lwowitsch verdarb mir nicht die Laune. Auch wenn der Glokkenklang und das Auftauchen meines Verwaltungschefs diametral entgegengesetzte Dinge waren. Aber die Neuigkeit, die Kolja Lwowitsch gebracht hatte, schien mir interessant, und ich bat meinen Assistenten, sofort General Swetlow aufzutreiben.

Zwanzig Minuten später trank ich schon Kaffee mit dem General.

Meine erfreulichen Vermutungen wurden bestätigt – diese ganze Primorje-Truppe war gerade auf dem Weg zu uns in die Ukraine. Es war das erste Ergebnis der Operation ›Fremde Hände‹. Diesmal waren es ukrainische Hände.

»Wir haben ihnen ein kleines Gefängnis oben in den Karpaten errichtet. Für dreihundert Mann«, berichtete der General. »Gebaut haben es die Türken. Wie ein Hotel. Die Bedingungen sind dort also ausgezeichnet. Umzäunung und Nebengebäude kommen von unserem Baubataillon.«

»Auf die Art werden wir bald Rußlands Kuba«, sagte ich lachend.

»Wieso?« Swetlow verstand nicht.

»Das Kuba für den russischen ›Taliban‹. Ich mache Spaß«, ergänzte ich, als ich sah, daß mein Scherz nicht angekommen war.

»Man muß ihrem Spezialkommando eine Liste vorbereiten. Die Region habe ich schon ausgesucht – das Saporosche. Es ist höchste Zeit, dort Ordnung zu schaffen.«

»Tu das. Und Ablösung für die frei werdenden Posten steht bereit?«

»Ja. Im wesentlichen unsere Ehemaligen.«

»Das ist gut, nur achte auch aufs Fußvolk. Sonst sagen mir nachher die Militärs: ›Warum vertrauen Sie nur Tschekisten?‹«

»Wir haben auch Militärs.« Swetlow zuckte die Achseln. »Gut, nehmen wir ein paar.«

»Und nimm auch ein Stück Kuchen. Ganz frisch.« Ich wies mit dem Blick auf die Silberschale. »Ich nehme auch eins.«

Wir kauten beide die zarten Erdbeerkuchen, tranken Kaffee dazu, und ich dachte, daß der Montag der beste Tag der Woche sein konnte, wenn man ihn richtig begann – mit Glockengeläut zum Beispiel.

37

Kiew. 31. Dezember 1984.

Was für ein Schneesturm! Ich ging nicht die Straße entlang, sondern durch eine Wand aus stechendem, in die Augen drängendem Schnee. Außerdem war es dunkel, und die Straßenlaternen waren erst zu sehen, wenn man vor ihnen stand. Sie ragten auf wie Märchenblumen, eine gelbe Kugel auf einem Betonhalm. Ich sah von unten hoch und betrachtete sie, dann ging ich weiter und drehte mich noch mal um – Schnee in den Augen und hinter dem Schnee nur Finsternis.

Ich hatte den Kragen meiner Schaffelljacke hochgeschlagen. Der Kragen war hoch, reichte bis an die Kaninchenfellmütze, nur meine Augen waren den Schneeattacken ausgesetzt. Aber ich hielt durch.

In meiner Tasche lagen zwei Flaschen Kognak und ein zypriotischer Sekt mit dem schönen Namen ›Loël‹. Ich war unterwegs zur Bezirkswache, um mit den Milizionären Neujahr zu feiern. Ich hatte auch keine große Auswahl. Vor einem Monat hatten sie Schenja zur Armee eingezogen. Die Gemüseverkäuferin, mit der sich eine kleine Geschichte entsponnen hatte, hatte mich furchtbar erschreckt mit der Bitte, sie meinen Eltern vorzustellen und Neujahr in meiner Familie zu feiern. Um mich nicht schmählich davonzumachen, hatte ich mir einen Verdacht auf Syphilis angedichtet. Und sie war umgehend abgereist und wollte bei sich zu Hause in Winniza feiern. Das war vor einer Woche gewesen. Und jetzt dachte ich mit Entsetzen: Wie hatte ich ihr überhaupt näherkommen können, dieser Rita? War ich vielleicht betrunken gewesen?

Wie es also aussah, freuten sich nur die Uniformierten auf mich. Ich hatte sogar irgendwelche Papiere unterschrieben, daß ich einverstanden war, außeretatmäßiger Mitarbeiter der Miliz zu werden und bei irgendwas mitzumachen. Aber das brauchten sie für ihre Bilanzen. Sie hatten am Jahresende zu wenige registrierte Informanten. Ich dachte an ihre Hilfe zu Zeiten der Schlachten mit den ›Kreisen‹ und erklärte mich einverstanden, ihre Bilanzen aufzubessern. Hier kam jetzt die Belohnung, und soeben war auch noch Husseinow zum Oberleutnant befördert worden.

Auf der Bezirkswache nahm Sergeant Wanja die mitgebrachten Flaschen aus meinen Händen entgegen und ließ sie im Gemeinschaftskühlschrank verschwinden. Sie stießen klirrend auf die dort bereitstehenden Sekt- und Wodkaflaschen. Es war zehn Uhr abends.

Ich half, zwei Schreibtische zusammenzustellen, und es wurde eine große, quadratische Festtafel daraus.

»Und was ist mit einem Tischtuch?« fragte ich.

»Sollst du haben!« antwortete Sergeant Wanja fröhlich. Er lief raus und kam mit einer riesigen politischen Weltkarte wieder.

Die breitete er über den Tisch. Natürlich war das kein Tischtuch, die Zipfel hingen nicht runter, wie es sich gehörte. Aber den Tisch bedeckte sie, und das war die Hauptsache.

Um elf setzten wir uns. Es saß sich unbequem, man mußte seitlich sitzen, und die Knie stießen an die Schubladen.

Die politische Weltkarte füllte sich mit Wurstscheiben, Speck, Brot, Flaschen und Gläsern. Ein anderer Sergeant, den ich nur vom Sehen kannte, brachte ein Zweiliterglas Kartoffelsalat ›Olivier‹.

Um Viertel vor zwölf waren wir schon betrunken und fröhlich.

»Das haben wir ja ganz vergessen!« Husseinow faßte sich plötzlich an den Kopf. »Wie du das neue Jahr beginnst, so verbringst du es auch!«

Er sprang vom Stuhl auf und lief mit federnden Schritten hinaus, das blaue Uniformhemd hatte er fast bis zum Bauchnabel aufgeknöpft. Hier war es auch wirklich heiß.

»Schnell! Schnell!« hörten wir Husseinows Stimme.

Wen trieb er da so an? Ich drehte mich zur Tür und sah zwei Mädchen hereinkommen, schwer geschminkt und leicht bekleidet.

»So, meine Schwälbchen«, kommandierte Husseinow. »Zu Tisch! Wie konnten wir euch bloß vergessen!«

Die Mädchen, stellte sich heraus, waren Huren, die sie am Morgen in der örtlichen Lasterhöhle verhaftet hatten. Sie waren eigentlich zu fünft gewesen, aber drei waren schon von der Lenin-Bezirksmiliz geholt worden, und ich verstand jetzt, weshalb.

»Mit wem du das neue Jahr feierst, mit dem verbringst du es auch!« Sergeant Wanja schenkte den Bordsteinschwalben Wodka ein. »Los, ihr Lieben, ihr müßt aufholen! Der Sekt wartet!«

Die Schwälbchen leerten ihre Gläser und knabberten Speck dazu. Husseinow öffnete dabei schon den Sekt. Dann schaltete er den Fernseher ein, gerade rechtzeitig – zum Schlagen der Kiewer Kremlglocken.

»Frohes neues Jahr!« wünschte mit mächtigem Baß der

Fernsehsprecher, hinter einem Bild des winterlichen Kreml versteckt. Das Fest kam zunehmend in Schwung. Alla Pugatschowa sang von ihrem Zauberlehrling, und die Schwälbchen zogen sich auf nachdrückliche Bitten von Oberleutnant Husseinow nackt aus und kletterten auf den Tisch. Sie tanzten.

Wanja schenkte mir wieder Wodka ein, und den Mädchen von meinem Kognak.

Ich versuchte beleidigt zu sein. Wie denn – den Huren Kognak und mir ›Klaren‹?

»Guck mal.« Sergeant Wanja nickte zu den Mädchen hin. »Weißt du, was die für ein schweres Leben haben? Sollen sie sich wenigstens am Festtag freuen. Sie sind das Volk. Du bist nicht das Volk. Sie sind es, die dauernd gefickt werden, nicht du…«

Sein betrunkenes Gefasel fing an, mich zu ärgern, aber nach dem nächsten Glas Wodka begriff ich, daß er recht hatte, und erklärte mich einverstanden.

Gegen vier Uhr morgens saß die gefärbte Blondine Sonja schon auf meinem Schoß, und ich sah schönen rosa Nebel in ihren Augen. Rosa, weil ihre Augen rot und trüb waren.

Husseinow kochte einen extra starken Tee und brachte uns wieder zu uns.

»Mist auch«, sagte er und schüttelte müde den Kopf. »Das Fest ist vorbei! Wir müssen aufräumen, sonst erscheint noch der Major! … Mädels! Amnestie! Haut ab. Ohne Protokoll, aber laßt eure Telefonnummern da! Du.« Er wandte sich in meine Richtung. »Flaschen und Müll in den Beutel, und danke für die Gesellschaft…«

Ich versuchte aufzustehen. Es gelang, aber mit Mühe.

Der erste Morgen des Jahres 1985 wirkte unglaublich frisch. Die Stadt hatte gefeiert und war eingeschlafen. Im Licht der Straßenlaternen funkelte die Schneekruste auf Straßen und Rasenflächen.

Im Kopf saß mir der Sekt, in den Beinen Wodka und in der Seele ein Gefühl glücklicher Schwerelosigkeit. Als hätte man mich aufgehoben und fortgetragen. Fortgetragen in eine leuchtende Zukunft.

38

Kiew. Oktober 2003.

Die Sonne blendete mich und störte beim Fahren. Mein alter Opel war vor zwei Tagen generalüberholt worden und eilte die Straße entlang wie neu.

»Natürlich, fünfunddreißigtausend, das ist viel, aber rechnet man die Schweizer Franken in Euro um, gibt es etwa ein Drittel weniger.« Ich warf einen Blick hinüber zu Swetlana. Ihr schönes Gesicht strahlte Gelassenheit aus.

»Nein, das ist nicht viel«, sagte sie.

Der Sinn ihrer Worte war mir dabei weniger wichtig als die Musik in ihrer Stimme. Ein paar Sekunden später freute ich mich allerdings auch über den Inhalt. Mir selbst fiel es nicht so leicht, um nicht zu sagen: Es schmerzte, diese Summe aus dem Ärmel zu schütteln und für Bruder Dima auf den Tisch zu blättern, damit er ein Jahr in einer Schweizer Klinik behandelt werden konnte. Aber ich mußte lernen, großherzig zu sein, ich mußte mir an der Wilenskaja ein Beispiel nehmen. War Honig etwa ein so einträgliches

Geschäft? Dorthin hätte ich mich also wenden müssen, nicht an die Macht. Aber wer sagte denn, daß Macht nicht wie Honig sein konnte?

Dreißig Kilometer vor Gluchowka begann es im Magen zu rumoren, und Swetlana war einverstanden, etwas Kleines zu essen.

Das Straßencafé ›Hütte am Don‹ tauchte auf, zwei Fernlaster davor. Drinnen saßen zwei Helden der Landstraße am Tisch, und der Duft von Borschtsch mit Pfannkuchen wehte herüber.

»Wie kann man mit solchen Preisen überleben?« wunderte ich mich, als ich die Karte studierte. Ich sah Swetlana an.

»Das Volk hat kein Geld.« Sie zuckte die Achseln. »Also hungert auch das Kleinbusiness. Ich nehme einen Krautsalat und einen Orangensaft.«

»Ist das alles?« Ich sah auf die Uhr. »Man muß doch zu Mittag essen!«

»Ich esse immer so zu Mittag.«

Ich nahm Borschtsch ohne Pfannkuchen und Buchweizenbrei mit gebratenem Hackfleisch.

Ein Gespräch kam irgendwie nicht zustande. Wir sahen uns nur von Zeit zu Zeit an und tauschten Floskeln aus.

Den Kaffee tranken wir schon im Dienstzimmer des Chefarztes. Er war ein wenig überrascht von der Neuigkeit.

»Und die Farbtherapie? Sie haben doch gesagt, drei Sitzungen?«

»Ein seltener Fall«, gab ich die Worte des Psychiaters aus der Privatklinik wieder. »Bei beiden hat man völlige Gleichgültigkeit gegenüber Farbe beobachtet. Nur eine negative Reaktion auf Rot und Orange. Diese Farben schüchtern sie ein. Die anderen beachten sie nicht.«

»Also, das ist normal«, beruhigte uns der Chefarzt.

»Was ist normal?« wunderte ich mich.

»Es ist normal für die beiden, Farben nicht zu beachten. Nichts beachten ist für sie das Normale.«

Swetlana Wilenskaja trank schweigend ihren löslichen Kaffee, starrte auf den braungestrichenen Holzfußboden und dachte nach.

Der Chefarzt trat ans Fenster, drehte sich auf einmal zu uns um und winkte uns zu sich.

Wir sahen Bänke, Rasen, das Spaziergelände des Heims Nr. 3. Über den Rasen gingen langsam und schweigend Dima und Walja Wilenskaja. Mir schien, daß sie sich an den Händen hielten.

»Was heißt denn das?« fragte ich. »Können sie etwa ... Beziehungen haben?«

»Es kann sich Zuneigung entwickeln«, sagte der Chefarzt. »Stärker als bei gesunden Menschen ...«

Swetlana und ich wechselten rasche Blicke.

»Übrigens hatten wir schon zwei solche Fälle, in denen die Zuneigung zur völligen psychischen Gesundung führte und dann verging.«

»Verging?« fragte Swetlana Wilenskaja.

»Ja. Sie entsteht als Heilmittel, hält aber nur während der Krankheit an. Der Patient nimmt dann sich und die Welt wieder als Ganzes wahr.«

Ich lauschte dem Chefarzt und beobachtete weiter Dima und Walja. Dima trug einen blauen wollenen Trainingsanzug, Walja den knöchellangen lila Morgenrock. Sie blieben plötzlich stehen, wandten sich einander zu und sahen sich in die Augen. Ich hatte das Gefühl, gleich würden sie sich küssen. Das hätte mir sogar gefallen, allerdings war es unangenehm, daß der Chefarzt zusah. Aber wenn jetzt nur Swetlana und ich hier am Fenster gestanden wären! Und hätten ihren Kuß gesehen! Vielleicht hätten wir dann ihre Blicke und Gesten fast unbewußt imitiert...

Aber Dima und Walja schauten sich einfach nur in die Augen, ohne sich zu rühren.

»Sie ergänzen einander«, sagte der Chefarzt. »Die Farbtherapie hat zwar nicht geholfen, dafür hat sie die beiden miteinander bekannt gemacht. Jetzt stimmen sie sich in ihrer Umweltwahrnehmung auf eine Wellenlänge ein.«

»Setzen sie sich beim Essen zusammen?« fragte Swetlana auf einmal.

»Ja, einander gegenüber.«

Ich dachte an unser Mittagessen an der Landstraße.

»Unterhalten sie sich dabei?« fragte ich.

»Wenn sie sich so einfach unterhalten könnten, wären sie nicht hier...«

Ich sah vom Chefarzt zu Swetlana. Sie wandte den Blick vom Fenster und sah mich auch an.

Ich hätte ihr gern irgend etwas gesagt, aber die Anwesenheit des Arztes hielt mich davon ab.

›Und wenn wir beide genauso sind wie Dima und Walja?‹ dachte ich.

›Zeit, heimzufahren‹, dachte Swetlana, während sie mich anblickte.

»Ich habe um 17 Uhr 30 eine Verabredung«, sagte sie, sah

das Verstehen in meinen Augen und schaute wieder hinaus zu Dima und Walja.

»Bis Montag sind die Papiere fertig«, sagte der Chefarzt, der begriff, daß wir uns jetzt gleich endgültig verabschiedeten.

39

Kiew. Juli 2015. Freitag.

»Was für Öl?« fragte ich Sonja, während ich mir das Hemd auszog.

»Das ist eine Mischung. Da ist sowohl Muskatöl drin als auch« – plötzlich flüsterte sie – »Klatschmohnmilch und Propolis.«

Ich zog Hose und Unterhose aus und legte mich auf die Liege, Po nach oben.

Sonja entkleidete sich auch bis auf einen Badeanzug, wusch sich die Hände in einem kleinen Waschbecken in der Ecke und trocknete sie ab.

Ich hörte sie mit dem Rücken, genauer, ich spürte ihr Näherkommen. Und plötzlich fielen mir schwere, ölige Tropfen auf die Schultern. Und da waren auch schon ihre starken Finger, rieben in immer weiteren Kreisen die ölige Mischung in meine Haut.

Sonja war Exturnweltmeisterin. Exchampions wechselten so leicht ins Gesundheitswesen wie Exabgeordnete ins Gefängnis oder den Staatsdienst. Sport war gesünder als Politik, das sah man sogar an so einem einfachen Beispiel.

»Entspannen Sie sich!« Sie fuhr mir mit den Fingern über die längs dem Körper ausgestreckten Arme.

Nach der Massage, schon allein im Ruheraum, stand ich eine Weile vor dem Wandspiegel und betrachtete mich in meiner Nacktheit. Ich wußte nicht, ob meine Sommersprossen von Sonjas Ölmischung wirklich heller geworden waren, wie sie versicherte. Dafür waren die Haare auf der Brust nachgewachsen, die die Ärzte vor der Operation wegrasiert hatten. Und wie es aussah, schillerten ein paar Härchen rötlich. Das fehlte gerade noch!

Ich suchte auf meiner Brust ein paar tatsächlich rote Härchen heraus und rupfte sie aus.

»Herr Präsident!« Kolja Lwowitsch stand draußen vor der Tür. »Der albanische Botschafter wartet auf Sie!«

Widerwillig zog ich mich an. Meine Stimmung wurde langsam schlechter, ich dachte an diese roten Härchen auf meiner Brust.

Der Botschafter Albaniens erwies sich als angenehme Frau von etwa vierzig. Sie überreichte mir ihre Ernennungsurkunde, abwechselnd äußerten wir Protokollarisches über die Verbesserungen der ukrainisch-albanischen Beziehungen, und damit war das Treffen beendet.

»Herr Präsident, Sie haben zugesagt, heute mit Maja Wladimirowna Kaffee zu trinken«, erinnerte mich Kolja Lwowitsch.

»Wo?«

»Zu Hause, auf der Desjatinnaja. Sie wartet schon auf Sie.«

»Sie wartet auf mich bei mir zu Hause?«

Kolja Lwowitsch verzog das Gesicht. Er war heute

schlecht gelaunt, genauer, er war jedesmal schlecht gelaunt, wenn er mit mir über Maja Wladimirowna reden sollte.

»Sie erwartet Sie nicht bei Ihnen zu Hause, sondern in der Dienstresidenz des Präsidenten der Ukraine!« quetschte er zwischen den Zähnen heraus.

»Und wird das ein langes Kaffeetrinken?«

»Eine halbe Stunde. Sie riechen nach Muskatnuß«, sagte er schon milder.

»Allerdings«, stimmte ich ihm zu.

»Sie wird es mögen. Frauen mögen meistens so einen leicht bitteren Duft!« Kolja Lwowitsch lächelte.

In mir regte sich der ehrliche Wunsch, ihm eine zu knallen. Aber ein Präsident mußte seine ehrlichen Wünsche verbergen. Wenigstens manchmal.

40

Kiew. Januar 1985.

»Wann suchst du dir endlich Arbeit?« rief Mama schon morgens.

Ich öffnete mühsam die Augen. Der erste Blick ging zum Wecker, dreiviertel acht, der zweite zum Bett gegenüber. Bruder Dima ratzte ruhig. Es geht einem schon gut, wenn man übergeschnappt ist. »Dimotschka, hier hast du heiße Milch mit Honig, hier Buchweizengrütze mit Butter!«

Er schlief mir zugewandt und sah aus, als schnupperte er irgendwas. Wie ein Pferd, das die Nüstern blähte, sicher träumte er!

Ich beobachtete sein sogar im Schlaf lebhaftes Gesicht

und dachte: ›Was sind wir bloß für Zwillinge? Nicht die geringste Gemeinsamkeit! Natürlich, die Stirn ist die gleiche, die Grübchen im Gesicht beim Lächeln, und die Augenbrauen stoßen auch fast über der Nase zusammen. Aber alles andere! Sein Lächeln, und wie er guckt, und wie er lacht! Alles völlig anders. Und die Stimme, die Stimme eines beleidigten Dreizehnjährigen. So eine Stimme hatte ich weder mit zwölf noch mit zehn!‹

»Steh auf, Faulpelz!« Mama sah wieder ins Zimmer herein. »Um zehn kommt der Arzt zu Dima! Geh nirgends hin! Warte, bis er da ist, zeig ihn« – sie nickte zum schlafenden Bruder hinüber – »dem Arzt, und merke dir alles, was er sagt!«

Ich schwenkte langsam die Beine aus dem Bett und setzte mich auf. Der kalte Linoleumboden kitzelte die Fersen.

»Es ist kalt!« beklagte ich mich.

»Und hast du mir ein einziges Mal geholfen, die Fensterrahmen abzudichten?«

Sie wartete nicht auf die Antwort, sie kannte sie. Fast alle Fragen waren bei ihr rhetorisch. Nur wenn sie ihre Anweisungen erteilte, dann wartete sie... nicht mal auf Antwort, sondern auf die Bestätigung des erhaltenen Befehls oder mindestens ein Nicken.

Um halb neun war es wieder still in der Wohnung. Man hätte sich wieder hinlegen können, aber mir war nicht danach. Ich saß in Boxershorts in der Küche auf dem kalten Hocker. Ein Schauer überlief mich und machte mich wacher als jede Gymnastik. Ich wartete, bis ich noch ein bißchen munterer war, ehe ich das Gas unter der Bratpfanne anzündete. Die Pfanne enthielt das Frühstück, das Mama mir dagelassen hatte, Buchweizengrütze und zwei Würstchen. Wenn mein Bruder nachher aufgewacht war, mußte ich ihm zwei Eier kochen und aufpassen, daß er sie ohne Schale aß. Eigentlich aß er die Eier auch allein ohne Schale. Er war ja kein Idiot, kein Schwachsinniger, eher ganz normal, sogar klüger als ich. Bloß spielte er den Schizophrenen, von der stillen Art. So kam er unsere Mutter sogar billiger als ich, für ihn wurde noch irgendeine Beihilfe gezahlt! Und im Gegenzug verlangte keiner was von ihm. Nur ich war die ganze Zeit entweder der Faulpelz oder der Schmarotzer! Ich hatte eben in diesem Leben noch keinen Platz für mich gefunden! Wohin ich auch arbeiten ging, es war überall öde.

Meine Mutter hatte schon wieder meinen Werktätigenausweis aufs Büffet gestellt, damit das blaue Büchlein von überall zu sehen war! ›Schon gut‹, dachte ich, während ich es vom Büffet nahm, ›ich gehe damit irgendwohin, versuche noch einen Beruf zu lernen.‹ Was war ich nicht schon alles gewesen! Ich hatte sogar schon frischen Asphalt gewalzt, danach drei Wochen nach verbranntem Teer gestunken; und Waggons entladen. Also wohin jetzt?

Ich zündete das Gas an und sah, wie unter der Pfanne eine erschrockene Kakerlake herauslief. Als sie mich sah, erschrak sie noch mehr, wendete abrupt und verschwand blitzschnell zwischen dem Herd und den schmutziggrünen Kacheln an der Wand.

›Warum hast du Angst vor mir?‹ dachte ich achselzuckend. ›Ich bin genauso ein Schmarotzer wie du! Bloß eine andere Sorte.‹

Jetzt war ich endgültig munter, hatte sogar Lust, irgendwas zu unternehmen. Ich griff zu dem kleinen braunen

Päckchen mit der Aufschrift ›Speisesoda‹, schüttete das ganze Soda in eine Emailschüssel, goß Wasser dazu, nahm den Lappen aus der Spüle, tunkte ihn in die Sodasoße und fing an, die Kacheln um den Herd herum zu putzen. Der Geruch verbrannter Würstchen stoppte mich, und ich schaltete das Gas unter der Pfanne aus. Aber zu dem Zeitpunkt war die ganze gekachelte Küchenecke vom Fett befreit und glänzte. Mal sehen, was Mama dazu sagen würde, wenn sie von der Arbeit kam!

Draußen schneite es, vor dem Fenster war alles unglaublich weiß und rein. Ich drückte die Stirn ans kalte Glas und schaute hinunter. Dort hatte der Hausmeister im tiefen Schnee schmale Pfade geschaufelt, auf denen wie dicke schwarze Igel vermummte Frauen mit Einkaufstaschen unterwegs waren. Sie kümmerten sich um ihren Haushalt, sie gingen Hering oder Fleischwurst kaufen. Sie lebten ein vollwertiges sowjetisches Leben.

41

Kiew. Juli 2015. Freitag.

»Die Sommersprossen stehen Ihnen«, äußerte Maja Wladimirowna und lächelte kaum merklich.

»Entschuldigen Sie«, sagte ich. »Es fällt mir schwer, Sie zu siezen. Ich werde Sie duzen, und Sie können es halten, wie es Ihnen gefällt!«

Auf ihrem Gesicht erschien momentane Verwirrung. Aber sie hatte sich schnell wieder im Griff und nickte.

Sie trug ein leichtes blaues Kleid mit gelb-weißen Blümchen, um die Taille einen Gürtel. Die hochhackigen Schuhe waren auch blau, und im sorgfältig zusammengebundenen kastanienbraunen Haar saß eine blau emaillierte Haarspange. Schminke war im Gesicht nicht zu sehen.

›Wenn du Zweifel an deinem Geschmack hast, zieh dich einfarbig an!‹ hatte meine Mutter mich gelehrt, als sie mir half, mich für mein erstes ›erwachsenes‹ Rendezvous umzuziehen. Das Rendezvous war dann wahrhaft eigenartig gewesen. Sie, ich hatte schon ihren Namen vergessen, kam nicht, schickte aber ihren kleinen Bruder mit einem signierten Foto. ›Behalte mich so in Erinnerung! Heute morgen ist mein Verlobter aus der Armee heimgekehrt. Kuß.‹

Ich wollte etwas sagen, ich hatte Majas prüfenden Blick satt, mit dem sie meine Kleidung musterte. Ich wollte etwas sagen, aber irgend etwas hielt mich zurück. Es fiel mir schwer, sie zu duzen.

»Hatte Ihr verstorbener Mann auch Sommersprossen?« fragte ich plötzlich. Und ärgerte mich, daß sie mich besiegt hatte.

»Weißt du« – sie lächelte breit und leichthin –, »er hatte welche, aber ganz wenige. Nur, wenn man genau hinsah.«

Endlich erschien die Bedienung mit einem Tablett. Auf den Tisch, an dem wir saßen – am Fenster im Wohnzimmer, in dunkelgrünen Ledersesseln –, senkte sich das silberne Service. Die Frau in der weißen Schürze goß Kaffee in die edlen Tassen. Ein Schluck Kaffee gab mir die Selbstsicherheit zurück, die diese Dame ins Wanken gebracht hatte.

»Wieviel Zucker nimmst du?« fragte ich und nahm der Bedienung Zuckerdose und Löffel aus der Hand.

»Für mich ohne Zucker.«

»Womit kann ich dir also nützen?« Ich sah ihr direkt ins Gesicht und verrührte den Zucker in meiner Tasse.

»Mir?« Sie wunderte sich. »Nein, Sie nützen mir nichts... Ich bin hier nur Igors Herz zuliebe.«

Sie starrte auf meine Brust. Wieder fühlte ich mich unbehaglich.

»Nikolaj Lwowitsch hat gesagt, daß er über das Herz irgendeinen Vertrag unterschrieben hat.«

»Hat er Ihnen den etwa nicht gezeigt?«

»Nein.«

Maja Wladimirowna nickte, als würde sie etwas begreifen. Vermutlich hatte sie wirklich etwas begriffen, zumindest meine Lage.

»Ich habe eine Kopie«, sagte sie. »Ich kann sie holen.«

»Nicht nötig.« Ich starrte auf die vollen Tassen. »In fünf Minuten muß ich fort.«

»Sie sollten ihn wirklich lesen.« Das Gesicht von Maja Wladimirowna drückte Mitleid aus.

42

Kiew. Februar 1985. Abend.

Der öde und menschenleere Andreashügel. Der Teufel mußte mich geritten haben, hier ins Podolviertel runterzuwandern. Das Kopfsteinpflaster lag unter einer Eisschicht. Ich war schon dreimal hingefallen und noch nicht mal bis zur Hälfte gekommen. Jetzt ging ich ganz rechts und hangelte mich an den kalten Wänden der Häuser entlang. In den Fenstern brannte gelbes Licht, es ergoß sich in fetten

Mondflecken vor meine Füße auf die unebene Eisfläche. Rechts lag ›Schloß Löwenherz‹, auch da in allen Fenstern Licht. Ich war hier öfter bei einem Bekannten in einer riesigen Gemeinschaftswohnung im ersten Stock gewesen, Bretterböden, monströse Kakerlaken und der Geruch von Kernseife.

Mechanisch schnupperte ich, halb in der Erwartung, daß auch jetzt, an diesem frostigen Abend, der Wind mir vom verwitterten ›Schloß‹ den vertrauten Geruch dieser braunen Seifenwürfel hertragen würde, die nie teurer wurden – ewiger Preis: neunzehn Kopeken.

Aber die Luft roch hier nach gar nichts. Frost hat keinen Geruch, nur alles, was taut, riecht.

Ich fiel noch zweimal hin und schlitterte den Hügel abwärts, bis meine Füße auf irgendein Hindernis stießen. Wieder rappelte ich mich auf und untersuchte meine Jeans – erstaunlich, daß sie immer noch nicht zerrissen waren. Aber das wenigstens ist ein Plus im eisigen Winter: Glatteis ist immer glatt und reißt einem nicht die Hose auf.

Endlich lag der Hügel hinter mir, und vor mir war ebene Fläche. Ich bog nach links in eine kleine Gasse und kam genau vor der Prothesenwerkstatt raus, wohin mich Nadja zum Rendezvous bestellt hatte. Nadja sah aus wie dreißig. Sie war älter als ich, aber nur biologisch. Wenn sie laut nachdachte, mochte man ihr über den Kopf streicheln, ihre kurzen braunen Haare zerwuscheln und ihr raten, mehr Bücher zu lesen, um klüger zu werden.

Ansonsten, also wenn sie schwieg oder seufzte, war sie einfach entzückend.

Ich klopfte an die Holztür der Prothesenwerkstatt und

spähte durch das Fenster rechts neben der Tür. Dort brannte Licht, und dieses Licht war irgendwie ungewöhnlich. Es war nicht gelb, sondern grünlich.

Die Tür ging auf. Nadja im blauen Arbeitsoverall zog mich schnell herein und schob von innen den Riegel vor die Tür. Sie umarmte mich auf der Stelle, küßte mich zärtlich und flüsterte: »Du bist ja ganz durchgefroren!«

Eine Flasche süßer Wein, drei kohlgefüllte Piroggen, zwei geschliffene Gläser. Das Ganze, neben einem selbstgebastelten Öfchen mit rotglühender Heizspirale auf einem Hocker angerichtet, hätte jeden Künstler zu einem hübschen Stilleben angeregt.

»Kommt hier niemand her?« fragte ich.

»Nein, der Chef ist bei seiner Geliebten, und der Meister säuft. Er taucht frühestens in drei Tagen wieder auf.«

Die Flasche süßer Wein war schnell leer. Über die durchgelegene Liege breiteten wir drei Schichten Plane, damit die herausstehenden Federn uns nicht in die Hüften pikten. Zum Spaß holte ich eine Beinprothese zu uns unter die alte gestreifte Decke und streichelte abwechselnd Nadjas Bein und das künftige Bein irgendeines Invaliden. Wir hatten es lustig, warm und fröhlich.

»Willst du nicht vielleicht heiraten?« fragte mich Nadja.

»Dich?«

»Ja, klar!«

»Und was machen wir dann zusammen?«

»Genau das gleiche!« Nadja lachte fröhlich.

»Also warum dann heiraten?« fragte ich.

Und wir lachten beide. Ich warf die Prothese aus dem Bett, sie krachte auf den Holzboden der Werkstatt.

»Wieso hast du eigentlich so eine kleine Brust?« fragte ich.

»Lieber klein und fest als groß und schlabbrig! Küsse sie! Zarter! Zarter! Noch zarter!«

Und ich lernte. Auch wenn ich eigentlich alles schon hätte können müssen.

»Ja, so! Ja, so!« flüsterte sie. »Und jetzt hier!« Und ihre Hand führte meine hinunter zu ihren Schenkeln.

Es war so leicht, sich einer Frau zu fügen, leicht und natürlich!

Jemand klopfte ans Fenster. Ich erstarrte, und mir fiel der alte grüne Lampenschirm ins Auge, der das Geheimnis des grünlichen Lichts im Fenster erklärte. ›Wir hätten das Licht ausmachen sollen‹, dachte ich.

»Wer ist da?« rief Nadja.

»Ist Wassja da?« drang eine heisere Männerstimme herein.

»Er ist daheim, er säuft!« rief Nadja zurück.

Ich stand auf, ging um das Öfchen herum und knipste das Licht aus. Jetzt wurde alles nur noch von der glühenden Heizspirale beleuchtet.

Ich schlüpfte wieder unter die Decke, und der wunderbare Winterabend ging weiter. Ich bedauerte nicht, daß ich auf dem Weg hierher so oft gefallen war und mir blaue Flekken geholt hatte. Abwärts kann schwieriger sein als aufwärts. Man mußte eben etwas oder jemanden haben, für den sich der Abstieg lohnte!

43

Flughafen Borispol. November 2003.

Über den gestrigen Tag hätte man einen Film drehen können. Sweta Wilenskaja und ich waren mit Dima und Walja einkaufen gegangen, man mußte sie schließlich für die Schweiz einkleiden. Anfangs zeigten beide völlige Gleichgültigkeit gegenüber der ›Haute Couture‹, aber Walja ›erwachte‹ als erste. Sweta führte sie zu einer Kabine mit Spiegel und brachte sie dazu, ein kurzes Lederjäckchen mit Fellkragen anzuprobieren. Als Walja in diesem Jäckchen aus der Kabine trat und Dima mit dem Blick suchte, wurde mir alles klar. Allmählich wurde auch Dima eifriger, natürlich dank Walja. Sie führte ihn selbst in eine Kabine und ließ ihn erst den einen, dann den anderen Anzug probieren, mal einen Pullover, mal eine Clubjacke. Uns blieb nichts weiter zu tun, nur unsere Kreditkarten sprachen das letzte Wort. Swetlana besiegte mich in Sachen Großzügigkeit: Bis vier Uhr nachmittags hatte sie nach meinen Berechnungen für die materiellen Freuden ihrer Schwester gute zehntausend Griwni ausgegeben. Ich machte bei der Sechstausender-Marke halt und folgte auch nicht mehr Swetas Rat, meinem Bruder eine Kollektion von zwölf italienischen Krawatten zu kaufen.

Jetzt waren es bis zum Einchecken nach Zürich keine zwanzig Minuten mehr. Wir saßen in einem Café und tranken Kaffee mit Kognak. Ich sah abwechselnd hoch zum Bildschirm, der ›Abflug‹-Anzeige mit dem kompletten Plan der heute angeflogenen Städte, und wieder hinunter auf die mir gegenüber Sitzenden, Dima und Walja. Irgendwann fiel mir plötzlich auf, daß unsere Geschwister viel teurer und schöner gekleidet waren als Sweta und ich. Das beschäftigte mich, und ich versuchte herauszufinden, wann auch für mich mal ein paar Stündchen anfallen würden, um durch die Männerboutiquen zu ziehen. Aber da kam der Aufruf zum Einchecken.

Der Zollbeamte am Diplomatendurchgang behandelte Dima und Walja verständnisvoll. Wir hatten ihn vorgewarnt. Er lächelte und gab den beiden Passagieren ohne eine Frage die Pässe und Tickets zurück. Daneben wartete schon der Chef der Zöllnertruppe, der sie weiter durch die Paßkontrolle begleitete. Seine Aufgabe war, aufzupassen, daß Dima und Walja nicht von der Grenzkontrolle die Frage ›Ziel Ihrer Reise?‹ zu hören bekamen. Vielleicht wären sie auch imstande gewesen, gelassen zu antworten, aber der beratende Psychologe, der uns geholfen hatte, ihren Flug vorzubereiten, hatte entschieden empfohlen, Momente zu vermeiden, die ihre Unselbständigkeit und Unfreiheit herausstreichen konnten.

Ich umarmte Dima.

»Ich komme dich besuchen!« versprach ich.

»Und Mama?«

»Mama auch.«

Sweta drückte Walja an die Brust, und wie es aussah, weinten beide.

»Paßt du auf sie auf?« fragte ich meinen Bruder und wies mit dem Blick auf Walja.

»Ich lasse sie keine Sekunde allein!« In Dimas Augen blitzte auf einmal eine solche Entschlossenheit, daß ich kurz erschrak. »Für sie... tu ich alles...«

»›Alles‹ lieber nicht«, flüsterte ich ihm zu. »Alles hat seine Grenzen…«

Er schüttelte den Kopf.

44

Kiew. Juli 2015. Sonntag.

Seit dem frühen Morgen hatte die Sonne geschienen, aber dann war, wie in einem Märchen von Andersen, eine böse, gewaltige Wolke über den Himmel gekrochen, und es war dunkel geworden. Ich war im Bad und sah aus dem Fenster. Dieses Fenster an der Stirnseite war das einzige in der ganzen Wand. Man hatte es auf Wunsch einer früheren Präsidentengattin durchgebrochen. Von draußen sah das Fenster natürlich idiotisch aus, aber dafür sah man von innen die Kuppeln der Andreaskirche. Und jetzt, bei dieser Gewitterbeleuchtung, waren sie besonders schön.

»Bring mir den Kaffee hierher!« Ich riß mich kurz von dem herrlichen Anblick los und drehte mich zu meinem Assistenten um, der wie ein Schatten hinter mir durch die Wohnung streifte.

Die Fensterbank war breit und glatt hier. Man hätte gelegentlich darauf essen können, ganz allein. Es war so kostbar, allein zu sein. Um zu begreifen, um den Zustand des Alleinseins richtig zu würdigen, mußte man bis zum Erbrechen mit Leuten verkehren, bis zur spontanen, ununterdrückbaren Reaktion auf einzelne Physiognomien. Und dann, danach, ein Frühstück ganz allein, das war ein mit nichts zu vergleichendes Vergnügen.

Ich betrachtete die in der gewittrigen Stimmung matt glänzenden Kuppeln. Zwischen mir und den Kuppeln entstand plötzlich Bewegung. Und ein seltsames Geräusch, wie aus der Kindheit, brach in die Wirklichkeit ein. Hagel! Gewaltige Hagelkörner prasselten auf das Kupfergesims, bombardierten die Desjatinnaja. Die paar Touristen, die eben noch an der Prona-Prokopowna-Statue gestanden hatten, flüchteten zum Bierzelt, unter dessen blauem Planendach sich schon eine beachtliche Menge versammelt hatte. Ich sah zum links gelegenen Hügel hinauf. Dort stand die monströse wiederaufgebaute Desjatinkirche, die einst unter ihren Trümmern Hunderte vor den Mongolo-Tataren Zuflucht suchende Kiewer begraben hatte.

Immer noch fielen Hagelkörner, so groß wie Haselnüsse, vom Himmel. Vielleicht hatte die Erfinder des Jagdbombers ja dieses Naturphänomen auf die Idee gebracht?

Die silberne Kaffeekanne machte sich sehr schön auf dem grünlichen Marmor der Fensterbank. Ich trat ein paar Schritte zurück und beugte mich so vor, daß die Kuppeln und die Kanne eine Linie bildeten. Wunderbar!

Mein Assistent goß mir Kaffee nach und brachte ein heißes Croissant.

Das weiche, lockere Croissant schmolz im Munde. Der Wechsel der Geschmackseindrücke war ein wahres Fest. Vom gestrigen Abend gab es noch den Geschmack von fünfzigjährigem Kognak ›Martel‹. Der Geschmack hatte sich bis zu diesem Morgen gehalten. Der reale Grund war, ich hatte mir einfach nicht die Zähne geputzt. Und hatte auch heute morgen keine Lust dazu. Aber nachher, in einer halben Stunde, nach Hagel und Kaffee, würde ich sie putzen.

»Herr Präsident«, erklang hinter meinem Rücken die vorsichtige Stimme meines Assistenten. »Nikolaj Lwowitsch hat angerufen.«

»Und?« fragte ich, ohne mich umzudrehen.

»Er hat gebeten, mitzuteilen, daß es hagelt.«

»Ja?« Ich lachte. »Ist das alles?«

»Nein. Er bittet sehr um ein Treffen, nur zehn Minuten. Jetzt gleich.«

›Er will sich entschuldigen‹, dachte ich. Vorgestern hatte ich ihm gründlich den Kopf gewaschen. Er war um halb eins nachts mit irgendwelchen ›Papieren zur Unterschrift‹ zu mir ins Schlafzimmer gekommen. Nachts durfte man niemals irgend etwas unterschreiben. Das hatte ich schon aus eigener Erfahrung gelernt. Das Bewußtsein schläft oder will schlafen, und man will sich so schnell wie möglich der Sache entledigen – und es gibt nichts Einfacheres, als etwas zu unterschreiben, ohne es richtig zu lesen.

Ich empfing Kolja Lwowitsch hier im Bad. Er hielt eine Ledermappe in der Hand. Mal sehen, was da heute an Papieren drinlag.

Ich stand mit dem Rücken zu den Kuppeln und überlegte, daß ich ihm eine Sitzgelegenheit anbieten müßte. Es gab nicht viel Auswahl: Kloschüssel oder Bidet. Das Klo hatte einen Deckel, das Bidet nicht.

»Setz dich!« Ich nickte in Richtung Klo.

Er sah sich um, kaum verhohlene Gereiztheit im Gesicht.

»Los, los, setz dich!« wiederholte ich beharrlich.

Letzten Endes setzte er sich, sprang aber gleich wieder auf. Es war ihm unangenehm. Das erniedrigte ihn, auf dem Klo zu sitzen, in Gegenwart des Präsidenten.

»Ich wollte mich entschuldigen«, murmelte er.

Ich nickte.

»Ich habe hier« – er klappte die Mappe auf – »einige Vorschläge. Einer ist interessant, von Mykola.«

»Und was schlägt unser Vizepremier vor?«

»Ein regionales Experiment zur Hebung der patriotischen Moral...«

»Die Aushändigung der Pässe in den Kirchen?«

»Ja, aber für den Anfang nur in der westlichen Region, unter Mitwirkung der Griechisch-Katholischen.«

»Zeig her.«

Auf drei Seiten war alles im Detail beschrieben. Er hatte also tatsächlich gearbeitet, unser Haupthumanist! Das war schon etwas ganz anderes.

»Interessant.« Ich legte die Papiere auf die Fensterbank. »Gut. Soll er es in die Wege leiten. Aber nicht in allen Kirchen, nur in den Gebietszentren. Es soll an eine Massentaufe erinnern. Verstehst du?«

An seinem Blick sah ich, daß Kolja Lwowitsch heute Schwierigkeiten hatte zu folgen.

»Hör mal, schreib lieber mit!«

Kolja Lwowitsch kam zu sich. Er setzte sich auf den Klodeckel, nahm Blatt und Stift, legte die schwarze Mappe unter und wartete.

»Zwei Tage vor dem Jahrestag der Unabhängigkeit ist auf den zentralen Plätzen von Lwow, Iwano-Frankowsk und Rowno nach dem Vorschlag des Vizepremiers für humanitäre Angelegenheiten die feierliche Ausgabe von ukrainischen Pässen durch Vertreter der griechisch-katholischen Kirche an alle, die in diesem Jahr das sechzehnte Lebensjahr vollendet haben, zu organisieren. Innerhalb einer Woche entwerft ihr den Wortlaut des Eides zum Empfang des ukrainischen Passes und legt ihn mir zur Bestätigung vor. Betraut mit der Aufgabe wird Mykola. Kontrolliert wird Mykola von dir! Klar?«

»Ja.« Kolja Lwowitsch nickte und zog noch ein Papier aus der Mappe. »Hier noch etwas anderes... aber auch zum Thema Pässe...«

»Was gibt es?«

»Im Parlament wird ein allgemeines Erwerben deutscher Pässe beobachtet. Schon siebenundzwanzig Abgeordnete haben welche und nutzen für Reisen nach Europa deutsche Pässe. Kasimir übrigens auch.«

»Und wie viele israelische Bürger haben wir im Parlament?«

»Achtzehn. Plus drei Bürger von Panama, zwei von Costa Rica und einen von Venezuela.«

»Dann mach dir mal Gedanken, wie wir damit umgehen!« Ich begann mich zu ärgern. »Das Land braucht Patrioten, keine Ratten, die jeden Moment ans fremde Ufer springen können! Sag Swetlow, er soll morgen zu mir kommen. Um ein Uhr.«

»Sie haben um ein Uhr ein Mittagessen mit Maja Wladimirowna.«

»Ich esse mit ihr zu Mittag? Den Teufel tu ich! Mach ein Frühstück daraus, und bring mir diesen verdammten Vertrag, damit ich begreife, wie ich mit ihr umgehen soll!«

»Bitte regen Sie sich nicht auf«, versuchte Kolja Lwowitsch mich zu beruhigen. »Ich war so frei, Ihnen einen Spezialisten herzubestellen...«

»Für Sommersprossen?«

Kolja Lwowitsch schüttelte den Kopf.

»Für Streß. Der seriöseste, den wir haben. Er heilt die Luxemburger Bankiers von Streß.«

»Die, die für uns arbeiten?«

»Ja.«

»Na gut. Soll er morgen früh kommen und warten, bis das Frühstück zu Ende ist. Und sorg dafür, daß bis heute abend der Vertrag bei mir auf dem Tisch liegt!«

Kolja Lwowitsch erhob sich vom Klodeckel und klopfte sich die Hosen ab. Als wäre es in meinem Bad nicht besonders sauber.

Ich trat ans Fenster und sah, daß der Hagel aufgehört hatte.

45

Kiew. Februar 1985.

»Jetzt trink ich aus, und dann, Scheiße, spring ich hier runter!« sagte Husseinow und beugte sich über das Brükkengeländer.

Ich packte ihn am Kragen seines kurzen Stoffmantels und zog ihn zurück. Hier auf der Fußgängerbrücke wehte ein starker, stechender Wind. Noch ein paar solcher Windstöße, und unsere zweite Flasche ›Moskovskaya‹ würde davonsegeln und ihren Inhalt übers Eis ergießen. Wir hatten sie erst halb ausgetrunken.

»Wie kann ich jetzt meinem Vater ins Gesicht sehen!« Husseinow drehte sich zu mir um, betrunkene Verzweiflung im Gesicht.

»Jetzt hör schon auf! Sie haben dich ja nicht eingelocht! Dann wirst du eben kein Polizist!«

»Und was werde ich dann? Sie haben mir die Pistole weggenommen! Die Uniform geb ich nicht her, aber tragen kann ich sie nicht mehr!«

»Fahr doch zu deinen Leuten nach Dagestan, dort trägst du sie, soviel du willst!«

Der Gedanke, daß er die Polizeiuniform in Dagestan tragen konnte, beruhigte ihn anscheinend etwas.

»Versteh doch, ich konnte doch nicht anders! Stell dir vor, du hast deinen entfernten Onkel in der Zelle sitzen, und du bewachst ihn! Was sagt er hinterher deiner Familie? Du hättest ihn doch auch laufen lassen!«

Ich schüttelte den Kopf.

»Du hättest ihn nicht laufen lassen?«

»Nein.«

»Und einen Landsmann?«

»Auch keinen Landsmann!«

Husseinow seufzte schwer, beugte sich über die Flasche und trank aus ihr. Dann gab er sie mir.

Ich trank, mit Blick auf die Truchanow-Insel. Ich trank, obwohl mir dieser Wodka im Mund zuwider war. Ich trank und guckte auf die seltsame Insel, die kahlen Bäume und das verschneite, undeutliche Ufer.

»Bei uns ist das anders«, sagte Husseinow. »Hat ein Jüngerer was getan und sitzt – gibst du's ihm mit dem Gürtel oder mit den Fäusten und läßt ihn laufen; ist es ein Älterer, läßt du ihn einfach laufen. Bei uns kannst du nicht deine eigenen Leute einsperren, verstehst du? Wir sind wenige, und fast alle Verwandte.«

»Und wir sind viele und uns fast alle egal!... Weißt du, wenn ich Generalsekretär werde, ordne ich an, daß sie dich bei der Miliz wieder aufnehmen!«

Die leere Flasche kullerte über die Brücke, auf der außer uns niemand war. Das Glas klirrte dumpf, der Wind heulte. Die Brücke schien zu schaukeln. Oder das Getrunkene schaukelte uns.

Ich verglich den Abstand zu den Ufern, es sah aus, als wären wir genau in der Mitte.

»Los!« Husseinow nickte in Richtung Insel.

»Los!« sagte ich.

Die Insel kam näher, aber da begann Schnee vom Himmel zu rieseln. Wir legten einen Schritt zu, um die Truchanow-Insel nicht aus den Augen zu verlieren. Der Schnee wurde dichter, die Kälte machte munter und vertrieb den Rausch aus dem Kopf, die Beine waren schwer.

Dann wurde alles ringsum Schnee. Ich verstand nicht, wo ich war, wo Husseinow, wo die Insel war. Ich verstand gar nichts und ging in der weißen Finsternis, ohne zu wissen, wohin, bis es unter den Füßen auf einmal krachte. Meine Beine versanken in kaltem Naß. Sie sanken gute anderthalb Meter ab, und dann gab es wieder Grund unter ihnen. Ich breitete die Arme aus und legte sie aufs Eis. Mir ging es gut, mir war furchtbar kalt und wohl. Die Kälte preßte mich zusammen, machte mich kleiner und ließ mich jeden Quadratmillimeter Körper besser spüren.

»So kann man vom Saufen auch untergehen!« tönte über meinem Kopf eine Greisenstimme, in der sich die Geschlechtsmerkmale schon abgeschliffen hatten.

Ich dachte, ich würde noch in dem kalten Eisloch stehen,

aber nein: Ich lag auf einer Pritsche, zugedeckt mit einer dicken Wolldecke, einer Bettdecke und einem Schaffellmantel. Neben mir bullerte ein gußeisernes Öfchen, und auf dem Hocker daneben saß ein alter Mann mit krummer Nase.

»Stellen Sie sich doch mal vor!« sagte er. »Da haben Sie so einen gesunden Organismus, und Sie ruinieren ihn! Sie sind ja eingeschlafen in diesem Eisloch! Haben Sie was geträumt?«

Ich starrte ihn verständnislos an.

»Unglückliche Liebe? Oder Ärger bei der Arbeit?« setzte er seinen fragenden Monolog fort, in der Hoffnung, daß ich mich beteiligen würde.

›Unglückliche Liebe?‹ dachte ich plötzlich. ›Ja, richtig! Gestern hat Nadja mich nicht in die Prothesenwerkstatt reingelassen, und ich habe deutlich eine Männerstimme von da drin gehört.‹ Danach war ich heimgekehrt nach Niwki und zu den Milizionären gegangen, um mich aufzuwärmen. Und dort ertränkten gerade die Jungs ihre Sorgen – Husseinow hatte einen auf frischer Tat ertappten Einbrecher laufenlassen, der sich als Dagestaner und sein entfernter Verwandter erwies. So kam die Kette zustande: von der unglücklichen Liebe zum Eisloch vor der Truchanow-Insel.

»Da, trink!« Der Alte hielt mir ein Gläschen unter die Nase.

Ich hatte wirklich Durst. Ich leerte das Gläschen auf einen Schluck, aber ich spürte gar nichts. Nur einen komischen süßen Nachgeschmack auf der Zunge.

»Was ist das?« fragte ich.

»Brennesselsud.«

»Sie haben mich also rausgezogen?« Plötzlich wurden die Dinge klarer.

»Ja doch«, nickte er mit der krummen Nase. »Zuerst habe ich dich aus dem Eisloch gezogen, dann einen Schlitten geholt, dann dich auf dem Schlitten hergeschafft! Zwei Stunden Arbeit! Ich dachte, du kommst nicht durch!«

»Und Husseinow?«

»Was für ein Husseinow? Da war sonst keiner!«

Der Alte war, wie sich herausstellte, der letzte Bewohner der Truchanow-Siedlung, er lebte da in seiner Erdhütte einfach aus Protest. Und im Andenken an die Siedlung. Frau und Tochter hatten ein Zimmer in einer Gemeinschaftswohnung akzeptiert, aber er nicht.

»Wie heißen Sie?« fragte ich.

»David Isaakowitsch.«

46

Schweiz. Leukerbad. Februar 2004.

Eine Krankenschwester im taillierten blauen Kittel zeigte Swetlana und mir die Klinik. Und sofort fühlte ich mich auch krank. Von ihrer Brusttasche hing eine kleine Uhr wie eine Verdienstmedaille, der kleine Kragen am Kittel war gestärkt.

Die Böden hier glänzten, in der Luft hing künstlicher Frühlingsblütenduft. Vor den Fenstern lag die verschneite Bergwelt.

Die Schwester blieb stehen und wies aus dem Fenster. Sie sagte etwas auf deutsch, und ich drehte mich zu Natascha um, der Dolmetscherin aus unserer Botschaft. Natascha hörte zu und nickte. Dann gab sie es an uns weiter: Dort lag der geschlossene Park für die Spaziergänge der Patienten, die Schweizer Bergluft übte eine ungeheuer heilsame Wirkung aus. Ich nickte und fühlte mich wie ein Idiot, der gewöhnliche europäische Idiot, der immer nickt, wenn er einem Reiseführer, Arzt oder sonstwem lauscht, solange der nur etwas mit kluger Miene von sich gibt und Vertrauen einflößt.

»Fragen Sie, ob es bei ihnen irgendein kulturelles Programm gibt«, bat Swetlana Natascha.

»Der Einfluß der elektronischen Medien ist hier begrenzt, aber wir haben viele Gemälde«, übersetzte Natascha die Schwester und wiederholte deren Geste und wies auf die Wände.

Ich ging zu einem der Bilder hin: die allerbanalste Landschaft, in der Ferne die Berge, im Vordergrund eine Lichtung, und eine edle Kuh rupft Gras. Und unter einem Baum saß der Hirte. Mir war nach einer gehässigen Bemerkung zumute.

»Fragen Sie, von welcher Rasse diese Kuh ist!« bat ich Natascha.

»Alpenländische Braune«, übersetzte Natascha die Antwort der Schwester.

Ich nickte wieder und fühlte mich wieder wie ein Idiot. Es wurde Zeit, diese Führung zu beenden! Aber sie würde erst zu Ende sein, wenn sie uns alles gezeigt hatten, wofür Swetlana und ich hier bezahlten.

Nach einer halben Stunde ließen sie uns in Ruhe, wir saßen in der Besucherabteilung, in weichen Ledersesseln. So weich, daß wir, als Dima und Walja zu uns herauskamen, nicht gleich auf die Beine kamen.

Dima umarmte mich. Er hatte Tränen in den Augen. Sein Gesicht hatte eine gute Farbe, strahlend vor Gesundheit. Vermutlich trank er jeden Morgen die Milch der Alpenländischen Braunen.

»Wie geht es dir hier?« fragte ich.

Er drückte mich mit ganzer Kraft an sich.

»Gut. Sehr gut«, flüsterte er. »Nur Deutsch ist schwer zu lernen. Ich habe um einen Lehrer gebeten, aber sie geben mir keinen...«

»Na, wahrscheinlich haben sie nicht verstanden. Du hast sicher auf russisch gefragt?«

»Ich habe schriftlich auf russisch gebeten, und das ging per Fax zum Übersetzer. Dann kam per Fax die Antwort. Dann bekam ich die Übersetzung der Antwort. Abgelehnt... Befiehl es ihnen!«

»Ich kann hier nicht befehlen, nur bezahlen...«

»Dann bezahle!«

»Ich kann nur mit ihrem Einverständnis bezahlen. Ich rede mit ihnen!«

»Ach nein, ist nicht wichtig.« Dima änderte plötzlich den Ton und begann zu flüstern. »Wichtiger ist etwas anderes. Walja und ich wollen heiraten...«

Ich sah mich nach Walja um, die zur gleichen Zeit mit ihrer Schwester flüsterte.

»Hilfst du uns?« bohrte mein Bruder.

»Ich rede mit dem Arzt«, versprach ich und sah, daß meine Antwort Dima nicht gefiel.

Nein, ich würde wirklich mit dem Arzt reden, aber jetzt

brauchte ich unbedingt eine Pause, um zu begreifen, was los war. Auch Swetlana brauchte eine Pause, nach ihrem Gesichtsausdruck zu schließen.

Der Schweizer Chefarzt, bei dem wir zehn Minuten später saßen, sah das entstandene Problem optimistisch.

»Das ist das Streben nach einem normalen Leben«, sagte er. »Man muß das nach Möglichkeit unterstützen, allerdings geht es nur mit schriftlichem Einverständnis von Ihnen beiden. Für den Anfang wäre ich für eine standesamtliche Trauung. Wir würden ihnen ein Zweizimmerappartement zuweisen und die Atmosphäre einer Familienwohnung schaffen. Sie würden dort selbst Ordnung halten... Das ist interessant, hübsches Material für einen kleinen Fachaufsatz...«

Der Professor war etwa sechzig, mager, klein, als hätte er mit dreizehn aufgehört zu wachsen. Bürstenschnitt.

»Was meinen Sie?« fragte er, als Natascha all seine laut ausgesprochenen Gedanken übersetzt hatte.

»Ich bin gegen eine standesamtliche Trauung«, sagte Swetlana. »Sie haben doch kein Verantwortungsgefühl!«

»Bei Kranken ist das Verantwortungsgefühl stärker ausgeprägt als bei Gesunden«, sagte der Professor. »Aber wenn Sie darauf bestehen, bitte! Die ganze juristische Seite der Angelegenheit liegt bei Ihnen!«

Die juristische Seite der Angelegenheit beschränkte sich dann auf die notariell beglaubigte Übersetzung der ersten Seiten von Dimas und Waljas Pässen und ein paar weitere Papiere aus unserer Botschaft, die mir freundlich entgegenkam.

47

Kiew. Juli 2015.

Der Streßspezialist erschien, genau eine halbe Stunde nachdem ich den Vertrag mit Maja Woizechowskaja in die Hände bekommen hatte. Ein fast zwei Meter großer Riese im taillierten Anzug, unslawisches Gesicht. Wäre er mir auf der Straße begegnet, hätte ich gedacht: ein italienischer Dressman. Aber auf der Straße bin ich nie, nicht da, wo man unerwartet jemandem begegnen könnte. Meine Straßen haben Überdachungen und Teppichläufer...

»Nikolaj Lwowitsch hat von mir –«

»Ich weiß«, unterbrach ich ihn böse und legte die Seiten dieses unsäglichen Vertrags weg. »Also los!«

»Wie, los?« fragte er erschrocken.

»Bau den Streß ab!«

Die Augen dieses mageren Riesen wurden rund. Auf meinen Streß war er nicht gefaßt, er fuhr mit den Händen in die Anzugtaschen und sah sich nach allen Seiten um.

»Ich müßte zuerst die Ursache des Stresses bestimmen...«

»Lies!« Ich nickte in Richtung Vertrag.

Er ging zum Tisch, nahm die oberste Seite, zog eine Lesebrille aus der Tasche und schob sie auf die schmale Nase. Das Gesicht nahm kurz einen klugen Ausdruck an, der nach ein paar Sekunden in sich zusammenfiel. Er spannte sich an, in den Augen leuchtete Schrecken, die Brille rutschte von der Nase, und er fing sie gerade noch auf.

»Ich werde das nicht... das kann ich nicht lesen... Das ist ein Staatsgeheimnis... Sagen Sie Nikolaj Lwowitsch, daß ich das nicht gelesen habe!«

»Dann bau den Streß ab, ohne zu lesen!«

Seine Miene zeigte deutlich, daß jetzt die Reihe an ihm war, seinen Streß abzubauen. Aber er hielt sich wacker. Er versuchte nachzudenken, und das war mühelos auf seinem unslawischen Gesicht zu lesen.

»Willst du was trinken?« fragte ich.

Er nickte. Dann hob er abrupt den Kopf, als wollte er etwas fragen, und beruhigte sich wieder.

»He!« rief ich halblaut, und mein Assistent sah herein. »Bring den ›Hennessy‹!«

»Haben Sie dir nie irgendwas eingepflanzt?« fragte ich den Streßspezialisten nach dem zweiten Glas Kognak.

»Nein.«

»Dann laß es auch nie machen!«

Der Kognak lockerte. Den Vertrag hatte ich für eine Weile vergessen, jetzt interessierte mich der Streßspezialist.

»Bei wem baust du hier sonst noch Streß ab?«

»Bei Nikolaj Lwowitsch.« Er hob den Blick zur Decke, als würde sich sein Gedächtnis im Kognak auflösen. »Pjotr Alexejewitsch, Semjon Wladimirowitsch...«

»Wer ist denn das?« wunderte ich mich bei dem unbekannten Namen.

»Das ist Ihr erster Berater in Ehe- und Familienfragen...«

»Ah, ja? Und ist Kolja Lwowitsch oft im Streß?«

»Jeden Tag.«

»Und wie baust du den ab?«

»Unterschiedlich. Manchmal genau so.« Er nickte in Richtung Kognakflasche. »Manchmal mit Akupunktur. Aber er fürchtet sich vor den Nadeln...«

»Und dieser Semjon Wladimirowitsch... Ist der oft im Streß?«

»Auch jeden Tag.«

»Woher kommt bei dem wohl der Streß?«

»Er hat Verfolgungswahn...«

»Und wer verfolgt ihn?«

»Er glaubt, Sie...«

»Aber ich kenne ihn ja gar nicht! Ist er schon lange mein Berater?«

»Seit einem Jahr.«

»Teufel auch!« Ich sah zur Tür. »He!« rief ich, und gleich erschien in der Tür das Gesicht meines Assistenten. »Hol mir Kolja Lwowitsch!«

Dic Tür ging zu, und in den Augen des Streßspezialisten stand Entsetzen.

»Wozu das jetzt...?«

»Ich muß mich doch irgendwann mit meinem eigenen Berater in Ehe- und Familienfragen bekannt machen!«

Kolja Lwowitsch warf im Eintreten einen durchdringend-fragenden Blick zum Spezialisten hinüber und sah erst dann mich an, sanft und fragend.

»Sag mir, wer ist dieser Semjon Wladimirowitsch?« fragte ich ihn betont höflich.

»Das ist der Bruder von Maja Wladimirowna«, antwortete mein Stabschef und schielte hinüber zu dem Vertrag, der auf dem Tisch lag.

»Gieß dir ein!« Ich wies nickend auf die Flasche.

Während er sich einschenkte, beobachtete ich seine Hände. Sie zitterten. Die Hände des Streßspezialisten zitterten auch, als er das Kognakglas zum Mund hob.

»Vor einem Jahr hast du einen Berater eingestellt, den ich kein einziges Mal gesehen habe«, begann ich und fixierte ihn mit meinem zornigen Blick. »Das war noch vor meiner Operation...«

»Sie dürfen sich nicht aufregen!« klagte Kolja Lwowitsch auf einmal. »Das ist gefährlich! Das Herz hält es vielleicht nicht aus! Ich bin gleich wieder da, eine Minute...«

Und er hastete aus dem Zimmer.

Mein Blick fiel auf den Vertrag, ich nahm ihn und las laut: »Im Falle der erfolgreichen ebenso wie im Falle der erfolglosen Operation bleibt das Herz Eigentum der Maja Wladimirowna Woizechowskaja und ist ihr wieder auszuhändigen, sobald kein Bedarf an ihm mehr besteht oder eine weitere Verwendung nicht möglich ist.« Ich hob den Blick zum Streßspezialisten. »Was meinst du dazu?«

Er blinzelte heftig und starrte auf das Glas mit dem restlichen Kognak.

»Das ist eine sehr starke Streßsituation... Traditionelle Methoden eignen sich da nicht...«

»Was nennst du traditionelle Methoden?« fragte ich interessiert.

»Zum Beispiel das hier.« Er nickte in Richtung der Flasche ›Hennessy‹. »Und aggressiver Sex.«

»Ja, Sex eignet sich da nicht«, stimmte ich zu. »Und was wäre geeignet?«

Ich hörte selbst, wie mühsam beherrscht meine Stimme klang. Und wirklich, noch fünf Minuten, und ich würde explodieren.

»Aggressive Arbeitstherapie«, sagte der Streßspezialist leise.

»Aggressive Arbeitstherapie?« Den Gedanken fand ich interessant. »Was ist das? Wie in der Armee? Gräben schaufeln ›vom Zaun bis zum Mittagessen‹?«

»Fast... Nein, nicht ganz... Ich könnte natürlich... Aber man muß Nikolaj Lwowitsch fragen.« Der Streßspezialist sah sich nach der geschlossenen Tür um.

»Ja, wirklich, wo bleibt der Idiot?« entfuhr es mir, und ich rief: »He!«

Mein Assistent sah herein.

»Finde Lwowitsch, und schnell her mit ihm!«

Kurz darauf erschien der Kopf meines Assistenten wieder in der Türöffnung.

»Er kann nicht aufstehen... Er ist in seinem Arbeitszimmer.«

»Was ist, hat er sich besoffen?« fragte ich.

Mein Assistent nickte.

»So ist das also! Er hat seinen Streß abgebaut, und meiner?« Ich wurde wieder wütend, und mein Blick wanderte unwillkürlich grimmig über das Gesicht des Streßspezialisten.

Er war blaß geworden und wich zurück.

»Wenn Sie wirklich wollen, kann ich ...«, haspelte er. »Aber da sind die Fragen der Sicherheit. Man braucht einen Wagen, Fahrer, Wachen, ein paar starke Scheinwerfer...«

»Was sagst du *mir* das!« knurrte ich und wandte mich wieder zur Tür. »He! Komm her!«

Mein Assistent kam hereingeflogen und blieb wie angewurzelt vorm Tisch stehen.

»Sag ihm, was du brauchst!«

Es entstand eine grandiose Pause. Zwei zu Tode erschrokkene erwachsene Männer sahen sich in die Augen und fürchteten den kleinsten Blick in meine Richtung. Wie hypnotisiert standen sie reglos da und hatten Angst, die um ihre Reglosigkeit herum entstandene Stille zu stören.

Ich war das Warten leid. Ich klopfte mit der Hand auf den Tisch, und meine beiden Angewurzelten wurden lebendig. Der Streßspezialist erklärte mit zitternder Stimme meinem Assistenten alles Nötige. Mein Assistent nickte und verschwand.

Vor dem Fenster schwieg die abendliche Stadt, der das alles so egal war – ich, mein Streß und mein Herz, das mir nicht gehörte.

48

Kiew. Februar 1985.

Völlige Stille und eine Art Krankenhausruhe im Herzen. Als hätten sie mich in einen Kühlschrank gepackt, und neben mir lag alles Frische und Kalte. Und ich lag genauso im großen Fach.

Ich schlug die Augen auf und erkannte, daß ich die medizinische Stille gerade eben geträumt hatte. In der Erdhütte war es dunkel und warm. Nur rote Funken flogen durchs Dunkel, und das Feuer im verschlossenen Öfchen knisterte leise.

Ich war mit etwas Schwerem zugedeckt. Ich streckte eine Hand hinaus und befühlte meine Decke. Nein, das war keine Decke, das war ein Mantel. Hier war der Ärmel. Plötzlich wurde mir kalt an den Fingern, und ich holte die

Hand wieder herein und preßte sie zwischen meine heißen Schenkel. Warum sammelte sich immer, wenn ich mich unter eine Decke kuschelte, alle Wärme zwischen den Beinen?

›Man müßte mal ein Buch über den menschlichen Körper finden‹, überlegte ich, während ich wieder wegdämmerte. ›Davon habe ich eindeutig keine Ahnung! Vielleicht sollte ich was mit Medizin lernen? Hilfsarzt?‹

Ich dachte gerade noch an den ewig betrunkenen Hilfsarzt in unserer Armee-Einheit. Natürlich, es war ein Baubataillon gewesen, und im Baubataillon hatten außer den Ratten alle gesoffen. Was hatten wir dort eigentlich gebaut?

Im Einschlafen meldete mein Hirn widerwillig: eine Kaffeefabrik bei Lwow.

›Nein‹, widersprach ich. ›Keine Fabrik, ein Lager...‹

Und endlich war ich wieder weg. Fuhr wieder in meinem unsichtbaren Fach in den sauberen, kalten Kühlschrank ein. Und hinter mir schlug mit dem charakteristischen metallischen Knacken die Tür zu.

49

Schweiz. Leukerbad. Februar 2004.

Demokratie war eine wunderbare Sache, besonders in der Schweiz. Sie war direkt geschaffen für Kranke und Alte. Bei uns hatten wir früher gesungen: ›Für die Jungen ist bei uns immer ein Weg.‹ In der Schweiz gab es solche Lieder nicht, aber den Weg überließ man immer den Älteren, wie bei uns die Sitzplätze in der Tram.

Der Professor hatte an den Gemeindepräsidenten von

Leukerbad einen Brief geschrieben, daß schon die bürokratische Atmosphäre der Eheschließungszeremonie eine traumatische Wirkung auf seine Patienten ausüben könnte, und deshalb wurde die Heiratsurkunde beim Bürgermeister *in absentia* ausgestellt. Dafür beglückte die Tatsache, daß die Eheschließenden durch ihre leiblichen Bruder und Schwester vertreten wurden, den Bürgermeister, der selbst in das Trauzimmer kam, um uns die Hand zu drücken und in unserer Person die jungen Brautleute zu beglückwünschen. Ein paarmal während seiner kurzen Rede vergaß er, daß nicht wir heirateten. Dolmetscherin Natascha korrigierte ihn, und er verbesserte sich immer gleich und fuhr fort.

Aber das eigentliche Fest begann abends um sechs, im Restaurant ›Château d'Eau‹, das tatsächlich ein ›Wasserschloß‹ war.

Wir wurden im Kleinbus mit dem Klinik-Logo hingefahren, eine kleine Aufmerksamkeit des Chefarztes, der auch versprochen hatte, zu kommen und die jungen Leute zu beglückwünschen, aber etwas später. Er hatte noch eine Abendsprechstunde.

In der weitläufigen Eingangshalle des Restaurants hing zwischen Gemälden ein Plakat mit einem von einer fetten roten Linie durchgestrichenen Fotoapparat. Meine kleine Minolta in der Jackentasche schien erschrocken die Luft anzuhalten. Ich griff beruhigend nach ihr. ›Nein, ich gebe dich nicht an der Garderobe ab!‹ flüsterte ich, während ich zusah, wie ein älteres Paar dem Garderobenangestellten seinen Videokamerakoffer überreichte.

Dann führte der Maître d'Hôtel uns zu den Umkleidekabinen. Dima und Walja gingen in die eine, Swetlana und ich in die andere. Hier lagen schon akkurat gefaltete Handtücher und blütenweiße Laken.

Swetlana wandte sich ab, ließ, als wäre nichts weiter, schnell ihre Kleider fallen und wickelte sich elegant in das Laken. Sie sah zu mir her. Ich stand noch angezogen da, gebannt von der Schönheit ihres Körpers. Ihr Blick trieb mich zur Eile an.

Unser Führer, dessen äußerst ernsthafter Gesichtsausdruck einfach gar nicht zu seinem Aufzug paßte, wurde lebendig, als er uns vier wieder erblickte, und führte uns weiter. Als erste hinter ihm schritten Walja und Dima, dann Swetlana und ich. Angenehme Feuchte hing in der Luft. Auch die Stille schien von dieser Feuchte getränkt und klang darum feierlich, als würden alle den Atem anhalten. Genauso feierlich klingt Stille in der Kirche. Vielleicht kam es mir deshalb auf einmal so vor, als würde nicht der Maître d'Hôtel unserer bescheidenen Prozession voranschreiten, sondern ein Priester, der die jungen Leute zum Altar führte.

Unter den Füßen gluckste Wasser. Die Schritte im Wasser verliehen der Atmosphäre noch mehr Feierlichkeit und eine eigenartige Biblischkeit. Ich wunderte mich über gar nichts mehr. Weder darüber, daß unser ›Priester‹ Frack und, wenn man so sagen kann, Frackbadehose trug, noch darüber, daß der Marmorboden sich mit jedem Schritt tiefer ins Wasser absenkte.

Vor uns öffnete sich der Saal des Restaurants, in dem sich stilvolle Plastikstühle um Marmortische verteilten und der Boden unter Wasser stand. Das Wasser reichte bis zu den Knien, aber als wir uns um einen Tisch setzten, war das Wasser schon viel näher.

Bereits tagsüber, nach dem Besuch beim Bürgermeister, hatte ich Dolmetscherin Natascha heimgeschickt, aber ohne Verbindung zur Schweizer Welt waren wir nicht. Swetlana sprach englisch. Sie übersetzte die Erklärungen unseres ›Priesters‹, der zeigte, wo man untertauchen konnte, und hinzufügte, daß man nach neun Uhr abends am Tisch ganz ausgezogen sitzen konnte.

Der Kellner erschien in demselben ungewohnten Wasserfrackaufzug. Er zog ein schwimmendes Tablettschiffchen hinter sich her, mit einer Flasche Champagner im Silberkübel und einem Teller belegter Miniaturbrote.

»Gorko!« rief ich unseren traditionellen Hochzeitstrinkspruch, aber meine Stimme wurde gleich von der feuchten Luft aufgesogen.

Dima und Walja küssten sich, Swetlana und ich tauschten Blicke. Von unseren Geschwistern ging ein glückliches Strahlen aus, es schien durch ihre Blicke und ihr Lächeln. Gesunde Menschen sind wohl nie so glücklich. Das wenigstens dachte ich, während ich Dima und Walja ansah.

»Hier kann man brüllen, es hört sowieso niemand«, sagte ich zu Dima.

Er lachte. Dann brüllte er, zu seiner Braut gewandt: »Ich liebe dich!«

Ich sah mich nach allen Seiten um. Im Restaurant saßen bis jetzt nur zwei ältere Paare, aber sie hatten Dimas Gebrüll anscheinend nicht gehört.

»Ich liebe dich«, flüsterte ich und sah Swetlana an.

»Was? Ich habe dich nicht gehört!« Sie beugte sich zu mir. »Was sagst du?«

»Gorko!« wiederholte ich lauter.

»Gorko!« fiel sie ein.

Dann, nach neun, ließen wir unsere Laken fallen und schwammen nackt an der tiefen Stelle im Saal, dort, wo anstelle von Tischen eine Bar im Wasser stand.

Dima und Walja hatten nur Augen füreinander. Uns beachteten sie nicht, sie vergnügten sich im Wasser und tauchten ab.

Wir benahmen uns zurückhaltender, nur mein Blick streifte hin und wieder über Swetlanas schöne Apfelbrust.

Wir tranken nur Champagner. Gegen elf holte ich heimlich meine Minolta, und auf meine Bitte hin knipste uns die ältere Frau vom Nebentisch. Ein Hochzeitsfoto zur Erinnerung, vier Erwachsene, Glückliche, Nackte, bis zu den Knien im sauren Mineralwasser stehend. Hochzeit ›auf schweizerisch‹ mit ukrainischem Akzent.

Gegen Ende des Essens wurde mir ein wenig traurig zumute. Ich erkannte plötzlich, daß auch Walja einen Körper von vollkommener Schönheit besaß, und die gleiche Apfelbrust wie ihre Schwester. Ich beneidete Dima, der seine Hochzeitsnacht im luxuriösen Fünfsternehotelzimmer vor sich hatte. Und Swetlana und ich würden eine Etage tiefer, jeder hinter seiner Wand übernachten.

Meine traurigen Vorgefühle bestätigten sich nicht. Swetlana ließ mich zu sich herein, und die Hochzeitsnacht begann, eine für uns alle. »In diesem Mineralwasser ist viel Eisen«, hatte der Chefarzt der Klinik über das Restaurant gesagt. Ich leckte das saure, im Wasser aufgelöste Eisen von Swetlanas Haut, streichelte sie, liebkoste ihre Brust, die geschmeidig war wie der Gummiball meiner Kindheit. Ich war glücklich.

Erst am späten Vormittag nach dem Frühstück fiel mir auf, daß der Professor doch nicht zu unserem Hochzeitsessen gekommen war.

50

Kiew. 23. Februar 1985.

»Warst du in der Armee?« fragte mich David Isaakowitsch unter dem Tisch hervor.

Dort unten hatte er seine Essensvorräte, und er versuchte gebückt, etwas herauszuziehen. Die Plastiktischdecke raschelte. Endlich tauchte er wieder auf und schwenkte einen Beutel mit Kartoffeln über dem Tisch.

»Also, warst du oder nicht?« fragte er wieder und sah mir diesmal gerade in die Augen. Und ich sah auf seine krumme Nase.

»War ich«, nickte ich. »Zwei Jahre hab ich der Heimat geschenkt.«

»Also ist es nicht nur mein Festtag!« Der Alte lächelte. »Ich habe im fünfundvierziger Jahr die Siegesfahne gehißt!«

Aus dem Beutel kullerten fünf Kartoffeln auf den Tisch.

»Sie sind gefroren, aber für Püree geht es. Ich hab noch das ein oder andere hier! Es ist gut, daß du gekommen bist!« Der Blick von David Isaakowitsch wanderte zur Portweinflasche, die ich mitgebracht hatte. »Du denkst praktisch, und du bist treu.«

»Haben Sie die Fahne auf dem Reichstag gehißt?« wollte ich wissen.

»Nein, bis Berlin bin ich nicht gekommen. Hab sie in

einer anderen Stadt gehißt. Schade, ich habe den Namen vergessen. Ich weiß genau, daß es in Deutschland war. Wenn ich den Namen noch wüßte, würde ich einen Brief an ihre Botschaft schreiben! Vielleicht würden sie mich ja einladen!... Wenn unsre einen, zum Teufel, nur rauslassen würden!... Bist du verheiratet?«

»Nein. Ich bin allein.«

»Wie, allein?« wunderte sich der Alte. »Einzig und allein, wie die Partei? Keine Frau und keine Kinder?«

»Nein, ich habe Mama und meinen Bruder. Mein Zwilling, aber er ist ein stiller Verrückter.«

»Eine Herzensfreundin hast du also nicht.« David Isaakowitsch nickte verständnisvoll. »Dann mach mal den Portwein auf und geh zum Gefrierschrank, die Leckerbissen holen!«

Ich sah mich um. In der dem heißen Öfchen zum Trotz kalten Erdhütte gab es nur ein selbstgebautes Bett, einen Tisch, zwei Hocker und einen Kasten mit Töpfen und Tellern.

»Und wo ist der Gefrierschrank?« fragte ich.

»Links von der Tür. Du machst zwei Schritte nach links, dann schiebst du den Schnee weg, dort ist eine Kiste.«

Im ›Gefrierschrank‹ – und draußen waren es wirklich minus fünfzehn – fand ich ein Halbliterglas mit eingelegtem Kaninchenfleisch. Ringsum standen schweigend die kahlen Bäume. Die Truchanow-Insel erinnerte an einen verlassenen Friedhof. Es war noch ziemlich früh, gegen eins, aber die Luft verlor schon ihre Klarheit, wurde grau und floß mit dem bleiernen Himmel ineinander, in dem die nächsten Schneefälle heranreiften.

Es gab nichts, um das Glas zu öffnen. Wir zerschlugen es auf der gußeisernen Pfanne und nahmen das zerbrochene Glas von dem gefrorenen Zylinder aus Kaninchenfleisch. Dann ließen wir den Püree-Plan fallen, warfen die im Schnee ›gewaschenen‹ Kartoffeln in den gußeisernen Kessel, dort hinein auch den Fleischzylinder, verschlossen ihn mit einem Deckel und stellten ihn auf das Öfchen.

»Weißt du«, sagte David Isaakowitsch und trank dabei in kleinen Schlucken Portwein, »ich habe ja eine legitime Tochter! Mira. Ich mache euch miteinander bekannt!«

»Einverstanden«, stimmte ich zu.

»Sie stammt aus sehr guter Familie. Ihre Mutter ist Maskenbildnerin beim Operntheater, der Vater – hier sitzt er vor dir. Ich war schon fünfzig, als sie geboren wurde!«

›Wie alt ist er dann jetzt?‹ überlegte ich und starrte wieder auf die krumme Nase des Alten.

»Sie hatte keinen anderen Vater, aber die Mutter ist eine gescheite Frau. Sie kann Hosen nähen, die muß man nicht mal bügeln, wenn man sie nach der Wäsche richtig aufhängt! Ich gebe dir die Adresse und ein Briefchen mit!«

›Und wenn sie auch so eine krumme Nase hat?‹ schlich sich ein Verdacht in mein vom Portwein aufgeweichtes Bewußtsein.

»Weißt du, früher hatten wir hier alles, auf der Truchanow-Insel. Einen Schnapsladen und einen eigenen Friedhof. Auf dem liegt mein Bruder begraben!«

Vor dem Fenster war es schon dunkel, der Portwein war ausgetrunken. Gehen mochte ich nicht, dort draußen war es unheimlich und kalt. Und es schneite wieder.

»Ich bin schon eingeschrumpelt, brauche nicht viel

Platz«, sagte der Alte, während er das Bett richtete. »Zu zweit haben wir es hier wärmer! Und morgen früh schreibe ich das Briefchen, und du gehst zu meiner kleinen Mira. Sie wird dir gefallen!«

51

Unbekanntes Gebiet. Juli 2015. Nacht.

Mein Herz klopfte immer noch so laut wie der Motor des Hubschraubers, in dem wir gerade irgendwohin flogen. Nicht wichtig, wohin, wichtig war, wofür. Ich flog den Streß abbauen.

Vor uns flog noch ein Hubschrauber mit der Leibwache und irgendeinem diensthabenden Verbindungsoffizier.

Ich sah den Streßspezialisten an. Die Lämpchen in der Passagierkabine waren schummrig. Er saß im Ledersessel am runden Fenster und unternahm alles mögliche, um nicht zufällig meinem Blick zu begegnen.

»He«, wandte ich mich an meinen Assistenten. »Bring mir einen Kognak! Und ihm auch einen!« Ich nickte hinüber zum Streßspezialisten, nachdem ich mein Glas ›Hennessy‹ erhalten hatte.

Mein Assistent nickte. Er wußte, daß er mit mir am besten in Gesten und Körperbewegungen sprach. Bewegungen fragten nicht zurück. Sie konnten keinen Doppelsinn und keinen verdächtigen Tonfall enthalten.

Der Streßspezialist war plötzlich hochgefahren, er hatte irgend etwas auf der Erde unten gesehen. Er wendete sich mir zu, versuchte aber gleich, als wäre es ihm wieder eingefallen, sich wieder in die Aussicht hinter dem Fenster zu vertiefen. Doch das schaffte er nicht. Vor ihm stand mein Assistent mit dem Kognakglas, und in der Verlängerung seines Blicks saß ich mit einem entsprechenden Glas in der Hand.

»Was ist da?« fragte ich.

»Anscheinend der Landeplatz.«

Aus meinem Fenster war gar nichts zu sehen, und ich ging zu ihm und schaute hinunter.

Dort war mit leuchtenden Winkeln ein Viereck ausgelegt, daneben konnte man die brennenden Scheinwerfer mehrerer Wagen erkennen. Und der erste Hubschrauber schwebte schon über dem vorbereiteten Landeplatz.

»Wie lange waren wir unterwegs?« fragte ich den Streßspezialisten.

»Anderthalb Stunden«, antwortete er leise.

Unten erwarteten uns Nacht und Wind. In der Dunkelheit summten mit gedämpften Stimmen kaum unterscheidbare Leute, die mein Streß an diesem undefinierbaren Ort zusammengeführt hatte. Sie tauschten Informationen, Kommandos, Worte von erhöhter Bedeutung und ebensolcher Verantwortung. Und schon drei Minuten später flog ein Geleitzug von drei Mercedessen über den Feldweg. Ich saß im mittleren Wagen, vorn der Fahrer und mein Assistent.

»Es soll dort schon alles bereit sein«, berichtete mein Assistent unterwegs halblaut.

»Alles?« fragte ich zurück und versuchte zu begreifen, was sich hinter diesem kurzen, bodenlosen Wort verbarg.

Mein Assistent kannte meinen Tonfall und wußte, daß ich keine Antwort auf meine Frage erwartete.

Vier Männer mit starken Lampen stellten Markierungspfosten mit phosphoreszierenden hellgrünen Wimpeln auf. Der Streßspezialist tauchte aus der Dunkelheit auf und drückte mir einen leichten Spaten mit einer Klinge aus glänzendem Metall in die Hand. Er sah mich nicht an.

»Hier sind dreihundert Quadratmeter«, flüsterte er. »Aber wenn Sie müde werden, können Sie sofort aufhören...«

Die unsichtbaren Männer beleuchteten mit ihren Lampen die trockene, verwahrloste Erde. Meine Augen hatten sich an die Dunkelheit gewöhnt, und ich erkannte eine Bauernkate in der Nähe, dahinter weitere.

Ich stürzte mich auf die Arbeit. Der Spaten war scharf wie ein Dolch. Selbst in die harte, trockene Erde drang er leicht ein, wie ein Messer in Butter.

Nach etwa zwanzig Minuten begannen die Handflächen angenehm zu schmerzen. Ich grub Meter um Meter um und spürte mit beinahe physischer Befriedigung, wie in meinem Körper ein Kampf zwischen Wachheit und Erschöpfung stattfand, wie die Energieströme von innen die Handmuskeln kitzelten, wie sich die Waden anspannten, wenn ich mich vorbeugte und den nächsten Klumpen Erde wendete.

Ich vergaß alles außer dem Spaten und den dreihundert Quadratmetern. Für mich existierten weder die Wache noch die Wimpel, noch die Männer mit den Lampen in den Händen.

»Es ist Zeit!« erklang plötzlich in der Nähe eine bekannte Stimme.

Ich hörte abrupt auf und neigte mich dem Sprecher entgegen – es war der Verbindungsoffizier.

»Nikolaj Lwowitsch hat angerufen … in einer halben Stunde dämmert es … Er hat Angst, daß man Sie hier sieht!«

Bis zu den dreihundert waren es nur noch ein paar Quadratmeter.

»Grab zu Ende!« Ich reichte ihm den Spaten und ging zu den Wagen, bei denen wie auf Befehl gleichzeitig die Scheinwerfer aufflammten.

In meiner Residenz versorgte mein Leibarzt morgens die blutig gescheuerten Handflächen. Der vom Alkohol und Schlafmangel aufgedunsene Kolja Lwowitsch stand daneben. Plötzlich blitzte in seinem müden Blick ein Funke auf, und er lief eilig hinaus.

Er kam mit einer Digitalkamera zurück und richtete sie auf meine zerschundenen Handflächen.

»Was machst du da?« fragte ich.

»Keine Unannehmlichkeit, aus der man nicht einen Nutzen ziehen könnte!« murmelte er und knipste ein paar Fotos.

»Was machst du da?« brüllte ich und grämte mich gleichzeitig über meinen Ärger. »Wegen dir, Idiot, habe ich Streß abgebaut! Wofür, zum Teufel, willst du diese Fotos?«

»Entschuldigen Sie, fürs Archiv, zum Andenken!« Lwowitsch knipste noch zweimal und verschwand geräuschlos.

Der Arzt beendete die Prozedur. Die Creme, die er auf die Schwielen und aufgeplatzten Blasen schmierte, roch nach Hammelfett.

»Was ist das?« Ich nickte in Richtung Cremetube.

»Straußenfett.«

»Habe ich fast erraten«, äußerte ich ungeheuer gelassen.

Und ich merkte, daß ich nicht umsonst eine schlaflose Nacht verbracht hatte. Der Streß war abgebaut. Ich hatte Lust, jemandem ein Geschenk zu machen oder irgend etwas Gutes zu tun.

»Hast du Kinder?« fragte ich den Arzt.

»Ja, eine Tochter.«

»Wie alt ist sie?«

»Sechzehn.«

»Und will auch Arzt werden?«

»Nein, Model.«

»Ah, ja?« Ich war unangenehm überrascht, empfand aber keinerlei Verstimmung.

Ich nahm meine Patek-Philippe-Uhr vom Handgelenk und streckte sie dem Arzt hin.

»Nimm! Ein Geschenk für dich.«

Er war fassungslos, sah mir erschrocken ins Gesicht, nahm aber die Uhr.

»Ich habe noch einen Sohn aus erster Ehe«, sagte er verstört.

»Dein Sohn interessiert mich nicht«, stoppte ich sanft sein Gestammel. »Du kannst gehen!«

52

Kiew. 24. Februar 1985.

Es öffnete ein rundgesichtiges, dickliches Mädchen im blauen Trainingsanzug, die Augen himmelblau, die Lippen dick und lachlustig.

»Zu wem wollen Sie?« fragte sie.

Ich klopfte auf dem betonierten Treppenabsatz den festgeklebten Schnee von den Stiefeln und zog dann den Umschlag aus der Jackentasche.

»Ich habe einen Brief für Sie. Vom Papa.«

»Für mich? Von Papa?« Ihre Lippen verzogen sich zu einem Lächeln, nur geriet das Lächeln etwas dümmlich.

»Heißen Sie Mira?« überprüfte ich für alle Fälle.

»M-m«, verneinte das Dickerchen, drehte sich halb um und wies in die Tiefe des langen Korridors. »Dritte Tür links!«

›Na, Gott sei Dank‹, dachte ich und betrat die Gemeinschaftswohnung.

Mira war dann netter, als ich erwartet hatte. Und die Nase nicht krumm. Dunkle Augen, Zigeuneraugen, die Figur nicht ohne, genügend dran.

Nachdem sie den Brief gelesen hatte, war sie beunruhigt, fragte nach David Isaakowitsch, nach seiner Gesundheit und Stimmung. Dann bot sie mir Tee an.

Die Wände des großen Zimmers, in dem sie mit ihrer Mutter wohnte, hingen voller alter Porträtfotos in Holzrahmen. Zwei Eisenbetten waren akkurat überzogen und mit Paradekissen verschönt, und der Fernseher auf dem Tischchen trug ein Spitzendeckchen, auf dem eine Kristallvase mit künstlichen Blumen stand. Alles hübsch sauber und ordentlich.

»Mögen Sie Musik?« fragte sie mich.

»Ja, sehr.«

»Mama und ich arbeiten in der Oper. Wenn Sie wollen, können Sie heute mitkommen. Ich muß gerade in einer halben Stunde los...«

Ich war mehr als einverstanden.

Unter den Füßen knirschte der Schnee. Wir wanderten von der Saksaganski-Straße über die Wladimirskaja bergauf. Wir gingen schweigend, und ich sah hin und wieder auf ihre grauen Filzstiefel mit den schwarzen Galoschen. Und ich hatte gedacht, daß in der Stadt schon keiner mehr Filzstiefel trägt!

»Ich geh schnell mal in den Laden!« sagte Mira, als wir zum Professorenhaus kamen. »Ich muß Käse und Wurst für belegte Brote kaufen, denn wenn man welche vom Büffet nimmt, sind sie so teuer!«

Ich nickte, und Mira verschwand im Feinkostladen. Schnee fiel mir auf die Nase. Es wurde direkt vor den Augen dunkler, und durch die weiße Schneedämmerung krochen die gelben Flecken der Autoscheinwerfer. Der Abend begann nachmittags um vier. Bis zum Operntheater waren es zehn Minuten zu Fuß. Aber was sollte ich dort tun bis sieben, bis das Stück begann?

Mira erschien wieder aus der Ladentür und unterbrach meine Überlegungen.

Wir betraten das Theater durch den Künstlereingang. Der alte Portier sah mich gleichgültig an und nickte auf unser ›Guten Abend‹ hin.

Larissa Wadimowna, Miras Mutter, empfing mich zurückhaltend wachsam, aber als sie den Brief gelesen hatte, den Mira ihr gegeben hatte, lächelte sie herzlich.

Sie stand an einem Bügelbrett und hielt ein schweres Bügeleisen in der starken Hand. Auf dem Brett glänzte der dunkelgrüne Satin vermutlich eines Königsgewandes. Die Luft roch stark nach Naphtalin.

Das Eisen landete auf seinem eisernen Halter leicht wie eine Feder.

›Ob sie so einfach durch die Tür kommt?‹ überlegte ich, während ich die mächtige, große Frau im schwarzen langen Glockenrock und der weinroten Bluse mit den bis zu den Ellbogen hochgerollten Ärmeln ansah.

»Mira, zeig unserem Gast das Theater!« sagte sie etwas zerstreut und blickte wieder auf den Brief, den sie in der linken Hand hielt.

Die Führung durch das Opernhaus endete oben auf dem Dachboden, den wir über verschiedene hölzerne Stiegen erreichten. Das Halbdunkel prallte zurück, als Mira ein Streichholz anzündete. Das Flämmchen senkte sich, berührte den Docht einer Kerze, und vor meinem Blick eröffnete sich ein geheimes Zimmer – ein kleiner Tisch mit leeren Gläsern und Tassen, ein altes, durchgelegenes Sofa, ein Stück Teppich auf dem Boden und alte, abgerissene Plakate, die von den hölzernen Dachbalken hingen.

»Hier treffen sich die Schauspieler heimlich«, flüsterte Mira, und in ihrer Stimme schwang plötzlich so viel Zärtlichkeit und Romantik, daß ich mich nicht zurückhalten konnte und die Arme nach ihr ausstreckte.

Obwohl es so durchgelegen war, quietschte das Sofa fast gar nicht. Mir war kalt, dabei hatte ich von mir nur Hemd und Pulli abgestreift, von Mira dagegen Weste, Strickjacke, Bluse mit langem Unterhemd und den Büstenhalter von großzügigen Ausmaßen. Sie hatte noch die Filzstiefel an den Füßen, die Galoschen hatte sie allerdings schon früher ausgezogen, in der Garderobe.

Meine Hände versanken geradezu in ihrem Körper, der

sich meinem Ansturm nicht im geringsten widersetzte. Meine Hände fielen in ihren weichen Busen ein. Ihre Lippen erschienen mir auch willenlos und weich. Erst als irgendwo ein Geräusch ertönte, spürte ich sie. Sie stemmte sich gegen mich und versuchte, mich von sich wegzuschieben.

»Warte!« zischte ich und beschleunigte den Rhythmus meines Körpers.

»Da kommt jemand!« Ihr Flüstern hauchte mich mit einem vertrauten Pfefferminzgeruch an.

›Mundwasser!‹ fiel es mir ein.

Dann sammelten wir unsere Kleider vom Teppich, löschten die Kerze und versteckten uns hinter irgendeinem Balken. Da drückten wir uns zitternd vor Kälte aneinander, um uns zu wärmen, und beobachteten mit angehaltenem Atem das Stelldichein eines anderen Paares. Die Frau erschien mir umwerfend schön. Im Licht der wieder angezündeten Kerze erregte mich ihr stolzes Profil stärker als Miras weiche, warme Brust, die ich wie eine Taube auf meiner Handfläche hielt.

Ihr Stelldichein war ziemlich kurz und wortlos, und nur das bewahrte uns vor einer Erkältung.

»Das sind Solisten vom Ballett«, flüsterte Mira in der völligen Dunkelheit stolz, als die Liebenden schon die Leitern hinunterstiegen.

Wir kehrten auf das Sofa zurück. In der Luft hing ein neuer, unangenehmer Geruch. Ich versuchte, ihn zu ignorieren, aber er holte mich sogar noch ein, als ich meinen Körper im Rhythmus eines Preßlufthammers jagte. Erst als ich willenlos auf Miras weichen, gefügigen Körper sank, erkannte ich, daß es der Geruch von Schweiß war. Zuerst war es der Geruch von fremdem Schweiß gewesen, und jetzt mischte er sich mit meinem.

Aber das Ballett ›Spartakus‹ gefiel mir trotzdem nicht.

53

Kiew. März 2004.

Der Teufel soll diesen Winter holen! Nein, das stimmte nicht. Champagner zum Frühstück in einem Schweizer Fünfsternehotel – auch das war der diesjährige Winter. Das war erst drei Wochen her! Aber jetzt, wenn mir so ein Schneeflöckchen ins Gesicht flog, fluchte ich. Und wenn ich in meinem Arbeitszimmer saß, wenn Sekretärin Nilotschka ein Tablett mit einer Tasse Mokka hereinbrachte, wenn ich langsam die Tasten auf dem Telefon drückte und, wie einen Geheimcode, die Telefonnummer von Sweta Wilenskaja eingab, in diesen Momenten dachte ich, daß Gott es auf dieser Erde herrlich eingerichtet hatte. Er verdiente für einen solchen Winter eine Lohnerhöhung oder die goldene Aktie irgendeines Rohrwalzwerkgiganten!

»Hallo, wo bist du?« fragte ich Swetlana.

»Im Auto. Unterwegs zum Schönheitssalon.«

»Und hinterher bist du dann schön?«

»Wie, war ich das gestern nicht?!«

Ich lachte. Ich hatte früher nicht mit Frauen reden können, und ich konnte es immer noch nicht. Der einzige Unterschied war, jetzt war mir das nicht mehr peinlich.

Nur am vorigen Morgen, als wir zusammen bei mir aufwachten, war es Sweta doch gelungen, mich in Verlegenheit zu bringen.

»Weißt du, wir haben ja bis jetzt nie über uns gesprochen«, sagte sie erstaunt, als wäre ihr der Gedanke ganz plötzlich in den klugen Kopf gekommen.

»Ja?!« brachte ich bloß heraus. Dann schwieg ich fünf Minuten und suchte Erklärungen.

»Wahrscheinlich waren wir beschäftigt, wir haben uns um Dima und Walja gekümmert«, schlug ich vor.

»Das auch«, sagte sie nickend. »Und ich dachte zuerst, daß Walja dich interessiert, nicht ich...«

»Was redest du denn! Natürlich du«, gestand ich und begriff, daß ich mich in dem Moment selbst verraten hatte.

Aber sic achtete nicht auf meine Worte. Sie stand auf, ging zum Fenster und zog den Vorhang weg.

Sie stand schön und unbeweglich da. Ihr Körper bat mit seiner Schönheit wie von allein um Berührung durch meine Hände. Ich wollte sie um die Taille fassen, sorgsam hochheben und der ganzen Welt zeigen. Mich brüsten.

Auf einmal drehte sie sich um und sah mich nachdenklich an.

»Ich glaube, ich bekomme ein Kind«, sagte sie leise.

»Du?« fragte ich zurück.

Sie berührte mit der rechten Hand ihre linke Brust, hob sie an, mit der zarten rosa Brustwarze nach oben, und betrachtete sie.

Ich stellte sie mir so vor, mit einem Baby im Arm. Ein schönes Bild.

»Du hast noch kein Kind?« fragte ich.

»Nein«, sagte sie.

»Und wie geht es mit dem Honig?«

Sie sah mich erstaunt an. Ich hörte selbst, wie dumm meine Frage klang. Der unterbewußte Wunsch, das Thema zu wechseln, hatte mich verraten.

»Der Honig?! Ich habe schon im Januar den ganzen Honig verkauft. Jetzt habe ich Ferien, *holiday.*«

»*›Roman Holiday‹*«, bemerkte ich lächelnd. »Willst du nach Rom…?«

Sie schüttelte den Kopf.

»Ich weiß noch nicht, was ich will«, flüsterte sie.

›Ich muß ihr ein teures Geschenk kaufen‹, überlegte ich als Antwort auf ihr Flüstern.

54

Kiew. Juli 2015.

Wenn man allein schläft, in einem königlich breiten Doppelbett, träumt man immer das gleiche. Man träumt, daß man zu zweit schläft. Und nicht schläft, sondern sich zusammenknäult und herumwälzt und herumgewälzt wird. Und besser wäre es gewesen, gar nichts zu träumen, denn das Ende solcher Träume war eintönig und traurig. Soviel man auch die Hand oder das Leintuch befruchtete, es wurde nicht mehr aus einem, man wurde nicht fröhlicher oder glücklicher.

Finstere, unerfreuliche Gedanken krochen langsam in den Hinterkopf, wie aus dem Apfelbaum gefallene Raupen. Und dabei stellte man sich irgendwelche Frauen vor, staatliche Hausangestellte, die diese Leintücher abzogen. Und dann war einem nach Kognak, um diese Gedanken loszuwerden, um es sich nicht weiter vorzustellen. Was hieß das denn, daß man Präsident war? Das machte einen ja nicht impotent, die Heimat kann einem ja nicht die Frau ersetzen!

Ein vorsichtiges, aber hartnäckiges Klopfen an der Schlafzimmertür drang trotz allem in meinen Schlaf. Ich öffnete die Augen und tastete unter der Decke nach dem Laken, es war trocken. Also hatte ich nur geträumt!

»Herr Präsident!« Das Flüstern meines Assistenten flatterte wie ein Falter durch den Spalt der leicht geöffneten Tür. »Wachen Sie auf!«

»Was ist los?«

»Der Innenminister wartet, General Filin! Er ist beunruhigt! Ausnahmezustand!«

»Bring ihm einen Kaffee!«

Ich warf den Morgenrock über, blieb ein paar Sekunden vor dem Bett stehen, und meine Gedanken wanderten, schon ohne Traum, wieder zum ewigen Thema.

Ich starrte die Schlafzimmerwand vor mir an. Irgendwo dort, hinter der Wand, an der Schischkins Frühlingslandschaft hing, schlief diese, wie hieß sie noch, Maja Woizechowskaja…

Ich kam ins Wohnzimmer heraus und blieb am Fenster stehen.

Hinter meinem Rücken ertönte das Husten des Milizministers. Er hatte ewig Bronchitis, er rauchte wie ein Krematoriumsschornstein!

»Na?« Ich sah ihm direkt ins Gesicht.

»Herr Präsident… ich weiß gar nicht, wie ich berichten

soll! Die Führungsschicht des Saporoscher Gebiets ist entführt worden. Eine durchgeplante Aktion. Aber wem kann das nützen? Wenn es ein, zwei wären, aber so: gleich dreizehn Personen! Ja, und eine ist aus dem Fenster gesprungen… in den Tod…«

»Wer?«

»Kalinowskaja. Stellvertretende Finanzministerin.«

»Und weiter?«

»Ich habe bereits den Befehl gegeben, die beste Ermittlereinheit hinzuschicken. Die Stadt ist abgeriegelt, aber keinerlei Spuren.«

»Gut, du hältst mich auf dem laufenden. Nächster Bericht morgen früh um acht.«

»Sie haben Nerven aus Stahl!« sagte der Minister und ging.

›Bei mir ist alles aus Stahl‹, dachte ich und gestattete mir endlich das Lächeln. Nach Schlafen war mir nicht mehr. Mein Assistent stand unbewegt wie eine Säule auf der Schwelle der Flügeltür, die zum Flur hinausführte.

»Einen Wagen«, sagte ich zu ihm. »Aber einen unauffälligen. Und gekühlten Champagner!«

Eine halbe Stunde später fuhr mich der schwarze Audi mit dem verschlafenen Chauffeur zum Haupteingang des Nachtklubs ›X‹. Die Wache des Klubs wollte zum Wagen treten, aber die unsichtbaren Männer aus einer anderen, meiner, Wache hielten sie schnell auf. Und ich konnte die erschöpften schönen oder auch nur einfach willensstarken Gesichter der herausströmenden Besucher betrachten. Ich beobachtete, trank kalten Sekt aus Amerika und dachte an künftige Generationen.

Um sechs morgens klopfte es an die Scheibe. Ich wollte Kolja Lwowitsch schon zum Teufel schicken, aber er war es nicht. Es war General Swetlow.

»Unsere Schäfchen haben die ukrainisch-russische Grenze überquert«, sagte er. »Man hat ein Sanatorium im Ural für sie eingerichtet.«

»Setz dich!« Ich wies mit der flachen Hand auf das weiche schwarze Leder des Rücksitzes neben mir. »Feiern wir?«

Swetlow nickte müde.

Sein einfaches, dienstliches Nicken war genau das richtige. Kein Wort hätte es ersetzen können.

Swetlow mochte keinen Sekt, ich wußte das und beschloß, ihm entgegenzukommen.

»Sag, Walera, hast du irgendwann einmal richtig geliebt?« fragte ich, als wir schon beide die ›Hennessy‹-Gläser hochhielten.

»Eine Frau?«

»Ja.«

»Ich wollte. Sie hat mich nicht gelassen.«

»Die Närrin!« entfuhr es mir. »Entschuldige, natürlich.«

»Aber nein!« sagte Swetlow erstaunlich gelassen. »Sie haben wirklich recht, Herr Präsident. Die Närrin! Eine Frau liebt ja selten, öfter wählt sie unter denen aus, die sie lieben. Damals machte ihr ein Geschäftsmann den Hof. Er überragte mich um anderthalb Köpfe. Schutzgelderpresser haben ihn umgebracht...«

Ich nickte.

Wir tranken.

»Wirst du irgendwann heiraten?« fragte ich.

»Ich *bin* verheiratet. Ich habe zwei erwachsene Kinder. Aber das ist nur mein ›Familienstand‹.«

Ich war geschmeichelt. Swetlow würde das nicht verstehen. Aber die Tatsache, daß er mit mir von gleich zu gleich redete, beruhigte mich nicht nur, sondern stellte mich gleich mit den Leuten, die fest an ihre Ansichten, Sympathien und Ideen glaubten. An mich glaubte ich in dieser Nacht und an diesem beginnenden Morgen nicht. Ich versteckte mich hinter den getönten Wagenscheiben, blieb inkognito und ging der schönen Unbekanntheit des Lebens aus dem Weg.

55

Kiew. 27. Februar 1985.

Der eisige Wind brannte im Gesicht, und ich wußte schon nicht mehr, wie und womit ich mich gegen ihn schützen sollte. Die Kaninchenfellmütze hatte ich bis auf die Brauen heruntergezogen, ihre Ohrenklappen schon längst unter dem Kinn zusammengebunden. Das Gesicht hatte ich mit einem kratzenden Mohairschal umwickelt und den Schaffellkragen hochgeschlagen. Aber wärmer wurde mir nicht. Die Truchanow-Insel, der ich auf der Fußgängerbrücke entgegenging, stieß mich geradezu zurück, versuchte mich anzuhalten. Aber ich dachte an den Alten und daran, daß er da allein in seiner Erdhütte saß, daß ihm vielleicht das Brennholz ausgegangen war. Natürlich brachte ich ihm hier kein Brennholz. In der Sporttasche auf meiner Schulter lag etwas zu essen mit zwei Flaschen Portwein. Die Tasche war schwer, aber der Eissturm hob sie mühelos hoch und stieß sie mir in den Rücken.

Das Essen für den Alten hatte Mira gekauft, und sie hatte mich auch gebeten, zu ihm zu gehen. Selber wollte sie nicht, und jetzt verstand ich sie sehr gut. Aber ich war hartnäckiger als dieser Eiswind, und je mehr er sich mir widersetzte, desto mehr widersetzte ich mich ihm.

Dann blieben meine Stiefel im Tiefschnee stecken, aber auch das hielt mich nicht auf.

Die frühe winterliche Dämmerung wurde dichter. Der Himmel senkte sich immer tiefer. Er hing wie ein betrunkener Recke, der sich nicht mehr auf den Beinen halten kann, und sackte mit seiner ganzen Dunkelheit zusehends herunter, von Minute zu Minute. Aber ich sah schon die Erdhütte des Alten, und hinter ihrem kleinen Fenster Kerzenlicht.

»Also du bist direkt ein Pawlik Morosow!« begrüßte mich der Alte froh.

»Wieso?« fragte ich irritiert. »Der hat doch seinen Vater verraten!«

»Na, dann nicht Morosow, dann Wolodja Dubinin. Ein Held, mit einem Wort! Bist bei diesem Wetter hierhergekommen! Ich danke dir!«

Er kletterte auf den Hocker und holte eine angebrochene Flasche ›Moskovskaya‹ herunter.

Ich zog inzwischen das Essen und meinen Portwein aus der Tasche.

»Na, so was!« David Isaakowitsch breitete fassungslos die Arme aus. »Was für ein Anlaß, junger Mann? Heiraten Sie?«

»Nein, das schickt Ihnen Mira!«

»Eine gute Tochter habe ich!«

Ich nickte und dachte an das Opernhaus.

»Eine gute«, wiederholte er. »Aber heirate sie lieber nicht!«

»Warum?«

»Du wirst dick, wirst faul, und im besten Fall bringst du's zum mittleren Schneider! Sie ist ganz ihre Mutter. Sie versteht nicht, daß die Seele eines Mannes immer auf Höhenflug ist! Die Frau, das ist ein Flughafen, der Mann ein Segelflieger. Sie soll auf ihn warten, aber sie soll ihm nicht verbieten zu fliegen. Verstehst du?«

»Ja. – Und wohin sind Sie geflogen?« wollte ich wissen.

»Das war bildlich gesprochen. Ich bin zu anderen Frauen geflogen... Nicht nur sie will was vom Glück! Im übrigen, nein, hör mal zu!« Und er verstummte plötzlich, den Zeigefinger vor mein Gesicht erhoben.

Vor dem Fenster draußen heulte ein echter Schneesturm.

»Da«, seufzte der Alte bedeutungsschwer. »Das ist das fluguntauglichste Wetter! Zeit, die Familienbande zu festigen vor dem Frühling! Aber das war einmal... Es kommt eine Zeit anderer Werte, und dann suchst du schon nicht mehr nach Schönheiten mit papillotengekräuseltem Haar, sondern Gleichgesinnte, Kampfgenossen... Weißt du, in ein paar Tagen kommen mich Freunde besuchen. Komm auch! Da erfährst du, daß die ›Prawda‹ nicht über alles schreibt. Es gibt noch ein anderes Leben!«

56

Kiew. März 2004.

Zwei Tage lang bereitete ich mich auf dieses Gespräch vor. Auf das Gespräch über uns beide. Dabei hatte ich überhaupt keine Fragen an Sweta. Dafür stellte ich mir zwei Tage lang vor, welche Fragen sie mir stellen könnte. Über mein Leben, meine Gedanken, meine Verwandten und Freunde. Ich stellte mir die Fragen selbst, suchte langsam die Antworten zusammen und versuchte einzuschätzen, wie vollständig und wahr sie sein sollten. Nein, ich wollte nicht lügen, für einen Mann in meinem Alter und meiner Stellung war es albern, neue Versionen für die alten zu erfinden. Aber genauso albern war auch meine Nervosität vor dem heutigen Abend.

All diese Gedanken lenkten mich von der Arbeit ab, und um nicht irgendwelche Dummheiten zu begehen, bat ich Nilotschka, die vorgesehenen Treffen mit unseren ›weißen‹ und ›grauen‹ Geschäftsleuten auf nächste Woche zu verschieben. Und am Ende des Arbeitstages bat ich meine Sekretärin, zwei Tassen Kaffee zu kochen und mir Gesellschaft zu leisten.

Sie schwebte noch leichteren Schrittes herein als gewöhnlich. Wir setzten uns an das Besuchertischchen einander gegenüber.

In ihrem streng geschnittenen, aber munter grünen Kostüm, das aus einem engen knielangen Rock und einem taillierten Jäckchen bestand, unter dem eine weiße Bluse hervorschaute, glich Nila einer unsicheren Schauspielschülerin. Auch wenn sie die ›Unsicherheit‹ eindeutig spielte. Sonst könnte sie nicht so leicht mit einem gewinnenden Lächeln der rotgeschminkten Lippen all die Besucher zum Teufel schicken, die ich nicht sehen wollte.

»Oh, ich habe den Zucker vergessen!« rief sie beim Blick auf ihre Tasse.

Sie sprang leicht, fast geräuschlos auf und lief hinaus.

»Sie nehmen doch einen?« Ihre Hand mit dem Zuckerlöffel schwebte über meiner Tasse.

»Ein bißchen weniger«, sagte ich.

Sie schüttete das oberste vom Zuckerhäufchen zurück in die Zuckerdose, ließ das übrige in meinen Kaffee fallen und rührte um.

»Was denkst du, was für ein Geschenk könnte man einer schönen Frau machen?« fragte ich.

Nilotschka wurde nachdenklich und unterdrückte ein Lächeln.

»Haben Sie zu ihr eine enge Beziehung?«

Komisch, aber ich hörte aus dieser Frage nicht den Versuch heraus, sich in mein Privatleben einzumischen.

»Ja.«

»Haben Sie vielleicht Kognak?«

»Sie trinkt keinen Kognak.«

»Nein, nicht für sie.« Nila war verlegen. »Für jetzt, zum Kaffee. Ich habe welchen, aber gewöhnlichen...«

Ich holte die ›Hennessy‹-Flasche, zwei Kognakschwenker und goß ein.

Nila nippte und sah auf die Uhr.

»Sie erwarten doch heute niemanden mehr?«

»Du hast doch alle verschoben?«

»Ja, wie Sie gesagt haben! Bin gleich wieder da.«

Sie lief wieder hinaus.

Ich trank abwechselnd Kognak und Kaffee und dachte an Swetlana. Ringsum hatte sich eine fürs Ministerium ungewohnte Stille breitgemacht. Und ich vergaß, daß ich im Dienst war, im langweiligen Dienst, dessen Sinn darin bestand, Papieren unterschiedliche Geschwindigkeit zuzuordnen. Wie in einem Computerspiel bewegte ich irgendwelche Papiere weiter, und die gelangten, wie Billardkugeln in die Taschen, zur letzten bestätigenden Unterschrift meines Chefs, andere gingen ›zufällig‹ verloren, ›verschwanden‹ für immer in unbekannte Richtungen. Die fand man nicht mehr. Und es suchte sie auch keiner. Es war ein langweiliger und einträglicher Dienst. Meine Sehnsucht nach dem echten Leben wurde mir gut bezahlt.

Nila erschien wieder im Zimmer. Ich bemerkte nur, daß die Strümpfe von ihren Beinen verschwunden waren.

»Das beste Geschenk für eine geliebte Frau – ist Unterwäsche«, flüsterte sie.

Dann drehte sie sich kokett um, als würde sie nachsehen, ob es keine zufälligen Zeugen gab, ließ ihr Kostüm fallen und stand in tatsächlich wunderschöner roter Unterwäsche da. Diese Wäsche machte sie erstaunlich verführerisch. Ich hielt mich an meinem Kognakglas fest wie an einem Rettungsring.

Sie drehte sich zur Seite, bog sich nach hinten und warf ihre halblangen kastanienbraunen Haare in den Nacken. Dann wandte sie mir den Rücken zu und beugte sich vor, bis ihre Fingerspitzen den Boden berührten, und wandte sich mir wieder zu.

»Schön?« fragte sie und wies mit dem Blick auf ihren Slip.

»Ja«, seufzte ich leise und sah mich nach allen Seiten um. »Hast du wenigstens die Tür abgeschlossen?«

»Natürlich«, flüsterte sie. »Ich wollte Ihnen etwas erzählen...«

»Erzähl!«

»Man hat mich über Sie ausgefragt...«

»Wer?«

»Dogmasow mit noch zwei anderen.«

»Was wollten sie denn wissen?«

»Ob keine Frauen zu Ihnen kommen, ob Sie sich hier mit jemandem einschließen, ob Sie viel trinken. Was Sie für Gewohnheiten haben, welche Zeitungen Sie lesen, mit wem Sie nicht verbunden werden wollen, wen Sie ohne Voranmeldung empfangen. Ich glaube, Sie gehen bald von hier weg...«

»Glaubst du?«

Sie nickte, und auf ihrem Gesicht war aufrichtige Sorge zu lesen.

»Ich habe Angst, daß man hinter Ihnen herschnüffelt...«

»Und warum hast du Angst?«

»Ich fühle mich wohl mit Ihnen. Sie sind höflich, schreien nie. Zwingen mich nicht, manche Dinge zu tun...«

»Tun die anderen das denn?«

»Iwan Semjonowitsch, der vor Ihnen da war, fast jeden Abend...«

Nila tat mir plötzlich leid. Sie war so klein und hilflos in diesem roten Slip und Büstenhalter. Warum hatte sie sich ausgezogen? Ach ja, ich hatte nach einem Geschenk für eine geliebte Frau gefragt.

»Könnte ich noch einen Kognak kriegen?«

Ich schenkte ihr nach. Sie setzte sich, und in ihren grünen Augen blinkerten Tränen.

»Was hast du?« Ich streckte die Hand aus und fuhr ihr übers Haar.

»Sie schenken ihr schöne Unterwäsche«, sagte sie schluchzend, der Kognakschwenker zitterte in ihrer Hand. »Und ich kaufe sie mir selber. Wissen Sie, wieviel ich verdiene?«

Ich schüttelte den Kopf. Fremde Gehälter interessierten mich nicht.

»Zweihundert Griwni.«

»Was?« entfuhr es mir. »Und du lebst von zweihundert Griwni?«

Sie schüttelte den Kopf.

»Nein, ich wohne bei meinen Eltern. Die helfen mir.«

»Bei den Eltern?« wunderte ich mich.

Nilotschka nickte, und in ihren Augen erschien sanftes Selbstmitleid.

Ich stand auf, öffnete die Schreibtischschublade und nahm aufs Geratewohl einen der zugeklebten Umschläge heraus. Ich befühlte seinen Umfang – ein paar tausend Dollar waren sicher darin. Ich nahm ihn und gab ihn ihr.

»Nimm, kauf dir, was du willst, und betrachte es als mein Geschenk!«

»Lieben Sie sie sehr?« fragte sie plötzlich.

»Vermutlich«, antwortete ich. Ich wollte sie nicht kränken.

»Ich werde Ihnen immer alles erzählen!« versprach sie und nippte an dem Kognak.

57

Gebiet Lwow, Stary Sambor. August 2015.

»Ich, der ich die Staatsbürgerschaft der Ukraine annehme, schwöre, von Herzen meine Heimat zu lieben, ihre sozialen und politischen Interessen zu verteidigen, alle Kräfte dafür einzusetzen, daß mein Land sich entwickelt und gedeiht, daß sein Ruhm in der ganzen Welt wächst, daß die Autorität der Ukraine größer wird. Ich verspreche, alle meine Staatsbürgerpflichten zu erfüllen, ehrlich die Steuern zu zahlen…«

Ungeachtet des festlichen Schmucks in der Kathedrale und der herrlichen Akustik erschien mir irgend etwas an dieser Zeremonie unecht. Es war nicht mal die Tatsache, daß alle diese im Land gestrandeten Illegalen aus Indien, Bangladesh und Afghanistan eifrig laut den Eid des Staatsbürgers lasen. Ein paar von ihnen trugen extra bestickte Folklorehemden, um ihre Verehrung für das Land zu zeigen, das sie hier angesichts der offenbaren Ausweglosigkeit der Lage unter seine Bürger aufnahm. Jetzt begann auch die versammelte Gemeinde Psalmen zu singen. Der Priester im festlichen Ornat brummte etwas im Bariton los. Und ein Beamter der Lwower Gebietsverwaltung trat vor, mit seiner Sekretärin, die einen Packen neuer Pässe in der Hand hielt.

»Achmed Sahir Schah«, las der Beamte aus dem ersten Paß, den er der Sekretärin abgenommen hatte. Und übersah mit dem Blick alle Achmeds, die sich in einer langen Schlange aufgestellt hatten.

Die Ausgabe der Pässe erinnerte mich an die Ausgabe der Abschlußzeugnisse in der sowjetischen Schule.

»Mykola!« rief ich leise den Vizepremier, der mich überredet hatte, zu dieser Zeremonie einzufliegen.

»Ja, Herr Präsident!«

»Wer hat den Text geschrieben?«

»Unser Sänger, Wassili Kasanski. Volkskünstler der Ukraine.«

»Findest du nicht, daß bei uns viele nicht bei dem bleiben, was sie können? Warum soll ein Sänger den Text des staatlichen Eids schreiben?«

»Weil er ein echter Patriot ist und auch seinen Beitrag leisten wollte...«

»Warte, Mykola, Patriot, ist das ein Beruf?«

»Nein.«

»Eine Berufung?«

»Nein. Es ist ein Zustand der Seele, ein tiefes Gefühl im Herzen –«

»Genug! Daß mir dieser Text heute zum ersten und letzten Mal erklungen ist! Verstanden? Entweder schreib ihn selber oder finde einen Patrioten bei den Schriftstellern!«

Der Vizepremier seufzte tief, blieb aber bei mir stehen. Und ich wandte den Blick zu den Unmengen dünner brennender Kerzen hinüber. Der Wachsduft streichelte angenehm die Nase. Der kirchliche Gesang stieg zur Kuppel der Kathedrale auf und kam von dort als gewichtsloser goldener Regen herunter.

Ich wandte mich wieder an den Vizepremier.

»Hatte der Erzbischof nichts dagegen, in der Kirche Pässe an Andersgläubige auszuteilen?«

»Sie haben sich taufen lassen, das war eine der Bedingungen für die Staatsbürgerschaft.«

»Und was gab es noch für Bedingungen?«

»Ablegen einer Ukrainischprüfung und Verfassen eines Lebenslaufs auf ukrainisch.«

»Und wer hat diesen Erlaß unterschrieben?«

»Sie! Ich habe Ihnen den Entwurf geschickt und ihn unterschrieben zurückbekommen.«

»Gib ihn mir zum Lesen! Einer von uns war bei der Unterzeichnung krank...«

»Das waren doch Sie!« entfuhr es dem Vizepremier aufrichtig. »Sie waren doch krank...«

Der Beamte fuhr fort, die frischgebackenen Ukrainer aufzurufen. Sie traten zu ihm, demütig den Kopf gesenkt, wie es sich in der Kirche gehört, nahmen den Paß und kehrten in ihre Reihen zurück.

›Unsere Reihen haben sich gefüllt‹, dachte ich und seufzte.

Und fühlte ein gewisses Unbehagen in der Brust, als wäre es meinem Herzen da drinnen eng geworden.

Schon auf dem Weg nach draußen, bemerkte ich die gierigen Objektive dreier Filmkameras. Alle wichtigen Kanäle des Landes würden das am selben Abend in den Äther schicken! Und dann?

Die frische, von der müden Sommersonne erwärmte Luft strich mir zärtlich, wie mit Frauenhand, übers Gesicht. Ich wollte überhaupt nicht an diese Zeremonie denken, an ihre Übertragung im Ersten Nationalen Fernsehkanal und an die Reaktion, die sicher nicht auf sich warten lassen würde. Der ukrainische orthodoxe Achmed Sahir Schah, darüber würden sie im besten Fall lachen. Schlimmer, wenn dieser Erlaß in irgendeiner Zeitung auftauchen sollte, wie der

Startschuß aus einer Pistole. Schießen würden sie ja vermutlich auf mich!

58

Kiew. 1. März 1985.

Morgens fuhr Mama mit Bruder Dima zu einem weiteren Psychiater. Und ich zog ein weißes Hemd an, gebügelte Hosen, einen warmen Pullover. Und vermummte mich, so gut es ging, gegen den Frost, weil das Februarwetter nahtlos in Märzwetter übergegangen war, ohne unterwegs ein Grad Celsius zu gewinnen.

Ich wußte, daß es Leute gab, die anders leben wollten, die die Politik der Partei nicht gut fanden und nicht mochten. Ich hatte gehört, daß sie sich nachts in Küchen versammelten und politische Witze erzählten. Ich hatte diese Witze sogar gehört, sie aber nicht besonders witzig gefunden. Nur daß der Alte, der in seiner Erdhütte nicht mal eine Küche hatte, auch einer von ihnen war, das konnte ich mir nicht vorstellen. Trotzdem war ich neugierig und machte mich wieder auf zur Truchanow-Insel und David Isaakowitsch.

Diesmal war es windstill. Die Brücke stand da, unbeweglich, bedeckt von einer Schneekruste, die unter den Füßen knirschte. Diese Brücke in ihrer winterlichen Einsamkeit weckte bei mir immer Staunen und Ehrfurcht. Auch jetzt suchte ich unter mir nach frischen Spuren, aber die Schneekruste war unberührt. Vielleicht konnte man diese Insel auch auf einem anderen, geheimen Weg erreichen, und auf ebendiesem anderen Weg kamen die Leute, wenn sie sich bei David Isaakowitsch trafen?

Die Leute waren wirklich auf einem anderen Weg und vor mir eingetroffen. In der Erdhütte war es wärmer als sonst, auf dem Tisch standen statt Portwein drei Flaschen Kefir. Auf dem Bett des Alten saß ein bärtiger, beeindrukkender Mann mit großer Nase. Er war nicht alt, gab sich aber eindeutig einen überaus wichtigen Anschein. Auf dem Hocker rechts, ein Bein über das andere geschlagen, saß ein hagerer Man mit Adlernase und beginnender Glatze. Auch der dunkelblaue wollene Trainingsanzug mit den weißen Streifen konnte die Tatsache nicht verbergen, daß dieser Mann mit Sport nicht das geringste zu tun hatte. Der dritte Gast war klein und rund, mit lächelndem Gesicht und roten Backen.

»Das ist Serjoscha«, stellte mich der Alte vor. »Ich habe euch von ihm erzählt.«

»Vater Wassili.« David Isaakowitsch wies ehrerbietig auf den Bärtigen. Die übrigen präsentierte er einfacher: Ilja und Fedja.

Ich setzte mich auf einen Hocker und bereitete mich darauf vor, irgendeiner klugen Unterhaltung zu lauschen.

Aber statt dessen zog David Isaakowitsch unter dem Bett einen Stapel Handtücher heraus und legte ihn sorgsam auf den Tisch neben den Kefir.

»Na dann, mit Gott«, bemerkte Vater Wassili mit tönendem Baß und begann sich auszuziehen. Seinem Beispiel folgten die anderen.

»Und was ist mit dir?« fragte mich der Alte.

»Was soll das?« Ich nickte zu den sich Auskleidenden. In

meinem Hirn raste Furcht, ich sah mich schon als Opfer einer Gruppenvergewaltigung, wovon ich hin und wieder gehört hatte.

»Komm, komm!« drängte mich der Alte. »Wir müssen los.«

»Wohin?«

»Zum Eisloch! Ich habe es heute morgen frei gemacht. Wenn es sich wieder mit Eis überzieht, holen wir uns Schrammen!«

›Ah, so!‹ seufzte ich innerlich erleichtert. ›Also Walrösser, keine Homos!‹

Und wir liefen einer nach dem anderen barfuß über den Schnee, jeder ein Handtuch in der Hand. Ich lief als letzter und sah mit einem komischen Gefühl auf die weißen, beim Gehen zitternden Männerhintern. Sie erschienen mir so verletzlich, und genauso kam ich mir selbst auch vor. Neben der Kälte durchdrang mich eine neue Furcht, die Furcht vor dem kalten Wasser.

»Betrunkene werden nicht getauft«, sagte Vater Wassili zu mir am Rand des Eislochs.

Sprach es und schubste mich leicht, und ich flog in die brennende Kälte. Funkelndes Wasser spritzte auf und bohrte sich in die Haut. Ich schlug mit den Armen auf das Gemenge aus Eis und Wasser und sah mich um. Begegnete dem Blick des Alten, der wie eine nackte bläuliche Mumie am Rand des Eislochs stand.

»Tauch nicht unter, sonst treibt dich die Strömung unters Eis!« sagte er.

Aber ich hangelte mich schon wieder raus, sprang hoch, versuchte mich abzudrücken, aber das Eis brach und zerkratzte mir die Arme. Als ich schon draußen war, bemerkte ich dann die tiefe Schramme am rechten Ellbogen.

Der Alte gab mir das Handtuch. Mein Körper wurde rot, als ich ihn mit dem schmirgeligen Handtuch abtrocknete. Aber das Gefühl von Kälte verschwand allmählich, und an seiner Stelle machten sich im Körper Schlaffheit und im Kopf Gleichgültigkeit breit.

Vater Wassili hängte mir ein silbernes Kreuz um den Hals.

»Deine Rettung war ein Wunder Gottes«, sagte er und warf einen Blick auf den Alten. »Und jetzt bist du selbst ein Knecht Gottes geworden. Der Herr segne dich.«

Jetzt tauchten auch die anderen ins Eisloch ein. Am längsten von allen planschte dabei der Alte und ächzte, stöhnte, seufzte.

»Das tut mir gut!« sagte er. »Das konserviert mich, wie das Einlegen die Tomaten! Verlängert das Leben!«

Meine Befürchtungen über das neue gesunde Leben bewahrheiteten sich nicht. Wieder in der Erdhütte, tranken wir jeder als erstes ein Glas Wodka ›zum Ruhme Gottes‹. David Isaakowitsch trank Kefir zum Wodka, die anderen nichts dazu.

»Redet ihr jetzt über Politik?« fragte ich am Tisch.

Sie sahen mich komisch an.

»Sollen die anderen über Politik reden«, bemerkte Vater Wassili. »Wir reden über das Leben. Denn das Leben – das ist die Liebe!«

59

Kiew. März 2004.

Die ganze Nacht heulten die Kater unter meinem Fenster. Wären es Hunde gewesen, hätte ihr Heulen mich vielleicht am Schlafen gehindert. Aber der Katzengesang brachte konkrete Gedanken in meinen Schlummer, und ich schob diese Gedanken leicht, wie nebenhin, von einer Ecke meines Unterbewußtseins in die andere.

Und morgens, als mein italienisches Kaffeekännchen zischte und Arabica-Aroma in der Küchenluft versprühte, rief Sweta an.

»Ich habe Neuigkeiten«, sagte sie sehr ernst.

Ich war auf eine sachliche Besprechung gefaßt, dachte, daß es um die weitere Bezahlung der Schweizer Klinikrechnungen für Dima und Walja gehen würde.

»Ich war beim Ultraschall.« Sie machte eine Pause, lang genug, daß ich mich ganz auf ihre Neuigkeiten einstellen konnte, die, wie es schien, jetzt auch zu meinen wurden. »Ich bekomme Zwillinge...«

Wieder sagte sie ›ich‹! Ich verzog das Gesicht. Gefiel es ihr etwa so gut, ihre Unabhängigkeit von mir zu betonen? Oder die Unabhängigkeit dieser Zwillinge von mir?

»Herzlichen Glückwunsch«, flüsterte ich in den Hörer. »Wollen wir feiern?«

»Das ist noch nicht alles.« Ihre Stimme raschelte wie Seide. »Walja bekommt auch ein Kind.«

»Wer?«

»Dima und Walja, dein Bruder und meine Schwester.«

»Kannst du heute abend um sieben?« Plötzlich war mein

Mund ganz trocken, und ich fing zu flüstern an. »Im ›Déjà vu‹?«

Sie war einverstanden.

Gegen Abend setzte ein feiner Nieselregen ein, und das nasse Pflaster vor der Oper glänzte wie schwarzes Perlmutt. Den Fahrer schickte ich nach Hause. Es war mir immer unangenehm, zu wissen, daß er, während ich es mir irgendwo gutgehen ließ, im Wagen saß und bestenfalls Darja Donzowa las. Natürlich, die ungeschriebenen Regeln verpflichteten die Fahrer der dienstlichen BMWs und Mercedesse, nach dem Prinzip ›wohin man dich schickt‹ zu fahren und, sei es bis zum Morgen, vor irgendeinem Restaurant oder Klub zu warten. Aber was kümmerten mich die ungeschriebenen Regeln? Ich hielt mich nur an die, die mir gefielen.

»Hat sie dich angerufen?« fragte ich, als ich Sweta zum Gruß auf die Lippen geküßt und mich gesetzt hatte.

»Ja. Und, weißt du, wir haben dasselbe errechnete Datum.«

»Das heißt«, sagte ich lächelnd, »das heißt, ihr habt in derselben Nacht empfangen, in der Nacht nach der Hochzeit.«

Sweta nickte.

Der Kellner brachte eine Flasche Champagner und zwei Gläser.

Meine Stimmung hob sich sofort. Wenn Sweta, ein wenig früher gekommen, selbst entschieden hatte, was wir tranken, hieß das, ich hätte ihre schlechte Laune nicht zu fürchten brauchen.

»Das ist eine schöne Kette!« Ich bemerkte die Korallen, die bordeauxrote Jacke, den Ring mit dem kleinen Brillanten am Mittelfinger der rechten Hand. Sweta kleidete sich immer ihrer Stimmung entsprechend. Heute mochte sie sich und die Welt.

Ich zog ein kleines Päckchen in buntem Geschenkpapier aus der Jackettasche und wunderte mich wieder, wie ätherisch und gewichtslos heutige modische Damenunterwäsche war. Dieser smaragdgrüne Slip wog eindeutig weniger als das Verpackungspapier.

»Das ist für dich!«

Sie nahm das gewichtslose Schächtelchen in die Hand und lächelte listig, anscheinend hatte sie erraten. Sie ließ es in der Handtasche verschwinden und hob ihr Glas.

»Auf dich! Und auf die Zwillinge!« sagte ich leise und hob mein Glas dem ihren entgegen.

Der ›Brut‹ war von allzu erlesenem Geschmack. Es war genau der Fall, in dem eine Flasche Champagner, zumindest im Preis, völlig dem Anlaß des Treffens entsprach. Nur leider, was den Geschmack anging – mein Geschmack war nicht ebenso aristokratisch, auch wenn ich gelernt hatte, alle, mich eingeschlossen, zu täuschen und teure, erlesene Speisen und ebensolche Getränke mit der aufgesetzten Miene höchsten Genusses zu konsumieren.

»Entschuldige die banale Frage.« Swetlana sah mir direkt in die Augen. »Du bist kein Nachkomme von Bunin, dem Schriftsteller?«

Ich lächelte.

»Nein. Den Nachnamen gab meinem Vater der Direktor des sibirischen Kinderheims. Mein Vater wurde bei der Evakuierung im Zug bombardiert. Seine Eltern kamen um, nach Papieren hat keiner gesucht. Der elternlose, namenlose

Junge kam ins Kinderheim, und dort war ein ehemaliger Literaturlehrer Direktor. Unter den Kindheitsfreunden meines Vaters gab es auch einen Gorki und einen Ostrowski.«

»Eine schöne Geschichte.« Das nachdenkliche Lächeln machte Swetlanas Blick gütiger.

»Ich habe viele schöne Geschichten«, sagte ich. »Ja, und die allerschönste, das war wohl neulich, in Leukerbad...«

Ich streckte die Hand nach ihrer aus. Unsere Finger berührten sich.

»Zieh zu mir!« Ich legte den Kopf schief und versuchte meinen Blick fügsam und flehentlich zu machen.

»Laß uns noch ein bißchen warten.« Swetlana zog ihre Hand weg und hob wieder ihr Glas.

»Man sieht dir nicht an, daß du Kinder magst!« sagte sie.

»Man sieht dir nicht an, daß du Honig magst. Mir sieht man überhaupt vieles nicht an. Aber Kinder mag ich.«

»Trinken wir auf Walja und Dima!« Sie betrachtete einen Moment lang den Abdruck des Lippenstifts am Glasrand. »Ich glaube, nur sie können richtig glücklich sein.«

Der Regen hörte in dem Moment auf, als wir auf die Straße hinaustraten. Es war schon dunkel, gelbe Autoscheinwerfer zogen vorbei. Ich hob die Hand, und ein Taxi hielt wie ein treuer Hund direkt vor uns.

»Oh, ich habe den Regenschirm vergessen!« rief Sweta, als der Wagen schon mein Haus erreichte.

Ich zog mein Handy heraus, erfuhr über die 09 die Nummer des Restaurants, rief an und bat, diesen Regenschirm zu suchen und ihn an der Garderobe zu hinterlegen. Sie fanden den Schirm sofort, und dieser winzige Erfolg verbesserte Swetlanas gute Stimmung nur weiter.

60

Kiew. 1. September 2015

»Das haben Sie ausgezeichnet gesagt«, schwafelte Kolja Lwowitsch. »Lernen, lernen und lernen!«

»Das habe nicht ich, das hat Lenin gesagt.«

»Egal, Lenin ist längst vergessen! Dafür werden heute alle Schüler der Ukraine nur ans Lernen denken!«

Mein Stabschef und ich kehrten von der Einschulungsfeier ›Das erste Klingelzeichen‹ zurück. Die Schule lag gerade gegenüber meinem Haus, an der Ecke Wladimirskaja und Desjatinnaja. Die Fernsehkameras hatten direkt übertragen. Und ich hatte ein paar Worte gesagt, das Glöckchen am Stab in die Hand genommen und geläutet. Jetzt ging es zum Dienstsitz auf der Bankowaja.

»Was gibt es dort?« fragte ich Kolja Lwowitsch.

»Ein Referat von Filin über die Lage im Land, darunter auch über die Sache mit der Saporoscher Gebietsverwaltung...«

»Hat man sie etwa noch nicht gefunden?« fragte ich und unterdrückte mit Mühe ein Lächeln.

»Nein.« Kolja Lwowitschs Miene wurde auf der Stelle düster besorgt. »Sie haben alles durchsucht, alle Stauseen der Gegend überprüft.«

»In Ordnung.« Ich stoppte seine Erregung. »Und sonst?«

»Um Punkt vierzehn Uhr medizinische Kontrolle und Massage. Um fünfzehn vierzig Treffen mit einer Solistin der Nationaloper. Dann geschlossene Sitzung des Ministerkabinetts.«

Wir fuhren schweigend weiter. Sicher würde wieder der

Chef der Wache, Oberst Potapenko, gelaufen kommen und stöhnen: »Warum sind Sie ohne Geleit losgefahren, ohne Motorradeskorte?« Zum Teufel mit ihm! Mich beschäftigte jetzt nur eins: Wie konnte ich Innenminister Filin dazu bringen, über die Lage im Land in kürzester Fassung zu berichten und ohne detaillierte Aufzählung der Erfolge im Kampf mit der Korruption in den Reihen seines Ministeriums. Diese Zahlen gingen mir schon im voraus auf die Nerven.

»Achtzigtausenddreihundertdreiundvierzig Mitarbeiter entlassen, fünfunddreißigtausend zur administrativen und strafrechtlichen Verantwortung gezogen.« Wie viele arbeiteten denn da, wenn man hundertfünfzehntausend seelenruhig rauswerfen konnte und sie, die Miliz, war immer noch handlungsfähig? Und wie viele Plätze hatten wir in den Lagern? Das war auch eine gute Frage! Die würde ich Filin stellen!

General Filin wartete, wie sich herausstellte, schon eine halbe Stunde auf mich. Bei meinem Anblick nahm er Haltung an, als hätte man für ein paar Sekunden Hochspannungsstrom seine Wirbelsäule entlanggejagt.

»Setz dich!« Ich wies mit einem Nicken auf Major Melnitschenkos berühmtes Sofa.

Ich wußte, daß er sich nicht setzen würde. Militärs und Milizoffiziere fürchteten sich vor diesem Sofa. Und ich wußte nicht, woher diese Furcht mehr rührte: Aberglaube oder Angst vor irgendeinem bösen Streich meinerseits. Sie setzten sich immer in den daneben stehenden Sessel. Dorthin, in Richtung Sessel, wendete jetzt auch General Filin seinen verlängerten Rücken, um ihn ohne weitere Extrabewegungen und -drehungen auf den beige, federnden Samt zu senken.

»Na, was gibt es?« ermunterte ich den General.

»Von der Saporoscher Gebietsverwaltung gar nichts.« Er breitete ratlos die Arme aus. »Die Unterwelt hat damit nichts zu tun. Die haben auf unsere Bitte hin selbst alles durchforstet. Es kann sein, daß Auswärtige die Hand im Spiel haben, irgendein Spezialkommando. Aber es gibt keine Spuren.«

›Na, so was‹, dachte ich. ›Auf das Spezialkommando ist er gekommen! Kein Dummkopf!‹

»Gut, machen Sie weiter«, sagte ich nickend. »Die Hauptkräfte dorthin, nach Saporosche.«

»Dort sind ja bereits zwei Hundertschaften Ermittler und operative Kräfte am Werk!«

Abgesehen vom Saporoscher Rätsel war die Lage im Land normal. Siebenunddreißig Tote in der Produktion, achtzehn tödliche Vergiftungen mit selbstgebranntem Wodka, drei Auftragsmorde und dreizehn gewöhnliche.

»Und der Kampf gegen die Korruption?« Ich kam auf sein Lieblingsthema.

Er blühte geradezu auf, erzählte von der Verhaftung zweier Generäle und dreier Oberste, von der Aufdeckung einer Gruppe Milizionäre, die Schutzgelder auf dem Odessaer Kleidermarkt erpreßt hatten.

»Gut, genug.« Ich hob die Hand, und er verstummte augenblicklich. »Mykola, der Vizepremier für Humanitäres, wollte hier mit dir was besprechen. Finde zwanzig Minuten für ihn, in Ordnung?«

»Selbstverständlich!«

Sobald sich die Tür hinter dem General geschlossen hatte, rief ich meinen Assistenten.

»Hör zu«, sagte ich zu ihm. »Hör genau zu! Ich will ein Essen mit Krabben und Mozarella. Bring es, egal wie, nur daß es keiner sieht! Verstanden? Ich gebe dir zwanzig Minuten.«

Er sprang aus dem Zimmer. Ich ließ mich auf Major Melnitschenkos berühmtem Sofa nieder und wiegte mich ein wenig hin und her. Ich war merkwürdig in Spiellaune. Als wäre ich selbst noch ein Schulkind und käme gerade vom Fest des ›Ersten Klingelzeichens‹.

Mein Assistent brachte das Essen in einem Sonderpostbeutel. Eine volle halbe Stunde genoß ich die Stille. Ich hatte Kolja Lwowitsch einfach aufgetragen, niemanden zu mir zu lassen, saß auf dem bewußten Sofa und speiste. Und wunderte mich keine Sekunde lang über dieses plötzliche Bedürfnis. Ich versuchte nicht mal, mich zu erinnern, wann ich das letzte Mal mit solchem Genuß gegessen hatte. Merkwürdig.

Die medizinische Untersuchung ging ziemlich rasch über die Bühne. Der Doktor sagte, daß die Sommersprossigkeit nicht weiter fortschritt und die Haut, den Analysen nach zu schließen, gesund war. Er hörte das Herz ab und nickte nur zufrieden. Sodaß der Besuch der jungen chinesischen Masseurin vor diesem Hintergrund das reinste Fest wurde. Die Massage verabreichte sie mir in einem Extrazimmer, ebenfalls im ersten Stock, mit einer groben Zärtlichkeit, die direkt ins Körperinnere ging. Ich wunderte mich, wie scharf meiner Haut ihre Handflächen erschienen. Und der Mandelölduft mischte sich mit ihrem Duft. Zwanzig Minuten lang lud sie meinen Körper mit physischer Energie auf. An einem Punkt merkte ich, daß der Ladevorgang beendet war:

noch weiter, und vor überschüssiger Energie würde ich verrückt werden.

»Genug!« sagte ich streng, auf dem Bauch liegend und den Kopf nach der Masseurin drehend.

»Buhao?« fragte sie erschrocken.

»Hao-hao«, beruhigte ich die Chinesin.

Diese beiden wichtigen chinesischen Wörter hatte mir der Doktor beigebracht. ›Buhao‹ bedeutete ›schlecht‹ und ›hao‹ gut.

Sie rieb noch meinen schweißnassen Körper mit einem speziellen heißen, mit Kräuteressenzen getränkten Handtuch ab, verneigte sich und ging.

Die Uhr zeigte 15:30. Noch zehn Minuten, und eine Frau würde mich erwarten. Eine Solistin von der Nationaloper. Wir würden miteinander plaudern – worüber? –, und unser freundliches Gespräch würde vom Kameramann für den Ersten Nationalen Kanal aufgenommen. Der Präsident muß sich für die Kunst interessieren. Es gab kein Entrinnen, selbst wenn er Oper und Ballett nicht ausstehen konnte.

61

Kiew. März 1985.

Den halben Tag lang streifte ich durchs eisige Podolviertel, sah mal ins ›Bacchus‹ rein, um mich an einem Gläschen aufzuwärmen, mal ins Café auf der Bratskaja. Die Stimmung war nicht besonders. Mir war nach neuen Erlebnissen. Auch die Zufallsbekanntschaft irgendeines einfachen

Mädchens wäre willkommen gewesen. Für ein weniger einfaches reichte mein Geld nicht. Was war schon ein Fünfer? Natürlich, auch fünf Rubel konnte man strecken, auf fünf Tage sogar, aber Vergnügen bereitete das nicht. Was 12-Kopeken-Gemüseklopse in der Diätkantine auf der Leninstraße waren, wußte ich schon, aber es zog mich immer zum Fleisch, zu den Fleischklopsen. Und wo das Fleisch anfing, da hörte das Geld auf. Wenigstens meins. Meine Mutter um Geld zu bitten, hatte ich auch schon längst satt. Natürlich, wenn ich irgendwas studieren würde, dann müßte ich gar nicht erst bitten, sie gäbe es mir von selbst. Plus das Stipendium. Aber was studieren? Man müßte ja etwas aussuchen, das einfach zu erlernen wäre und auch später nicht langweilig. Dabei war das Wichtigste bei uns die Ausbildung, arbeiten konnte man später auch ganz was anderes. Mama zum Beispiel war von Beruf – es klingt komisch – Drechslerin. Und arbeitete als Chefin der Versorgungsabteilung in einem großen Werk! Aber das nannte sich im Prinzip Karriere. Mir drohte das nicht.

Ich kam auf den Unteren Wall, die Hände in den Taschen meines Kunstpelzmantels. Auf dem Kopf die Kapuze. Die Kapuze hatte ich so unterm Kinn festgeschnürt, daß man mich von der Seite leicht für einen Eskimo halten konnte. Das Gesicht zusammengezogen auf die Größe eines großen Apfels, die Augen schmale Schlitze.

Nicht weit von hier war eine Altpapiersammelstelle. Dort arbeitete der rothaarige Senja. Er wohnte im Haus daneben, so daß seine Frau ihn, wenn er sich zugesoffen hatte, nicht weit schleppen mußte. Seine Frau war stark, einen halben Kopf größer als Senja und doppelt so umfangreich. Aber dick hätte ich sie nicht genannt, eher war Senja mager.

Ich atmete die eisige Luft ein und blieb vor dem vertrauten Durchgang stehen. Im Hof war Senjas Sammelstelle. Hingehen oder nicht hingehen? Würde es sich lohnen oder nicht?

Mit Senja, das war für mich so eine Art Lotterie. Das hieß, für ihn waren es drei Rubel, und für mich: Lotto. Ich gab ihm einen Dreier, und er gestattete mir, ein paar Stunden in den Bücherhaufen zu wühlen und alles mitzunehmen, was ich brauchen konnte. Und brauchen konnte ich alles, was mir der Antiquar nachher abkaufen würde. Gar nicht weit von hier, auf der Konstantinowskaja. Es kam natürlich auch vor, daß ich auch ohne Antiquar was verkaufen konnte. Einmal hatte ich gleich zwei Bände Alexandre Dumas gefunden! Eine Frau riß sie mir direkt aus den Händen, für einen Zehner.

Ich dachte an diese zwei Bände und betrat den Hof.

Die Altpapierannahmestelle unterschied sich nicht von einem gewöhnlichen Ziegelschuppen für die Mülltonnen. Oder nein, sie unterschied sich doch, der Geruch war anständiger hier. Es roch nur nach feuchtem Papier, und das störte einen nur, wenn man es nicht gewohnt war.

Senja saß auf einem Stuhl. Rechts ein kleines Schränkchen, darauf ein leeres geschliffenes Glas und ein nicht aufgegessenes Brot mit Fleischwurst. Direkt vor ihm auf dem Betonboden stand eine massive, hellblaue Standwaage.

»Oh, hallo!« sagte er und sah mit geröteten Augen zu mir hoch. »Na, fehlen dir die Bücher?«

»Mhm. Kannst du mir zwei Rubel rausgeben?«

Ich zeigte ihm den Fünfer.

»Ich gehe wechseln, drüben beim Schuster. Sieh bloß zu, daß keiner hier reinkommt, während ich weg bin!«

Er lief eilig hinaus, meinen Fünfer fest in der Hand.

Ich spähte hinter das Schränkchen. Da stand eine halb geleerte Flasche ›Moskovskaya‹. Ich nahm sie und goß fünfzig Gramm in sein Glas, schüttete den Wodka auf einen Schluck die Kehle hinunter, und er lief abwärts in meinen gefrorenen Bauch und wärmte unterwegs mit seinem Feuer die kalten Eingeweide ringsum.

Jetzt konnte es losgehen! Ich sah mich in dem mit Packen von Altpapier vollgestopften Raum um. Herrlich! Der reinste Mount Everest aus Zeitschriften, Zeitungen, Büchern! Der Kilimandscharo!

Eine Stunde später stieg ich zufrieden wieder von dem Altpapierberg hinab, zu der Standwaage und dem angeheiterten Senja. Das Glas auf dem Schränkchen war voll, daneben eine aufgeschnittene ›Hundewurst‹ und zwei 3-Kopeken-Brötchen.

»Na, wie?« fragte er.

Ich legte sorgfältig einen beachtlichen Stapel Bücher auf den Betonboden. Genauer, obendrauf lagen die Bücher, und als Tablett benutzte ich zwei gebundene Jahrgänge der Zeitschrift ›Niwa‹, 1904 und 1907.

Senja nahm das oberste Buch in die Hand und kniff die Augen zusammen.

»›Der Hund von Baskerville‹?« wunderte er sich laut. »Interessierst du dich etwa für Hunde?«

»Ja«, sagte ich. »Ich hätte gern einen gehabt, aber meine Mutter hat es nicht erlaubt.«

Senja nickte verständnisvoll.

»Ich wollte auch gern mal einen Pudel halten, aber da hat Anja gesagt, daß sie mich zusammen mit dem Hund zum Teufel jagt.«

Anja, das war seine Frau. Sie war auch rothaarig, nur, ihr stand das, während bei Senja die roten Haare völlig fehl am Platz waren.

»Und die zwei Rubel?« erinnerte ich ihn an mein Wechselgeld.

Er faßte widerwillig in die Tasche seiner wattierten Jacke, zog zwei abgegriffene Scheine heraus und knüllte sie in der Hand.

»Hör mal, vielleicht holst du ein Fläschchen, und wir sitzen noch ein Stündchen beisammen. Siehst du, wieviel Wurst ich gekauft habe! Das reicht für drei!«

»Nein«, sagte ich fest und zog ihm die zwei Rubel aus der Hand. Seine Finger öffneten sich nicht sofort, aber dann gaben sie das Geld frei.

Eine halbe Stunde später hielt ich sechzehn Rubel in der Hand in der Manteltasche. Der Antiquar Marik hatte mir beide ›Niwa‹-Jahrgänge für je sechs Rubel abgekauft und für weitere zwei Rubel die Bücher komplett abgenommen.

Im Mund hatte ich noch den Geschmack der Bücherfeuchte. Ich vertrieb ihn auf königliche Weise: mit Kaffee und Kognak, ich feierte meinen Gewinn in der Altpapierlotterie. Ich sah mich um. Im Café war nicht viel los. Zwei Männer, ein paar Jungs, die eindeutig Studenten waren und heimlich den mitgebrachten Portwein in die Kaffeetassen gossen. Aber kein einziges Mädchen, nicht eine Schönheit, mit der ich meine heutige gute Laune hätte teilen können.

62

Kiew. Mai 2004.

Am ›Tag des Sieges‹, am 8. Mai, feierten Swetlana und ich den Einzug in unsere neue Wohnung. Sie hatte recht gehabt, als sie damals, im März, ablehnte, gleich zu mir zu ziehen. Morgens, als sie gegangen war, wanderte ich durch die Wohnung und bemerkte zu meiner Verwunderung an Wänden und Decken Anzeichen von Alter. Man hätte natürlich die Wohnung einer Behandlung, einer Renovierung unterziehen und mit chirurgischen Eingriffen die Raumaufteilung verändern können, aber ich hatte das Gefühl, daß mir das nicht so sehr Geld als die fürs Glück vorgesehene Zeit stehlen würde. Und deshalb, weil ich mein Glück verdoppeln und mich nicht mit unerfreulichen Vorgängen befassen wollte, sprach ich mit dem einen oder anderen im Ministerium, beriet mich mit Dogmasow, und darauf erinnerten sich die für Komfort und Annehmlichkeiten der Führungsschichten zuständigen Menschen schon wie von selbst an mich. Und boten mir eine neue Wohnung im ›Zarendorf‹, auf der Staronawodnizkaja an. Das Hochhaus mit dem gewölbten Dach stand direkt am Lesja-Ukrainka Boulevard. Aus den angebotenen Etagen wählte ich die dreizehnte. Als er mir die Schlüssel der großzügigen Wohnung mit Einbauküche überreichte, riet der Chef der Abteilung Wohnungsfonds leise, die Ehe möglichst bald offiziell registrieren zu lassen. ›Sie wissen einfach alles‹, wunderte ich mich.

Im übrigen hatte ich ja auch nichts verborgen, und die Wohnungen besichtigten Swetlana und ich gemeinsam. Und jeder aufmerksame Mensch konnte auch Swetlanas runder gewordenen Bauch bemerken – bei schlanken Frauen wird die Schwangerschaft früher sichtbar als bei wohlgenährteren Damen.

Swetlanas Büro befand sich auch in Petschersk, nicht weit vom Möbelhaus. Als kluge Managerin hatte sie sich ein paar tüchtige Freundinnen zusammengesucht, die den Tätigkeitsbereich der kleinen Firma erweiterten und sich jetzt außer mit Honig auch noch mit Heilkräutern und Nahrungsergänzungsmitteln befaßten. So mußte sie nicht mehr unbedingt in ihrem Büro sitzen.

Als ich ins Ministerium zurückkam, bat ich meine Sekretärin Nilotschka, sich mit dem Petschersker Standesamt in Verbindung zu setzen und anzukündigen, daß ich am nächsten Tag gegen vierzehn Uhr vorbeikommen würde, um meine Ehe registrieren zu lassen. Schon fünf Minuten später guckte Nilotschka zur Tür herein, mit etwas angespanntem, doch dadurch noch bezauberndem Lächeln.

»Man wird Sie erwarten«, flüsterte sie.

»Ausgezeichnet. Dann hätte ich gern einen Kaffee.«

63

Kiew. September 2015.

Begegnungen mit der kreativen Intelligenz des Landes lösten bei mir normalerweise keine Begeisterung aus und waren schon vergessen, ehe sie vorbei waren. Diese letzte allerdings, vor zwei Tagen, blieb mir im Gedächtnis. Ich hatte schon mein Hirn ausgeschaltet und das professionelle Fernsehfragelächeln aufgesetzt. Die Solistin war eine alternde Ballerina. Das würde am Bildschirm natürlich niemand bemerken. Zart, elegant, mit gerader kleiner Nase und theatralisch hochmütigem Profil. Aber wenn man nur einen Meter von ihr weg war und ihr genauer ins Gesicht sah, war keine lebendige Haut zu sehen. Weil es weder auf den Wangen noch am Kinn lebendige Haut gab, da war etwas Fleischfarbenes, Poliertes, Mattes, bepudert, damit es keine Lichtreflexe gab, damit es bloß nicht glänzte.

Sie hätte mir genausogut auch Witze erzählen können. Der Ton wurde ja in solchen Fällen nicht aufgezeichnet. Das Bild war die Hauptsache. Aber sie redete von den nicht gezahlten Gehältern, von den alten Dekorationen und Kostümen. Darauf war ich gefaßt. Darauf war ich immer gefaßt, wenn von Kultur die Rede war. Die Kultur litt immer Not, das war ihre Natur. Zumindest bei uns. Aber dafür gab es ja diese Begegnungen, daß der Präsident sich mit den Problemen beschäftigte und versuchte, sie lösen zu helfen. Und unabhängig vom außergewöhnlichen Finale unserer Begegnung gab ich dem Finanzminister Order, der Oper Geld zuzuteilen für die Zahlung der ausstehenden Gehälter und für die Dekorationen der neuen Operninszenierung. Das Finale unserer Begegnung war dieses Geld wert, und schuld an allem war ein Geruch. Sie sagte selbst, daß sie direkt von der Probe kam und sich weder duschen noch irgendwie herrichten konnte. Ja, die Dusche erwähnte sie, um den Zustand der sanitären Einrichtungen im Theater zu unterstreichen. Die Dusche funktionierte, wie sich herausstellte, schon lange nicht mehr.

Und kaum hörte ich ihr rasches, nebenhin gesagtes Eingeständnis, da klickte etwas in mir. Ich fing im selben Moment den kaum merklichen Schweißgeruch in der Luft auf, vermischt mit irgendeinem weiteren Duft. Aber nicht der Duft eines Deodorants oder Parfüms, sondern etwas Interessanteres. Ich erinnerte mich nicht, oder genauer, kam nicht auf diesen zweiten Geruchsbestandteil. Aber in meinem Gedächtnis, in irgendeiner abgelegenen Zelle, hatte sich genau dieser Geruch erhalten, mit der Beimischung süßer Bitterkeit menschlichen, und zwar weiblichen, Schweißes. Frauenschweiß, wie alles Weibliche, hat eine größere Leichtigkeit und eine besondere sinnliche Anziehungskraft. Ich sah die Ballerina an und hörte überhaupt nicht auf ihre ziemlich unmusikalische Stimme. Ich sah sie an, und in meinem Kopf liefen die Gerüche der Vergangenheit durch den Filter, Episoden aus meinem Leben, die irgendwelche aromatischen ›Duftmarken‹ hinterlassen hatten. Und so durchblätterte mein Gedächtnis die Seiten meines Lebens auf der Suche nach dieser Marke aus Frauenschweiß und irgendeinem, vermutlich professionellen, Duft. Vielleicht ein besonderer Talg oder Puder. Und während ich ununterbrochen auf ihre beweglichen, feinen Lippen starrte, erinnerte ich mich plötzlich an alles und klappte sogar vor Staunen den Mund auf. Sie deutete meinen offenen Mund als Zeichen erhöhter Aufmerksamkeit für ihre Worte und sprach jetzt schneller und mit mehr Gefühl als vorher.

»Sagen Sie…« Ich sah ihr in die braunen, dick umtuschten Augen, als sie endlich verstummt war. »Bei Ihnen im Theater, irgendwo auf dem Dachboden, war so ein Zimmer mit einem duchgelegenen Sofa… Um da hinzukommen, mußte man eine hölzerne Stiege hochklettern. Existiert das noch?«

Die Ballerina starrte mich regungslos an, als hätte ich sie hypnotisiert. Sie schwieg, und ich sah bereits diese bemerkenswerte Episode meines Lebens mit irgendeinem inneren Auge, einem visuellen Gedächtnis. Da lieben Mira und ich uns in dieser Dachkammer ohne Wände und Fenster. Alles ist durchdrungen von einem Cocktail aus Schweißgerüchen und irgendeinem Duft. Und auf einmal verscheucht uns dieses Tänzerpärchen. Und wir beobachten, wie sie genau an derselben Stelle genau dasselbe tun. Und sie, die Tänzerin, hält den Körper wunderschön.

Ich neigte den Kopf ein wenig zur Seite, um wenigstens noch einmal einen flüchtigen Blick auf ihr Profil zu werfen. Ich war fast sicher: Sie war es. Nur jünger damals, natürlich.

»Ja«, antwortete mein Gast auf einmal, nicht laut, eher gehaucht, kaum hörbar. »Vor ein paar Jahren wenigstens gab es dieses Zimmer dort oben noch...«

Ich nickte und beobachtete, wie auf ihrem Gesicht lebendige Haut sichtbar wurde. Sie errötete eindeutig, und diese Röte drang durch die Schminke wie die ersten Schneeglöckchen durch den Schnee.

»Woher wissen denn Sie davon?« fragte sie plötzlich flüsternd und beugte sich ganz leicht mit dem ganzen Körper nach vorn.

»Ich war dort einmal...«, antwortete ich genauso flüsternd.

»Theater, das ist Leben«, sagte sie. »Im Theater ist alles wie im Leben...«

Ihre Stimme hatte sich schon wieder gefangen, die Selbstbeherrschung war wieder da. Sie dachte offenbar, daß nicht ich sie mit meiner Frage ertappt hatte, sondern sie mich. Schließlich hatte ich ja zugegeben, daß ich einmal dort gewesen war. Sie nicht.

64

Kiew. März 1985. Abend.

»Ich muß mit dir reden.« Mama sah mich ernst an, runzelte leicht die Stirn und wies mit einer Kopfbewegung in Richtung Küche.

Sie war heute früher als sonst von der Arbeit gekommen, hatte sich umgezogen und jetzt den blauen Samtmorgenrock an, Wollsocken und alte Pantoffeln. Zuerst war sie guter Laune, sie sang sogar irgendwas vor sich hin, während sie ein Dreiliterglas Kompott aufmachte. Aber gegen Abend erschien die Unruhe auf ihrem Gesicht, und jetzt würde ich wohl gleich den Grund dafür erfahren.

Wir schlossen die Küchentür hinter uns. Durch die geschlossene Glastür hörte man den Fernseher im Wohnzimmer. Dima sah ›Die nicht zu fassenden Rächer‹. Das war sein Lieblingsfilm. Er kannte ihn auswendig, und hin und wieder gab er plötzlich Zitate daraus von sich. Manchmal sogar ganz passend.

»Ich kriege einen Urlaubsschein nach Truskawez«, sagte Mama.

Wir saßen uns am Küchentisch gegenüber.

»Na, dann fahr!«

»Aber du wolltest doch jetzt eine Arbeit anfangen. Und bei wem bleibt dann Dima?«

»Ich muß ja nicht gleich anfangen«, sagte ich achselzukkend.

»Du solltest lieber noch etwas studieren…«

»Aber das Studium beginnt immer im September, und jetzt ist erst März.«

Mama nickte nachdenklich.

»Der Reiseschein ist für den Fünfundzwanzigsten«, sagte sie. »Und ich muß mich einfach auskurieren, sonst macht sich mein Herz bemerkbar: Ich halte es nicht mehr aus!«

Ich fragte nicht, was oder wen sie nicht mehr aushielt. Es war auch so klar – sie war erschöpft. Am Gesicht sah man, daß sie schlecht schlief und nicht auf sich achtete.

Sie schwieg wieder und überlegte etwas.

»Also«, seufzte sie. »Hol Dima!«

»Willst du ihm jetzt das von Truskawez sagen?«

»Ja.«

Ich ging ins Wohnzimmer. Ich rüttelte Dima ein paarmal an der Schulter, bis er sich endlich vom Bildschirm losriß.

»Geh in die Küche, Mama ruft dich!«

Er stand widerwillig auf und ging hinaus, und ich setzte mich auf seinen vorgewärmten Sofaplatz.

Ein paar Minuten lang sah ich den Film, dann gab es einen Schrei und das Klirren von berstendem Glas. Ich rannte in die Küche, und Dima kam mir entgegen. Er hatte einen Schöpflöffel in der Hand und Zorn im Gesicht. Er lief an mir vorbei, verschwand im Wohnzimmer, und als ich schon in der eiskalten Küche war, in die durchs kaputte Fenster der Wind hereinwehte, hörte ich, wie es auch im Wohnzimmer klirrte.

Das Gesicht meiner Mutter war bleich und erstarrt, und

sie sah mich erschrocken an. Mit dem Rücken an den Herd gedrückt, saß sie da.

Ich wußte nicht, was tun. Unter den Füßen knirschte das Glas. Ich ging zurück ins Wohnzimmer. Auch dort – Kälte und kaputtes Fensterglas auf dem Boden, Dima hatte sich im Schlafzimmer verkrochen.

Ich ging wieder in den Flur, zog meinen beigen DDR-Kunstpelzmantel an und spähte ins Schlafzimmer.

Dima saß auf seinem Bett und betrachtete mit gesenktem Kopf den Schöpflöffel zu seinen Füßen. Ich hob den Löffel auf und kehrte in die Küche zurück.

Eine halbe Stunde später saßen wir schon in einer anderen Küche, beim Nachbarn vom gleichen Treppenabsatz. Wir saßen da, wärmten uns auf und tranken mit dem Nachbarn heißen Tee. Dima gähnte. Bald darauf führte der Nachbar ihn ins Schlafzimmer zu seinen Kindern und richtete ihm auf dem Boden eine Matratze und einen Schlafsack ein.

Jetzt waren wir nur noch zu dritt in der Küche. Die Frau des Nachbarn schlief auch.

Meine Mutter weinte auf einmal los, es mußte raus.

»Wir müssen ihn wohl in eine Anstalt geben«, sagte sie unter Tränen.

»Er muß verheiratet werden«, sagte der Nachbar. »Dann verfliegt auch gleich aller Unsinn aus dem Kopf. Verheiratete beruhigen sich schnell.«

»Da«, meine Mutter nickte in meine Richtung, »er hat schon mal geheiratet, und was hat es genützt? Keine feste Arbeit, keine festen Freunde!«

»Einmal ist wenig«, sagte der Nachbar und goß Kognak in seinen Tee. »Er muß es noch mal probieren! Er muß suchen, bis er die gefunden hat, mit der es sich für ihn froh und zufrieden lebt!«

Mit jedem Schluck Tee wurde der Nachbar lauter und lauter. Man hätte ihn bremsen müssen, aber wir waren schließlich zu Gast in seiner Wohnung. Er hatte uns für die Nacht aufgenommen, und wahrscheinlich wußte er nicht, was er weiter mit uns anfangen sollte. Gut, daß es für Dima einen Platz auf dem Boden im Kinderzimmer gab. Mama und ich würden wohl bis morgen früh in der Küche sitzen müssen.

Die Tür ging auf, und die verschlafene Frau des Nachbarn, im hellblauen Nachthemd, spähte herein.

»Nicht so laut«, bat sie den Mann. »Du weckst die Kinder!«

»Ach, geh doch ... schlafen«, sagte der Nachbar, aber in seiner Miene war ein Schimpfwort zu lesen. »Du siehst doch, was bei den Nachbarn für ein Unglück passiert ist!«

Und die Frau schloß gehorsam die Tür.

Trotzdem unterhielten wir uns die nächsten zwei Stunden fast flüsternd. Als der Nachbar allen Tee getrunken hatte, fing er an zu gähnen. Dann sagte er, daß er morgens früh zur Arbeit mußte. Er ging und ließ meine Mutter und mich in der Küche zurück. Da saßen wir beide dann bis morgens, wortlos, in einer Art Halbschlaf.

65

Kiew. 13. Mai 2004.

Um fünf vor zwei warf ich einen Blick in den Zeremoniensaal und fand eine Dame im dunkelroten Samtkleid hinter einem massiven Eichentisch. An ihrem Gesicht sah man, daß sie sich in der letzten Zeit mit einer Diät gequält hatte. Die Blässe der etwas schlaffen Wangen war mit Farbe überpudert, und in den Augen stand Erschöpfung.

Ich ging rasch zu ihr hin, beugte mich über den Eichentisch und streckte ihr einen Umschlag mit hundert Dollar hin.

»Bitte, nichts Offizielles!« flüsterte ich eindringlich. »Nur warme menschliche Worte!«

Sie war zuerst verwirrt, aber dann fiel ihr Blick auf den aufgeschlagenen Kalender, wo neben der Uhrzeit mein Name stand. Hinter dem Namen gab es irgendwelche Zeichen, vielleicht Abkürzungen. Jedenfalls füllte sich ihr Blick danach mit Entschiedenheit und Freundlichkeit.

»Irgendwelche weiteren Wünsche?« fragte sie.

»Der Sekt soll süß oder halbsüß sein.«

»Wahrscheinlich hätten Sie gern roten?«

Ich freute mich. Sie las nicht nur meine Seele, sie erfaßte mit ihrem aufmerksamen Blick meine allergeheimsten Wünsche.

Ich lächelte anerkennend.

»Halbsüßen Krimsekt.« Sie nickte kaum merklich.

»Ausgezeichnet!«

»Und die Braut?«

»Im Anmarsch!«

Ich ging nach draußen. Und erblickte Swetlana zu meinem Erstaunen etwa zwanzig Meter vor dem Standesamt. Sie stand neben ihrem BMW und versuchte, einem älteren Verkehrspolizisten etwas zu erklären.

»Worum geht es?« fragte ich im Nähertreten.

»Die junge Frau hat gegen die Regeln verstoßen«, sagte er trocken zu mir. »Sie hat einem anderen Wagen die Vorfahrt genommen.«

»Die junge Frau hat sich beeilt, zu ihrer Hochzeit zu kommen«, sagte ich langsam und deutlich und sah diesem älteren Hauptmann der Verkehrspolizei direkt ins gerötete, schlaffe Gesicht.

Der Verkehrspolizist blickte über die Schulter zum Standesamt hinüber. Man sah, daß er nachdachte.

»Sie wollen ihr doch nicht diesen Tag verderben!« ergänzte ich. »Übrigens, irgendwo habe ich Sie schon mal gesehen…«

Ich fuhr mit der Hand in die Brusttasche meines Anzugs, zog eine silberne Visitenkarte heraus und überreichte ihm das hübsche Kärtchen mit dem goldenen Dreizack in der rechten oberen Ecke.

»Aber passen Sie in Zukunft besser auf!« Der Verkehrspolizeihauptmann war zu einem positiven Entschluß gelangt und nahm jetzt Haltung an. Gleich würde er salutieren und uns gratulieren.

»Im Namen der Verkehrspolizei und der Miliz wünsche ich Ihnen viel Glück!« sagte er feierlich.

Man konnte merken, wie ihn in der rechten Hand schon der gestreifte Dienststab juckte, und sein Blick wanderte von uns weg die Straße hinab.

›Erfolgreiche Jagd!‹ wollte ich sagen. Aber ich sagte: »Viel Erfolg!«

Die Dame im Samtkleid hatte schon alles bereit. Aber jetzt wurde ihr Gesichtsausdruck fragend.

»Und die Trauzeugen?«

»Wir haben keine«, antwortete ich.

»So geht das nicht, das könnte Probleme geben.«

»Dann sind Sie unsere Zeugin.«

Nach einer kleinen Pause war die Dame einverstanden. Aber man brauchte noch einen weiteren Zeugen. Und der Verkehrspolizist fiel mir ein.

Er kam folgsam ›für einen Augenblick‹ hinter mir her ins Standesamt und geriet in Verwirrung, als die Dame im Samtkleid ihn um seinen Ausweis bat. Aber was ist ein Milizionär ohne Ausweis! Mit runder, feierlicher Schrift trug die Dame in die Rubrik ›Zeuge‹ seinen Nachnamen und Vor- und Vatersnamen ein. Zu dem Zeitpunkt hatte er schon begriffen, wenn auch sein Gesicht noch lange Verwunderung ausdrückte. Die Unterschrift des Verkehrspolizisten hätte einem Minister zur Ehre gereicht, mit langen Verzierungen und Schnörkeln.

»Waren Sie irgendwann mal bei der Bezirksmiliz in Niwki?« fragte ich leise, nachdem ich wieder das Gesicht betrachtet hatte, das mir entfernt bekannt vorkam.

»War ich«, sagte er nickend.

»Jetzt gehen wir feiern«, verkündete ich mit fester Stimme, als wollte ich den Polizisten hypnotisieren.

»Ich kann nicht, ich bin im Dienst«, fing er an, aber in seiner Stimme fehlte die gewöhnliche polizeiliche Festigkeit. »Einen Moment...«

Er zog ein Funkgerät aus der Tasche und ging ans andere Ende des Zimmers.

»Ich habe noch drei Paare hier warten.« Die samtene Dame sah mir bittend in die Augen.

»Wir gehen, wir gehen gleich«, flüsterte ich und sah meinerseits auf die halb geleerte Sektflasche. »Nur noch jeder ein Gläschen!«

Beim zweiten Gläschen gesellte sich auch der Verkehrspolizeihauptmann zu uns. Offenbar hatten seine Verhandlungen per Funk zu einem positiven Ergebnis geführt.

»Nur an öffentlichen Orten kann ich nicht«, sagte er.

»Macht nichts, wir finden einen nichtöffentlichen Ort!« versprach ich ihm.

66

Kiew. Oktober 2015. Nacht.

Ein komischer Traum verfolgte mich schon seit zwei Stunden. Ich saß in einer Gefängniszelle, in Einzelhaft. Sie war von beiden Seiten verschlossen, von innen und von außen. Dabei hingen die Schlüssel für die Innenschlösser direkt hier, an einem Haken in der Wand. Und jemand klopfte draußen. Von außen hatten sie die Eisentür schon aufgeschlossen. Aber ich ließ niemanden herein. Ich reagierte nicht auf das beharrliche Klopfen. Ich starrte nur die zwei Schlüssel am Haken an. Das waren die Schlüssel meiner inneren Freiheit. Man würde mich nicht hinauslassen, aber wen ich in meine innere Welt hereinließ, entschied ich dafür selbst.

»Sergej Pawlowitsch!« hörte ich von draußen eine Frauenstimme. »Ein Päckchen für Sie!«

›Was für ein Päckchen?‹ dachte ich mißtrauisch. ›Im Gefängnis – und ein Päckchen? Nein, das glaube ich nicht! Ihr wollt etwas anderes von mir!‹

Und dann verlor ich mich in Rätseln. Ich sah mich im ausdruckslosen Interieur meiner Zelle um, fragte mich nach dem Wert der ärmlichen Einrichtung: Was wollten sie mir wohl wegnehmen? Die Bibel, die auf dem Tischchen neben dem Bett lag? Sicher nicht! Außerdem war diese Bibel auf ukrainisch, und die Frau vor der Tür sprach russisch. Vielleicht den Fernseher? Ich starrte auf den kleinen Samsung in der gegenüberliegenden Ecke der Zelle. Und schüttelte gleich den Kopf. Was wollten sie mit so einem kleinen Fernseher? Und was noch? Das Kühlschränkchen, auf dem dieser Samsung stand? Das war auch alt und klein. Also, ich wußte es nicht! In Gedanken breitete ich ratlos die Arme aus. Vielleicht gab es da wirklich ein Päckchen?

Zögernd stieg ich aus dem Bett, nahm die Schlüssel vom Haken und öffnete die Tür.

Vor mir stand eine Frau, eine Pappschachtel in der Hand. Neben ihr ein Hauptmann vom Inlandsgeheimdienst.

»Was soll denn das, Sergej Pawlowitsch?« sagte er vorwurfsvoll. »Wir stehen uns die Beine in den Bauch, bis Sie hier die Tür aufmachen.«

Ich quittierte den Empfang des Päckchens und schloß mich wieder ein. Beide Schlösser.

Im Päckchen lag ein Neujahrsgeschenk von Innenminister Filin, dazu ein Kärtchen mit Väterchen Frost in Milizuniform, und an der Karte hing ein Gefangenenfragebogen. Es wurde gebeten, der Strafvollzugsverwaltung Auskunft zu geben über die Haftbedingungen und die Qualität des Essens. Daneben bat man um Vorschläge, wie man den Haftaufenthalt für die Gefangenen nutzbringender gestalten konnte.

Ein Kugelschreiber lag in der Pappschachtel dabei. Ich schrieb als erstes: »Man sollte Internet in jede Zelle legen und einen kompletten *upgrade* der Gefängniscomputer vornehmen.« Ich schrieb, daß auf meinem Zellencomputer noch das Word-Programm aus dem Jahr 1992 installiert war! Ich schrieb, daß die Ukraine sich zum allgemeinen Gespött machte, wenn dieser Umstand in Brüssel bekannt würde!

Und wieder klopfte jemand hartnäckig an die Zelle. Ich wollte mein Neujahrsgeschenk auspacken, aber dieses Klopfen lenkte mich ab und ärgerte mich. Wieder setzte ich die Füße auf den Boden und öffnete die Augen. Ringsum war es dunkel. Ich begriff, daß ich aufgewacht war. Ich war nicht im Gefängnis, sondern zu Hause, auf der Desjatinnaja. Und ich begriff, daß jemand tatsächlich an meine Schlafzimmerwand klopfte. Das war doch zuviel!

»He!« rief ich.

Die große Flügeltür öffnete sich einen Spalt. Durch den fiel ein schwacher Lichtstreifen auf den Parkettboden. In der Öffnung erschien das verschlafene, erschrockene Gesicht meines Assistenten. Er war immer auf dem Posten. Man mußte ihn mal mit einer Kleinigkeit belohnen. Vielleicht einen Toaster oder einen elektrischen Wasserkocher. Nur nicht von mir persönlich, natürlich.

»Hörst du das?« fragte ich und zeigte zur Wand, hinter der das Klopfen ertönte.

Er nickte.

»Geh nachschauen! Dieser Krach hat mir den ganzen Traum ruiniert! Und der Traum war sehr interessant. Von staatstragender Bedeutung, könnte man sagen. Ein prophetischer Traum!«

Ich trat ans Fenster. Das Klopfen war noch zu hören. Da klopfte eindeutig eine schon müde menschliche Hand. Der Rhythmus war ungleichmäßig, wie ein krankes Herz. Vielleicht rief jemand um Hilfe?

Ich starrte dumpf auf die Wand, und da durchzuckte mich ein Gedanke: Das war ja Maja Wladimirowna Woizechowskaja, die nebenan schlief, um in der Nähe meines Herzens zu sein! Das Klopfen kam von ihr! Was hatte sie?

Komisch, mein Ärger verflog, und ich fing sogar an, mir Sorgen zu machen. Dieser merkwürdigen Dame wäre doch nicht etwa etwas zugestoßen? Die Arme war doch dort allein. Dienerschaft stand ihr keine zu, jedenfalls nicht nach dem Vertrag, den ich gelesen hatte.

Das Klopfen brach plötzlich ab. Stille. Vor dem Fenster war es dunkel, nur irgendwo im unteren Teil der nächtlichen Landschaft zitterten die fernen Lichter von Trojeschtschina oder Raduschny, Viertel, in denen ich nie in meinem Leben gewesen war.

Hinter mir hörte ich ein leises Hüsteln. In der Tür stand wieder mein Assistent.

»Bei ihr hat es aus der Steckdose gequalmt. Sie hat Angst bekommen«, berichtete er nüchtern, in gleichmäßigem, teilnahmslosem Ton. »Es riecht auch wirklich nach verschmortem Gummi.«

»Hast du dann irgendwen geholt?«

»Aber Feuer ist ja keins da«, sagte er achselzuckend.

»Hast du sie nicht mehr alle?« Ich drehte mich zu ihm um. »Das ist schließlich meine Residenz hier!«

»Aber den Regeln nach müßte man im ganzen Haus den Strom abschalten«, stammelte er. »Dann muß ich Nikolaj

Lwowitsch wecken, ihm berichten, die ganze Videoüberwachungsanlage auf Notstromaggregat schalten...«

»Willst du mir hier mitten in der Nacht einen Vortrag halten?«

Nein, ich war nicht wütend, ich knurrte ihn nur an, tat so, als wäre ich völlig wach. In Wahrheit flackerte noch der Traum in mir, die Hoffnung, diesen Traum zu Ende zu sehen, ohne ein Bild zu verpassen.

»Raus mit dir!«

Die Tür ging vorsichtig zu. Und ich kroch wieder unter das Federbett. Mein Kopf sank auf das Feng-Shui-Kissen. Das Kissen war mit irgendeinem ätherischen Öl getränkt. Der Schlaf gewann an Kraft, schob den Bildschirm meines in ihm versinkenden Bewußtseins auf. Und ich erhob mich wieder von meinem Bett, um die Schlüssel vom Haken an der Wand zu nehmen und die Schlösser an meiner Zellentür aufzuschließen.

67

Kiew. März 1985.

Unter den Füßen knirschte die Eiskruste, die die faulen Hausmeister den Fußgängern zur Erinnerung zurückgelassen hatten. Zur gründlichen Erinnerung. Jeden Tag ging ich mindestens einmal auf der tauenden Eisschicht zu Boden. Gegen Abend fror das Eis auf den Gehwegen wieder zu, und auf dem festen Eis balancierte es sich schon leichter. Aber vorm Schlafengehen, wenn ich in der heißen Wanne saß, zählte ich die neuen blauen Flecke an den Beinen.

Ich wußte, bald war Frühling, bald taute sowieso alles weg. Aber trotzdem, sogar während der Januarschneefälle hatten unsere Hausmeister mit ihren breiten Schaufeln Wege zu jedem Eingang geschaufelt. Bloß jetzt hatte man sie anscheinend kollektiv in den Urlaub geschickt. Nach Truskawez.

Mama war übrigens doch nicht gefahren. Sie hatte den kostenlosen Gewerkschaftsurlaubsschein nicht angenommen. Unsere Wohnung hatte, nachdem die von Dima zerschlagenen Fenster ersetzt waren, eine Woche gebraucht, bis sie wieder warm war. Aber jetzt waren es drinnen wieder zwanzig Grad plus, und nur unter der Balkontür zog es. Die anderen Fensterritzen hatte ich selbst mit Lappen und Papierstreifen abgedichtet.

Dima redete schon den dritten Tag nicht mit uns. Konnte man auch verstehen. Der Arzt, der vorher da war, hatte Mama gesagt, daß man ihn für mindestens drei Monate in eine psychiatrische Klinik geben mußte. Der Arzt hatte den Eindruck, daß Dimas Krankeit sich verschlimmerte und er besser unter täglicher Aufsicht von Spezialisten sein sollte.

Ich freute mich über diese Nachricht. Sollte er sich von jetzt an seine ›Nicht zu fassenden Rächer‹ dort ansehen! Ich sah das Ganze als eine Art Vergeltung. Das Leben vergalt Dima damit den nicht zustande gekommenen Erholungsurlaub von Mama. Jetzt hatte ich, wenigstens für drei Monate, ein eigenes Zimmer.

Nun war ich vor dem Laden ›Das akademische Buch‹ auf der Leninstraße, hier hatten Mira und ich uns verabredet. Sie rief morgens an und sagte, wir wären eingeladen. Die Zeit der Einladung war ein wenig komisch, fünfzehn Uhr.

Ich kannte Miras Freunde nicht, aber vielleicht waren die auch irgendwie komisch, hatten Opern- oder andere Neigungen.

Mira tauchte pünktlich auf. In der Hand hielt sie eine Pappschachtel, vermutlich ein Geschenk.

»Es ist gleich hier, in der Tschkalowstraße«, sagte sie.

Und wir gingen händchenhaltend los. Der Gehweg war hier schon von Schnee und sogar vom Eis gesäubert. Das Gehen war das reinste Vergnügen.

Kurz darauf stiegen wir hoch in den ersten Stock eines alten vorrevolutionären Hauses und klingelten an einer abgenützten Tür.

Im Flur roch es weit und breit nicht nach Fest. Eher im Gegenteil, es roch nach Naphtalin, und an der Wand standen ein paar gewaltige Koffer. Manche waren mit Gürteln verschnürt, damit sie nicht aufsprangen. Ich sah Mira fragend an. Sie zeigte nach vorn: Geh einfach weiter.

Und da war ein großes Zimmer. An Möbeln nur ein Tisch und ein paar Stühle. An den Wänden leuchteten die Quadrate und Rechtecke kürzlich von den Nägeln genommener Gemälde oder Fotos. Der Tisch war gedeckt, aber im Zimmer war niemand. Dafür drang von irgendwo gedämpftes vielstimmiges Reden herüber.

»Ah, sie sind in der Küche«, sagte Mira.

Und sie führte mich den nächsten Flur entlang in eine geräumige Küche. Da erwartete mich eine Überraschung in Form von Miras Mutter, die mich so herzlich begrüßte, als wäre ich schon ihr Schwiegersohn. Und die drei Frauen und zwei alten Männer, die am Fenster standen, schauten mich prüfend an.

»Das ist Serjoscha«, stellte Mira mich vor.

Bald hörten die Versammelten auf, mich zu mustern, und nahmen ihre unterbrochene Unterhaltung wieder auf. Dann erschienen noch mehr Gäste, unter ihnen auch ein etwa fünfzehnjähriger Junge. Er hieß Lenja.

»Sie haben mich bei der Versammlung vom Komsomol ausgeschlossen!« beklagte er sich. »Aber dort trete ich so einem Komsomol bei, in den sie nicht mal einen von denen reinlassen.«

»Wo – dort?« fragte ich ihn.

»In Israel«, flüsterte Mira mir zu. »Sie reisen nach Israel aus.«

»Und was ist dann das hier für ein Fest?« Ich sah mich wieder in der Runde um.

»Na, eine Abschiedsfeier«, erklärte mir Mira.

Nachdem wir ausgiebig Hühnchen mit Knoblauch und gefüllten Hering gegessen hatten, gingen Mira und ich wieder. ›Ich muß sie wenigstens nach Hause bringen‹, dachte ich.

»Willst du denn ausreisen?« fragte Mira plötzlich.

»Wer läßt mich denn raus? Ich bin ja kein Jude.«

»Wenn du eine Jüdin heiratest, lassen sie dich raus«, sagte sie halb im Spaß, sah mir beim Gehen in die Augen – und rutschte sofort aus, ich konnte sie gerade noch am Arm packen.

»Danke«, schnaufte sie, als sie wieder richtig stand. »Wir können bei mir noch ein bißchen zusammensitzen. Mama ist dort bei den Lichters und bleibt sicher noch drei Stunden. Sie ist seit zwanzig Jahren mit ihnen befreundet.«

›Ja, gut‹, dachte ich, ›warum nicht ein bißchen zusammensitzen? Oder zusammenliegen? Das Leben vergeht, und man muß es nutzen, so, daß es einem selbst guttut und die anderen auch freut.‹

68

Kiew. Mai 2004. Sonntag.

In der verglasten Loggia war es warm. In meiner Hand eine Tasse Kaffee aus dem italienischen Kännchen.

Swetlana war zur Gymnastik für Schwangere gefahren. Sie hätte diese Gymnastik auch zu Hause machen können, aber es war ihr angenehmer, unter anderen Frauen zu sein, genauso werdenden Müttern wie sie selbst. Sie hatten da ein richtiges Ritual: zuerst langsame Gymnastik, dann Massage, dann Schwimmbad, dann gingen sie ins Café und unterhielten sich über Intoxikationen. Gott sei Dank hatte Swetlana keinerlei Probleme.

Bei ihrer Schwester Walja verlief auch alles normal. Allerdings erwarteten sie keine Zwillinge, sondern nur ein Mädchen. Dima hatte einmal angerufen und fast laut gejuchzt vor Glück. Und am Ende bat er mich um Geld. Es reichte ihm nicht, daß ich ihre ›Sonderkonditionen‹ für ein Jahr im voraus bezahlt hatte. Vierzigtausend Schweizer Franken!

Glauben Sie an Wunder? Ich nicht besonders, aber ich glaube an die überraschendsten Schicksalswendungen. Einst bekam ich einmal zehn Tage für Rowdytum und fegte in diesen zehn Tagen das Gelände des Bezirksmilizpostens in Niwki. Dann freundete ich mich mit den mich dort bewachenden jungen Uniformierten an. Und jetzt stellte sich heraus: Verkehrspolizeihauptmann Murko, das war Exsergeant Wanja, Freund von Husseinow! Und Hauptmann Murko wurde mein Trauzeuge! Wenn man bedenkt, daß ich ganz ohne Zeugen auskommen wollte, war ein Milizionärzeuge viel wert! Damals schien er mir zwanzig Jahre älter als ich, aber tatsächlich waren es nur acht oder neun; und jetzt zog er den Autofahrern das Kleingeld aus der Tasche, und ich schmierte das Räderwerk auf Staatsebene.

Verkehrspolizeihauptmann Wanja lockerte sich sehr schnell an jenem Tag. Wir fanden wirklich einen ›nichtöffentlichen‹ Ort – ein Billardcafé an der Ecke Unterer Wall und Glybotschizkaja. Drinnen war es dämmrig und still. Swetlana wurde nicht müde, sich laut über meine Wahl für den Festauftakt zu wundern. Aber wirklich, es war ja nur der Auftakt. Wir tranken dort Sekt und aßen Salat dazu. Dann spielten Swetlana und ich eine Partie Billard.

»Wenn ich gewinne, erfüllst du mir drei Wünsche!« sagte sie.

Ich war einverstanden und fing an zu verlieren. Zu gern wollte ich ihre Wünsche erfahren.

»Erstens«, sagte sie. »Du kannst aufhören, mich zu lieben, aber du darfst nie aufhören, unsere Kinder zu lieben! Zweitens, wir mischen uns nicht in die beruflichen Dinge des anderen ein und nerven uns nicht gegenseitig mit klugen Ratschlägen. Und drittens: Kauf mir nie mehr knallbunte Unterwäsche!«

Sie lächelte und näherte ihr Gesicht dem meinen, stellte sich sogar auf die Zehenspitzen. Wir küßten uns und hörten ein heiseres Husten. Unser Milizionärzeuge hatte sich an irgendwas verschluckt, und ich mußte meine Frau kurz im Stich lassen, um ihm kräftig auf den Rücken zu klopfen. Der Schlag half. Hauptmann Wanja kam zu sich und bat, ihm Wodka und ein Kotelett zu bestellen.

»Sag, hast du Husseinow noch getroffen, nachdem er aus der Miliz geflogen war?« fragte ich.

»Ich nicht, aber die Jungs...«

»Nimm.« Ich streckte ihm noch mal eine Visitenkarte hin. »Erstens zeigst du das deiner Frau, damit sie nicht schimpft, weil du getrunken hast. Sag ihr, daß du Zeuge warst. Und zweitens, wenn du was von Husseinow erfährst, ruf an!«

»Danke«, sagte der Hauptmann. »Ich habe keine Visitenkarte, verstehen Sie. Ist bei uns nicht üblich...«

»Macht nichts, macht nichts«, beruhigte ich ihn und goß ihm selbst ein Gläschen Wodka ein. Die Kellnerin in der weißen Schürze brachte schon auf einem buntbemalten Tablett sein Kotelett. Die Wünsche meiner Frau kannte ich schon, die Wünsche des Zeugen waren erfüllt. Blieb nur noch, mir Gedanken über meine eigenen Wünsche zu machen. Ich dachte nach und erkannte zu meinem Schrecken, daß ich in diesem glücklichen Moment überhaupt keine Wünsche hatte. Ich dachte daran, wie irgendwann ein befreundeter Arzt mir erklärt hatte, das Fehlen von Wünschen an sich sei schon eine psychische Krankheit. Er nannte mir sogar diese Krankheit, sie begann mit dem Buchstaben ›A‹. Vielleicht war ich genauso krank wie Bruder Dima? Schließlich mochten wir fast dieselben Frauen!...

»Serjoscha, ich habe genug von hier!« drang mir Swetlanas warmes Flüstern ins Ohr. »Und genug von ihm!«

Ich packte zweihundert Griwni vor Hauptmann Wanja auf den Tisch.

»Feiere für uns zu Ende!« befahl ich. »Wir müssen uns jetzt auf die Hochzeitsnacht vorbereiten!«

»Entschuldigung.« Der Hauptmann hob mit merklicher Anstrengung den Kopf und starrte mich müde an. Er winkte mich mit dem Finger zu sich herunter. »Im wievielten Monat ist sie?«

»Im dritten.«

»Also habt ihr wegen der Schwangerschaft geheiratet?«

Ich lachte so, daß aus der Küche der Koch und zwei Kellnerinnen heraussahen.

»Wegen der Schwangerschaft habe ich schon mal in meiner späten Kindheit geheiratet. Jetzt heirate ich wegen der Liebe!«

69

Kiew. Oktober 2015.

An diesem Morgen regnete es leicht. Ich war schon durch die Hände von Masseurin und Frisör gegangen, war schon gestriegelt und gebügelt, auch wenn die Tagesordnung keine öffentlichen Auftritte vorsah. Ein paar Treffen ›auf unbedeutender Ebene‹, wie Kolja Lwowitsch sagte. Er selbst war irgendwohin verschwunden, und ich blätterte in wunderbarer Einsamkeit meine frischen Dekrete durch. Man mußte sich doch wenigstens hin und wieder mit der eigenen Gesetzgebung bekanntmachen. Sonst kam es Kolja Lwowitsch noch in den Sinn, in meinem Namen irgendeine Fabrik aus der eisernen Reserve zu privatisieren! Und was dann?

Zehn Uhr morgens, und meine Augen waren noch schläfrig. Scharfsehen fiel noch schwer. Ich knipste die Schreibtischlampe an. Der Text der Dekrete wurde verständlicher, aber die Lampe fing plötzlich zu flackern an. Ihr gelbes Licht zitterte und sägte an meinen Nerven. Ich rief meinen Assistenten, der machte sich auf die Suche nach Kolja Lwowitsch. Kolja Lwowitsch kam und sah mich mit dumpfem, aber konzentriertem Blick an.

»Was ist das für ein Mist?« fragte ich und wies mit dem Kopf auf die zitternde Lampe.

»Billiger Strom.« Er zuckte die Achseln.

»Was soll das heißen?«

»Erinnern Sie sich, das Dekret über die Produktion von billigem Strom? Die nächtliche Parlamentssitzung ... Als Kasimir die Preise erhöhen wollte.«

»Mich interessiert, warum dieser ›billige‹ Strom auf meinem Tisch flackert! Ruf diesen Idioten Kasimir an und sag, er soll sofort –«

»Er redet nicht mit uns«, unterbrach mich Kolja Lwowitsch. »Seine Sekretärin legt sofort den Hörer auf, wenn sie hört, daß jemand von der Regierung oder der Verwaltung des Präsidenten anruft.«

»Hat der sie nicht mehr alle?« Ich spürte Stiche in der Brust. »Denkt er, er kann machen, was er will?«

»Er denkt es nicht nur, er macht, was er will.« Kolja Lwowitsch wiegte bekümmert den Kopf.

»Swetlow zu mir, heute noch!« ordnete ich an.

»Sie wollten doch General Filin sehen!« Mein Stabschef zeigte seine Verwunderung.

»Na und, sind Swetlow und Filin vielleicht Salz und Zucker? Nicht gleichzeitig im Glas zu mischen?«

»Gut, er kommt um vier Uhr.« Kolja Lwowitsch wurde zusehends fügsamer. Was konnte das bedeuten?

»Ja.« Er tat, als wäre ihm etwas Wichtiges eingefallen. »Der russische Botschafter bittet sehr, ihn zu empfangen. Er ist schon unterwegs… In zehn Minuten ist er hier.«

»Bittet er, oder ist er schon unterwegs?«

»Sowohl als auch. Irgend etwas Dringendes. Mit Rußland ist es immer so.« Er breitete hilflos die Arme aus.

»Na gut.«

Kolja Lwowitsch verließ den Raum und kam gleich wieder rein, diesmal schon mit dem russischen Botschafter. Da hatte ich meine zehn Minuten! Zur Zeit war Pojarkowski Botschafter, ein ›degradierter‹ Oligarch. Früher hatte er alles in Reichweite unter sich zusammengescharrt, so lange, bis der russische Präsident alles Angesammelte unter ihm hervorscharrte und ihn vor die Wahl stellte: Emigration oder Dienst zum Wohl des Vaterlandes. Jetzt scharrte Pojarkowski wieder alles zusammen, nicht für sich, sondern für Rußland. Er mischte sich ständig in unsere Wirtschaft ein, aber dagegen konnte man tatsächlich nichts tun. Nur formal war es ja unsere Wirtschaft, das hieß, Ukrainer bedienten sie, aber gehören tat alles Rußland, Deutschland, Litauen und Zypern.

»Herr Präsident.« Pojarkowski neigte leicht das Haupt und hob es gleich wieder stolz. Er hatte gelernt, mich überaus elegant zu grüßen.

Dann drehte er sich nach Kolja Lwowitsch um, und der verschwand sofort.

Ich wies den Botschafter mit dem Blick auf das berühmte Sofa. Botschafter hatten vor diesem Sofa keine Angst.

Und da saßen wir nun, ich hinter meinem Tisch mit den ausgebreiteten Dekreten, er auf Major Melnitschenkos Sofa. Er hatte die Beine übereinandergeschlagen und die schmale smaragdgrüne Krawatte zurechtgerückt. Jetzt machte er eine Pause wie ein Schauspieler.

»Haben wir irgendwelche Probleme?« fragte ich.

»Äußerst ernste«, sagte er. »Ich wollte Sie nur darüber unterrichten. Denn man verbirgt erneut die wahre Lage im Land vor Ihnen.«

»Wer verbirgt sie?« wunderte ich mich.

»Ihre Umgebung«, antwortete er ruhig. »Wir wissen mehr über die Vorgänge in der Westukraine, als Ihre Zeitungen schreiben. Und die Lage beunruhigt uns sehr.«

»Was gibt es denn dort?«

»Ein neues Aufflammen des Katholizismus.«

»Na ja, Griechisch-Katholische haben wir nicht so viele, daß man von ihnen Ärger erwarten könnte...«

»Das sind nicht mehr die Griechisch-Katholischen. In Lwow wurden Mitarbeiter des vatikanischen Geheimdienstes gesichtet. Außerdem haben wir interessante Einzelheiten erfahren. Im Vatikan wird gerade erwogen, ein göttliches Wunder auf dem Gebiet der Westukraine anzuerkennen und offiziell zu registrieren.«

»Ein Wunder?« Ich lächelte. »Sie glauben, ein Wunder kann gefährlich werden? So etwas vom Typ ›weinende Ikone‹?«

»Herr Präsident.« Pojarkowskis Stimme war fest und selbstsicher, er sprach gleichmäßig und unerschütterlich. »Wunder ohne Folgen gibt es nicht! Befehlen Sie Ihren Diensten, die Besuche dieser Vatikanleute und überhaupt die Aktivitäten der katholischen Kirche zu überwachen. Die Ukraine ist die Heimat der russischen Orthodoxie! Diese Positionen darf man nicht aufgeben. Das Volk wird es nicht verzeihen.«

Ich hatte große Lust, diesen Exoligarchen zum Teufel zu schicken, aber das ging nicht. Erst recht nicht als Botschafter Rußlands. Ich erhob mich hinter meinem Tisch: das einfachste und billigste Mittel, um anzudeuten, daß die Unterredung beendet ist. Erst recht, da die Uhr elf zeigte und vor der Tür vermutlich schon General Filin wartete.

70

Kiew. März 1985.

»Weißt du, Serjoscha, ich werde überwacht«, verkündete David Isaakowitsch mir als erstes, während ich meinen Beutel mit dem Mitgebrachten auf dem Boden seiner Erdhütte abstellte: eine Flasche Portwein und zwei Dosen ›Touristenfrühstück‹.

»Wer?«

»Wer, wer!« Der Alte seufzte tief. »Ist doch klar, wer. Die Staatssicherheitsorgane.«

»Was, die sind hierhergekommen?« fragte ich beunruhigt.

»Hierher, und überhaupt waren sie auf der Insel unterwegs, und nebenan haben sie noch ein Eisloch gebohrt.«

»Aber wozu das Eisloch?«

»Um so zu tun, als wären sie auch Walrösser, und uns so zu überwachen.«

»Und? Sind sie wirklich im Eisloch geschwommen?«

»Ich habe es nicht selbst gesehen«, gestand der Alte. »Eher nicht. Denn wenn echte Walrösser baden, dann gibt es immer am Eislochrand die Spuren von nackten Füßen. Aber an ihrem Eisloch habe ich nur Stiefelspuren gesehen.«

Er stand vom Bett auf, legte zwei Scheite im Ofen nach und betrachtete nachdenklich meinen Beutel.

»Hast du vielleicht was zum Trinken mitgebracht?«

»Ja, Portwein.«

»Na, mach ihn auf, zum Warmwerden. Und dann gehen wir schwimmen!«

Nach dem ersten Glas Portwein wurde mir wärmer, und ich zog meinen Kunstpelz aus. David Isaakowitsch saß noch, wie er gesessen hatte, in der aus einer alten Wattejacke genähten ärmellosen Weste, darunter einen dunkelblauen Pullover.

Draußen vor dem Fenster der Erdhütte wurde es dunkel. Der Alte sah auf die Uhr.

»Vater Wassili wollte kommen«, sagte er.

Und man konnte hören, daß er sich nach Gästen gesehnt hatte. Mein Besuch freute ihn aufrichtig, und der von Vater Wassili, wenn er wirklich kam, würde ihn noch mehr beglücken.

Eine halbe Stunde später tranken wir den letzten Portwein, und genau in dem Moment knirschte vor dem Fenster der Schnee, und fast gleichzeitig klopfte es an der Tür.

David Isaakowitsch erzählte Vater Wassili – denn der war es – aufgeregt das gleiche wie mir: Die KGB-Leute hatten nebenan ein zweites Eisloch gebohrt und würden uns vermutlich von dort, vom Eisloch aus, überwachen.

»Na, gehen wir, gucken wir uns diese Teufel an!« dröhnte Vater Wassili und zog ein grünes Frotteehandtuch aus seiner Sportjacke.

Er zog sich auf der Stelle nackt aus, wickelte das Handtuch um die Hüften und stapfte barfuß aus der Hütte. David Isaakowitsch zögerte kurz, aber dann, sozusagen mit einem energischen Ruck, zog auch er aus irgendeinem Winkel ein altes Badetuch und winkte mir aufmunternd zu: Los, komm mit.

Am Ufer war es windig, und deshalb fühlte sich alles wie tiefster Winter an. In der Stadt fielen schon die Eiszapfen auf die Passanten, alles tropfte, statt Glatteis glitzerten Pfützen. Aber hier, von wo die Stadt bestens zu sehen war – sie sah aus wie eine Kiewer Torte –, hier herrschten noch minus zehn, und es gab kein einziges Anzeichen von nahendem Frühling.

Ich spähte zum zweiten Eisloch rüber, das den Alten so beunruhigt hatte. Es waren etwa fünfzig Meter bis dort. Es lag stromabwärts, und ich konnte mir schwer vorstellen, daß jemand, der in diesem Eisloch hockte, hören konnte, worüber in dem hier, in unserem, geredet wurde.

Aber mit David Isaakowitsch zu streiten war sinnlos. Er kannte das Leben so gut, daß er einfach nicht unrecht haben konnte.

Vater Wassili ließ sein grünes Handtuch aufs Eis fallen und warf sich ins Wasser. Er ächzte aus Leibeskräften, wedelte mit den Armen, brüllte: »Oh, tut das gut!«

David Isaakowitsch zog sich aus. Ich ebenfalls. Und dann paddelten wir alle drei im eisig-brennenden Wasser.

»Na, wie ist das?« fragte mich Vater Wassili.

»Herrlich!« schwindelte ich munter.

In Wahrheit war mir schrecklich kalt, aber das konnte ich zwei echten Männern ja nicht gestehen!

Vater Wassili sah zum zweiten Eisloch rüber, und auf seinem mächtigen Gesicht konnte man lesen, wie er nachdachte.

»Nein«, sagte er. »Wenn sie uns überwachen wollten, dann hätten sie das Eis mehr in der Nähe aufgeklopft… Es sind ja keine Idioten.«

Der Alte schaute auch dorthin. Dann drehte er den Kopf zu Vater Wassili.

»Sie brauchen nicht zu lauschen. Sie können von den Lippen lesen.«

»Na, von meinen liest du nicht viel ab«, lachte Vater Wassili.

Ich schaute auf seine Lippen und sah: Tatsächlich, sie waren dick und bewegten sich kaum, wenn er redete. Interessant!

Die Strömung umspülte meinen Körper mit Kälte, und merkwürdigerweise regte sich in mir eine besondere Kühnheit, wahrscheinlich von den Gesprächen über den KGB und Spionage ausgelöst.

Ich starrte noch mal zu dem zweiten Eisloch hinüber. Selbstsicherheit blähte mich auf wie eine Eiterbeule. Ich holte Luft, tauchte unter, und sofort zog mich die Strömung unters Eis, dorthin, zum zweiten Eisloch.

Ich sah mit weit offenen Augen das Eis von unten. Die Kälte stach mir in die Augen, scharfe, metallische Kälte. Mir war, als schwamm ich schon minutenlang unter dem Eis, aber da war kein zweites Eisloch. Furcht kroch mir ins

Hirn. Und wenn die Strömung mich vorbeigetrieben hatte? Was für eine Riesendummheit!

Aber ehe die Angst sich in meinem Hirn noch richtig ausbreiten konnte, öffnete sich über mir plötzlich ein großer heller Fleck. Ich ruderte heftig, durchstieß mit dem Kopf eine feine Eisschicht und flog fast bis zur Brust aus dem kalten Wasser. Sofort hängte ich mich an den Eislochrand, damit die Strömung mich nicht weitertrug.

Jetzt mehr stolz als selbstsicher, krabbelte ich aufs Eis hinaus und sah mich um.

Vater Wassili und David Isaakowitsch standen schon am Ufer und starrten erschrocken stromabwärts. Als sie mich sahen, wechselten sie Blicke. Vater Wassili zeigte in meine Richtung und sagte etwas.

Ich wanderte zu ihnen zurück.

»Was machst du denn?!« Der Alte fuchtelte mit den Armen. »Dabei hast du doch fast nichts getrunken! Und zettelst so was an! Wenn es noch für eine Wette wäre, aber so, einfach so!«

»Prima, prima«, dröhnte plötzlich Vater Wassili. »Die Hauptsache ist nicht, wo du abtauchst, sondern, wo du auftauchst. Und überhaupt, das Wichtigste ist: zur rechten Zeit auftauchen! Aus dir wird noch was! Und Gott liebt dich, wenn er die ganze Zeit mit dir unterm Eis geschwommen ist! Denk bloß nicht, daß das dein Erfolg ist! Das kommt alles von Gott!«

71

Ägypten. Sinai. Scharm-El-Scheich. Mai 2004.

»Das ist alles für dich!« Ich fuhr mit einer Armbewegung über den nächtlichen Himmel, der übersät war von hellen Sternen.

Hinter uns prustete ein Kamel. Die Beduinen breiteten ein Lager auf dem Sand aus.

»Bei uns sind die Sterne dicker«, sagte Swetlana scherzhaft, den Kopf in den Nacken gelegt.

»Bei uns ist alles dicker!« scherzte ich. »Wir haben Schwarzerde und sie Wüste!«

Die seltsame, reglose Kühle der ägyptischen Nacht ließ mich mit Bedauern an den in Kiew zurückgelassenen Pullover denken.

Ein Streichholz zischte, und in der Dunkelheit flammte ein Feuer auf. Ich sah hin. Neben der Flamme glänzte matt der bronzene Bauch eines großen, an einer Kette baumelnden Teekessels. Der Dreifuß, von dessen Spitze er herabhing, war fast nicht zu sehen. Einer der Beduinen beugte sich zum Kessel vor, und Wasser ergoß sich klingend in die Stille.

Ich umarmte Swetlana. Wir schauten beide hoch zu den hellen ägyptischen Sternen.

»Ich möchte dich küssen!« flüsterte ich.

»Serjoscha, man hat uns doch gewarnt! In moslemischen Ländern küßt man sich nicht an öffentlichen Orten!« In ihren Augen funkelte das Lachen, wie aus ihrem Flüstern dorthin gewandert.

»Die Wüste ist kein öffentlicher Ort!« flüsterte ich und näherte meine Lippen ihrem Mund.

Sie blickte sich nach den Beduinen um. Alle vier saßen schon schweigend und unbeweglich ums Feuer. Keiner von ihnen sah zu uns her.

Wir küßten uns minutenlang. Und plötzlich erklang leise ein eigenartiger, getragener Singsang. Weil es so unerwartet kam, lief mir ein Schauer über den Rücken.

»Ich liebe dich!« flüsterte ich.

»Ich dich auch!«

Dann saßen wir am Feuer. Die Flamme leckte am bronzenen Teekessel. Die Beduinen sangen weiter. Die märchenhafte Stimmung der äyptischen Nacht machte uns romantisch. Die Wüste, so kam es mir vor, reinigte Swetlana und mich von der Realität, aus der wir hierhergeflogen waren. Wie zwei in der Zeit verlorengegangene Liebende. Wir waren jünger geworden. Wir hatten weder Vergangenheit noch Zukunft. Wir waren füreinander geschaffen für eine Nacht, und selbst diese Nacht konnten wir nicht nutzen, weil auf unser Glück die Beduinen aufpaßten und über unser Glück ein trauriges arabisches Lied sangen, dessen Worte ich schon langsam zu unterscheiden begann.

Ich hielt ihre Hand fest in meiner, spürte mit der Handfläche ihre Wärme, antwortete dem sanften Druck.

Und unter den endlosen Liedern der Beduinen schliefen wir ein.

»Sir! Sir!« weckte mich einer der Beduinen.

Ich schlug die Augen auf. Die Sonne erhob sich schon über der graugelben Wüste. Kein Dreifuß, kein Teekessel, keine Flamme mehr. Die Beduinen standen bei den Kamelen, bereit zum Aufbruch.

Als Swetlana und ich uns aufgerappelt hatten, rollte einer

von ihnen die Leinenunterlage zusammen und ging davon. In der Stille hörte man das ferne Brummen eines Wagenmotors.

Der schwarze Hoteljeep, der uns am Vorabend hierher gebracht hatte, kam auf uns zu.

Der Fahrer namens Madschid drückte jedem Beduinen einen Schein in die Hand, und sie brachen gelassen auf, ohne noch einmal zu uns herzusehen.

72

Kiew. Oktober 2015.

General Filin war erstaunlich munter. Nach dem Besuch des russischen Botschafters Pojarkowski war das Gespräch mit ihm ein reines Vergnügen.

»Also, zur Reform!« berichtete er. »Mykola und ich haben zwei Stunden am Programm gearbeitet. Wir beginnen die Reform als Experiment; für alle Gefängnisse reichen die zugeteilten Budgetmittel nicht aus. Natürlich, für Mykola ist die Ukrainisierung der Gefängnisse das Wichtigste, und für mich –«

»Für dich, vielleicht, für den Anfang einen kleinen Kognak?« fragte ich den General und sah ihm dabei ganz aufrichtig und herzlich in die Augen. Hochachtung vor der Miliz- und Armeeuniform lag mir seit der Kindheit im Blut, und hier steckte auch noch ein angenehmer Mensch darin.

Er zögerte mit der Antwort, aber mir war die Antwort schon klar. Ich rief meinen Assistenten. Der stellte die Kristallgläser auf den Tisch und schenkte den ›Hennessy‹ aus.

»Komm.« Ich erhob mein Glas. »Auf die Gefängnisreform!«

Ein Schluck guter Kognak, und die Unterredung floß wie das Flüßchen Tscheremosch, schnell, glatt, konkret. Mykolas Ideen kannte ich: Ukrainischkurse in jedem Gefängnis, zwangsweise. Bestrafung für jene, die sich weigerten, die Staatssprache zu lernen. Das war nicht besonders human, und am Ende sah die Ukrainisierung der Gefängnisse – nicht ohne meine Hilfe – humaner und effektiver aus. Die Sprachkurse wurden in freiwillige verwandelt. Aber wer die Prüfungen erfolgreich ablegte, erhielt die Möglichkeit der vorzeitigen Entlassung. Außerdem konnte, wer wollte, eine Empfehlung für die pädagogische Hochschule bekommen. Nicht alle, natürlich, nur die sogenannten ›zeitweilig Gestrauchelten‹, die für leichtere Straftaten einsaßen.

General Filin allerdings sorgte sich mehr um die materielle Ausstattung der Gefängnisse, die Bestückung der Bibliotheken und um Unterricht für die Gefangenen in Business- und Managementgrundlagen.

»Ich habe Hunderte Briefe von Häftlingen«, sagte er. »Sie wollen nicht einfach nur einsitzen! Sie bitten darum, daß man ihnen Fortbildung organisiert. Sie wollen neue Berufe lernen. Es sind ja trotz allem unsere Bürger.«

»Und Wähler«, ergänzte ich nickend. »Also schau, daß ein Fortbildungsprogramm zu Papier kommt. So, wie Mykola es gemacht hat. Dann bringen wir das auf den Weg und stocken vielleicht dafür auch die Geldmittel auf.«

Der General lächelte. Er saß im Sessel links von dem berühmten Sofa, kerzengerade, als hätte er einen Degen verschluckt.

»Hör mal«, sagte ich zu ihm nach einer Pause. »Ich habe neulich etwas geträumt... Von einer Gefängniszelle!«

Und ich beschrieb ihm diese komische Zelle mit dem kleinen Kühlschrank, dem ›Samsung‹-Fernseher, dem alten Computer, dem Haken mit den Schlüsseln und die zwei Schlösser an der Innenseite der Eisentür.

Filin hörte aufmerksam zu. Das Gesicht konzentriert, die Brauen zusammengezogen.

»Aber das ist...«, murmelte er und stockte.

»Was?« fragte ich.

»Das ist die Zelle, in der Kasimir gesessen hat! Genau!« sagte der General langsam und als glaubte er seinen eigenen Worten nicht. »Der ›Saratow‹-Kühlschrank, der ›Samsung‹-Fernseher...«

»Wie, Kasimir hat gesessen?« Ich wunderte mich über diese Neuigkeit.

»Ja, nicht lange, ein paar Wochen. Nachdem man eine Kalaschnikow und Drogen bei ihm gefunden hatte. Zuerst lief er unter Angeklagter, dann unter Zeuge, und dann, Sie verstehen schon, ordnete der Generalstaatsanwalt seine Freilassung an, um das Gleichgewicht der Kräfte in der Schattenwirtschaft nicht zu ruinieren. Nun ja, niemand wollte eine Neuverteilung der Besitztümer...«

»Ja, und dann hat er selbst neu verteilt und sich die ganze Elektrizität geschnappt!«

Der General seufzte schwer.

»Ja, aber warum habe ich ausgerechnet von seiner Zelle geträumt?« fragte ich. »Ich war doch nie im Gefängnis!«

Der General zuckte die Achseln. Er schaute auf die Uhr, dann gleich wieder schuldbewußt zu mir.

»Na gut, bereite die Papiere vor über den Gefangenenunterricht in Businessgrundlagen«, sagte ich und erhob mich hinter meinem Tisch.

73

Kiew. März 1985.

Seit drei Tagen lebte mein Bruder Dima in Puschtscha-Wodiza, im Heim für psychisch Kranke auf der Straße Nummer eins. Gegenüber das Pionierlager ›Sonnenaufgang‹. Jetzt herrschten hier Ruhe und Stille, kahle Wohnkomplexe, ein einsamer Wächter am Hoftor, der unentwegt nach seinem begriffsstutzigen, kunterbunten Mischlingshund rief.

»Freundchen!« schrie er eine Oktave zu hoch. »Freundchen, hol dich der Teufel!«

Offensichtlich war dem Wächter langweilig.

Mama und ich überquerten schon die Straße, um in den Autobus Nummer dreißig zu steigen und zurück nach Kiew zu fahren.

Ich wußte, daß Dima uns jetzt hinter dem Zaun mit dem Blick verfolgte. Als wir weggingen, hatten ihm Tränen in den Augen geglänzt. Aber vielleicht bedeuteten seine Tränen etwas ganz anderes. Er war schließlich doch anders.

Mama hatte ihm irgendwas erzählt, irgendeinen Blödsinn, sagte, daß sie auf Dienstreise zu einem Werk nach Dnjepropetrowsk fuhr. Fragte, was sie ihm mitbringen sollte. Und er nickte. Das Gesicht nachdenklich, die Schultern hochgezogen, als hätte er gerade die Achseln gezuckt und sie wären so geblieben, als wollte er mit den Schultern die Ohren erreichen.

»Also, was hättest du gern?« fragte Mama.

Ich hätte gern für ihn geantwortet: gar nichts! Mir geht es gerade deshalb gut, weil ich gar nichts will!

Aber Mama war hartnäckig. Und schließlich weckte sie ihn sozusagen und entlockte ihm doch eine irgendwie sinnvolle Antwort.

»Halwa«, sagte er.

›Was hat Halwa mit Dnjepropetrowsk zu tun?‹ dachte ich.

Aber Mamas Miene drückte zufriedenes Wohlwollen aus, und sie nickte.

»Ich bring dir welches mit!« versprach sie, umarmte ihn, küßte ihn dreimal und sagte ihm noch, daß er auf die Ärzte hören sollte.

Abends schlug ein feindseliger Regen gegen das Fenster. Ein richtiges Unwetter brach los. Ich saß auf meinem Bett und stellte mir vor, was am nächsten Morgen für Glatteis draußen sein würde. Und dann starrte ich auf Dimas akkurat glattgezogenes Bett unter der grauen Karodecke. Ich sah es, und mir wurde merkwürdig traurig zumute. Ich hatte das Gefühl, als hätte ich keinen Bruder mehr. Er war dagewesen und dann gestorben. In mir regte sich Mitleid mit ihm. Und ich selbst tat mir auf einmal auch leid. Als ich mich hingelegt hatte und den Blick immer noch nicht von seinem frisch bezogenen Bett abwenden konnte, stellte ich mir vor, daß wir beide Welpen in einer Hundehütte gewesen waren. Bloß hatte der Herr beschlossen, den einen, den gesunden, Welpen zu behalten. Und den, der schwächer war, hatte er zum See getragen, um ihn zu ersäufen.

74

Paris. Juli 2004.

»Diese da! Die beigen!« Swetlana zeigte mir ein Paar elegante und unglaublich teure Schuhe.

»Von so einem Absatz fällst du doch herunter!« sagte ich mit einem Blick auf ihren beachtlichen Bauch.

»Nein, ich falle schon nicht!« beharrte sie.

Sie nahm einen der Schuhe und setzte sich auf den gepolsterten Hocker zum Anprobieren.

Tränen traten ihr in die Augen. Sie wußte genau, daß jetzt, wo sie geschwollene Füße hatte, nicht an die gewohnte Größe sechsunddreißig zu denken war und sie achtunddreißig anprobieren mußte. Aber haben Sie je versucht, Ihre schwangere Frau zu einer Vernunftentscheidung aufzufordern? Wenn Sie Tränen wollen, dann versuchen Sie es!

»Es ist doch nur auf Zeit«, versuchte ich sie zu trösten. »Der Arzt hat dir doch Tabletten gegeben. Der Organismus stellt sich wieder um, und alles wird wieder wie vorher...«

»Ich weiß«, schluchzte Swetlana. »Aber ich habe gesehen, wie meine Freundinnen sich nach der Geburt verändert haben. Eine ist so auseinandergegangen, daß sogar ihre Bekannten sie auf der Straße nicht mehr erkannten!«

»Du wirst nicht auseinandergehen. Du hast doch so

viele Bücher und Videos mit Schwangerengymnastik gekauft.«

»Und mache ich die etwa, diese Gymnastik?«

»Na, dann mach sie! Wenn du willst, werde ich dich immer dazu zwingen!«

»Ja, gut«, stimmte sie zu. Und ihr Blick wanderte wieder zum Regal mit den ausgestellten luxuriösen Schühchen in der Größe, die vor kurzem noch ihre gewesen war.

Ich mußte sie ablenken, mußte sie von hier wegbringen. Aber aus dem Kaufhaus ›Samaritaine‹ kam man nicht so leicht hinaus, wir würden auf jeden Fall an Dutzenden von anderen Abteilungen vorbeimüssen.

»Komm, wir gehen zur Abteilung Kinderbekleidung!« schlug ich vor.

Swetlanas Miene wurde sofort konzentrierter. Sie erhob sich leicht von dem Stoffhocker, kein Wort von den geschwollenen und schmerzenden Füßen.

Wir gingen an den Parfümerieauslagen vorbei, sie schaute nicht mal hin. Hoffnungsvoll sahen ihr die Kosmetikberaterinnen neben den hohen Sesseln entgegen, bereit, jede vorbeigehende Frau da hineinzusetzen, um sie dazu zu bringen, Creme, Parfüm, Eau de Toilette zu kaufen, und um alle ihre freien Körperflächen zu besprühen, damit sie in hysterisches Zittern fiel angesichts der ungeheuren Auswahl verführerischer Düfte. Aber Swetlana verfolgten diese Mädchen nur mit nachdenklichen Blicken. Sie ging allzu zielgerichtet. So eine hielt man nicht auf.

»Guck mal!« Sie griff nach einer durchsichtigen Packung mit drei identischen Krabbelanzügen. »Da steht: von null bis drei Monaten!«

»Rosa? Und wenn es Jungen sind?«

»Und wenn es ein Mädchen und ein Junge ist?« parierte sie.

»Gut.« Entschlossen nahm ich zwei Packungen Krabbelanzüge an mich, eine in Rosa und eine in Blau. Zehn Minuten später schütteten wir zwanzig Verpackungen auf den Kassentisch. Da gab es Trinkfläschchen für Säuglinge, Creme für die Kinderhaut, wassergefüllte Plastik-Beißringe für die ersten Zähnchen.

Das hätten wir alles auch in Kiew kaufen können, aber was zählte, war der Moment. Sie wollte glücklich sein. Gut, daß wir gerade nach Paris geflogen waren. Weder in Amsterdam noch in Brüssel kann man Geld mit solcher Leichtigkeit, solchem Wohlgefühl ausgeben!

Zwei große Kaufhaustüten mit Namenaufdruck. Jetzt hatte ich beide Hände voll zu tragen und ging neben Swetlana her wie ihr Diener. Und das gefiel mir. Ich hatte Lust, ihr jeden Gefallen zu tun, ihren Launen zu folgen. Dabei waren da bisher wenige Launen gewesen, so hochschwanger, wie sie war.

»Wohin jetzt?« fragte ich.

»Ins Hotel. Wir lassen das alles dort und...«

»Und wohin?«

»Ich möchte die Huren sehen«, sagte sie verlegen. »Sie sollen hier ganz häßlich sein...«

Ich lachte.

»Es gibt sicher auch schöne, aber die werden am Telefon gehandelt. Und auf der Straße stehen natürlich nicht die bezauberndsten...«

Das Hotel war nicht weit weg. Wir mußten über eine

Brücke, an der Kathedrale Notre-Dame vorbei, dann über noch eine Brücke, und schon waren wir da.

Wir ließen die Einkäufe im Hotelzimmer, kehrten ans andere Seineufer zurück und wanderten durch die Rue Saint-Denis. Swetlana betrachtete enttäuscht die tatsächlich weder schönen noch jungen Huren, die neben den offenen Türen der Wohnhäuser standen. Die Huren würdigten uns keines Blickes. Sie forderten mit ihrem Lächeln und ihren Gesten allein spazierende und um nichts schönere Männer und Halbwüchsige auf. Die Eintönigkeit dieser Szenen wurde durch die vielen kleinen Cafés aufgehellt, in denen man Pommes frites und Sandwich-grec bekam, was das gleiche war wie Schaurmà und Döner-Kebab. Der Name änderte am Geschmack der Speisen nichts.

»Willst du was Scharfes?« Ich nickte zu einem der Imbisse hinüber, in dem sich an einem vertikalen Bratspieß, vor der Gasflamme zischend, einige Kilo Fleisch drehten.

»Ja!«

Wir saßen an einem Plastiktischchen direkt auf der Straße. Swetlana hatte so viel Ketchup in diesen türkisch-griechischen Hamburger geschüttet, daß er ihr schon über die Finger lief. Aber sie schien das gar nicht zu merken, statt dessen starrte sie eine Hure, eine Mulattin, an, die auf ihrem Posten genau auf der anderen Straßenseite stand.

»Wieviel nehmen sie wohl?« fragte Swetlana.

Ich stand auf, ging zu der Mulattin hin und fragte sie in gebrochenem Englisch.

»Dreißig Euro für zwanzig Minuten. Wenn sie« – die Mulattin nickte zu Swetlana hinüber – »zuschauen will, dann fünfzig Euro. Aufnahme auf Video: hundert Euro...«

»Haben Sie auch eine schriftliche Preisliste?« scherzte ich mit ernstem Gesichtsausdruck.

Als Antwort streckte sie mir eine Visitenkarte hin. Sie hieß Lulu, und man konnte sie anrufen.

Als sie die Tarife erfuhr, lachte Swetlana auf einmal.

»Und da heißt es, Paris ist eine teure Stadt.«

»Selbst in einer teuren Stadt gibt es billige Waren«, sagte ich. »Hier sind ja längst nicht alle Millionäre!«

75

Kiew. Oktober 2015.

»Na, endlich!« Ich stand hinter meinem Tisch auf, als ich den eintretenden Swetlow erblickte. »Nimm dir einen Stuhl und setz dich her!«

Er setzte sich. Auf dem Gesicht die ruhige Bereitschaft, alles zu verstehen und zur Kenntnis zu nehmen oder zur Ausführung zu bringen.

»Einen kleinen Kognak?« schlug ich vor.

»Danke.« Er schüttelte ablehnend den Kopf, aufs Gesicht trat im selben Moment ein entschuldigendes Lächeln.

»Na gut, dann gleich zur Sache!«

Ich knipste die Schreibtischlampe an. Sie flammte auf und erlosch wieder. Sie flackerte, die Gute. Ich fragte: »Siehst du das?«

»Ein Wackelkontakt?«

»Billiger Strom. Verstehst du, wir haben Kasimir gezwungen, weniger Geld für seine Kilowatt zu nehmen. Das ist seine Rache. Und an wem? An mir!«

Swetlow wurde nachdenklich. Er blickte vor sich auf den Tisch, aber seine Augen wanderten langsam nach links und nach rechts.

»Direkte Hebel, wo wir bei ihm ansetzen könnten, haben wir nicht«, sagte er düster und sah auf. »Als man ihn noch zur Vernunft bringen konnte, befahl der vorige Präsident ›nicht anrühren, die Möglichkeit zur Entwicklung geben‹. Und er hat sich entwickelt…«

»Und indirekte Hebel…?« wollte ich wissen.

Wieder entstand eine minutenlange Pause. Swetlow dachte. Und wieder schüttelte er den Kopf.

»Sauber geht es nicht, und mit Knalleffekt ist ausgeschlossen. Das würde die Investoren verschrecken.«

»Dann soll ich mir also die Augen verderben?« Ich sah wieder auf die flackernde Lampe. Dann knipste ich sie aus.

»Ich werde nachdenken«, versprach Swetlow.

»Vielleicht setzen wir ihn auf die nächste Liste für die ›Fremden Hände‹?«

»Das geht nicht, er ist nicht im Staatsdienst. Und laut Vereinbarung haben nur mittlere und höhere Staatsdiener diese ›Ehre‹.«

»Was für ein Blödsinn!« Ich war verärgert. Es kränkte mich, daß ich, der Präsident, nichts gegen einen maßlosen Oligarchen mit krimineller Vergangenheit unternehmen konnte. »Weißt du, was? Ich habe im Traum seine Zelle gesehen! In allen Einzelheiten. Und dabei wußte ich gar nicht, daß er zwei Wochen gesessen hat!«

»Er hat gesessen?« Swetlow wurde lebendig. »Weswegen?«

»Frag General Filin. Der erzählt es dir.«

Auf Swetlows Gesicht war wieder zu sehen, wie die Gedanken arbeiteten, im Blick dabei ruhige Zuversicht.

»Und was glaubst du, wieso habe ich von dieser Zelle geträumt?«

»Ich weiß nicht.« General Swetlow leckte sich die trockenen feinen Lippen. »Aber ich kann einen guten Parapsychologen finden, unter unseren Leuten.«

»Finde einen! Und, übrigens, noch ein kleines Problem. Pojarkowski ist da. Rußland ist besorgt über die plötzlichen Aktivitäten der römischen Katholiken. Er sagt, im Vatikan wird gerade erwogen, bei uns in der Ukraine irgendein Wunder zu registrieren.«

»Ich kümmere mich darum, morgen berichte ich!« Swetlow erhob sich, nahm kurz straffe Haltung an und ging.

Ihm gelang es immer, den genauen Moment zu erwischen, in dem ein Gespräch beendet war. Ihn hatte ich noch nie hinauswerfen oder mit der Sprache der Gesten entlassen müssen.

Der Arbeitstag des Präsidenten war beendet. Man hätte ihn auch verlängern können, fast ins Unendliche. Weil dort, bei meinem Assistenten auf dem Tisch, zwanzig Kilo frisch produzierter Dekrete und Papiere lagen, die auf meine Unterschrift warten. Aber ich würde nicht unterschreiben, ohne sie zu lesen. Und lesen wollte ich nicht, wenigstens heute. Heute wollte ich allein zu Hause sein, auf der Desjatinnaja. Heute hatte ich alle satt, und besonders diesen Pojarkowski. Der Tag war am Ende länger als sonst gewesen, er hatte sich fast wie eine ganze Woche gedehnt.

Ich lockerte den Krawattenknoten, rief meinen Assistenten und gab ihm ein paar Anweisungen. Sollte jetzt Kolja

Lwowitsch hierbleiben und dieses Spinnennetz am Faden festhalten. Ich war müde. Mir war sogar mehr nach Schlafen als nach Essen.

Aber die Tür ging auf, und vor mir stand Kolja Lwowitsch mit besorgtem Gesichtsausdruck.

»Herr Präsident, Sie haben heute ein Abendessen!«

»Mit wem?«

»Mit Maja Wladimirowna.«

Mir blieb die Sprache weg. Genauer, sie war wohl da, aber ich wollte nicht noch lange danach den Mund ausspülen müssen. Die entsprechenden Wörter würden einen widerwärtigen Nachgeschmack hinterlassen. Ich sah ihm nur in die Augen, und an meinem Blick wurde gewiß deutlich, was ich von ihm dachte.

»Sergej Pawlowitsch, es ist ja bei Ihnen zu Hause. Nur eine halbe Stunde. Sie ist sowieso schon mit den Nerven ein wenig runter. In ihrem Schlafzimmer ist eine Leitung durchgebrannt.«

»Hat man sie ersetzt?«

»Nein, dazu braucht es einen Mann, der dichthalten kann, und für die Elektriker kann ich mich nicht verbürgen.«

»Soll doch der Energieminister persönlich sie austauschen.«

»Ordnen Sie das an?« präzisierte Kolja Lwowitsch.

»Ja«, nickte ich. »Und wenn morgen das Licht wieder wackelt, werde ich nie mehr mit deiner Maja Wladimirowna frühstücken oder zu Abend essen!«

Der Chef meiner Verwaltung erstarrte fassungslos. Sein glattrasiertes Kinn klappte herunter.

»Geh schon, geh!« Ich wies ihm die Tür.

76

Kiew. April 1985. Dienstag.

»Wie meinst du das?« Ich sah Mira verwundert ins Gesicht. »Dort liegt doch jetzt kniehoch der Schlamm!«

»Aber es ist sehr wichtig«, wiederholte Mira und guckte beunruhigt auf meine polnischen Halbstiefel mit den nicht mehr schließenden Reißverschlüssen. »Danach gehen wir wieder zu uns, und ich mache sie dir sauber!«

»Und wer macht *mich* sauber?«

»Wir haben heißes Wasser«, sagte sie, in den Augen schon keine Bitte mehr, sondern Flehen.

»Ja, ja.« Ich schüttelte immer noch den Kopf. »Und zehn Nachbarn, dic vor dem Bad Schlange stehen!«

Aber schon bald darauf ergab ich mich. Und wir gingen zuerst in das Feinkostgeschäft, wo sie für zehn Rubel Wurst, Käse, Weißbrot und eine Packung Kekse kaufte. Sie wollte auch noch Bonbons kaufen, aber da schritt ich ein.

»Und zu trinken?« fragte ich. »Was soll er trinken? Womit soll er deine Wurst begießen?«

»Womit begießt man denn Wurst?« In Miras Gesicht zeichnete sich plötzlich etwas Schafsähnliches ab, eine natürliche Ahnungslosigkeit.

»Mindestens mit Portwein. Im Sommer geht auch Bier, aber jetzt ist ja Winter!«

Mira überlegte kurz, dann gingen wir rüber zur Getränkeabteilung. Sie zählte konzentriert das Kleingeld auf ihrer Handfläche, schaute wieder hoch und fuhr vorsichtig, mit offensichtlichem Unverständnis, mit dem Blick die Flaschen entlang. Hier war sie hilflos wie ein Baby.

»Die da.« Ich zeigte mit dem Finger auf die Flasche. »Die da mußt du nehmen.«

Zum Postplatz fuhren wir mit der U-Bahn. Weiter ging es zu Fuß. Ich trug die Tüte mit der nicht allzu trockenen Ration und wich sorgsam den Pfützen am Uferweg aus.

Auf der Fußgängerbrücke lag immer noch Glatteis, und der Wind pfiff.

Ich ging, und in Gedanken nieste ich schon. Dieser ›Wandertag‹ zu David Isaakowitsch konnte einfach nicht ohne Opfer abgehen. Wieso bloß hatte sie sich in den Kopf gesetzt, ihn gerade heute zu besuchen. Ja, gut, er war ihr Vater. Aber sie sagte selbst, daß sie sich schon ein paar Jahre nicht gesehen hatten. Sie hätte auch noch warten können, bis richtig Frühling war.

»Sag mal, hat er denn heute Geburtstag?« fragte ich und wog dabei die Tasche mit den eßbaren Mitbringseln in der rechten Hand.

»Nein«, antwortete sie.

Ich rutschte aus und fiel hin, meine bösen Vorahnungen hatten mich eingeholt. Die rechte Hüfte tat sofort weh. Gut, daß ich noch die Tasche hatte hochhalten können, sonst hätte der Alte doch eine reine Trockenration bekommen.

David Isaakowitsch war mehr als erstaunt, er war bestürzt. Er schaute seiner Tochter fragend und unruhig in die Augen.

»Ist etwas passiert? Ist deine Mutter krank?« Seine leise Stimme zitterte.

In der Erdhütte war es erstaunlich warm. Ich sah, daß die Luke des gußeisernen Öfchens oben glühte. Auf dem Boden daneben lagen ein paar Holzscheite.

»Wir …« Mira suchte verwirrt nach Worten, fuhr mit

dem Blick wie mit dem Bügeleisen über die Erdhütte, langsam und sorgfältig. Ihr Blick blieb an der Tasche in meiner Hand hängen.

»Wir haben dir etwas mitgebracht.« Sie nahm mir die Tasche ab und streckte sie ihrem Vater hin.

Er sah rein, und wieder schoben sich irgendwelche Fragen in die Runzeln auf seiner Stirn.

»Der wievielte ist heute?« fragte David Isaakowitsch.

»Der vierte«, antwortete ich.

Am Ende beruhigte der Alte sich und lebte auf. Er wurde geschäftig: Immerhin war seine einzige, geliebte Tochter zu ihm zu Besuch gekommen!

Wir verteilten das Essen auf dem Tisch und schnitten die Wurst auf. David Isaakowitsch stellte drei Gläser dazu und schenkte Portwein ein.

Alles wirkte ganz normal, aber an mir nagte immer noch Zweifel. Ich verstand nicht, wieso Mira an einem gewöhnlichen Werktag bei schlechtem Wetter sich und mich zur Truchanow-Insel schleppte. Aber jedenfalls war der Alte glücklich, und das war wichtig.

Und dann, nach den ersten Bissen Fleischwurst, nach der ersten Portweinwärme, die sich süßlich zwickend im Mund verteilte, da sagte Mira plötzlich: »Papa, Mama und ich fahren nach Israel!«

David Isaakowitsch verschluckte sich sofort. Wir mußten ihm dreimal auf den Rücken schlagen.

»Aber hab keine Angst«, plapperte Mira, während der Alte zu sich kam und wieder Atem schöpfte. »Dort ist es doch wie auf der Krim, das Meer und die Berge. Es wird uns dort gutgehen.«

›Ach so ist das.‹ Ich begriff endlich den Sinn dieses Besuchs. Und mir wurde traurig zumute.

Der Alte und Mira saßen schweigend da und guckten sich an. Und ich, um meine Traurigkeit zu betäuben, kaute abwechselnd Käse und Wurst und trank meinen Portwein. Ich fühlte mich in diesem Moment vollkommen überflüssig.

Die beiden schwiegen etwa zwanzig Minuten lang. Dann seufzte der Alte kummervoll: »Ihr Verräter!«

Mira heulte los, die Schultern zuckten, ich hätte sie trösten sollen, aber ich wollte nicht in ihren Konflikt reingezogen werden. Ich wußte immer noch nicht recht, wer von beiden mir eigentlich näherstand. Der Alte war für mich wie ein Lehrer, wie der Vater, an den ich mich nicht erinnerte. Und Mira? Mit ihr war ich auch gern zusammen, sehr gern sogar, zeitweise. Sie war ja im Leben leicht chaotisch und unordentlich. Und die Tassen bei ihr zu Hause waren immer schlecht gespült. Aber das kam vielleicht davon, daß sie in der Küche Schlange standen. Mit der Küche war es ja wie mit der ganzen Wohnung, eine für alle. Da gab es zwei Spülbecken und zehn Bewohner. Und jeder wollte sein Geschirr spülen.

»Wir schreiben dir«, versprach Mira dem Alten unter Tränen.

»Wohin denn?« Er sah sich in seiner Behausung um. »Ich habe ja keine Adresse! Hier kommt nie ein Postbote her!«

»Wir geben die Briefe jemandem mit!«

Sie guckte mich an, und ich sah schon vor mir, wie ich wieder über die eisüberzogene Fußgängerbrücke wanderte. Mit einem Brief oder gar einem Paket. Und über der Schulter hing mir eine Postbotentasche. ›Mensch‹, dachte ich, ›sie hat sich noch nicht mal von mir verabschiedet, mir überhaupt kein Wort von Israel gesagt, und denkt schon, daß ich für sie den Kurier mache!‹

David Isaakowitsch schaute mich lange und versonnen an, dann goß er uns Portwein in die Gläser, biß sich auf die Unterlippe, griff zum Glas und nickte vielsagend: ›Wir schaffen das schon!‹

Und da kam mir ein erschreckender Gedanke: Er dachte wahrscheinlich, daß ich das alles gewußt hatte und daß ich hier war, um Mira gegen seine Vorwürfe in Schutz zu nehmen. Er mußte ja glauben, daß ich mit ihr unter einer Decke steckte!

»Vielleichst bleibst du doch da?« Ich sah in Miras verweinte Augen.

Sie wollte antworten, konnte aber nicht. Dann schüttelte sie den Kopf. Es war klar, daß sie nicht bleiben würde.

Wir schwiegen wieder, vor dem Fenster der Erdhütte wurde es dunkel, und ich sah schon ohne Begeisterung unseren Rückweg vor mir. In diesem widerwärtigen feuchten, von kaltem Wind erfüllten Halbdunkel, während das Wasser unter den Füßen und in den Stiefeln schmatzte.

»Papa.« Miras Blick war flehentlich. »Laß Mama und mich gehen, bitte.«

»Fahrt, wohin ihr wollt.« Der Alte klang müde, resigniert.

»Wirklich?« Mira glaubte ihren Ohren nicht.

»Fahrt«, wiederholte David Isaakowitsch flüsternd.

»Dann unterschreib bitte die Erklärung!« Mira zog ein zum Röhrchen gerolltes Blatt Papier und einen Kugelschreiber heraus und reichte es dem Alten.

Er kniff die Augen zusammen und sah verständnislos auf die Tochter und wieder auf das Papier.

»Was für eine Erklärung?«

»Daß du uns fortläßt und nichts gegen unsere Ausreise hast. Das ist nötig fürs Meldeamt!«

Erstaunlich ruhig schrieb David Isaakowitsch nach dem Diktat der Tochter seine Erklärung. Und gleich verschwand sie wieder, zum Röhrchen gerollt, in der Innentasche von Miras Jacke mit dem roten Kunstpelzrand an der Kapuze.

»Vielleicht schreibe ich dir dann auch eine Erklärung«, schlug ich Mira auf dem Rückweg nicht ohne Hohn in der Stimme vor.

»Was ist, bist du böse? Denkst du, mir fällt das leicht? Mama ist es, die fahren will. Alle ihre Freunde sind schon weg. Soll ich etwa allein hierbleiben? Oder in diese Frontkämpfererdhütte übersiedeln? Weißt du, wie viele Nächte hindurch ich schon geweint habe?«

Der Wind ließ einem das Gesicht zufrieren. Trotz des Portweins marschierte ich festen Schrittes, und wir erreichten den Postplatz ohne Stürze und Zwischenfälle.

»Schade, daß wir nur ein Zimmer in der Gemeinschaftswohnung haben«, klagte Mira. »Sonst hätten wir zusammen übernachten können.«

Sie rechtfertigte sich, sie wollte nicht, daß ich schlecht von ihr dachte.

»Wir können zu mir«, sagte ich. »Meine Mutter ist auf Dienstreise. In Dnjepropetrowsk.«

»Gut«, nickte Mira.

Besondere Freude hörte ich nicht in ihrer Stimme. Aber wir fuhren zu mir, und ich versuchte, die richtige Entscheidung zu treffen: Wo sollten wir schlafen? Auf Mamas Sofa im Wohnzimmer, oder sollten wir zwei Liegen, Dimas und meine, zusammenschieben?

77

Kiew. Juli 2004.

»Was hier los war! Meine Güte, was hier los war!« klagte Nilotschka gleich, als ich ins Vorzimmer hereinkam.

»Was? Was war denn los?«

»Sie waren hier, haben sich in Ihrem Arbeitszimmer eingeschlossen. Bestimmt haben sie die Schubladen im Schreibtisch durchsucht…«

»Wer, sie?« fragte ich beunruhigt.

Ich hatte erstaunlich böse Vorahnungen gehabt, und wenn man bedenkt, daß ich direkt vom Flughafen ins Ministerium gekommen war… Allerdings hatte ich erst noch Sweta heimgebracht. Aber Paris saß noch in mir und zirkulierte sanft durch Venen und Arterien, im Blut aufgelöst wie edler Alkohol.

»Na, dann«, seufzte ich. »Mal sehen! Stelle keinen zu mir durch!«

Sie nickte. Ich ging in mein Arbeitszimmer, schloß die Tür und sah mich an meinem Arbeitsplatz um – keine Spuren von Unordnung. Dieselben Mappen und Papierstapel. Der Visitenkartenhalter ›Wassermühle‹ stand rechts, wie immer.

Aus dem Vorzimmer klang Telefonklingeln herüber. Es klingelte ein Weilchen und wurde wieder still. Mein Telefon schwieg.

Ich zog nacheinander die Schubladen meines Schreibtischs auf. Alles war an seinem Platz. Sogar jene paar zugeklebten Umschläge, die zu öffnen ich noch keine Zeit gehabt hatte. Was da drin war? Natürlich Dollars. Aber woher und von wem – keine Ahnung mehr. Da kommen Abgeordnete und Geschäftsleute zu dir, fragen irgendwas, bitten um irgendwas. Ich nicke, verspreche irgendwas. Und dann ist plötzlich keiner mehr da, aber auf dem Tisch liegt ein Umschlag. Einmal mußte ich sogar lachen. Einer der Besucher hatte während des Gesprächs ein Buch in der Hand, ›Wie werde ich Millionär?‹. Dann verschwand er, und das Buch blieb auf dem Tisch zurück. Ich nahm es, wollte ihm hinterher und es ihm wiedergeben, da fiel aus dem Buch ein Umschlag, ein gewichtiger. Aber keine Million, natürlich.

›Es muß was mit ihnen passieren‹, dachte ich. Wer auch immer diese Leute waren – Geheimdienste gab es jetzt bei uns wie Wohnungsämter –, aber wenn sie das Geld nicht angerührt hatten, hieß das, sie suchten etwas anderes. Man mußte besser aufpassen und auf alles gefaßt sein.

Ich zog die Umschläge heraus und zählte sie. Elf Stück. Ich öffnete sie und fing an, die Scheine zu sortieren. Hunderter zu Hundertern, Fünfziger zu Fünzigern. Bei einem der geöffneten Umschläge lachte ich laut heraus – ein dicker Packen neuer Eindollarnoten! Ich zählte sie eisern durch – achtundvierzig Dollar! Ein guter Witz!

Geld zählen ist eine angenehme Beschäftigung. Aber wenn man lange zählt, verlieren die Spitzen von Zeige- und Mittelfinger die Sensibilität. Es entsteht so ein Gefühl, als würden die kratzigen Scheine die Finger polieren, sie mit irgendeinem Lack überziehen, durch den man dann weder Wärme noch Kälte spürt!

Das Ergebnis der Umschlaginventur war zum Lachen – dreizehntausendachthundert Dollar. War ich denn so billig? Im übrigen hatte ich um nichts gebeten, und man hatte mir auch nichts gegeben. Und dieses ganze ›Nichtgegebene‹ – die Besucher hatten sicher gedacht: ›Na, wir müssen doch eine Kleinigkeit dalassen, damit er nicht denkt, wir wären Geizkragen‹ – rief in mir jetzt auch noch Kränkung hervor, zusätzlich zu der ganzen übrigen Skala an Gefühlen, gemischt mit Selbstironie.

Man mußte irgendwas mit diesem Geld anfangen! Ich sah aus dem Fenster: Petschersk brauchte kein Geld. Hier waren sogar die Hausmeister dicker und lebensfroher als in jedem anderen Viertel.

Ich öffnete die Tür zum Vorzimmer. »Nilotschka!«

Sie kam herein. Entzückendes Gesichtchen mit runden grünen Augen. Pagenkopf. Ich hatte gar nicht darauf geachtet, als ich gekommen war. Rotes, tailliertes Jäckchen und enger schwarzer Rock bis zum Knie. Ein hinreißendes Wesen mit klugem Blick.

»Nimm.« Ich nickte in Richtung der Dollars. »Kauf dir eine Wohnung!«

Nilotschka wich einen Schritt zurück und sah mich zuerst etwas erschrocken an, aber dann, beim nächsten Blick auf die Haufen grüner Scheine, wurde dieser Blick nachdenklich.

»Machen Sie Spaß?« Die grünen Augen sahen mich erwartungsvoll an, kindlich, als hätte ich versprochen, ihr ein Zauberkunststück vorzuführen.

»Nimm es, nimm, in deinem Alter sollte man mit einem Mann zusammenleben und nicht mit den Eltern.«

Sie betrachtete wieder die Dollarhaufen und überlegte wahrscheinlich, wie sie sie so an sich nehmen konnte, daß alle ihre Handbewegungen graziös aussahen. Vielleicht überlegte sie auch, wo sie dieses Geld hinstecken sollte. Jedes beliebige Portemonnaie wäre zu klein gewesen. Ich mußte ihr helfen. Ich sah mich um, schaute in die Schubladen des Schreibtischs. In der untersten fand ich einen großen braunen Umschlag aus festem Papier.

Eigenhändig stopfte ich die Dollars hinein.

»Hier!«

Unvermutet standen Tränen in ihren Augen.

»Sie sind so seltsam«, flüsterte sie. »Ich weiß nie, was Ihnen gefällt! Ich würde... Aber ich weiß wirklich nicht...«

»Na, was ist denn.« Ich hätte ihr gern über den Kopf gestreichelt, sie beruhigt.

Schließlich nahm sie den Umschlag und ging mit gesenktem Blick aus dem Zimmer.

›Na, also‹, dachte ich. ›Wenigstens einen Menschen habe ich glücklich gemacht‹.

Die Gedanken kamen zur Ruhe, drosselten das Tempo. Und ein komisches Gefühl der Erleichterung verdrängte jede Energie aus dem Körper. Ich ließ mich in einen Sessel fallen und gähnte. Was gab es heute noch? Um das zu erfahren, mußte ich den Hörer abnehmen und Nilotschka fragen. Aber gerade in diesem Moment wollte ich sie nicht stören. Für sie war jetzt vermutlich der Moment gekommen, in dem sie träumen konnte. Wahrscheinlich hatte sie sich immer eine eigene Wohnung gewünscht. Wahrscheinlich hatte sie gedacht, das sei ein unerfüllbarer Traum. Und jetzt mußte sie wenigstens in Gedanken den Traum mit der Wirklichkeit zusammenbringen. Dafür brauchte man ein wenig Stille und Ruhe.

Mir war es ja genauso ergangen, als ich erkannte, daß Waljas Schwester, Swetlana Wilenskaja, die Meine werden konnte. Jetzt, wo Swetlana schon meine Frau war, beunruhigte mich das Fehlen eines neuen Traums ein wenig. Aber so etwas warf mich nicht aus der Bahn!

78

Kiew. Oktober 2015.

»Die Sommersprossen stehen Ihnen«, sagte Maja Wladimirowna.

Meine rechte Hand fuhr automatisch zum Gesicht. Ich strich mir über die Wange, über das stachelige Kinn: Es war immerhin schon Abend, und ich rasierte mich gewöhnlich nicht zweimal am Tag; nur wenn es unbedingt sein mußte.

Wir aßen im kleinen Wohnzimmer am runden Tisch. Es bediente uns ein sehr junges Mädchen, blond, im braunen Kleidchen und weißer Schürze, mit Namen Soja, wie mir schien. Sie war wohl aus einer alten Bedienstetenfamilie, so viel Stil, wie sie hatte.

»Wissen Sie, oder weißt du«, sagte Maja Wladimirowna nebulös, »ich bin jetzt sogar froh, daß es so gekommen ist…«

»Wie ist es denn gekommen?« fragte ich, obwohl es mich nicht wirklich interessierte.

Sie spürte alles. Nicht nur, weil sie eine Frau war. Ihre Blicke durchdrangen einen geradezu. Ihr Gesicht hatte sich in letzter Zeit zum Besseren verändert. Die Falten waren verschwunden, und der Blick war freundlicher geworden.

»Kann ich abräumen?« fragte Soja-wie-mir-schien mit Blick auf den nicht angerührten Teller mit Störaspik.

Maja Wladimirowna nickte.

Ich kaute meinen großzügig mit säuerlichem japanischem Meerrettich übergossenen Stör zu Ende. Maja Wladimirowna hob das Glas ›Chardonnay‹ an die Lippen.

»Sag mal.« Ich sah ihr direkt in die Augen. »Womit hat das alles angefangen?«

Sie verstand nicht, sie wollte es genauer.

»Wer hat dir das vorgeschlagen? Na ja, das Herz für meine Operation zu nehmen.«

Auf ihrem Gesicht war Mitleid zu lesen.

»Laß uns nicht davon reden. Erstens habe ich unterschrieben und versprochen, daß ich mit niemandem darüber spreche. Zweitens ist es mir unangenehm. Verstehst du?«

Sie hatte sich für dieses Abendessen umwerfend gekleidet. Schwarze Strümpfe, ein Kleid, oben förmlich klassisch, unten schräg abgeschnitten, fast den einen Oberschenkel freigebend. Ein schwarzer, schmaler Glitzergürtel, der die Taille betonte. Elegante Platinohrringe und Frisur im Stil der dreißiger Jahre, mit zwei Locken, die sich hinter den Ohren hervorringelten.

Ich schuldete ihr etwas. Ich verdankte ihr schließlich mein Leben. Genauer gesagt, mein Herz. Ich mußte netter sein, ungeachtet meines schwierigen Charakters und der

Tatsache, daß dieses neue Herz eine unerfreuliche Überraschung gewesen war. Ich war doch nie grob und kalt zu Frauen, besonders nicht zu anziehenden.

›Ist sie anziehend?‹ überlegte ich.

»Ein edles Parfüm«, bemerkte ich leise.

Maja war verwundert. Ich verstand ihre Verwunderung nicht. Ich zog die Luft durch die Nase und roch deutlich den Duft eines erlesenen Parfüms.

»Ich bin heute *à la nature*«, erklärte Maja Wladimirowna flüsternd. Und nippte wieder an dem Weißwein.

Soja-wie-mir-schien stellte einen großen weißen Teller vor sie hin, in Teig gebackene, gebratene Kalbsleber darauf, in Streifen geschnitten, und eine Gemüseterrine.

Der Duft, der mir so gefiel, wurde stärker. Es war das Mädchen. Es war ihr Parfüm. Tja, gut gewählt. Ich begleitete Soja-wie-mir-schien mit bewunderndem Blick. Dann sah ich wieder Maja Wladimirowna an.

»Sagen Sie, haben Sie ihn geliebt?« fragte ich.

»Nein«, antwortete sie ruhig. »Er hat mich geliebt, eine gewisse Zeit vor der Hochzeit. Darum war ich auch einverstanden. Besser, man wird unerwidert geliebt, als man liebt selbst unerwidert.«

»Und Gegenseitigkeit?«

»Gegenseitigkeit zu spielen ist leichter als alles andere. Hast du denn irgendwen geliebt?«

»Ich bin fast fünfundfünfzig«, seufzte ich lächelnd. »Natürlich habe ich geliebt. Aufrichtig und leidenschaftlich.«

»In voller Gegenseitigkeit?« fragte sie, und ich hörte schlecht verborgene Ironie in ihrer Stimme.

»Gestern hätte ich gesagt ›Ja!‹, aber jetzt kann ich mir

auch erlauben zu zweifeln. Zumindest an den späteren ›love stories‹.«

»Es heißt, ein Mann hat im Leben nur zwei Lieben auf Gegenseitigkeit. Die erste und die letzte.« Ihre Augen blitzten vielsagend bei diesen Worten.

»Ich hatte keine erste Liebe.« Ich lehnte mich auf meinem Stuhl zurück und legte die gerade erhobene Gabel wieder hin. »Ich hatte nur eine erste sexuelle Erfahrung.«

»Das Leben meint es nicht mit allen gut.« Maja Wladimirowna schüttelte traurig, geradezu mitleidig, den Kopf.

»Hören Sie... Hör mal.« Ich wanderte mit dem Blick von ihren Augen zu ihren Lippen. Ich erkannte, daß auch die heute *à la nature* waren, ungeschminkt. »Ich bin nicht so schlecht, wie es vielleicht aussieht. Wenn man genauer hinsieht, dann haben alle meine, nennen wir es so, negativen Reaktionen auf dich rein psychologische Gründe. Und überhaupt: Wer im Staatsdienst Karriere macht, entfernt sich immer weiter vom Normalen, verstehst du? Ich bin schon lange nicht mehr normal, weil ich der Präsident bin. Und unser Präsident kann nicht normal sein, das ist unsre nationale Eigenart. Einen Normalen wählt man nicht, der wäre zu einfach, beschränkt, naiv und gutherzig...«

Maja Wladimirownas Lippen rundeten sich, als wollte sie gleich ›O‹ sagen.

»Sie erstaunen mich«, sagte sie. »Was ist das bei Ihnen heute – der Tag der unerwarteten Aufrichtigkeit?«

»Maja, lassen Sie uns ein für allemal bestimmen: Sind wir per ›Du‹ oder ›Sie‹?«

»Ich glaube, wenn Sie so weitermachen, können wir endgültig zum ›Du‹ übergehen.«

Soja-wie-mir-schien kam, trug die Weißweingläser weg und füllte neue Gläser mit Rotwein.

»Ich habe das Gefühl«, sagte Maja Wladimirowna, während sie dem Mädchen hinterhersah, »du hast irgendwelchen Streß durchgemacht. Nur so würde ich deine heutige Aufrichtigkeit erklären. Und wenn ich deine Frau wäre, würde ich einen Arzt holen...«

»Einen Psychiater?«

»Nein, ich habe mich nicht richtig ausgedrückt. Ich würde keinen Arzt holen, sondern einen Berater...«

»Weißt du, was? Ich habe einen Streßberater.« Ich lächelte, ein etwas müdes Lächeln. »Nach seiner letzten Beratung taten mir zwei Wochen lang die Hände weh. Aber jetzt spüre ich gar keinen Streß. Ehrlich. Übrigens habe ich, wie sich herausgestellt hat, auch einen Berater für Familienfragen, und das bei völliger Abwesenheit von Familienleben! Rate mal, wer.«

»Mein Bruder«, sagte sie ruhig.

»Ein zufälliges Zusammentreffen?«

»Nein, so zufällige Zusammentreffen gibt es nicht.« Sie zuckte schuldbewußt die Achseln. »Aber ich habe damit nichts zu tun. Mein Bruder und ich haben kein enges Verhältnis. Er mochte meinen Mann nicht, und ich konnte all seine Freunde nicht ausstehen. Die Hälfte von ihnen arbeitet jetzt in deiner Verwaltung...«

»Genug!« Ich hob die rechte Hand und zeigte sie Maja Wladimirowna, als sollte sie die Linien meines Schicksals lesen und deuten. »Kein Wort mehr von diesen Leuten. Für mich sind das alles Vorübergehende, Fremde. Je mehr ich von ihnen weiß, desto mehr Depressionen bekomme ich.«

»Dann müssen wir uns öfter sehen«, flüsterte Maja Wladimirowna. »Aufrichtige Gespräche nehmen der Depression die Grundlage.«

Ich wurde nachdenklich. Meine heutige Gesprächigkeit erschreckte mich selbst. Ja, jetzt hatte mich dieses Schuldgefühl oder Dankbarkeit gegenüber Maja zum Reden getrieben, aber meine Antriebe waren immer vorübergehend. Was, wenn ich beim nächsten Treffen gemein zu ihr war? Sie tat mir auf einmal leid. Und sie las dieses Mitleid in meinen Augen.

»Deine Leitung wird man reparieren«, sagte ich plötzlich. »Sie ist doch durchgebrannt?«

»Sie haben sie schon repariert.«

»Als es bei dir qualmte, hatte ich gerade einen schrecklichen Traum. Dein Zimmer liegt doch an meiner Schlafzimmerwand. Ich habe ein Klopfen geträumt...«

»Das war ich«, gestand Maja. »Zuerst habe ich an die Tür geklopft, aber keiner hat aufgemacht. Ich werde doch über Nacht eingeschlossen, damit ich nicht aus der Wohnung gehe... Man hat mir gesagt: Sonst aktivieren die Bewegungsmelder die Alarmanlage.«

»Wer schließt dich ein?«

»Ich weiß nicht. Es ist die Entscheidung von Nikolaj Lwowitsch...«

»Interessant. Du hast also geklopft, um Hilfe gerufen, und niemand hat dir aufgemacht...«

»Ja, aber später hat Nikolaj Lwowitsch mir gesagt: Man braucht in diesem Haus gar nicht um Hilfe zu rufen. Es ist das einzige Haus im Land, in dem ohnehin alles unter Kontrolle ist. Es kann einfach nichts passieren...«

Ich überlegte. Wie viele Geheimnisse verbarg dieses Haus, meine offizielle Residenz, sonst noch vor mir?

Soja-wie-mir-schien tauchte wieder auf, und dieses Mal legte sie einen Umschlag vor mich hin. Drinnen steckte ein Kärtchen: ›Sergej Pawlowitsch, Sie können sie wegschicken. Ihre Zeit ist um. Gute Nacht. Nikolaj Lwowitsch.‹

Ich sah mich nach allen Seiten um und horchte. Es war still und irgendwie besonders friedlich. Wo versteckte er sich bloß?

Ich nahm einen Stift und schrieb: ›Geh zum Teufel!‹ Ich steckte das Kärtchen wieder in den Umschlag und übergab ihn der kleinen Blonden.

»Bring ihn zurück, er soll es lesen«, befahl ich ihr liebevoll.

Soja-wie-mir-schien unterdrückte ein Lächeln. Man sah die mütterliche Schule: ›Lächle nie auf Schäkern oder Komplimente hin!‹ Wahrscheinlich gab es da einen ganzen Haufen Regeln, ein ganzes mündliches Lehrbuch der besonderen Etikette. Na, gut. Ich sah wieder Maja an.

»Ich sage ihnen, daß sie dich nicht einschließen sollen. Das Mittelalter ist vorbei...«

Und im Geist sah ich plötzlich wieder die Eisentür, mit den Schlössern von innen und außen. Und die zwei Schlüssel am Ring, und den Schlüsselring am Haken, der links von der Eisentür in die Wand geschlagen war. Na bitte! Überall Schlüssel und Türen, wie Metaphern aller Rätsel und deren Lösungen.

79

Kiew. April 1985.

Mama brachte Dima wirklich ein Kilo Halwa aus Dnjepropetrowsk mit. Sie kam an einem Freitag zurück, und am Samstag morgen fuhren wir im halbleeren Bus zu ihm.

Die Sonne schien. Die Luft war noch kühl morgens, erwärmte sich mittags ein wenig, und abends wurde es wieder kalt.

An beiden Seiten des Weges Kiefernwald. Unter den Bäumen glitzerte noch Schnee. Der Waldschnee war hartnäckig, er taute als letzter, wenn in der Stadt sogar die Pfützen schon wegtrockneten.

»Was ist das?« fragte Dima und guckte auf das Halwa.

»Halwa. Ich habe es dir doch versprochen. Du wolltest es haben«, sagte Mama und versuchte, Nervosität und Enttäuschung zu verbergen.

Dima steckte ein Stückchen Halwa in den Mund, und auf seinem Gesicht richtete sich der Ausdruck stiller kindlicher Seligkeit ein. Mama hatte sich schon beruhigt. Sie brach Dima ein größeres Stück ab.

»Ist dir nicht kalt?« fragte sie meinen Bruder.

Dima trug einen dunkelblauen Trainingsanzug. Es war trotz allem nicht warm draußen, vielleicht zwölf Grad plus. Ich hatte eine Jacke an, Mama einen Mantel. Und er nur die Krankenhaus- oder, besser gesagt, Heimkleidung.

»Doch«, sagte er verwundert und ging ohne ein Wort davon, zu dem zweistöckigen Ziegelbau.

Wir standen auf dem asphaltierten Weg und warteten. Bald darauf kam er im dunkelblauen Bademantel zurück.

»Bleibt mal kurz hier.« Mama wendete sich zu mir. »Unterhaltet euch ein bißchen, und ich gehe für fünf Minuten beim Doktor vorbei.«

Dima und ich standen voreinander und schwiegen. In der Hand hielt ich die Tüte mit Halwa. Er griff die ganze Zeit hinein, brach sich das nächste Stück ab und steckte es in den Mund. Stand da, guckte mich gleichgültig an und kaute.

Mit ihm reden? Worüber? Ich wußte nicht, worüber wir jetzt reden konnten. Als wir noch in einem Zimmer schliefen, kamen noch irgendwelche Gespräche zustande. Aber jetzt bewegten wir uns auf verschiedenen Seiten des Lebens. Ich war der Welpe, den sie in der Hütte gelassen hatten, und er der Ersäufte. Wenn ich ihn nicht sah, tat er mir leid. Wenn wir so voreinander standen und ich erkannte, daß er lebte, sein besonderes Leben lebte, verschwand mein Mitleid.

80

Kiew. August 2004. Samstag.

»Hier kommt Kakao für dich!« Ich beugte mich mit dem kleinen Kupfertablett zu Swetlana, die noch immer im Bett lag.

Swetlana versuchte zu lächeln. Aber ich sah, daß es ihr immer noch nicht gutging.

Vor dem Fenster strahlte tiefblauer Himmel. Die blauen Wände unseres Schlafzimmers schienen durchs Fenster dort hinauszufließen.

Sie setzte sich im Bett auf, stopfte sich das Kissen in den Rücken und nahm die Tasse.

»Komm, wir fahren heute ein wenig spazieren«, bat sie.

Ich schaute auf ihren Bauch.

»Dir wird doch wieder schlecht, wie letztes Mal.«

»Wenn ich nicht frühstücke, wird mir nicht schlecht.«

»Aber du kannst nicht immer nur diese Schwangerschaftstabletten essen!«

»Hast du Kalbsleber gekauft?«

»Schenja hat welche gekauft.«

Schenja war unsere Haushälterin. Sie war fünfzig und betrat die Wohnung nur in unserer Abwesenheit.

»Na gut.« Swetlana sah zu mir hoch. »Ich esse, und dann fahren wir spazieren. Zur Großen Okruschnaja.«

Fünf Minuten später stand ich schon in der Küche und briet die in feine Streifen geschnittene Leber.

Über dem Herd brummte leise die Abzugshaube. In meinem Bauch grummelte es. Durch die offene Lüftungsklappe war kein einziger Vogel zu hören. Aber dafür war auch keinerlei Autolärm zu hören.

Ich sah aus dem Fenster. Der Boulevard war fast leer.

Mit der flachen Hand fuhr ich mir übers Gesicht. Ich würde mich rasieren müssen. Warum interessierten sie die Huren so? Schon damals, in Paris, der Spaziergang in der Rue Saint-Denis. ›Wieso sind sie so häßlich?‹, und hier zog es sie schon zum dritten Mal zur Großen Okruschnaja!

›In Kiew ist es zwölf Uhr mittags!‹ verkündete irgendein Radiosender, als wir auf den Odessaer Platz fuhren.

Swetlana saß neben mir, die Knie unbeholfen gespreizt und beide Hände um den Bauch gelegt.

»Sieh mal, heute ist hier keine einzige!« sagte sie verwundert, als wir an einem der ›Marktplätze‹ zwischen Bushaltestelle und Verkaufskiosken vorbeifuhren.

»Sie sind müde, sie schlafen«, antwortete ich. »Aber sag doch, warum interessieren die dich so?«

Swetlana mochte diese Fragen nicht. Sooft ich sie auch ausfragte, zuckte sie immer nur mit den zarten Schultern.

»Ich habe das Gefühl, sie wissen etwas«, sagte sie jetzt unerwartet.

»Über die Männer?«

»Über das Leben. Über Schwierigkeiten ... Über Gefahr ...«

Da konnte man kaum widersprechen. Ich nickte.

»Ist eben doch ein uralter Beruf«, fügte sie hinzu.

»Ja, aber es gibt keinerlei Aufstiegsmöglichkeiten!«

Sie hatte die Ironie in meinen Worten gehört und sah mich an.

»Dieser Jeansanzug steht dir nicht so gut«, sagte ich, ohne den Blick von der Straße zu nehmen.

Es funktionierte. Sie würde mich nicht wegen meiner ›unangebrachten Ironie‹ kritisieren. Swetlana schaute auf ihren neuen Schwangerenanzug und biß sich auf die Unterlippe. Ihre Gedanken waren jetzt einfach und nachvollziehbar. ›Das ist zeitweilige Spezialkleidung. Nach der Geburt gibt es wieder normales Leben und normale Kleider.‹

»Halt mal an!«

Ich trat auf die Bremse, sah auf den Bordstein und begegnete dem Blick einer mageren jungen Frau in Karottenjeans und T-Shirt mit dem Aufdruck ›FUCK YOU!‹. Sie hatte eine scharfe kleine Nase und einen ebenso scharfen, herausfordernden Blick, hochmütige, fein gezeichnete Lippen und irgendein billiges Kettchen mit Stein um den Hals.

Swetlana sah auch zu ihr hin. Dann wendete sie sich zu mir: »Frag sie bitte nach ihrer Telefonnummer und wie sie heißt!«

Beim Aussteigen seufzte ich tief. Ich ging zu der jungen Frau. Sie lächelte zynisch und fragte: »Willst du vielleicht zu dritt?«

Ich schüttelte den Kopf.

»›*Druschba,* Freundschaft‹«, versuchte ich zu scherzen und begriff immer noch nicht den Sinn von Swetlanas Wünschen. Engagierte ich etwa tatsächlich eine Hure für meine Frau? »Meine Frau bittet um Ihre Telefonnummer und Ihren Namen!«

Das Mädchen richtete den Blick zum Auto hinüber, betrachtete Swetlana mit nachdenklich geöffnetem Mund.

»Was ist mit ihr? Ist sie...« Offenbar hatte das Mädchen wenig Phantasie, und sie fand einfach keine Worte für das Ende ihrer Frage.

»Sie ist lieb und wunderbar«, sagte ich.

»Na gut.« Das Mädchen zuckte die Achseln.

Ich hielt ihr auf der flachen Hand einen Kugelschreiber hin und merkte, daß ich kein Papier mitgenommen hatte. In dem kleinen Täschchen, das ihr über der Schulter hing, hatte sie wohl kaum einen Notizblock.

Das Mädchen nahm den Kugelschreiber und schrieb direkt auf meine Handfläche: ›Schanna 444-0943‹.

Angenehmes Parfüm. Sie hob den Kopf, warf einen amüsierten Blick auf Swetlana, die uns aus dem Auto beobachtete, dann küßte sie mich plötzlich auf den Mund, beugte sich zurück und berührte mit den Fingern meine Wange.

Ich merkte, daß ich vergessen hatte, mich zu rasieren. Irgendwas hielt mich bei ihr. Der anziehende Duft ihres Parfüms oder noch etwas anderes. Die momentane Unlust, zum Auto zurückzukehren, erschreckte mich. Und ich riß mich los, immer noch mit dem Blick an ihrem Gesicht hängend, den feinen beweglichen Lippen, die mich wieder anlächelten. Aber da fiel mein Blick auf ihre kleine Brust, genauer, auf den T-Shirt-Aufdruck ›FUCK YOU!‹. Und die momentane Unlust, zurückzukehren, verging. Aber die Erinnerung an diesen seltsamen Moment blieb.

Im Auto zeigte ich Swetlana die Handfläche mit der Telefonnummer.

»Lenk vorsichtig, damit es nicht verwischt!« sagte sie, während sie eindringlich meine Lippen musterte. »Und wieso hat sie dich geküßt?«

81

Kiew. November 2015.

»Das war nicht meine Idee!« rechtfertigte sich Kolja Lwowitsch. »Sie hat keinerlei legales Recht, sich hier, in diesem Gebäude, aufzuhalten. Wenn sie Ihre Frau wäre – bitte schön!«

»Ausgerechnet du sagst mir das?« Ich wurde wütend, und der Whisky in meinem breiten Tumbler klirrte mit den Eiswürfeln ans Glas. »Du hast sie mir noch im Krankenhaus angeschleppt, du selbst hast sie und ihr Herz gefunden, und jetzt, wie sich herausstellt, schließt man sie im Zimmer ein und läßt sie erst morgens raus? Was ist das, Sklaverei? Willst du, daß irgendwann die Journalistenmeute erfährt, daß jenseits der Wand des Präsidentenschlafzimmers eine Geisel hinter Schloß und Riegel schmachtet?«

In den Augen meines Stabschefs erschien irgendein besonderer Funke. Nein, leider nicht Furcht, sondern ein Gedanke. Es sah so aus, als hätte ich ihn da auf eine Idee gebracht! Hol's der Teufel! Er war rachsüchtig, wie alle in unserer Politik. Jetzt schwieg er, und irgendwann würde er mir ein Messer in den Rücken stoßen. Ich mußte mich gelegentlich mehr zurückhalten.

»Gut«, sagte ich und stoppte das Whiskywallen in meinem Glas. »Verabrede mit ihr, daß sie nachts nicht ohne Not das Zimmer verläßt. Aber rede menschlich mit ihr, ohne Grobheiten.«

»Ich, im Gegensatz zu…« – hier seufzte er, und ich erkannte, wen er meinte –, »bin überhaupt niemals grob.«

Heute war Sonntag. Hinter meinem Badfenster rieselte der Schnee. Hinter dem Schnee schimmerte die Andreaskirche. Ein wunderbares Objekt für beruhigende Meditation.

Kolja Lwowitsch war gegangen. Ich hatte meinem Assistenten befohlen, nur im Notfall hereinzukommen. Jetzt stellte ich den Whisky auf die breite Fensterbank, ließ einen Strahl kaltes Wasser in die Wanne laufen und beobachtete zu dem lebhaften Rauschen den Schnee und die Kirchenkuppeln.

Gütiger Gott! Wenn es dich gibt, dann muß dir so ein Anblick doch gefallen! Soll ich Maja diese Aussicht zeigen?!

Ich seufzte. Gern hätte ich ihr das gezeigt, aber nicht aus dem Präsidentenbad, in dem die herrlichen spanischen Armaturen blitzten, in dem es vom Bidet zum Klo nicht weniger als zwei Meter waren, und zur Badewanne noch mehr. Kacheln von solcher Sauberkeit und Reinheit, daß man sich wie ein Chirurg fühlte, der das draußen vorm Fenster liegende tote Land präparierte.

Der warme, doppelte Samt des Bademantels wärmte zärtlich. Tiefblau stand mir, ob Bademantel oder anderes.

Die Wanne war vollgelaufen, das Eis im Whisky geschmolzen. Aber diesmal war mir nicht nach noch mehr Kälte. Wie hatte sie gesagt? ›*A la nature*‹? Ja, diesmal nahm ich mein kaltes Bad auch *à la nature,* gab weder Eis dazu noch heißes Wasser.

Die flüssige Kälte brannte an den Beinen. Ich sank langsam ein in diese Kälte, tauchte ab bis zum Hals, dann tauchte ich für einen Moment auch mit dem Kopf unter. Die Füße reichten nicht bis ans andere Ende der Wanne. Hier konnte man auch zu zweit drinliegen, einander gegenüber. Bloß, mit wem?

Auf einmal wurde mir das Gefühl klar, das schon irgendwo am Rand meines Bewußtseins lauerte. Das Gefühl meiner rein physischen Halbheit und Unvollständigkeit. Ich hatte ein riesiges Doppelbett, in dem ich allein schlief. Genauso hatte ich eine Zweierbadewanne. Ich hatte hier so viel Raum um mich, der meine Einsamkeit unterstrich, daß ich anfing, diesen Raum als Mittel psychischer Beeinflussung zu betrachten. Und nahm man noch Maja Wladimirowna dazu, die halb inkognito hinter meiner Wand lebte, dann ergab das irgendein grausames orientalisches Märchen.

Was wollte ich denn? Was wollte ich in der Kälte dieser Badewanne? In der Kälte, die meine Gedanken schwerfälliger machte, den Blutfluß in Venen und Arterien verlangsamte und meine Wünsche ebenso verlangsamte und einfror?

Wünsche... Ich versank in Nachdenken. Meine Wünsche waren schrecklich banal. Aber ich konnte sie mir nicht erfüllen. Man erlaubte es mir nicht. Der Präsident konnte nicht in eine Stripteasebar gehen, um ein wenig in der warmen, gemütlichen Atmosphäre zu sitzen und den verführerischen menschlichen Faktor zu betrachten. Der Präsident konnte nicht mal das tun, was mir früher einmal besonderes Vergnügen bereitet hatte: einer geliebten schönen Frau Tickets nach Brüssel oder Paris kaufen, einen Tag vor ihr losfliegen und sie am Flughafen abholen, sie von dort entführen, damit das fremde Land ringsum zur Musik meiner geheimen Leidenschaft tanzte. Paris und Brüssel würden für immer meine Geheimnisse bewahren. Nur hier hatte ich gar keine Geheimnisse. Genauer, ein Geheimnis wohnte hinter der Schlafzimmerwand, aber wie viele Dutzend Menschen von diesem Geheimnis wußten, daran wollte ich lieber nicht denken.

Ja, für Prinz Charles war es schwer, sich mit Camilla Parker-Bowles zu treffen, als Diana noch lebte. Aber ich hatte nicht mal eine Diana. Jedenfalls schon lange nicht mehr. Und ich konnte nichts unternehmen. Ich konnte nicht in ein normales Café, ins Restaurant, in eine Bäckerei gehen, zum Teufel! Café, Restaurant und Bäckerei kamen zu mir, aber ich kriegte sie ja nicht zu Gesicht. Ich sah überhaupt fast keine Menschen. Nur meine Dummköpfe, von Kolja Lwowitsch überprüft und ins geschlossene Präsidentenumfeld eingelassen! Es war zum Lachen und zum Weinen gleichzeitig.

Ich trank den Whisky aus und floh aus meiner Wanne. Warf den Bademantel über den nassen Körper und trat wieder ans Fenster. Unter der Fensterbank hing ein mächtiger Heizkörper. Die Wärme drang durch den doppelten tiefblauen Samt und unter die Haut.

Der Schnee schwebte in dicken Flocken herab. Bald wurde es dunkel.

»He!« rief ich meinen Assistenten.

Hinter mir hörte ich seine eiligen Schritte.

»Sag Maja Wladimirowna, sie soll in einer halben Stunde zum Abendessen kommen! Verstanden?«

»Jawohl!« antwortete mein Assistent. »Aber was möchten Sie essen?«

»Egal. Hauptsache, es ist gut!«

82

Kiew. Mai 1985.

Also, das war interessant! Wie sich herausstellte, war es gar nicht so einfach, die Familienbande zu lösen, damit sie einen auswandern ließen! Das Meldeamt hatte David Isaakowitschs vom Notar – einem Klassenkameraden und alten Bekannten von Miras Mama – unterschriebene und beglaubigte Erklärung einen Monat lang hin- und hergedreht. Und dann erwies sich, daß diese Erklärung nicht reichte. Ein Mann konnte sich eben nicht so einfach von Frau und

Tochter lossagen, besonders, wenn er in gesetzlicher Ehe mit seiner Gattin stand.

»Sie müssen sich scheiden lassen!« erklärte man Miras Mama, Larissa Wadimowna, beim Meldeamt.

»Ich lebe doch schon zehn Jahre nicht mehr mit ihm zusammen!« versuchte Larissa Wadimowna irgendwas zu beweisen.

»Aber auf dem Papier ist er Ihr Ehemann.«

Mama und Mira hatten mich zum Abendessen eingeladen, um mir das alles zu erzählen.

Ich aß Hühnchen mit Knoblauchsoße und hörte ihnen zu. Das Hühnchen mochte ich, aber ihre Geschichte nicht besonders, sie sahen jetzt selbst aus wie zwei Hühner: ein junges und ein altes.

»Ich weiß einfach nicht, was jetzt werden soll.« Miras Mama seufzte so tief, daß ihr Busen sich fast bis ans Kinn hob.

Sie saß komisch, ein wenig ungeschickt am Tisch. Und dieses rosa Wolljäckchen stand ihr eindeutig nicht.

»Nein, iß nur, iß!« entgegnete sie auf meinen Blick zur Schüssel mit dem Hühnchen und den Bratkartoffeln. »Diese ungarischen Brathähnchen sind so saftig! Womit sie die wohl bloß füttern?!«

Aber nach dem Hähnchenthema drängte im Gespräch wieder David Isaakowitsch an die Oberfläche. Wieder schnalzte Miras Mama bedauernd mit den dicken Lippen.

»Er ist so schwierig, so unmöglich, dieser David! Und beim Standesamt habe ich keine Bekannten. Vielleicht kennt Sofia Abramowna wen?« Ihr Blick wanderte zur Tochter, aber Mira zuckte nur die Achseln.

»Ach, wenn er bereit wäre, zum Standesamt zu kommen, dann wäre alles erledigt! Wir sitzen doch hier schon auf fremdem Eigentum!«

An dieser Stelle verstand ich etwas nicht. Ich starrte auf Miras Mama wie ein Schüler, der auf die Auflösung wartete. Und die Auflösung lautete:

»Wir haben doch schon alles verkauft! Diesen Tisch, und die Stühle, und die Betten! Die Leute haben bezahlt, und jetzt warten sie, daß sie alles abholen können! Und was sagen wir ihnen? Entschuldigen Sie, mein Mann will sich nicht scheiden lassen?!«

Als wir schon bei Tee und Torte saßen, wurde mir klar, daß mich eine unangenehme Mission erwartete: David Isaakowitsch zu überreden, mit seiner Frau zum Standesamt zu gehen und sich scheiden zu lassen. Aber der Krimsekt zu dem herrlichen Knoblauchhühnchen hatte mich nachgiebig und weich gemacht.

83

Kiew. August 2004.

Vor dem Fenster meines Arbeitszimmers brannte gnadenlos die Sonne. Gestern noch hatte ich hin und her überlegt: Was sollte ich mit dem Urlaub machen, und heute hatte der Chef dieses Problem von der Tagesordnung genommen. Der Urlaub war verschoben, und das war nur gut so. Ohnehin war die Arbeit im Sommer dreimal weniger intensiv als im Winter. Die Sitzungen des Ministerkabinetts fanden für die Fernsehkameras statt. Ernsthafte Fragen wurden auf September oder Oktober vertagt, und an ihre Stelle trat die Erörterung ›allgemeiner‹ Politik. Was war ›allgemeine‹ Politik? Das waren zum Beispiel weitere Siedlungsbegrünungen, Aufrufe und Garantien, die ausstehenden Gehälter auszuzahlen, Versprechen und sogar Beschlüsse zur Verbesserung des Investitionsklimas und Minderung des Steuerdrucks auf das kleine und mittlere Business. Das große Business hatte keine aktuellen Probleme. Das große Business war immer mit dem Fiskus befreundet. Und jetzt auf einmal eine außerordentliche Sitzung des Ministerkabinetts. Die Präsidentenwahlen rückten näher, und der Garant der Verfassung verlangte, Positives zu ›akkumulieren‹. Gegen das Negative anzukämpfen war schwieriger, als Positives zu akkumulieren. Na, dann akkumulieren wir eben. Meine Assistenten hatten schon den Text der Rede geschrieben, die ich anstelle des Chefs halten würde. Der Chef war ein kluger Mann. Er kurierte sich in diesen Tagen ein wenig im Krankenhaus und hielt von dort aus den Finger am Puls des Geschehens. Aber die Kabinettssitzung war morgen, und heute konnte ich die Rede in Ruhe lesen und, wenn Fragen auftauchten, die Urheber des Textes zur Endredaktion bestellen.

»Sergej Pawlowitsch, da ist jemand für Sie«, sagte Nilotschka fast flüsternd durch die geöffnete Tür. Und machte vielsagende Augen.

›Wer soll das sein?‹ überlegte ich und neigte mich zur Seite, um einen Blick auf den Besucher zu werfen, ehe er mein Zimmer betrat.

Klein. Mager. Der schwarze Anzug wirkte schlicht, saß aber ausgezeichnet. Oder war es die sportliche Figur des

Besuchers? Schmale Augen, das ganze Gesicht nicht groß. Ich war ratlos, der Besucher sah nicht mal aus wie ein Abgeordneter. Und die Abgeordneten hingen so an ihren Abzeichen, daß man sie auf einen Werst schon sah.

»Herein!« forderte ich den Besucher in herrschaftlichem Ton auf. Ich hatte den Eindruck, er zögerte.

Der Besucher setzte sich mir gegenüber und sah mich aufmerksam an, als hätte er mich schon etwas gefragt und wartete jetzt auf Antwort.

»Und in welcher Sache kommen Sie?« fragte ich ihn schließlich.

Er erhob sich vom Stuhl und streckte mir die Hand entgegen. Am Gesicht sah man ihm an, daß er sich in Verlegenheit befand. Ich mußte lächeln über seine Steifheit.

»Major Swetlow«, stellte er sich vor. »Abteilung Innere Sicherheit.«

»Bunin«, sagte ich, und in meine Gedanken schlichen sich die ersten Zweifel ein. »Waren *Sie* vielleicht hier in meiner Abwesenheit?«

»Richtig«, lächelte er. »Wir waren hier. Das ist unsere Arbeit.«

Über dem Schreibtisch hing eine Pause. Jetzt verstand ich, wovor Nilotschka mit ihren grünen Augen mich warnen wollte, als sie den Besuch ankündigte.

»Machen Sie sich keine Sorgen.« Major Swetlow legte die rechte Hand auf den Tisch und trommelte mit den Fingern auf das Holz. »Ich hätte da ein paar kleine Fragen an Sie, das ist alles!«

»Nur zu«, seufzte ich. Und im Herzen packte mich Furcht. Im Herzen war Winter und Schnee, und ich rannte nackt und barfuß über den Schnee und sah im Laufen zurück. Weil dort, hinter mir, die Wölfe heulten.

»Sie verstehen, Sergej Pawlowitsch, daß ein Staatsdiener mit so einer rasanten Karriere wie Ihrer besondere Aufmerksamkeit verlangt.«

»Von seiten Ihrer Abteilung?«

»Ja, und das ist völlig normal. Wir müssen ja sicher sein, daß die Leute, die man an die höchste Macht läßt, sich ihrer Verantwortung für alles bewußt sind, ihre Nächsten und Freunde eingeschlossen, und keinen Augenblick die Loyalität gegenüber den Staatsinteressen vernachlässigen.«

Ich nickte, und im Kopf galoppierten die Gedanken und Vermutungen und versuchten den Grund dieses Besuchs und der vorangegangenen Durchsuchung herauszufinden. Im Gedächtnis meldeten sich die Umschläge, die ich so spät aus dem Tisch entfernt hatte. Im Grunde war das mein einziger, aber auch der schwerwiegendste Verstoß gegen die Regeln. Regeln, nach denen, so kam es mir vor, kein Mensch lebte und arbeitete.

»Wissen Sie, ich habe nie irgend jemandes Interessen vertreten.« Ich versuchte, meine Stimme möglichst überzeugend und sicher klingen zu lassen. »Es gibt Dinge, die kann ich schwer erklären... Aber ich garantiere Ihnen, daß ich in Zukunft viel verantwortungsvoller handeln werde...«

»Hören Sie auf.« Major Swetlow winkte ab. »Ich beschuldige Sie ja gar nicht. Ich habe nur ein paar Fragen. Und auch das eher persönlich, um Sie besser zu verstehen. Sie erwarten ein Kind?«

»Zwillinge.«

»Sie haben eine bezaubernde Frau. Aber Ihre Fahrten mit

ihr zur Großen Okruschnaja...« Er breitete ratlos die Arme aus. »Ich verstehe das nicht.«

»Aber ich fahre ja nicht im Dienstwagen hin.«

»Gott sei Dank!« lächelte er. »Nur, wozu machen Sie das?«

»Wissen Sie« – ich ging zum Flüstern über und warf ganz automatisch einen Blick zur Tür, um zu sehen, ob sie zu war –, »meine Frau hat aus irgendeinem Grund angefangen, sich für die Huren zu interessieren. Ich verstehe es selbst nicht. Aber mit Schwangeren streitet man nicht. Es heißt, Frauen werden wunderlich in der Schwangerschaft.«

»Ihre Frau? Hm ...« Der Major zuckte die Achseln. »Bitte, versuchen Sie, ihr solche Fahrten auszureden. Übrigens, auch den Privatwagen sollten Sie jetzt mal wechseln. Sie haben doch keine finanziellen Probleme.«

»Nein«, stimmte ich zu und erkannte im gleichen Moment, daß er auf diese Art auf ebenjene Umschläge angespielt hatte.

»Gut.« Major Swetlow erhob sich und streckte mir wieder die Hand hin. »Lassen Sie uns Freunde sein. Wenn Sie Fragen haben, rufen Sie bitte an.« Er legte seine Visitenkarte auf den Tisch.

»Vielleicht einen Kaffee?« schlug ich verspätet vor.

»Beim nächsten Mal«, sagte er.

Dieses Gespräch ging mir bis sieben Uhr abends nicht aus dem Kopf. Im Wagen, während der Fahrer mich von Petschersk nach Petschersk fuhr, drehte und wendete ich in Gedanken alles, was Major Swetlow gesagt hatte. Es blieb immer dieselbe Empfindung – das Gefühl der Unvollständigkeit. Das war kein Gespräch, das war erst die Eröffnung.

Das Gespräch würde fortgesetzt werden, daran gab es keinen Zweifel.

Kaum hatte ich daheim die Wohnung betreten, klingelte das Telefon. Es war still in der Wohnung, es gab noch wenige Möbel, und daher bekam das Telefonklingeln ein Echo und flog wie ein Tischtennisball von einem Zimmer ins andere.

»Kann ich Swetotschka sprechen?« fragte eine muntere Frauenstimme.

»Einen Moment.« Ich lauschte ins Leben der Wohnung hinein. Es war still. Zu still.

»Sweta!« rief ich.

Keine Antwort.

»Sie ist nicht da.«

»Bitte sagen Sie ihr, daß sie Schanna anrufen soll.«

Ich trat ans Fenster. Der Lesja-Ukrainka-Boulevard war verstopft von Autos. Das gute Isolierglas bewahrte mich vor dem Soundtrack dieses sinnlosen, lärmenden städtischen Lebens. Mir war nach Stille, und hier war sie. In der dreizehnten Etage, mitten in der Stadt, im Zarendorf.

84

Kiew. Dezember 2015.

»Er ist verrückt geworden!« platzte ich heraus.

Der mir gegenübersitzende General Filin nickte zustimmend.

»Wie kann man Häftlinge mit wertvollen Preisen bedenken? Was machen sie dann mit diesen Preisen? Oder sind wir dann verpflichtet, sie bis zum Haftende aufzubewahren? Und überhaupt, der Hauptpreis! Man wird uns einfach auslachen!«

»Der Hauptpreis wird sofort gestrichen«, sagte ich. »Man kann eine Amnestie nicht an die Beherrschung der ukrainischen Sprache koppeln! Na gut, vielleicht Diplome?«

»Aber er will ja nicht bloß Diplome! Es gibt zwei Seiten Beschreibung der Preise und wertvollen Geschenke. Außerdem kann man einige Vorschläge nur als Einmischung in die Strafvollzugsordnung sehen. Was allein der Vorschlag kostet, die Kursteilnehmer in ukrainischsprachige Zellen zu verlegen!«

»Das geht ja noch.« Ich winkte ab. »Weißt du, gehe seine Vorschläge noch mal durch. Streich durch, was überhaupt nicht geht, und laß das, worüber man reden kann. Danach treffen wir uns zu dritt und entscheiden alles.«

General Filin wiegte den Kopf, und an seinem Gesichtsausdruck war nicht genau zu erkennen, was er dachte. Aber er mußte jetzt auch gehen. Ich hatte noch jede Menge vor. Und das Wichtigste – der verspätete Bericht von Swetlow über das ›Vatikanwunder‹ in der Ukraine.

Ich warf einen Blick auf die Uhr. Swetlow mußte schon auf dem Weg hierher sein. Und während er noch unterwegs war, mußte ich diesen Beruhigungstee trinken, den der Doktor mir bei der letzten Untersuchung verordnet hatte. Wie mein Herz schlug, hatte ihm nicht gefallen. »Sie arbeiten zuviel. Ihr Herz klopft zu schnell.« Erstens war das nicht *mein* Herz. Und zweitens arbeitete ich *so* viel auch wieder nicht! Für das Land machte ich vieles durch, das stimmte. Aber ich arbeitete so viel, wie ich konnte und wie Kolja Lwowitsch für mich vorsah. Und mir schien, daß er mich schonte; allzusehr schonte, und viele meiner Treffen und Funktionen selbst übernahm.

Swetlow betrat mein Arbeitszimmer Punkt vier. Die Augen unruhig, die mageren Wangen so stark rasiert, daß es aussah, als hätte er schon ein paar Tage nichts gegessen. Kurz, sie waren rasiert bis zu einem eigenartigen bläulichen Ton. In den Händen hielt er eine Ledermappe.

»Die Sache ist ernst«, sagte er und starrte konzentriert in mein Glas mit dem heißen Teesud.

»Einen kleinen Kognak?«

Er nickte.

Und auch ich hatte nach dem bitteren Sud Lust auf einen erfreulicheren Geschmack.

»Ich habe dieses Wunder gefunden.« Swetlow zog einen Bogen Papier aus der Mappe, faltete ihn auseinander, und man sah, daß es eine Karte war. »Hier.« Er bohrte den rechten Zeigefinger in den um einen kaum sichtbaren Punkt gezogenen roten Kreis. »Die Westukraine, Gebiet Ternopol, Bezirk Terebowljansk. In einer Sommernacht stiegen Engel vom Himmel herab und beleuchteten mit himmlischem Schein den lang nicht mehr bearbeiteten Acker der alten Oryssja Stepanidowna Lukiw, die nach dem Krieg Kinder und Mann im Kampf gegen den sowjetischen Geheimdienst verlor. Ihr selbst wurden vor längerem beide Hände abgenommen, versorgt wird sie von ihrer jüngeren Schwester, die nebenan wohnt. Also, diese Engel haben ihren Acker umgegraben und eine unbekannte Kartoffelsorte gepflanzt.

Die Kartoffeln übertreffen an Umfang und Gewicht alle lokalen Sorten. So sieht das Wunder aus. Ich habe eine im Auto.«

»Was haben Sie im Auto?«

»Eine Kartoffel. Wollen Sie sie sehen?«

»Ein Kartoffelwunder?!« seufzte ich. »Na gut, dann zeig mal.«

Er rief per Handy seinen Fahrer. Ein paar Minuten später hielt ich schon eine Kartoffel von Fußballgröße in der Hand.

»Ich habe zwei weitere Kartoffeln schon zur Analyse gegeben. Sie verkauft sie jetzt für fünfzig Griwni das Stück!... Übrigens ist sie schon zur römisch-katholischen Kirche übergetreten, und die Nachbarn gleich hinterher. Der Vatikan hat polnische Arbeiter geschickt, die jetzt das Fundament einer künftigen Kirche errichten...«

»Grab weiter in dieser Kartoffelsache! Solche Wunder gibt es nicht!«

»Ich komme ihr auf den Grund!« versprach Swetlow, und seine kleinen Augen blitzten. »Übrigens wollte ich Ihnen mitteilen, daß Kasimir erkrankt ist.«

»Woran?«

»Sie können keine Diagnose stellen, aber die Symptome sind ernst. Er kann nicht länger als zwei Stunden die Augen aufhalten. Sie schwellen an, und das begleitet von starken Kopfschmerzen.«

Ich nickte nachdenklich und knipste die Schreibtischlampe an. Ihr Licht fiel in einem gleichmäßigen Kegel auf den Tisch. Es zitterte nicht, es flackerte nicht.

»Glaubst du, er wird wieder gesund?« fragte ich.

»Schwer zu sagen, ich bin ja kein Arzt. Er will in die Schweiz fliegen, in eine teure Klinik.«

»Mir hat die Schweiz nicht geholfen«, seufzte ich traurig und dachte an Leukerbad und Zürich vor elf Jahren. »Vielleicht hilft sie auch ihm nicht«, sagte General Swetlow genauso traurig.

Swetlow erhob sich vom Sessel und streckte die Hand nach dem Kartoffelfußball aus, der auf der geöffneten Karte lag.

»Laß sie hier«, bat ich ihn. »Die Kartoffel laß hier, die Karte nimm mit!«

Er stellte keine überflüssigen Fragen, wendete sorgfältig die Karte, damit keine von der Kartoffel gekrümelte Erde auf den Tisch fiel.

Als er gegangen war, gab ich die Kartoffel meinem Assistenten und ordnete an, sie zur Desjatinnaja zu bringen, damit mein Koch heute für Maja und mich diese katholische Kartoffel briet. Wir würden schon sehen, was mit denen passierte, die von dem ›Wunder‹ aßen!

85

Kiew. 9. Mai 1985.

Nach dem nächtlichen Gewitter strahlte die helle Sonne am Himmel. Der Anruf von Vater Wassili kam wie gerufen, er lud mich zu David Isaakowitsch ein.

›Na, Gott sei Dank‹, dachte ich. ›Gerade am letzten Maifeiertag. Bei einem Gläschen kann ich endlich einlösen, was ich Miras Mama versprochen habe.‹

Die Standseilbahn kletterte den Wladimirhügel hoch. Vater Wassili trug Zivil, nur sein dicker, breiter Bart und die ziemlich langen Haare deuteten an, daß er zur Geistlichkeit gehörte. Ich war heute auch leicht bekleidet unterwegs, sogar die Windjacke hatte ich zu Hause gelassen. Das Volk ringsum war schon lustig, angeheitert. Dabei war erst Mittag.

Die Fußgängerbrücke bebte unter den Füßen, jetzt war die Brücke voller Menschen. Alle wanderten zur Insel, mit Beuteln, in denen die Flaschen klirrten und Päckchen mit Speck und Würsten raschelten. Die wieder aufgetaute Insel zog die Picknickfreunde an, und Vater Wassili und ich unterschieden uns in nichts von ihnen.

Es war ungewohnt, am Dnjepr-Ufer, neben jener Stelle, an der ich fast umgekommen wäre, an der ich später zusammen mit dem Alten und Vater Wassili und auch mit den anderen, selteneren Gästen eisschwimmen war, gleich mehrere fröhliche Gesellschaften zu sehen. Ein anscheinend schon gut von innen aufgewärmter Dicker stand bis zum Gürtel im Wasser und klatschte sich mit den nassen Handflächen auf den Bauch.

Ich schaute mich nach Vater Wassili um, und er verstand meinen Blick.

»Man muß die Menschen lieben«, sagte er leise in seinem Baß. »Auch wenn sie Schufte sind. Aber lieben muß man sie, sonst werden sie noch schlechter.«

David Isaakowitsch war bester Laune. In der Ecke seiner Erdhütte stand eine Batterie leerer Bier- und Wodkaflaschen.

»Über die Maifeiertage«, rühmte er sich. »Hier steht bestimmt für zwölf Rubel Leergut! Man muß es nur ans andere Ufer rüberbringen!«

Wir berieten, wo wir uns zum Feiern niederlassen sollten, in der Erdhütte oder am Ufer? Wir beschlossen: zwischen der Erdhütte und dem Ufer, genauer gesagt, vor der Erdhütte.

Wir breiteten eine alte Decke aus und zogen das mitgebrachte Essen und eine Flasche Wodka aus den zwei Beuteln. Der Alte verteilte geschäftig einzelne Teller und Gläser. Wir schnitten Graubrot und Wurst in dicke Scheiben.

Irgendwo in der Nähe dudelte ein Kassettenrekorder.

Vater Wassili hielt auf einmal eine Einliterfeldflasche im dicken Futteral in der Hand. Er schraubte den Deckel ab und goß etwas verdächtig Braunes in die Gläser.

Auf dem Gesicht des Alten erschien eine große Frage.

»Was soll das denn?« fragte er.

»Alles, wie es sich gehört«, beruhigte Vater Wassili. Dann zog er drei kleine Neusilberbecher aus der Tasche und stellte sie neben die gefüllten Gläser.

»Wir trinken schließlich, um uns zu unterhalten, und nicht, um uns zu betrinken!« Jetzt hatte er eine Flasche Wodka in der Hand. »Portwein aus Gläsern, gut, doch der Wodka verlangt allmählicheres Vorgehen!«

»Aber was hast du denn da eingeschenkt?« fragte der Alte und nickte zu seinem Glas hin.

»Was, was! Ein uraltes Volksgetränk. Kwaß! Für zwischendurch!«

Das Wort ›Kwaß‹ wirkte besänftigend auf den Alten. Auf mich ebenfalls. Ich nahm sofort mein Glas und trank einen großen Schluck. Den ganzen Winter hatten sie ja keinen

Kwaß verkauft, und nicht mal jetzt hatte ich auf der Straße irgendwo die üblichen Kwaßfässer gesehen.

»Also dann.« David Isaakowitsch übernahm das Kommando. »Auf den Sieg!«

Wir stießen an, tranken und aßen.

»Der Sieg, Freunde, ist eine große Sache«, sagte Vater Wassili leicht undeutlich, an seiner Wurst kauend.

»Allerdings!« stimmte der Alte ihm zu. »Wieviel Blut ist dafür geflossen!«

Vater Wassili winkte ab. »Ich rede nicht von diesem Sieg. Ich meine den Sieg, der im Herzen entsteht und bleibt, wenn der Mensch im Einklang mit Gott lebt.«

»Kannst du nicht mal heute Gott in Ruhe lassen!« David Isaakowitsch wiegte verdrießlich den Kopf. »Wir sind doch am Feiern, nicht am Beten!«

»Wo ist da der Unterschied? Auch das Gebet ist ein Fest. Na gut...« Jetzt schüttelte auch Vater Wassili den Kopf, und wenn er den Kopf schüttelte, flog seine wilde Mähne, und sein Bart schwenkte von einer Seite zur anderen. Ich mußte an die Aufschrift auf den neuen, langen Autobussen denken, die in letzter Zeit in Kiew aufgetaucht waren. In der Mitte hatten sie so eine Art Ziehharmonika; wenn sie auf der Kreuzung abbogen, knickte der Bus ab und richtete sich dann wieder gerade. Und dort stand drauf: ›Vorsicht, schwenkt 2 Meter aus!‹

»Na ja«, wiederholte Vater Wassili. »Auch wenn du nicht recht hast, David. Gott liebt dich nämlich trotzdem! Wie oft ist die Miliz zu dir hierhergekommen? Wie oft haben sie angekündigt, deine Erdhütte platt zu walzen? Und nichts ist passiert. Warum? Weil Gott mit dir ist!«

»Gut«, sagte der Alte müde. »Gott ist mit mir! Stimmt auch wieder!«

Jetzt füllte der Alte die Becher, und Vater Wassili goß wieder Kwaß in die Gläser.

»David Isaakowitsch«, sagte ich endlich. »Ich habe eine Bitte an Sie, von Mira und Ihrer Frau.«

»Was wollen die denn noch?« fragte der Alte verwundert.

»Man läßt sie immer noch nicht gehen...«

»Und was habe ich damit zu tun? Ich habe die Erklärung geschrieben, daß ich sie hier nicht halte.«

»Die Sache ist die, daß Sie nicht offiziell geschieden sind, und das Amt läßt Nichtgeschiedene nicht ausreisen.«

»Gott ist gegen Scheidung«, ließ sich jetzt auch noch Vater Wassili vernehmen.

Die Unterhaltung war schon wieder dabei, auf die göttliche Ebene abzudriften, und ich beeilte mich, sie in der Realität zu halten.

»Sie könnten sich doch wirklich scheiden lassen. Man muß dafür nur zum Standesamt gehen.«

»Dorthin?« fragte David Isaakowitsch empört und wies auf das andere Dnjepr-Ufer.

»Was ist denn dort Schlimmes?« fragte ich verwundert.

»Dort war ich schon seit fünf Jahren nicht mehr!«

»Aber die Flaschen wollten Sie doch auch zurückbringen!«

»Ich wollte eigentlich dich bitten, die Flaschen abzugeben«, gestand er.

»Aber verstehen Sie doch, Mira und Ihre Frau haben schon alle Möbel verkauft und sitzen auf den Koffern. Es ist hart für sie.«

»Heute ist der neunte Mai!« erinnerte mich der Alte. »Heute werden wir keine so nutzlosen Gespräche führen! Punktum! Trinken wir auf den Sieg! Auf den über Deutschland, und überhaupt auf alle Siege.« Er wandte sich an Vater Wassili. »Auf daß alle Sieger glücklich sind!«

Wir saßen da, die Sonne kam durch die Zweige der Bäume und strich mir mit ihren Strahlen übers Gesicht. Die Unterhaltung hatte den Tag des Sieges schon längst verlassen, Vater Wassili und David Isaakowitsch stritten schon seit fünf Minuten darüber, wer in der Wohnung über dem Eingang zur Passage wohnte. David Isaakowitsch sagte, dort wohne irgendein bekannter Schneider. Vater Wassili war überzeugt, daß dort bis heute die Geliebte von Kornejtschuk wohnte.

»Der, der die Märchen geschrieben hat?« fragte ich.

»Nein, die Märchen hat Kornej Tschukowski geschrieben, Kornejtschuk, der hat Theaterstücke verfaßt.«

Mein Interesse an diesem Kornejtschuk erlahmte auf der Stelle. Theater ließ mich kalt.

Die Wodkaflasche war leer. Erstaunlich, wie lange wir an ihr hatten. Schon fünf Stunden. Da sah man, was das hieß: ›in kleinen Dosen‹.

Ich fing wieder von der Scheidung an, und diesmal protestierte der Alte schon nicht mehr sonderlich. Er hörte zu und nickte. Dann seufzte er plötzlich schwer und sagte: »Na, wenn ich sowieso die Flaschen zurückbringen muß...«

Vor Freude versprach ich, daß ich ihm die Flaschen ans andere Ufer tragen und abgeben würde.

David Isaakowitschs Miene drückte Dankbarkeit aus, aber diese Dankbarkeit wich plötzlicher Besorgnis.

»Was ist los?« fragte ich erschrocken.

»Das Standesamt, das ist doch eine staatliche Behörde!« sagte er. »Und ich habe überhaupt nichts anzuziehen, um da hinzugehen! Da braucht man doch einen Anzug, Hemd mit Krawatte, schöne Schuhe...«

Vater Wassili nickte wissend.

»Ja«, sagte er. »Manche ziehen sich fürs Standesamt besser an als für die Kirche!«

›Da haben wir's‹, dachte ich, ›noch ein Problem...‹

Aber im Herzen war mir trotzdem ganz friedlich zumute. Schließlich hatte er eingewilligt, sich scheiden lassen zu gehen! Das war die Hauptsache!

»Soll Ihnen doch Larissa Wadimowna was zum Anziehen für das Standesamt kaufen«, sagte ich. »Die braucht ja die Scheidung, nicht Sie! Sie leben schon fünf Jahre friedlich ohne diese Scheidung!«

»Neun!« korrigierte er mich. »Ja, wirklich! Soll sie mir einen Anzug und alles andere kaufen, dann gehe ich auch aufs Standesamt!«

Alles wäre perfekt gewesen, hätte ich bloß nicht an diesem Abend zwei Taschen voller leerer Flaschen mit ans andere Ufer schleppen müssen. Der Alte hatte darauf bestanden, daß ich sofort damit begann, mein Versprechen zu erfüllen. Mein Protest und alle Hinweise darauf, daß heute die Sammelstellen geschlossen hatten, nützten nichts.

Neben mir wanderte Vater Wassili frei von jedem Gepäck über die Brücke.

»Klingt hübsch«, nickte er, während er auf das Flaschenklirren in den Taschen lauschte.

86

Kiew. August 2004.

»Hier bitte, Sergej Pawlowitsch, meine neue Visitenkarte.« Dogmasow ließ das Kärtchen lässig auf meinen Schreibtisch fallen. »Neues Büro, neue Privatadresse. Es verändert sich alles zum besten im Land...«

»Kaffee? Tee?« fragte ich meinen selbstgefälligen Besucher.

»Tee.«

»Nilotschka, zweimal Tee!« bat ich meine Sekretärin durchs Telefon.

»Ich war schon ein Weilchen nicht mehr bei Ihnen.« Dogmasow ließ den Blick durch mein Arbeitszimmer schweifen. »Aber bei Ihnen hat sich nichts verändert, alles beim alten.«

Ich zuckte die Achseln. »Es gefällt mir so.«

»Einer von den Klassikern des Marxismus-Leninismus hat gesagt: ›Man darf nicht beim Erreichten stehenbleiben!‹ Aber Sie, Sergej Pawlowitsch, sind stehengeblieben! Es ist an der Zeit, sich Gedanken über die Zukunft zu machen.«

Ich sah in sein langgezogenes, irgendwie pferdeähnliches Gesicht, sah ihm in die Augen und versuchte zu erkennen, was er vorhatte, aber es gelang mir nicht. Ich dachte daran, wie er mich damals wie eine Braut in den verschiedenen Arbeitszimmern vorgeführt hatte. Er führte mich hin, man betrachtete mich – und fertig. Stille. Schon ein Jahr war vergangen, seit ich mich zum ersten Mal gefragt hatte, was er von mir wollte und auf welchen Posten er mich zu befördern gedachte.

»Und was wollen Sie vorschlagen, Sergej Dmitrijewitsch?« fragte ich geradeheraus.

»Gut, reden wir nicht lange um den heißen Brei herum. In ein paar Wochen gibt es eine Vakanz in der Präsidialverwaltung. Ehrlich gesagt, hatte ich für Sie eine andere Vakanz im Sinn, aber ich denke, daß man auch bei dieser zugreifen muß.«

»Und was werde ich sein?«

»Stellvertretender Leiter der Abteilung Innenpolitik.«

»Sie finden, daß das höher ist als mein jetziger Posten?« fragte ich verwundert. Meine Lippen verzogen sich zu einem ironischen Lächeln.

»Um weiter zu springen, muß man zurücktreten für den Anlauf«, sagte Dogmasow belehrend, wie ein alter Schullehrer. »Bis jetzt haben Sie eine sehr gute Akte, aber die kann schnell veralten oder um ein paar unangenehme Kleinigkeiten reicher werden, und dann ist Ihre heutige Stellung Vergangenheit.«

Nilotschka kam gerade in dem Moment mit dem Tablett herein, als der Besucher diese Worte aussprach. Ich bemerkte, wie in ihren grünen Augen Besorgnis aufblitzte. Sie bedachte Dogmasows Hinterkopf mit einem bösen Blick.

»Ich muß mir alles überlegen«, seufzte ich, weil mir klar war, daß ich auf diese sanfte Drohung besser nicht heftig reagierte.

Auf Drohungen durfte man überhaupt nie heftig reagieren. Die Drohung war längst ein Instrument zum Erreichen ganz positiver Ziele geworden. Was will man machen!

Dogmasow trank ein paar Schlucke Tee und erhob sich.

»Sergej Pawlowitsch, rufen Sie mich unbedingt vor Ende

der Woche an! Ich verstehe, daß Sie jetzt familiäre Pläne haben, aber diese Sache ist dringend.«

Als der Besucher weg war, sah Nilotschka ins Zimmer herein.

»Soll ich Ihnen vielleicht lieber einen Kaffee kochen?«

»Ja, gern!« sagte ich nickend.

Sie trug die Tassen mit dem nicht ausgetrunkenen Tee fort. Ich trat ans Fenster und schaute hinaus auf das Grau des Stalinbaus gegenüber. Dort, über dem Gebäude, leuchtete tiefblauer Himmel. Und meinen Blick zog es wie am Seil nach oben. Möglichst weit weg von der Eintönigkeit dieses Gebäudes. Ein Schauer überlief mich. Auf der Straße unten vorm Ministerium parkten symmetrisch verteilt die schwarzen Mercedesse. Wie eine aus Wagen gebildete Trauerblume. Nur im Zentrum fehlte das Hauptblütenblatt, besser gesagt, der Fruchtknoten: der Wagen des Ministers.

»Der Kaffee!« erklang hinter meinem Rücken Nilotschkas liebe Stimme.

Der schwarze ›Sechshunderter‹ fuhr auf den für ihn frei gelassenen Platz, und mein Chef in Begleitung seines weißblonden jungen Assistenten, beide in dunklen Anzügen, betrat das Gebäude.

›Ich habe tatsächlich genug von hier‹, dachte ich und starrte wieder auf die öden Linien des grauen Gebäudes gegenüber. »Mir ist nach Veränderungen, aber die wird es auch so geben, im Oktober, wenn unsere Zwillinge auf diese Welt kommen. Zu viele Veränderungen sind schädlich!«

87

Kiew. Dezember 2015.

Maja Wladimirowna wunderte sich. Sie begriff nicht, wie man gewöhnliche Bratkartoffeln mit einem ›Bordeaux Grand Cru‹ begießen konnte. Und ich lächelte die ganze Zeit, kaute schweigend an der Kartoffel und trank.

»Ist heute vielleicht ein besonderer Tag?« Maja überlegte. »Was haben wir alles im Dezember?«

»Hör auf«, unterbrach ich ihr Rätselraten schon ganz familiär. »Diese Kartoffel steht in Verbindung zum Vatikan.«

An ihrem Gesicht war zu sehen, daß meine Erklärung den Nebel in ihrem Kopf nur verdichtet hatte. Ich schob den Teller beiseite und erzählte ihr von dem vom Vatikan registrierten Wunder und Moskaus Besorgnis.

»Aber ein Wunder gab es wirklich?« fragt sie.

»Ja, die Nachbarn dieser Alten und sogar Bewohner der Nachbardörfer haben bestätigt: Es gab ein Leuchten vom Himmel, irgendeinen ungewöhnlichen Lärm. Ein Geschichtslehrer aus dem Dorf hat auch versucht, Fotos zu schießen. Er ist überzeugt, daß es Ufos waren. Aber auf dem Negativ ist nichts zu sehen.«

»Vielleicht ist es wirklich eine Provokation des Vatikans?« mutmaßte Maja ganz ernsthaft. »Sie haben selbst jemanden geschickt und dann geholfen, daraus ein Wunder aufzubauschen. In der Westukraine sind doch jede Menge Einheiten stationiert, und für fünfzig Dollar kann sich jeder, der will, einen Hubschrauber organisieren…«

Meine nach dem Glas ausgestreckte Hand zitterte plötzlich. Ich betrachtete meine Handfläche, erinnerte mich daran, wie sie weh getan hatte, aufgescheuert am Spatenstiel, als ich mich per aggressiver Arbeitstherapie vom Streß befreite. Irgendwas klang hier allzu vertraut... Obwohl, niemand hatte damals Kartoffeln gesetzt...

»Du machst dir Sorgen?« bemerkte Maja Wladimirowna. »Das lohnt nicht. Alle Kirchen sind wichtig, alle Kirchen werden gebraucht.« Ihr hübscher Mund öffnete sich zu einem unschuldigen Lächeln.

Sie hatte recht. Ich hatte mich irgendwie schnell daran gewöhnt, daß sie immer recht hatte. Nein, nicht immer, aber in den letzten zwei, drei Monaten, seit mein Verhältnis zu ihr sich verbessert hatte.

Sie trug heute einen tiefblauen Tweedrock und einen dikken Strickpullover mit großen Karos, genauer, grün und tiefblau kariert. Man hätte sie fast bitten mögen, sich hinzulegen, um auf ihr ein spezielles Schach zu spielen.

»Wird bei dir nicht geheizt?« fragte ich.

»Doch, aber vom Fenster her zieht es.«

»Dann verklebe es.«

»Das will ich nicht. Weißt du, wenn dieser kalte Luftzug nachts meine Haut trifft, ist mir das merkwürdig angenehm. Als berührte mich mein Liebster aus dem Jenseits...«

Ich trank gerade von dem Wein, diesem ausgezeichneten, edlen Bordeaux – und verschluckte mich fast.

»Du brauchst einen Psychologen«, flüsterte ich, als der Hustenanfall vorbei war und ich die Hand vom Mund nahm. »Wie kann denn das angenehm sein?«

»Ich habe ja gesagt: merkwürdig! Verstehst du, manchmal kann auch Schmerz merkwürdig angenehm sein. Entfernst du manchmal die Haut an deinen Nägeln?«

»Die Haut?« Verständnislos sah ich Maja an.

»Ach ja, du weißt ja gar nicht, was das ist! Wie alle Männer. Zuerst hat sie dich nicht gestört, und dann hast du deine Finger einfach den Spezialisten überlassen, und die haben dir die Nägel akkurat geschnitten, geschliffen, die Nagelhaut entfernt...«

Sie hatte recht. Nur hatte ich nicht die geringste Lust, ihr das zu bestätigen, weder in Worten noch mit einer Geste oder einem Nicken. Und sie wartete auch gar nicht auf Bestätigung.

»Aber ich«, fuhr Maja fort. »Wenn ich meine Nägel in Ordnung bringe, kratze ich die Haut am Nagelbett weg, bis ich einen ganz eigenen, stechenden Schmerz spüre. Und das mag ich. Für mich ist so ein Schmerz ein spezielles Signal! Ein Glöckchen, das klingelt und mich daran erinnert, daß ich lebendig bin, daß alle meine Nervenenden bereit sind, das Leben um mich herum aufzunehmen und anzunehmen. Und darauf zu reagieren. Ich probiere jeden Schmerz an. Wenn dir etwas weh tut, probiere ich auch deinen Schmerz an! Als Igor das passiert ist, war ich bereit, mir sein Herz einzupflanzen, um auch diesen Schmerz körperlich zu machen, um ihn bis zum Tod in mir zu tragen. Jetzt ist dieser Schmerz schon nicht mehr aktuell. Und neuen gibt es keinen.«

Die letzten Worte äußerte sie mit Bedauern, und ich hätte ihr fast noch einmal geraten, sich an einen Psychologen oder Psychiater zu wenden.

Aber statt dessen schlug ich ihr vor, rüberzugehen und den Kaffee bei ihr zu trinken, dort, wo der kalte Luftzug so merkwürdig angenehm war.

Sie erschrak, sagte, daß sie überhaupt keinen Kaffee wolle. Und ging buchstäblich fünf Minuten später, mich ziemlich verwirrt zurücklassend.

Ich versuchte ihre Reaktion auf meinen harmlosen Vorschlag zu verstehen. Hatte sie meinen Vorschlag etwa als zweideutiges Angebot aufgefaßt?

Ich mußte lachen beim Gedanken, daß Maja vermutet hatte, ich wollte sie als Frau! Natürlich konnte eine Frau so denken, auch wenn mir bisher bei Maja nichts dergleichen in den Sinn gekommen war. Aber wenn ich ihr das sagen würde, wäre es kränkend. Also lieber schweigen.

88

Kiew. 11. Mai 1985.

Mira, ihre Mutter und ich fuhren eine halbe Stunde vor Öffnung zum Kaufhaus ›Ukraine‹ und gesellten uns zu der Menschenansammlung vorm Haupteingang.

»Nummer hundertfünfzehn! Name?« rief jemand.

»Iwantschenko!« antwortete eine Frauenstimme.

»Sie sind jetzt die hundertvierte!«

Ich sah, wie die Frau einen Bleistiftstummel mit Spucke anfeuchtete und schnell damit ihre neue Nummer auf die Handfläche notierte.

»Das ist die Schlange für die Kühlschränke«, erklärte Miras Mama wissend.

Wir stellten uns ein wenig weiter weg.

Das Kaufhaus öffnete Punkt neun, Herrenanzüge wurden im ersten Stock verkauft.

Schon nach ein paar Minuten fanden wir die nötige Abteilung und gingen die einförmige Auswahl an Anzügen durch. Sie unterschieden sich im Grunde nur in den Größen. Natürlich gab es da schwarze und dunkelblaue und sogar graue Anzüge, aber alle vom selben Schnitt.

»Was hat er jetzt für eine Größe?« fragte Larissa Wadimowna ihre Tochter.

»Also, etwa so.« Mira umarmte den imaginären Vater.

»So dünn ist er geworden?« fragte die Mutter verwundert.

Mira zuckte die Achseln.

»Und du, was hast du für eine Größe?« fragte sie und musterte meine abgewetzte Jeansjacke, die ich vor drei Jahren meinem mit Westkleidung handelnden Bekannten abgekauft hatte.

»Achtundvierzig oder fünfzig«, antwortete ich.

»Also, wie ist er?« Larissa Wadimowna sah wieder Mira an. »Dünner als er?« Sie nickte in meine Richtung.

»Ja, dünner und kleiner.«

»Na, daß er kleiner ist, weiß ich noch! Aber nehmen wir für alle Fälle lieber achtundvierzig.« Wieder ein Blick auf mich.

Eine Viertelstunde später hatte sie sich für einen grauen Anzug der Nähfabrik ›Salut‹ entschieden. Nichts Besonderes, aber eine durchaus anständige Wahl, nur die Farbe gefiel mir nicht. Zu mausartig.

Hemd und Krawatte kauften wir in fünf Minuten. Erst in der Schuhabteilung traten wir auf der Stelle. Niemand kannte die Schuhgröße von David Isaakowitsch, und Miras Mama beschloß, die Größe auf logischem Weg zu ermitteln. Am häufigsten gibt es zweiundvierzig. Der hier, sie nickte auf mich, hat auch zweiundvierzig. Aber David ist einen halben Kopf kleiner. Neununddreißig, das ist noch Frauengröße. Echte Männergrößen fangen bei vierzig an. Also hat David wahrscheinlich einundvierzig!

Die braunen Schuhe waren um zwei Rubel billiger als die schwarzen, und dieser Unterschied gab den Ausschlag.

»Jetzt brauchen wir eine Pause«, seufzte Miras Mama erschöpft.

Wir stiegen hinunter ins Erdgeschoß, und sie kaufte drei Gläser Tee und drei süße Brötchen.

89

Kiew. August 2004. Abend.

»Wo sind Sie?« schepperte aus der Sprechanlage eine Frauenstimme.

»Im Aufzug! Ich stecke fest!« schrie ich.

Der heutige Tag verlief nach Dogmasows Erscheinen nur noch in Abwärtsbewegung. In meinem Arbeitszimmer tauchten die verschwundenen Dokumente über die Privatisierung der Suchodolsker Ziegelfabrik wieder auf. Diese Fabrik war nichts wert, aber der Minister verstieg sich so weit, daß er im Prinzip sagte, ich würde die Privatisierung absichtlich bremsen, zugunsten eigener materieller Interessen. Danach konnte ich mir zwei Gläser ›Hennessy‹ nicht verkneifen, und jetzt, in meinem Haus angekommen, steckte ich hier im Aufzug fest.

»Drücken Sie auf ›Stopp‹!« kommandierte die Stimme.

»Ich stehe ja schon.«

»Drücken Sie!«

Ich drückte.

»Haben Sie gedrückt?«

»Ja.«

»Jetzt drücken Sie den Knopf für die gewünschte Etage.«

Der Finger bohrte sich in Metallknopf Nummer ›13‹ wie in einen Feind. Und der Aufzug bewegte sich aus irgendeinem Grund abwärts.

›Ich muß mit Swetlana reden‹, dachte ich und versuchte, ruhig zu werden.

»Wollen Sie nach oben?« fragte das Mädchen mit dem weißen Pudel an der Leine, das plötzlich in der offenen Aufzugtür stand.

»Der wievielte Stock ist das hier?«

»Der fünfte«, antwortete das Mädchen.

»Ich muß nach oben, aber der Aufzug ist runtergefahren.«

»Also waren Sie schon oben«, erklärte mir das Mädchen gelassen.

»Und du – runter?«

»Ins Erdgeschoß! Pawlik muß ein bißchen raus.« Sie nickte in Richtung Hund.

Ich fuhr hinunter ins Erdgeschoß und drückte wieder den Knopf meiner Etage.

In der Wohnung erklang Musik. Aus dem Wohnzimmer fiel Licht ins Vorzimmer. Gott sei Dank, Swetlana war zu Hause. Ich hatte große Lust, mit ihr zu reden, sie zu umarmen, ihren Bauch zu streicheln, in dem unsere zwei Kinder wie die Fischlein schwammen.

Ich wusch mir die Hände und ging ins Wohnzimmer.

Doch da gab es eine Überraschung. Sweta am Tisch gegenüber saß – Täuschung unmöglich – Schanna von der Großen Okruschnaja. Sie saß mit dem Gesicht zu mir und lächelte.

»Du kommst spät heute«, sagte Swetlana, die sich zu mir umgedreht hatte. »Aber wir haben nicht ohne dich gegessen.«

Mir hatte es die Sprache verschlagen. Nicht genug, daß in meiner Wohnung eine Hure von der Okruschnaja saß, jetzt stand auch noch ein gemeinsames Abendessen bevor! Na wunderbar! Was tun? Einen Skandal veranstalten und sie zum Teufel schicken? Was sagte dann Swetlana? Schließlich hatte sie sie eingeladen, sonst kam ja keiner in Frage. Und ich mochte auch keine Skandale. Ich seufzte tief.

»Serjoscha.« Swetlana lächelte. »Mach uns solange einen Kaffee und bestelle was zu essen, mit Krabben.«

»Du darfst doch keinen Kaffee trinken!«

»Schanna hat koffeinfreien mitgebracht, liegt in der Küche. Und für sie normalen!«

90

Kiew. Dezember 2015. Montag.

Mir blieben noch zwei Wochen. Zwei Wochen, und das Land würde in einen längeren Suff abtauchen. Katholische Weihnachten, Neujahr, orthodoxe Weihnachten, Neujahr nach dem alten Kalender, Kater... Aber diese zwei Wochen wurden noch hart. Pro Tag ein halbes Hundert Besucher empfangen und Staatsangelegenheiten besprechen. Und bei weitem nicht alle konnte man zum Teufel schicken. Pojarkowski, der russische Botschafter, hatte am Freitag wieder ohne Anmeldung hier vorgesprochen. Gleich nach ihm kam der amerikanische Botschafter und warnte vor neuen heimtückischen Vorhaben der russischen Regierung. Diesmal machte sich, nach seinen Worten, die Partei ›Demokratisches Rußland‹ mit den Kommunisten gemeinsam Gedanken über die Ukraine. Und dann noch unsere üblichen Oligarchen, ein Trauerspiel. Warum nur haßten die sich untereinander so? Das Land war groß, das Schienennetz lang, für alle war genug von allem da. Nein, dem einen mußte man die Aktienmehrheit wegnehmen und sie für eine Weile dem Staat unterstellen, dem anderen war diese Mehrheit zuwenig. Er könnte auch ein größeres Aktienpaket kontrollieren. Sollten sie sich doch alle gegenseitig diese Pakete über die Köpfe hauen!

Es klopfte an der Tür, mein Assistent schaute herein.

»Ich kann ihn nicht finden«, sagte er schuldbewußt.

»Dann finde Kolja Lwowitsch und sag ihm, er soll mir den Mann sofort herschaffen! Er hat diesen Streß-Spezialisten damals angebracht, dann soll er ihn jetzt auch suchen!«

Wieder war ich allein. Ich betrachtete Melnitschenkos legendäres Sofa, genoß den Augenblick der Ruhe. Und der Augenblick riß sofort ab. Ohne anzuklopfen, kam Kolja Lwowitsch herein, wütend und besorgt.

»Wozu brauchen Sie ihn?« fragte er forsch.

Ich erhob mich hinter meinem Tisch und musterte ihn wie der General den saufenden Fähnrich.

»Nicht deine Sache. Hast du ihn hergebracht?! Du! Wo ist er?«

»Er ist entlassen.«

»Setz dich!« Ich nickte auf Melnitschenkos Sofa.

Er setzte sich widerwillig.

»Wer hat damals den Ort für die Arbeitstherapie ausgesucht? Als ich den Acker umgegraben habe!«

»Er…«

»Und was war das für ein Ort? Und wo?«

»Ich weiß nicht…«

»Wer weiß es denn? Die Hubschrauberpiloten? Die Wache? Schnell vorwärts, und daß mir in fünf Minuten eine genaue Karte jener Hubschrauberflugroute auf dem Tisch liegt! Klar?«

Kolja Lwowitsch schoß vom Sofa hoch. Im Türspalt erschien das Gesicht meines Assistenten.

»›Hennessy‹?« fragte er flüsternd.

»Ja, ›Hennessy‹ und General Swetlow!«

Manchmal sind Generäle schneller als Kognak. Besonders wenn sie in Zivil unterwegs sind. Und auch diesmal erschien zuerst Swetlow in meinem Arbeitszimmer, und erst dann brachte mein Assistent die georderte Flasche.

Ich vertraute Swetlow meine Überlegungen an, erzählte ihm von der Arbeitstherapie.

»Den Streß-Spezialisten finden wir«, sagte er überzeugt. »Vielleicht trifft ihn gar keine Schuld. Aber irgendwer hat den Moment genutzt, zum Anheizen römisch-katholischer Stimmungen! Und diese Kartoffeln! Übrigens, vielleicht haben sie schon ein Ergebnis?«

Er zückte sein Handy.

»Hier ist Swetlow«, sagte er streng zu irgendwem. »Haben Sie es überprüft?… Was?… Gut, alles schriftlich, ich schicke einen Fahrer!«

Er ließ das Handy in der Jackettasche verschwinden und nippte an dem Kognak.

»Was gibt es dort?« fragte ich ungeduldig.

»Es sind gentechnisch veränderte Kartoffeln. Wir haben gar keine solchen, und auch von den amerikanischen transgenen Kartoffeln unterscheiden sie sich positiv. Außerdem enthält diese Kartoffel eine Unmenge an Vitaminen und Eisen. Die Experten haben gesagt, in der Zusammensetzung ist sie tatsächlich ein Wunder der Agrarwissenschaft.«

»Das ist in Ordnung«, sagte ich. »Gegen ein wissenschaftliches Wunder kann keiner was sagen. Hauptsache, die Gottesmutter bleibt hier außen vor...«

»Aber wir können keine Auseinandersetzung mit dem Vatikan eingehen.«

»Wieso?« wunderte ich mich.

»Wir haben gute politische Beziehungen, wir genießen die Wertschätzung des Heiligen Stuhls. Wir können ihre Unterstützung noch brauchen bei der Lösung einiger internationaler Probleme. Sollen wir uns mit ihnen überwerfen wegen ein paar Kartoffeln?«

»Vielleicht sollte man dich zum Außenminister machen?« fragte ich hinterlistig.

»Ist das ein Scherz?« Swetlow reagierte mit Humor, aber der Ausdruck seiner Augen veränderte sich. Die Pupillen schienen sich ins Augeninnere zurückzuziehen und sahen vorsichtig und mißtrauisch hervor.

»Ein Scherz«, beruhigte ich ihn. »Aber was machen wir mit diesem Wunder?«

»Ich würde mitspielen«, sagte der General achselzukkend. »Von diesem registrierten Wunder wird uns weder kalt noch heiß. Dafür kriegt die Botschaft des Vatikans eine Menge Arbeit. Und überhaupt, die Pilger werden anreisen, lokaler religiöser Tourismus wird sich entwickeln. Für diesen gottvergessenen Winkel kam so ein Wunder gerade zur rechten Zeit.«

»Gut, aber das Wunder soll ein Wunder bleiben. Ich meine, daß niemand auf die Idee kommt, daß ich diesen Acker umgegraben habe. Falls es wirklich die Stelle ist.«

»Verstanden«, sagte Swetlow. »Ja, und noch was. Mit den ›Fremden Händen‹ müssen wir Schluß machen. Nach meinen Informationen beabsichtigen die russischen Kollegen, durch uns auf diesem Wege zwei Oligarchen und ein paar Politiker loszuwerden. Politiker und Oligarchen sind viel ernsthafter bewacht, als alles mögliche Gouverneurspack. Wir gefährden unsre Jungs.«

»Und die Ukraine«, sagte ich, und in meinem Kopf rückte die ganze Kartoffelwundergeschichte in den Hintergrund. »Und wie kommen wir raus aus diesem Spiel?«

»Ich habe mir verschiedenes überlegt. Aber dazu müßten wir alle unsere illegalen Häftlinge verlieren.«

»Wie, verlieren?«

»So, daß sie nie wieder irgendwo auftauchen.«

»Aber das ist unmenschlich.«

»Daher würde ich Sie auch nicht gern in die Einzelheiten einweihen. Ein Freischein Ihrerseits genügt mir. Sagen wir, Sie verlassen sich ganz auf meine Erfahrung und Menschlichkeit.« Swetlows Pupillen waren wieder größer geworden und starrten mich durchdringend an.

»Ich verlasse mich auf dich«, erklärte ich.

Auf dem Gesicht des Generals erschien ein Lächeln, er entspannte sich.

»Hör zu, und wenn die Russen von sich aus die Operation ›Fremde Hände‹ aufdecken?«

»Dann erfahren wir endlich, wo die Saporoscher Staatsdiener abgeblieben sind. Wir waren ja schließlich nicht eingeweiht.«

Mein Glas ›Hennessy‹ leerte ich dann schon allein mit mir selbst. Der General war wie immer zur rechten Zeit gegangen. Die Besuche von General Swetlow hinterließen gewöhnlich einen ausgezeichneten Nachgeschmack.

91

Kiew. 13. Mai 1985

Es war komisch, dieses Leben! Vor einer Weile hatte ich irgendwo meine Uhr verloren. Es waren ein paar Wochen vergangen, und heute, direkt an der Autobushaltestelle, hatte ich wieder eine gefunden. Zwar war das Glas gesprungen, aber sie ging und tickte. Ich hatte sie aufgehoben, bei einem Passanten die Zeit erfragt, sie gestellt und angezogen. Gut, daß das Armband aus Leder war.

Über dem Kopf schien die Sonne, aber es wehte ein ungewohnt kühler Wind. Dabei war der Himmel klar, keine einzige Wolke.

›Macht nichts‹, dachte ich. ›Es ist noch früh, erst acht. Bald wärmt die Sonne den Wind, und er wird warm und freundlich.‹

In der Hand hielt ich eine voluminöse Tasche. Da drinnen war die ›Scheidungskleidung‹ für David Isaakowitsch: grauer Anzug, weißes Hemd, schwarze Krawatte und braune Schuhe. Miras Mama hatte gebeten, daß wir schon um zehn beim Standesamt sein sollen. Zeit war noch genug, das müßten wir schaffen.

Die Fußgängerbrücke bebte unter meinen Füßen. Am Ufer standen ein paar Angler. Andere, die Angelruten in der Hand, kamen mir entgegen. Sie kamen schon vom Angeln zurück.

»Wie geht's, beißen sie an?« fragte ich einen von ihnen.

Statt einer Antwort hob er die halb durchsichtige Tüte hoch. Drinnen schwammen ein paar Fische, kaum mehr als handtellergroß.

»Nicht viel«, entfuhr es mir.

Ich bemerkte noch das schiefe Grinsen des Anglers, ehe er an mir vorbei war.

David Isaakowitsch traf ich draußen vor seiner Erdhütte mit nassen Haaren an. Er war gerade in den Dnjepr gestiegen und rieb sich jetzt mit einem alten Handtuch ab.

»Man muß ja sauber sein«, sagte er und musterte mich durchdringend.

Ich war heute wirklich anders. Anders als sonst. Ich hatte die saubersten Sachen ausgesucht, meinen alten dunkelblauen Anzug gefunden, den Mama mir für den Schulabschlußabend gekauft hatte. Zu meinem Erstaunen paßte ich ohne Mühe hinein. Das hieß, seit siebzehn war ich praktisch nicht gewachsen und nicht dicker geworden. Ich hatte ein beigefarbenes Hemd an, fehlte nur eine Krawatte. Aber ich mochte keine Krawatten. Auch zum Schulabschlußabend war ich ohne gegangen.

»Man könnte glauben, es ist *deine* Scheidung!« Auf David Isaakowitschs Gesicht lag ein frisches, munteres Lächeln.

»Ich wurde in Abwesenheit geschieden«, sagte ich. »Ich mußte nicht mal aufs Standesamt.«

»Du hattest also Glück«, sagte er. »Na gut, zeig her, was du mitgebracht hast. Vielleicht habe ich mich ja noch umsonst gewaschen und gescheuert?«

Wir gingen rein, dort war es immer noch warm, das Öfchen war heiß.

»Wieso haben Sie denn die Heizung nicht abgestellt?« scherzte ich.

»Mir ist es nachts nicht warm genug. Tags ist es genug, aber nachts, wenn ich nicht heize, friere ich.«

Der Anzug gefiel David Isaakowitsch. Er befühlte den Stoff, ›lauschte‹ mit den Fingerspitzen, und auf dem Gesicht lag ein konzentrierter Ausdruck. Dann faltete er das Hemd auseinander.

»Auch nicht schlecht«, meinte er.

Die Schuhe lösten Besorgnis bei ihm aus. Er drehte sie hin und her, begutachtete sie von allen Seiten.

»Gab es denn keine andere Farbe?«

»Es gab noch schwarze, aber Ihre Frau hat sich für die hier entschieden. Die waren billiger, um zwei Rubel.«

»Billiger? Recht hat sie. Und Strümpfe?«

»Strümpfe?« wiederholte ich.

»Na ja, Strümpfe! Schuhe zieht man doch mit Strümpfen an!«

›Verflixt‹, dachte ich. ›An Strümpfe hat keiner gedacht!‹

»Wie, haben Sie denn überhaupt keine?«

»Ich habe ein Paar grüne Wollsocken, aber…«

Er schaute hinter sein Lager, bückte sich, hob die Decken hoch, untersuchte die Ritze zwischen Lagerstatt und Wand. Schließlich zog er von dort ein paar Lumpen heraus und fing an, sie zu sortieren. Er fand ein paar einzelne Socken, kein Paar, alle mit Löchern an den Fersen.

»Siehst du.« Er zeigte mir eines der Löcher. »Ich bin mein Leben lang nicht richtig gegangen. Bei denen, die richtig gehen, sind die Löcher vorne, am großen Zeh, aber bei mir immer an den Fersen!«

Ich breitete die gefundenen Socken auf seinem Bett aus, untersuchte sie gründlich und legte eine schwarze und eine dunkelblaue zur Seite. Die paßten farblich wohl mehr oder weniger zusammen.

»Hast du Nadel und Faden?« fragte ich.

»Natürlich.«

Er kam mit einer alten Blechdose. In ein paar Minuten nähte ich mit einem schwarzen Faden beide Löcher zu und streckte dem Alten die Socken hin.

»Großartig«, pries mich David Isaakowitsch. »Ich brauche schon, um den Faden durchs Nadelöhr zu kriegen, fünf Minuten! Und wie schnell du das alles geschafft hast!«

Es vergingen noch fünf Minuten, und vor mir stand ein völlig anderer David Isaakowitsch. Genauer, da stand der richtige David Isaakowitsch, denn den vorigen abgerissenen, ungekämmten mit Vor- und Vatersnamen zu nennen, und noch dazu mit so biblischen, war irgendwie komisch. Auch wenn ich es trotzdem getan hatte. Ich hatte mir einfach nicht vorstellen können, daß der Alte sich in normaler Kleidung so verwandelte. Der Anzug saß genau richtig. Miras Mama hatte eine hervorragende Intuition. Und das

Hemd wie angegossen, ebenso die Krawatte. Er stand vorläufig in Strümpfen da und musterte konzentriert die braunen Schuhe, die vor ihm auf dem Boden standen.

»Na, wie?« fragte er.

»Hervorragend!«

Die braunen Schuhe paßten natürlich nicht zum grauen Anzug. Aber das waren schon, wie man so sagt, Details. Der Gesamteindruck war absolut befriedigend.

Er setzte sich aufs Bett, bückte sich und zog die Schuhe an.

»Sie drücken, die verfluchten Dinger!« klagte er.

»Neue drücken immer, das läuft sich ein!« beruhigte ich ihn.

Wir betraten die Brücke, der Wind hatte sich noch nicht aufgewärmt und blies immer noch ganz schön stark.

Mitten auf der Brücke blieb der Alte plötzlich stehen.

»David Isaakowitsch?«

»Ich geh da nicht hin«, sagte er leise und guckte auf das näher gerückte rechte Dnjepr-Ufer.

»Aber Sie haben es doch versprochen, und Ihre Frau wartet auf uns!« Ich sah auf meine ›neue‹ Uhr und erkannte, daß wir es bis zehn schon auf keinen Fall mehr schaffen würden. »Wir haben schon Verspätung!«

Die Brücke bebte, der Wind zerzauste die grauen Haare des Alten. In seiner Miene lag Angst, und er stand irgendwie unsicher da. Die rechte Hand suchte etwas, woran sie sich festhalten konnte, und senkte sich auf das Geländer.

»David Isaakowitsch, wir haben Ihnen doch alles gekauft, den Anzug, die Schuhe! Kommen Sie!«

»Habt ihr den Anzug wirklich gekauft oder nur geliehen?« fragte er plötzlich, und seine Pupillen bohrten sich in mich wie zwei gut gespitzte Bleistifte.

»Wirklich gekauft! Ich habe hier irgendwo noch die Rechnung vom Laden.« Ich nickte auf die leere Tasche, die mir von der Schulter baumelte.

Schließlich beruhigte sich der Alte, ging ein paar vorsichtige Schritte und marschierte dann schon sicherer neben mir her.

›Ich muß ihn ablenken‹, dachte ich. ›Sonst kommt er noch mal auf komische Gedanken!‹

»David Isaakowitsch.« Ich wandte mich im Gehen zu ihm. »Sagen Sie Ihrer Frau, daß man die Scheidung feiern muß! Im Restaurant. Dann können wir mit Vater Wassili zusammensitzen, und Ihr Anzug kommt zu weiteren Ehren...«

»Feiern?« überlegte er laut. »Das ist eine gute Idee! Ich war ja schon lange nicht mehr in einem Restaurant!«

Das Standesamt erreichten wir um Viertel vor elf. Miras Mama sah uns und kam uns gleich entgegengelaufen.

»Wo wart ihr denn! Ich habe schon zweimal verabredet, daß man uns ohne Schlange durchläßt.«

Sie drehte sich zum Amt um und wies auf die Schlange, in der hauptsächlich junge Paare standen. Die Schlange war klein, etwa zwanzig Personen.

»Wer ist der letzte?« fragte David Isaakowitsch munter. Ein großer Kerl im Jeansanzug hob die Hand.

»Was machst du denn, David.« Miras Mama schlug die Hände zusammen. »Wir sind doch ohne Schlange! Du bist doch Kriegsveteran! Sie lassen uns doch vor?« Das sagte sie schon zur Schlange gewandt.

Die Schlange nickte. Es war doch gut, daß man den Alten in unserem Land so mit Achtung begegnete!

Miras Mama führte den Alten hinein, und ich blieb draußen und beobachtete die jungen scheidungswilligen Frauen aufmerksam. Im Kopf hatte ich einen Gedanken: ›Gleich verlassen alle diese Schönheiten und Seelchen als Freie die Türen des Standesamts. Wähle aus und führe von dannen!‹

Aber das waren nur so Gedanken. In Wahrheit gefiel mir keine einzige von den Frauen. Und ich war auch nicht in der Stimmung, der Morgen war doch anstrengend gewesen. Jetzt brauchte ich Erholung.

Und der Wind blies immer noch, aber jetzt schon wärmer. Ich sah mich um, auf der Suche nach irgendeinem Café. Mein Blick fiel nur auf eine Bäckerei.

›Na gut‹, dachte ich. ›Ich warte auf sie und gratuliere ihnen. Vielleicht lädt Miras Mama David Isaakowitsch und mich auf Kaffee und Kuchen ein? Schließlich ist es doch ein folgenschweres Ereignis in ihrem Leben. Jetzt kann sie wirklich ausreisen!‹

92

Kiew. August 2004. Morgen.

Großer Gott! Sechs Uhr morgens, und immer noch hing mir der Parfümduft von gestern in der Nase. Schanna hatte ihn hinterlassen, die bis Mitternacht bei uns gesessen hatte. Hätte ich nicht angefangen, demonstrativ zu gähnen, wäre sie bis zum Morgengrauen geblieben.

Swetlana schlief. Sie lag auf der Seite, das Gesicht zum

Fenster gewandt. Ihr Bauch lag auf dem Bett wie auf einem Präsentierteller. Noch zwei Monate. Und dann... Wir würden ein neues Leben anfangen. Die Stille war dann Vergangenheit. Zuerst würden die Kleinen schreien, später sprechen lernen, um Süßes und um Geld bitten, und so um die fünfzehn Jahre lang würden ihre klingenden Stimmen die heutige kinderlose Stille verdrängen.

Im Mund hatte ich den Geschmack von Ketchup. Das Essen am Vorabend war furchtbar trocken gewesen, wir hatten es förmlich mit Ketchup begießen müssen. Und als dann endlich die Tür hinter Schanna zugefallen war, hatte ich keine Kraft mehr, mir die Zähne zu putzen. Gestern hatte ich keine Kraft gehabt – und jetzt keine Lust. Aber ich konnte mich überwinden.

Die elektrische Zahnbürste für Faulpelze polierte mir die Zähne, entfernte die gestrigen Eiweiße und Kohlehydrate aus dem Mund. Nur in der Nase hielt sich der süßliche Duft. Er war aufdringlich, sicher irgendein professionelles Parfüm. Ein Geruch, der einem zur Erinnerung an seine Trägerin blieb.

»Was wanderst du so herum?« Swetlanas verschlafene Stimme ertappte mich, als ich ein weiteres Mal ins Schlafzimmer schaute.

»Du schläfst nicht?«

»Nicht mehr.«

Sie setzte sich langsam auf die Bettkante, senkte den Kopf, schaute auf ihre Beine und seufzte.

»Sie sind doch gar nicht mehr geschwollen«, sagte ich.

»Nein. Aber sie tun weh.«

»Sie haben es eben schwer. Sie tragen jetzt mehr an dir.«

Swetlana nickte und stand auf. Das unförmige rosa Nachthemd ließ sie aussehen wie ein lustiges Spielzeug.

»Kakao?«

Sie nickte.

»Wieso hast du sie eingeladen?« fragte ich Swetlana, als wir schon an der neuen Theke unserer Küche saßen.

»Ich stelle sie ein.«

Meine aufgerissenen Augen drückten Frage und Empörung aus, die Swetlana gleich erkannte und schnell beantwortete.

»In der Abteilung Öffentlichkeitsarbeit. Sie kann gut mit Leuten reden.«

»Mit Männern?«

»Überhaupt mit Menschen. An den Männern lernt sie.«

»*Unter* den Männern hat sie gelernt!« Ich konnte einfach nicht meine Klappe halten.

»Das ist egal.«

»Und in ihrer Freizeit verdient sie sich was dazu, auf der Okruschnaja?«

»In ihrer Freizeit machen meine Mitarbeiterinnen, was sie wollen. Ich werde sie nicht kontrollieren. Übrigens wollte sie sowieso zu etwas anderem wechseln.«

»Zu was denn?« In meiner Stimme war deutlich der Hohn zu hören.

Swetlana warf mir einen mitleidigen Blick zu, aber weibliche Weisheit hielt sie von Gegenattacken ab.

»Sie wird Telefonsex betreiben. Abends.«

»Großartig! Nie probiert!«

»Ich vereinbare mit ihr, daß du kostenlos anrufen kannst!«

Hier wurde mir klar, daß es Zeit war, mit Schanna Schluß zu machen. Sie mußte aus diesem Gespräch verschwinden, sonst stritten wir uns wegen ihr, und mit seiner schwangeren Frau zu streiten, das war ein Verbrechen. Mit Schwangeren muß man in allem einverstanden sein!

Und ich weihte Swetlana vorsichtig in meine Sorgen ein, erzählte von Dogmasows beharrlichem Vorschlag. Ihr Gesicht wurde nachdenklich. Ihr Blick füllte sich mit Zweifeln. Sie legte ihre Hand auf meine.

»Ich habe ja das Frühstück vergessen!« sagte ich, als ich bemerkte, daß es auf der Theke nichts gab außer zwei Tassen Kakao und unseren Händen.

»Ich bin mit jeder Entscheidung von dir einverstanden«, sagte Swetlana. »Vielleicht ist es für dich wirklich Zeit, etwas anderes zu tun.«

Sie rutschte vorsichtig von dem Barhocker.

»Es wird schwierig, zu sitzen, ich erdrücke sie«, sagte sie und streichelte über ihren Bauch.

Ich trug den Kakao zum Tisch am Fenster hinüber. An die Bartheke hatte ich mich schnell gewöhnt, weil man sich über sie hinweg nicht nur unterhalten, sondern auch küssen konnte. Über den Tisch hinweg ging das nicht!

93

Kiew. Dezember 2015.

Kolja Lwowitsch war eben doch nicht dumm und konnte, wenn nötig, flinker sein als ein Igel auf Brautschau. Ich hatte noch den angenehmen Nachgeschmack von General und Kognak auf der Zunge, da stand er schon mit einer Papierrolle vor mir. Er rollte sie auseinander – wieder eine Karte, nur diesmal eine Fotokopie, mit einer Unmenge verschiedener Pfeile und krummer Linien. Die dickste Linie begann in Kiew und endete in der Nähe von Ternopol. Das hier war also die Karte unserer Route.

Ich sah ihn an und runzelte die Stirn. Sollte er mein Stirnrunzeln deuten, wie er wollte.

»Weißt du, was das Wichtigste ist?« fragte ich ihn nach einer kurzen Pause.

Er schwieg.

»Daß niemand von diesem Flug erfährt! Und daß nicht eine einzige Karte unserer Route erhalten bleibt. Weder Kopie noch Original! Hast du verstanden?«

Es tat gut, zu sehen, wie die Gedanken hinter seiner hohen Stirn vor Anspannung rasten. Ihr Galopp war auch in den flinken, nervösen Augen zu lesen. Oh, wie gern wollte er begreifen, was los war.

»Hast du verstanden?« fragte ich.

»Ja, wird gemacht…«

Er antwortete irgendwie gebremst. Und mir kam der Verdacht, daß auch mein Befehl vielleicht allzu langsam ausgeführt werden würde.

»Für morgen abend muß ich frei sein. Ich esse mit Maja Wladimirowna.«

»Wo?« fragte er erschrocken.

»Bei mir. Zu Hause.«

Er seufzte erleichtert. Aber da fing er meinen unheilvollen Blick auf.

»Vertrauen Sie mir etwa nicht?«

»Was denkst du?«

Kolja Lwowitsch war mehr als beunruhigt. Seine Stirn bedeckte sich mit Schweiß. Die Augen wanderten wieder umher. Er verstand, daß jetzt Gehen Flucht bedeutet hätte. Und wenn er floh, konnte er nur als verlorener Sohn zurückkehren. Und da war gar nicht gewiß, ob er wieder aufgenommen würde.

»Was kann ich tun, um zu beweisen ... Ich bin bereit, meine Loyalität unter Beweis ... Es ist doch nur Ihnen zuliebe, daß ich hier ...«

»Weißt du ...« In meinem Kopf reifte ein kleiner Plan. »Du hast die Prinzessin im Turm eingesperrt ...«

»Was?« Seine Augen wurden rund.

»Du hast Maja Wladimirowna hergebracht und sie mir hinter die Wand gesetzt –«

»Aber so hat es sich ergeben –«

»Hör mir zu! Sie lebt hinter meiner Wand. Hat sie irgendwelche persönlichen Dinge mitgebracht?«

»Zwei Koffer.«

»Also, mein lieber Nikolaj Lwowitsch, ich will ihre Wohnung besichtigen, aber nur in ihrer Abwesenheit. Klar?«

Die Unruhe auf seinem Gesicht wich der Konzentration. Man sah, er fing sofort an, zu planen, abzuwägen.

»Ja, natürlich. Das ist nicht schwierig.« Aber alle diese Worte kamen gemurmelt, undeutlich, und er sah dabei auf seine Füße. Dann hob er endlich den Blick wieder zu mir: »Ich kümmere mich darum. Ich erfrage nur bei der Wache, wann und wohin sie fortgeht ... Nein, wir organisieren selbst etwas, eine ärztliche Untersuchung anläßlich ... na, zum Beispiel einer Grippeepidemie. Sie wohnt immerhin im engsten Umfeld des Präsidenten. In den nächsten zwei Tagen! Und die Karten vernichten wir auch! Auf jeden Fall!«

»Na dann, bis bald!«

»Sie sollten sich ausruhen«, sagte er im Weggehen plötzlich. »Sie sehen sehr müde aus!«

»Unbedingt!« versprach ich seinem Rücken.

94

Kiew. Mai 1985. Freitag.

Miras Mama nahm den Vorschlag, die Scheidung im Restaurant zu feiern, gelassen, ja, positiv auf. So jedenfalls erzählte es mir David Isaakowitsch, als wir wieder über die Fußgängerbrücke wanderten. Wieder schien die Sonne, nur wurden ihre Strahlen hin und wieder dadurch unterbrochen, daß sie auf leichte, vom Winde verwehte Wolkenfetzen trafen.

Er trug wieder die feine ›Scheidungskleidung‹ und hinkte kaum merklich, die Schuhe drückten noch. Er hinkte, aber er ging flott voran. Zum Restaurant wollte er nicht zu spät kommen.

Vater Wassili wartete bei der Philharmonie auf uns, und Mira und ihre Mama standen auf der anderen Seite, am Eingang zum Hotel ›Dnipro‹. Genau dort war auch ein Tisch bestellt.

Ilja, Fjodor und seine übrigen Bekannten hatte der Alte beschlossen nicht einzuladen.

»Wozu Kostgänger dazubitten«, sagte er. »So sitzen wir

gemütlich, und vom Essen bleibt mehr für uns. Und man behält alles besser, konkreter in Erinnerung.«

Vater Wassili war auch im Anzug erschienen, im dunkelgrünen. Jetzt konnte unser Abendessen getrost als Feier durchgehen: Alle drei Herren waren in Anzügen. Larissa Wadimowna hatte sich für das festliche Essen ernsthaft zurechtgemacht. Die Frisur, von unzähligen Haarnadeln gehalten, türmte sich zu einer Art Obstschale über ihrem Kopf. Dazu ein langes schwarzes Samtkleid mit Brosche am Busen. An der Hand eine goldene Uhr mit goldenem Armband. Mira war schlichter angezogen: weiße Bluse mit Spitzenkragen und ein schwarzer, an den Knien ein ganz klein wenig verengter Rock.

»Du hättest wenigstens Blumen mitbringen können!« warf seine Exfrau David Isaakowitsch zur Begrüßung vor. Aber gleich lächelte sie mir und Vater Wassili zu, und dieses Lächeln blieb lange auf ihren Lippen, bis zum Ende des Festessens.

Unser Tisch stand direkt am Fenster. Und aus der Höhe des ersten Stocks beobachtete ich von Zeit zu Zeit die Passanten auf dem Platz vor dem Hotel.

Wir redeten wenig und aßen ruhig, ohne Gier. ›Hauptstadt‹-Salat, Kiewer Klopse, Wodka ›Posolskaja‹ und moldawischer ›Cabernet‹ für die Damen, nichts Besonderes. Aber die Atmosphäre war nett, viel netter als am anderen Tisch, zehn Meter von uns weg, an dem im kleinen Kreis eine Hochzeit aus Schwangerschaftsgründen gefeiert wurde. Ich erkannte das sofort. Die Braut konnte ihren Zustand unmöglich verbergen, sie war, wie es aussah, schon im sechsten, siebten Monat. Und der Bräutigam, ein ganz junger

Kerl, warf ihr manchmal verwirrte Blicke zu und trank abwechselnd Bier, Sekt und Wodka. Kein einziger lauter Trinkspruch, kein einziges Mal: ›*Gorko!*‹

Ich traf ihn im Klo, diesen Jüngling, irgendwann später, nachdem das Essen angefangen hatte.

»Keine Angst«, sagte ich zu ihm. »In ein paar Monaten läßt du dich wieder scheiden. Habe ich schon hinter mir!«

Er sah mich mit Hochachtung an, Vertrauen im Blick. Wahrscheinlich sah ich manchmal David Isaakowitsch genauso an, wenn ich mir die Geschichten aus seinem Leben anhörte, bei denen manchmal irgendeine Moral herauskam und gleich wieder verschwand.

Am Ende des Essens ergriff David Isaakowitschs nicht im geringsten beschwipste Exfrau das Wort. Sie erhob sich von ihrem Stuhl, zupfte die Brosche zurecht, zog das Kleid in Form und griff zum Weinglas.

»David«, sagte sie. »In den letzten Jahren habe ich schlecht von dir gedacht. Aber jetzt sehe ich, daß du doch ... doch ein guter Mensch geblieben bist. Du hast für uns alles getan, was in deinen Kräften stand. Das war natürlich nicht viel. Aber ich möchte auf dich trinken und dir viele Jahre Glück und Gesundheit wünschen. Wir werden dir schreiben. Versuch, dein Leben zu ändern und ein anständiges Mitglied der Gesellschaft zu werden.«

Sie bückte sich zu ihrer Tasche, die über der Stuhllehne hing. In ihrer Hand erschien ein kleiner Umschlag. Etwas Metallisches klirrte.

»Hier, nimm!« Sie streckte dem Alten den Umschlag hin. »Und denke nicht schlecht von uns. Wir sind die dir nächsten Menschen, nähere hast du nicht!«

David Isaakowitsch nahm den Umschlag. Wieder klirrte etwas.

»Was ist das?« fragte er vorsichtig.

»Das sind die Schlüssel zu der Wohnung, in der du gemeldet bist und fast nie gewohnt hast!« Miras Mama schüttelte den Kopf. »Jetzt kannst du dort einziehen und ein neues Leben anfangen.«

›Zur Wohnung?‹ dachte ich. ›Nein, das sind die Schlüssel zum Zimmer in einer Gemeinschaftswohnung. Wobei auch das hundertmal besser ist als seine Erdhütte auf der Truchanow-Insel. Aber er gibt seine Erdhütte sicher nicht auf.‹

»Komm, laß dich küssen.« In den Augen von Miras Mama erschienen Tränen. Sie ging um den Tisch herum, machte halt vor David Isaakowitsch, der sich erhoben hatte, und sie umarmten sich. Minutenlang. In dem Moment sah ich aus dem Augenwinkel zur Hochzeit aus Schwangerschaftsgründen hinüber. Dort küßte sich niemand!

95

Kiew. 1. September 2004.

»In sechs Jahren gehen unsere Kinder in die Schule«, sagte Swetlana.

Ich stand vor dem Spiegel und band die italienische Krawatte am Hals. Ich drehte mich um, guckte wie ein Kind in Erwartung eines Zaubertricks auf ihren dicken Bauch und lächelte. Im Herzen irgendein ganz dummes Glücksgefühl. Und es war völlig egal, was Dogmasow und sein Bekannter aus der Präsidialverwaltung jetzt sagen würden. Gott mit ihnen. Die Entscheidung war gefallen. Das Leben stieß mich in den Rachen des Löwen mit den goldenen Zähnen. Gold ist weich, aber sogar das kann einen tödlich durchbohren, wenn es spitz ist, oder es zertrümmert als Barren das Hirn.

Nachts hatte ich logische Reihen gebaut: Schweigen ist Gold, Schweigen ist das Zeichen des Einverständnisses, Erdöl ist schwarzes Gold, Zucker ist der weiße Tod. Die Schlaflosigkeit versetzte mich in einen komischen Zustand. Im vorletzten Jahrhundert hätte ich diese nächtliche Zeit jetzt einsam am Kartentisch verbracht, ich hätte Patiencen gelegt und Sekt dazu getrunken.

»Du kommst doch heute früh nach Hause?« fragte Swetlana.

»Ich weiß nicht.«

»Heute abend kommt Schanna«, sagte sie vorsichtig.

Ich sah aus dem Augenwinkel, daß sie sich gegen meine Reaktion wappnete.

»Gut«, sagte ich für mich selbst unerwartet.

Der Parfümduft, den Schanna von der Okruschnaja hinterlassen hatte, war mir im Gedächtnis geblieben. Es schien, er fehlte mir sogar schon. Und hier gab es auch noch eine Reportage über das Leben der Prostituierten in der Zeitung. Das trieb einem die Tränen in die Augen! Das Leben konnte den Menschen zu allem bringen. Und auch mich trieb das Leben in der Person von Dogmasow dorthin, wohin ich mich freiwillig kaum je aufgemacht hätte. Möglich, daß auch Schanna von der Okruschnaja das Leben in der Person irgendeines Menschen da hingetrieben hatte. Oder vielleicht einfach das Leben als solches. Geldmangel und Hoffnungslosigkeit.

»Wo wohnt sie eigentlich?« fragte ich und verglich das Smaragdgrün der Krawatte mit dem dunkelgrünen Hemd und dem dunklen, aber nicht schwarzen Jackett.

»Bei ihrer Mutter, in Borschtschagowka. In einer Einzimmerwohnung.«

Das hatte ich mir gedacht.

»Was hast du denn da angezogen?!« In Swetlanas Stimme klang Verzweiflung. »Du willst doch nicht ins Theater! Bei denen muß man sich langweilig kleiden, schwarzweiß! Du hast doch im Fernsehen den Präsidenten und seine Entourage gesehen!«

Das stimmte, ich erinnerte mich mühelos. Tatsächlich, farblose Entourage, farblose Anzüge. Auch ich mußte farblos werden, um niemanden zu alarmieren oder zu ärgern.

Wie leicht war es, ein weißes Hemd anzuziehen, eine schwarze Krawatte und einen grauen Anzug. Zum Glück hatte ich das alles. Den Anzug hatte ich irgendwann mal für eine Beerdigung gekauft. Seitdem hatte ich ihn auch nur auf Beerdigungen getragen. Fünf- oder sechsmal.

96

Kiew. Dezember 2015.

Es war eigenartig, in dem Haus auf der Desjatinnaja so über die Hintertreppe hochzusteigen. Nein, es war sauber hier, aber es gab weder Läufer noch anständige Beleuchtung. Die Schächte waren eng, die Luft stickig. Vor mir ging Kolja Lwowitsch.

Auf meiner Etage blieben wir stehen. Ich verdrehte den

Kopf und erblickte die Videokamera, die auf die ordentliche Holztür mit dem Bronzegriff gerichtet war.

Kolja Lwowitsch warf mir über die Schulter einen bedeutsamen Blick zu. Dann fuhr der Schlüssel ins Schlüsselloch. Ein leises Knacken, und die Tür ging auf.

»Wo ist sie jetzt eigentlich?« wollte ich wissen, als mir klar wurde, daß niemand abends zur medizinischen Untersuchung ging.

»Wir haben ihre Schulfreundin aus Donezk ausfindig gemacht, es so arrangiert, daß sie heute abend auf der Durchreise in Kiew ist. Jetzt sitzen sie im Restaurant.«

Majas kleine Wohnung war nicht gerade umwerfend. Kleine Küche, Vorratskammer, kleine Diele und Schlafzimmer. Auf den ersten Blick alles steril. Zumindest in der Küche, dorthin gingen wir zuerst.

Kolja Lwowitsch schaltete überall das Licht ein.

Ich guckte in den Kühlschrank. Ich war neugierig, was sie aß. Ein Literglas eingelegte Gurken, das gleiche noch mal mit Tomaten, in der Tür eine halbleere Flasche ›Nemiroff‹-Wodka und Pepsi-Cola. Im Gemüsefach unten ein schwarzer Rettich und eine rote Bete.

Ich drehte mich um, um meine Erkenntnisse mit meinem Stabschef zu teilen, aber er war nicht da. Ich sah ins Bad. Das absolute Minimum. Seife und ein gewöhnliches bulgarisches Shampoo. Komisch, für eine Oligarchenwitwe!

»Herr Präsident!« Kolja Lwowitsch rief mich aus dem Schlafzimmer. »Kommen Sie hierher!«

Im Schlafzimmer ein französisches Bett an der Wand, an der gegenüberliegenden Wand ein Schreibtisch, in der Ecke ein Fernseher auf einem Tischchen.

»Na, und was?« fragte ich.

Kolja Lwowitsch fing meinen Blick auf und lenkte ihn zur Wand über dem Bett. Dort hing in einem Rahmen unter Glas ein undefinierbares Farbfoto. Zuerst erkannte ich, daß es auf dem Foto ziemlich viel Rot gab, aber auch noch silbrige Linien.

»Was ist das?« fragte ich müde.

»Eine Minute!« Kolja Lwowitsch streifte die Schuhe ab, kletterte aufs Bett, nahm das Foto von der Wand und hielt es mir hin.

Das Licht im Schlafzimmer war schwach, und ich hatte das Gefühl, es flackerte.

Ich ging mit dem Foto in die Küche, legte es auf den Tisch und beugte mich darüber.

Das Foto war eindeutig medizinisch. Es wurde während einer Operation geschossen, ein menschlicher Brustkasten, auseinandergezogen und in diesem Zustand durch glänzende Chromzangen und -klemmen fixiert. In der Mitte das Herz, durchzogen von weißen und bläulichen Venen, Adern, Gefäßen. Die oberen Herzgefäße waren abgeklemmt mit blauen und gelben Klammern. Man hatte das Gefühl, daß das kein Herz, sondern eine Zeitbombe war, und die blaugelben Teilchen waren die Leitungen, die man durchtrennen mußte, damit die Bombe nicht explodierte.

»Was denkst du, wem gehört es?« fragte ich leise.

»Ist doch klar, wem!« antwortete Kolja Lwowitsch hinter mir. »Ihr. Das heißt, ehemals ihr. Das heißt, ehemals ihm... ihr...«

»Halt den Mund!« unterbrach ich sein Gestammel. »Du machst mir davon eine Kopie. Verstanden?«

»Wozu denn das?« fragte er.

Ich drehte mich zu ihm um.

»Ja, ja. Gleich morgen!« Seine Stimme verwandelte sich. Er nickte wie ein chinesischer Mandarin.

Da klingelte in seiner Tasche das Handy.

»Verstanden«, sagte er in das Miniaturgerät. »Gut!«

»Sie kommt schon aus dem Restaurant«, teilte er mir mit.

»Beeindruckend!« sagte ich.

»Was? Sie?«

»Du bist beeindruckend. Überwachst du alle?«

»Der Dienst überwacht, ich wache nur darüber, daß sie überwachen. Die Staatsinteressen verlangen ungeheure Aufmerksamkeit.«

»Ich sage ja: Ich bin beeindruckt! Nur weiter so!«

97

Kiew. Juli 1985.

»Hier geradeaus«, wies uns die alte Frau den Weg. »Dann biegen Sie nach links ab, und dann sehen Sie das dreistökkige Haus!«

Es fiel ein feiner Nieselregen. Mama hielt einen Knirps in der Hand. Sie sah zum Himmel hoch und konnte sich nicht entscheiden, ob es sich lohnte, ihn für diese paar Tropfen aufzuspannen.

Wir waren auf dem Weg zum Städtischen Krankenhaus Nummer siebzehn. Dort hatten sie gestern abend Dima hingebracht. Gut, daß es gleich neben der Klapsmühle lag. Mama war aufgeregt. Wir betraten den Hof.

»Die Traumatologie?« fragte der Klinikhausmeister. Der Besen in seinen Händen ruhte. Er wandte sich zum Gebäude. »Ich glaube, Erdgeschoß. Aber gehen Sie nicht durch die Notaufnahme, nehmen Sie die zweite Tür, da links!«

Dima fanden wir schnell. Er lag im dritten Zimmer. Es war ein kleiner Raum mit drei Betten. Auf dem einen lag eine Krücke, das zweite war akkurat glattgezogen. Es schien frei. Auf dem dritten lag Dima mit verbundenem Kopf.

»Was bist du, ein Idiot?« rief Mama und stürzte sich auf ihn. »Macht man denn so was? Gegen zwei Betrunkene, und auch noch mit bloßen Fäusten?«

Der Arzt vom Heim für psychisch Kranke hatte uns schon alles am Telefon erzählt. Gestern abend stand Dima wie immer am Zaun und sah zur Straßenbahnhaltestelle rüber. Dort stand ein Mädchen. Dann kamen zwei betrunkene Kerle und bedrängten es, zogen es in den Wald. Da sprang er über den Zaun und warf sich auf sie. Einen erwischte er an den Haaren und riß ihm sogar ein Büschel aus. Die Kerle ließen das Mädchen laufen und verprügelten dafür ihn. Das Resultat: blaue Flecken, Schrammen, Gehirnerschütterung und zerfetzte Anstaltskleidung.

»Du hast noch Glück gehabt«, redete Mama weiter. »Sie hätten dich auch umbringen können!«

Und Dima sah mit gleichgültigem Blick mal mich, mal Mama an.

»Im Leben ist immer Platz für Heldentaten«, sagte ich leise, und auf Dimas magerem Gesicht erschien ein leichtes Lächeln.

Mama warf mir einen kritischen Blick zu.

»Du sei lieber still«, sagte sie. »Er ist ja krank« – sie nickte in Richtung Dima –, »aber du bist ein gesunder Nichtstuer, liegst mir auf der Tasche!«

»Ich fange bald ein Studium an. Im September.«

»Wo denn?« fragte sie ironisch. Natürlich, sie glaubte mir nicht.

»Am Institut für Leichtindustrie, Abteilung Volksernährung.«

Sie kniff kurz die Augen zusammen, wie um meine Worte gegen die Wirklichkeit abzuwägen.

»Aber wer nimmt dich denn da«, sagte sie nach einer Pause. »Da muß man doch eine Aufnahmeprüfung bestehen!«

»Ich werde sie bestehen«, erklärte ich gelassen.

Sie winkte ab und wandte sich wieder Dima zu: »Nimmst du alle Medikamente?«

Er nickte.

»Tust du, was die Ärzte sagen?«

Wieder ein Nicken.

›Ja, das ist das ideale Gespräch!‹ dachte ich. ›Wie kann man schon streiten oder schimpfen mit einem Menschen, der Fragen mit Nicken beantwortet?‹

Irgendwie beneidete ich Dima mal wieder. Aber nicht im großen und ganzen. In Wahrheit erschien mir mein eignes Leben viel interessanter und ausgefüllter. Am Vortag hatten Vater Wassili und ich zum Beispiel geholfen, aus zweiter Hand gekaufte Möbel in die Gemeinschaftswohnung des Alten zu bringen. Jetzt hatte er ein Sofa, ein Bett, einen runden Tisch, ein Büffet und drei einzelne Stühle. Zwei gepolsterte und einen Wiener Stuhl mit furnierter Sitzfläche.

›Wird er wirklich dort einziehen?‹ zweifelte ich immer noch.

Aber es war schon klar, daß er da einzog. Mit Geld hatte Vater Wassili ihm ausgeholfen. Allein für die Möbel gingen etwa hundert Rubel drauf, plus einen Zehner für den Lastwagenfahrer.

»Wir werden ihn nicht lange hierbehalten«, sagte uns der Krankenhausarzt am Ende der Visite. »Noch drei Tage, und wenn er keine Schmerzen und kein Fieber hat, schicken wir ihn zurück.«

Mama nickte und schob dem Arzt einen Dreier in die Kitteltasche.

»Ich danke Ihnen«, sagte sie. »Ich hatte richtig Angst. Dachte schon, es ist was gebrochen...«

98

Kiew. September 2004.

Ich weiß nicht, wie ich diesen komischen und gleichzeitig drückenden Zustand beschreiben soll, wenn sich kein einziger Gedanke zu Ende denken läßt, wenn der Kopf sich in eine Emailschüssel verwandelt, über der man einen altmodischen Fleischwolf angebracht hat. In diesen Fleischwolf wurden völlig logische, deutlich formulierbare Befürchtungen und Vermutungen geworfen. Dann hat man sie durchgedreht, aber nichts ist in die Schüssel, genauer, meinen Kopf gefallen.

›Nein‹, überlegte ich. ›Ich rufe ihn an, bitte ihn, bis zur Geburt der Zwillinge zu warten...‹

Und ich rief Dogmasow an und erzählte ihm von den bevorstehenden familiären Plänen.

»Gut.« Die Gleichgültigkeit in seiner Stimme war deutlich. »Arbeiten Sie eben erst mal weiter da. Ich setze mich dann mit Ihnen in Verbindung.«

Und ich machte in Gedanken ein Kreuz über der Ministerkarriere und betrachtete meinen Schreibtisch, von dem ich mich schon verabschiedet hatte. Ich wußte nicht, was ich jetzt tun sollte.

»Sergej Pawlowitsch.« Nilotschka sah ins Zimmer herein. Die Augen glänzten, an den Füßen neue Schuhe und glänzende champagnerfarbene Strümpfe. »Haben Sie eine Minute?«

Ich nickte. Mir war nach Ablenkung.

Nilotschka setzte sich mir gegenüber.

»Sergej Pawlowitsch«, flüsterte sie. »Am Freitag feiere ich die Wohnungseinweihung... Ich bitte Sie, kommen Sie! Ohne Sie ist das kein Fest... Schließlich haben Sie ja...«

»Und wo hast du eine gekauft?« fragte ich.

»Am Sewastopoler Platz.«

»Ein Zimmer?«

»Nein«, sagte sie stolz. »Zwei Zimmer ... Ich hatte Glück!«

»Ich wünsche dir auch weiterhin alles Glück der Welt!« Ich war ganz aufrichtig bei diesen Worten.

»Solange ich in Ihrer Nähe bin, werde ich immer Glück haben!« Ihre helle Stimme klang völlig überzeugt.

»Wieso bist du so sicher?«

»Ich war bei einer Wahrsagerin.«

Der Tag verging schnell. Nach dem Gespräch mit Nilotschka und zwei Unterredungen mit Kollegen kehrte ich bescheiden in die Rolle des stellvertretenden Ministers zurück. Erstaunlich, daß niemand, nicht mal Nilotschka, gemerkt hatte, daß ich mindestens den halben Tag ein anderer war, ich war ein leeres Dreiliterglas, aus dem man schon den vorigen Inhalt ausgeleert, aber noch keinen neuen eingefüllt hatte.

»Und, wie?« empfing mich Swetlana fragend.

»Gar nicht«, seufzte ich. »Sie melden sich dann. Wir müssen überlegen, wann wir fliegen.«

»Der Arzt hat gesagt, das späteste wäre in einer Woche. Danach wird es gefährlich.«

›Na, gut so‹, dachte ich. ›Wenn nicht so, dann eben anders. Der Minister weiß von Swetlanas bevorstehender Niederkunft. Es wird keine Schwierigkeiten geben.‹

99

Kiew. Dezember 2015.

Komisch, aber in der letzten Zeit freute ich mich auf die Abendessen mit Maja, als Möglichkeit, mich zu entspannen und mich wie ein normaler, nicht mit Problemen beladener Mensch zu fühlen. Und zwar eben als Mensch, nicht als Mann. Mit ihr fühlte ich mich aus irgendeinem Grund nicht als Mann. Oder, vielleicht empfand ich sie nicht als Frau. Sie war für mich einfach ein Mensch, der unerwartet zum angenehmen Gesprächspartner geworden war. Man hatte sie mir so lange und grob aufgedrängt, genauer, ihre unsichtbare Nachbarschaft allzu sichtbar aufgedrängt, daß es nicht verwunderlich war, wenn ich Maja sogar jetzt, wo ich gar nicht schlecht von ihr dachte, manchmal mißtrauische, schiefe Blicke zuwarf. Gut, daß sie es nicht merkte. Oder sie merkte es, schwieg aber und reagierte nicht.

Wir aßen mal wieder zu Abend. Wieder bediente uns Soja-wie-mir-schien. Wieder ging von dieser kleinen Blonden in der weißen Schürze ein Duft von gutem Parfüm aus. Es war Donnerstag, und ganz zufällig war es ein Fischabend geworden. Lachsfilet, Krabben- und Garnelensalat, Soljanka mit Stör und ein guter Weißwein.

»Manchmal habe ich unrecht«, sagte Maja und zupfte ihr smaragdgrünes Jäckchen über der bordeauxroten Bluse zurecht.

»Wie alle«, nickte ich.

»Nein, ich meine etwas Bestimmtes... Wir können heute Kaffee bei mir trinken...«

Ich staunte. In meinen Augen stand das gleiche wie in meinen Gedanken.

»Damals hatte ich weder Kaffee noch Kaffeemaschine. Aber jetzt ist alles da...«

Ich war gern einverstanden. Und erfuhr wieder etwas Neues über die Architektur dieses Hauses. Wir stiegen eine Etage tiefer, traten durch eine schmale Tür rechts und befanden uns im Bedienstetentrakt. Wir gingen durch einige Räume, vorbei an einer Reihe Waschmaschinen, vorbei an Schränken mit Dutzenden von Schubladen. Wir kamen durch eine andere Tür und waren auf der mir schon bekannten Treppe vom Hintereingang. Und schließlich stiegen wir wieder eine Etage hoch und hielten vor der Tür zu ihrer Wohnung.

Wir setzten uns in die Küche. Hier war es gemütlich eng, gab es ein schmales, hohes Fenster. Aus dem Fenster sah man die Lichter des abendlichen Podolviertels. Unter dem Fenster, genauer, unter der Fensterbank strahlten drei gußeiserne Heizkörperrippen Wärme aus. Die Kaffeemaschine blubberte und begann, frischen Kaffee auszuspucken. Sofort hing der Duft überall in der Luft.

»Du hast es ganz hübsch hier«, sagte ich und ließ den Blick durch die Küche schweifen.

»Du warst nie bei mir zu Hause«, sagte Maja lachend. »Da ist es wirklich ganz hübsch. Vierhundert Quadratmeter Wohnfläche. Eine Küche von dreißig Quadratmetern mit Bartheke! Hast du schon mal an der Theke deiner eigenen Küche gefrühstückt?«

»Du denkst schlecht von mir! Ich war nicht immer Präsident. Ich hatte auch eine Wohnung mit Bartheke in der Küche. Auf dem Lesja-Ukrainka-Boulevard. Das ist ja auch nicht meine Wohnung, da, hinter deiner Schlafzimmerwand!«

Als ich ihr Schlafzimmer erwähnte, zuckte Maja zusammen und warf einen beunruhigten Blick zur Küchentür.

»Hast du Kognak zum Kaffee?« fragte ich sie, um sie abzulenken.

»Ja.«

Sie brachte eine Flasche ›Tawrij‹ und zwei Gläser.

»Sag, und was machst du danach?« fragte sie plötzlich.

»Danach? Danach bin ich Niemand, groß geschrieben. So ist es mit allen Expräsidenten. Manche landen an zwei Orten gleichzeitig: im Gefängnis und in den Schulbüchern zur jüngsten Geschichte. Manche nur in den Schulbüchern. Aber wir hatten auch noch nicht genug Präsidenten.«

»Ja, und jeder ist erpicht darauf, zwei Amtszeiten auszusitzen. Dabei ist doch schon eine Amtszeit schwer!«

»Das stimmt«, sagte ich nickend. »Besonders schwer ist es geworden, seit sie die Amtszeit verlängert haben. Aber dafür kann man, wenn man will, die ganze Arbeit auf die Präsidialverwaltung und das Ministerkabinett abwälzen, und dann wird man das Kopfweh los und kann Kaffee mit Kognak in angenehmer Gesellschaft trinken... Und du, ist es dir hier nicht langweilig?«

»Die Trauer dauert gewöhnlich ein Jahr.« Majas Stimme war plötzlich leise geworden. »Also werde auch ich ein Jährchen neben Igors Herz verbringen, und dann sehen wir weiter!«

Ich kam nicht mehr dazu, ihre letzten Worte zu verdauen. Das Telefon klingelte in der Diele ihrer kleinen Wohnung. Sie ging schnell hinaus. Nach ein paar Sekunden war sie wieder da.

»Man sucht dich!«

Ich hob widerwillig den Hörer ans Ohr.

»Herr Präsident, General Swetlow erwartet Sie mit einer dringenden Meldung«, berichtete mein Assistent.

»Wo ist er?«

»Hier, in der Residenz.«

»Bring ihm einen Kaffee, er soll warten!«

Der Telefonanruf meines Assistenten hatte natürlich die zerbrechliche gemütliche Küchenatmosphäre dieser kleinen Wohnung zerstört. Maja Wladimirowna goß sich noch Kognak ein und sah zu mir hoch.

»Die Geschäfte rufen?« fragte sie ein wenig traurig.

»Ja«, sagte ich. »Aber meinen Kognak trinke ich noch in Ruhe aus!«

Sie wunderte sich, als sie sah, daß ich mich wieder am Tisch niederließ.

Ich hatte es wirklich nicht eilig. Swetlow würde warten. Seine Meldungen wurden nicht sauer bis zum nächsten Morgen. Und Maja Wladimirowna und ich unterhielten uns noch, plauderten über Herzensdinge, von Seele zu Seele, ohne an die Körper zu rühren.

100

Kiew. Juli 1985.

Die Tür zur Gemeinschaftswohnung öffnete mir ein unrasierter Kerl in Trainingshosen mit ausgebeulten Knien, oberhalb des Gürtels nackt. An seinen Füßen bemerkte ich die neuen ›Scheidungsschuhe‹ des Alten.

»Ist David Isaakowitsch da?« fragte ich und schielte mißtrauisch auf die Schuhe.

»Er kommt bald, Sie können in seinem Zimmer warten.«

Ich ging durch den langen Korridor, vorbei an der Klotür. An dieses Klo würde ich mich noch lange erinnern. Dort hingen sieben Lämpchen von der Decke, und draußen, rechts von der Tür – sieben verschiedene Schalter. Als ich das erste Mal dahin ging, knipste ich den erstbesten Schalter ein. Aber kaum hatte ich mich eingeschlossen, ging das Licht aus. Einer der Nachbarn, offenbar der Besitzer dieses

Schalters, überwachte mit Argusaugen, daß niemand sich an seinem persönlichen Strom bediente.

Im Zimmer war es immer noch ein wenig kahl. Trotz der Tatsache, daß es jetzt Möbel gab und sogar eine Tagesdecke auf dem Bett, auf der zwei Kissen drapiert waren, zur Verstärkung des Eindrucks. Irgend etwas fehlte trotzdem. Aber was?

Ich sah mich um. Vielleicht Bilder oder Fotos an den Wänden?

Mein Blick blieb am Fenster hängen. Jetzt verstand ich: Es fehlten Vorhänge. Miras Mama hatte sie zusammen mit den Möbeln verkauft. Es waren schwere grüne Vorhänge mit grauen Streifen gewesen. Ich wußte noch, wie Mira und ich uns hier am letzten Tag vor der Abreise eingeschlossen und die Vorhänge zugezogen hatten. Ungeachtet der Sonne draußen wurde es im Zimmer gleich dunkel wie die Nacht. Ihre Mama hatte vermutlich begriffen, was wir vorhatten. Sie ging extra auf einen Spaziergang durch Kiew, ›mich von meiner Kindheit verabschieden‹, wie sie sagte.

Und wir machten es uns auf dem Sofa gemütlich bis sechs Uhr abends. Dann klopfte eben dieser nacktbäuchige Nachbar an die Tür. Mira wurde am Telefon verlangt. Wir mußten aufstehen und uns anziehen, und eine halbe Stunde später wurde uns dieses Sofa buchstäblich unter den Hintern weggezogen. Die Käufer waren mit Helfern angerückt und trugen innerhalb von zehn Minuten alles raus. Die letzte Nacht verbrachten Mira und ihre Mutter schon bei Bekannten. Morgens trafen wir uns noch mal an der Ecke Komintern- und Saksaganski-Straße, vor dem Feinkostgeschäft.

Ihr Gepäck stapelte sich auf dem Gehsteig, und ringsum summte der Haufen Abschiednehmer, die Menge pries Wien, wo alle Emigranten gleich eine Tüte mit belegten Broten und eine Flasche Coca-Cola pro Person erhielten. Und wir sahen uns ein letztes Mal an und schwiegen. Zwischen uns erhob sich eine Wand, zwischen uns wuchs die für die Augen noch nicht sichtbare Entfernung. Wir gewöhnten uns an den Gedanken, daß unsere Wege sich jetzt trennten. Selbst der letzte Kuß erschien mir irgendwie flau und bemüht. Sie weinte nicht. Und das war ja auch nicht zu erwarten gewesen. Diese Abreise hatte sich lange hingezogen, und mich hatte man in ihren Kontext eingewoben, als ein weiteres nützliches Fädchen. Und ich hatte den Alten bekniet, ihn dazu überredet, sich scheiden zu lassen, war ihm Kleider kaufen gegangen. Kurz, meine Mission hatte sich längst gewandelt und näherte sich ihrem Ende. Und in den letzten Monaten hatte Mira mich eher aus Trägheit geküßt und geliebt. Vielleicht ja auch aus Dankbarkeit, wer weiß. Ich wußte schon, daß es im Leben nichts Unendliches gab. Sowohl die Liebe war endlich als auch die Leidenschaft.

David Isaakowitsch kam herein.

»Ah, du bist schon da?« Er hatte eine Tüte mit Lebensmitteln in der Hand und Hausschlappen an den Füßen.

»Der Nachbar hat sich Ihre Schuhe geschnappt und läuft damit durch die Wohnung!« sagte ich zu ihm.

»Wieso ›geschnappt‹? Nein, ich habe ihm einen Rubel gegeben, daß er sie mir einläuft. Ich habe mir schon die Fersen blutig gerieben. – Willst du was essen?«

Wir setzten uns zum Essen an den runden Tisch.

»Weißt du, was?« Der Alte löste den Blick von der Fleischwurst in Scheiben, die nicht auf einem Teller, sondern im weißen Papier aus dem Geschäft lag. »Es hat sich herausgestellt, daß der Staat mir anderthalbtausend Rubel schuldet! Kannst du dir das vorstellen?«

»Wie das?«

»Na, ich habe ein paar Jahre lang meine Rente nicht gekriegt, da hat es sich angesammelt. Jetzt muß ich aufs Bezirksversorgungsamt, den Schein abholen, und dann bin ich Millionär! Ich kaufe Gabeln, Löffel, Teller!«

»Man muß die Sachen bloß von der Truchanow-Insel holen. Dort liegt ja alles!«

»Truchanow, das ist jetzt meine Datscha! Im Sommer erhole ich mich dort, und im Winter bade ich! Und für hier muß man alles neu kaufen. Wir könnten zusammen zur Sennaja gehen, da kostet der Kram nur Kopeken!«

Der nacktbäuchige Nachbar sah zur Tür rein.

»David, da ist ein Anruf aus dem Ausland für dich!«

Der Alte eilte aus dem Zimmer. Er kam verwirrt zurück.

»Was für ein Unsinn!« brummelte er. »Das Telefonfräu lein hat gesagt, daß man versucht hat, mich aus Wien zu erreichen, daß es aber nicht geklappt hat. Woher weiß denn die das? Die sitzt doch hier bei uns in der Telefonzentrale, die dumme Kuh!«

»Vielleicht hat es wegen ihr nicht geklappt, deshalb weiß sie es auch?« schlug ich vor.

»Ach so!« meinte der Alte. »Kann sein, kann sein. Aber trotzdem gut. Das heißt, sie sind noch in Wien.«

101

Kiew. September 2004. Freitag.

»Zeigen Sie mir den da oben, mit den grünen Linien«, bat ich die Verkäuferin.

Sie stellte sich auf einen kleinen Hocker und nahm sorgsam den von mir gewünschten Teller aus dem Regal.

»Türkei?« fragte ich.

»Wo denken Sie hin! Frankreich. Das sieht man doch am Preis.«

»Und für wie viele Personen ist das Service?«

»Für vier, sechs oder zwölf.«

Ich überlegte. Ein Service, das war das erste, was mir beim Gedanken an die Wohnungseinweihung in den Sinn gekommen war. Also kam allen anderen Eingeladenen genau dasselbe in den Kopf. Und was sollte sie mit mehr als einem Service?

Ich gab der Verkäuferin den Teller zurück, streifte mit dumpfem Blick die anderen ausgestellten Teller und Unterteller und nickte. Im Geschäft ›Porzellan‹ auf dem Kreschtschatik gab es für mich nichts mehr zu tun. Ich ging ins Zentrale Kaufhaus und war begeistert von der großen Auswahl an Toastern, aber da flammte in meinem Kopf geradezu ein Lämpchen auf: ›Das ist der zweite Gedanke, der jedem kommt!‹

Also, der dritte Gedanke mußte jetzt originell sein! Ich nahm mir im Café des Zentralen Kaufhauses einen löslichen Cappuccino im Plastikbecher, setzte mich an einen Tisch und dachte nach.

Aber statt frischer Ideen hatte ich nur den Duft des Parfüms von Schanna von der Okruschnaja in der Nase. Sie war am Vorabend wieder bei uns zu Gast gewesen. Und ich empfand nicht die geringste Gereiztheit, nicht den geringsten Protest. Wir hatten am Tisch gesessen, Weißwein getrunken und von ihr mitgebrachtes Brathähnchen gegessen. Gekleidet war sie anständig gewesen, sogar geschmackvoll, und in ihren Gesten und Blicken lag eine weiche, fast zärtliche Zurückhaltung. Was hatte sie noch gleich beim Weggehen gesagt? »Siehst du, Sweta ruft mich an, und du nicht!«

›Wann sind wir eigentlich zum ›Du‹ übergegangen?‹ versuchte ich mich zu erinnern und schaffte es nicht.

»Onkel, bitte, für ein Butterbrot!« Ein Zigeunerjunge von vielleicht zehn Jahren, in Jeans und Jeansjacke, zog mich am Ärmel.

»Geh Autos waschen, da zahlen sie dir was!« sagte ich zu ihm, ohne mich von meinen Gedanken loszureißen.

»Wasch *du* doch, Blödmann!« rief er laut und wandte sich dem nächsten Tisch zu.

Was sollte ich bloß kaufen? Ich sah auf die Uhr. Bis zur Wohnungseinweihung blieb noch eine halbe Stunde. Ich kam in jedem Fall zu spät. Swetlana hatte ich gesagt, daß ich später heimkam. Wäre alles kein Problem gewesen, aber ich hatte kein Geschenk.

Wieder wanderte ich durch die verschiedenen Abteilungen und blieb vor einigen ausgestellten Fotoapparaten stehen.

»Genau! Ein guter Fotoapparat und ein Strauß Rosen!«

»Diesen hier? ›Olympus‹?« fragte der Verkäufer nach.

»Ja, den da. Und einen Film. ›Kodak‹.«

Jetzt konnte ich Blumen kaufen gehen. Niemand kam auf

die Idee, zum Einzug einen Fotoapparat zu schenken. Da konnte ich sicher sein!

Das Taxi brachte mich zu einem neunstöckigen Haus. Hausnummer dreizehn, zweiter Aufgang, Wohnung dreiundsechzig, vierter Stock.

Hinter der Tür war es erstaunlich still. Waren etwa die anderen Gäste auch alle zu spät?

»Oh, Sergej Pawlowitsch! Sie sind gekommen!« rief Nilotschka erfreut. »Wie wunderbar!«

»Bin ich denn der erste?«

»Sie sind der einzige!«

Mit beiden Händen nahm sie den Strauß aristokratischer weiß-gelber Rosen. Das Päckchen mit dem Fotoapparat und dem Film blieb vorerst in meiner Hand zurück.

»Gehen Sie durch, gehen Sie ins Zimmer! Ich komme gleich, hole nur eine Vase!«

In der Wohnung roch es frisch renoviert. Alles sauber und neu. Im Gang waren die Wände blaßgrün, im Wohnzimmer mit pastellfarbenen deutschen Rauhfasertapeten beklebt. Neue Möbel, ein runder Tisch mit rosa Tischtuch. Gedeckt war für zwei. Ich war also wirklich der einzige Gast. Na, so was! Wohnungseinweihung für den engsten Kreis! Genauer, für den Chef. Na gut. Auf jeden Fall hing der Duft von Kräutern und gebratenem Fleisch in der Luft. Und ich war hungrig. Hungrig und guter Stimmung. Komisch, ich machte wirklich gern Geschenke! Und die Freude auf Nilotschkas rundem, liebem Gesicht sah so kindlich aufrichtig aus, daß ich sie am liebsten gestreichelt oder sogar geküßt hätte.

Auf dem Tisch stand im Neusilberkübel eine Flasche roter halbsüßer Sekt – genau solcher, wie ich ihn liebte.

»Ich mache auf!« Mit heiterem, funkelndem Blick stoppte Nilotschka meinen Wunsch, ihr zu helfen.

Sie trug enganliegende Jeans und ein dunkelblaues Seidenhemd, auch enganliegend, wie extra eine Nummer kleiner gekauft.

Konzentriert hielt sie den Korken fest, bis das Gas zischend aus der Flasche entwich.

»Ich bin Ihnen so dankbar!« Nilotschka hob das Glas. »Sie können es sich gar nicht vorstellen!«

»Nein, wieso denn, das kann ich!« widersprach ich und begriff im gleichen Moment, daß sie das überhaupt nicht gesagt hatte, um an den Fähigkeiten meiner Phantasie zu zweifeln. »Wenn auch vielleicht nicht ganz bis zu Ende!«

Nilotschka lachte.

»Bei der Arbeit sind Sie anders!«

»Bei der Arbeit sind alle anders! Sie auch! Wenn Sie so zum Dienst kämen, und noch dazu mit Ihrem hellen Lachen, würde man Sie mir nach fünf Minuten stehlen!«

»Das wird man nicht!« Das heitere Licht ihrer grünen Augen erhellte alles und durchdrang mich wie ein Röntgenstrahl. »Kommen Sie, ich gebe Ihnen Salat!«

Wir aßen und tranken, aßen und tranken, als wären alle diese Salate, Kalbskoteletts und Kartoffeln vor uns auf dem Tisch irgendwelche Hologramme. Nilotschka legte mir schon das zweite Kotelett auf, und ich spürte immer noch nicht das Gewicht des ersten im Magen. Mir war wunderbar leicht zumute, ein Gefühl, als würde ich mit jeder Minute an Gewicht verlieren!

Endlich hörte ich auf, nicht weil ich nicht mehr konnte, sondern weil Salatschüsseln und Platten fast leer waren.

»Stopp!« Ich hob scherzhaft abwehrend die Hand gegen die letzten Essensreste. »Jetzt nur noch Süßes!«

Nilotschka räumte das schmutzige Geschirr vom Tisch und trug es in die Küche hinaus.

Ich sah besorgt auf diese Tür, durch die sie gleich irgendeine Torte hereinbringen würde. Sogar die allerkleinste Torte war jetzt für zwei zu groß.

Aber diesmal erschien sie so im Türrahmen – im dunkelblauen seidenen Morgenmantel, zugebunden mit einem ebenso glänzenden Seidengürtel. Sie blieb vor dem Tisch stehen, sah kokett ihre Füße und dann mich an.

»Sie mögen doch Süßes«, sagte sie halb flüsternd, und der dunkelblaue Morgenmantel fiel auf den Boden.

Nilotschka verharrte in der Pose der Venus von Milo, nur war im Unterschied zur Venus bei ihr alles an seinem Platz, und ich mußte zugeben, daß die Nacktheit ihr stand. Ich schaute sie an und spürte, wie mein Kreislauf in Schwung kam. Leichte Verwirrung erfaßte mich. Der rote Sekt hatte die Gedanken abgestumpft, aber die natürliche, gesunde Reaktion des Körpers auf die weibliche Nacktheit beschleunigt.

Und ich saß da, sah sie an, ohne mich zu rühren, und suchte im Kopf verzweifelt nach einer rationalen Erklärung für den Wunsch, aufzustehen und auf sie zuzustürzen. Ich erkannte, daß ich, solange ich diese Erklärung suchte, nicht aufstehen würde. Hier lag meine Rettung! Ich mußte nur mein Hirn überschütten mit Fragen vom Typ: ›Wozu das?‹, ›Wie soll das enden?‹ Und dann erschien der allereinfachste Gedanke: ›Meine Frau bekommt in einem Monat Zwillinge!‹ Ich hielt den Atem an. Es war geschafft.

Aber in ihren Augen sah ich Verwunderung und eine Frage.

»Verzeih«, sagte ich und versuchte dabei, so viel Zärtlichkeit in meine Stimme zu legen, wie ich konnte. »Du verstehst doch alles! Wir bekommen ein Kind. Zwei...«

Auf ihrem Gesicht sah man den Kampf der Gefühle. Auf den Lippen blieb das Lächeln, aber ihre Augen irrten umher, wie auf der Suche nach einem Weg für den Rückzug.

»Ich weiß einfach nicht, wie ich Ihnen meine Dankbarkeit ausdrücken soll«, flüsterte sie.

Ich hätte ihr gern geholfen, aus dieser Situation herauszukommen, aber ich konnte nicht.

Nilotschka hatte inzwischen mein Geschenk angestarrt, das auf dem Sofa lag.

»Sergej Pawlowitsch, fotografieren Sie mich doch! Dann ist es nicht so peinlich! Was soll ich machen, sonst habe ich ja alles umsonst vor Ihnen ausgebreitet?!«

›Dann ist es nicht so peinlich?‹ überlegte ich. ›Also ist es für sie doch peinlich... Aber das ist ja klar!‹

Ich stellte mir mich – und der rote Sekt half dabei – an ihrer Stelle vor: nackt vor einer Frau, die nicht die leiseste Absicht hatte, sich auszuziehen.

»Ja«, sagte ich nickend. »Prima Idee!«

Ich legte den Film in die ›Olympus‹ ein, und wir lachten lauthals, während ich wie ein echter Paparazzo und Zeus gleichzeitig Blitze auf sie schleuderte. Und sie erstaunte mich plötzlich mit ihrer erotischen Grazie, ihr Körper nahm unglaubliche, aber natürliche Posen ein, die Linien ihres Körpers begannen, sich vor meinen Augen zu verdoppeln. Sie legte sich auf den Boden, warf Arme und Beine in alle Richtungen, und ihre Stimme rief mir fröhlich zu: »Und jetzt von oben! Ja, so! Und jetzt von der Tür aus!«

Irgendwann erkannte ich, daß Musik spielte. Ein nächtlicher intimer Blues. Und was wir taten, ähnelte einem Tanz.

Sechsunddreißig Bilder der nackten Nilotschka füllten den ›Kodak‹-Film, und wir hörten plötzlich auf und holten Luft, als hätten wir uns nicht mit Fotografieren beschäftigt!

»Danke, danke!« Nilotschka stand leichtfüßig auf, eilte zu mir und küßte mich erst auf den Mund, dann aufs Kinn. »Bin gleich wieder da!«

Ich blieb allein, sah auf den Fotoapparat, legte ihn aufs Sofa und kehrte an den Tisch zurück. Dieser Tanz hatte mir eindeutig gefallen, aber tief in mir blieb ein komisches, unangenehmes Gefühl. Vielleicht rührte es daher, daß ich meine Wünsche zurückgehalten hatte, vielleicht war es etwas wie Neid auf Nilotschkas jugendlichen Zauber. Dabei war es, als wäre es gar nicht *mein* Neid. Nicht ich beneidete sie, sondern alle anderen Frauen, die ihre Frische und ihre Heiterkeit verloren hatten.

102

Kiew. Dezember 2015. Nacht.

»Bist du wegen der Kartoffeln gekommen?« fragte ich verwundert.

»Ja, aber... Herr Präsident... Es geht doch um das ›Wunder‹... Etwas äußerst Interessantes...«

»Na gut«, seufzte ich tief und wies General Swetlow mit

einer Kopfbewegung ins Wohnzimmer. Dort ließen wir uns in die dunkelgrünen Ledersessel nieder, zwischen uns ein kleiner Tisch.

»Also, was?« fragte ich.

»Diese Kartoffelsorte wurde aus einem amerikanischen Labor entwendet«, berichtete Swetlow leise. »Verstehen Sie, das ist amerikanisches *top secret*.«

»Und wie ist sie bei uns gelandet, und auch noch in einem gottverlassenen Acker?«

»Spionageabteilung des Ministeriums für Agrarpolitik.«

»Seit wann hat denn die Landwirtschaft ihre eigene Spionageabteilung?«

»Es hat sich so ergeben«, nickte Swetlow. »Man wollte die Kader nicht verlieren, aber die Spionage als solche wurde nicht gebraucht und war zu teuer. Also haben sie die Spezialisten auf die Ministerien verteilt. Früher waren die mit technischer Spionage befaßt. Aber jetzt können wir das nicht brauchen: Da stehlen sie irgendeine geheime Skizze, und was fangen wir dann damit an? Jetzt ist die Hauptsache, das Volk satt zu kriegen.«

»Und diese Spione haben bei den Amerikanern eine neue Kartoffelsorte geklaut?« erriet ich.

»Ja! Und der Vatikan hat es legalisiert, indem er es als göttliches Wunder anerkannt hat!«

»Genial! Darauf müssen wir was trinken!«

Ich rief meinen Assistenten, und auf dem Tischchen erschien eine Flasche roter Krimsekt.

»Das heißt«, fuhr ich fort, »irgend jemand hat diese glänzende Operation ausgeklügelt, die uns erlaubt, ruhig auch weiter diese einmaligen geklauten Kartoffeln anzubauen?«

»Ja.«

»Weißt du, wer dahintersteht?«

Swetlow schüttelte den Kopf.

»Wenn man es rauskriegen würde, könnte man ihn auch würdig belohnen«, erwog ich laut.

»Reden Sie mit dem Landwirtschaftsminister!«

»Warte, warte.« Ich überlegte. »Aber Landwirtschaftsminister ist doch Artilleriegeneral Wlassenko...«

»Richtig«, sagte Swetlow höflich lächelnd.

»Dann werden wir ihn auch belohnen!«

Wlassenko sah ich selten, aber die Neuigkeit, die Swetlow da brachte, erfreute und erstaunte mich gleichzeitig. Nicht alles ist bei uns verloren, wenn die Landwirtschaft von Generälen geführt wird! Das ist sicher! Hätten wir mehr solcher Generäle im zivilen Leben und weniger in der Armee!

Wir tranken auf die Gesundheit des Landwirtschaftsministers und seiner Mannschaft. Bald darauf ging Swetlow. Und ich begab mich ins Bad, stellte das Sektglas auf die Fensterbank und erfreute mich am Anblick der Andreaskirche. Der Hügel war verlassen und menschenleer. Das vereiste Straßenpflaster funkelte im Licht der gelblichen Laternen. Erleuchtet waren ein paar Schaufenster von Cafés und kleinen Geschäften.

Auf einmal wurde das Laternenlicht heller. Ich guckte genauer hin und sah, daß sich in das Laternenlicht irgendein weiteres, hinzugekommenes Licht gemischt hatte. Von unten arbeitete sich über das vereiste Pflaster ein gelber Geländewagen bergauf. Seine mächtigen Scheinwerfer streiften für einen Augenblick mein Fenster, und ich wich jäh zurück, als spürte ich eine Gefahr. Es war, als wäre das Scheinwerferlicht in meinem roten Sekt hängengeblieben. Ich streckte die Hand aus und nahm das Glas von der Fensterbank.

Den Rücken an die gekachelte Wand gelehnt, nahm ich einen Schluck von dem Schaumwein. Und meine innere Ruhe kam zurück.

103

Kiew. August 1985.

Komische Geschichte! Manchmal sagst du schnell irgendwas dahin, und es wird Wirklichkeit! Ich schlief noch, als meine Mutter zur Arbeit gehen wollte. Sie kam ins Zimmer, rüttelte mich und ließ, als sie wohl beschlossen hatte, sich nicht die Laune zu verderben und mich nicht mit Gewalt aus dem Bett zu bringen, einen großen Umschlag neben meinen Kopf aufs Kissen fallen.

In den Umschlag schaute ich später, bei einer Tasse Tee in der Küche. Ich zog ein offizielles Papier mit Stempel und Unterschrift hervor und staunte. Es waren ein Charakterzeugnis und Empfehlungsschreiben aus dem Militärkommissariat für den Gefreiten Bunin, S. P., ausgestellt nach dem Dienst in der Sowjetischen Armee, für die bevorzugte Aufnahme in die Leichtindustrie. Das Charakterzeugnis war umwerfend. Ich war demnach ›mehrfach ausgezeichnet‹ worden und Träger des Abzeichens ›Für Erfolge in der militärischen und politischen Arbeit‹. Wieviel Mama für diese Empfehlung wohl hingeblättert hatte? Andererseits, im Militärkommissariat saß saufendes, einfaches Volk. Möglicherweise hatten schon zwei Flaschen Kognak gereicht!

Auf meinem Gesicht erschien ein höhnisches Grinsen, aber trotzdem sagte irgendwas in mir: Das ist deine Chance! Nutze sie!

104

Kiew. September 2004. Samstag.

Ich kam gegen ein Uhr nach Hause. Vorsichtig, um Swetlana nicht zu wecken, öffnete ich die Türen und betrat auf Zehenspitzen den Flur. Aber meine Bemühungen waren ganz umsonst. Swetlana schlief nicht. Sie saß in einem Sessel und sah fern.

Als ich ins Wohnzimmer schaute, verwundert über die von dort herausdringenden Stimmen, erhob sie sich. Sie zog den weiten Bademantel mit dem Tigermuster zurecht, drückte auf die Fernbedienung und verwandelte damit im nächsten Moment irgendeine russische Fernsehserie in Malewitschs schwarzes Quadrat.

»Ich dachte schon, ich schlafe ein, ehe du kommst!« Sie beugte sich über ihren runden Bauch nach vorn und umarmte mich. »Hast du Hunger?«

»Nein, ich war ja bei einer Einzugsfeier.«

»Walja hat aus der Schweiz angerufen.« Swetlana sah hinüber zum Telefon, als sollte es diese Tatsache bestätigen. »Komm, wir setzen uns, mir fällt das Stehen schon schwer.«

Wir setzten uns aufs Sofa.

»Stell dir vor, die Ärzte haben ihr genau den gleichen Geburtstermin bestimmt wie mir! Siebenundzwanzigster Oktober! Wie ein Wunder! Wir können unsere Kinder am selben Tag bekommen!«

»Richtig, ihr habt ja auch in derselben Nacht empfangen! Weißt du noch?« sagte ich schnell und gab eine wissenschaftliche Erklärung für dieses Wunder.

Gut, daß Swetlana mir gar nicht zuhörte.

»Sie hat schon eine gute Klinik in Zürich gefunden«, fuhr Swetlana fort. »Nicht zu teuer. Sie möchte gern, daß wir unsere Kinder gemeinsam bekommen, du hast doch nichts dagegen?«

»Natürlich nicht!«

»Das habe ich ihr auch gesagt! Stell dir vor, wir werden uns Wand an Wand abmühen. Was für eine Geschichte! Ich habe Geburten ja bisher nur im Film gesehen! Dima wollte dabeisein, den Ärzten helfen, stell dir vor! Aber ich möchte nicht, daß du dabei bist. Ich will das nicht. Dort bei der Klinik gibt es ein kleines Hotel, du wartest dann im Hotelzimmer, einverstanden?«

»Einverstanden.«

»Ja, und Walja hat auch gesagt, daß es mit Dima Probleme gab.« Swetlanas Blick wurde plötzlich schuldbewußt. »Er ist weggelaufen. Zwei Tage war er verschwunden. Er ist vierzig Kilometer gegangen, einfach losgewandert, immer die Straße entlang. Und dann hat er sich an eine Bushaltestelle gesetzt und saß da ein paar Stunden, bis die Schweizer in der Nähe die Polizei gerufen haben. Gut, daß die so mißtrauisch sind, sonst hätte er sich noch erkältet. Es hat auch geregnet ... Der Professor hat ihm daraufhin zehn Injektionen verordnet. Jetzt ist er wieder in Ordnung. Magst du vielleicht einen Tee?«

»Nach dem Sekt? Nein! Machen wir lieber noch Sekt auf!«

»Gut, aber für mich nur ganz wenig, du weißt ja.«

»Ich weiß, ich weiß«, sagte ich und stand vom Sofa auf.

»Stell dir nur vor: Drei unserer Kinder kommen am selben Tag am selben Ort auf diese Welt! Das ist so wunderschön! Unfaßbar schön! In derselben Nacht haben wir empfangen, und am selben Tag gebären wir!« Sie lachte glücklich, dann hob sie die Hand so zum Mund, daß ihre schlanken Finger die lachenden Lippen verbargen. Glücklicher und einfältiger hatte ich Swetlana nie im Leben gesehen!

105

Kiew. Dezember 2015.

›Mit dem Verstand ist Rußland nicht zu erfassen.‹ Das stimmte wirklich.

Eine halbe Stunde zuvor war Kolja Lwowitsch mit dieser Videokassette hereingeplatzt, und ich tauchte direkt ab in Andersens Märchenwelt. Nur flossen alle Märchen in eins zusammen, und dieses eine spielte in Moskau.

»Noch mal?« fragte mich Kolja Lwowitsch. Er hatte zwei Fernbedienungen in den Händen: vom Fernseher und vom Videogerät.

»Ja, los!«

Wieder erschien auf dem großen Flachbildschirm die russische Troika, das Nachrichten-Emblem des staatlichen Fernsehkanals RTR. Dann kam schon die Reportage. Die winterlichen Straßen der russischen Hauptstadt, ein Abend, geschmückt von den leuchtenden Chrysanthemen der Straßenlaternen. Und eine vieltausendköpfige Prozession.

»Millionen rechtgläubiger Russen«, hob stolz der Sprecher aus dem Off an, »begrüßten mit großem Enthusiasmus die Entscheidung des Obersten Synods, den wahren Verteidiger der Alleingelassenen und Notleidenden, Wladimir Iljitsch Uljanow-Lenin, Opfer der Jüdin Fajna Kaplan, heiligzusprechen. Vom heutigen Tag an wird er der ganzen rechtgläubigen Welt als heiliger Märtyrer Wladimir bekannt sein. Mit Zustimmung des russischen Präsidenten und des Patriarchen der russisch-orthodoxen Kirche verbleiben die Reliquien des heiligen Wladimir vorerst in der steinernen Ruhestätte in der Kremlmauer, doch wird das nicht den orthodoxen Kanons entsprechende Wort ›Mausoleum‹ entfernt. Wenn Sie die Prozessionsteilnehmer genauer ansehen, werden Sie erkennen, daß viele von ihnen bereits Ikonen mit dem Antlitz des heiligen Wladimir in den Händen tragen. – Und jetzt die Sportnachrichten...‹

Kolja Lwowitsch schaltete den Fernseher aus und seufzte wieder schwer.

»Man muß irgendwie reagieren«, flüsterte er ohne Begeisterung.

»Vielleicht warten wir noch?« fragte ich. »Unsere politische Tradition ist doch – nicht reagieren, sondern abwarten!«

»Aber eine generelle Haltung dazu müssen wir finden!« beharrte Kolja Lwowitsch, und ich spürte, daß er recht hatte. »Wir müssen herausbekommen, wie sich unsere Patriarchen zu diesem Heiligen stellen!«

»Gut! Nimm den Leiter des Komitees für Religionsfragen und fahr bei allen vorbei. Dann berichtest du mir!«

Kolja Lwowitsch ging langsam hinaus. Er hatte einen Gesichtsausdruck, als hätte ich ihm befohlen, über ein Minenfeld zu wandeln. Aber er war ja selbst mit dieser Neuigkeit angekommen. Ihn hatte sie mehr aufgescheucht als mich. Also mußte er auch entschlossen genug sein, mit dieser phantastischen Situation klarzukommen, die alles enthielt, was man für ein hübsches Kindermärchen brauchte: einen Prinzen im gläsernen Sarg, Mengen von Narren in Christo mit Ikonen und Heiligenbildern, Schnee und die gelben Chrysanthemenblüten der Straßenlaternen. Ja, das hatte ich vergessen! Da war auch noch Gott, der vom Himmel herab das Geschehen beobachtete.

106

Kiew. Oktober 1986.

Gut am Leben war allein schon, daß man es manchmal lenken konnte wie ein Motorrad. Zack, im rechten Winkel abgebogen, und weiter auf der Geraden. Nur daß die neue Gerade interessanter war als die alte. So war auch meine jetzige Gerade das reinste Vergnügen. Nie hätte ich gedacht, daß das Studentenleben so Spaß machte! Man studierte ein bißchen, auf ›ausreichend bis genügend‹, ging in die Diskotheken und ins Wohnheim zu den Studentinnen. Man kriegte sechsunddreißig Rubel Stipendium, und eine Tasse

Kaffee im Studentencafé kostete einen sieben Kopeken! Man muß alles zur rechten Zeit tun. Und ich hatte wirklich zur absolut rechten Zeit die richtige Entscheidung getroffen. Sollten die anderen Studenten ruhig ein paar Jahre jünger sein als ich. Dafür lag hinter mir die Armee und vor mir das Vertrauen in den morgigen Tag. Und man achtete mich, wie in der Armee den Stubenältesten. Auch die Lehrer ließen mich ziemlich in Ruhe. Die Anfangsgründe der Volksernährung hatte ich schon begriffen. Die Geschichte der KPDSU studierte ich mit Auslassungen. Unser Professor für Marxismus-Leninismus mochte weder Stalin noch Breschnew, sein Held war Nikita Chruschtschow. Also erzählte er uns manches vom größten Maisanbauer der UDSSR und davon, wie unfair Leonid Iljitsch und andere Politbüromitglieder mit ihm umgesprungen waren. Ein ordentliches Studium. Nicht Ziel, aber Rechtfertigung des fröhlichen Studentenlebens.

David Isaakowitsch ging ich oft besuchen. Er hatte sein kürzlich erlittenes seelisches Trauma schon überwunden: Ein Bulldozer hatte seine Erdhüttendatscha platt gewalzt. Nur ein Jahr hatte sie da so gestanden und keinen gestört. Im Winter waren wir manchmal mit Vater Wassili dort hingegangen, hatten das Öfchen eingeheizt und im Eisloch gebadet. Und dann war es irgendwem in den Sinn gekommen, die Erdhütte von der Erde zu tilgen. Schade. Aber mehr als die Erdhütte tat mir der Alte leid. Zwei Monate lang war er düster herumgewandert, hatte ein Kreuz an die Stelle der Erdhütte gesetzt, als wäre es ein Grab. Und irgendwie war es ja auch ein Grab. Da lag seine Unabhängigkeit von der ›bösen Wirklichkeit‹ begraben, er selbst hatte es so gesagt.

Aber dafür war er jetzt reich. Er bekam auf einen Schlag seine Rente aus mehreren Jahren und erhielt von jetzt an jeden Monat Geld. Er trank wenig, hatte zwei gebrauchte Wandteppiche gekauft und sie in sein Zimmer an die Wände gehängt. Und überhaupt füllte sich das Zimmer ganz langsam mit Plunder und Staub. Wenn man jetzt reinkam, roch es gleich nach konkretem Leben. Es war so ein eigener Geruch, der in einer Wohnung entstand, wenn dieselben Leute lange darin lebten. Wahrscheinlich setzte der Geruch sich aus den vielen kleinen Gerüchen der Gewohnheiten und Ticks der Leute zusammen. Zum Beispiel roch es im Zimmer des Nachbarn, der jene braunen Schuhe eingelaufen hatte (mit übrigens ziemlich gutem Ergebnis), nach gebratenen Zwiebeln, Tabak und Naphtalin. Obwohl er die Zwiebeln ja in der Gemeinschaftsküche briet! Den Geruch bei dem Alten in seine Einzelbestandteile zu zerlegen wie ein fertiges Gericht in seine ursprünglichen Zutaten, war unmöglich. Aber die Hauptsache war, daß genau derselbe Geruch manchmal von David Isaakowitsch selbst ausging, und das hieß, er war mit dem Zimmer zusammengewachsen, vertraut geworden und fühlte sich jetzt in seiner Behausung wahrscheinlich wohler als früher in der Erdhütte.

Bruder Dima lebte nach wie vor in Puschtscha-Wodiza, im Heim für Verrückte. Mama brachte ihm jede Woche Schokoladenkekse. Ein-, zweimal im Monat fuhr ich mit, aber besondere Freude bereiteten mir diese Fahrten nicht. Das einzig Interessante war, die Bücher aufzutreiben, die mein Bruder haben wollte. In letzter Zeit fing er an, viel zu lesen. Zur Zeit hatte Dima zwei Lieblingsbücher: Ethel

Voynichs ›Stechfliege‹ und ›Wie der Stahl gehärtet wurde‹. Ein eindeutig kranker Geschmack, aber er bezeichnete sich selbst ja auch nicht als normal.

Normale Menschen lasen solche Bücher nicht freiwillig. Ich nahm an, normale Menschen lasen gar keine Bücher, bestenfalls Zeitungen oder die Zeitschrift ›Ogonjok‹.

Auch jetzt waren Mama und ich gerade zu Dima nach Puschtscha-Wodiza unterwegs. An den Fenstern des halbleeren Autobusses zog der herbstliche Wald vorbei. In meiner Hand schwankte die neueste Ausgabe der ›Moskovskie Novosti‹, in der ich gleich drei interessante Artikel entdeckt hatte: über das Leben in Stalins Lagern, über die drohende Ausbreitung der Syphilis und etwas über Computer.

107

Kiew. September 2004. Dienstag.

Die Besprechung beim Minister schien mir die ödeste meiner ganzen Dienstzeit. Zum zwanzigsten Mal rief er uns dazu auf, gegen Amtsmißbräuche unserer Untergebenen vorzugehen und umfassende Transparenz bei der Privatisierung großer und mittlerer Industrieobjekte anzustreben. Ich sah ihm ins Gesicht und wartete: Gleich würde er uns zuzwinkern, und wir zwinkerten zurück. Bitte schön, laut wurde gesagt und vernommen, was sich gehört, doch jetzt an die Arbeit, und wie eh und je! Aber er zwinkerte kein einziges Mal, und es blieb ein befremdliches Gefühl – nicht nur bei mir, nach dem Gesichtsausdruck meiner Kollegen zu schließen.

Nilotschka empfing mich im Vorzimmer herzlicher als gewöhnlich. Und mir wurde gleich leichter zumute – ich hatte befürchtet, daß sie doch gekränkt war. Sogar gestern, am Sonntag, hatte ich mir deshalb Gedanken gemacht.

»Tee oder Kaffee?« fragte sie und erhob sich hinter ihrem Tisch.

Aber da klingelte das Telefon.

»Rufen Sie bitte in einer Viertelstunde wieder an, er ist noch nicht da!« sagte sie in den Hörer, ohne die lachenden Augen von mir zu wenden.

›Kühn‹, dachte ich, aber ich fragte nicht, wer dran gewesen war.

Fünf Minuten später saßen wir bei mir und tranken Kaffee.

»Hat Ihre Frau nicht mit Ihnen geschimpft?«

»Nein! Wieso denn?«

Nilotschka lächelte.

»Einfach so, ich habe so schöne Erinnerungen an den Abend.«

»Ich auch«, gestand ich völlig aufrichtig.

»Dann lade ich Sie wieder einmal ein! Werden Sie kommen?«

»Ja, Nilotschka, wenn ich wieder zurück bin! Ach, übrigens, buche mir bitte zwei Flugtickets nach Zürich für Freitag. Mit offenem Datum für den Rückflug. Business-Class. Vergißt du es nicht?«

»Sergej Pawlowitsch, ich vergesse nie etwas, besonders nicht, was man mir Gutes getan hat!« sagte sie und lachte dieses heitere, klingende Lachen, das mich am Freitag abend erstaunt und beglückt hatte.

»Du darfst nicht so lachen.« Ich drohte ihr scherzhaft mit dem Finger. »Sonst hören sie dich und bringen dich von mir weg!«

»Ich habe Ihnen doch gesagt, daß mich keiner hier wegbringt!«

Zur gleichen Zeit drang aus dem Vorzimmer hartnäckiges Telefonklingeln herüber. Nilotschka lief hinaus. Dann schaute sie wieder herein, belustigte Verwunderung im Gesicht.

»Sergej Pawlowitsch, jemand von der Miliz will Sie sprechen!«

»Was?« Ich riß die Augen auf. »Von welcher Miliz?«

»Hauptmann Murko«, sagte sie kopfschüttelnd.

»Frag ihn, was er will!«

Nilotschka verschwand für eine halbe Minute, dann erschien sie wieder im Türrahmen.

»Er sagt, er war Trauzeuge bei Ihrer Hochzeit und er hat eine wichtige Information für Sie!«

»Gut, verbinde uns«, sagte ich, als mir der Verkehrspolizist wieder einfiel, der Swetlana an der Auffahrt zum Petschersker Standesamt angehalten hatte.

»Sergej Pawlowitsch, erinnern Sie sich an mich?« fragte gleich, ohne Begrüßung, eine heisere Männerstimme.

»Natürlich erinnere ich mich, Hauptmann! Wie heißen Sie eigentlich mit Vornamen?«

»Iwan.«

»Also, was gibt's, Wanja?« fragte ich.

»Ich habe Husseinow gefunden, Sie haben doch gefragt!«

»Na, so was!« staunte ich. »Und, was macht er, ist er in Kiew?«

»Ja, in Kiew. Er handelt mit Kühlschränken! Notieren Sie sich seine Telefonnummer.«

»Ich notiere!«

»288-33-12, Firma ›Sewer-Plus‹.«

»Gib mir für alle Fälle noch mal deine Nummer, ich glaube, ich habe sie nicht mehr. In ein, zwei Monaten kannst du zur Taufe kommen!«

Mit froher Stimme diktierte Hauptmann Murko mir gleich drei seiner Telefonnummern: im Dienst, zu Hause und bei der Schwiegermutter. Damit verabschiedeten wir uns.

Ich legte den Hörer auf und starrte, plötzlich melancholisch geworden, auf Husseinows Telefonnummer. Ich dachte an die schneebedeckte Fußgängerbrücke, die Truchanow-Insel, den Alten, der mich aus dem Eisloch gezogen hatte, seine Erdhütte. Es wäre natürlich interessant, Husseinow jetzt zu sehen, zu erfahren, was er in all diesen Jahren gemacht hat. Aber vor dem Gespräch mußte ich ihm unbedingt eins in die Fresse hauen. Und zwar aus vollem Herzen! Echte Freunde tun nicht, was er getan hat. Und ich hatte damals geglaubt, daß wir echte Freunde waren!

»Sergej Pawlowitsch.« Nilotschka sah wieder herein. »Jemand vom Bürgermeister ist da, Viktor Iwanytsch, wegen der Betonfabrik in Obolonja. Empfangen Sie ihn?«

»Herein mit ihm«, seufzte ich.

»Oh, Ihre Krawatte ist verrutscht!« sagte Nilotschka besorgt, kam schnell her und zupfte sie zurecht.

108

Kiew. Dezember 2015.

Kolja Lwowitschs Befürchtungen bewahrheiteten sich schon am nächsten Tag. Vom frühen Morgen an bewarf die Kommunistische Partei der Ukraine gemeinsam mit den Neokommunisten und den Neokomsomolzen die Botschaft der Russischen Föderation mit eingelegten Tomaten und Äpfeln. Sie begannen das Gebäude zu umzingeln, doch gegen elf kam den Russen die Ukrainische Partei der Werktätigen Orthodoxie zu Hilfe. Mehr als tausend junger ›Werktätiger‹ bildeten eine doppelte Kette um das Botschaftsgebäude. Einige hatten selbstgemalte Ikonen mit Bildern des frischgebackenen heiligen Wladimir dabei. Sie sangen Psalmen, beteten für sein ewiges Andenken und für andere Opfer der Juden. Im Podolviertel bildete sich eine Demonstration des Kongresses der jüdischen Gemeinden mit der Forderung, die Formulierung des Synods zu ändern.

Gegen zwölf, nachdem ich alle anderen Treffen abgesagt hatte, versammelte ich auf der Bankowaja die Säulen meiner Macht und verlangte die sofortige Wiederherstellung der Ordnung.

»Mobilmachung aller Kräfte! Alle unsicheren Kandidaten unter Kontrolle. Für den Bürgermeister von Kiew ...« Ich sah mich um und überflog mit dem Blick die vertrauten Gesichter, aber den Bürgermeister sah ich nicht. »Wo ist er?« Ich wandte mich an Kolja Lwowitsch: »Finde ihn und sag ihm: Von morgen früh an das Zentrum und das Viertel um die russische Botschaft für den Verkehr sperren, vorweihnachtliche Volksfeste organisieren, Brauchtumsgruppen auftreten lassen und ähnlichen Zauber! Alle Bier- und Getränkehersteller als Sponsoren engagieren. Daß das Land bis Neujahr nicht trocken wird! Verstanden? Nicht trokken wird, aber sich anständig benimmt! Und keine solchen Zwischenfälle und nicht ein größeres Verbrechen mehr! Klar? General Filin, die gesamte Blüte unserer Verbrecherwelt auf die Kanarischen Inseln, auf eigene Rechnung! Verstanden?«

General Filin nickte. Die übrigen ›nickten‹ mit den Augen.

Als die Sitzung zu Ende war, rief ich Kolja Lwowitsch und fragte ihn leise: »Was denkst du, haben die sich diesen Trick mit Lenins Heiligsprechung für uns ausgedacht?«

»Für alle«, flüsterte er. »Aber für uns ist er gefährlicher als für die anderen!«

»Hör zu! Ich gebe dir freie Hand. Berufe das Krisenkomitee zur Provokationsabwehr ein. Du gehst still und inoffiziell vor. Keine Verlautbarungen an die Presse. Wenn was ist, gleich zu mir. Ich rede mit Swetlow. Er wird euch helfen!«

»Swetlow lieber nicht«, bat Kolja Lwowitsch.

»Wieso?«

»Er wird von so vielen Seiten beschattet! Er bringt sowohl Russen als auch Nichtrussen auf unser Komitee!«

»Ach so?! Na gut. Dann mach es allein! Morgen früh erwarte ich dich mit einem Aktionsplan!«

Kaum war ich allein, legte sich eine unsichtbare Schwere auf meine Schultern, und ich sackte auf Major Melnitschenkos Sofa zusammen. Ich war wie erschlagen von Zweifeln und Unsicherheit. Es kam mir vor, als würde die Ruhe für immer aus meinem ohnehin unruhigen Leben verschwinden.

Draußen schneite es in dicken Flocken. Da draußen herrschte freudloser Winter, aber nur ich allein hatte seine Freudlosigkeit bemerkt. Alle anderen, so schien es, waren völlig zufrieden mit ihm.

»Sie sollten sich ausruhen«, drang das Flüstern meines Assistenten direkt an mein Ohr.

Ich schlug erschrocken die Augen auf. Zu schimpfen, ihn anzuschreien hatte ich weder Kraft noch Lust.

»Ruf einen Wagen. Wir fahren zur Desjatinnaja.«

»Jawohl. Hier ist ein Umschlag für Sie von General Swetlow.«

Ich nahm den Umschlag und zog einen kleinen Zettel heraus.

»Herr Präsident. Schlechte Nachrichten übergibt man besser durch Boten. Ihren Streß-Spezialisten hat man erhängt im Wald bei Luzk gefunden. Man könnte an Selbstmord denken, wären da nicht die auf dem Rücken gefesselten Hände.

Immer zu Ihren Diensten.«

›So also‹, dachte ich gramvoll. ›Jetzt werde ich nie den Zusammenhang erfahren zwischen dem Acker bei Ternopol, meinem Streß und der genmanipulierten Kartoffel!‹

109

Kiew. Dezember 1986.

Schon seit zwei Wochen schneite es, alles lag unter einem weißen, weichen Teppich. Morgens, noch im Dunkeln, scharrten die breiten Schaufeln der Hausmeister, in den Schnee wurden Pfade und Wege gezogen. Mein Balkon war bis ans Geländer zugeschneit. Aber das machte auch nichts. Die Balkontür war ringsum mit Watte abgedichtet und verklebt, so, daß ich sowieso erst wieder im Frühling dort rauskonnte, irgendwann im März oder April.

Meine Mutter war zur Arbeit gegangen. Dort gab es irgendwelchen Ärger, aber mir erzählte sie nichts. Irgendwas stürzte ein in diesem Land. Es war einfach zu groß. Nur mit einem Ohr hatte ich eines von Mutters Telefongesprächen mit angehört, aus dem ging hervor, daß zwei Waggons mit irgendwelchen Ersatzteilen aus Kasan nicht in Kiew angekommen waren. Diese Waggons suchten sie schon seit Tagen, ihretwegen stand seitdem eine ganze Produktionslinie still. Es war klar, daß Chaos herrschte. Aber ich konnte da gar nicht helfen. Alles, was von mir abhing, hatte ich getan, das hieß, ich hatte mich ins Institut aufnehmen lassen. Jetzt verlangte keiner mehr was von mir. Jetzt war ich ein ordentlicher sowjetischer Student. Angemessener Leichtfuß und angemessener künftiger junger Spezialist.

Aber an diesem Tag war ich Leichtfuß. An diesem Tag ging ich mit David Isaakowitsch und Vater Wassili zur Truchanow-Insel im Eisloch baden. Übrigens, auf meine Mitstudenten, genauer, die Studentinnen, machte mein Eisschwimmen gewaltigen Eindruck. Wir waren neun Mädchen und drei Jungs in unserem Kurs. Meine beiden Kollegen waren von ihren Kolchosen geschickt worden. Sie mußten, um genommen zu werden, die Prüfung mit ›genügend‹ bestehen. Ich auch. Die Mädchen hatten sich dafür ins Zeug gelegt und über den Lehrbüchern gebrütet. Das taten sie auch jetzt noch und exzerpierten und büffelten. Wir drei dagegen hatten einen vereinfachten Zugang zum Studium. Wir bereiteten uns nur auf die Prüfungen vor. Und ich persönlich mochte die Besuche in der Produktion. Ich mochte auch die großen Extraktionsmaschinen, mit deren Hilfe alle möglichen Halbfertig- und Fertiglebensmittel hergestellt wurden. Ich mochte die Gewichtigkeit unserer Leichtindustrie. Erst wenn man auf das Innere dieser Industrie traf, dann begriff man, wie wichtig es war, das Volk satt zu kriegen. Denn wenn man es nicht satt kriegte, würde es sich besaufen, ohne was Festes im Magen, und Derartiges anrichten, daß man es nie wieder ausbügeln konnte. Und zweitens würde ein hungriger Mensch kaum überhaupt arbeiten gehen. So kam ich jedenfalls, bewußt oder unterbewußt, zu den Quellen der Werktätigkeit unseres Volkes. Und diese Quellen beeindruckten mich.

Übrigens, als ich von den Nudelfließbändern erzählte, hörte sogar David Isaakowitsch aufmerksam zu. Es stellte sich heraus, er hatte nie im Leben darüber nachgedacht, woher die Makkaroni kamen. Seitdem er es jetzt wußte – und das gestand er mir selbst –, hatte unser Essen bei ihm an Wertschätzung und Interesse gewonnen. Vater Wassili allerdings war nicht besonders beeindruckt. Für ihn war jedes Essen ›Gottes Speise‹, und wer da auch an der Maschine stehen mochte, Herr aller dieser Fließbänder war Gott, gleichzeitig Bäcker, Fischer, Nudelhersteller und Wurstfabrikant.

Ich schaute durch die dichten Eisblumen am Fenster nach draußen und überlegte: ›Wie wird es wohl auf der zugeschneiten Fußgängerbrücke? Wie wird es, barfuß im Schnee, bis zum Eisloch? Hoffentlich ist es nicht wieder zugefroren!‹

Das Telefon klingelte und riß mich aus meinen Gedanken.

»Serjoscha?« Das war meine Mutter. »Vergiß nicht! Morgen fahren wir zu Dima. Kauf frische Zeitungen.«

»Aber bis morgen sind die schon nicht mehr frisch!«

»Kauf heute welche und morgen«, beharrte Mama. »Du weißt doch, was der Arzt gesagt hat.«

›In Ordnung‹, dachte ich, ›also kauf ich welche.‹

Dima hatte nämlich einen neuen Arzt, einen ziemlich jungen. Und der hatte erklärt, daß Dima Fortschritte machte. Daß man praktisch über alles mit ihm reden konnte und seine Antworten sehr vernünftig waren. Der Arzt hatte bemerkt, daß Dima manchmal die von Verwandten der Kranken weggeworfenen Zeitungen einsammelte, sie glattstrich und durchlas. Und danach hob sich seine Stimmung. Versuchsweise hatte der Arzt ihm ein paarmal Ausgaben der Zeitschrift ›Ogonjok‹ gegeben und das Gelesene mit ihm diskutiert. Und ebendaraufhin sprach der Arzt mit Mama. Mama war selig, als sie erfuhr, daß Dima praktisch gesund war und all seine Probleme weniger psychisch als emotional waren. Und wir sollten ihm jetzt möglichst viele Zeitungen mitbringen. Sozusagen indem Dima in den Lebenskontext eintrat, konnte er allmählich auch in dieses Leben zurückkehren, würde dann sogar selbst in dieses Leben zurückkehren wollen, über das er soviel las. Erst recht, wo es sich so zügig zum Besseren veränderte!

›Mal sehen‹, dachte ich. Und seufzte. Die letzten Artikel, die ich in der ›Literaturnaja Gaseta‹ gelesen hatte, berichteten von Irren, die Frauen an Bahnhaltestellen ermordeten. Ich dachte: Wäre ich Dima und würde mich an solchen Artikeln satt lesen, wollte ich dann in dieses Leben zurückkehren?

110

Kiew. September 2004. Dienstag. Abend.

»Wieso hast du so was als Treffpunkt genommen?!« Husseinow breitete fassungslos die Arme aus und sah hoch zum knallgelben symbolischen Buchstaben von ›McDonald's‹. »Da drüben steht so eine schöne Kirche! Du hättest sagen können ›Bei der Kirche‹.«

»Wenn es eine Moschee wäre, dann hätten wir uns dort getroffen!«

»Ich bin nicht religiös! Na, dann: Grüß dich!«

»Grüß dich, Leutnant!« antwortete ich.

Wir umarmten uns.

»Nicht Leutnant, sondern Oberst der Miliz. Ehemaliger«, verbesserte er mich stolz und ließ mich los. »Also, wo gehen wir hin?«

Ich sah mich um. Um diese Tageszeit erfreute der Postplatz das Auge. Auf der gegenüberliegenden Seite krochen langsam die Waggons der Seilbahn den Wladimirhügel hoch und sahen aus wie ein großes Glühwürmchen. Von oben kam ihnen genau so ein Glühwürmchen entgegen. Auf den Anhöhen leuchteten verstreute einsame Laternen, die von hier aus unsichtbare Alleen erhellten. Auf der anderen Platzseite umrankten Neonlichtstreifen das Gebäude des Flußbahnhofs, die Terrasse des Restaurants ›Welle‹ war hell erleuchtet und bevölkert, und die unaufdringliche Musik für die Übervierzigjährigen klang herüber. Links vom Flußbahnhof lag ein Dampfschiff mit drei Decks vertäut, ebenfalls von Leben und Licht erfüllt.

»Gehen wir zu den Amerikanern!« schlug Husseinow vor.

»Ins ›Arizona‹, meinst du?«

»Mhm.«

Wir gingen ein Stück weit die Kreschtschatik-Uferstraße entlang und bogen in den Hof des Restaurants ein, und dort, bei der gemütlichen, aber hellen Beleuchtung, wurde ich auf den unerwartet makellosen Geschmack meines alten Bekannten aufmerksam. Der Anzug saß nicht nur, wie man so sagt, er saß mit Stolz. Schuhe, Hemd, Krawatte, alles nach der neuesten Mode. Man sah, Husseinow verfolgte die Bilder in den Männerzeitschriften!

»Fräulein, geben Sie uns den besten Tisch!« sagte er zu der Bedienung mit einer ausladenden Geste.

Das Mädchen führte uns wortlos zu einem Holztisch in der linken Ecke des Raumes und machte kehrt, um die Karte zu bringen.

»Fräulein, wie heißen Sie?« hielt Husseinow sie auf.

»Wita!«

»Liebe Wita, wir brauchen keine Karte! Ich lese nicht gern! Sagen Sie lieber: Was ist bei Ihnen das Teuerste und Leckerste?«

»Und wenn der Preis nicht dem Geschmack entspricht?« fragte die junge Frau völlig vernünftig.

›Tolles Mädel!‹ dachte ich.

»Also, was ist dann bei Ihnen das Leckerste?«

»Hammelfleisch auf argentinische Art.«

»Zwei Portionen, und verschiedene Salate! Nichts dagegen?« Er wandte sich zu mir.

»Wenn du mich einlädst, nichts dagegen!«

»Selbstverständlich lade ich dich ein! Du hast mich doch gefunden! Ich muß dankbar sein! Was trinken wir?«

»Zum Hammelfleisch? Gut wäre chilenischer oder argentinischer Roter.«

»Nein, Wein geht nicht. Der Koran erlaubt es nicht. Ich trinke Wodka. Und für dich nehmen wir Wein!«

»Vor einer halben Stunde warst du doch nicht religiös?« wunderte ich mich, und auf meinem Gesicht erschien ein ironisches Lächeln.

»Ich bin nicht religiös, aber Moslem. Verstehst du?«

»Portwein hast du früher auf Teufel komm raus getrunken!« erinnerte ich mich.

»Früher ging das, früher in der UDSSR waren alle gleich und haben gleich getrunken!«

Husseinow bestellte eine Flasche chilenischen Wein und eine Flasche ›Nemiroff‹-Wodka. Ich sah besorgt auf die Uhr – kurz nach acht. Ich rief Swetlana mit dem Handy an, bat sie, nicht auf mich zu warten und schon ins Bett zu gehen.

»Wo bist du, wieder bei einer Wohnungseinweihung?« fragte sie, aber in ihrer Stimme war kein Ärger.

»Nein, ich habe einen alten Freund getroffen, wir sitzen

in einem Restaurant am Ufer. In Podol.« Ich hielt für einen Moment das Handy von mir weg und bat Husseinow: »Sag meiner Frau irgendwas Nettes, damit sie sich keine Sorgen macht!«

Er nahm das Handy. »Guten Abend, ich heiße Marat Husseinow! Ich kenne Ihren Mann seit seiner Kindheit, seit er zum ersten Mal der Miliz vorgeführt wurde! Wir sitzen hier nur zu zweit, keine einzige Frau in der Nähe. Ehrenwort eines Kaukasiers! So! Gute Nacht!«

Er gab mir das Handy zurück, ich sagte Swetlana noch ein paar zärtliche Worte, und wir verabschiedeten uns.

»Eine schöne Frau?« fragte er und nickte auf das Handy, das jetzt auf dem Tisch lag.

»Natürlich eine schöne. Wir bekommen ein Kind, genauer – Zwillinge. Demnächst!«

»Ihr kriegt von mir einen Kinderwagen!« versprach Husseinow.

Zuerst erschienen die zwei bestellten Flaschen auf dem Tisch, und fünf Minuten später auch zwei enorme Teller, buchstäblich überquellend von Fleisch. Auf jeden Fall gab es mehr Fleisch darauf als Pommes frites.

»Ich bin doch damals heimgefahren, nach Dagestan«, erzählte Husseinow, während er Hammelfleisch kaute. »Bin zur Miliz gegangen und hab es bis zum Oberst gebracht – bei uns ist das leichter als hier! Und dann ging das in Tschetschenien los und kam auch zu uns. Sie fingen an, Milizionäre in die Luft zu jagen, und Minister. Es wurde ungemütlich. Ich habe meinem Vater gesagt: Ich will zurück in die Ukraine. Er hat es erlaubt. Ich habe Geld mit hergebracht, eine Wohnung in Tschokolowka gekauft, eine Firma gegründet. Ein anständiges Leben, jetzt kann man auch an Familie denken!«

Ich hörte ihm zu und überlegte: ›Erinnert er sich etwa gar nicht an jenen letzten Wintertag, genauer, -abend, nach dem wir uns nicht mehr wiedersahen? Weiß er gar nicht mehr, wie er mich betrunken irgendwo am Ufer der Truchanow-Insel zurückgelassen hat? Erinnert er sich nicht mehr an das Klirren der leeren, über die vereiste Schneekruste der Fußgängerbrücke kullernden Wodkaflasche?‹

»Du hast also schon geheiratet! Kriegst schon Zwillinge! Das ist richtig so«, fuhr er fort. »Wie ein Mann!«

Wir stießen an: Ich mit einem Glas wirklich gutem schwerem Roten, er mit einem Glas Wodka.

»Auf die Freundschaft!« schlug er gleich darauf einen Trinkspruch vor.

»Ja«, stimmte ich ziemlich kühl zu.

Dann bemerkte er plötzlich diese Kühle auch in meinen Augen. Allmählich reifte in ihm eine Frage. Und endlich: »Hör mal, du siehst aus, als wärst du gar nicht froh?«

»Doch, ich bin froh, nur will ich dich die ganze Zeit fragen...«

»Frag!«

»Erinnerst du dich an unsere letzte Begegnung? Im Winter fünfundachtzig? Nein?«

»Winter? Fünfundachtzig?« wiederholte er. »Das war, als sie mich aus der Miliz rausgeworfen haben?«

»Ja. Wir beide haben das Ereignis begossen, nur du und ich, Wodka auf der Fußgängerbrücke getrunken. Und dann hast du mich betrunken allein gelassen! Du weißt es nicht mehr?«

Husseinows Lippen bewegten sich, als würde er etwas vor sich hin sagen, irgendein moslemisches Gebet. Und sein Blick kehrte sich nach innen. Vielleicht wußte er wirklich nichts mehr?

»Verstehst du …« Er sah mich wieder an, und ich erkannte das Schuldgefühl in seinen Augen. »Ich schäme mich furchtbar. Ich erinnere mich. Ich habe oft an diesen Abend gedacht! Ich fing an, von der Brücke zu kotzen, habe mich rübergebeugt, und dann, als es wieder ging, drehe ich mich um und sehe, daß du dorthin, zur Insel, gehst. Es schneite. Und ich dachte: Zum Teufel mit dir! Verzeih, so habe ich gedacht, ich weiß es bis heute! Ich dachte, wenn ich dir nachlaufe, erfriere ich, todsicher. Dachte, du bist ja von hier, dich wird irgendwer auflesen, aber mich, als Kaukasier, lassen sie wie einen Hund liegen!«

Ich hörte zu und staunte. Staunte über sein gutes Gedächtnis, aber noch mehr über seinen Mut. Mir diese Gedanken zu gestehen, das hieß Dreck über sich selbst auszukippen.

»Wenn du kannst, verzeih! Wir trinken Bruderschaft, werden Brüder! So was passiert nie mehr! Ich schwöre es bei meiner Mutter!«

»Weißt du«, sagte ich und stellte das nicht geleerte Glas zur Seite. »Du erinnerst dich an mehr als ich. Aber damals, im Winter – wenn ein alter Jude mich nicht zufällig gefunden hätte, säßen wir nicht hier. Wir beide hätten uns erst dort« – ich wies zum von hier aus unsichtbaren Himmel hinauf – »wiedergetroffen! Ich bin am Ufer in ein Eisloch gefallen, hätte bis heute auf dem Grund liegen können …«

Meine letzten Worte waren kalt und stählern, ich erschrak selbst. Und Husseinow sah mir in die Augen, ohne zu blinzeln.

»Was soll ich tun? Sag es! Wozu eine Kränkung so lange mit sich herumtragen! Das geht doch nicht!« Er klang beunruhigt. »Wir waren doch beide betrunken. Du hättest mich dort genauso allein lassen können!«

»Wahrscheinlich«, stimmte ich zu. »Aber es war umgekehrt. Du hast mich allein gelassen!«

»Was soll ich tun, damit du mir verzeihst? Schlag mich, wenn du willst!«

»Ich will schon lange«, gestand ich.

Husseinow goß sich noch einen Wodka ein, kippte ihn auf einen Schluck hinunter und sah sich um.

»Bloß nicht hier, das wäre unschön. Da sitzen Ausländer!«

Er erhob sich schwankend und ging zum Ausgang. Ich folgte ihm.

Auf der Uferstraße war es schon dunkel. Wir blieben draußen vorm Hofeingang stehen.

»Nur schlag so, daß wir es gleich vergessen können und nie mehr dran denken! Keine Angst, man hat mich mehr als einmal geschlagen, ich bin zäh! Warte.« Er wies auf ein Pärchen, das vom Restaurant her auftauchte.

Die beiden gingen an uns vorbei zu einem schwarzen BMW. Wir warteten, bis der Wagen weg war.

»Na, los!« sagte er, nachdem er sich noch mal nach allen Seiten umgesehen hatte.

Ich schlug ihn mit aller Kraft ins Gesicht. Er flog nach hinten, fiel rücklings auf den Asphalt und blieb da liegen.

Ein paar Sekunden lang wartete ich ruhig. Dann wurde

ich nervös. Ich hatte ihn doch wohl nicht umgebracht? Er konnte heftig mit dem Hinterkopf aufgeschlagen sein, und das war schlimmer als ein Faustschlag ins Gesicht. Was wurde jetzt? Ich war ein Idiot! Was war jetzt mit der Schweiz, was mit der Geburt? In den ›Kiewer Nachrichten‹ würden sie die Überschrift auf der ersten Seite bringen, in großen roten Lettern: »Stellvertretender Wirtschaftsminister erschlägt dagestanischen Geschäftsmann!«

Ich weiß nicht, wie viele Ängste meinen Kopf in den paar Minuten aufsuchten, aber irgendwann merkte ich, daß Husseinow sich rührte. Er hievte sich auf die Ellbogen, setzte sich auf und saß schweigend da. Dann rappelte er sich hoch.

»Hätte ich das gewußt, hätte ich Jeans angezogen«, sagte er und bedeckte seine Adlernase mit der rechten Hand. »Aber ich dachte, ich treffe einen alten Freund, da muß ich mich fein anziehen! ›Versace‹-Anzug, ›Hugo Boss‹-Hemd...«

Mit der linken Hand fuhr er sich über die Hosen und das Jackett.

»Scheint nichts kaputt...«

Ich ging um ihn herum und klopfte Jackett und Hosen ab.

»Nein, alles heil!« beruhigte ich ihn und merkte, daß mein ganzer wie Zinsen bei der Bank angehäufter Zorn auf ihn verraucht war.

»Du hast mir das Nasenbein gebrochen«, sagte er ruhig. Seine feuchten Augen glänzten über der mit der Hand bedeckten Nase. Sie waren voller Selbstmitleid.

»Gehen wir!« Ich faßte ihn unter.

Wir gingen zur Toilette. Aus seinem linken Nasenloch lief Blut. Er wusch sich mit kaltem Wasser, stand dann vor dem Spiegel über dem Waschbecken und sah zu, wie es aus dem Nasenloch weitertropfte. Es tropfte und vermischte sich gleich darauf mit dem feinen Wasserstrahl.

Ich reichte ihm ein paar Papiertaschentücher für sein Gesicht. Aus einem Taschentuch drehte er eine Art Pfropfen und stopfte damit das Nasenloch zu.

»Schau, es hat geklappt!« freute sich Husseinow. »Gehen wir zum Essen!«

Die Kellnerin Wita stand gerade an unserem Tisch.

»Oje, ist etwas passiert?« fragte sie mit aufgerissenen Augen und sah auf Husseinows schmutzige Hosen.

»Nein, nein«, sagte er. »Wir sind rausgegangen, eine rauchen, und ich bin gestolpert...«

»Sie können hier rauchen, ich bringe Ihnen sofort einen Aschenbecher!« sagte die Kellnerin hastig.

»Nein, danke! Das hat schon genügt! Ich will nicht mehr rauchen. Bring uns lieber den Nachtisch! Was ist bei euch das Allersüßeste?«

Wita nannte ein paar verschiedene Desserts. Husseinow wählte für jeden von uns ein Stück Apfel-Honigkuchen aus. Dann, als die Kellnerin weg war, füllte er mein Weinglas und sein Wodkaglas, und auf sein Drängen tranken wir stehend Bruderschaft.

Ein Glas chilenischen Rotwein praktisch auf ex hinunterzuschütten war natürlich barbarisch, aber Husseinow wollte es so. Es war sein Wunsch, und ich respektierte ihn, wie er zehn Minuten zuvor meinen Wunsch, ihm eins in die Fresse zu hauen, respektiert hatte. Eine der nicht geahndeten Kränkungen war aus meinem Gedächtnis und meiner Biographie gestrichen.

III

Kiew. Dezember 2015.

Als die Volksfeste erst mal in Gang kamen, wurde der neue heilige Märtyrer Wladimir vergessen. Die Leidenschaften legten sich, aber ich wußte, daß diese Ruhe nur vorübergehend war. Die Ruhe vor dem Sturm. Nur, was für ein Sturm würde es werden, und aus welcher Richtung würde er losbrechen?

Zu Ehren des katholischen Weihnachtsfestes empfing ich den Gesandten des Vatikans, Nuntius Grigorij. Im stillen, fast traurigen Rahmen tauschten wir unsere Geschenke aus. Das Ganze fand im Marinski-Palast statt, im Empfangssaal, unterm geschmückten Tannenbaum.

Der Nuntius sprach nicht schlecht Russisch, und er paßte den Moment ab, als mein Assistent und der offizielle Dolmetscher sich für eine Sekunde abwandten, und flüsterte mir zu: »Hütet euch vor jenen, welche euch Geschenke bringen!«

Ich nickte. Erst danach, als er schon weg war, überlegte ich: Wen meinte er? Heute war außer ihm niemand mit Geschenken gekommen. Und auch sein Geschenk war symbolisch und völlig unpersönlich: ein Gemälde aus dem sechzehnten Jahrhundert mit einer Darstellung des Petersplatzes in Rom.

Gegen zwölf war ich wieder in der Bankowaja und ließ Kolja Lwowitsch rufen. Der kam federnden Schrittes, bis unter die Haarwurzeln erfüllt vom Gefühl des eigenen Wertes und der eigenen Wichtigkeit. In der Hand hielt er eine braune Ledermappe.

Ich wies auf Major Melnitschenkos Sofa. Er ließ sich hineinfallen und schlug die Beine übereinander.

»Vorerst alles ruhig«, sagte er und klappte die Mappe auf. »Hier ist das, was Sie haben wollten!«

Er erhob sich, legte ein buntes Blatt Papier vor mich hin und sank wieder aufs Sofa.

»Was ist das?«

»Eine Farbkopie des Fotos aus Maja Wladimirownas Schlafzimmer.«

»Aha, und das Wesentliche?«

»Das Wesentliche? Ach so. Rußland ist dabei, seine Probleme zu lösen. Die haben doch bald Präsidentenwahlen. Da haben sie jetzt die linke Opposition gespalten. Genialer Schachzug! Wollt ihr einen heiligen Führer, geht in die christlichen Parteien, die zur Präsidentenmehrheit gehören, wollt ihr nicht – geht zum Teufel! Denn euren Führer hat die Kirche legalisiert und schon zum ›Beschützer der Verwaisten, Notleidenden und Gefangenen‹ erklärt. Übrigens, die Ikonenmaler des Höhlenklosters haben gestern abend aus Sagorsk eine Bestellung von zwanzigtausend Ikonen des heiligen Märtyrers Wladimir erhalten! Aber bei uns ist alles ruhig. Die Feiertage dauern bis Ende Januar, bis dahin haben die Leute sich an den neuen Heiligen gewöhnt und werden ihn nicht mehr beachten.«

»Das heißt, es gibt gar keine Probleme?« fragte ich ungläubig meinen selbstsicheren Stabschef.

»Nein, wo denken Sie hin, Herr Präsident! Ganz ohne Probleme geht es nie ab!«

›Natürlich‹, dachte ich. ›Wenn es keine Probleme gibt, wofür zum Teufel brauche ich dich dann?!‹

»Die ukrainische orthodoxe Kirche hat eine Erklärung verbreitet, in der sie den neuen Heiligen nicht anerkennt und ihren Gläubigen verbietet, sich im Geiste oder küssend seinen Bildnissen zu nähern.«

»Und wozu kann das führen?«

»Zu einer weiteren Spaltung der Orthodoxie. Aber für das Land ist das nicht schlimm! Je mehr innere Probleme die Kirche hat, desto weniger wird sie sich in staatliche Angelegenheiten einmischen.«

»Du bist ein kluger Kerl«, seufzte ich. »Und was tut sich bei dem Experiment mit der Paßausgabe?«

»Alles in Ordnung. Das Experiment wurde auf fünf Gebiete und die Krimrepublik ausgeweitet. Der künftige Bürger bestimmt selbst, in welcher der angebotenen Kirchen er vollwertiger Bürger der Ukraine werden möchte. Nur bei den Tataren hakt es. Wir haben den Eidestext in krimtatarischer Sprache nicht genehmigt. Und sie wollen ihn nicht ändern.«

»Und was ist da nicht in Ordnung?«

»Der Eid enthält kein Wort über die Ukraine, sondern nur das Versprechen, ein guter Moslem zu sein und nach dem Koran zu leben.«

»Soll Mykola sich damit befassen!«

»Er ist in Kur!« bemerkte Kolja Lwowitsch lächelnd.

»Ich will auch in Kur«, gestand ich und zog mit ausgestrecktem Arm von der Tischmitte die Kopie des Farbfotos vom Herzen in der geöffneten Brust heran. »In eine für Herzkranke ...«

Ich legte das Farbbild unter die Schreibtischlampe und knipste sie an. Die Lampe flammte auf und fing sofort an zu flackern. Und von diesem Flackern tat mir wirklich das Herz weh. Ich wandte den fragenden Blick zu meinem Stabschef. Sein ganzer heutiger Hochmut verflog mit einem Mal.

»Ich dachte, du hast dieses Problem gelöst?« Ich nickte in Richtung Lampe.

»Das habe ich... Dies ist etwas anderes! Wahrscheinlich die Kontakte...«

»Schalte mal das Deckenlicht ein!« bat ich ihn kalt.

Kolja Lwowitsch erhob sich und streckte die Hand zur Wand aus. Ein Klicken, und auch an der Decke flackerte der billige Strom.

»Willst du mich vielleicht zum Infarkt treiben?« Ich stand langsam hinter meinem Tisch auf. »Los, schnell zu Kasimir, und daß in einer halben Stunde alles in Ordnung ist, oder ich setze für fünf Minuten die Demokratie und die Verfassung außer Kraft und schaffe in diesem Sauhaufen mit Gewalt Ordnung!«

Von Kolja Lwowitsch blieb nur die Kuhle auf Major Melnitschenkos Sofa. Mir tat das Herz wirklich weh. Ich betrachtete die Fotokopie, dieses arme und gar nicht besonders gesund aussehende Herz, fotografiert vermutlich zur Erinnerung, ehe man die Brust geschlossen und fest zugenäht hatte.

Ich rief meinen Assistenten und bat ihn, den Chirurgen ausfindig zu machen, der die Herzverpflanzung vorgenommen hatte. Ausfindig zu machen und herzubringen.

Danach streckte ich mich auf Major Melnitschenkos Sofa aus und schlief ein.

Kiew. Juni 1987.

Die Prüfungszeit dröhnte mir noch im Kopf, sie dröhnte gewaltig. Weil ich noch nie vorher so viel getrunken hatte. Aber jetzt verbrachte ich meine Tage und Nächte im Studentenwohnheim, wir feierten die ›Guts‹ und ›Sehr guts‹, und ich wußte schon nicht mehr, wer da so mühelos seine Prüfungen mit Bestnoten bestand. Ich jedenfalls nicht. Aber mir war auch ein ›Genügend‹ willkommen.

Meine Mutter und ich verkehrten inzwischen per Zettel. Ich fuhr daheim vorbei, wenn sie nicht da war. Ich schrieb: »Entschuldige, heute nacht komme ich wieder nicht! Ich bereite mich im Wohnheim auf die Prüfungen vor.« Wenn ich das nächste Mal nach Hause kam, erwartete mich die Antwort: »Schuft! Wenn du mal Kinder hast, wirst du alles verstehen! Komm sofort nach Hause! In den Wohnheimen gibt es Bakterien und Syphilis!« Ich schrieb zur Antwort den nächsten Zettel: »Keine Sorge, ich kriege weder Kinder noch Syphilis. Und nach den Prüfungen komme ich heim.«

Dabei fühlte ich mich trotzdem schuldig. Natürlich war ich ein Schwein. Aber vom Wohnheim nach Hause fuhr man über eine Stunde, hin und zurück mehr als zweieinhalb. Und ich hatte mich schon schön ins Studentendasein eingelebt. Ich hatte ja gar nicht gewußt, daß Studieren solchen Spaß machte! Und fast hätte ich es auch nie erfahren, ich war ja der älteste Student in unserem Kurs, schon sechsundzwanzig Jahre! Alles war Zufall gewesen, und was für ein glücklicher! Und wieder mußte ich meiner Mutter dankbar sein, die sich ins Zeug gelegt und dem Militärkommissariat eine Empfehlung abgerungen hatte! ›Man müßte sich irgendwie bei ihr bedanken‹, überlegte ich.

Und beim nächsten Abstecher nach Hause ließ ich einen Strauß Blumen auf dem Tisch, sieben rote Nelken für fünfzig Kopeken das Stück, und eine Tube Handcreme. Meine Gewissensbisse waren mit David Isaakowitschs Geschenk zusammengefallen. Zehn Rubel hatte er mir in die Hand gedrückt, als ich in jenen Tagen bei ihm vorbeigekommen war.

»Jetzt hab ich Geld übrig«, beklagte er sich bei mir, während er an seinem Tee nippte. »Die Ärzte haben gesagt, ich darf keinen Wodka mehr trinken, Wein auch nicht. Wofür soll ich denn noch Geld ausgeben? Aber du darfst ja! Nimm, kauf dir was! Trink es auf meine Gesundheit!«

Die zehn Rubel reichten für eine Flasche Portwein. Nach Wodka war mir nicht, und wir Studenten mochten sowieso gar keinen Wodka. Das studentische Getränk war Portwein oder billiger Weißwein der Marke ›Sonne im Glas‹. Na, und für das Wechselgeld hatte ich die Nelken und die Handcreme gekauft, und ein paar Kopeken waren sogar noch übriggeblieben. Was Mama mir wohl jetzt schreiben würde, wo sie die unerwarteten Geschenke bekommen hatte?

113

Luftraum. September 2004.

Die Zeiger auf meiner Uhr stellte ich schon im Flugzeug um. Die Stewardess kam alle zehn Minuten, fragte besorgt, ob wir nichts brauchten, und sah auf den Bauch der in ihrem

Sitz schlafenden Swetlana. Noch vor dem Einchecken, ungeachtet der Tatsache, daß wir durch den VIP-Saal gingen, hatte man uns gebeten, eine Art Erklärung zu unterschreiben, in der stand, daß Swetlana sich im Zustand fortgeschrittener Schwangerschaft auf eigenes Risiko auf den Flug begab und im entsprechenden Fall keinerlei Ansprüche an die Fluggesellschaft geltend machen würde.

»In welchem Fall?« versuchte ich Genaueres zu erfahren.

»Im Fall, daß die Wehen im Flugzeug einsetzen«, erklärte die Dame von Ukraine International Airlines sanft. »Sie werden verstehen, vielleicht gibt es unter den Passagieren weder Arzt noch Hebamme, und den nächsten Flughafen anzufliegen wird sehr teuer für uns.«

Ich erklärte ihr, daß es bis zur Geburt noch volle drei Wochen waren, aber das beruhigte die Dame von der Fluggesellschaft nicht. Als sie allerdings erst mal die Erklärung in Händen hatte, sahen wir sie nicht mehr wieder. Wir wurden in einem Kleinbus zum Flugzeug gefahren und machten es uns großzügig in der ›Business-Class‹ bequem. Etwa zehn Minuten saßen wir allein im ganzen Flugzeug, bis der Bus mit den Passagieren der ›Economy-Class‹ kam.

Den Start vertrug Swetlana gut. Das Flugzeug hob sich aus dem düsteren Kiewer Mittag, durchschnitt mit den Flügeln die Wolken und trocknete vor unseren Augen in der strahlenden Sonne.

Man bot uns Sekt und Orangensaft an. Ich nahm Sekt, Swetlana Saft, und wir stießen an.

»Auf den Erfolg!« sagte ich.

»Auf das Glück!« ergänzte Swetlana.

Dann schlief Swetlana ein. Und ich saß da und ging im

Geist den gestrigen Tag durch, dachte daran, wie ich bei Mama vorbeigefahren war, wie sie mir irgendeinen Pullover für Dima aufgedrängt hatte. »Wenn er keinen Pullover hat, kaufe ich ihm dort einen!« sagte ich, aber sie drängte weiter. Schließlich nahm ich diesen Pullover mit nach Hause, aber ich packte ihn nicht in den Koffer.

»Ihr kommt doch danach wieder zurück!« sagte Mama und unterdrückte die Tränen. »Ihr bleibt doch nicht dort! Ich werde euch helfen, passe auf die Enkel auf! Sag es auch Dima, sie sollen heimkommen! Ich fühle mich so allein! Dich sehe ich alle drei Monate einmal, und dann kommst du nur für ein paar Minuten vorbei! Und Dima … Wenn sie sich für ein Kind entschieden haben, dann ist er schon gesund! Und seine Therapie kostet dich auch einen Haufen Geld!«

Damit hatte sie absolut recht. Meine Ersparnisse gingen zu Ende. Nach den geplanten Ausgaben für den Aufenthalt und die Klinik blieben etwa fünfzehntausend Dollar auf meinem Konto bei der heimischen ›Ukreximbank‹. Und die nächste Abrechnung von Dimas und Waljas Klinik würde etwa dreißigtausend verschlingen. An dem Punkt wäre ich nach westlichen Standards bankrott, und Walja und Dima würden auf der Straße stehen.

Meine Überlegungen entwickelten sich nicht besonders fröhlich. Ich lauschte auf das Dröhnen der Triebwerke und dachte daran, daß mir noch vor der Geburt ein schwieriges Gespräch mit Dima bevorstand. Ich hatte alles, was ich konnte, für ihn getan, ja sogar mehr als das. Aber jetzt wurde er zum normalen Menschen, mit Frau und Kind. Er hatte eine Unterkunft in Kiew, Mama hatte zum Glück eine

Dreizimmerwohnung. Und in Kiew konnte er dann immer auf meine Hilfe zählen.

Swetlana schlief immer noch. Die Stewardess kam wieder und fragte flüsternd, ob ich mir die Speisekarte angesehen hätte. Ich flüsterte zurück: »Ja. Lachs mit Reis.«

»Und zu trinken?« fragte sie.

»Mineralwasser, stilles.«

Gestern morgen, als ich zum Dienst kam, schenkte Nilotschka mir ein Türkiskreuz an einer roten Schnur. »Es bringt Glück!« sagte sie, und ich hätte fast laut gelacht. Ich küßte sie auf den Mund, irgendwie leicht und natürlich.

Ich war gekommen, um ein letztes Mal vor der Abreise die Papiere auf meinem Tisch durchzusehen, davon gab es eine Menge. Die wichtigsten, die Dinge betrafen, gegen die ich nichts einzuwenden hatte, versah ich mit meinem OK und legte sie in die Mappe mit der Aufschrift ›Minister‹. Die übrigen häuften sich am linken Tischrand, und ich hatte nicht die geringste Lust, sie mir näher anzusehen.

»Ich werde sie sorgfältig umschichten!« versprach Nilotschka, die meine Unruhe bemerkt hatte.

»Schichte sie so, daß sie niemals mehr irgendwer zu Gesicht bekommt, ich auch nicht!« bat ich halb im Ernst.

»Oh«, rief sie auf einmal erschrocken. »Ich habe ja vergessen zu sagen, gestern abend hat Dogmasow für Sie angerufen, hat gebeten, daß Sie sich bei ihm melden!«

»Ja, wenn ich zurück bin!« nickte ich.

Sie stand da in ihrem an den Knien enger werdenden schwarzen Rock, die weiße Bluse mit dem kleinen Spitzenkragen gab ihr etwas Frisches, unterstrich ihre Jugend und ließ sie so unschuldig wirken. Auch in diesem Moment erschien sie mir ungeheuer anziehend. In den feuchten Augen las ich die Bitte, sie nicht zu vergessen. Ich umarmte sie fest zum Abschied und versprach anzurufen.

114

Kiew. Dezember 2015.

Gegen Abend beruhigte sich mein Herz. Aber die innere Unruhe blieb. Sie wurde sogar noch stärker, nachdem Swetlow berichtet hatte, daß Kasimir nach Moskau geflogen war und sich mit höchsten Mitgliedern der russischen Führung traf.

›Und wieso fliege *ich* nirgendwohin?‹ überlegte ich. ›Wieso gab es keinen einzigen Staatsbesuch in den letzten Monaten, abgesehen von der Mongolei?«

Ich ließ mich mit dem Außenminister verbinden. Er erklärte wortreich und verschreckt, daß es vor meiner Operation unmöglich gewesen war, und jetzt, nach der Operation, sei es noch zu früh. Daß Staatsbesuche schwere Kost für die präsidiale Gesundheit waren. Daß ich zu Kräften kommen mußte. »Wir bereiten eine Reise nach Albanien vor«, erzählte er am Ende. »Für Anfang März nächsten Jahres!«

›Albanien?‹ Nachdenklich legte ich den Hörer auf. ›Was sollen wir mit Albanien? Warum nicht gleich Honduras?‹

Gegen zehn abends wurde die Schwermut, die mich überfallen hatte, fast unerträglich. Mir war nach etwas Schönem. Aber Maja war nicht in ihrer Wohnung jenseits der Wand. Da befahl ich meinem Assistenten, einen Ausflug ins Museum zu organisieren.

»In welches?« fragte er erschrocken und schielte dabei zur Wanduhr.

»In welchem haben wir etwas richtig Schönes?«

Er zuckte die Achseln. »Ich war nur im Kriegsmuseum.«

»Ins Kriegsmuseum kannst du allein fahren. Ich will Gemälde sehen...«

»Das Russische Museum?«

»Gut, ins Russische!«

Vierzig Minuten später knarrte schon das alte Parkett des Museums für russische Kunst unter meinen Füßen. Die erschrockenen wissenschaftlichen Mitarbeiter des Museums und ihr Direktor blieben mit meiner Leibwache an der Treppe stehen. Ich wollte die Einsamkeit, wollte mich mit etwas Schönem zurückziehen. Ich lief immer tiefer hinein in die russische Kunst und landete im letzten Saal, wo Schischkins riesige und wahrhaft wunderschöne Waldlandschaften an den Wänden hingen. Ich liebte Schischkin. Eine seiner Landschaften bewachte meinen Schlaf, sie zierte die Wand über dem Präsidentenbett.

›Ja‹, dachte ich, während ich mich auf der hölzernen Besucherbank mitten im Raum niederließ. ›Genau hierher wollte ich! Auf diese sonnenbeschienenen Lichtungen. Scheißegal, daß es ein russischer Wald ist. Sicher hat Schischkin ihn irgendwo hier von den ukrainischen Wäldern abgemalt. Oder zwischen ukrainischen und russischen Wäldern gibt es eben keinen Unterschied!‹

115

Kiew. Juli 1987.

Das Leben war herrlich und schmeckte gut, das begriff ich gleich am ersten Tag des Praktikums. Sie hatten mich und Viktoria Koselnik für einen Monat in die Kantine des Komsomol-Zentralkomitees geschickt. Zwar wäre es logischer gewesen, wenn sie dafür jemanden aus der Kochfachschule genommen hätten, aber dann hätten Wika und ich in die Röhre geguckt. Und wären in irgendeiner Werkskantine oder im Fleischkombinat gelandet.

Aber hier standen wir jetzt beide, wie die Engel, ganz in Weiß, verteilten die Fertiglebensmittel auf die Teller, dekorierten, achteten auf die Einhaltung der Portionsgrößen, führten Wiegekontrollen von Klopsen und Fleischscheiben durch. Und schafften es nebenher, uns mal ein Stück Wurst, mal Käse einzuverleiben.

Die Zeit verging schnell, die Hauptarbeit war zu Mittag. Die Komsomolfunktionäre waren ein munteres, lässiges Volk, Appetit- oder Geldprobleme hatten die nicht. Und woher sollten so Probleme auch kommen, wenn man eine Schnitte mit rotem Kaviar für zweiunddreißig Kopeken kriegte, und eine mit schwarzem für dreiundvierzig?

Gestern war einer von ihnen zu mir gekommen, Georgij Stepanowitsch, von allen Schora genannt. »Na, wie ist es, bist du ein zuverlässiger Kerl?« fragte er mich. Ich nickte. »Dann bleibst du nie hungrig!« grinste er, klopfte mir vertraulich auf die Schulter und ging wieder.

Wika war auch zufrieden, aber sie hatte dafür andere Gründe. Gegen Arbeitsende nahm sie unauffällig Käse und

Wurst von den nicht verkauften Schnitten, wickelte sie in Servietten und verstaute sie in den Fächern ihrer voluminösen Handtasche. Sie wohnte im Wohnheim, also dachte sie, wie man sah, an ihr Frühstück und vergaß auch ihre Freundinnen nicht. Bei mir gab es da keinen Bedarf. Nach einer Woche zu Hause hatte ich mich wieder mit Mama gestritten. Ich hatte es satt, zu Dima zu fahren. »Einmal im Monat, nicht öfter!« erklärte ich ultimativ. – »Du wirst schon sehen, wenn du mal Kinder hast!« drehte sie ihre alte Leier. – »Ich kriege nie Kinder, keine Sorge!« hatte ich geantwortet und die Tür zugeknallt.

Und jetzt wohnte ich bei David Isaakowitsch, ging für ihn zur Apotheke, Arznei holen, und briet Kartoffeln in der Gemeinschaftsküche, in der mich alle Nachbarn schon kannten und sich zuflüsterten, ich sei ein entfernter Verwandter, den seine Leute hier reingesetzt hatten, um rechtzeitig Anspruch auf den Wohnraum anzumelden, ehe David Isaakowitschs Seele sich aufmachte zu Gott.

Eine Seele hatte der Alte auf jeden Fall. Er freute sich so, als er einen Brief von seiner Frau und Mira bekam! Er konnte sich nicht satt sehen an den bunten Polaroidfotos. Hier Mira mit Mama vor irgendeinem Geschäft, da neben einem Brunnen, und ein schicker Wagen ragt ins Bild.

»Na also, sie haben es geschafft!« sagte der Alte mit einem erleichterten Seufzer zu mir. »Nicht umsonst habe ich in die Scheidung eingewilligt. Jetzt geht es ihnen gut.«

»Und uns auch«, stimmte ich zu und zerkaute die angebrannten Kartoffeln. Sie quietschten, knirschten und krachten zwischen den Zähnen, aber ergaben sich doch. Schuld war der Nachbar, auf dessen Bitte ich mich von der Pfanne hatte weglocken lassen, um im Klo seine Birne auszuwechseln. Dort hingen sieben Glühbirnen von der Decke – entsprechend der Zahl der Nachbarn. Und jetzt mußte man zuerst alle anknipsen, um zu sehen, welche durchgebrannt war. Und sie dann rausdrehen und eine neue einsetzen. Während ich mit dem Ganzen beschäftigt war, brutzelten meine Kartoffeln und verloren allen Saft. Aber für Freundlichkeit mußte man bezahlen. Wer weiß, hätte ich es dem Nachbarn abgelehnt, hätte er mir vielleicht nächstes Mal in die Kartoffelpfanne irgendwas Übles reinfallen lassen. Die Küche gehörte ja allen, sogar die Kühlschränke waren Gemeinschaftskühlschränke. Drei Stück für sieben Nachbarn. Da mußte man alles bedenken, damit keiner einen Haß auf einen schob. Denn Nachbarhaß konnte gefährlicher sein als ein Messer.

116

Schweiz. Leukerbad. September 2004.

Schon in Zürich hatte ich das Gefühl, als wären wir aus dem September in den August geflogen. Die frische Alpenluft war gründlich von der Sonne aufgewärmt, und schon am Flughafen hatte ich Lust, die Jacke auszuziehen.

Der Taxifahrer, an den wir gerieten, war ungeheuer liebenswürdig. Im übrigen verdoppelte sich seine Liebenswürdigkeit in dem Moment, als er erfuhr, wohin er uns fahren sollte. Selbst nach meinen bescheidenen Berechnungen mußte er mit dieser Reise drei- oder vierhundert Schweizer Franken verdienen. Er erkannte schnell, daß wir kein

Deutsch konnten, und ging zu einem gebrochenen Englisch über. Als er erfuhr, daß wir aus Kiew kamen, fing er an, ›Kalinka‹ zu summen. Als es hinauf in die Berge ging, hielt er ein paarmal an und gab uns Gelegenheit, die sich öffnenden Weiten der Alpen zu genießen. In irgendeinem kleinen Dorf lud er uns sogar zum Tee ein.

Swetlana schlief immer wieder ein. Der Flug wirkte sich doch aus. Ich betrachtete besorgt ihre leicht geschwollenen Schläfen, fragte leise den Fahrer, wie weit wir noch fahren würden. Er zuckte die Achseln und sagte: *»Soon! Very soon!«* Aber sein »Bald sind wir da!« entsprach nicht der Wirklichkeit. Oder zumindest nicht der ukrainischen. Zwischen Leuk und Leukerbad stoppte er den Wagen auf einer schmalen Brücke, um uns in den Abgrund hinuntergucken zu lassen. Swetlana war gerade wieder aufgewacht. Aus Höflichkeit oder aus Neugier beschloß sie, auch von der Brücke hinunterzusehen. Ihr wurde schwindlig, sie mußte sich übergeben, und ich erschrak ernsthaft. Auch der Taxifahrer bekam einen Schreck. Schon eine halbe Stunde später lud er unsere zwei Koffer und den Kleidersack aus dem Kofferraum. Gleich stand der Bellboy des Hotels vor uns, bereit, die Koffer in jedes beliebige Stockwerk zu tragen und im Gehen an der Zimmertür eine Belohnung in Empfang zu nehmen. Der Zähler zeigte dreihundertsiebzig Franken, ich hatte richtig gelegen mit meinen Schätzungen. Vier Hunderter landeten in der ausgestreckten Handfläche des Fahrers, er wünschte uns viel Erfolg und fuhr davon. Und der Bellboy trug, ohne zu fragen, das Gepäck aufs Zimmer.

»Ich lege mich ein bißchen hin, und danach gehen wir zu Walja und Dima«, sagte Swetlana erschöpft.

»Natürlich«, stimmte ich zu.

Ich half ihr, die Schuhe auszuziehen, holte einen weiten Bademantel aus dem Bad und ging selbst auf den Balkon hinaus.

Das Zimmer befand sich im ersten Stock. Die Fenster lagen nach Norden. Etwa dreihundert Meter hinter dem Hotel war das Städtchen zu Ende, und der Erdboden ging sanft in Fels über und erhob sich in die Senkrechte. Dieses wie ein Spielzeug hübsche Städtchen, das sich in der geräumigen Schlucht angesiedelt hatte, hatte mich schon letztes Mal mit seiner zauberhaften Wehrlosigkeit gegenüber den Elementen verblüfft. Es lag wie auf dem Grund eines großen Glases, und wenn Gott oder die Natur beschlossen, dieses Glas mit Wasser zu füllen, würde hier keiner davonkommen. Aber man sah, die Schweizer Götter beschützten Leukerbad. Lawinen gingen hier keine herunter, Felsrutsche verschonten die Villen, Hotels und Sanatorien. Alles war wie von Gott selbst abgesichert. Mit einem Wort: die Schweiz in ihrer ursprünglichen Schönheit und Sicherheit.

Ich nahm ein Bier aus der Minibar, lauschte auf Swetlanas Atmen im Schlaf, es war ruhig und gleichmäßig, und trat wieder auf den Balkon, um die in den Himmel ragenden Alpen zu genießen.

117

Kiew. Dezember 2015.

Nachts träumte ich vom russischen Wald. Wieso russisch? Weil irgendwo in der Ferne, zwischen den hohen

Kiefern, jemand dauernd etwas brüllte und dabei herzhaft russisch fluchte. Irgendein Mann, der mit heiserer Stimme nach einer Dusja rief. Und ich sammelte Pilze und beobachtete von Zeit zu Zeit die roten Ameisen und ihre wimmelnden Straßen. Als ich mich hinhockte und die Hand nach dem nächsten Steinpilz ausstreckte, entdeckte ich, daß die Härchen auf meinem Handrücken rötlich schimmerten. Ich schob den Ärmel meiner wattierten Jacke hoch (in so einem Aufzug also sammelte ich Pilze! Wenn ich eine Wattejacke anhatte, dann war es wirklich ein russischer Wald) und erkannte verblüfft, daß alles aus meiner Haut sprießende Haar sich gerötet hatte. Und das auf von oben bis unten sommersprossigem Untergrund!

»Dusja?!« rief hinter den Bäumen der unsichtbare heisere Kerl.

Ich beschloß, weiterzuziehen, um ihm nicht zu begegnen, und arbeitete mich durch dichtes Unterholz aus jungen Fichten; unterwegs kappte ich mit dem Jagdmesser ein Dutzend Butterpilze. Ich kam an eine Lichtung und blieb stehen, als ich vor mir einen nagelneuen, glänzenden gelben ›Hammer‹-Jeep erblickte. Im Wagen war niemand. Das Nummernschild war ein vertrautes, Kiewer, dreifach ›bedeutend‹. 00 IIII HH. Direkt vor dem linken Vorderrad wuchs eine Hallimasch-Familie. Vorsichtig, um nicht den Jeepreifen anzustechen, schnitt ich diese Familie ab. Ich ließ die Hallimaschs in mein Plastikeimerchen fallen und ging weiter, im Gehen sah ich mich nach dem Wagen um. Der Jeep kam mir bekannt vor.

Nach fünfzehn Metern blieb ich stehen, als ich vor mir auf der Lichtung ein Pärchen beim Picknick sah. Sie saßen auf einer dunkelgrünen Decke. Zwischen ihnen eine Flasche Sekt und ein Kuchenteller. Die blonde Frau von vielleicht fünfundzwanzig Jahren drehte sich um und warf mir einen neugierigen Blick zu. Darauf drehte sich auch der Mann in meine Richtung. Das schmale Gesicht mit den starken Wangenknochen drückte Arroganz und leichte Gereiztheit aus. Die rechte Hand des Mannes fuhr in die Tasche der grauen Tweedjacke und zog irgendein schwarzes Teil heraus, das aussah wie eine Fernsehfernbedienung. Er richtete dieses Teil auf mich und drückte auf einen Knopf. Und im selben Augenblick verschwand ich, löste mich in der Waldluft auf. Auch das Eimerchen mit den Pilzen, das so erfreulich gewichtig an meiner Hand gehangen hatte, verschwand irgendwohin. Ich schlug die Augen auf und sah mich um. Es war dunkel. Ich lag in meinem Zarenbett auf der Desjatinnaja. In der vom Traum bedrängten Brust regte sich das Herz. Unwillkürlich fuhr ich mit der Hand hin, wanderte mit den Fingern über die vertikale Narbe. Dann legte ich die Hand flach auf die Brust und fühlte, wie die zwei Hälften meines Körpers ihre Wärmeströme austauschten.

›Na, na, es ist doch nur ein Traum‹, flüsterte ich.

Aber die Beklemmung blieb trotzdem. Und ich überlegte, daß schon zwei Wochen kein Arzt mehr bei mir gewesen war.

»He!« rief ich in Richtung Tür.

Hinter der Tür polterte etwas dumpf, wie das Geräusch eines zu Boden fallenden Buches.

Im Türspalt erschien ein heller Fleck – das Gesicht meines Assistenten.

»Finde mir Kolja Lwowitsch… Nein, warte! Finde Kolja

Lwowitsch, und er soll mir den Arzt auftreiben! Daß in einer halben Stunde ein Arzt hier ist!«

Mein Assistent nickte. Jedenfalls stellte ich mir das mühelos vor. Im Dunkeln war es unmöglich, ihn genau zu sehen, aber das Geräusch der sich schließenden Tür bestätigte sein Nicken, das ich nicht gesehen hatte. Er ging den Befehl ausführen. Und ich wollte nur still und unbeweglich auf dem Rücken liegen und auf meinen Körper lauschen. Ehe der Arzt ihn sich anhörte.

118

Kiew. Mai 1990.

Etwas Seltsames tat sich im Land, besonders in den Geschäften. Es gab weder Speiseöl noch richtige Seife. Mama allerdings hatte das alles von irgendwoher. Zu Hause herrschte Ordnung, und der Kühlschrank war gefüllt. Manches brachte ich auch von der Arbeit mit. Ich war jetzt im Café des Komsomolzentralkomitees fest angestellt. Sie hatten mich überredet, mich zum Fernstudium einzuschreiben, Schora vor allem.

»Was zum Teufel willst du mit diesem Studium?!« hatte er gesagt. »Du bist doch ein gescheiter Kerl! Ein Diplom kriegst du auch so, dafür sitzt du an einem warmen Plätzchen in guter Gesellschaft.«

Ich ließ mich dann überreden. Ohne Blick zurück. Was hieß das schon, was in meinem Werktätigenausweis stand? Es gab Wichtigeres im Leben, erst recht, da sogar meine Mutter meinen Beitrag zum Familienkühlschrank mit Respekt betrachtete. Und Dima freute sich über die leicht trockenen, aber doch leckeren Kaviarbrötchen. Wenn wir ›auswärts‹ zu tun hatten, brachte ich von diesen Brötchen bis zu zwei Dutzend nach Hause. Und nicht nur Brötchen! ›Auswärts‹-Büffets gab es dabei immer öfter, fast jede Woche. Mal ging es nach Kontscha-Saspa, mal nach Puschtscha-Wodiza, mal nach Obuchow. Das nannte sich dann ›Seminar‹, oder auch anders, und endete mit einem ausladenden Büffet, mit Kognak und betrunkenem Tanz.

»Mit dir zusammen hat mal ein nettes Mädchen hier gearbeitet, weißt du noch!« fragte Schora mich vor ein paar Tagen.

»Beim ersten Mal, meinst du? Als ich zum Praktikum da war?«

»Ja.«

»Wika? Ich erinnere mich.«

»Und was macht sie so?«

»Ich weiß nicht, habe sie lange nicht gesehen.«

»Mach sie ausfindig. Sie war doch nicht aus Kiew?«

»Nein, sie wohnte im Wohnheim.«

»Wir bereiten hier einen Männerabend vor, wäre gut, ein paar Studentinnen einzuladen«, vertraute er mir an. »Rede mal mit ihr, vielleicht bringt sie noch ein paar nette Freundinnen mit?«

»Gut, ich rede mit ihr«, versprach ich.

Schora klopfte mir auf die Schulter und ging halblaut vor sich hin singend davon.

›Sie haben ihre Komsomolzinnen satt‹, dachte ich, während ich ihm hinterhersah.

Und dann, am Ende des Tages, als ich von den nicht verkauften Brötchen Räucherwurst und Käse herunternahm, ging es mir durch den Kopf: Irgendwie waren die Komsomolzen beiderlei Geschlechts weniger geworden. Mir fielen Gesichter ein, die ich schon seit ein paar Wochen nicht mehr gesehen hatte. Wo waren die? Vielleicht in Urlaub? Schließlich stand der Sommer schon vor der Tür!

119

Schweiz. Leukerbad. September 2004.

Dima und Walja sahen wir erst am nächsten Morgen. Sie kamen von sich aus ins Hotel, von unserer Abwesenheit beunruhigt. Aber die war ganz begründet. So, wie Swetlana sich nach unserer Ankunft in Leukerbad hingelegt hatte, schlief sie bis zum nächsten Morgen durch. Und ich war froh darüber. Drei Stunden in der Luft und noch mal fast drei Stunden im Taxi waren eben kein Kinderspiel für eine Frau im neunten Monat.

Wir hatten gerade gefrühstückt, als letzte, wie es aussah, denn im Saal war nur noch ein einziger Tisch für zwei gedeckt. Ein blondes Mädchen kam zu uns herausgeflattert und bediente uns mit Kaffee und Tee. Sie sah mit solchem Respekt, vielleicht sogar Neid, auf Swetlanas dicken Bauch, daß ich, als sie uns fünf Minuten später eine Vase mit einem Strauß kleiner roter Rosen auf den Tisch stellte, dachte, sie hätte sich wohl in unsere noch unausgeschlüpften Kleinen verliebt.

Und als wir dann ins Foyer hinauskamen, erblickten wir Dima und Walja an der Theke der Rezeption. Und ich hörte zum ersten Mal, wie Dima deutsch sprach. Es war umwerfend. In der Schule hatte er einst durchgesetzt, daß er kein Englisch lernen mußte. Schon damals war klar, daß er krank war, so daß keiner besonders darauf bestand. Und hier sprach er plötzlich wunderbar Deutsch.

Die Frau hinter der Theke wies mit dem Blick auf uns. Und jetzt gab es erst mal Umarmungen. Es war lustig, zu beobachten, wie sich Walja und Swetlana über ihre großen Bäuche beugten, um sich zu umarmen und zu küssen. Dima und ich umarmten uns auch. Ich klopfte ihm auf die Schulter. Aber wir waren beide mehr gebannt davon, die Begrüßung der Schwestern zu verfolgen.

»Hier in der Nähe gibt es eine großartige Seilbahn«, sagte Dima nach einer Pause. »Wir könnten hochfahren. Dort oben gibt es einen See, und um den See herum einen kleinen Weg. Wir waren schon dort. Es ist schön wie im Paradies!«

Durch die Glastür warf ich einen Blick nach draußen. Über den Himmel zogen gemächlich kleine Schäfchenwölkchen. Sie zogen in kleinen Herden dahin, hielten mal den Weg des Sonnenlichts auf und ließen es dann wieder ungehindert passieren, wie durch den Diplomatenkorridor am Zoll.

Als Walja und Swetlana von Dimas Vorschlag hörten, löste das keine besondere Begeisterung aus.

»Ihr könnt ja hochfahren und spazierengehen«, sagte Swetlana, »und wir setzen uns ins Café und plaudern. Schließlich haben wir uns lange nicht gesehen!«

Auf Dimas Gesicht zeichnete sich leichte Enttäuschung ab, aber ich unterstützte Swetlanas Idee. Um so mehr, als wir am ›paradiesischen‹ Ort in Ruhe Dimas Zukunftspläne besprechen konnten. Ich wollte gleich klare Verhältnisse schaffen, denn er dachte sicher, daß er auch weiter ruhig in der Schweiz leben konnte, ohne sich dafür zu interessieren, was das seinen Bruder kostete.

Auf die nächste Kabine mußten wir etwa zwanzig Minuten warten. Der Mann an der Kasse der Seilbahn wies mit dem Finger nach oben, wackelte mit dem Kopf und äußerte auf diese Art seine Zweifel am Wetter. Wir nickten verstehend, änderten unseren Entschluß aber nicht.

Als die Kabine schon zweihundert Meter über dem Städtchen schwebte, begann der Wind sie zu schaukeln. Ich stellte mir mit Grausen vor, wie sich Swetlana und Walja jetzt gefühlt hätten! Man mußte tatsächlich verrückt sein, um dieses Abenteuer Frauen im neunten Monat vorzuschlagen.

Die Kabine schaukelte noch eine Viertelstunde weiter, bis sie am Ziel an die hervorstehenden Gummi-›Hörner‹ stieß und auf die obere Landeplattform einschwenkte.

Hier, über Leukerbad, leuchtete die Sonne viel stärker und wärmer. Zwischen uns und dem in der Schlucht zurückgebliebenen Städtchen lag jetzt eine feine Wolkenschicht wie eine Schutzschicht vor der Sonne.

An manchen Stellen am Ufer des großen Sees lag Schnee. Er mußte noch vom letzten Jahr sein.

Wir liefen den schmalen Weg entlang. Manchmal wurde er breiter, und wir konnten Schulter an Schulter gehen, aber wenn er sich wieder verengte, ließ ich Dima vor.

»Also, was gibt es für Pläne für die Zukunft?« fragte ich vorsichtig.

»Großartige«, antwortete Dima fröhlich. »Wir bringen das Kind auf die Welt, ernähren und erziehen es. Und besuchen euch mal in Kiew…«

»Meinst du das ernst?« fragte ich.

»Was ist nicht ernst daran?« Dima wandte sich um und bedachte mich mit einem verständnislosen Blick. »Das ist das Leben. Ich habe das Gefühl, es beginnt gerade erst. Das richtige Leben.«

Ich nickte, und wir gingen weiter und schwiegen eine Zeitlang.

»Dima, ich wollte dir etwas sehr Wichtiges sagen«, rang ich mir endlich ab, nachdem ich die Furcht vor einer heftigen Reaktion meines Bruders überwunden hatte.

Dima verließ den Pfad und setzte sich auf einen am Rande liegenden umgestürzten Baumstamm.

»Weißt du, ihr müßt bald nach Hause zurückkommen. Ich kann nicht länger für euch bezahlen, Swetlana auch nicht. Mama ist sehr allein, sie hat eine große Wohnung, sie wird euch mit dem Kind helfen.«

»Warum kannst du nicht mehr für uns bezahlen?« Dimas Stimme zitterte, als wäre ihm kalt.

»Ich habe kein Geld. Ich nehme doch keine Schmiergelder! Und wenn doch mal was abfällt, dann reicht das nicht für zwei Familien!«

»Und warum nimmst du keine Schmiergelder?« fragte Dima flüsternd und fixierte mich mit seinem Blick, die Augen gegen die grelle Sonne zusammengekniffen.

»Ich will nicht. Denn wenn ich sie nehme, dann muß ich bis an mein Lebensende mit denen, die sie mir geben, saufen und Freund sein! Verstehst du!«

»Dann nimm nicht von jedem! Nimm nur von guten Leuten, von denen, die dich dann in Ruhe lassen!«

»Aber die gibt es nicht! Verstehst du das nicht?« Ich hatte das Gefühl, ich erkannte schon die Nutzlosigkeit dieser Unterredung. »Kurz gesagt, mein letztes Geld geht jetzt für den Aufenthalt und die Geburt drauf. Dann fahren wir zurück nach Kiew. Swetlana kann noch drei, vier Monate für euch bezahlen. Dann ist es aus. Hast du verstanden?«

Dima nickte. Er schaute zu seinen Füßen auf das dichte, jodfarbene Moos, das die Steine überzog. Er dachte an irgend etwas. Ich schwieg. Die Stimmung lastete schwer auf uns, aber wenigstens hatte ich ihm alles Nötige gesagt. Und gut, daß es gleich am ersten Tag war. Bis zum Abend würde die trübe Stimmung vergehen, und wir konnten normal miteinander umgehen. Was ich gesagt hatte, blieb trotzdem in seinem Kopf als Tatsache, vor der er nicht fliehen konnte, so gern er auch wollte.

120

Kiew. Dezember 2015.

Vor dem Fenster war es noch finster. Die Morgendämmerung ließ sich Zeit. Hell wurde es überhaupt in diesen Tagen erst, wenn der Arbeitstag schon begonnen hatte. Nur hatte ich heute keine Lust zur Arbeit. Es war eine schäbige Arbeit. Sie brachte weder Befriedigung noch Glück.

Ein akkurates, vorsichtiges Klopfen an der Tür.

Mein Assistent guckte ins Schlafzimmer und suchte mich mit dem Blick. Dann flüsterte er: »Der Arzt ist da!«

Ich knipste den Strahler in der Zimmerecke an. Das sanfte Licht reichte bis zum Bett, aber schon nicht mehr für die andere Hälfte des Zimmers. Ich merkte gleich, daß der Strom im Netz diese Nacht kein billiger war, sondern anständiger. Die Lampe flackerte nicht. Es wäre sonst auch schrecklich peinlich gewesen und widerwärtig.

Ich saß im warmen Bademantel auf dem Bett, die nackten Füße auf dem Parkett.

»Macht Ihnen etwas Sorgen?« fragte der Doktor und rieb sich die verschlafenen Augen.

»Mir macht vieles Sorgen. Zum Beispiel, warum ich schon seit zwei Wochen keine ärztliche Untersuchung mehr hatte. Bin ich etwa völlig gesund?«

»Entschuldigen Sie, ich war selbst erkältet...«

»Na gut, dann leg los!«

Er zog sein Stethoskop aus der ledernen Arzttasche im Nostalgielook.

Ich schlug den Bademantel auseinander. Das metallische runde Stethoskopohr war kalt auf der Brust. Es senkte sich genau auf die Narbenlinie, dann wanderte es weiter nach links.

»Haben Sie sich schlecht gefühlt?« fragte der Doktor.

»So könnte man sagen. Man könnte auch sagen: Ich fühle mich erstaunlich beschissen. Ich habe idiotische Träume...«

»Die Nerven«, unterbrach mich der Doktor. »Drehen Sie sich um, bitte.«

Ich stellte mich auf die Füße, warf den Bademantel ab und wandte ihm den Rücken zu. Jetzt kroch das künstliche Ohr mir über den Rücken.

»Nicht atmen!« bat er.

Ich hielt den Atem an und horchte auf die Stille. Und hörte gleich, als wäre mein Gehör heute besonders geschärft, irgendein Rascheln, Ticken, ein fernes Zischen. Das Ticken kam, schien es, von jenseits der Wand, aus Majas Schlafzimmer. Das Rascheln drang unter der Tür herein, von dort, wo mein namenloser Assistent wachte. Das Zischen? Ich lauschte wieder.

»Sie brauchen Ruhe«, unterbrach der Doktor die Stille. »Ihr Herz gefällt mir irgendwie nicht…«

»Mir gefällt es auch nicht. Erst recht, weil es nicht meins ist…«

»Ja, entschuldigen Sie, ich habe mich nicht richtig ausgedrückt…«

»Übrigens, willst du es mal sehen?«

Der Doktor warf mir einen beunruhigten Blick zu. Er dachte sicher, ich bräuchte einen Psychiater.

»Nein, keine Sorge, ich schneide mich nicht auf!« beruhigte ich ihn. »Ich habe ein Foto.«

»Ein Foto?«

»Ja, von der Operation. Willst du was trinken?«

Wieder wurde er nervös. Die Gedanken rasten in seinem Kopf.

»Für mich etwas Beruhigendes…«

»He«, rief ich, und gleich erschien im Türspalt der Kopf meines Assistenten. »Zwei Gläser und ein Fläschchen ›Hennessy‹. Ins Bad!«

Jetzt sah ich nach dem Doktor und bekam Mitleid mit ihm. Er hatte sich mit der Hand ans Herz gegriffen.

»Hast du dein eigenes?« fragte ich. »Oder auch ein verpflanztes?«

»Wer braucht mich denn, daß man da eins verpflanzt...«

»Komm mit!« kommandierte ich.

Im Bad war es durchaus gemütlich.

Da erschien auch schon mein Assistent mit einem Tablett. Stellte es auf die breite Fensterbank, öffnete den Kognak und goß ihn in die Gläser.

»Komm her«, forderte ich den Doktor auf und wies mit dem Blick auf sein Glas. Dann drehte ich mich zum Fenster und genoß den Anblick der Andreaskirche.

Er trank langsam und angespannt, ohne den Blick von mir zu nehmen.

»Ach ja! Das Foto!« fiel mir ein, und ich holte das bunte Bild. »Hier ist es, mein nervöses Herz!«

Der Doktor stellte sein Glas auf die Fensterbank, nahm das Bild in die Hand und betrachtete es wortlos. Ging genauso wortlos zum nächsten Halogenstrahler, hockte sich hin und hielt das Foto ins Licht.

»Unmöglich!« ächzte er.

»Was ist unmöglich?«

Er studierte weiter das Foto. Auf dem Gesicht Bestürzung, durch die Angst hindurchschien.

»Los, rede schon, warum sagst du nichts?«

Der Doktor kehrte zur Fensterbank zurück, füllte sich das Glas selbst mit Kognak und kippte die Hälfte auf einmal hinunter. Erst danach wanderte sein Blick vorsichtig, wie eine Wolke vor die Sonne, über mein Gesicht. Er wollte mir nicht in die Augen sehen. Sein Blick klebte entweder an meiner Nase oder am Kinn.

»Also, was ist da?«

»Vielleicht... Ich habe den Eindruck...« Seine Stimme

zitterte. »Aber dieses Herz sieht nicht gesund aus... Das ist vermutlich Ihr Herz, bevor es ausgetauscht wurde. Hatte man Ihnen eine Batterie eingesetzt?«

»Was für eine Batterie? Eine ›Duracell‹?«

»Nein, nein, im Herzen sitzt ein elektronischer Stimulator...«

»Nein, gar nichts hat man mir eingesetzt! Und was gefällt dir an dem Herz nicht?«

»Da sitzt eine Narbe, am Herzen. Von einer Operation. Solche bleiben, nachdem ein Schrittmacher eingesetzt wurde...«

»Hör mal, wie heißt der Chirurg, der mich repariert hat?«

»Professor Chmelko.«

»He!« rief ich Richtung Tür. Ich wartete zwanzig Sekunden, dann erschien der vertraute Kopf. »Finde mir den Chirurgen Chmelko, und schnell her mit ihm!«

Danach ließ ich kaltes Wasser in die Wanne und trat wieder an meine Fensterbank.

»Erzähl, erzähl weiter!« bat ich den Doktor.

»Wovon?«

»Von dem Herz auf dem Foto.«

»Ich weiß nicht... Ein normales Herz... Spuren von Verfettung... Wahrscheinlich gab es kein anderes...«

»Es gab kein anderes?!« Ich drehte mich wieder zum Fenster.

Der Anblick des nächtlichen Andreashügels beruhigte und hypnotisierte mich. Ich sah hinaus auf diese stille Stadtlandschaft und ahnte eine Bewegung darin. Und wirklich, von rechts hinter der Kirche trat langsam eine Frauengestalt hervor, im knöchellangen Mantel. Auf dem Kopf ein Tuch oder einen Schal, in der Hand eine brennende Kerze.

»Guck mal!« sagte ich zum Doktor. »Was denkst du, wie alt ist sie?«

»Wer?« fragte er zurück.

»Da, die Frau mit der Kerze!«

»Da ist niemand.« Er zog die Schultern hoch. In seinem Blick erschien neuer Schrecken.

Ich fixierte die ferne Gestalt. Nein, sie war da. Die Straßenlaternen gaben genug Licht, daß man sie beobachten konnte.

»Vielleicht siehst du schlecht?« fragte ich den Doktor.

»Jetzt sehe ich sie«, flüsterte er. »Aber sie ist eben erst um die Ecke gekommen. Sie konnten sie nicht vorher sehen. Die im langen Mantel, ja?«

Ich wandte mich zu ihm, sah ihn abwartend an und kaute auf der Unterlippe.

»Kann ein Arzt andere heilen, wenn er selbst krank ist?« fragte ich.

»Nach den Gesetzen der medizinischen Ethik soll der Arzt zuerst die anderen heilen, und dann sich.«

»Das heißt, er kommt nie dazu, sich selbst zu heilen...«

Er kam nicht mehr dazu, zu antworten. Die Tür ging auf. Mein Assistent war diesmal kühn geworden, normalerweise ließ er sich für einen Bericht einen kaum zwanzig Zentimeter breiten Spalt, aber diesmal hatte er die Tür geradezu aufgerissen!

»Herr Präsident!« Seine Stimme zitterte. »Professor Chmelko ist gestorben... Gestern abend.«

»Woran?«

»Nierenversagen…«

»Siehst du«, sagte ich zum Doktor. »Auch er hat es nicht mehr geschafft, sich selbst zu heilen…«

121

Kiew. Mai 1990. Sonntag.

Die zwei kleinen Busse mit den Emblemen des staatlichen Reisebüros ›Sputnik‹ starteten um neun Uhr früh vor den stalinschen Säulen des Komsomol-Zentralkomitees. Flaschen und Essen hatte man in den zweiten Bus geladen. In den stieg auch ich mit vier Mädchen aus dem Wohnheim. In den ersten Bus kletterten die vierzigjährigen ›jungen Komsomolzen‹. Sie hatten ernste Gesichter, in den Händen Diplomatenköfferchen, als ginge es nicht zum Picknick, sondern ganz woandershin.

Wir kamen nach Dessna. Schora gab das Kommando zum Feueranzünden, zum Vorbereiten der Spieße und des übrigen Essens, das wir vom Büffet mitgenommen hatten. Und nebenbei sollte ich die Mädchen unterhalten, während sie, die Komsomolzen, ihre Angelegenheiten besprachen.

Die besprachen sie ziemlich heftig, nachdem sie sich alle auf einer Decke direkt am Ufer niedergelassen hatten. Mal flüsterten sie, mal wurde es laut, und sie reichten sich Papiere, Dokumente.

Ich lauschte ein wenig und fing hin und wieder bekannte und unbekannte Wörter auf, unter denen ›Kredit‹ und ›Transfer‹ am häufigsten auftauchten. Die Mädchen verstreuten sich über die Wiese. Alle waren sie einheitlich in

Jeans, alle geschminkt. Wika wollte nicht kommen. Sie war im dritten Monat schwanger, auf ihrem Gesicht prangten Flecken, daher hätte ich, selbst wenn sie mitgewollt hätte, dreimal überlegt und es ihr ausgeredet.

Das Feuer aus Kiefernzweigen knisterte hübsch auf der Lichtung. Der Rauch biß in der Nase. Noch eine halbe Stunde, und man konnte das aufklappbare Kohlebecken und den Dreilitertopf mit dem eingelegten Fleisch aus der Tasche holen.

Zwischendurch überprüfte ich den Alkoholbestand. Zehn Flaschen ›Napoleon‹-Weinbrand und eine Flasche ›Sowjetskoje Schampanskoje‹. Für den Anfang in Ordnung, aber wenn der Sekt aus war? Mußten die Mädchen dann zu Weinbrand übergehen? Anscheinend war das so vorgesehen. Sonst hätte Schora, Leiter und Organisator aller dieser Ausflüge, dafür gesorgt, daß Wein mitkam. Aber das hatte er nicht getan. Er hatte selbst im Vorratsraum die Tasche mit Flaschen gefüllt und dem Fahrer zugenickt, los, nimm und trag es in deinen Bus!

122

Schweizer Luftraum. Oktober 2004.

Der Arzt vor Ort, der Walja und Swetlana untersucht hatte, riet davon ab, im Auto nach Zürich in die Klinik zu fahren. Erstens würde ihnen sicher schlecht, und zweitens konnte die kurvenreiche Bergstraße den Organismus zur vorzeitigen Geburt anregen. »Und wir sollten alles tun, daß die Kinder pünktlich geboren werden, zum errechneten Termin!« sagte der Arzt, und Dima übersetzte es gleich.

»Dann sollen wir zu Fuß gehen, oder wie?« Ich zuckte die Achseln. »Oder will er, daß wir die Kinder hier bekommen?«

Dima redete wieder mit dem Arzt und wandte sich dann an mich: »Man kann einen Hubschrauber ordern, er bringt uns direkt nach Zürich, aufs Dach der Kinderklinik.«

Da sahen mich beide gleich fragend an: der Arzt und Dima.

»Und wieviel kostet dieses Vergnügen?« wollte ich wissen.

»Dreitausend Franken«, antwortete Dima.

Nicht dumm, mein Bruder. Er hatte dem Arzt meine Frage gar nicht übersetzt, also wußte er das alles schon.

»Gut, fliegen wir.«

Und jetzt saßen wir schon im Hubschrauber. Er war weiß, nur an den Seiten hatte er dicke rote Kreuze. Der Pilot trug große Kopfhörer, ein magerer kleiner Kerl von etwa dreißig mit perfekt gestutztem Schnauzbärtchen. Hin und wieder drehte er sich um und sah nach uns. Und wir saßen eng an die Seitenwände gedrückt einander gegenüber. Auf einer Seite Swetlana und ich, auf der anderen Dima und Walja.

Der Hubschrauber stieg immer höher, dann überflog er den Bergkamm. Unter uns zog das Städtchen Leuk vorbei. Weiter flogen wir über die schon bekannte Serpentinenstraße, nur daß sie sich wie eine Schlange wand, und wir schnurgeradeaus flogen.

Der Hubschrauber bebte. Ich sah, wie Dimas Hände zitterten, die er an die Knie preßte, und wie Waljas Bauch zitterte. Merkwürdig, daß Waljas und Swetas Bäuche fast gleich groß waren. Hier entsprach eindeutig die Form nicht dem Inhalt, wir erwarteten doch zwei, und sie nur eins. Wenn man von mathematischen Formeln ausging, dann mußte ihr eines so schwer sein wie unsre zwei. Das stimmte mich nicht froh. Ich wußte, ein Neugeborenes war um so gesünder und kräftiger, je schwerer es war. Aber dafür plagte Swetlana sich nur einmal, und wir würden gleich zwei Kinder haben, und Walja mußte sich für ein zweites Kind noch mal neun Monate abmühen!

Ich nahm Swetlanas Hand, die Handfläche war ganz heiß. Wir tauschten Blicke. Sie war eindeutig nervös. Ihre Unruhe übertrug sich auf mich, und ich ließ ihre Hand bis zur Landung nicht mehr los.

Der Hubschrauber senkte sich akkurat auf das Dach des vierstöckigen Gebäudes, direkt ins Zentrum des aufgezeichneten Zielkreises. Das sahen wir, als wir schon herausgeklettert waren.

Eine Krankenschwester in weißem Kittel, von dessen Brusttasche eine Uhr wie eine Medaille ›Für die Einnahme Berlins‹ baumelte, führte uns vom Hubschrauber weg. Sweta hielt mit beiden Händen ihre Frisur fest. Auch mich schubste der künstliche Hubschrauberwind von hinten, obwohl ich zwei schwere Koffer trug und mir ein lederner Kleidersack über der Schulter hing.

Eine halbe Stunde später bezogen wir schon den Zweizimmerluxus im Hotel am Ufer des Zürichsees. Eigentlich war das kein richtiges Hotel, sondern ein Erholungsheim. Hier gab es einen kleinen Park mit Zugang zum Strand, einen eigenen Rettungswagen, einen ständigen Arzt und Krankenschwestern. Und alles andere wie in einem guten Hotel: Telefon, Fernseher mit der üblichen Auswahl an Satellitenkanälen, im Bad einen runden gebogenen Vergrößerungsspiegel am Stativ, für die eingehende Untersuchung der Pickel in der Visage, Frotteemäntel, Frotteeschlappen.

Ich trat hinaus auf den Balkon, schaute auf den See und die darauf schwimmenden Jachten. Von hier zur Wasserkante waren es fünfzig, sechzig Meter. Am Ufer standen Bänke, und auf einer von ihnen erkannte ich den mit dem Rücken zu mir sitzenden Dima. Er hatte sich schnell eingelebt!

»Swetlana, gehen wir an den See?« schlug ich vor.

»Nein, Liebling, ich lege mich ein bißchen hin. Mir ist nicht gut!«

Als ich ein paar Minuten später wieder ins Schlafzimmer trat, lag Swetlana schon auf der Seite und schlief. ›Ja‹, dachte ich, ›mit so einem Bauch zu schlafen ist wirklich unbequem.‹ Aber Hauptsache, es war dem Bauch bequem, und denen, die in ihm lebten, unseren Kleinen. Wenn sie auf der Welt waren, würden sie weiter die Hauptsache sein. Und Swetlanas Bauch nahm dann wieder seinen früheren, weniger bedeutenden Platz in unserem Leben ein und würde ihr vermutlich noch viele Sorgen machen, während sie versuchte, ihn mit allen möglichen Methoden bis zur ursprünglichen Größe zu verkleinern, damit er wieder ›Bäuchlein‹ heißen und sie im Bikini an den Strand und ins Schwimmband gehen konnte. Swetlanas Sorgen waren mir gut bekannt, denn sie redete laut darüber an jedem öffentlichen ›weiblichen‹ Ort, ob beim Friseur oder im Wartezimmer des Arztes, wo auf den Zeitungstischchen die Hochglanzfrauenmagazine lagen, voll mit Fotos von Topmodels, die für Bademode oder Unterwäsche warben.

»Darf ich?« Ich blieb hinter Dima an der Bank stehen.

Er löste widerwillig den Blick vom Wasser, drehte sich um und sah mich wortlos ein paar Augenblicke an. Dann nickte er.

Ich setzte mich ans andere Ende der Bank. Zwischen uns lag etwa ein Meter.

»Wie geht es Walja?«

»Sie ruht sich aus«, antwortete er und wandte den Blick wieder zum See.

»Ist heute der dreizehnte?« fragte ich, obwohl ich genau wußte, was für ein Datum war.

»Na, und?« antwortete er. »Das Wetter ist hervorragend. Sonne und Wind sind wärmer als in Leukerbad! Und da, am anderen Ufer, siehst du, steht eine Villa mit weißen Säulen!«

In seiner Stimme schwang irgendein ungewohnter, nervöser Ton mit. Als fürchtete er sich vor irgend etwas.

Ich schwieg, und er begeisterte sich weiter für die weiße Villa am gegenüberliegenden Ufer. Fünf Minuten lang, und verstummte dann abrupt.

»Ich komme nicht zurück nach Kiew!« erklärte er plötzlich fest, ohne die Augen vom anderen Ufer zu wenden.

Ich beobachtete eine kleine Schuljacht. Ein vielleicht dreizehnjähriges Mädchen mit dicker roter Schwimmweste versuchte, das kleine widerspenstige Segel zu bändigen. Sie schaffte es einfach nicht, es auf die andere Seite zu bringen. Hin und wieder drückte der Wind das Segel mitsamt dem Boot aufs Wasser, aber gleich packte sie die Leine, hängte sich weit über die sich aus dem Wasser hebende Bordkante und richtete das Boot wieder auf. Wenigstens diesen Handgriff beherrschte sie schon gut.

Mir war nicht danach, weiter mit Dima zu reden. Wir schwiegen uns bestens an. Ich hatte nichts dagegen, uns auch bis zum siebenundzwanzigsten Oktober anzuschweigen. So war es ruhiger, für ihn und für mich. Und dann würden wir uns zur Geburt unserer Kinder gratulieren und uns langsam auf den Rückweg machen, nach Kiew.

123

Kiew. Dezember 2015.

Die Ereignisse der letzten Nacht ließen mir keine Ruhe. Genauer, nicht die Vorgänge, über die ich gar nichts wußte, sondern das Resultat. Das Resultat war absolut skandalös und durfte auf keinen Fall bis in die Zeitungen kommen. Während ich friedlich in der Desjatinnaja schlief, hatte jemand Major Melnitschenkos legendäres Sofa aus meinem Arbeitszimmer gestohlen.

Ich saß am Schreibtisch, schaute auf das plötzliche Loch im Interieur und wartete auf General Swetlow.

Nicht zu fassen, daß die Wache der Präsidialverwaltung nichts gesehen hatte. Aber da gab es auch noch das Videoüberwachungssystem. Also würde, wie Kolja Lwowitsch mir versichert hat, auf ihren Filmen alles ›dargestellt‹ sein.

Endlich stürmte Swetlow ins Zimmer, außer Atem und zerzaust.

»Ich weiß alles, Herr Präsident!« sagte er und blieb stehen. Er sah sich um, warf einen raschen Blick auf den Platz, an dem das Sofa gestanden hatte. »Meine Leute sind schon dran. Sie durchkämmen gerade den Schriftstellerverband...«

»Was sollen denn die Schriftsteller mit meinem Sofa?«

»Wir durchkämmen alles im Umkreis, nicht nur die Schriftsteller!« erklärte Swetlow fest.

»Und noch was.« Ich lenkte seine Aufmerksamkeit vom verschwundenen Sofa auf das andere, mir noch wichtigere Thema, das vorgestern nacht aufgetaucht war. »Finde die Todesursache des Chirurgen Chmelko heraus, nimm die Kopie von meinem Herzfoto mit und organisiere ein Gutachten.«

»Über die Kopie?«

»Nein, das Herz. Na, daß irgendeiner von den zuverlässigen und schweigsamen Spezialisten sagt, was er über das abgebildete Herz denkt. Klar?«

Swetlow nickte.

Eine halbe Stunde später kam General Filin herein. Untersuchte mit professionellem Blick das Zimmer, als hätte man das verschwundene Sofa geschrumpft und irgendwo hier versteckt.

»Man muß den Wachdienst dem Innenministerium unterstellen«, sagte er kopfschüttelnd. »Das ist doch einfach empörend!«

»Bist du fertig?« fragte ich gereizt.

»Jawohl, Herr Präsident!«

»Dann geh, und such das Sofa!«

Wieder Stille. Ich trank Pfefferminztee. Es hieß, der beruhigte. Ich hätte Beruhigungsmittel nehmen müssen, ich wollte Ruhe. Ich hätte gern den Streß abgebaut, aber so, daß es kein neues ›Wunder‹ auslöste!

Meine Gedanken glitten hinüber zum Thema ›Wunder‹. Wie sich wohl gerade die Geschichte im Ternopoler Gebiet entwickelte?

Der Schneefall vor dem Fenster lenkte mich ab. Ich trat ans Fenster, Flocken rieselten endlos an mir vorbei. Manche versuchten, am Fenster klebenzubleiben, aber gleich schoben schon die nächsten sie weg.

›Neujahr‹, dachte ich. ›Das neue Jahr rückt alles an seinen Platz. Dieser ganze Schlamassel ist vorbei, und es beginnt ein neues... ein neuer Schlamassel.‹

Das war eine Illusion, eine schöne Illusion. Ein neues Chaos begann nie, weil das alte, heutige Chaos ewig war. Für ein neues brauchte es neue Leute. Aber die gab es nicht. Jeder neue Mensch durchlief, ehe er bei mir eintraf, einen besonderen Schliff, der gewaltsam Unebenheiten glättete, Mut und Entschlossenheit aus Kopf und Herz mit der Wurzel ausriß und den Humor verkümmern ließ. Zurück blieben der Selbsterhaltungstrieb und eine aggressive Gefügigkeit.

Wie fehlte mir der Wald! Ich dachte an Schischkins Gemälde und daran, daß es zur Beruhigung wichtig war, regelmäßig mit der Kunst in Berührung zu kommen. Oder Pilze zu sammeln. Diese beiden Dinge hatten übrigens viel gemeinsam. Oder kam mir das jetzt nur so vor?

»He!« rief ich.

Mein Assistent schaute herein.

»Was für ein Museum ist neben dem Russischen? Westliche Kunst?«

»Ich glaube, ja«, antwortete er.

»Setz dich mit ihnen in Verbindung! Ich komme heute bei ihnen vorbei. Gegen zehn heute abend. Vor dem Schlafengehen ... Zusammen mit Maja Wladimirowna.«

»Nikolaj Lwowitsch wird das nicht mögen«, entfuhr es meinem Assistenten flüsternd. An seinem Gesicht war zu sehen, daß er das Gesagte schon bereut hatte, ehe er wieder den Mund schloß.

»Steck dir deinen Nikolaj Lwowitsch sonstwohin ...«, sagte ich, aber da merkte ich, daß mein Assistent schon mit einem heftigen Nicken hinter der Tür verschwunden war.

124

Kiew. 20. Dezember 1991.

David Isaakowitsch begrüßte den Zerfall der Sowjetunion schadenfroh. Zu der Zeit hatte sich seine Gesundheit schon gebessert, und er beschloß, von seinem Pensionsgeld ein Fest zu veranstalten. Er bat mich, Vater Wassili einzuladen, was nicht im geringsten schwierig war.

Auf dem Tisch zwei zerteilte Heringe, mit Zwiebelringen verziert und mit Sonnenblumenöl übergossen. Ein Topf mit gekochten Kartoffeln, Kartoffelsalat ›Olivier‹ mit allerfrischester Fleischwurst und zwei Flaschen Wodka.

»Wieso guckst du so finster?« fragte mich Vater Wassili, während er Wodka in die Gläser einschenkte.

»Wieso?« wiederholte ich. Dann fuhr ich in die Tasche meiner abgewetzten Anzugjacke, die ich über einem dicken blauen Wollpullover trug, zog mein Werktätigenbüchlein heraus und zeigte es Vater Wassili.

Er stellte die Flasche ab und blätterte meine Arbeitsbiographie durch.

»Entlassen im Zuge der Reorganisation«, las er. »Na und? Dann suchst du dir eben eine anständige Arbeit!«

Ich nickte und griff nach dem Glas.

»Hauptsache, du überstürzt nichts!« riet Vater Wassili. »Bald beginnt das neue Jahr. Dann wird schon klarer, in was für einem Land wir jetzt leben! Vielleicht, wenn der Herrgott will, beginnt es auch ganz ohne Arbeit! Siehst du, was für Veränderungen!«

»Was für Veränderungen?!« sagte der Alte lachend. »Als ich letztes Jahr den Notarzt gerufen habe, kamen sie nach einer Stunde, und dieses Jahr – nach zweieinhalb! Also sag: Verschlechterungen!«

»Schlechter geht nicht mehr«, sagte Vater Wassili abwinkend und wandte sich wieder mir zu. »Stimmt's?«

»Doch«, widersprach ich ihm. »Alles kann sein. Schlechter und besser!«

»Ach, zum Teufel mit euch.« Vater Wassili schüttelte den Rauschebart. »Da haben wir Hering und Wodka auf dem Tisch, und sie jammern! Wofür haben wir uns versammelt?« Er sah David Isaakowitsch an.

»*Ich* habe euch versammelt, nicht ihr habt euch versammelt!« sagte der Alte. »Weil es mir gutgeht! Kaum habe ich aufgehört, die verschriebenen Arzneien zu schlucken, ist es mir gleich bessergegangen! Trinken wir darauf, daß das Vergangene nicht wiederkommt!«

»David Isaakowitsch, wieso denn das!« Vater Wassili war

nicht zufrieden. »Es kommt sowieso nicht wieder, und wünschen muß man allen Gutes, und daß das Gute als Gutes zurückkommt...«

»Das kannst du deinen alten Weiblein erzählen!« Der Alte gab sich nicht geschlagen. »Du bist zu mir gekommen, dann trink auch auf meinen Trinkspruch!«

Ich saß da, lauschte auf ihr Wortgefecht und verstand gar nichts. Das heißt, den Sinn begriff ich schon, aber vor allem merkte ich irgendeine nervöse Schwingung, eine allgemeine Anspannung. Und ich war auch genauso angespannt. Das neue Jahr, das schon greifbar vor uns stand, machte mich nicht froh. Und das vergangene auch nicht. Im Prinzip hatte ich schon länger bemerkt, daß allen irgendwie die Hände zitterten, daß alle sich vor irgendwas fürchteten. Auch meine Mutter hatte Angst. Gestern nacht weinte sie auf einmal, einfach so. Nur Dima fürchtete sich wahrscheinlich vor nichts und fand alles in Ordnung.

Ich leerte mein drittes Glas und dachte daran, wie ich im Gedenken an alte Zeiten im Komsomol-Zentralkomitee vorbeigegangen war und eine ganze Reihe versiegelter Türen gesehen hatte. Aus einer, die offenstand, trugen irgendwelche Leute Aktenordner heraus. Ich fragte sie nach Schora, nach Georgij Stepanowitsch. Und einer sagte mir: »Dein Schora ist in Amerika!«

»Alles wird sich regeln.« Plötzlich sang Vater Wassili fast, im samtenen Bariton. »Die Hauptsache – ausharren und sich gut umgucken!«

125

Zürich. Oktober 2004.

Eine Woche vor dem Geburtstermin hatte es Dima wieder ›gepackt‹. Nach dem gemeinsamen Frühstück im Hotel ging er spazieren und verschwand. Swetlana und ich saßen auf einer Bank am Seeufer und betrachteten die Jachten, als ich hinter mir das rasche Atmen der aufgeregten Walja hörte.

»Dima«, keuchte sie, während sie haltmachte und sich mit beiden Händen auf die hölzerne Lehne der Bank stützte. »Habt ihr ihn nicht gesehen?«

»Nein«, antwortete Swetlana.

Walja, die immer noch nach Luft rang, sah sich um.

»Wo ist er bloß? Wohin hat der Teufel ihn getrieben?«

»Geh ihn suchen«, sagte Swetlana leise zu mir, dann sah sie zu ihrer Schwester hoch. »Setz dich! Wir warten hier, und Serjoscha findet ihn!«

›Schöne Geschichte‹, dachte ich, als ich zum Hotel zurückging. ›Wo soll ich ihn denn suchen? Er ist doch schon lang weg!‹

Ich dachte daran, wie Swetlana mir damals aufgeregt von dem Telefonat mit ihrer Schwester erzählt hatte. Wie Dima anscheinend vierzig Kilometer gewandert war und sich dann irgendwo auf eine Bank gesetzt hatte. Da hatten sie ihn dann gefunden. Natürlich, diesmal war er vielleicht einfach in Richtung Stadt spaziert. Es war wieder wunderschönes Wetter. Die Sonne schien, unter den Füßen raschelten die abgefallenen gelben Blätter.

Ich trat vor der Hoteleinfahrt auf die Straße. Links lag

Zürich, rechts die grüne Weite, das endlose Ufer des Zürichsees.

Wohin war er bloß gegangen?

Ich sah erst in die eine, dann in die andere Richtung. Ich selbst wäre in die Stadt gegangen. Aber wäre ich, gelinde gesagt, nicht ganz normal gewesen, dann hätte ich sicher das Gegenteil getan. Mein Gefühl sagte mir: Wenn er wirklich fortgelaufen war und nicht nur spazierengegangen, dann hatte er Zürich den Rücken gekehrt, wie er vor nicht allzu langer Zeit aus Leukerbad davongewandert war.

Ich ging zügig los, den Gehweg der Uferstraße entlang, überholte schlendernde ältere Schweizer und wurde selbst von eiligen Schweizern in ihren teuren Wagen überholt.

Es wäre vernünftiger gewesen, im Hotel um eine Karte der Gegend zu bitten, und noch einfacher, ein Taxi zu bestellen und meinen schwachsinnigen Bruder, der sich auf diese seltsame Art auf seine baldige Vaterschaft vorbereitete, aus dem Wagenfenster heraus zu suchen.

Aber ich ging zu Fuß, mir war nach körperlicher Anstrengung. Die ganze Zeit sitzen, erst im Restaurant, dann auf der Bank mit Swetlana, da konnte man schon Fett ansetzen.

So marschierte ich also in sportlichem Tempo los. Am liebsten wäre ich gelaufen, aber ich hatte keine Turnschuhe an den Füßen, sondern 500-Dollar-Slipper. In solchen läuft man nicht weit, das geht nur in Turn- oder Billigschuhen.

Rechts und links zogen abwechselnd kleine Restaurants, Hotels, Pensionen vorüber. Hin und wieder war rechts der

See zu sehen, übersät von den weißen Segeln der Jachten und Boote.

Vor der Terrasse eines netten Cafés blieb ich stehen. Hier müßte man sitzen, bei einem Täßchen Kaffee. Aber ›die Pflicht rief‹, also weiter.

Eine halbe Stunde später, als ich, schon müde von meinem flotten Schritt, langsamer wurde, tauchte ein weiteres Straßencafé mit Terrasse auf. ›Pause!‹ sagte ich mir.

Die quadratische Terrasse lag offen da, und an einem Tischchen in der hintersten Ecke, vor einem ›lebenden‹ grünen Zaun aus gestutzen, dicht aneinandergepflanzten Tuijabüschen, erblickte ich – Dima. Er saß mit dem Rücken zu mir, weniger von mir abgewandt, so sah es aus, als von der ganzen Welt. Er saß da und schrieb etwas auf ein Blatt Papier. Zu seiner Rechten stand ein kleines Tablett mit Kaffeetasse.

Ich setzte mich an den nächstbesten Tisch, rief die Bedienung, ein junges, dunkelhaariges Mädchen, vielleicht Albanerin oder Griechin, und bestellte Kaffee und Cola.

Ich wollte Dima nicht stören. Aber die Uhr zeigte halb zwei.

Ich trat vorsichtig zu ihm.

»Dima, im Hotel warten sie auf uns«, sagte ich leise.

Er fuhr zusammen und drehte sich um. In seinen Augen flackerte Furcht.

»Du?« fragte er, und auf seinen Lippen erschien ein ungläubiges Lächeln. »Na gut…«

Er rollte das beschriebene Blatt schnell zusammen, steckte es in die innere Jackentasche und stand auf.

Die dunkle kleine Bedienung stand schon mit der Rechnung in der Hand hinter mir. Ich legte ihr zwei Fünf-Franken-Stücke in die Hand. Dann sah ich ihr in die Augen und artikulierte sorgfältig: *»Taxi, please!«*

126

Kiew. Dezember 2015.

Diese Idioten hatten die Tereschtschenko-Straße gesperrt. Ließen nur Trolleybusse durch. Und das, weil Maja und ich am Mahagonitisch im Saal der ›Kleinen Holländer‹ saßen.

Alle Türen waren angelehnt. Hinter jeder stand eine Wache. Dort draußen lief auch Kolja Lwowitsch nervös auf und ab.

»Sag mal…« Ich füllte Majas Glas mit trockenem Rotem. »War denn dein Igor oft krank?«

Unser Abendessen war heute nicht ganz so elegant wie sonst. Ich hatte ein ›Picknick‹ geordert, also hatten wir einen feinen, aber kalten Imbiß. Räucherfisch, Toasts mit schwarzem Kaviar, gefüllte Wachteleier und alle möglichen weiteren eßbaren Kleinigkeiten.

Maja zupfte schon zum dritten Mal das Dekolleté ihres schwarzen Kleides zurecht. Ein weicher Stoff ›floß‹ an ihrem Körper herab, ohne die Formen ahnen zu lassen. Ich hatte keine Ahnung von Mode, doch meiner Frau hätte ich so einen Kauf ausgeredet. Aber ich hatte ja keine Frau, also war da keine, der ich es ausreden mußte.

»Du weißt doch, ich rede nicht gern von ihm…«

»Erzähl mir nicht von ihm, sondern von seiner Gesundheit. Hatte er Probleme mit dem Herzen?«

»Jeder trinkende Geschäftsmann hat Probleme mit dem Herzen.«

»Na gut.« Ich trank einen Schluck Wein und griff nach einem Kaviartoast. »Aber hat man ihn mal am Herzen operiert?«

»Zu meiner Zeit nicht«, antwortete sie, aber an ihrem Gesicht war zu sehen, daß irgendwelche Hintergedanken sie störten.

»Und vor deiner Zeit?«

»Wir waren doch nur zwei Jahre verheiratet. Und was davor war, weiß ich nicht.«

›Ich muß mich entspannen‹, dachte ich. ›Und das Picknick in herrlicher Museumsatmosphäre genießen. Von ihr erfahre ich nichts Hilfreiches.‹

Ich stand auf und trat zu dem kleinen Ölbild, auf dem lustig gekleidete flämische Bauern Wein aus Krügen tranken.

»Früher war das Leben viel einfacher«, sagte ich und drehte mich zu Maja um.

Sie schwieg.

»Weißt du, daß man mir das Sofa aus dem Arbeitszimmer gestohlen hat?« fuhr ich fort. »Das ist sicher der erste Fall von Möbeldiebstahl aus dem Arbeitszimmer eines Präsidenten.«

Maja fing plötzlich zu lachen an. Sie versuchte sich zu beherrschen, preßte die flache Hand vor den Mund, aber das Gelächter drang trotzdem heraus. Ihre Schultern zuckten, und das Dekolleté rutschte wieder zur Seite und ließ den dunkelblauen Büstenhalter sehen.

»Wieso lachst du?« wunderte ich mich. »Ja, es ist ein Zirkus, aber ein sehr trauriger Zirkus, in dem ich als Clown und Opfer auftrete...«

»Du weißt doch, daß bei uns überall geklaut wird. Das ist alte byzantinische Tradition. Nur hat jetzt der kleine Diebstahl endlich die höchste Stelle erreicht und ist bei der Macht angekommen, die den kleinen Diebstahl immer verachtet hat. Die Macht hat nur im großen Stil gestohlen.«

»Was soll das, bezahlt dich die Opposition?« fragte ich finster. »Außerdem ist das kein kleiner Diebstahl, sondern durchaus ein großer! Das Sofa wiegt an die hundert Kilo, wenn nicht mehr!«

»Weißt du, daß sie gerade Unterschriften für deine Amtsenthebung sammeln?« flüsterte Maja, plötzlich ganz ernst und sogar besorgt.

»Woher hast du das?«

»Ich habe es in der Zeitung gelesen.«

»Interessant. Und wer sammelt da?«

»Die Kommunisten und die rechte Opposition...«

»Kasimir etwa?«

»Ja. Sie schreiben, daß er bald die Opposition anführen wird.«

»Genug, kein Wort mehr von Politik!« Ich betrachtete die Wachteleier und dachte an Kasimir. Ihn müßte man irgendwo an den Wachteleiern aufhängen. Bis er stinkend verfaulte.

»Du bist so unglücklich«, flüsterte Maja plötzlich und sah mich mit ganz anderen, vor Mitleid schwimmenden Augen an.

»Jetzt weine nur nicht«, bat ich sie scherzhaft. »Wir haben fünfundvierzig Millionen Unglückliche, und ich bin ihr

Anführer. Also bedauere lieber das ganze Land und nicht einen einzelnen Präsidenten.«

Der Tisch war noch voller eßbarer ›Miniaturen‹, aber das Picknick hatte eindeutig den Schwung verloren. Ich hatte keine Lust mehr, mit Maja zu reden. Wir tranken schweigend den Wein aus.

Sie ging als erste. Man brachte sie zur Desjatinnaja, und ich blieb noch ein wenig. Swetlow sollte kommen. Ich hoffte, er hatte mir etwas zu erzählen.

127

Kiew. 12. Januar 1992.

»Du kommst spät«, sagte Vater Wassili, als ich ins Kellercafé ›Quinta‹ auf der Großen-Schitomirskaja-Straße hinabstieg.

Das stimmte, wir waren um ein Uhr mittags verabredet gewesen, aber draußen war Glatteis, und es fuhr fast nichts.

Er bestellte mir fünfzig Gramm Wodka. Ich setzte mich an das Tischchen, ohne den kürzlich zu Hause im Schrank gefundenen alten Schafpelz auszuziehen. Draußen waren es minus fünfzehn. Dumm, daß ich zu Hause nicht auch Handschuhe gefunden hatte.

»Also, was gibt es?« fragte ich Vater Wassili.

»Erst trinken wir«, sagte er düster.

Ich hob das Glas, um anzustoßen, aber er wich mit seinem Glas aus. Wie auf einer Totenfeier.

Ich verstand. ›Es ist also wirklich jemand gestorben. Doch nicht etwa der Alte?‹

»David Isaakowitsch hat uns verlassen«, sagte Vater Wassili leise, als er den Wodka ausgetrunken hatte. »Schlaganfall.«

Ich nickte verstehend und traurig.

»Wann ist die Beerdigung?« fragte ich.

»Das müssen wir entscheiden. Er hatte niemanden außer dir und mir. Seiner ehemaligen Frau und seiner Tochter sagen wir es lieber nicht. Erst mal nicht.«

Er zog ein Schlüsselbund aus der Tasche seiner alten Felljacke und legte es auf den Tisch.

Dann sah er mir lange und eindringlich in die Augen.

»Weißt du«, sagte er schließlich, »morgen muß man ihn aus der Leichenhalle holen. Aber ich denke, er hätte keine Beerdigung gewollt.«

»Und was hätte er gewollt?« fragte ich neugierig und versuchte, Vater Wassilis Gedankengang zu folgen.

»Wenn du mir hilfst, könnten wir ihm eine Freude machen...«

Er las die Frage in meinen Augen. Ich schaffte es nicht, sie schnell und deutlich zu formulieren.

»Weißt du noch, an der Stelle seiner Erdhütte hat er einen Grabhügel aufgeschaufelt und ein Kreuz hingestellt. Das wird sein Grab! Sein Lieblingsplatz, sein wahres Zuhause, ohne Nachbarn und Gemeinschaftsküche.«

Ich nickte. Und im Kopf gesellten sich zur ersten stummen Frage Unmengen weitere, konkretere. Wie sollte man den Toten zur Truchanow-Insel schaffen? Wie und womit die gefrorene Erde aufbrechen? Überhaupt: wie ihn beerdigen? Im Sarg? Oder einfach so?

»Darf man so was überhaupt?« fragte ich vorsichtig.

»Gott allein ist unser Richter, und Gott verbietet so was nicht!«

Ich zuckte die Achseln.

»Ich war bei ihm daheim.« Vater Wassili nickte in Richtung Schlüsselbund. »Er hatte Geld. Für Beerdigung und Totenfeier sollte es reichen…«

128

Zürich. 25. Oktober 2004

Die Ergebnisse von Swetlanas letzter Untersuchung flößten uns noch mehr Vertrauen in den übermorgigen Tag ein. Aber man erwartete Swetlana und Walja schon am nächsten Tag in der Klinik, für alle Fälle, wie der Arzt gesagt hatte. Derselbe Arzt führte mit Dima und mir auch ein eigenartiges Gespräch. Ich ging zuerst hinein, und als Übersetzerin diente mir Walja. Ihre Wangen leuchteten am Vorabend der Geburt in einem gesunden Rot. Ich verglich sie die ganze Zeit mit Swetlana, genauer gesagt, ihre Stimmungen, ihr Lächeln und das Befinden der beiden. Und auf die Farbe achtete ich, weil Swetlanas Gesicht, im Gegensatz zu Waljas, seit unserer Ankunft in Zürich besonders bleich war. Sie ruhte sich auch mehr aus als Walja, aber trotzdem verschwand die Erschöpfung nicht aus ihrem Gesicht, ihre Augen glänzten nicht wie sonst. ›Natürlich, *ein* Kind auszutragen ist leichter als zwei‹, dachte ich. Und damit erklärte ich mir den Unterschied.

»Möchten Sie bei der Geburt dabeisein?« fragte mich der Arzt.

»Ich hätte nichts dagegen, aber meine Frau will nicht.«

Walja übersetzte.

»Dann werden wir Sie ab dem Moment, wo das Fruchtwasser abgeht, auf dem laufenden halten. Sie können sich im Ruheraum aufhalten, das ist neben dem Zimmer Ihrer Frau. Wenn es losgeht, bringen wir sie in den Entbindungsraum, im selben Flur. Wir werden Ihnen regelmäßig berichten.«

»Und wie wollen Sie mir berichten?« Ich sah in Waljas blaue Augen. »Ich verstehe doch kein Deutsch!«

»Man wird Sie auf englisch informieren«, antwortete der Arzt.

Das Gespräch mit Dima dauerte viel länger als das mit mir. Walja blieb dabei, und ich, draußen vor der Tür des Sprechzimmers wartend, hörte manchmal kurz und plötzlich Streit zwischen Walja und Dima aufflammen. Endlich kamen sie heraus. Dima war böse.

Als wir zu dritt ins Hotel zurückkamen, schlief Swetlana noch. Gegen Abend wachte sie auf, wurde munterer und hatte sogar Hunger.

Dima spazierte am Seeufer entlang. Er war immer noch verstimmt. Wir aßen zu dritt zu Abend, und nach dem Essen erzählte uns Walja, daß der Arzt Dima kategorisch verboten hatte, bei der Geburt dabeizusein. Der Arzt berief sich auf ein Telefongespräch mit dem Psychiater aus Leukerbad. Dima hatte darauf noch im Sprechzimmer seine feste Absicht erklärt, dem Psychiater eine aufs Maul zu hauen, sobald sie in das Alpenstädtchen zurückkämen.

»Na ja, er wird sich beruhigen«, sagte Walja abwinkend. »Ich habe noch Tabletten, die mir der Professor für ihn gegeben hat. Gegen die Gereiztheit. Ich habe ihm schon mal welche in den Tee getan. Sie helfen wirklich. Er wird dann gleich lieb und zartfühlend...«

Ich ertappte mich plötzlich bei dem Gedanken, daß ich Walja nicht im geringsten als psychisch Kranke empfand. Ich erinnerte mich noch an ihren starren, verwirrten Gesichtsausdruck im Garten des Heims in Gluchowka. Sie war langsam gewesen, die Krankheit sah man nicht nur in ihrer Mimik, sondern in jeder Geste, jedem Schritt. Aber jetzt saß eine völlig gesunde, normale, schöne junge Frau am Tisch. Die Schwangerschaft hatte die Züge und Farben ihres Gesichts noch belebt, im Unterschied zu Swetlana – wieder konnte ich nicht anders, als die beiden zu vergleichen. Nur der, mit dem sie gemeinsam behandelt wurde, ihr Mann und der Vater ihres Kindes, mein mir schon längst nicht mehr ähnlicher Zwillingsbruder, war nicht gesund geworden, war, wie Mama manchmal sagte, ›ein armer Schizophrener‹ geblieben. Ein Mensch von unberechenbarem Verhalten, und das hieß auch, unberechenbarem Schicksal. Und doch war er in diesen letzten Monaten, besonders seit Waljas Schwangerschaft, viel normaler geworden. Schon lange hatte ich von ihm nicht mehr die leisen, traurigen Monologe über die Sinnlosigkeit und Langeweile des Lebens gehört.

»Ich habe schon alles beisammen«, erklärte Walja stolz, während sie mit dem Löffel eine Krabbe aus der Suppe mit dem tönenden Namen ›Alaska‹ fischte. »Obwohl sie gesagt haben, daß man gleich nach der Geburt ein ›Neugeborenen-Set‹ geschenkt bekommt. Da gibt es ein paar Pampers, Kindercreme, Hautöl und lauter solche Dinge! Und dir schenken sie sicher gleich zwei Sets!«

Swetlana lächelte, aber das Lächeln kam gequält. Ihr Appetit war allerdings normal.

»Oh, sie strampeln!« sagte sie plötzlich froh und hielt sich mit beiden Händen den Bauch. »Schnell! Gib mir deine Hand!«

Ich legte zärtlich die Hand auf ihren Bauch und fühlte gleich, wie durch die Haut unter der Hand schnelle kleine Füße liefen.

Ihr Lächeln wurde strahlender und frei.

Die unsichtbaren Füßchen unter meiner Hand liefen weiter. Vielleicht waren es gar nicht die Füße, aber das war egal. Das Gefühl war erstaunlich. Mit einem Wort, es war ein echtes Wunder. Als klopften die Kinder aus Swetlanas Bauch heraus an meine Hand und kündigten an, daß sie bald herauskommen würden. Als hätten sie es eilig, uns, ihre Eltern, zu sehen, sich mit uns zu einer fröhlichen, nie wieder ruhigen Familie zu vereinen.

129

Kiew. Dezember 2015.

General Swetlow brachte mir keine guten Nachrichten mehr. Dafür hätte man ihn degradieren können. Aber er machte die Nachrichten ja nicht, er brachte sie nur. Und ich mußte die finden, die diese üblen Nachrichten produzierten.

Ehe ich gestern nach Mitternacht das Museum verließ, hatte ich lange das ›Porträt eines Unbekannten‹ betrachtet. Es mir angesehen und den Mann beneidet. Wie gern wäre ich unbekannt! Auch ohne Porträt. Bei uns war doch jeder Präsident ein Elend für das Land. In den Schulbüchern kamen sie schon mit den reinen Präsidentschaftsjahreszahlen aus. Über die Errungenschaften der Ukraine unter diesen Präsidenten – kein Wort. Man mußte die Kinder vor der Geschichte schützen, besonders vor der jüngsten.

Ich stellte mir irgendein Schulbuch in vielleicht hundert Jahren vor! ›Präsident Bunin, S. P., wurde das Herz eines tragisch verunglückten Oligarchen eingepflanzt. Das Herz war krank und arbeitete nur dank einer eingesetzten Batterie, oder, wie heißt das noch, eines Schrittmachers. Als Präsident Bunin versuchte, Einzelheiten über die eigene Operation herauszufinden, stellte sich heraus, daß der Chirurg gestorben, seine beiden Assistenten bei ein und demselben Autounfall umgekommen, der Anästhesist verschwunden war, und sämtliche OP-Schwestern im Land leugneten, an der Operation beteiligt gewesen zu sein. Danach segnete auch S. P. Bunin selbst das Zeitliche, denn die Batterie in seinem Herzschrittmacher ging kaputt, und niemand und nichts konnte sie ersetzen.‹

Ein düsteres Lächeln lief über meine Lippen. Und die Gedanken wanderten weiter.

›Oder eine Schulprüfung: »Wer war Bunin, Sergej Pawlowitsch?« – »Der Präsident, dem das Sofa gestohlen wurde.« – »Richtig. Und wie hieß dieses Sofa?« – »Major Melnitschenkos Sofa.« – »Und wer war Major Melnitschenko?« – »Der geheimnisvollste Held der Ukraine, gerissen wie Hetman Maseppa. Er saß besonders gern auf diesem Sofa.« – »Richtig, setz dich. Ausgezeichnet!«‹

Es wäre alles nicht so schlimm gewesen. Nur, heute ging

es zur Computertomographie. Es war, als ob das Herz schon Ungemach ahnte. Wie manchmal ein Hund den Tod seines Herrn ahnt oder aus der Ferne spürt. Das Herz schlug mit Aussetzern, unrhythmisch.

›Ein kaltes Bad!‹ sagte mir mein Zustand.

»Nichts da!« antwortete ich. »Erst zu den Ärzten.«

130

Truchanow-Insel. 13. Januar 1992. Abend.

Mixte man einen amerikanischen Horrorfilm mit Sowjetkino über die Blockade von Leningrad, erhielte man diesen Abend. Wir hatten David Isaakowitsch aus der Leichenhalle des Rettungskrankenhauses geholt. Wir holten ihn nicht morgens, sondern bei schon hereinbrechender winterlicher Dämmerung, nach halb vier. Vater Wassili wanderte ein paar vor dem Krankenhaus stehende Wagen mit dem roten Kreuz ab und redete mit den Fahrern und Sanitätern. Er suchte die geselligsten aus und überredete sie tatsächlich, uns bei der Erfüllung des ›letzten Wunsches eines Verstorbenen‹ zu helfen, worum der Verstorbene selbst uns allerdings nicht gebeten hatte.

Zuerst brachten wir den Alten in der Leichenhalle in anständige Form, zogen ihm seinen ›Scheidungsanzug‹ an. Dann luden wir ihn in den Rettungswagen und fuhren los.

Wir fuhren still, ohne Blaulicht und Sirene, und kamen erstaunlich leicht über die verschneite Fußgängerbrücke. Wir fuhren bis zur Insel, aber dann weigerte sich der Fahrer des Rettungswagens entschieden, die Brücke zu verlassen. Also luden wir die Trage mit David Isaakowitsch aus, direkt auf den Schnee. Wir hoben ihn sorgfältig von der Trage herunter, um den Besitzern ihr medizinisches Inventar zurückzugeben, und halfen noch etwa zehn Minuten lang dem Fahrer, quasi von Hand den Transporter zu wenden, damit er wieder zurückfahren konnte.

Und dann verschwanden die zwei roten Rücklichter, lösten sich in der frühen Januardunkelheit auf, auch das Licht seiner Scheinwerfer war bald nicht mehr zu sehen. Vater Wassili und ich standen da und starrten dem Rettungswagen hinterher. Lange und traurig.

Ich fror und wurde langsam nervös. Aber Vater Wassili stieg unter die Brücke und zog von dort einen schon bereitgestellten Schlitten heraus. Und damit fuhren wir den liegenden Alten zu seiner Erdhütte in den winterlichen Dschungel, in die Tiefen der jetzt unbewohnten Insel.

Fünfzehn Minuten später waren wir schon da. Vater Wassili war, wie sich herausstellte, ein sehr praktischer Mann. Ein Haufen Brennholz lag schon bereit, und in der Nähe waren Spitzhacke und Spaten unterm Schnee versteckt.

Wir entfachten ein Feuer auf dem ›Grab‹ von David Isaakowitschs Erdhütte. Der Plan war mir jetzt klar, und ich sah, daß es mit seiner Ausführung keine Probleme geben würde. Das Feuer wärmte die Erde auf, und wir konnten das fiktive Grab in ein echtes verwandeln.

Als etwa fünf Stunden später, nach zwei Pausen und einer zum Aufwärmen geleerten Flasche Wodka, das ziemlich flache Grab fertig war, stellte sich Vater Wassili auf einmal vor dem Toten feierlich in Positur und begann, ihn auszusegnen. Sein Bariton klang in unserer seitlich vom Feuer beleuchteten Dunkelheit schwermütig, aber berührend. Ich verstand die Worte kaum. Genauer, ich hörte nicht auf die Worte, ich hörte auf die Stimme. Und war kurz vorm Heulen. Der Feuerschein fiel auf das gelb gewordene Gesicht von David Isaakowitsch. Er sah, wie eine Wachsfigur, gleichzeitig so aus und nicht so aus wie der mir vertraute lebendige Mensch.

Als wir den Alten sorgsam in seine ›Erdnische‹ gelegt hatten, drückte Vater Wassili ihm die kalte Hand und sagte: »Bis zum Wiedersehen, David!« Dann sah er mich erwartungsvoll an. Auch ich drückte dem Alten die Hand, aber ich konnte kein Wort herausbringen.

Als wir über die Fußgängerbrücke zurückwanderten, wehte uns stechender Eiswind ins Gesicht. Wir gingen schweigend, erreichten die Uferstraße und liefen bis zum Flußhafen.

Stille ringsum. Kein einziges Auto, nirgends ein erhelltes Fenster. Allerdings konnte man die Häuser dort auch an einer Hand abzählen!

»Ist dir kalt?« fragte Vater Wassili.

»Ein bißchen.«

»Komm, wir gehen zu ihm! Wir haben die Schlüssel. Dort halten wir für ihn den Leichenschmaus!«

Unterwegs trafen wir auf einen nächtlichen Kiosk, in dem wir, nachdem wir den Verkäufer geweckt hatten, einen Ring ungarische Salami, zwei Flaschen Bier, eine Dose roten Kaviar und eine Flasche Wodka kauften.

Danach ging es sich munterer, und der Eiswind kam einem nicht mehr so unerbittlich vor.

131

Zürich. 26. Oktober 2004.

Die Zeit verging einfach nicht. Ich sah auf die roten Ziffern des elektronischen Hotelweckers. Zwanzig nach Zwölf in der Nacht. Im Zimmer war es trotz des geöffneten Fensters, durch das Frische vom See hereinwehte, unglaublich still. Vermutlich schlief kein anderes Land so fest und friedlich wie die Schweiz. Und Swetlana schlief neben mir, wie immer auf der Seite. Sie schlief mir zugewandt, auf dem geräumigen, fast quadratischen Bett. Richtiger wäre gewesen, zu sagen, sie schlief mit dem Bauch mir zugewandt. Um zu ihr zu gelangen und ihre feine kleine Nase zu berühren, mußte man den Arm ausstrecken. Aber der Bauch war schon vorher da, er drückte sich an meine Rippen. Ich lag auf dem Rücken und sah hoch zur Decke. Ich war selbst an Swetlana herangerückt und hatte mich mit den Rippen an ihren Bauch gedrückt, in dem unsere Kleinen lebten. Ich spürte ihre Bewegungen. Mal hörten sie auf, dann ging es wieder los.

Und ich dachte an das, was morgen oder übermorgen geschehen würde. Ich stellte mir vor, wie sehr sich dann unser Leben veränderte. In Wahrheit konnte ich mir all die bevorstehenden Veränderungen nur schwer vorstellen. Meine Phantasie war dieser Aufgabe eindeutig nicht gewachsen. Ich versuchte in Gedanken, logisch vorzugehen. Die Kinder würden eine Kinderfrau brauchen, vielleicht sogar zwei. Swetlana konnte das nicht alles allein machen. Und selbst wenn, dann würde sie das sehr ermüden. Die Müdigkeit würde sich dann bestimmt auf ihrem Gesicht zeigen, und das Gesicht erschien im Spiegel und verdarb ihr die Stimmung. Und was war mir wichtig? Daß sie immer guter Stimmung war. Eine logische Kette war fertig. Die roten Ziffern auf dem elektronischen Wecker bestätigten, daß erst zehn Minuten vergangen waren, seit ich zum letzten Mal nach der Zeit gesehen hatte. Vielleicht hinkte der Wecker? Vielleicht wurde es schon gleich hell? Warum war mir so überhaupt nicht nach Schlafen?

Die Zwillinge im Bauch spielten jetzt ernsthaft. Ein paarmal hatte mich eines von ihnen mit dem Knie oder Fuß in die Rippen gestoßen. Ich mußte lachen und war glücklich. Das wurde zu einer Art Spiel. Ich fuhr mit der Hand über Swetlanas warmen Bauch und versuchte, die Bewegungen der Kleinen zu ›erhaschen‹, ich spielte mit ihnen schon, ehe sie geboren waren. Ein unglaubliches Gefühl! Mit Knien oder Ellbogen drückten sie gegen die innere weiche Wand ihrer warmen temporären Unterkunft. Und ich erhaschte ihre Bewegungen mit der Handfläche.

»Alles in Ordnung«, flüsterte ich ihnen zu, den Kopf erhoben, mit Blick auf den Bauch hinunter. »Bald sehen wir uns!«

Gegen drei Uhr nachts beruhigten sich die Kleinen und schliefen ein.

»Schlaft nur, schlaft«, flüsterte ich und streichelte den warmen Bauch. »Ihr habt ein paar harte Tage vor euch!«

Zu mir kam der Schlaf trotzdem nicht. Ich stand auf und warf mir den weißen Frotteemantel über. Ich öffnete die Minibar, und drinnen flammte ein kleines Lämpchen auf und beleuchtete freundlich die Reihen winziger Campari-, Gin- und Whiskyfläschchen. In der Reihe darunter standen größere Flaschen – Bier, Cola, Mineralwasser und ein Fläschchen Champagner.

›Morgen, am siebenundzwanzigsten, kaufe ich eine große, fürs erste fange ich mit der kleinen an‹, dachte ich mit Blick auf das Fläschchen.

Ich nahm den Champagner und ein Glas, ging leise, barfuß, hinaus auf den Balkon und schloß die Glastür hinter mir.

Die Stille draußen unterschied sich in nichts von der Stille drinnen. Die Schweiz schlief, auch der Zürichsee schlief, und der unbewegte Streifen aus Mondlicht auf der Wasseroberfläche. In der Ferne schlief das gegenüberliegende Ufer, an dem nur vereinzelte Laternen brannten.

Auf der Flasche steckte ein gewöhnlicher Korken, mit einem Drähtchen festgezogen. Ich drehte den Draht auf und lockerte die Schlinge um den dünnen gläsernen Flaschenhals. Plötzlich flog der Korken mit einem Knall aus der Flasche und über den Balkon davon. Ich erstarrte und sah mich erschrocken nach allen Seiten um. Dieser eigentlich nicht besonders laute Knall wirkte hier fast wie ein Verbrechen. Ich hatte an etwas Heiliges gerührt, an die nächtliche Schweizer Stille. Ich zog wirklich den Kopf zwischen die Schultern und wartete. Prüfte wie ein schuldbewußtes Kind, ob jemand von den Großen meinen versehentlichen Übermut bemerkt hatte. Aber diese Stille war ungeheuer dicht. Sie hatte den Korkenknall auf der Stelle verschluckt. Ich hatte nicht mal ein Echo gehört!

Und es war kein Champagner ausgelaufen, nur der weiße Schaum war hochgestiegen bis zum Rand des Flaschenhalses.

Ich hob das Fläschchen zum Mund, hatte noch nie Champagner aus so einer kleinen Flasche getrunken. Ich trank direkt aus der Flasche. Wieder ein ›brut‹, aber heute nacht war mir alles egal. Ich trank Champagner nicht für den Geschmack, ich trank ihn als Auftakt zum Beginn eines neuen Lebens. Deshalb störten mich nicht mal sein trockener, saurer Geschmack und die beißenden Blasen, die in die Nase stiegen!

Ich trank ihn langsam. Und das Gedächtnis zog ein Neujahrsbild aus dem letzten Jahrhundert aus seinem Vorrat: Ich trinke Sekt mit den Freunden, aus der Flasche, im warmen Eingang irgendeines Mietshauses. Ich bin ein Teenager, der versucht, sich erwachsen zu fühlen. Mit einer großen, ›erwachsenen‹ Flasche Sekt.

Jetzt hatte die Welt sich sozusagen umgekehrt und mich mit. Ich war groß. Nicht groß, sondern erwachsen. Und die Sektflasche, im Gegensatz dazu, war klein. Und das gefiel mir.

132

Kiew. 30. Dezember 2015.

»Das ist Ihr Herz«, erklärte mir der Arzt und fuhr mit dem Zeigestock über das auf dem Leuchtmonitor befestigte Röntgenbild. »Und das hier der Schrittmacher.«

Die Spitze seines Zeigestabs verharrte auf einem kleinen Rechteck in der linken Herzhälfte.

»Aber das ist kein Schrittmacher von uns…«

»Was heißt das?«

»Wir setzen solche nicht ein. Wir haben ein simples Modell, und das hier ist irgendein komplizierteres...«

Ich sah mich im Zimmer um und überlegte: Warum hatte man mich gerade hierher gebracht? Denn als beste galt immer die Klinik in Teofania, aber das hier war irgendeine Privatklinik, wie es sie jetzt allein in Kiew wohl zwei, drei Dutzend gab.

Bei Kolja Lwowitsch, der wie angewachsen auf dem Sofa am Fenster saß, klingelte das Handy. Kolja Lwowitsch sprang auf und ging hinaus, während er die Daten des Anrufers auf dem Display studierte.

»Das ist kein Schrittmacher«, flüsterte mir der Arzt hastig zu und schielte zur Tür, die Kolja Lwowitsch nicht ganz hinter sich geschlossen hatte. »Das ist kein Schrittmacher...«

»Was denn dann?« fragte ich verständnislos.

Der Doktor zuckte die Achseln.

»Man muß die Tomographien einem Computerfachmann zeigen«, flüsterte der Doktor.

Ich nickte nachdenklich.

»Aber ich habe nichts gesagt...«

Ich nickte wieder und musterte jetzt aufmerksamer das Gesicht des Doktors. Weiße Kittel entpersönlichen die Leute, machen sie Heiligen ähnlich. Und Heilige sind alle gleich. Dieser ›Heilige‹ im weißen Kittel war etwa vierzig Jahre. Hager, Stoppeln auf den eingesunkenen Wangen, Adlernase. Sicher Jude. Normalerweise heilten uns gerade die Juden.

»Wie heißen Sie?« fragte ich.

»Semjon Michailowitsch.«

»Und mit Nachnamen?«

»Resonenko.«

»Kann ich Ihnen vertrauen?«

Er kam nicht mehr dazu, zu antworten. Die Tür öffnete sich leise knarrend, und Kolja Lwowitsch kam wieder herein.

Ich fing die Antwort nur im Blick des Doktors auf. Ein Nicken mit den Augen.

Interessant. Wenn man ihm vertrauen konnte, er aber aus irgendeinem Grund Kolja Lwowitsch fürchtete, dann hieß das, man durfte meinem Stabschef nicht vertrauen...

»Danke«, sagte ich förmlich und drehte mich zu Lwowitsch um. »Nimm die Bilder und laß sie noch von anderen begutachten. Und überhaupt, übernimm du diese Sache! Sollen sie aufschreiben, was sie dazu meinen!«

»Wird gemacht«, antwortete Kolja Lwowitsch leise.

»Haben sie eben wegen dem Sofa angerufen?« fragte ich dann.

»Nein, vom Sofa gibt es nichts Neues.«

»Und die Bänder der Videoüberwachung sind auch nicht aufgetaucht?«

Er schüttelte den Kopf.

»Was glaubst du, wie viele Diebe und Verräter muß es in der Präsidialverwaltung geben, daß so ein Diebstahl möglich wird?«

Eigentlich hatte ich Spaß gemacht. Aber über Lwowitschs Gesicht huschten die Gedanken, von unten, vom Kinn über die Lippen hoch zur Stirn.

»Fünf etwa«, sagte er zögernd.

»Wehe, du findest sie nicht...«

»Die Suche läuft!« versicherte er mir, und im Blick lag etwas Unverständliches. Eine bei ihm ungewohnte Kaltblütigkeit.

133

Kiew. Februar 1992.

Vor kurzem war mir das geflügelte französische Wort eingefallen: ›Fortgehen ist ein bißchen wie sterben.‹ Es fiel mir ein, als ich an David Isaakowitsch dachte. Frau und Tochter waren fortgegangen und irgendwie ein bißchen gestorben. Dann war er selbst gestorben. Für immer ›fortgegangen‹.

Einerseits war David Isaakowitsch schon seit einem Monat nicht mehr da. Er lag dort in seinem Erdkühlschrank auf der Truchanow-Insel. Andererseits saßen Vater Wassili und ich oft in seinem Zimmer, und gestern hatte ich sogar bei der Sparkasse für ihn Miete und Strom bezahlt. Die Nachbarn betrachteten uns anscheinend als seine Erben. Zumindest hatten wir sie schon dreimal zum Leichenschmaus in sein Zimmer eingeladen und den Tisch großzügig gedeckt. »Wenn sein Geld zu Ende ist, dann hören wir damit auf«, entgegnete mir Vater Wassili auf meine Bedenken.

Dafür bekamen wir jedesmal so viele gute Worte über den Alten zu hören. Alle, schien es, hatten ihn geliebt. Allen, schien es, fehlte er. Und letztesmal beschwor Valentina Petrowna, die ich früher in der Wohnung irgendwie nie gesehen hatte, mit Erregung in der Stimme die Möglichkeit, daß man ihnen jetzt irgendeinen Alkoholiker oder

Obdachlosen hereinsetzen könnte. Und sah mich gleich an, als wäre ich ihre letzte Hoffnung. Am Anfang begriff ich gar nichts, aber nach dem nächsten traurigen Trinkspruch ohne Anstoßen hing über dem Tisch so eine vielsagende Pause, als würde sich gleich allen ein großes Geheimnis eröffnen. Etwas ähnliches passierte dann auch. Die traute nachbarschaftliche Familie ging zum Flüstern über und wandte sich mit einem ungeheuer verführerischen Vorschlag an mich. Anscheinend hatte jemand, wenn er, ohne gemeldet zu sein, in einer Wohnung über ein halbes Jahr gewohnt hatte und die Nachbarn das bestätigen konnten, das Recht, in dieser Wohnung offiziell registriert zu werden. Sie hatten beschlossen, daß lieber ich in das Zimmer des Alten einziehen sollte, als daß irgendein unbekanntes neues Gesicht auftauchte. Selbst konnten sie keine Ansprüche auf das Zimmer anmelden, sie hatten schon die ihnen zustehenden Quadratmeter. Kinder hatte keiner.

»Überleg's dir«, sagte Vater Wassili am Ende von Valentinas ernstem Monolog. »David Isaakowitsch würde sich freuen. Du warst für ihn wie ein Sohn!«

»Und wir bestätigen alles!« ergänzte flüsternd der Nachbar und Spezialist fürs Einlaufen enger Schuhe.

»Ich überleg's mir«, versprach ich.

Und ich überlegte es wirklich ernsthaft, wie versprochen, und beriet mich sogar mit Mama. Wie sich herausstellte, kannte sie sich bestens mit der Wohnraumgesetzgebung und deren Möglichkeiten aus.

»Welcher Bezirk ist das? Der Altkiewer?« fragte sie eher ihr Gedächtnis als mich. »Da arbeitet doch eine Bekannte von mir beim Amt.«

Zürich. 27. Oktober 2004.

Bei uns hätte man diesen Raum Aufnahmestation genannt. Er war großzügig: drei große Sofas, ein Zeitungstischchen vor jedem. Ein breites Fenster, durch das man noch eine Stunde zuvor die perfekt kugelförmig gestutzten jungen Bäumchen in dem kleinen Park betrachten konnte. Links neben dem Fenster drei Automaten. Einer nannte sich stolz ›Nescafé‹, er enthielt neun Sorten löslichen Kaffees. Mit Koffein, ohne Koffein, mit Zucker, ohne Zucker... Und alles für anderthalb Franken! Daneben ein Automat mit Cola und Sprite in Flaschen, und der dritte – der war niedriger. Er stand nicht auf dem Boden, sondern auf einer Art Gestell. Und er nahm kein Geld. Allerdings goß er auch nur Bouillon und irgendeinen Kräutertee in die Plastikbecher.

Dima saß auf dem Sofa am Fenster, unter einem Strahler, und las ein Buch auf deutsch.

»Was liest du?« fragte ich.

»Über kranke Alte.« Er zeigte mir den Umschlag. »Interessant! Wenn man es nur erst bis zu ihren Krankheiten schaffen würde!«

»Was haben sie denn für Krankheiten?«

»Sklerose, sie fallen zurück in die Kindheit! Toller Kerl, dieser« – er guckte auf den Buchumschlag – »Martin Suter! Er beschreibt es so gut!«

»Wahrscheinlich ist er selber alt«, brummte ich und widmete mich wieder der Umgebung.

Ich saß auf dem Nachbarsofa. Es kam mir zu weich vor.

Ich war einfach nervös und neidisch auf Dimas olympische Ruhe.

Eine Ärztin hatte uns wie Schuljungen hierher geführt, hatte uns aufs Sofa gesetzt und war verschwunden. Sie wollte uns auf dem laufenden halten. Was sagte sie noch? Dima hatte es doch übersetzt! Ah! Wir könnten hier ein Zimmer mit Bett mieten, auf demselben Flur, nicht teuer, für hundert Franken. Aber wir hatten abgelehnt.

›Mein Gott‹, dachte ich. ›Wie hasse ich die Warterei!‹

Ich nahm die erstbeste Zeitschrift von dem Tischchen. Nicht nur, daß sie auf deutsch war, drinnen gab es irgendwelche Schnittmuster und Fotos von älteren Damen in Strickpullovern.

Ich grub tiefer in den Zeitschriftenhaufen, von denen die drei Tischchen buchstäblich überschüttet waren. Endlich fand ich eine mit Madonna auf dem Titel. Nicht, daß ich ein großer Fan der Sängerin war, aber wenigstens erkannte ich sie. Doch innen nichts als Britney Spears' und Christina Aguileras. Und das war schon nichts mehr für mich.

Ich stand auf und lauschte auf die Stille. Drückte auf den ›Bouillon‹-Knopf des einen Automaten, und eine grünliche Flüssigkeit ergoß sich in den Plastikbecher. In die Nase stieg das vertraute künstliche Aroma von ›Knorr‹-Suppenwürfeln. Dampf stieg aus dem Becher, und ich beeilte mich nicht mit Trinken, ich wärmte mir die Handflächen.

Eine halbe Stunde später erschien eine Asiatin im blauen Kittel mit Eimer und Schrubber. Sie fuhr eilig mit dem feuchten Schrubber über den Boden. Sie nahm uns kaum wahr, obwohl sie uns merkwürdigerweise nicht bat, die Füße anzuheben, so daß der Boden vor und unter uns ungewischt blieb. Dann zog sie eine dicke Spraydose aus einer Tasche ihres Kittels. Ein trüber Luftstrahl entwich zischend aus der Dose in Richtung Decke. Sofort erfüllte künstliche Frische die Luft, es roch nach Pefferminz.

Dann waren wir wieder allein. Ich sah auf die Uhr. Bald Mitternacht, aber Geschrei von Neugeborenen war noch nicht zu hören. Vielleicht schrien Neugeborene in der Schweiz ja nicht? Aus Respekt vor der gesetzlichen Nachtruhe?

Um halb eins erschien lautlos die schon bekannte Ärztin im kaum beleuchteten Flur. Ich schaute erstaunt auf ihre Füße. Sie trug weiche Pantoffeln. Deshalb waren keine Schritte zu hören! Sie sah Dima an, ein strenges Lächeln im Gesicht.

Sie sagte etwas zu meinem Bruder, und seine Augen strahlten glücklich auf.

»Ich habe eine Tochter!« verkündete er mir stolz.

Die Frau nahm ihn mit. Ich blieb allein und warf anderthalb Franken in den Kaffeeautomaten. Der Automat gurgelte, und zuerst erschien in der kleinen Nische ein weißer Becher, dann lief irgendwas in ihn hinein. Etwas mit Kaffeeduft.

Im Flur gab es wieder Bewegung. Dima kam kurz zurück und zeigte mir das kleine rote Gesichtchen der neugeborenen Kleinen, in eine rosa Decke gewickelt.

»Guck mal!« sagte er. »Wie hübsch sie ist!«

Er verschwand wieder.

›Schon gut‹, dachte ich. ›Mir bringen sie bald zwei solche!‹

Eine Viertelstunde später erschien Dima noch mal, aber

diesmal, um sich zu verabschieden. Ein Taxi wartete schon auf ihn, und er fuhr zurück ins Hotel. Er wünschte mir, auch bald gute Nachrichten zu bekommen.

Die Zeit kroch so langsam, als hätte sie Angst vor der Dunkelheit, Angst, sich irgendwo anzustoßen. Ich stand auf und schaute in den langen Flur. Da war niemand. Stille und Ruhe. Man konnte sich nicht einmal vorstellen, daß irgendwo hier in der Nähe meine Frau gerade gebar. Gebar und stöhnte und schrie. Wie schafften das diese Schweizer nur, jeden beliebigen Laut von der Außenwelt abzuschirmen?

Mein Kopf begann zu dröhnen. Mir war nach Liegen, und ich hatte schon keine Kraft mehr, diesem Bedürfnis zu widerstehen.

135

Krim. Foros. Regierungsdatscha. 31. Dezember 2015.

Die rauhe Wintersonne kam einem hier, am Südufer der Krim, sanfter vor. Fünf Grad plus. Das eintönig rollende Meer. Maja und ich fuhren im Aufzug ans Ufer hinunter. Sie trug enge Jeans und einen knappen blauen Pullover. Alles unterstrich die Figur, appetitlich und irgendwie teenagerhaft.

Aus dem Augenwinkel musterte ich die hintere Vertikale ihres Körpers. Ihrem Popo standen so enge Jeans sogar ausgezeichnet!

Mich erwarteten wohl im Leben schon keine Rendezvous und Neujahrsfeiern mehr.

Es war seltsam, die Wellen rauschten, aber sie schlugen

kaum ans Ufer. Ich streckte die Hand aus, und das kalte Meer biß mir angenehm in die Finger. Man müßte baden!

Ich sah mich nach meiner Begleiterin um. Sie würde mich für verrückt halten.

»Maja, wollen wir schwimmen?«

Sie öffnete die Augen mit den gepflegten Wimpern weit und sah mich neugierig an.

»Ich nicht, aber wenn du willst, bitte! Man wird dich auf jeden Fall retten!« Und sie wies mit einer Kopfbewegung nach oben, wo ich zwei oder drei Männer bemerkte, die sich hinter einer Laube verbargen.

»Vielleicht sollen die ja genau das Gegenteil?« lachte ich.

Ich zog mich schnell nackt aus und wanderte langsam in die salzige Kälte des Schwarzen Meeres hinein.

Die Wellen waren zwar flach, doch sie drängten mich trotzdem zurück, ans Ufer. Aber die Unterströmung, der Rückfluß ebendieser Wellen, zog mich, im Gegenteil, weiter hinaus, ins Tiefe.

Ich tauchte schweigend bis zum Kinn ein. Ich hätte dieses unglaubliche Gefühl gern mit jemandem geteilt, dachte an Vater Wassili und David Isaakowitsch. Hätten sie bloß hier sein können!

Ich sah mich um. Maja bemerkte meinen Blick und winkte.

Von der Laube her beobachtete mich jemand mit dem Fernglas. Sollte ich ihm mein Glied zeigen? Nein, ich hatte keine Lust, mich so bald schon wieder dem Land zuzuwenden. Er würde es verschmerzen. Obwohl er sicher nie im Leben das Glied eines Präsidenten gesehen hatte. Da hätte er seiner Frau und den Kindern was zu erzählen gehabt!

Eine ungeheure Harmonie stellte sich ein, als würde ich zum natürlichen Bestandteil des Meeres, der Meerfauna. Ich hatte das Gefühl, das Blut im Körper kühlte ab, genau wie auch das Bedürfnis, an Land zurückzukehren. Vielleicht war ich ja eigentlich ein Amphibienmensch? Wie in dem alten sowjetischen Science-fiction-Film? Vielleicht hätte man mich in einem Faß mit kaltem Meerwasser halten müssen, damit ich mich wohl fühlte und nicht mehr gegen die Disharmonie ankämpfen mußte, die ständig zwischen meiner Umwelt und meinem Körper entstand? Aus einer rein körperlichen hatte sich diese Disharmonie in eine hartnäckige Irritation des Geistes verwandelt, in Mißtrauen und Argwohn. Dabei war der Argwohn ja völlig berechtigt, ich hatte doch gar keine Wahl gehabt. Ich hatte von der Herzverpflanzung erst nach der Operation erfahren, als dieses Herz schon mit weißen Fäden eingenäht war! Und nun stellte sich heraus, daß im Herzen irgendein Computerchip unklarer Bestimmung saß! Und aus meinem Arbeitszimmer wurde das Sofa gestohlen, und mit ihm die Bänder der Videoüberwachung! Wie sollte ich ruhig schlafen, bei so einem Leben? Ich wußte selbst nicht, wie es mir noch gelang, einzuschlafen.

Ich merkte auf einmal, daß ich schon weit vom Ufer entfernt war. Ich schaute zurück. Bis zum Präsidentenstrand waren es sicher dreihundert Meter. Links von der Laube standen zwei Männer, jetzt schon ganz ungedeckt. Einer beobachtete mich durch sein Fernglas. Sie rührten sich nicht. Genauso reglos stand auch Maja am Ufer, nur schien sie irgendwas am Boden zu ihren Füßen zu betrachten. Aus Richtung der Türkei drang ein Brummen an mein Ohr. Ich stieß mich energisch mit den Armen aus dem Wasser, um über die niedrigen Wellen hinwegzusehen. Und sah ein weißes Schnellboot auf mich zukommen.

Ach, so war das? Ich füllte mir die Lungen mit Luft und tauchte ab. Das Wasser wollte mich nicht, es versuchte mich zurückzustoßen. Tiefer einzutauchen, hatte ich keine Kraft, und ich schwamm einfach unter Wasser weiter, egal wohin. Ich schwamm mit offenen Augen und sah nur trübes Grau. Dafür war den Augen von der Berührung mit dem Wasser angenehm kalt. Den Augen tat diese Kälte gut.

Als ich auftauchte, war ich direkt längsseits des Schnellboots. Ich reckte den Kopf hoch, um denen zu sagen, was ich von ihnen hielt, und erblickte gerade den Richtigen. Über die Reling ragte Kolja Lwowitsch, im dunklen Anzug, darüber eine orangefarbene Rettungsweste.

»Sergej Pawlowitsch!« rief er. »Ich habe Selman hier, den Gouverneur der Krim. Er hat eine vertrauliche Mitteilung. Eine sehr wichtige. Vielleicht kommen Sie an Bord?«

»Selman?!« Mein Unmut über die Störung verflog. Selman, den kleingewachsenen krimtatarischen Juden, mochte ich, dabei hatten wir uns erst an die fünfmal gesehen. »Gut!« sagte ich. »Laß die Leiter runter!«

Eine weiße Plastikleiter senkte sich ins Wasser. Ich kletterte an Bord. Da stand auch gleich Selman mit einem großen Handtuch. Während ich mir das Handtuch um die Hüften schlang, füllte Kolja Lwowitsch ein Glas mit Whisky. Er reichte es mir.

»Und wo ist das Eis?« fragte ich.

»Aber Sie kommen doch gerade aus der Kälte!«

»Wo ist das Eis?« wiederholte ich.

Kolja Lwowitsch nickte und hastete unter Deck, in die Kajüte. Er kam mit einer Eiswürfelplastikform zurück, frisch aus dem Gefrierfach. Ich brach mir das Eis selbst heraus und entdeckte, nachdem ich mir zwei Würfel ins Glas geworfen hatte, daß diese Würfel eigenartig geformt waren. Sie sahen gar zu sehr nach Miniaturköpfen aus. Ich brach noch einen Würfel aus der Form und drehte ihn in den Händen. Wirklich! Es war eine Eisbüste!

»Wer ist das?« fragte ich Kolja Lwowitsch.

»Gruschewski. Der erste Präsident der Ukraine«, antwortete er.

»Der erste war Krawtschuk!«

»Für die neue Ukraine war es Krawtschuk, für die alte, 1917/18, war es Gruschewski«, erklärte er.

In Selmans grünen Augen blitzte ein Funke Neugier auf. Er streckte die Hand aus, und ich legte ihm Gruschewskis schon tauende Minibüste hinein. Selman hob sie vors Gesicht.

»So sah er also aus«, sagte er versonnen.

»Er sah gar nicht so aus!« Ich winkte ab und trank einen Schluck kalten Whisky. »Also, was wolltest du berichten?«

Selmans Gesicht nahm einen besorgten Ausdruck an.

»Rußland gräbt einen Tunnel unter der Meerenge. Nach Kertsch.«

»Woher weißt du das?«

»Sie verbergen das gar nicht. An ihrem Ufer ist alles abgesperrt, jede Menge Maschinen und Bewachung. Einer ihrer Arbeiter ist zu uns gekommen, er ist ukrainischer Abstammung. Hat erzählt, daß er die Pläne für den Tunnel gesehen hat. Sagt, daß sie schon zwei Tunnelkombinen abgeladen haben. Das Projekt ist übrigens dem Tunnel unter dem Ärmelkanal abgeguckt, na, dem zwischen Frankreich und England.«

»Und uns hat Rußland nichts von dieser Baustelle gesagt?« Ich sah Kolja Lwowitsch an.

»Nein! Im Gegenteil.«

»Wie, im Gegenteil?«

»Seit sieben Jahren besprechen wir mit Rußland den Bau einer Brücke mit zwei hochklappbaren Teilen für die Schifffahrt. Aber von einem Tunnel war nie die Rede.«

»Dann überleg dir was, sonst tauchen sie noch auf unserem Territorium auf und erklären die ›Wiedervereinigung!‹«

»Ich bin schon dabei«, sagte Lwowitsch. »Es gibt schon ein paar Pläne.«

»Heute abend berichtest du mir! Übrigens, wie steht es mit dem Sofa? Habt ihr es gefunden?«

Kolja Lwowitsch sackte sofort in sich zusammen. Biß sich auf die Lippen und schüttelte den Kopf.

»Na gut«, seufzte ich. »Gieß mir noch mal ein, und zurück ans Ufer! Sonst macht Maja sich noch Sorgen...«

Der Whisky gluckerte hübsch. Auf mein Drängen hin schenkte Kolja Lwowitsch auch sich ein Glas ein. Selman trank Pepsi-Cola. Er war kürzlich zum Islam übergetreten und erfüllte in dieser ersten Zeit alle Vorschriften des Korans. Auch wenn im Koran sicher kein Wort von Whisky stand.

136

Kiew. 8. März 1992.

Manche feierten an diesem Tag den Internationalen Frauentag, aber Mama und ich feierten etwas Besonderes, viel Bedeutenderes. Seit gestern hatte ich im Paß einen neuen Meldeeintrag. Jetzt bewohnte ich offiziell David Isaakowitschs Zimmer. Allerdings hatten wir dafür noch ein wenig schwitzen müssen. Es stellte sich heraus, daß der Verstorbene noch zu Lebzeiten einen Antrag hätte schreiben müssen, um mich bei sich eintragen zu lassen. Am Ende schrieb er ihn dann auch. Mit meiner Handschrift.

»Also streng dich doch mal an!« Meine Mutter stand über mich gebeugt, während ich schon zum dritten Mal den kurzen Text für die Paßabteilung des Wohnraumkomitees fabrizierte. »Er war doch alt, also schreib mit zittriger Hand, und die Buchstaben nicht so rund! Du bist doch kein Erstkläßler!«

Vor dem Fenster goß es, manchmal mischte sich nasser Schnee in den Regen. Das Wetter war scheußlich. Keiner rief an. Vor der Tür roch es nach Katzenpisse, und meine Mutter schimpfte auf die siamesische Katze der Nachbarn, die sie beschuldigte, eigens unsere Fußmatte auszuwählen, um ihrem kleinen natürlichen Bedürfnis nachzukommen.

Auch morgens, als ich aus der Wohnung trat, stach mir dieser spezifische Katzengeruch in die Nase. Aber ich hatte Schnupfen. Gestank störte mich nicht, ich spürte ihn sozusagen in gedämpften Tönen.

Vor dem Feinkostgeschäft hatte sich der festtägliche Blumenhandel entfaltet. Übrigens war ich auch deshalb losgegangen. Man mußte Mama mal danken, ihr nicht immer nur das Leben schwermachen. Und sie hatte gar nichts dagegen, wie es aussah, daß ich mich mal ein wenig verzog.

»Was kosten die Tulpen?« fragte ich.

»Dreihundert Kupons.«

»Ein Strauß?«

»Das Stück!«

Das Mädchen, das die Blumen verkaufte, schien auch ein hübsches ›Stück‹.

»Alles Gute zum Frauentag!« sagte ich. »Vielleicht geben Sie ein bißchen Rabatt?«

»Komm gegen Abend wieder, dann geb ich vielleicht welchen!« sagte sie kokett, aber ihre Koketterie war ein bißchen grob. Und sie selbst schien mir beim näheren Hinsehen ein typisches Landei, wie es in den Wohnheimen hier im Bezirk Hunderte gab. Goldketten um den Hals, einen Bernsteinklunker über dem Pullover zwischen den Zipfeln eines bunten Zigeunertuchs.

»Na gut, dann drei Stück!« kapitulierte ich.

Und zählte neunhundert Kupon-Karbowanzen hin.

Jetzt hatte ich einen Strauß, eingewickelt in die Zeitung ›Abendliches Kiew‹, und in der Tasche noch genug Geld für eine Dose Kaviar und eine Schachtel Pralinen. Wenigstens manchmal mußte man die Eltern lieben. Besonders, wenn es eine alleinerziehende Mutter war, die sich wirklich Sorgen machte um ihren ewig nicht erwachsen werdenden Sohn!

Meine Mutter war gerührt. Sie weinte fast.

Und ich verspürte plötzlich einen besonderen inneren Auftrieb. Ich wollte noch besser, noch fürsorglicher, noch dankbarer sein. Also machte ich mich ans Kartoffelschälen. Ich wußte schließlich, wie das ging, tausendmal hatte ich meine Mutter bei dieser Beschäftigung gesehen. Übrigens beruhigte Kartoffelschälen sie immer hervorragend, es wirkte auf sie wie auf die Yogis ihre Meditation.

137

Zürich. 28. Oktober 2004. Morgen.

Jemand rüttelte mich sanft an der Schulter. Ich riß mich aus einem Traum los, in dem ich versucht hatte, den winterlichen Andreashügel hinunterzukommen, und schlug die Augen auf.

Über mich gebeugt stand eine unbekannte Frau im weißen Kittel, mit kurzgeschnittenen braunen Haaren. Von ihrer Brusttasche baumelte die Uhr-Medaille, auf ihrem Gesicht lag künstliche Munterkeit. Sie sah mich mit ihren braunen Augen streng und gleichzeitig unbeteiligt an.

»Bitte, stehen Sie auf!« sagte sie.

Ich stellte die Füße auf den Boden, spürte, daß irgendwas nicht stimmte, und senkte auch den noch schläfrigen Blick dorthin. Tatsächlich. Die Füße steckten nur in Strümpfen. Und wo waren meine teuren Schuhe?

Ich ließ den Blick durch den Raum schweifen. In der Nase steckte wie ein Splitter ein vertrauter süßlicher Pfefferminzgeruch.

»Was ist los?« fragte die Frau.

Ich stand auf, bückte mich und schaute unter das Sofa, sah dort aber nur ein paar feuchte Wischspuren. Der Pfefferminzgeruch wunderte mich nicht mehr. Offenbar war gerade vor meinem Aufwachen wieder die asiatische Putzfrau vorbeigekommen.

Aber da waren ja meine Schuhe! Sie standen akkurat in der Ecke rechts vom Fenster. Ich zog sie schnell an. Jetzt war ich bereit, diese Frau in Weiß anzuhören, auch wenn ich wohl kein Wort von dem verstehen würde, was sie sagte.

»Wir haben eine schlechte Nachricht für Sie«, sagte sie langsam und deutlich und sah mir direkt in die Augen, als wollte sie mich hypnotisieren.

»Sorry«, sagte ich. *»Kain Doitsch! Do you speak English?«*

Sie machte eine Pause. Dann holte sie tief Luft und sagte auf englisch: »Es tut mir sehr leid, aber wir konnten Ihre Kinder nicht retten…«

Ihre Worte drangen kaum zu mir durch. Vielleicht hatte ich nicht richtig verstanden. Ich bat sie, es zu wiederholen.

Es gab keine Zweifel, ich hatte mich nicht verhört.

»Was wollen Sie damit sagen?« Ich quetschte die Worte aus der zugeschnürten Kehle heraus. Ich bekam keine Luft.

»Ihre Kinder wurden um vier Uhr heute morgen geboren. Wir haben sie gleich auf die Intensivstation gebracht. Sie hatten Probleme mit der Atmung und dem Herzen. Wir haben alles mögliche getan. Leider ist manchmal auch die Medizin machtlos.«

Ich sah mich um und versuchte zu begreifen: Stand ich oder saß ich? Plötzlich spürte ich meinen Körper nicht mehr, und das erschreckte mich. Ja, ich saß.

Ich stand auf. Jetzt überragte ich sie um einen Kopf.

»Sorry, I don't understand«, sagte ich. Meine Stimme klang heiser und leise.

Sie wiederholte geduldig die früheren Sätze über die manchmal machtlose Medizin und die Atmungs- und Herzprobleme.

»Junge oder Mädchen?« unterbrach ich sie.

»Ein Junge und ein Mädchen«, antwortete die Frau im Kittel.

»Sie sind gestorben?« Meine Stimme ging von selbst zum Flüstern über. Meine Stimme hatte Angst vor den Wörtern ›Tod‹ und ›gestorben‹.

Die Frau nickte wortlos, und in diesem Nicken sah ich endlich Mitgefühl. Ihre professionelle Distanziertheit, ihre Selbstbeherrschung beim Überbringen schlechter Nachrichten verschwanden. Sie sah mich mit tränenfeuchten braunen Augen an. Sah mich an und schwieg.

»Ein Junge und ein Mädchen«, wiederholte ich flüsternd. Und stürzte irgendwohin in eine Tiefe, von der aus diese Frau im weißen Kittel wie ein steinerner Riese erschien.

Ich fiel immer weiter. Ich sah noch, wie sie das Zifferblatt ihrer von der Brusttasche baumelnden Uhr vors Gesicht hob.

Vorbei. Sie verschwand. Alles ringsum wurde groß und geriet in Bewegung. Alles bewegte sich auf mich zu. Und ich, schien es, bewegte mich auch irgendwohin. Mir war heiß. Die Füße taten weh, schnell ermüdet vom Gehen in den unbequemen Schuhen. Ich ging irgendwohin. Ich sah Geräusche, sah das Hupen vorüberfliegender Autos und Busse. Es war grau. Und irgendwo in der Nähe flog wie ein gelber Vogel die helle Stimme eines jungen Mädchens vorbei, das etwas rief und seiner Freundin auf der anderen Seite der Straße zuwinkte.

Es war wie in einem Spielzeugkaleidoskop. Wir alle waren da drin, in seinem Innern. Und hin und wieder schüttelte es jemand, wovon ich mit allem um mich herum plötzlich Position und Lage änderte. Und wir standen alle still, während uns von oben ein neugieriges Kinderauge betrachtete. Ich dachte nicht daran, daß dieses Auge mich dank der Glasflächen im Innern des Kaleidoskoprohrs als im bunten Muster vervielfachtes Mosaikstückchen sah. Ich dachte überhaupt nicht. Ich konnte gar nicht mehr denken. Mir wurde immer heißer. Die Sonne war schon über dem See aufgegangen. Woher kam dieser See? Ich sah mich im Gehen um. Etwas klickte im Gedächtnis. Etwas klingelte über meinem Kopf. Ich sah mich um. Sah, wie ein Junge in völlig zerlöcherten Jeans und dunkelblauem Pullover ein Handy aus der Tasche zog.

Rechts wieder ein tiefer Abgrund, als hätte jemand ein Haus mitsamt Fundament aus der Erde gerissen und dann Sand über die Stelle gestreut. Hinter dem Sand war Wasser.

Ich blieb stehen. Mir war so heiß, daß mir fast der Schweiß von der Stirn tropfte, und unter den Armen war es unangenehm feucht. Ich ging über den Sand, trat ans Wasser. Testete das Wasser mit der Schuhspitze. Komisch, ich spürte sogar durchs brasilianische Schuhleder, wie angenehm und kühl-erfrischend das Wasser im See war. Ich watete bis zu den Knien hinein, dann ging ich weiter und blieb erst stehen, als auch meine Schultern unter Wasser waren. Das kalte Wasser strich angenehm um den Hals.

Ich schaute ans andere Ufer. Von hier aus war es sehr

schlecht zu sehen. Es war das Wasser, das störte. Zuviel Wasser zwischen mir und dem anderen Ufer.

Das Wasser umfing mich. Ihm war es egal, daß ich angezogen war. Es fühlte und sah mich durch und durch. Angenehme Kühle durchströmte Arme und Beine. Es war, als würde ich immer schwerer. Ich spürte meinen Körper wieder. Ich hob und senkte die Arme. Wahrscheinlich lächelte ich in diesem Moment. Auf jeden Fall genoß ich das Gefühl der wiederkehrenden Kontrolle über meinen Körper.

Ich wandte mich zum näher gelegenen Ufer. Betrachtete die Villen und die Zäune zwischen ihnen. Betrachtete einen Mann, der rechts auf dem Balkon einer Villa stand. Er beobachtete mich. Seine Miene war von hier nicht zu erkennen, aber sicher wunderte er sich. Ringsum badete sonst keiner, trotz der strahlenden Oktobersonne. Sie war so stark, daß man unmöglich hinsehen konnte.

Ich reckte den Kopf zum Himmel und testete, wieviel meine Augen aushielten.

Aus dem Wasser herauszukommen war mühsam. Ich sah wieder zu dem Mann hin, der mich von seinem Balkon aus beobachtete. Jetzt hielt er ein Telefon in der Hand. Es sah aus, als erzählte er jemandem von mir.

›Erzähl nur!‹ dachte ich.

Und ging weiter die Straße entlang. Ungeachtet der Erschöpfung und des quatschenden Wassers in den Schuhen ging ich schnell. Ich lief irgendwohin.

138

Krim. 31. Dezember 2015.

Ich hätte nie gedacht, daß man den letzten Tag des Jahres auf so viele angenehme Stunden und Minuten ausdehnen konnte. Ich hatte jede Menge Grillen im Kopf und war ganz entspannt. Ich war weit weg von der Bankowaja, weit weg von Kiew. Und wenn ich ehrlich war, zog es mich dort auch nicht hin. Wenn man schon Präsident werden, genauer: sein, mußte, dann wäre es nett gewesen, man bekäme ein kleineres, einfacheres Land aufgebürdet. Etwas in der Art wie die Krim. Hier war alles irgendwie anders, hier katzbuckelte die lokale Elite naiver und aufrichtiger. Das hieß, sie hatten aufrichtig Angst, daß mir etwas nicht gefiel und ich einmal brüllen und mit den Armen fuchteln würde und sie mit Pauken und Trompeten in den örtlichen Knästen landeten, zusammen mit der diesjährigen Krim-Generation korrupter Bürgermeister und Schmiergeldempfänger. Aber ich war weder böse auf diese durchschaubar betrügerische Elite, noch hatte ich Lust, gegen sie anzukämpfen. Seit drei Jahren befaßte sich das Parlament immer wieder mit dem Gesetzesentwurf zur Korruption, und seit drei Jahren konnte es nicht entscheiden, wie viele Kategorien von Korruption es geben und für welche man bestraft werden sollte und welche Teil der Alltagskultur und ein Tribut an die Traditionen war. Zum Teufel mit ihnen. Ich würde dieses Gesetz nicht für sie verabschieden!

Aber jetzt saß ich hier in einem Ledersessel vor dem Spiegel. Und auf meinem Kopf und Gesicht zauberte ein Maskenbildner vom Jaltaer Filmstudio, der zuvor mit den Instruktionen beim Chef der Wache noch mehr Zeit zugebracht hatte als mit meinem Gesicht. Er war dabei, mich völlig unkenntlich zu machen.

Denn ich wollte in Jalta an der Uferpromenade flanieren. Und nicht allein, sondern mit Maja. Dabei sollte neben Maja ein kleines Hündchen an der Leine laufen. Möglichst ein braunes.

Es war fünf Uhr abends. Es dämmerte schon. Der angeklebte Schnauzer und das ebenso angeklebte Ziegenbärtchen konnten mich nicht beeinträchtigen. Meine Blässe an dem Tag war völlig natürlich, das mußte vom Bad im Meer kommen.

Kolja Lwowitsch hatte in das zum Maskenstudio gewordene geräumige Bad hereingeguckt und war eindeutig nervös. Er war nervös, aber er erhob keine Einwände. Melnitschenkos Sofa lastete jetzt als unaufhebbare Sünde auf seinem Gewissen. Wenn er es gefunden hatte, dann konnte er sich beschweren.

Ich wußte eigentlich nicht mehr, was Tschechows Dame für ein Hündchen hatte. Ich war nicht mal sicher, ob ich diese Erzählung gelesen hatte. Aber ich wußte noch, daß ich eine andere gelesen hatte: *Kaschtanka.* Ich wußte noch, daß ich gelesen und, ich glaube, sogar geweint hatte. Hunde taten mir immer leid. Die Damen taten mir auch leid, aber viel seltener.

Zwanzig Minuten später fuhren wir los. Man hatte einen bescheidenen Wagen aufgetrieben: einen schwarzen BMW. Aber dafür hatten sie die untere Straße abgesperrt. Es war trotz allem angenehm, aus den leicht verdunkelten Fenstern auf die müde Krim mit ihren leeren Kassen und leeren

Stränden zu blicken. Die kleinen Lichter der Hütten und Häuser, die vereinzelten Straßenlaternen, die helleuchtenden, kühlschranklosen Bierbuden.

Neben mir Maja, das Hündchen, ein winziger Pudel, sauber gewaschen und, wie es aussah, durch die Hände eines Frisörs gegangen. Braun, wie bestellt.

Maja war passend gekleidet. Passend zur aktuellen Saison und jener geheimnisvollen Epoche. Ein tailliertes, sanftbraunes Kostümjäckchen mit hochgestelltem Fuchsschwanzkragen. Und ein langer Rock, eng von den Hüften bis zu den Knien, und unten bis an die Grenze der Schicklichkeit geschlitzt, wegen der Beinfreiheit. Braune Stiefelchen mit mittelhohem Absatz. Etwa fünf Zentimeter. Meine Beobachtungsgabe war heute geschärft. Ich glaubte wie ein Kind daran, daß morgen zusammen mit dem neuen Jahr noch etwas anderes, Neues und Wichtiges beginnen würde. Wenn nicht für das Land, dann wenigstens für mich.

Die Uferpromenade von Jalta war fast menschenleer. Nein, es gab natürlich Passanten. Aber man sah sie kaum im flackernden, schwachen Licht der Laternen. Anscheinend war der billige Strom auch hier angekommen.

Maja und ich spazierten langsam, Arm in Arm. Ich war übermütiger Stimmung. Jetzt war ich zu meinem Vergnügen unterwegs.

»Meine Liebe...«, wandte ich mich an Maja.

Sie wandte sich im Gehen ebenfalls zu mir, Unruhe im Blick. Vielleicht gefiel ihr meine kleine Inszenierung nicht.

»Meine Liebe«, wiederholte ich. »Sag, was möchtest du gern?«

»Ehrlich?« fragte sie.

»Habe ich dich zu lügen gebeten?«

»Ich möchte nach Moskau, ins Restaurant ›Metropol‹.«

Sie scherzte nicht, wie es aussah. Ich war erstaunt und ein wenig gekränkt. Aber das zeigte ich nicht.

»Was denkst du, hat Olga Knipper Tschechow geliebt?« fragte ich.

Der kleine braune Pudel versuchte sich loszureißen und zog heftig an der Leine, was Maja abrupt zum Stehen brachte. Sie zog genauso heftig an der Leine, und der Pudel eilte ihr kläglich quiekend zu Füßen. Was für eine zauberhafte Gefügigkeit!

»Die Knipper hat Tschechow nicht geliebt«, sagte sie und löste ihren strengen Blick von dem Hündchen. »Tschechow war ein Langweiler und die Knipper eine schöne Frau, die Ruhm und Beachtung liebte.«

»Ach ja? Und wieso haben begabte Männer soviel Pech bei den Frauen?«

Maja lächelte. Wir gingen wieder untergehakt.

»Begabte Männer sind ehrgeizig und suchen sich Frauen aus, neben denen sie eine gute Figur machen. Und Frauen, die diese Spiele lang genug gespielt haben, begreifen, daß sie ohne die begabten Männer eine noch bessere Figur machen. Das ist alles.«

»Du zerstörst mir die Illusionen!« sagte ich klagend. »Ich möchte an die Frauen glauben, an ihre Treue, Hingabe und Sorge.«

»Bitte schön!« Sie zuckte mit den zarten Schultern. »Glaub nur, soviel du möchtest! Aber denk daran, selbstlos lieben kann nur eine Frau, die nicht schön ist, und das nur aus Dankbarkeit dafür, daß ein Mann sie beachtet hat.

Schöne Frauen berechnen alles. Von den eigenen Gefühlen bis zur Reaktion auf ihr Stirnrunzeln.«

»Und bist du schön?«

»Ich bin nicht mehr ganz jung, aber noch einigermaßen frisch«, sagte Maja.

»Schön gesagt. Das merke ich mir und verwende es selbst einmal.«

Unser kleiner Gastpudel machte plötzlich wieder einen Satz, und das Ende der Leine glitt Maja aus der Hand. Das Hündchen lief die dunkle Allee zwischen der Uferpromenade und dem parallelen Trottoir entlang, auf dem sich reihenweise Cafés und kleine Restaurants ausgebreitet hatten.

Maja blieb hilflos stehen. Ich stürzte dem Hündchen hinterher, und vor mir ertönte lautes Gebell.

Auf einer Bank saßen drei lässig gekleidete Kerle. Zu Füßen des einen hatte sich faul ein Schäferhund niedergelassen, um ihn hüpfte frenetisch kläffend unser brauner Pudel herum.

»He, du Schwuchtel«, zischte mir der Kerl in kurzer Lederjacke zu und spuckte die nicht fertiggerauchte Zigarette aus. »Nimm deinen Welpen weg, oder ich sage meinem Kleinen hier: ›Faß!‹«

»Wer ist hier eine Schwuchtel?« Ich wurde wütend und fühlte wohltuende Aggression in mir aufsteigen. »Ich werd dich gleich –«

»Opa, mach halblang! Sonst erlebst du das neue Jahr nicht mehr!« Der Kerl erhob sich von der Bank und griff dabei in die rechte Jackentasche. »Ein Begräbnis kann sich heute nicht jeder leisten.«

Ich tastete fieberhaft nach den Taschen meines eleganten Mantels. Die Taschen waren leer, wie es sich für die Taschen des Präsidenten gehörte. Er lebt nicht aus der eigenen Tasche, sondern aus der Tasche des Landes. Ich sah mich um. Und plötzlich blitzte etwas hinter dem Rücken des Mannes auf, und eine leere Glasflasche ging mit Wucht auf seinen Kopf nieder.

›Etwa Maja?‹ schoß es mir durch den Kopf.

Aber nein. Der Kerl sank wie ein Sack auf die Bank zurück und gab den Blick frei auf Kolja Lwowitsch. Im gleichen Augenblick packte mich jemand von beiden Seiten unter die Arme und führte mich weg.

Während ich versuchte zu begreifen, was vor sich gegangen war, hielt neben mir der schwarze BMW. Die Tür schwang auf. Ich stieg ein und erblickte Maja auf dem Rücksitz.

»Im Restaurant ›Metropol‹ wäre das nicht passiert«, sagte sie eindeutig vorwurfsvoll.

»Und wo ist das Hündchen?« fragte ich.

»Dein Hündchen ist abgehauen«, seufzte Maja.

139

Kiew. Ende März 1992. Sonntag.

Unter den Füßen gluckste der gestrige Schnee als Matsch. Der Himmel war ungeheuer frisch und tiefblau. Auch die Sonne war frisch. Nur tat mir ein bißchen der Kopf weh. Gestern hatte mich Georgij Stepanowitsch, Exkomsomolfunktionär Schora, zum Trinken und Essen eingeladen. Er war aus Amerika dicker und mit lichterem Haarschopf zurückgekommen. Und ein süßlicher Duft ging von ihm aus, wie von einer Frau. Aber Stimme und Schwung waren die gleichen geblieben.

»Ich brauche dich. Dringend!« hatte er mir gestern morgen am Telefon gesagt.

Und schon um zwölf trafen wir uns unter den Säulen vorm Hauptpostamt und gingen dann zusammen um die Ecke in ein georgisches Café.

»Na, und, hast du dein Diplom gekriegt?« fragte er.

»Noch nicht, ich bin doch im Fernstudium.«

»Na, du kriegst es schon noch!« sagte er lachend und schenkte Kognak aus. »Ich brauche dich!«

»Wofür?«

»Du wirst Direktor eines besonderen Restaurants, ›geschlossene Gesellschaft‹, verstehst du? Für Bankiers und Banditen. Mit Kost und gutem Verdienst. Einverstanden?«

»Aber ich... ich habe so was doch nie gemacht...«

»Na, da fängst du eben jetzt an! Du wirkst freundlich auf die Leute, vertrauenerweckend. Erfahrung hast du bei unserem Komsomolbüffet gesammelt. Und das hier ist etwas ähnliches, nur fröhlicher. Ich gebe dir zweihundert Grüne im Monat! Entschließ dich!«

»Zweihundert?!« Die Zahl überwältigte meine Vorstellungskraft. »Einverstanden!«

»In Ordnung! Schlag ein!« Schora schlug mit der flachen Hand in meine entgegengehaltene und hob mit der anderen das Kognakglas. »Los! Keine Bange! Das Restaurant wird mich bekannt machen, und dich ziehe ich mit! Heutzutage gibt es in Kiew keinen Ort, an dem sich Politiker oder Bankiers mit Selbstwertgefühl zusammensetzen können! So ist es immer bei uns – man weiß, mit wem, aber nicht, wo!«

Er lachte. Hinter der Theke hervor beobachtete uns aufmerksam, aber mit einem diensteifrigen Lächeln auf den Lippen ein typischer Armenier. Im weißen Hemd mit schwarzer Fliege. Er dachte, wir würden uns einfach besaufen. Er konnte nicht ahnen, daß man mir gerade einen Monatslohn von zweihundert Dollar angeboten hatte. Selber ergaunerte er sich mit seinen nicht ganz gefüllten Wodka- und Weingläsern wohl kaum so viel.

Georgij Stepanowitsch und ich leerten zwei Flaschen Kognak, und ohne die Flasche ›Sowjetskoje Schampanskoje‹ wäre alles gutgegangen. Aber Sekt liegt schlecht auf Kognak. Jetzt brummte mir der Schädel, auch wenn ich das verbarg. Ich hatte versprochen, mit Mama zu Dima zu fahren, und war schon fast soweit, hatte schon die Daunenjacke angezogen und etwa fünfmal auf die Uhr gesehen. Es war Viertel vor zwölf. Gleich kam meine Mutter mit vollgepackter Tasche aus dem Feinkostgeschäft, und wir würden losfahren. Dima wollte in letzter Zeit nur Fleischwurst, die ja bei uns ›Doktorwurst‹ heißt. Als wäre es Medizin!

140

Zürich. 28. Oktober 2004.

»Whisky!« rief ich dem Barmann hinter der Eichenholztheke zu.

Ich rief ihn schon zum vierten Mal. Vor mir auf dem

Tischchen standen drei leere kleine Gläser. Komisch, daß er sie nicht wegtrug. ›Was soll das?‹ dachte ich. ›Wenn ich, sagen wir, zwölf von ihren lächerlichen Gläschen leere, stehen dann zwölf Gläser vor mir auf dem Tisch?‹

Ich saß mit dem Rücken zum großen Fenster, hinter dem gemächlich das Leben der Schweizer Straße vorbeiströmte. Manchmal guckte ich über die Schulter und sah einem der Vorübergehenden nach.

»Bitte!« Der Barmann stellte das vierte Gläschen vor mir auf den Tisch.

Er musterte kritisch den Boden, die Pfütze rings um meine Füße.

»Sorry!« sagte ich auf seinen beunruhigten Blick.

Und trank. Langsam, den Whiskygeschmack mit der Zungenspitze über den Gaumen und im ganzen Mund verstreichend.

Mir war kalt geworden, und ich hatte diese Bar betreten. Wäre die plötzliche Kälte nicht gewesen, wäre ich weitermarschiert. Aber jetzt, beim vierten Gläschen Whisky, kehrte die Wärme zurück. Der Körper fühlte sich immer noch zu schwer an, und obwohl ich auf einem bequemen Stuhl mit Armlehnen saß, stieß mich ein komischer Schwindel im Kopf mal zur einen, dann zur anderen Seite. Und ich hatte das Gefühl, gleich würde ich fallen, gleich verließe mich das Gleichgewicht endgültig.

Auf den Tisch vor mir senkte sich das nächste Glas mit Whisky. Dann noch eins.

Die Eingangstür schlug zu. Ich wandte den Kopf und sah Polizisten auf mich zukommen. Sie waren zu zweit. Sie setzten sich rechts und links von mir an meinen Tisch, schätzten kritisch die Menge der leeren Gläser ein. Der Barmann eilte herbei und erklärte ihnen etwas.

Während ich sein Gesicht beobachtete, verstand ich plötzlich: Er hatte mich von Anfang an ausliefern wollen! Deshalb hatte er auch die Gläser nicht weggeräumt, um mich als Säufer präsentieren zu können.

»Paß? Identität?« sagte einer der Polizisten und sah mir fest in die Augen.

Mühsam zog ich aus der nassen Anzugtasche alles, was da drin war: nasse Schweizer Banknoten, Kleingeld, Kreditkarte und das Plastikkärtchen, das als Hotelzimmerschlüssel diente.

Auf dem Kärtchen prangten fünf goldene Sterne im Halbkreis unter dem Hotelnamen. Die Polizisten wurden gleich aufmerksam, und von den Gesichtern, kam mir vor, verschwand die strenge Entschiedenheit von vor ein paar Minuten.

»English? American?« fragte einer der Polizisten.

»*Ucraine*, Kiew.«

»Russisch?«

»Russisch, russisch«, seufzte ich müde.

Einer der Polizisten zog ein Funkgerät aus der ledernen Gürteltasche und sagte etwas hinein.

Ich hatte alles ungeheuer satt. Ich schob die leeren Gläser an den Rand der runden Tischplatte, bedeckte das Gesicht mit den Händen und ließ den Kopf sinken, auf den Tisch.

»Entschuldigen Sie bitte.« In meinen wirren, schweren Schlaf drang wie ein helles Glöckchen eine Frauenstimme.

Vor dem Tisch, an dem ich immer noch in Gesellschaft zweier Polizisten saß, die eben noch meinen Schlaf bewacht hatten, stand eine junge Frau von etwa fünfundzwanzig. Weißer Igelschnitt, Ohrringe, ein paar Ringe an den feinen Fingern. Jeanskostüm und spitze Lederhalbstiefel.

»Ich heiße Mila, ich bin Übersetzerin.«

»Na, dann übersetzen Sie!« sagte ich schläfrig.

»Während Sie schliefen, haben sie alles überprüft.« Sie nickte auf die Polizisten. »Sie haben einfach viel getrunken...«

»Und hier trinkt man nicht viel?« fragte ich.

»Es geht nicht darum.« Mila setzte sich mir gegenüber. »Sie haben dem Barmann in gebrochenem Englisch gesagt, daß Sie Ihre Kinder getötet haben... Und jemand anders hat bei der Polizei gemeldet, daß ein verdächtiger Mann voll angezogen in den See gegangen ist. Deshalb hat der Barmann die Polizei gerufen...«

»Ich habe meine Kinder nicht getötet.« Plötzlich schossen mir Tränen in die Augen. »Ich habe noch nie jemanden getötet, in meinem ganzen Leben nicht!...«

Mir war zum Heulen, laut und ohne auf irgendwen zu achten.

»Sie wissen alles. Während Sie schliefen, haben sie alles überprüft. Sie werden gesucht, Sie haben doch Ihre Frau in der Klinik zurückgelassen...«

Klinik? Ich starrte in Milas mageres Gesicht. Versuchte, Klarheit in den Blick zu bekommen, indem ich mich an ihren Zügen, an ihren goldenen Ohrringen festhielt.

»Wieviel Uhr ist es?« fragte ich, als ich merkte, daß ich keine Uhr mehr am Handgelenk trug.

»Viertel nach vier.«

»Und wo bin ich?«

»Sie sind in Stäfa.«

»Weit weg von Zürich?«

»Siebenundzwanzig Kilometer.«

»Und wie bin ich hierher gekommen?«

»Tut mir leid, ich weiß nicht.« Mila sah mich mit sanftem mütterlichem Blick an. »Man bringt Sie zurück. Ich fahre mit in die Klinik, machen Sie sich keine Sorgen, Sie müssen nichts bezahlen. Und fürs Übersetzen bezahlen die mich.« Sie nickte hinüber zu den Polizisten.

141

Krim. 31. Dezember 2015.

Mir war nach ein wenig Alleinsein. Der Zwischenfall an der Uferpromenade hatte mich aus dem Gleis geworfen, aber, wie sich herausstellte, nicht für lange. Maja war hinunter ans Meer gegangen, um meine kurzzeitige Depression nicht zu stören. Und Kolja Lwowitsch schaute mit einer Flasche Whisky herein.

»Es kam ein Anruf aus Kiew«, berichtete er. »Ihre Neujahrsansprache an das ukrainische Volk ist hervorragend geworden!«

»Und du, hast du sie gesehen?«

»Die vorletzte Version habe ich gesehen, aber jetzt haben sie den Hintergrund noch etwas verändert. Sie haben es mir am Telefon erzählt. Swetlow hat es gesehen. Ihm hat es gefallen.«

›Wenn es Swetlow gefallen hat, dann ist alles in Ordnung‹, dachte ich.

Und warf gleich darauf einen neuen Blick auf Lwowitsch. Der schlaue Fuchs, er wußte, daß ich von ihrer ganzen verfluchten Truppe Swetlow am meisten vertraute. Na gut!

»Übrigens, du kriegst ein Fläschchen von mir«, sagte ich munter und nickte in Richtung Whisky. »Du hast mich doch vor den kriminellen Elementen unseres Volkes gerettet!«

Kolja Lwowitsch zuckte bescheiden die Achseln.

»Vom Präsidenten? Eine Flasche?« lächelte er. »Der Präsident könnte nur den ein oder anderen Erlaß...«

Es war klar, was er da andeutete. Aber meine plötzlich zum Besseren gewandelte Stimmung erwies sich als so beständig, daß ich dieser kleinen Dreistigkeit gar keine Beachtung schenkte. Sogar im Gegenteil. Ich hatte Lust, mit Kolja Lwowitsch ein Späßchen zu treiben. Auf sein Spiel einzugehen.

»Na, dann her mit deinem Erlaß.« Ich musterte seinen enganliegenden Anzug mit den eindeutig leeren Taschen. »Wenn du mir in der nächsten Minute den Erlaß vorlegst, unterschreibe ich!«

Kolja Lwowitsch knüpfte sich jäh das Jackett auf, streifte es ab und wendete die Innenseite nach außen. Zu meinem Erstaunen sah ich, daß ins Innenfutter am Rücken eine durchsichtige Dokumentenfolie eingenäht war. Und es steckten wahrhaftig Papiere drin. Lwowitsch zog den Erlaß aus der Folie und streckte ihn mir hin. Während ich die Papiere durchsah, zog er sich das Jackett wieder an.

»Du bist wirklich ...« Ein beleidigendes Wort drängte sich mir auf die Zunge, aber ich sprach es nicht aus. Immerhin hatte er meinen Angreifer mit einer Flasche über den Kopf erledigt.

»Hier, bitte.« Kolja Lwowitsch reichte mir den Füllfederhalter.

Ich nahm den schweren ›Parker‹, seufzte über dem Erlaß über die Heraufsetzung der Mindestsumme, ab der die Strafverfolgung für dem Staat zugefügten Schaden einsetzte, unabhängig von Amt und Posten des Bürgers. Und unterschrieb.

Kolja Lwowitsch strahlte. Aber da hatte er sich zu früh gefreut! Nachdem ich unterschrieben hatte, kehrte ich zum Anfang zurück und ergänzte: ›Tritt am 1. Januar 2017 in Kraft. Ohne Rückwirkung.‹ Dann gab ich Kolja Lwowitsch das Dokument zurück.

Sein Gesichtsausdruck verlor den Glanz.

»Warum denn das?« fragte er gekränkt.

»Für wen ist denn das Gesetz?« fragte ich. »Es ist für dich und für mich, und nicht für die, die vorher da waren! Und jetzt gieß ein!«

Nach ein paar Minuten kehrte Kolja Lwowitschs Stimmung, unterstützt vom guten Whisky, zur frohen, dem Festtag entsprechenden Norm zurück. Auf meine Bitte hin rief er die Wache und ließ der am Meer spazierenden Maja ausrichten, daß wir sie zum Feiern erwarteten.

142

Kiew. April 1992.

»Du mußt es gegen eine Einzimmerwohnung mit Zuzahlung tauschen!« riet Mama beharrlich.

Wir saßen bei mir in der Gemeinschaftswohnung. Mama

war gerade zum Wasserkochen in der Gemeinschaftsküche gewesen und noch ganz aus dem Häuschen.

»Im Backofen ist ein Kakerlakennest!« sagte sie. »Du mußt mit den Nachbarn reden!«

»Das werde ich nicht tun.« Ich schüttelte den Kopf. »Unsere Beziehungen sind ausgezeichnet, und ihre Kakerlaken stören mich nicht!«

Sie zuckte die Schultern, eine Mischung aus Unverständnis und Empörung im Gesicht.

»Denk nach! Für so ein Gemeinschaftswohnungszimmer im Zentrum kannst du eine Einzimmerwohnung draußen in Syrez bekommen. Vielleicht sogar ohne Zuzahlung!«

Ich wollte nicht nachdenken. Mir war heute nicht nach Kopfarbeit. Kam da zu Besuch mit einem Literglas Borschtsch und lehrte mich wieder, praktisch zu sein!

Ich warf je einen Teebeutel in die Tassen, übergoß die Beutel mit heißem Wasser und stellte die Zuckerdose auf den Tisch.

»Und es wird Zeit für andere Möbel!« Sie schüttelte wieder unzufrieden den Kopf. »Hier riecht es doch nach Alter!«

»Und wie riecht Jugend?« fragte ich zurück.

Sie antwortete nicht. Aber ich wußte, wie Jugend roch, wilde, sorglose Jugend. Der süßliche Geruch des Portweins vom Vorabend im ungespülten Glas, darüber ein bißchen Tabakrauch, billiges Parfüm oder Kölnischwasser und ... Na gut, das war bei mir schon eine vergangene Etappe. Ich hatte gelernt, mir eine Krawatte zu binden. Nicht allein natürlich, das hatte mir Schora beigebracht. Jetzt sah ich in unserem Klubrestaurant nach ›Tausend Grünen‹ aus. Oder wie sagten sie dort, in den amerikanischen Filmen? *You look like one million!* Sie sollte sich doch freuen, daß ihr Sohn mit seinen paar und dreißig Jahren schon Chef eines Restaurants war!

»Sind hier noch seine Fotos?« fragte sie plötzlich und hob den Blick von der Teetasse.

»Wessen Fotos?«

»Na, die von deinem Juden, der hier gewohnt hat...«

Ich ging zum Büffet, zog eine Schublade auf und sah gleich das Päckchen mit den Papieren des Alten. Früher lagen sie verstreut in der Schublade, aber Vater Wassili, ein großer Liebhaber von Ordnung, hatte sie zum Päckchen zusammengeschnürt.

»Hier, guck es dir an!« Ich legte das Päckchen auf den Tisch.

Meine Mutter blätterte interessiert die Dokumente, Bescheinigungen, Ausweise durch. Blieb an dem Foto auf irgendeiner Bestätigung hängen. Als sie alle Dokumente und Papiere durchgeschaut hatte, nahm sie wieder die Bestätigung in die Hand. Jetzt sah ich, daß es ein ›DOSAFF‹-Ausweis war – ein Mitgliedsausweis der ›Freiwilligen Gesellschaft zur Unterstützung von Armee, Luftfahrt und Flotte‹.

»Ich nehme ihn für ein paar Tage mit«, sagte sie.

»Nimm ihn doch ganz!«

»Weißt du, was?« Auf ihrem Gesicht erschien plötzlich ein glückliches Lächeln. »Ich habe gestern noch aus dem ›Ometa-Inster‹-Fonds alles Geld abgehoben. Mit den Zinsen!«

»Ist das der, der heute zusammengebrochen ist?« fragte ich, und mir fielen die Zeitungen am Morgen ein.

»Ja«, sagte sie und hatte wirklich eine ganz wilde, kindliche Freude im Gesicht.

»Jetzt kannst du Dima einen Mantel kaufen. Das wolltest du doch!«

»Der Mantel kann warten.« Sie wurde ernst. »Es gibt wichtigere Dinge!«

Sie wartete sicher darauf, daß ich sie jetzt danach fragte. Aber ich wollte gar nicht wissen, was wichtiger war als Dimas Mantel. Ich hätte ihr überhaupt gern geraten, sich irgendwas zum Anziehen zu kaufen. Weil es komisch war, wenn eine Frau zehn Jahre lang immer den gleichen langen schwarzen Rock trug und eine ebenso alte rote Wolljacke. Es war komisch, wenn eine Frau nicht daran dachte, daß man neue Kleider in Geschäften kaufen konnte, und immer davon redete, daß irgendwo in Obolonja ihre alte Schneiderin lebte, die ihr schon vor dreißig Jahren ein modisches Crêpe-de-Chine-Kleid genäht hatte. Ich hatte dieses Kleid gesehen! Selbst wenn ich ein sehr schönes Mädchen treffen würde – trüge es dieses Kleid, würde ich sofort die Straßenseite wechseln! Denn das war wie eine Diagnose! Und der heutige Aufzug meiner Mutter war auch eine Diagnose. Man mußte sie heilen. Nicht Dima mußte geheilt werden, sondern sie. Bloß wie?

Ich stellte mir auf einmal vor, wie ich, mit zweihundert Grünen Gehalt in der Tasche, meine Mutter zum Kleidermarkt fuhr und wir ihr dort irgendwelche anständigen polnischen Klamotten kaufen würden. Modische, bunte und billige. Vielleicht auch keine bunten, etwas Buntes würde sie ja doch nicht tragen.

Meine Mutter erhob sich und zog den alten Mantel mit

dem von einem noch älteren Mantel auf diesen hier übertragenen Fuchskragen über. Sie blieb an der Tür stehen und musterte noch mal die Zimmereinrichtung.

Auf einmal stieg mir der Geruch von Alter in die Nase, genauer, der Wohngeruch des verschwundenen David Isaakowitsch. Ich verstand, was Mama an diesem Geruch nicht gefiel. Aber es war der Geruch eines anderen und außerdem beendeten Lebens. Ich hatte nicht die Absicht, hier zu renovieren. Und ohne Renovierung, ohne Pogrom, Brand, Überschwemmung oder Abriß würde dieser Geruch nicht von hier verschwinden!

143

Zürich. 28. Oktober 2004.

Als erstes brachte die Polizei mich zum Hotel. Zum Glück hatte Mila ihnen meine Bitte übersetzt. Ich zog mir trockene Kleider an und kämmte mich. Ich wollte mich noch rasieren, fühlte aber, daß ich nicht mehr genug Kraft dafür hatte.

In der Klinik empfing Mila und mich die von gestern vertraute Frau im weißen Kittel. Sie bat uns, ihr zu folgen.

Wir gingen einen langen weißen Korridor entlang. Ich horchte auf meine Schritte und konnte sie nicht hören. Auf dem Boden lag Linoleum mit Parkettmuster. ›Es kann nicht sein, daß das Linoleum alle Schritte schluckt‹, dachte ich und stampfte im Gehen mit dem rechten Fuß auf. Beide Frauen drehten sich um und sahen mich fragend an.

Im Korridor kam uns Dima entgegen, das Gesicht ein

wenig verquollen – er hatte anscheinend auch nicht viel geschlafen. Er sah mich vorsichtig und mißtrauisch an. Als fürchtete er irgend etwas. Ich ging hinter der Ärztin und Mila her und fühlte mich wie in einem Gefängnisflur, in dem, wenn sie dich durchführen, Stehenbleiben streng verboten ist.

In dem Moment, als wir auf gleicher Höhe waren, nickte mir Dima trotzdem zu.

Im Zimmer der Ärztin roch es nach Pfefferminz. Weiße Wände, weißes Bücherregal, voll mit Aktenordnern. Ein Schreibtisch mit Tischplatte aus dickem Glas, ein Telefon aus durchsichtigem Plastik, es sah aus wie ein Kinderspielzeug.

Die Ärztin setzte sich auf ihren Platz, schob sich graziös eine dünne Goldrandbrille auf die Nase und nahm ein Blatt Papier vom Tisch.

»Wir sprechen Ihnen unser Beileid aus«, übersetzte Mila ihren ersten vorsichtigen Satz.

Ich nickte.

»Ihnen wurden ein Junge und ein Mädchen geboren«, fuhr sie fort und sah auf das Papier mit dem Text. »Das Gewicht des Jungen betrug dreitausendeinhundert, das des Mädchens dreitausendzweihundert. Gleich nach der Geburt wurden Unregelmäßigkeiten im Herzschlag und Aussetzer in der Atmung beobachtet. Sie wurden auf die Intensivstation gebracht. Leider ist es nicht gelungen, sie zu retten. Wir können den Grund dafür noch nicht sagen, eine Biopsie wurde bereits unternommen. Wir führen noch alle nötigen Analysen durch und werden Ihnen das Resultat in sechs Wochen mitteilen...«

»Aber wie denn, wir wohnen doch nicht hier!« Ich wandte mich an Mila.

Mila übersetzte meine Frage.

»Per Kurier. Lassen Sie eine genaue Postanschrift hier und bezahlen Sie die Kurierkosten im voraus. Ihre Frau bleibt noch zwei Tage hier. Wir haben ihr Tabletten gegeben, die die Produktion der Milchdrüsen stoppen. Physische Schmerzen wird sie nicht haben. Psychisch braucht sie Ihre Unterstützung. Sie können die ganzen zwei Tage bei ihr verbringen, im Zimmer. In zwei Tagen kommen Sie noch einmal zu mir. Und jetzt erwartet Sie jemand vom Patientenbüro.«

»Wer?« Ich sah Mila verständnislos an.

»Es gibt eine Abteilung in der Verwaltung, die sich mit dem Zivilstand beschäftigt, etwas wie unser Standesamtvertreter.«

Die Zivilstandsbeamtin war eine Frau von etwa fünfzig. Sie saß in einem gewöhnlichen Zimmer, in dem es weder nach Pfefferminz noch besonders desinfiziert roch. Das Zimmer befand sich auch im Nachbargebäude, und man sah, daß sich um den Zustand dieses Gebäudes niemand besonders kümmerte.

Im Zimmer standen drei Regale voller grauer Akten. Sie standen wie Bücher da, und auf jedem Ordner war mit Filzstift ein Code vermerkt, Ziffern und Buchstaben.

Mila erklärte der Frau gleich, daß sie die Übersetzerin war, das verstand ich auch ohne Deutsch. Die Frau nickte. Dann sah sie mich an.

Sie trug ein dunkelblaues Kostüm und eine hellblaue Bluse mit einem kleinen weißen Halstuch. Die schütteren

Haare waren kurz geschnitten, und ich sah unwillkürlich von ihrer Frisur zu Milas Igelkopf.

»Ihnen stehen ein paar schwere Tage bevor«, begann die Frau.

Ich sah sie an, während ich aufmerksam Milas Stimme lauschte.

»Laut Gesetz sind Ungeborene, die älter sind als vierundzwanzig Wochen, juristisch vollwertige Bürger«, übersetzte sie die Frau. »Ihre Kinder müssen ganz offiziell beerdigt werden. Sie müssen ihnen Namen geben. Ich stelle ihnen einen Geburts- und einen Totenschein aus. Sie können sie hier beerdigen oder sie kremieren und die Asche an Ihren Heimatort mitnehmen. Verstehen Sie alles?«

Ich sah Mila an und nickte ihr zu. Dann begriff ich, daß ich mein Verstehen der Zivilstandsbeamtin bestätigen mußte. Ich nickte auch ihr zu.

Mir standen Tränen in den Augen, und ich hielt sie nur mit großer Willensanstrengung zurück. Ich hatte das Gefühl, wenn ich jetzt für einen Moment nachließe, würden sie mir in Strömen übers Gesicht laufen. Sie würden zu Boden tropfen, und wieder würde irgend jemand kritisch die Pfütze zu meinen Füßen mustern.

Mir taten die Schultern weh, als hätte ich in wilder Anstrengung einen monströsen Stein auf dem Rücken geschleppt. Alles, so schien mir, tat weh. Und ich wollte die Augen zumachen, sie schließen wie einen Wasserhahn. Damit es dicht wurde und damit die Tränen da drinnen blieben. Ich fühlte mich immer mechanischer, als würde sich alles Lebendige in mir zurückziehen und verstecken.

»Möchten Sie einen Kaffee?« erklang eine Stimme.

Jemand bot mir Kaffee an? Mila oder die Frau? Ich sah sie nacheinander an, erkannte, daß der Vorschlag von der Frau kam, schüttelte den Kopf.

»Ich möchte Sie nicht drängen, Sie haben einen Tag Zeit, um sich zu entscheiden. Besprechen Sie es mit Ihrer Frau. Dann kommen Sie wieder!«

144

Krim. 31. Dezember 2015.

Alles war eigentlich bestens, nur der fehlende Schnee beunruhigte mich. Maja war das egal, sie wanderte durch die Datschenresidenz mit einem Glas französischem Champagner in der Hand. Fühlte sich vermutlich wie eine von ihren Hofdamen verlassene Königin. Ich hatte nicht daran gedacht, daß es mir langweilig werden könnte, die ganze Zeit mit ihr zusammenzusein, und sonst war da keiner, um ihr Gesellschaft zu leisten. Die Uhr zeigte fünf vor zehn. Aus dem Eßzimmer drang Geschirrklappern herüber, die Diener deckten den Festtagstisch. Lwowitsch war den Zustand im Land überprüfen gegangen und prüfte jetzt schon seit einer halben Stunde. Dabei, was gab es da schon zu prüfen? Gleich kamen die Nachrichten, da hatte man den Zustand. Die Nachrichten befanden sich im übrigen unter der zuverlässigen Kontrolle von Lwowitschs Leuten, so daß sich in diesem Jahr keine schlechte Nachricht mehr im Land verbreiten würde. Man durfte dem Volk den Festtag nicht verderben. Zwar alles andere, aber das stammte nicht von mir. Es passierte eben.

Ich ließ mich auf dem Sofa vor dem großen flachen Bildschirm nieder, der wie ein Bild an der gegenüberliegenden Wand hing, nahm die Fernbedienung vom Marmortischchen, schaltete ein, und irgendwelche Flüssigkristalle ließen den Fernsehbildschirm lebendig werden. Das Sofa war ziemlich hart, das weckte wieder die Trauer um Major Melnitschenkos gestohlenes Stück in mir.

Ich war ganz allein in dem großen Raum. Mein »He!« hallte, und es gab ein kaum hörbares Echo.

Mein Assistent sah herein. Auf dem Gesicht ein müdes ›Was wünschen Sie?‹.

»Sag Lwowitsch, er soll nachfragen, ob sie das Sofa gefunden haben!«

Mein Assistent verschwand, und auf dem Bildschirm erschien schon das Emblem der Nachrichten vom Ersten Kanal.

Als erstes gab es die Reportage aus den Hauptstraßen der Gebietszentren, die geschmückten Tannenbäume von Schitomir, Lugansk, Simferopol, Lwow zogen vorüber. Der kleinste und ärmlichste stand im Zentrum von Uschgorod. ›Merken!‹ befahl ich meinem Gedächtnis. Weiter die Reportage aus dem Höhlenkloster. Dann die Wladimir-Kathedrale und der Bericht von einem Neujahrswunder: die Ikone des neuen heiligen Märtyrers Wladimir. Sie zeigten die Ikone in Großaufnahme. Unter den Augen des heiligen Uljanow waren wirklich zwei nasse Tränenspuren zu sehen. Vor der neuen wundertätigen Ikone knieten mehrere alte Frauen und ein paar junge Leute. Jetzt sank noch jemand vor ihr auf die Knie und bekreuzigte sich inbrünstig. Die Kamera schwenkte und wandte das Objektiv dem Gesicht dieses Betenden zu. Offenbar war auch der Kameramann in die Knie gegangen. »Teufel!« entfuhr es mir, als das Gesicht des Beters den Bildschirm füllte. Es war Kasimir, der Herr über die ukrainische Elektrizität. Er blickte so besorgt und mitfühlend in die Kamera, daß man fast erwartete, gleich auch aus seinen Augen Tränen treten zu sehen.

»Ich wünsche dem ukrainischen Volk Glück, Wohlergehen, Erfolg und ein Wirtschaftswunder!« sagte er, aber sein Gesichtsausdruck sagte etwas anderes: ›Ihr tut mir so leid, ihr Armen, Bedauernswerten, von der jetzigen Regierung Gequälten!‹

»Eine verdammte Riesenscheiße!« sagte ich zum Bildschirm und wandte mich zur Tür. Wo war dieser Lwowitsch? Wen hatte er da in Kiew aufpassen lassen?

Kolja Lwowitsch erschien erst zur Wettervorhersage. Ich schaltete den Fernseher aus.

»Hast du die Nachrichten gesehen?« Ich fixierte ihn mit meinem wütenden Blick.

»Nein, ich habe hier –«

»Was hast du hier? Wer hat erlaubt, Kasimir mit seinen Wünschen an das ukrainische Volk über den Äther zu schicken? Welcher Idiot?«

Lwowitsch war fassungslos. Man sah, das war nicht mit ihm abgesprochen.

»Ich bringe es gleich in Erfahrung, ich schmeiße sie alle raus, verdammt!« murmelte er.

»Wem dient der nationale Kanal?« fuhr ich fort.

»Fünf Minuten!« schrie Lwowitsch fast auf und stürzte aus dem Zimmer.

Zum Teufel mit ihm, sollte er das regeln! Ich ging zu

Maja, sollte sie mich beruhigen, sonst würde ich ihnen allen so ein neues Jahr veranstalten, daß sie lieber im alten blieben!

145

Kiew. April 1992. Sonntag.

Mama öffnete mir die Tür und lächelte. Unglaublich, wieviel das ausmachte – getrennt wohnen! Im ganzen letzten Monat hatte sie mir kein einziges Mal irgendwelche Vorwürfe gemacht. Sonntags fuhr ich zu ihr, wir frühstückten und fuhren zu Dima.

Im Flur roch es nach Kalbskotelett und Buchweizengrütze. Da stand auch ihre große ägyptische Ledertasche mit der Verpflegung für Bruder Dima. Ich wußte, wenn ich mich zu dieser Tasche hinunterbeugte, würde der Geruch frischer ›Doktorwurst‹ das Kalbskotelett verdrängen. Aber wozu an fremdem Eigentum riechen?

Das Frühstück klang mit indischem löslichem Kaffee aus – Defizitware. Als Defizitware galt dieser Kaffee bei Mama traditionell schon etwa zehn Jahre. Aus Solidarität stimmte ich ihr zu.

»Du könntest Dima wenigstens einmal zu dir ins Restaurant einladen«, sagte Mama und schlüpfte in die Stiefel. Dann zog sie mühsam die Reißverschlüsse an den Stiefeln zu und den Mantel an.

»Ich lade ihn ein!« versprach ich. »Ich muß nur einen Tag finden, an dem keiner da ist!«

Im ›Dreizehner‹-Autobus fuhren wir zum Berkowzy-

Friedhof, wo man in den ›Dreißiger‹ umsteigen und direkt bis vors Tor von Dimas Psycho-Wohnheim fahren konnte. Ich trug die Tasche und versuchte von Zeit zu Zeit zu erraten, was drin war, außer ›Doktorwurst‹. Die Tasche wog an die zehn Kilo!

Wir überquerten die Straße, und ich überholte Mama in Richtung ›Dreißiger‹-Haltestelle.

»Serjoscha!« rief sie mir hinterher.

Ich drehte mich um.

»Komm, wir gehen mal kurz hier rein!« Sie wies mit dem Blick auf den Haupteingang des städtischen Friedhofs.

»Wieso?« fragte ich und überlegte: Aus unserer Familie lag dort keiner begraben... Aber vor einer Weile war eine Freundin von Mama an Krebs gestorben... Vielleicht wollte sie zu ihr?

Ich nickte, und wir gingen zusammen durchs Friedhofstor.

›Hoffentlich ist es wenigstens nicht weit‹, dachte ich, während die Tasche mir schwer am Arm hing. Der Friedhof war immerhin groß, von einem Ende zum anderen lief man mehr als eine halbe Stunde.

Aber Mama bog von der Hauptallee nach links ab und führte mich in Richtung Wirtschaftsabteilung mit einigen einstöckigen, unansehnlichen Bauten.

Im Vorbeigehen sah ich Stücke von poliertem Granit und Marmor in den blauen Himmel ragen – künftige Grabmäler.

»Und wo ist Sewa?« fragte Mama einen unrasierten Mann in Wattejacke, Hammer in der Hand.

»Sewa!« brüllte er und sah sich um. »Da ist wer für dich!«

Sewa, etwa fünfzig, auch in Wattejacke und grünen, in

Gummistiefel gesteckten Offiziershosen, erschien Sekunden später.

»Alles in Ordnung!« erklärte er Mama. »Ich tu, was ich sage!«

Er führte uns zwischen Zaun und Schuppen zu einem kleinen Platz, auf dem unter einem Schutzdach auf vor Nässe dunklen Brettern die fertigen Grabmäler lagen.

Er blieb vor einem dunklen, polierten Granitstein stehen, auf dem in goldenen Buchstaben eingemeißelt war:

BRODSKI, DAVID ISAAKOWITSCH
12. OKTOBER 1922 – 9. MÄRZ 1992
DEM TEUREN FREUND IN LIEBE, FAMILIE BUNIN

Und über der Inschrift ein frisches ovales Keramikbildnis mit dem kaum erkennbaren Gesicht des Alten.

»Und woher weißt du das alles über ihn?« Ich starrte Mama verblüfft ins Gesicht. »Das Geburtsdatum, den Nachnamen? Das wußte nicht mal ich!«

Sie streckte mir wortlos den ›DOSAAF‹-Ausweis hin, den sie aus dem Dokumentenpäckchen genommen hatte.

»Pack ihn wieder zum Rest«, sagte sie.

Und auf ihrem Gesicht lag eine stille Freude, als hätte sie gerade irgendeine heilige Pflicht erfüllt.

»Warte.« Mein Blick war an dem Todesdatum hängengeblieben. »Er ist doch früher gestorben!«

»Er ist gestorben, nachdem er den Meldeantrag für dich ans Wohnraumkomitee geschrieben hat.« Mama ging zum Flüstern über und schielte zu Sewa hin, der zum Zaun gegangen war, um eine zu rauchen.

Jetzt verstand ich! Mama war genial! Hier hatte man alles vereint, Menschenliebe, praktische Überlegung – und Beweis. Das hier war ein Dokument! Ein großes Dokument aus Granit. Bestätigung von Geburt und Tod gleichzeitig!

»Und? Was auszusetzen?« fragte Sewa, der herangetreten war, er guckte nicht uns an, sondern die Spitze seines Gummistiefels, mit der er den soeben weggeworfenen Zigarettenstummel in die feuchte Erde drückte.

»Nein, nein«, sagte Mama schnell. »Geh mal kurz beiseite!«

Damit meinte sie mich. Und ich ging ein paar Schritte weg und beobachtete, wie sie Sewa einen dicken Packen Kupon-Karbowanzen hinblätterte. Dahin war also das Geld gewandert, das sie samt Zinsen dem Klammergriff der Investitionsbetrüger entrissen hatte!

»Ach, übrigens ... Er ist doch hier begraben?« fragte mich Mama und ließ sich einen Augenblick lang vom Geld ablenken.

Auch Sewa guckte mich aufmerksam an, als wartete er auf ein Signal, um gleich ein Kommando zusammenzutrommeln und dieses Grabmal umgehend aufzustellen. Und sich das nächste Päckchen Kupon-Karbowanzen in die Hand blättern zu lassen.

»Nein, er ist nicht hier... Auf einem anderen Friedhof!« sagte ich.

»Dann müssen Sie das hier heute oder morgen abholen«, sagte Sewa ziemlich laut und undeutlich. »Wir haben hier Kontrolle, und dieser Granit... ist nicht auf der Liste...«

»Ja, ja«, sagte Mama rasch. »Er kommt und holt ihn!« Sie zeigte auf mich.

»Aber frag erst nach mir!« sagte Sewa zu mir, während er das Geld irgendwo zwischen Hemd und Jacke hineinstopfte. Hatten Wattejacken etwa Innentaschen? »Du fragst erst nach Sewa, klar?«

Klar. Mir war schon alles klar, nur nicht, was jetzt mit diesem Grabmal geschehen sollte. Ich mußte unbedingt Vater Wassili anrufen. Gleich heute abend. Nein, heute war bei uns im Restaurant eine Feier, geschlossene Gesellschaft... Morgen früh würde ich ihn anrufen!

Der freundliche Fahrer des ›Dreißiger‹-Autobusses, der schon losgefahren war, hielt noch mal, um uns am Friedhofstor aufzunehmen. Der Anblick eines Friedhofs wirkt doch immer besonders auf die Leute: Er macht sie besser, menschlicher. Oder war es der fremde Tod? Denn er, der Fahrer, konnte ja glauben, daß wir von einer Beerdigung kamen...

›Dima wartet schon sehnsüchtig auf seine Wurst‹, dachte ich.

Ich lächelte bei dem Gedanken. Auch Dimas Augen würden sich mit Freundlichkeit füllen, wenn er uns sah. Und unsre füllten sich vermutlich mit Mitgefühl und Bedauern. So ging dieser unendliche menschliche Austausch weiter. Bedauern und Mitgefühl gegen Fleischwurst und Freundlichkeit!

146

Zürich. 28. Oktober 2004.

Bevor ich zu Swetlana hineinging, stand ich etwa fünf Minuten vor der Tür und horchte. Kein Laut drang von dort heraus. ›Sie schläft‹, dachte ich und öffnete vorsichtig die Tür.

Swetlana lag im Bett und sah an die Decke. Die Blässe ihres Gesichts erschreckte mich. Die ganze Schwangerschaft über war sie blaß gewesen, aber jetzt hatte diese Blässe noch einen bläulichen Ton angenommen. Den Ton des Todes.

Erschrocken eilte ich zum Bett. Ich wollte mich davon überzeugen, daß sie lebte.

Sie drehte den Kopf zur Seite und sah mich an. Und da platzte die Stille. Swetlanas Gesicht verzog sich wie vor Schmerz, Tränen liefen ihr aus den Augen, sie schluchzte und flüsterte immer wieder: »Verzeih mir! Verzeih mir, um Gottes willen! Verzeih.«

Ich ging vor dem Bett in die Knie, beugte mich zu ihr und umarmte sie.

»Verzeih mir, um Gottes willen!« flüsterte sie durch die Tränen.

Ich wußte nicht, wie lange sie weinte. Ich hatte keine Uhr mehr, und ich wußte nicht mehr, wo ich sie gelassen hatte. Wahrscheinlich hatte ich sie verloren. Aber irgendwann verstummte Swetlana und sah mich an. Ihr Blick bat um irgend etwas. Und ihre Blässe war auf einmal nicht mehr so erschreckend.

»Ich liebe dich«, flüsterte ich und streichelte ihr über die Wange.

»Sie sind so klein und so schön«, flüsterte Swetlana. »Sie haben sie mir gebracht. Sauber, gewaschen, angezogen. Der Junge im blauen Strampelanzug, und das Mädchen im rosa... Sie haben sie mir in den Arm gelegt. Ich halte sie, und sie schweigen! Ich wiege sie, und sie schweigen!«

Aus Swetlanas Augen liefen wieder Tränen. Ich stand auf und setzte mich aufs Bett, legte ihr die Hand auf die vom Schluchzen geschüttelte Schulter. Und weinte selber. Hier mußte ich mich nicht mehr zusammenreißen, hier war kein Fremder.

Und wir weinten zusammen, in der ungeheuren Trauerstille dieses Zimmers, das nichts mit einem gewöhnlichen Krankenhauszimmer gemein hatte.

»Wir müssen ihnen Namen geben«, flüsterte ich nach einer Weile. »Du das Mädchen, ich den Jungen, ja?«

Swetlana nickte. Überlegte. Dann sagte sie: »Vera.«

»Oleg«, flüsterte ich.

»Warum Oleg?« fragte Swetlana.

Ich zuckte mit den Schultern.

»Einfach so, es ist ein schöner Name.«

»Vera und Oleg«, sagte sie, lauschte auf den Klang und nickte.

Vor dem Fenster wurde es schon dunkel, und wir schwiegen immer noch. Ich saß im Sessel rechts von der Tür. Swetlana lag, zwei Kissen unter dem Kopf. Ich sah ihre Augen und hörte ihr Atmen. Von Zeit zu Zeit drehte sie den Kopf und sah mich an.

»Vielleicht gehst du ins Hotel?« fragte sie plötzlich. »Und schläfst ein bißchen?«

Ich schüttelte den Kopf.

»Mach das Licht aus«, bat sie.

Ich knipste es aus, und vom vorhanglosen Fenster her füllte nächtliche Dunkelheit das Zimmer.

147

Krim. 1. Januar 2016.

Jetzt war es also passiert. Es war dunkel und warm. Neben mir ein weiblicher Körper, der gerade aufgehört hatte, Leidenschaft vorzuspielen.

Ich lauschte auf Majas Atem. Er war nicht zu hören. Warum hatte sie sich von mir weggedreht? Interessierte ich sie nicht?

Ihre Stimmung war ohnehin nicht besonders gut gewesen, sie wäre gern ins ›Metropol‹, nach Moskau. Jetzt war sie sicher dort. Und ich war hier allein, in völliger Einsamkeit. Der weibliche Körper zählte nicht, seine Besitzerin war in Moskau.

Ich seufzte und stand auf. Der warme Boden streichelte angenehm die Fußsohlen.

Das Fenster mit Blick aufs unsichtbare Meer. Ich stand davor, im Glas statt des Meeres mein Spiegelbild. Komisch, daß die Laternen im Garten nicht brannten. Warum nicht?

Ich ging aus dem Schlafzimmer, schloß leise hinter mir den einen Flügel der Doppeltür. Tastete nach rechts. Der Schalter klickte, das Licht flammte auf, und sofort sprang mein Assistent aus seinem Sessel hoch. Er rieb sich die Augen und starrte mich an. Ich war nackt. Er starrte auf meine Mitte.

»He!« rief ich heiser seinen Blick.

Der Blick hob sich mühsam.

»Dein Präsident ist nicht hier«, sagte ich und zeigte auf meine ungeschützte Mitte. Dann hob ich denselben Finger und klopfte mir an die Stirn. »Sondern hier! Hier ist dein Präsident! Whisky und Eis!«

Er ging hinaus. Ich blieb. Es war mir gerade ungeheuer angenehm, nackt zu sein. Keine Ahnung, warum. Ich tänzelte ans Fenster. Draußen feuchte Kälte, ich fühlte sie mit dem Rücken. Ich stand mit dem Rücken zum Fenster und ließ den Blick langsam über die Wände streifen. An einer sah ich gerahmte Fotografien, nicht besonders große. Komisch, daß ich sie vorher nicht bemerkt hatte.

Ich trat näher und erblickte die Porträts von fünf Präsidenten. Der erste – Gruschewski. Nach ihm Krawtschuk, Kutschma und die letzten beiden. Interessant! Der Mensch saß im Gefängnis, aber hier hing sein Porträt, in der Residenz! Man mußte ihnen sagen, daß sie es abhängen sollten!

Mein Assistent erschien mit einem Tablett in den Händen. Er war inzwischen aufgewacht, ging festen Schrittes, obwohl er einiges zu tragen hatte: eine Flasche ›Aberlour‹, einen silbernen Kübel mit Eiswürfeln und Zängchen und mein bevorzugtes kleines, dickes Glas.

Er blieb vor mir stehen. Ich schenkte mir selbst ein.

»Hängen die Fotos schon lange da?« fragte ich.

»Vorgestern hat Nikolaj Lwowitsch sie aufhängen lassen…«

»Lwowitsch? Hör zu, er soll ein Foto vom gestohlenen Sofa dazuhängen. Und wenn er nicht will, dann soll er die ganzen Porträts bei sich im Schlafzimmer aufhängen, aber nicht hier!«

»Er wollte, daß das eine Tradition wird…«

Ich hatte keine Lust, dieses Gespräch weiterzuführen. Erst recht nicht mit einem Menschen ohne Namen. Er war wohl doch noch nicht richtig wach, wenn er sich erdreistete, mir Lwowitschs Überlegungen zu erklären!

Mit dem Whiskyglas kehrte ich ins Schlafzimmer zurück und setzte mich mit dem nackten Hintern auf die Bettkante. Auf die Kante des großen Präsidentenbettes, in dem, wie es aussah, eine Frau lag.

Ich berührte Maja mit dem eiskalten Glas, berührte ihre Schulter. Keine Reaktion.

Völlige Gefühllosigkeit. Im Herzen ungewohnte, aber friedliche Bitterkeit. Eine Art Bedauern der Vergangenheit, ein natürliches Gefühl. Das vergangene Jahr, das mir so viele unerfreuliche Momente gebracht hatte, wollte, daß ich seinen Tod bedauerte. Es war in die Geschichte eingegangen und ich noch nicht. Irgendwann würde ich auch in die Geschichte eingehen. Aber jetzt nicht. Jetzt beunruhigte mich dieser nutzlose weibliche Körper, der mir den Rücken zukehrte. Ich sah hinunter auf mein im Dunkeln kaum sichtbares Glied. Wir waren beide ohne Energie. Nur meinen Kopf störte irgendwie das Fehlen von Reibung zwischen ihrem und meinem Körper, die eine Flamme erzeugen könnte. Nein. Es entstand nicht mal ein Funke. Wir entzündeten uns nicht aneinander. Sie wollte nicht, daß ich brannte. Und ich begab mich freiwillig nur ins Kalte, ins Eis, ins Wasser.

Aber vielleicht ... vielleicht ein Versuch? Ich stellte das Glas mit dem nicht ausgetrunkenen Whisky auf das Nachttischchen und schlüpfte unter die leichte Decke, seufzend unter der Erkenntnis meiner unerwarteten sexuellen Bedeutungslosigkeit, um mich an ihren Körper zu schmiegen und in ihn einzudringen. Ohne jede Leidenschaft, ohne Gefühl, ohne inneren Wunsch. Sie würde wahrscheinlich nicht mal aufwachen. Genauer, so tun, als ob sie schlafen und nichts merken würde. Wie sie eine Stunde zuvor so getan hatte, als würde sie brennen vor Lust. Was für ein Unsinn! Wann, in welchem Moment hatte ich diese Frau eigentlich auf einmal gemocht?

Nein, jetzt war nicht die Zeit für die Bestimmung von Ursache und Folge. Jetzt war die erste Nacht des neuen Jahres, die erste Nacht von Majas und meiner körperlichen Bekanntschaft. Und vielleicht die letzte.

148

Kiew. 14. April 1992.

Vater Wassili und ich saßen bei mir in der Gemeinschaftswohnung und tranken Kaffee.

»Ein Grabmal? Für den Alten?« wunderte er sich, als er meine Geschichte hörte. »Aber da ist doch kein Friedhof!«

»Das wußte sie ja nicht! Aber alles ist bezahlt, und man muß es dort wegholen.«

Vater Wassili strich sich über den Bart. Ich sah auf die Schuppen, die auf seinen schwarzen sackartigen Pullover rieselten. Wartete, bis er sagte, was wir tun sollten.

»Und wird sie dann nicht hingehen und das Grab sehen wollen?«

Ich zuckte die Achseln.

»Ich glaube nicht. Aber wer weiß schon…!«

Vater Wassili breitete ratlos die Arme aus und überlegte, auf dem Gesicht eine Mischung aus Zweifel und Unentschlossenheit. Die dicken Lippen verzogen sich hin und wieder und brachten auch noch Mitleid in die Miene.

»Na gut... Hätte sie uns lieber vorher gefragt! Wir hätten ein eisernes Kreuz bestellt. Das wäre billiger gewesen, und nicht so schade, wenn sie es kaputtmachen...«

»Aber Gräber macht man doch nicht kaputt!« sagte ich.

»Das ist doch kein Friedhof, überhaupt weiß keiner, was das für eine Insel ist! Klar ist nur, daß man nicht umsonst die Leute von dort umgesiedelt hat. Die Erdhütte haben sie doch auch platt gemacht... Weißt du, was?« Vater Wassili sah mich mit dem Blick eines Mannes an, der eine Entscheidung getroffen hatte. »Wir finden diesen Rettungswagen von damals und bitten die Fahrer um Hilfe. Damit kein anderer was mitkriegt. Granit ist schließlich teuer, und Armut gibt es in diesen Zeiten genug!«

»Erinnerst du dich denn an die Fahrer?« fragte ich.

»Ich habe ein gutes Gedächtnis für Gesichter«, sagte Vater Wassili überzeugt.

Am Linken Ufer regnete es. Von der Metrostation bis zum Notfallkrankenhaus gingen wir zu Fuß und ohne Regenschirm, Vater Wassili im alten schwarzen Mantel mit Karo-Innenfutter und ich in der Daunenjacke.

Wir gingen an ein paar Rettungswagen im Krankenhaushof entlang, aber unsere Bekannten waren nicht dabei.

»Warten wir?« schlug ich vor.

Wir warteten über eine Stunde, liefen zu jedem eintreffenden Wagen hin, aber vergeblich. Nur unbekannte Gesichter.

Vater Wassili beschloß, mit irgendeinem Fahrer zu reden, und kam fünf Minuten später verstimmt und ratlos zurück.

»Sie wollen nicht.«

»Ich habe eine Idee«, sagte ich. »Fahren wir zurück!«

Wir kehrten ans Rechte Ufer zurück und wärmten uns bei mir mit einem Tee auf. Und dann rief ich telefonisch einen Rettungswagen. Es war schon bald fünf. Wenn mein Plan funktionierte, würden wir es schaffen, das Grabmal gerade vor Schließung dieses Bestattungsbüros vom Friedhof zu holen. Hauptsache, Sewa war da!

149

Zürich. Ende Oktober 2004.

Das Amt dieser Frau klang in wörtlicher Übersetzung aus dem Deutschen etwa so: Beauftragte für Trauerrituale. Aber vielleicht hatte Mila auch traurig gescherzt, als wir zu der schnitzereiverzierten Holztür des Büros gingen, das direkt in der kleinen Kirche neben der Klinik untergebracht war. Dieses Kirchlein hatte kein großes Eingangstor. Nur eine hohe Tür, auch sie mit Schnitzereien verziert. Engel, Bäume, Blumen. Dann ein kurzer Flur. Rechts eine zweite geschnitzte Tür, vor der wir jetzt auch stehenblieben. Und am Ende des Flurs – eine Doppeltür aus Glas.

Die Frau, die uns in dem Büro empfing, war etwa vierzig. Das schwarze kittelähnliche Kleid unterstrich ihr ausdrucksvolles Gesicht mit den etwas schweren Backenknochen. Die großen persischen Augen waren akkurat blau ummalt. Sie nickte freundlich und wies auf die schweren Eichenstühle.

»Gott lehrt uns ebenso trauern wie fröhlich sein. Für Sie

ist jetzt die Zeit der Trauer. Hören Sie auf Ihr Herz. Teilen Sie Ihre Trauer mit Ihren Nächsten. Wenden Sie sich an Gott mit Gebeten, und er wird Sie hören…«

Ich warf einen etwas verständnislosen Blick zu Mila. Sie zuckte kaum merklich die Achseln und übersetzte weiter.

»Ich habe Ihnen einiges Material vorbereitet, das Ihnen und Ihrer Frau helfen wird, mit diesem Trauma fertig zu werden. Das Wichtigste ist: die Trauer nicht in sich einzuschließen, nicht mit dieser Trauer allein zu bleiben. Bitte!«

Die Frau streckte mir ein paar Broschüren hin.

»Da sind nützliche Ratschläge von Psychologen, außerdem die Adressen von Websites für Eltern, deren Kinder gestorben sind. Sie können mit Hilfe des Internets Kontakt zu Menschen aufnehmen, die das gleiche Leid getroffen hat.«

Ich blätterte die Broschüren durch, starrte dumpf mal auf den deutschen, mal auf den französischen Text. Und nickte.

»Dann wollen wir jetzt über den Moment des Abschieds von Ihren Kindern sprechen. Sie haben die Wahl. Man kann sie auf dem Friedhof beerdigen, hier in der Nähe. Das ist natürlich teuer, aber für die Toten aus unserer Klinik gibt es einen kleinen Rabatt. Oder, wenn Sie das vorziehen, kann man sie kremieren. Auf dem Friedhof gibt es eine Kinderabteilung, den sogenannten ›Lewis-Carroll-Garten‹. Man kann die Asche unter die Erde mischen und an der Stelle zwei Rosen pflanzen. Den Rosen können Sie die Namen Ihrer Kinder geben, und sie werden in kleine Bronzetäfelchen graviert, die neben den Blumen aufgestellt werden. Es wäre gut, wenn Sie noch heute eine Entscheidung treffen könnten.«

Ich war Mila dankbar. Sie hatte sich, wie es aussah, unseren Schmerz zu ihrem gemacht und wollte uns nicht im Stich lassen, ehe nicht alle Fragen geklärt waren.

»Ich gehe etwas essen, und dann warte ich hier auf Sie, auf der Bank«, sagte sie nach einem prüfenden Blick zum wolkenlosen Schweizer Himmel. »Und Sie reden inzwischen mit Ihrer Frau.«

Swetlana saß in einem Sessel am Fenster. Das Bett war zerwühlt, als hätte sie erfolglos versucht zu schlafen.

»Wie geht es dir?« fragte ich leise im Nähertreten.

»Schlecht«, seufzte sie und drehte sich um. In ihren Augen waren keine Tränen mehr, in ihnen herrschte Leere.

»Wir müssen etwas entscheiden«, sagte ich widerwillig.

»Was hast du da für Heftchen?« fragte Swetlana, ohne auf meine Worte zu achten.

»Broschüren, hier von der Kirche. Für Eltern, die ihre Kinder verloren haben.«

»Zeig mal.«

Ich legte die Broschüren in Swetlanas ausgestreckte Hand.

Das Papier raschelte in der Stille. Sie flüsterte etwas vor sich hin. Ich stand vor ihr, beobachtete erst ihr Gesicht und sah dann aus dem Fenster. Betrachtete die gestutzten Bäume, die Unbeweglichkeit der Welt hinter dem Fenster, in der plötzlich kein Windhauch mehr wehte.

Am Ende übernahm ich die Entscheidung.

Am nächsten Morgen verabschiedeten wir uns zu dritt, mit Mila, endgültig von unseren Kleinen in jener Kirche neben der Klinik. Die Beauftragte für Trauerrituale las ein paar Gebete. Swetlana und ich saßen da mit steinernen Gesichtern, Tränen in den Augen. Mila dagegen brach in Tränen aus, als hätten nicht wir, sondern sie ihre Kinder verloren. Dann fuhren zwei weiße Pappsärglein, die aussahen wie große Puppenschachteln, in eine sich in der Wand öffnende Nische. Danach ging diese Nische wieder zu, und ein plötzliches Grauen durchfuhr mich. Ich sah auf das polierte braune Holz der Kirchenwand, sah dorthin, wo gerade eines der hölzernen Paneele sich gehoben und wieder gesenkt hatte. Ich hatte das Gefühl, ich hätte für einen Augenblick jene andere Welt gesehen, in die alle nach dem Tod übergehen. Mir war, als hätte ich dort ein Licht oder Feuer aufblitzen sehen.

Der Blick suchte die Ikonen, aber in dieser Kirche gab es keine Ikonen. Nur ein geschnitztes Holzkreuz an der Wand.

Am nächsten Morgen, im ›Lewis-Carroll-Garten‹, in dem immer noch Rosen blühten, verstreuten wir die Asche aus zwei kleinen Urnen auf die gelockerte Erde. Ein Gärtner im schwarzen Anzug mit Krawatte gab uns einen kleinen Rechen in die Hand. Swetlana weinte wieder. Neben ihr weinte Mila. Und ich mischte mit diesem Spielzeugrechen die Asche von Vera und Oleg unter die Erde. Danach brachte der Gärtner zwei Rosensetzlinge und pflanzte sie im Abstand von nicht mehr als zwanzig Zentimetern voneinander vor uns ein.

»Ist das nicht zu nah?« fragte ich.

Mila übersetzte meine Frage.

»Zwillinge.« Der Gärtner zuckte die Achseln. Dann sagte er noch ein paar Worte.

»Sie sind doch Zwillinge«, übersetzte Mila. »Aber wenn Sie möchten, kann er sie weiter auseinandersetzen.«

»Nein«, sagte Swetlana durch die Tränen. »Er soll sie nicht auseinandersetzen, sie sind doch Zwillinge.«

Mila brachte uns bis zum Hotel. Zum Abschied gab sie uns ihre Visitenkarte und versprach, immer nach den Rosen zu sehen.

In dem großen Umschlag, den wir von der Klinik bekommen hatten, lagen quadratische Polaroidfotos unserer Kleinen, ihre Geburtsurkunden und, extra, ihre Sterbeurkunden und die Plastikarmbändchen mit den Namen für die Neugeborenen, daß man sie nicht aus Versehen verwechselte. Auf dem einen stand ›*Vera*‹, auf dem anderen ›*Oleg*‹. Da lagen auch zwei durchsichtige Tütchen mit braunen Haarlocken. Auch sie beschriftet.

Ich ging zum Fenster und sah auf den See. Nichts hatte sich hier verändert in diesen paar Tagen. Auf dem See schaukelten die Jachten. Am Himmel schien die Sonne. Auf der Bank direkt am Wasser saß jemand. Nur wir, die vor ein paar Tagen noch ein Wunder erwartet hatten, das unser Leben verändern sollte, erwarteten nichts mehr. Uns blieb nur, zu packen und abzureisen. Unseren Schmerz nahmen wir auch von hier mit. In der Schweiz brauchte ihn niemand. Was ließen wir hier zurück? Zwei Rosen?

Nachts wachte ich von Babygeschrei auf. Das Schreien kam von jenseits der Wand. Zuerst dachte ich, es sei ein Alptraum. Aber dann begriff ich: Da schrie das Neugeborene von Dima und Walja. Swetlana war auch aufgewacht und lauschte gierig auf das Kinderweinen.

Wir lagen wortlos da. Unter einer Decke, doch ohne uns zu berühren. Ich dachte daran, wie ich in der letzten Nacht von Swetlanas Schwangerschaft mit der Hand mit den ungeborenen Kleinen gespielt hatte. Dachte daran, wie sie drinnen im Bauch ›gerannt‹ waren. Vielleicht hatten sie um Hilfe gerufen? Vielleicht hatten sie auf mich vertraut?

›Ich bin ein schlechter Vater gewesen‹, dachte ich.

Wieder liefen mir die Tränen übers Gesicht. Ich stand auf, warf den Morgenmantel über und ging hinaus auf den Balkon.

Die kühle Luft war getränkt von der Feuchte des Sees. Ich sah auf den See und stellte mir diesen See unter einer dicken Eisschicht vor. Nicht weit vom Ufer ein geräumiges Eisloch. In so einer Mondnacht würde ich im Morgenmantel ans Ufer gehen, mich ausziehen und nackt ins brennend kalte Wasser steigen. Ich würde bis zum Hals eintauchen und dann untertauchen und unter dem Eis schwimmen. Unter dem Eis schwimmen, bis keine Luft mehr in den Lungen wäre. Und mit dem Ende der Luft wäre auch alles andere zu Ende. Und ich würde keine Angst und keine Kälte mehr fühlen.

›Jetzt habe ich drei tote Kinder‹, dachte ich mit Grauen und erinnerte mich an meine erste Frau, die auch Sweta geheißen hatte, und die Nacht auf der Kiewer Entbindungsstation. ›Kiew oder Zürich‹, dachte ich, ›mit den Orten kann man mein Schicksal nicht ändern…‹

150

Krim. Foros. Regierungsdatscha. 1. Januar 2016. Morgen.

Maja schlief immer noch, nur waren ihre geschlossenen Augen jetzt der Decke zugewandt. Ich trat ans Fenster und hielt vor Begeisterung den Atem an. Über dem Meer ging die Sonne auf. Ihre Strahlen, die vom ruhigen Wasser abprallten, schlugen in einer ununterbrochenen Welle strahlenden Lichts ans Ufer, zerfielen in Tausende Lichtflecke, die über den winterlichen Park huschten, über die Mauern der Regierungsdatscha, über die Stämme der Zypressen und Feigenbäume. In der Ferne am Horizont, auf Wacht über Frieden und Ordnung, lag ein Schiff. Wie war das alles schön! Man wollte allen verzeihen, alle beschenken.

Ich sah mich nach Maja um. Auch ihr konnte man verzeihen. Erstens, weil sie eine schlafende Frau war. Zweitens war sie eine Frau mit einem für eine Frau untypischen Charakter. Allerdings, wenn ich an die Frauen in meinem Leben dachte, hatte kaum eine einen für eine Frau typischen Charakter. Oder ihre Charaktere waren, im Gegenteil, alle typisch weiblich, und ich hatte einfach eine falsche Vorstellung von Weiblichkeit.

Fernes Möwengeschrei drang an mein Ohr. Ich öffnete das Fenster, und kalte salzige Luft wehte ins Schlafzimmer. Ich sah wieder zu Maja hinüber. Ging hin und zog ihre Decke hoch, um die bloßen Schultern zu bedecken. Ich schloß das Fenster, warf einen Blick ins Nebenzimmer. Mein Assistent saß im Sessel vor dem Zeitungstischchen und trank Tee. Er hob den Blick, und ich sah, wie ihm der Schauer ehrerbietigen Schreckens durch den ganzen Körper fuhr. Ich hatte ihn beim Ausruhen ertappt! Aber ich war hervorragender Laune. Nur eine Winzigkeit fehlte mir.

»Man hört die Möwen schlecht«, sagte ich zu ihm und lächelte.

Er nickte und setzte gleichzeitig das Teeglas ab. Über sein Gesicht huschte ebenfalls ein unsicheres Lächeln.

»Eine Minute!« sagte er und erhob sich rasch.

Kurz darauf hörte ich näher kommende Möwen und schaute aus dem Fenster – sah aber keine. Sie waren da unten, am Ufer. Ihre Schreie wurden immer lauter und erklangen vor dem die Nerven beruhigenden friedlichen Rauschen des Meeres. Eine Welle rauschte und gluckste. Dahinter waren noch irgendwelche sanften Laute zu hören. Eine ausgezeichnete Atmosphäre zum Meditieren. Ich drehte mich nach Maja um. Ich hatte das Gefühl, wenn sie jetzt aufwachte, zum Geschrei der Möwen, dann verliefen der Tag und auch das ganze Jahr für sie in Glück und Frieden mit sich selbst. Vielleicht sogar auch mit mir?

Mein Blick wanderte zur Decke. Blieb an dem kaum sichtbaren weißen Lautsprecher in der oberen Ecke links von der Tür hängen. Ich prüfte auch die übrigen Ecken – auch da waren verborgene Lautsprecher. Möwengeschrei ›à la Quadro‹! Herrlich! Die Verschmelzung von Natur und Akustik. Und Maja schlief. Nein, natürlich schlief sie nicht. Diese Musik untermalte ihren Traum, in dem sie wahrscheinlich im Solarium in einem Extraraum des Restaurants ›Metropol‹ lag. Sie lag da und spürte die künstliche Sonne mit jeder Zelle ihrer bloßen Haut. Und neben ihr saß jemand in Kleidern, genoß ihre Genüßlichkeit, schaute in den süßen, hellen Rachen des Solariums herein wie in einen gewaltigen Grill, auf dem sich das langersehnte Stück Fleisch mit einer appetitlichen Kruste überzog.

Ich spürte das Nahen eines Anfalls von Menschenliebe

und Demokratie. Daß sie mich um Gottes willen nicht so sah! Dann war ich verloren!

Ich ging schnell hinaus ins Nebenzimmer. Mein Assistent sprang wieder von seinem Sessel auf. Ich bedeutete ihm mit freundlicher Geste, sich wieder hinzusetzen. Dann bat ich ihn, mir Tee zu kochen.

Auch hier schrien die Möwen: die gleichen weißen Deckenlautsprecher.

Er bemerkte meinen Blick und flüsterte vorsichtig: »Vielleicht ein bißchen lauter?«

Ich schüttelte ablehnend den Kopf. Er nickte zur Antwort und ging hinaus. Erst als er hinausging, fiel mir auf, daß er reichlich warm und bequem gekleidet war. Er war hier mehr zu Hause als ich. Warum? Weil ich nackt dastand, und er sackartige schwarze Hosen und einen dunkelblauen Pullover trug. Auch der sackartig. Genau diese Sackartigkeit ließ ihn auch so ›zu Hause‹ wirken. Schade, ich hatte nicht gesehen, was er an den Füßen trug.

Mein Blick wanderte zur Decke, in die andere Ecke. Und ich sah eine auf mich gerichtete Videoüberwachungskamera. Auf welchen Körperteil mir wohl gerade die Wache sah? Oder, vielleicht schaute überhaupt keiner auf irgendwas?

Nein, ich mußte mir etwas anziehen. Komisch, aber der bequemste von all meinen Morgenmänteln war der, den mir der russische Präsident zur Vierhundertjahrfeier des Hauses Romanow geschenkt hatte. Ich sah ins Schlafzimmer, warf einen Blick auf die schlummernde Maja, zog den Morgenmantel über und kehrte ins Nebenzimmer zurück, wo mein Assistent schon einen zweiten Sessel an das Tischchen gerückt, Zucker in mein Teeglas gerührt und diensteifrig eine Flasche ›Aberlour‹ bereitgestellt hatte, dazu einen Kübel mit Eis und ein breites, niedriges Whiskyglas.

151

Kiew. 14. April 1992. Abend.

Anscheinend hatte ich ein Gespür für Menschen. Früher hatte ich diese Eigenschaft nicht an mir bemerkt, aber nun funktionierte mein Plan hundertprozentig, und das brachte mich darauf, meine Fähigkeiten zu überdenken.

Wir riefen also den Rettungswagen. Eine Viertelstunde später klingelte die Mannschaft an der Tür. Ich empfing sie auf der Schwelle und führte eine junge Ärztin und einen Sanitäter ins Zimmer.

»Sind Sie der Patient?« fragte die Frau Vater Wassili.

Dem wurde es unbehaglich, und er sah mich an.

»Er ist gestorben«, fing ich zu erklären an, aber es brauchte noch drei Minuten, bis die Ärztin und der Sanitäter irgendwas begriffen.

Am meisten fürchtete ich die Ärztin. Sie sah einfach allzu schick aus. Augen angemalt, Nägel manikürt, Wangen gerougt. Mit einem Wort, eine geschminkte Blondine, das kapriziöseste aller Wesen. Zumindest hatte ich bis dahin immer so gedacht.

Aber ich hatte unrecht. Schon fünf Minuten später sagten sie nicht nein zu einem Kaffee mit Kognak. Und mit der Summe von zwanzigtausend Kupon-Karbowanzen waren sie völlig einverstanden.

»Wo abholen?« präzisierte der Sanitäter.

»Von Berkowzy zur Truchanow-Insel. Aber dort sind es von der Brücke noch vierhundert Meter«, erklärte ich.

Der Sanitäter wechselte Blicke mit der Ärztin.

»Ich geh mal schnell runter, rede mit Pjotr!«

Ich begriff, daß Pjotr der Fahrer, also die wichtigste Figur bei diesem Unternehmen, war.

Der Sanitäter war fünf Minuten verschwunden, aber als er zurückkam, erkannten wir an seiner Miene: Jetzt mußte es schnell gehen!

Und wir fuhren los.

Der betrunkene Sewa war leicht zu finden. Er saß unter dem Schutzdach auf einem der fertigen Grabmäler.

»Ah! Ihr holt den Juden?« fragte er, als er mich erkannte. »Nehmt ihn nur!«

Das Stück Granit mit David Isaakowitschs Gesicht erwies sich als nicht so leicht. Zu fünft schafften wir ihn auf ein herumstehendes Wägelchen und schoben ihn, von beiden Seiten festhaltend, zu dem Krankenwagen.

Über der Stadt fiel nasser Schnee, darum brauchten wir lange bis zur Brücke. Und an der Brücke verlangte der Fahrer einen Aufpreis. Wir stockten die Summe auf dreißigtausend auf, und der Rettungswagen rollte auf die Brücke.

Das Interessanteste war, es schneite nicht auf der Truchanow-Insel. Dort lag Schnee überhaupt nur unter den Bäumen. So beschwerte sich der Fahrer, neben den ich mich gesetzt hatte, um den Weg zu weisen, kein einziges Mal. Der Krankenwagen verließ den Asphalt und bog in die Allee ein, die rechts parallel zum Ufer verlief, und wir fuhren bis fast zum Grab. Es blieben noch hundert Meter. Von diesen hundert Metern fuhr der Fahrer noch ein Drittel, ehe er sich stur stellte wie ein Ochse und erklärte, er werde keinen Meter weiter fahren!

Wir luden das Grabmal aus und rollten oder kippten es zu viert zum Grab. Nur die Ärztin blieb mit nachdenklichem Gesichtsausdruck im Rettungswagen sitzen. Der Sanitäter und auch der Fahrer legten sich mit Vater Wassili und mir ins Zeug.

»Wollt ihr mit zurück?« fragte der Sanitäter, als das Grabmal schließlich am ›Kopfende‹ des Grabhügels stand.

»Nein«, antwortete Vater Wassili. »Wir bleiben ein Weilchen hier.«

Fahrer und Sanitäter steckten die dreißigtausend Kupon-Karbowanzen ein und wanderten durch die Dämmerung zurück zu dem von innen leuchtenden Rettungswagen.

Und wir standen noch ein Weilchen vor dem eben erst aufgestellten, in die weiche, nachgiebige Frühlingserde gedrückten Grabmal und wanderten dann über den morastigen Pfad Richtung Brücke.

»Wir werden manchmal vorbeigucken müssen«, bemerkte Vater Wassili unterwegs. »Und gegen Sommer hin befestigen wir es richtig. Man muß nur herausfinden, wie. Vielleicht mit Zement?«

Er sah zu mir herüber. Aber meine Kenntnisse im Bauwesen beschränkten sich auf zwei Arten Ziegelsteine: Silikatziegel und feuerbeständige. Dabei war ich mir nicht mal sicher, ob ein Silikatziegel nicht auch feuerbeständig sein konnte.

152

Kiew. Borispol. November 2004.

Morgens rief ich Nilotschka an und kündigte meine Rückkehr an, bat um einen Wagen und teilte ihr in zwei Worten unsere traurige Nachricht mit. Ihr Stimme zitterte gleich, und ich verabschiedete mich sofort, ohne auch nur zu fragen, was daheim im Ministerium los war.

In der Business-Class saßen nur Swetlana und ich. Sonst niemand. Sie auf der einen Seite des Ganges, ich daneben, nur auf der anderen Seite. Das war die traurigste Business-Class meines Lebens. Mir war weder nach Trinken noch nach Essen. Ich sah zu meiner reglos dasitzenden Frau hinüber und wußte nicht, was ich ihr sagen konnte. Aber ich hätte gern mit ihr geredet.

Die junge Stewardess kam hin und wieder zu uns, bot etwas an, warf dunkelblaue Decken und kleine Kissen auf die Nachbarsitze. Sie war allein für uns beide da, und ihr war langweilig. Vielleicht versuchte sie auch aufrichtig, so gut sie konnte, unseren Flug angenehm zu gestalten, damit er uns in Erinnerung blieb. Das tat er auf jeden Fall.

Ich streckte meinen Arm zu Swetlana aus und legte meine Hand auf ihre. Sie sah mich an und nickte.

›Alles wird gut‹, dachte ich und zweifelte sofort daran.

Vielleicht ja doch. Aber selbst in seiner besten Variante würde dieses ›gut‹ alltäglich fade. Man konnte es nicht vergleichen mit dem anderen ›gut‹, mit jenem, wenn es in der Wohnung laut ist von Kinderstimmen, wenn sich statt Stille der fröhliche Lärm familiärer Geschäftigkeit ausbreitet.

Als wir die Gangway hinuntergingen, gerieten wir in den

herbstlichen Kiewer Nieselregen. Schon fuhr der Bus vor, und die Passagiere strömten zu seinen geöffneten Türen. Im selben Moment hielt direkt neben der Gangway ein schwarzer Mercedes. Ich sah mich um. Der Mensch, dem man einen schwarzen Mercedes direkt aufs Rollfeld schickte, hätte auch in der Business-Class fliegen müssen. Aber außer uns war da keiner. Und der Kleinbus mit dem ›VIP‹-Schild, der uns hier aufnehmen sollte, hatte Verspätung.

Ich verlor etwas den Kopf, sah mich um, überlegte, wen ich fragen könnte.

Aber da ging die Tür des Mercedes auf, und der Fahrer stieg aus, zu elegant gekleidet sogar für diesen Wagen. Er sah in unsere Richtung und kam zu uns her.

»Sergej Pawlowitsch, steigen Sie ein!« sagte er fest, geradezu mit Nachdruck.

»Was?« entfuhr es mir. Die Verblüffung war schneller gewesen als die Frage, die sich im Kopf bildete. »Wo ist denn mein Fahrer?«

»Sie haben jetzt einen anderen Fahrer und einen anderen Wagen!« sagte der Mann, öffnete die hintere Tür und forderte Swetlana auf, als erste einzusteigen.

Dann öffnete er die vordere Tür für mich.

Wir warteten einige Minuten, bis das Gepäck – unsere zwei Koffer und der Kleidersack – von dem Gepäckfließband in den Kofferraum des Wagens gewandert war.

Der Flughafen blieb hinter uns zurück.

»Alle fühlen aufrichtig mit Ihnen«, sagte der Fahrer plötzlich weich. »Ich habe einen Brief für Sie, hier, bitte!«

Er reichte mir einen länglichen Umschlag, ohne den Blick von der Straße zu nehmen.

Ich zog als erstes Dogmasows Visitenkarte aus dem Umschlag. Irgendein neuer Titel war dazugekommen. Jetzt war er zu allen seinen Auszeichnungen auch noch Ehrenprofessor der Kiew-Mogiljansker Akademie geworden und Mitvorsitzender des Komitees für staatliche Prämien im Städtebau.

Der Brief war nur eine kurze Notiz, vier Sätze.

›Wir sprechen Ihnen unser aufrichtiges Beileid aus. Ich denke, daß dies jetzt für Sie der Zeitpunkt ist, das Tätigkeitsfeld zu wechseln. Ihr Arbeitszimmer ist schon bereit, und Viktor Andrejewitsch wird es Ihnen gleich zeigen.‹ Dogmasows Unterschrift, kunstvoll verschnörkelt und irgendwie herrschaftlich, stand ganz unten auf dem Blatt.

Meine Finger fühlten auf einmal die Ungewöhnlichkeit dieses Blattes. Ich schaute genauer hin, dann hob ich es vor die Augen und sah im zerstreuten Licht der entgegenkommenden Autos die Wasserzeichen – gleichmäßig verteilte staatliche Dreizacke.

»Sind Sie Viktor Andrejewitsch?« fragte ich beim Fahrer nach.

Der nickte.

»Ich bringe Sie nach Hause, helfe Ihnen, das Gepäck zu tragen. Und dann warte ich im Wagen. Man hat mich gebeten, Ihnen das Arbeitszimmer heute gleich zu zeigen.«

Ich nickte. Mir war tatsächlich nach Ablenkung. Ich wollte mich in irgend etwas vergraben, damit niemand mich sah, niemand von mir wußte und mich keiner etwas fragen würde! Mit der Erfüllung dieser Wünsche am neuen Arbeitsplatz zu rechnen wäre natürlich dumm. Aber auf jeden Fall würde ich dort neu sein, und man würde mich, wie jeden Neuen, vorsichtig behandeln und erst einmal beobachten. Und inzwischen ruhte ich meine Seele aus, versuchte, zu mir zu kommen, den Arbeitsrhythmus wiederzufinden, der mich wie ein Schnellzug weiter durchs Leben tragen würde. Und je weniger Zeit blieb, ›aus dem Fenster zu gukken‹, desto besser.

153

Krim. Foros. Regierungsdatscha. 1. Januar 2016. Abend.

Würde mein Jahr nur so leicht und ruhig verlaufen wie dieser erste Tag des Jahres, dachte ich. Ein Essen am großen ovalen Nußbaumtisch. Kolja Lwowitsch, der Gouverneur der Krim mit Frau, Maja im Abendkleid und einem Dekolleté, das den Blick freigab auf eine erstaunlich geschmeidige, stark gewölbte Brust. Der Tisch bot Platz für zwölf Personen, aber woher sollte ich so viele meines Vertrauens und meiner Freundschaft würdige Menschen nehmen? Swetlow hätte ich an diesen Tisch gebeten. Und vielleicht noch diesen Arzt, der es geschafft hatte, mir seine Zweifel an dem Herzstimulator zuzuflüstern. Man konnte Lwowitsch von diesem Tisch ›abziehen‹ und ihn rüber an das Zeitungstischchen setzen. Aber vielleicht irrte ich mich da auch. Immerhin war er jetzt hier mit mir. Er hatte dieses Jahr mit mir gemeinsam betreten, also hatte er auch die Absicht, es mit mir zu verbringen. Nur schien der gebratene Truthahn etwas zu groß für uns fünf. Natürlich konnte man die Reste davon der Dienerschaft in die Küche schicken. Und auch meinem Assistenten etwas zukommen lassen. Am

Morgen hatten wir sehr nett zusammen Tee getrunken. Ich war so weich geworden und hatte mich von seinen banalen Gedanken und Problemen mitreißen lassen, daß ich ihn fast nach seinem Namen gefragt hätte. Gut, daß ich nicht gefragt hatte, das wäre der Anfang vom Ende gewesen. Für ihn, versteht sich.

»Sekt aus Massandra«, sagte Gouverneur Selman mit Blick auf die große Flasche. »Der beste! Solchen reichte man den Zaren!«

»Dann mach ihn auf!«

Lwowitsch blickte in Richtung Oberkellner, und während Selman mit der Sektflasche beschäftigt war, entstand rund um den Tisch eine Bewegung, ein eigentümlicher Rundtanz junger Kellnerinnen in kurzen Röcken mit weißen Schürzchen, die die Vorspeisen vor uns verteilten. Von oben ergoß sich leise romantische Musik, danach eine vertraute Samtstimme. Die alte russische Romanze ›Öffne mir leise die Pforte‹ erklang wie gerufen. Ich versuchte, mich an den Namen der Sängerin zu erinnern, aber mein Gedächtnis war jetzt ungeheuer oberflächlich. Ich erinnerte mich nur an gestern. Alles andere war wie mit dem Asphalt einer eigenartigen, schweren Erschöpfung zugewalzt.

»Wer singt da?« Ich richtete einen fragenden Blick auf Lwowitsch.

»Ruslana.«

»Ah!« Ich nickte. »Sie singt gut!«

»Vielleicht etwas lauter?« fragte der Oberkellner diensteifrig.

Ich stoppte ihn mit einer Bewegung des Zeigefingers. Seit Kindertagen hieß diese Geste: ›Nein, nein!‹

Der Kellner nickte.

Und der Zarensekt perlte schon in den hohen, röhrenförmigen Kristallgläsern.

Als wir die Gläser hoben, ertönte von Lwowitschs Brust her die leise elektronische Melodie seines Handys. Mit Mühe wahrte er einen gelassenen Gesichtsausdruck und erhob sich und stieß mit uns an, ohne das Klingeln zu beachten. Und erst als er das leere Glas abgestellt hatte, griff er zum Telefon. Ich beobachtete ihn aufmerksam. In seinen Augen war Unruhe zu lesen. Er flüsterte etwas in das Gerät und steckte es weg. Und begann nervös, seinen Stör in Aspik zu essen. Mich sah er nicht an. Das hieß, irgendwas war nicht in Ordnung. ›Na gut‹, dachte ich, ›schlechte Nachrichten reicht man bei uns stets zum Dessert!‹

Maja hatte sich für die gebratenen Haselhühnchen in Currysoße erwärmt. Da hatte sie gut gewählt. Ich wollte auch Haselhühnchen. Und mehr Sekt. Ich hatte böse Vorahnungen. Ich mußte sie wegspülen, damit sie tiefer absanken. Dieses Fest sollte keiner stören! *The show must go on!* Selbst unsere kleine, häusliche Show hier.

Wir bestrichen die Truthahnstückchen mit Moosbeerengelee, und Lwowitsch wurde immer nervöser. Hin und wieder sah er auf die Uhr.

»Mußt du irgendwohin?« fragte ich ihn.

»Nein, nein!« antwortete er hastig. »Es erwartet uns nur noch eine Festüberraschung! In zwölf Minuten...«

»Interessant...«

»Wir müssen nur auf die Terrasse hinaus«, fügte er hinzu.

Ich tauschte Blicke mit Selman und seiner entzückenden Frau. Sie war eine echte Krimtatarin und hieß Leila.

»Und wie heißt auf tatarisch ›neues Jahr‹?« fragte ich sie.

»Jen'i jyl«, antwortete sie sanft.

»Und ›Liebe‹?«

»Sewg'elik.«

»Eine schöne Sprache«, sagte ich nickend.

Auf der Terrasse war es kalt, aber wir hatten Mäntel und Jacken angezogen. Über dem Meer hing ein finsterer Himmel. Darunter die Lichter eines näher ans Ufer herangekommenen Schiffes.

Lwowitsch gab ein Kommando per Handy, und der Himmel zersprang im Funkenregen eines Saluts. Die jähen bunten Mosaike des Feuerwerks verdrängten die Dunkelheit. Sogar die Mädchen, die die Tabletts mit den Gläsern und dem Champagner herausgebracht hatten, konnten den Blick nicht von den bunten Himmeln lösen.

»Das schenkt Ihnen die russische Flotte!« sagte Lwowitsch zufrieden.

»Die russische?« wunderte ich mich. »Und die ukrainische?«

»Von der ukrainischen kommt auch noch was«, versprach mir Lwowitsch. »Das erste Wort den Gästen. Der Hausherr spricht stets als letzter.«

»Das letzte Wort hat nicht der Hausherr, sondern der Angeklagte! Da hast du was verwechselt.«

»Sie machen finstere Witze dieses Jahr!« flüsterte Lwowitsch. Er schaute zu Selman hinüber, dann zum Sekt.

Selman begriff alles auch ohne Worte. Die hohen Kristallgläser füllten sich wieder mit dem funkelnden Zarengetränk.

154

Kiew. 14. April 1992. Nacht.

»Was pennst du denn!« brüllte Schora mich an. »Los, beweg dich!«

Aber mir fiel es schwer. Er hatte mich mit seinem Telefonanruf aus dem Bett gezerrt. Es war noch nicht sehr spät, gegen elf, aber nach dem ganzen Tag voller Abenteuer mit dem Granitgrabmal war ich wirklich müde. Und da kam er.

»Beweg dich schnell hierher! Slawik und Julik sind schon unterwegs! Um eins kommen Gäste!«

Was für Gäste konnten um ein Uhr nachts ins Restaurant kommen? Hungrige? Kaum! Unser Restaurant war sowieso weniger zum Essen da. Nein, es kamen schon Leute. Aber sie kamen zum Flüstern und Trinken. Manchmal waren die Türen von innen verschlossen. Es wurden fünf erwartet? Da waren sie, und solange sie da waren, mußten wir sie bedienen. Genauer, bedienen mußten sie Slawik und Julik, und ich war so etwas wie das Gesicht des Etablissements. Das noch immer nicht mal ein Schild außen hatte. Nur eine Adresse und eine Tür.

Aber Georgij Stepanowitsch, den beim Vor- und Vatersnamen zu nennen meine Zunge sich weigerte, lebte mit jedem Tag mehr auf. Glück strahlte schon in seinen Augen, und vom heutigen Tag erwartete er sich etwas Besonderes. Er hatte gesagt, daß er auch kommen wollte, um sicher zu sein. Sicher worin? Weiß der Teufel!

Slawik und Julik empfingen mich mit verquollenen Gesichtern, sicher sah meines genauso aus.

Schora war geschäftig.

»Schnell, fegt unter den Tischen!« kommandierte er. »Und du«, wandte er sich an Julik, »wisch die Tische und Gedecke ab!«

Ich schaute im Hinterzimmer in den Kühlschrank – Hammelfleisch von gestern, Schinken, verschiedene Käse, darunter polnischer ›Roquefort‹.

In der Stille klingelte das Telefon. Schora sprang hin und nahm den Hörer ab.

»Ja, ja, ich mache auf!« sagte er und stürzte zur Tür.

Herein kamen vier kräftige Männer, verdächtig aussehend, aber gut angezogen. Als hätten sie sich verkleidet oder zum ersten Mal in ihrem Leben Anzüge an.

Jedenfalls war ihre Haltung unsicher, die Hände kräftig, Verlegenheit auf den Gesichtern.

Schora brachte sie zum Tisch und rief mich mit dem Blick.

Er rühmte ihnen den Wodka ›Nikolaj‹, sie glaubten ihm und bestellten eine Flasche. Den Rest der Bestellung nahm ich entgegen: Tomatensaft, Hering, Bliny mit Kaviar, gefüllte Eier, Salat mit Dorschleber...

Sogar ich merkte, wie banal der Geschmack der Gäste war. Aber meine Aufgabe war, die Bestellung gutzuheißen, zu lächeln und im Hinterzimmer zu verschwinden. Dort richtete Julik ihnen schon Salat und alles, was das Herz begehrte. Er war eigentlich nicht Koch von Beruf, aber in der Armee hatte er in der Offiziersmesse gedient, so hatte er das ein oder andere gelernt. Hatte die Einstellung der Militärs zum Essen gelernt.

Den Wodka brachte ich persönlich und schenkte aus. Sie verstummten, als ich kam, aber nur beim ersten Mal. Als ich wieder dazutrat, um die Gläser neu zu füllen, wurde ihr Gespräch nicht mehr leiser. Die Gesichter der Gäste waren schon gerötet. Zwei hatten die Knoten ihrer geschmacklosen Krawatten gelöst. Einer hatte überhaupt das Jackett ausgezogen und über die Stuhllehne gehängt.

»Und wie mache ich dir Grüne draus?« schrie der Mann ohne Jackett fast seinen Gesprächspartner an.

»Mach ein Konto bei der ›Parex-Bank‹ auf, die Balten zeigen dir, wie du die Spuren verwischst. Und ich habe sie hier. In der ›Gradobank‹. Nimm es in heimischer Währung, morgen kriegst du das Papier!«

Ich kehrte zurück ins Hinterzimmer, goß mir einen kleinen Kognak ein, wechselte ein paar Worte mit Julik und Slawik.

Julik schnüffelte gerade an der soeben geöffneten Dose Dorschleber, dann hielt er sie mir unter die Nase.

»Was denkst du?« fragte er mich.

Ich schnüffelte auch. Der Geruch war verdächtig, unangenehm.

»Gib ordentlich Salz dran und Olivenöl drüber«, empfahl ich. »Sie trinken ja Wodka, der neutralisiert alles!«

Ich ging noch etwa zehnmal hinaus. Mal goß ich Wodka nach, mal schaute ich nach, wie sie aßen. Sie tranken und aßen gut. Und schrien sich untereinander nicht mehr an. Jetzt saßen sie überhaupt ohne Krawatten, dem einen hing ein Krawattenzipfel aus der Brusttasche seines Jacketts.

»Was hast du mal gelernt?« fragte mich plötzlich einer der Gäste.

»Leichtindustrie«, sagte ich.

»Auch nicht schlecht!« sagte er lachend, zog zwanzig

Dollar aus der Tasche und reichte sie seinem Gegenüber. »Du hast gewonnen!«

›Interessant‹, dachte ich. ›Haben die etwa über mich gewettet?‹

Zehn Minuten später setzte sich Schora persönlich zu ihnen an den Tisch. Und wurde auf der Stelle einer von ihnen: so ähnlich waren sie sich in Manieren und Gesichtsausdruck, obwohl er sich im Anzug sicherer bewegte. Der Anzug war seine Berufskleidung, wie bei der Krankenschwester der weiße Kittel.

»Noch einen ›Nikolaj‹«, befahl er und zwinkerte mir zu.

Die Gäste gingen gegen drei Uhr. Der angesäuselte Schora gab Julik und Slawik je zwanzig Grüne und rief ihnen ein Taxi. Und mich schleppte er mit in irgendeine Bar.

»Es wird dir da gefallen!« sagte er, während er sich hinters Steuer seines in Deutschland gekauften Audi fallen ließ. »Hast du mal Tequila probiert?«

»Nein.«

»Na, dann hast du im Leben noch einen Haufen ungekannter Freuden vor dir! Übrigens, du hast den Jungs gefallen! Sie sollen einen Verein für das Unternehmertum oder etwas in der Art organisieren. Wenn es stimmt, findet sich auch für mich dort ein Plätzchen.«

»Und für mich?« fragte ich im Spaß. Und bedauerte, daß meine Nüchternheit mich daran hinderte, den betrunkenen Schora ernst zu nehmen.

»Du bist mein Adjutant! Hast du das etwa noch nicht kapiert?«

»Doch, doch«, sagte ich nickend.

Vor uns leuchtete eine rote Ampel auf, aber Schora trat

bloß aufs Gaspedal. Wir hörten, wie irgendwo neben uns Bremsen kreischten.

Schora lachte. Ich klickte mit zitternder Hand meinen Sicherheitsgurt ein.

»Wir brechen durch«, brüllte Schora.

Und der Wagen flog beim nächsten Gelb über die leere Straße des nächtlichen Kiew.

155

Kiew. November 2004.

Neuer Wagen, neuer Fahrer, neues Arbeitszimmer mit neuen italienischen Möbeln. Manchmal verlief ich mich noch in dem langen Flur auf der Bankowaja, lief an meiner eigenen Tür vorbei. Sie hatte noch kein Namensschildchen. Als ich das erste Mal aus Versehen ins Nachbarzimmer trat, warf sein Bewohner, ein schmächtiger, kleiner Mann im grauen Anzug, mir einen ziemlich feindseligen Blick zu. Aber schon am nächsten Tag, als er mich zufällig im Flur traf, lächelte er, erkannte mich als einen der ihren an. Die ersten paar Tage, in denen ich in meine neuen Aufgaben eingeführt wurde, verfolgte mich ein gewisses Heimweh. Nicht nach dem Wirtschaftsministerium, sondern nach der fast familiären Atmosphäre, die ich in meinem letzten Arbeitszimmer empfand. Vielleicht hatte es gar keine besondere Atmosphäre gegeben – es war ein gewöhnlicher Geist, der in geschönter Form aus der jüngeren Vergangenheit angeflogen kam. Aber trotzdem, als man mir – schon hier, in der Präsidialverwaltung – mitteilte, daß ich von der folgenden Woche an eine Sekretärin haben würde und es die mir schon bekannte Nilotschka sein werde, konnte ich nicht anders als mich freuen. Allein in einen unbekannten See zu fallen ist immer etwas beängstigend. Zu zweit ist es leichter, besonders, wenn du glaubst, daß du deine Partnerin fast so gut kennst wie dich selbst.

Am Dienstag wurde ich dem Präsidenten vorgestellt, kein anderer als Dogmasow führte mich ins Präsidentenzimmer. Und er stand die ganzen drei Minuten neben mir, in denen der Präsident mich mit müdem, mißtrauischem Blick ansah, mir die Hand schüttelte und Erfolge am verantwortungsvollen Arbeitsplatz wünschte.

»Dein Vorgänger hat eine Menge Dummheiten angerichtet. Es wäre nicht schlecht, wenn du seine Aktivitäten näher studieren würdest. Um sie nicht zu wiederholen«, sagte er.

»Er wird alles berücksichtigen!« Dogmasow nickte und warf mir einen warnenden Blick zu.

Er stand zwischen mir und dem Präsidenten und sah, muß man sagen, ziemlich komisch aus. Größer als wir beide, in diesem Moment ein wenig gekrümmt, als wäre sein hoher Wuchs ihm vor dem Präsidenten peinlich. Aber in den Augenblicken, in denen er zu mir hersah, strafften sich seine Schultern, und sein Gesichtsausdruck nahm etwas Adlerartiges, Raubtierhaftes an. Er trat hier als mein Herr auf.

»Und was ist aus meinem Vorgänger geworden?« fragte ich Dogmasow, als wir wieder draußen waren.

»Sie haben ihn als Botschafter in die Mongolei geschickt.«

»Aber er hat doch Dummheiten gemacht?« wunderte ich

mich laut. »Dafür müßte man ihn doch eigentlich bestrafen und nicht zum Botschafter ernennen.«

»Es *ist* eine Bestrafung. Vier Jahre Mongolei, das würde ich nicht mal meinem Feind wünschen«, sagte Dogmasow grinsend. »Obwohl, nein, meinem Feind würde ich es wünschen! Auf jeden Fall wäre es gefährlich gewesen, ihn bis zu den nächsten Präsidentenwahlen in der Ukraine, und besonders in Kiew, zu lassen. Soll er dort braun werden, Stutenmilch trinken und Kamele reiten! Aber du schau dir wirklich mal seine Papiere an, kriege soviel wie möglich über ihn raus. Die Papiere erhältst du heute nachmittag. Er hat der Opposition so viele wertvolle Leute geschenkt! In zwei Jahren nichts auf die Beine gebracht! Der Präsident braucht doch einflußreiche öffentliche Unterstützung. Und genau diese Unterstützung hat er nicht organisieren können! Dabei wäre ein großer Teil dieser ganzen Akademiemitglieder, Professoren, Sportler und Kulturleute auf unserer Seite gewesen. Wir gehen zu dir, ich erkläre dir noch manches genauer!«

In meinem Arbeitszimmer erklärte er mir bei einer Tasse Kaffee schon zum dritten Mal in dieser ersten Woche meine Aufgaben. Ich hörte geduldig zu und nickte.

»Verstehst du, manche Fragen kann der Präsident nicht selbst aufs Tapet bringen. Er braucht einen Anlaß – zum Beispiel einen Brief, unterschrieben von einer Gruppe herausragender ukrainischer Gelehrter. Dann befaßt man sich mit dem Brief. Und du organisierst diesen Brief, du sammelst die Zustimmung der Unterzeichner und gibst ihn an die Presseabteilung. Er wird veröffentlicht, und das Ganze kommt in Bewegung! – Übrigens, kümmere dich gleich um unsere VIP-Liste. Der Präsident muß sich regelmäßig mit Vertretern der kulturellen und akademischen Elite treffen. Aber er kann sich nicht vor der Kamera mit immer demselben Opernsänger oder Schachmeister treffen. Man muß neue, schon bekannte Gesichter finden. Wir sind ein junges Land, und das soll jeder Bürger sehen. ›Für die Jungen ist bei uns immer ein Weg‹!«

»Also soll ich die alte VIP-Liste überhaupt nicht verwenden?«

»Wieso? Doch, nur nicht ganz und nicht für die offiziellen Audienzen. Für Orden und Empfänge – nach Belieben. Ein paar Namen streiche ich noch, wegen Flirt mit der Opposition, aber die anderen sind anständige, nette Leute.«

Die von der VIP-Liste gestrichenen Namen gehörten bekannten Rocksängern.

Da Rock mich kaltließ, war ich sogar froh, daß ich mich mit diesem Publikum nicht befassen mußte.

156

Krim. Foros. Regierungsdatscha. 1. Januar 2016. Abend.

Nach einer Viertelstunde russischen Saluts spürte ich ein leichtes Stechen im Herzen. Als wir an den Tisch zurückkamen, machten wir uns übers Dessert her. Der Tisch war während des Feuerwerks von Krümeln und überflüssigen Tellern gesäubert worden. Jetzt erwarteten uns Birnenfilet, in Portwein eingelegt, fritierte Bananen mit Schokoladensoße und ›Bailey's‹-Likör.

Auf Majas Gesicht leuchtete schon mit einem besonderen

phosphoreszierenden Licht die leichte Erschöpfung. Ihr Blick wurde kapriziös. Nicht mehr lange, und alle würden beginnen, ihr auf die Nerven zu gehen.

Ich neigte mich zu ihrem zierlichen Ohr.

»Geh doch und laß dir eine Massage geben!« flüsterte ich.

Sie lächelte gezwungen, aber im Blick war schon ein Gedanke zu lesen, kein Zustand mehr. Sie nickte, entschuldigte sich mit Migräne und verließ die Festtafel.

Selman und seine Frau verabschiedeten sich auch, etwa zehn Minuten später. Und Lwowitsch und ich blieben allein zurück. Sein Blick blieb am Fernsehflachbildschirm kleben.

»Jetzt gibt es Nachrichten«, sagte er mit Blick auf die Uhr.

»Schalt ein, wir gucken sie uns an!«

Das fröhliche Neujahrs-Logo des ›Inter‹-Senders wurde von dem laufenden Streifen der Nachrichten abgelöst. Die Moderatorin im traditionellen Kostüm des Schneeflöckchens führte enthusiastisch durch verschiedene Reportagen aus großen Städten. Das Volk war noch am Feiern. Ein paar der von den Reportern aufs Geratewohl befragten Bürger waren davon überzeugt, daß das neue Jahr noch gar nicht begonnen hatte. Kommt vor, dachte ich. Gott sei Dank gab es keine Politik in den Nachrichten. Dafür erzählte die Moderatorin am Ende von einem neuen Wunder. Ihre Erzählung wurde ergänzt durch eine Reportage aus der Mariä-Himmelfahrts-Kathedrale im Höhlenkloster, in der in der Neujahrsnacht eine weitere Ikone des heiligen Märtyrers Wladimir geweint hatte. Dieses Wunder hatte schon tausende Gläubige in die Kathedrale gebracht, und auch draußen hatte sich eine gutorganisierte Schlange von Menschen gebildet, die alle vor dieser Ikone beten und sie, sollten sie es schaffen, küssen wollten. Die Schlange hatte es dem Kameramann offenbar sehr angetan. Man sah sie zwei Minuten lang, das Objektiv auf die konzentrierten, gesammelten Gesichter der jungen und alten Kirchenbesucher fixiert.

»Es sieht so aus, als geschähen in der Ukraine mehr orthodoxe Wunder als katholische. Für heute steht es 2:1«, bemerkte ich zu dem neben mir sitzenden Lwowitsch.

»Mir gefällt das nicht«, sagte er nüchtern.

»Mir gefällt das auch nicht, wenn Leute weinen. Besonders Bolschewiken!«

Lwowitsch sah mich an. In seinem Blick erschien kurzzeitig so etwas wie Sympathie.

»Das wird ein schweres Jahr für uns, Herr Präsident«, sagte er förmlich. »Für Sie besonders...«

Ich seufzte. Es war klar, Lwowitsch konnte jetzt so weitermachen und diesem Gedanken in all seinen Einzelheiten nachgehen. Aber ich wollte keine schlechten Nachrichten. Mir war nach Whisky und Stille. Mir war nach Schönheit, nach Berührung mit dem Schönen. Vielleicht nicht mal mit einer Frau, sondern mit der Kunst. Eine Frau altert, Kunstwerke nicht.

»Weißt du, was?« Ich leckte mir die trockenen Lippen und sah Lwowitsch freundlich und eindringlich in die Augen. »Reden wir morgen über alles Schlechte. Wenn du willst, gleich morgens, daß einem der Appetit vergeht. Es wird sowieso Zeit für eine Diät. Aber jetzt will ich Whisky und Kunst!«

»Welchen?« fragte er bereitwillig.

»›Aberlour‹. Und die Kunst – laß irgendeinen hiesigen

begabten, intelligenten Künstler mit seinen Bildern kommen.«

»Einen Tataren?«

»Wahres Talent hat keine Nationalität. Egal, was für einen!«

157

Kiew. 1. Mai 1992.

»Alles zum Teufel!« rief Schora fröhlich und wanderte beschwingt, mit ausholenden Schritten durch den Saal des Klubrestaurants. »Übermorgen kommen die neuen Besitzer! Für uns Junge ist es Zeit weiterzugehen!«

Ich sah ihn an und versuchte zu begreifen, was er unter ›jung‹ verstand, dieser Fünfzigjährige mit den grauen Schläfen, mit dem Doppelkinn, das er sich in der wilden Komsomolzenjugend erworben hatte, den Hängebacken, die besonders sichtbar wurden, wenn er sich vorbeugte, rasiert, bis es an frisch gewachstes Parkett erinnerte. Wer war hier ›jung‹? Na ja, ich konnte mich noch für jung halten und tat das auch, aber schweigend. Denn diese Eigenschaft verging, im Unterschied zu, sagen wir, schnellem Verstand, Geist und Bildung – auch der höheren, im nie beendeten Fernstudium erworbenen.

»Hör mal«, hielt ich Schora Stepanowitsch auf.

Er verharrte mit seinem enthusiastischen Blick auf meinem Gesicht.

»Das klingt nicht schön«, sagte er. »Ich bin doch fünfzehn, zwanzig Jahre älter als du, ich...«

Er suchte nach Worten, um den Unterschied zwischen seinem Status und meinem zu verdeutlichen. Nur daß ich gar keinen Status hatte. Dafür war ich tatsächlich ›jung‹.

»Nenn mich wenigstens manchmal beim Vatersnamen«, sagte er. »Vor Außenstehenden unbedingt!«

»In Ordnung, Schora Stepanowitsch«, sagte ich grinsend.

Ich war aufgekratzter Stimmung. Ich verabschiedete mich leicht von diesem Klubrestaurant, ich verabschiedete mich überhaupt leicht von einzelnen Seiten meiner Biographie. Besonders, wenn sie sie, die Biographie, um nichts Wertvolles bereichert hatten.

Schora ging zum Kühlschrank, öffnete ihn wie nebenbei und sah hinein.

»Oh!« rief er.

Ich blickte ihm über die Schulter und sah eine Menge Lebensmittel. Und ich wußte, daß im Gefrierfach noch ein paar Kilogramm Lammfilet und junge Hühner und Fisch lagen.

Schora Stepanowitsch stand da und überlegte. Ich wußte, was er dachte. Es tat ihm leid, daß ihm dieses ganze Essen entgehen sollte. Und ich wußte auch, daß genauso seine Komsomolzenfeste mit Mädchen und Lagerfeuern und Nächten in Wochenendheimen vorbei waren. Und sich in ihrer ursprünglichen Herrlichkeit und ihren Freuden nicht wiederholen ließen. Alles änderte sich. Ich versuchte mir vorzustellen, wie sich die dick gewordenen, müden, gealterten Komsomolzen jetzt amüsierten. Was für Mädchen waren wohl dabei? Auch älter gewordene? Nein, kaum. Alte luden sie sich nicht ein. Aber die neuen Schönheiten würden nie mehr so leicht und heiter sein wie vor der unsichtbaren Revolution von 1991.

»Georgij Stepanowitsch!« redete ich ihn an.

Er drehte sich verwundert um.

»Und wenn ich mit diesen Sachen ein kleines Fest organisiere? Für meine Familie. Wir bereiten hier alles vor und räumen auch wieder auf. So als eine Art Prämie für gute Arbeit.«

»Für wen? Eine Prämie für dich?« fragte er spöttisch, aber sein Gesichtsausdruck wurde plötzlich anders. Er wog etwas ab, den Blick nachdenklich an die Decke gerichtet, auf die staubigen Lampenschirme. »Was soll's?« sagte er plötzlich achselzuckend. »Sieh zu, daß du morgen alles auffrißt! Vielleicht komme ich auch vorbei. Willst du selber kochen?«

»Mit meiner Mama«, sagte ich und stellte mir vor, wie meine Mutter sich über so eine Einladung freuen würde. Das war ganz im Stil ihrer praktischen Herangehensweise ans Leben. Denn die Kühlschränke waren ja nicht mit dem Essen verkauft worden!

158

Kiew. November 2004.

Schon zum dritten Mal traf ich, extra später von der Arbeit gekommen, auf das gleiche Bild. Am Tisch im Wohnzimmer saßen Swetlana und Schanna, tranken Tee mit Kognak und schwiegen. Ich grüßte sie und ging in mein Zimmer. Mir war nicht danach, mich zu ihnen an den Tisch zu setzen. Schweigen konnte ich auch allein. In meinem Zimmer hatte ich mir gleich nach der Rückkehr aus Zürich mein zeitweiliges Schlafzimmer eingerichtet. Hier hatte ich ein kleines Sofa rechts vom Schreibtisch, gegenüber das Bücherregal. Ich kochte mir einen Pfefferminztee – wieso hatte sich bloß dieses Pfefferminzaroma so in mir festgesetzt?

Ich setzte mich an meinen Tisch, zog die von der Arbeit mitgebrachten Blätter aus der Aktentasche und sah sie träge durch. Aber meine Aufmerksamkeit hielt sich nicht bei diesen Arbeitszetteln. Meine Aufmerksamkeit war irgendwo da draußen, zwischen meinem Zimmer und dem Tisch im Wohnzimmer, irgendwo im Flur, den man durchqueren mußte, um vom Wohnzimmer hierherzukommen. Meine Tür hatte ich angelehnt gelassen. Gestern und vorgestern, als ich vorm Schlafen zum Zähneputzen und Waschen ins Bad ging, saßen Swetlana und Schanna immer noch am Tisch im Wohnzimmer, und beide weinten.

Am ersten Abend blieb ich kurz bei Schanna stehen und schnupperte. Mich verblüffte auf einmal das Fehlen ihres geliebten Parfüms in der Luft. Die Luft war steril, sie hatte überhaupt keinen Geruch, und ich war achselzuckend und verwirrt in die Küche gegangen. Und jetzt saß Schanna hier schon den dritten Abend bei uns. Und den dritten Abend fehlte dieser vertraute, Aufmerksamkeit provozierende Duft von ihr. Vielleicht war ihr einfach das Parfüm ausgegangen?

Gegen elf spürte ich die Müdigkeit. Zeit zum Schlafengehen. Vor dem Fenster scheußlicher Herbstnieselregen und Kälte. Ich war heute abend sicher nur zwanzig Sekunden draußen gewesen – auf dem Weg vom Auto zum Hauseingang –, aber dieses eklige Wetter hatte mich wie auf der

Stelle niedergestreckt. Auf der Haut fühlte ich die kalte sumpfige Feuchtigkeit. Lieber sollte der Winter schnell kommen.

Swetlana und Schanna saßen wieder da und weinten, sie weinten leise, aneinandergeschmiegt. Die Flasche ›Koktebel‹-Kognak war schon leer. Es war allerdings auch eine kleine Flasche, eher ein Fläschchen. Ich ging an ihnen vorbei ins Bad, dann wieder zurück. Und erhielt keinerlei Beachtung.

Wann Schanna wohl heimging? Oder übernachtete sie auch bei uns?

Kaum. Morgens sah ich sie nie. Und ich schlief leicht und ließ die Tür zu meinem Arbeits- und Schlafzimmer angelehnt, für alle Fälle. Ich machte mir Sorgen um Swetlana, aber etwas hielt mich von der Rückkehr in unser gemeinsames Schlafzimmer ab. Ich hätte wahrscheinlich einfach neben ihr schlafen können. Aber es gab im Schlaf Momente, in denen die neben einem schlafende Frau zur Hauptfigur im Traum wurde. Und man umarmte und liebte sie im Traum, ehe man aufwachte und sie wirklich umarmte. Nein, ich umarmte sie jetzt auch, morgens, wenn ich aus der Wohnung ging. Aber das waren mitfühlende Umarmungen, keine aus Leidenschaft oder Liebe. Es mußte Zeit vergehen. Sie würde aufhören zu weinen, und dann erwachten sicher die frühere Leidenschaft und das Begehren und riefen sich wieder in Erinnerung. Aber bis jetzt sah ich, sogar wenn sie mich ansah, in ihren Blicken entweder ein Schuldgefühl oder Vorsicht.

Ich hatte mir einen humanen Wecker gekauft. Er klingelte nicht, er piepste. Um sieben Uhr morgens warf ich mir schon den Morgenmantel über und kochte Kaffee. Ich sah ins Schlafzimmer. Swetlana schlief auf dem Bauch. Ihr Kopf war unter dem Kissen vergraben. Ein Arm war zur anderen Seite des breiten Bettes ausgestreckt, dorthin, wo ich früher geschlafen hatte. Vielleicht hatte sie von mir geträumt? Und mich im Schlaf gesucht?

Ich schloß leise die Tür. Sollte sie ruhig schlafen.

Heute ging ich früher los, um Viertel vor acht war der Fahrer da. Mit meinem Fahrer hatte ich etwas Schwierigkeiten. Noch nie hatte ich einen Fahrer mit Vatersnamen gehabt, und hier gleich – Viktor Andrejewitsch. Wie konnte man eine vernünftige Beziehung zu einem solchen Fahrer entwickeln? Gar nicht! Wäre es irgendein Wassja oder Petja gewesen, könnte man unterwegs ein wenig scherzen, neue Witze erzählen und anhören. Aber mit Viktor Andrejewitsch, bei dem auch der Anzug nicht schlechter als meiner saß, war einem nicht nach Scherzen zumute.

So fuhr ich mit ihm schweigend vom Lesja-Ukrainka-Boulevard zur Bankowaja. Die Hauptverkehrszeit lag noch vor uns, es gab nur wenige Autos. Und ich war froh, daß ich schon zehn Minuten später den Fahrer im Wagen zurücklassen, durch den Haupteingang meiner neuen Dienststelle treten und zu meinem Arbeitszimmer gehen konnte, in dem ich mich schon allmählich zu Hause fühlte.

159

Krim. Foros. Regierungsdatscha. 1. Januar 2016. Nacht.

Der Hubschrauber mit dem Künstler und seinen Gemälden landete gegen Mitternacht.

Maja schlief schon, und ich wollte sie nicht wecken. Mein warmes Gefühl für sie begann schon, ein wenig zu erkalten. Ihre Nähe machte mich nicht froh, eher im Gegenteil. Die Nähe öffnete sie mir ganz, und mir war nicht die kleinste Illusion über Maja geblieben. Diese Frau, die aufgehört hatte, ein Rätsel zu sein, hatte für mich ihre frühere Anziehungskraft verloren. Ich hätte einen Salat aus all ihren Worten und Gesten ›schnippeln‹ können, die ihr schönes Bild in meinem Herzen zerstörten. Aber wozu? Gestorben war gestorben, wie in dem alten Witz von der Schwiegermutter. Im übrigen war sie auch nicht völlig gestorben, sie hatte sich nur als gewöhnlich herausgestellt. Aus solchen Frauen wurden kapriziöse Alte für Märchen wie das vom Fischer und seiner Frau. Und deshalb würde ich mich an der Kunst und der Gesellschaft des Künstlers allein erfreuen, ohne sie.

Der Künstler sah verschlafen aus. Er hatte gerade im Speiseraum seine Bilder aufgehängt, stand vor einem davon und betrachtete es, als hätte er es nicht selbst gemalt.

Ich trat leise zu ihm und schaute ihm über die Schulter. Auf dem Bild war eine Marktwaage zu sehen. Auf der linken Schale dieser Waage ein Haufen Taschenuhren an Uhrenketten. Auf der rechten – zwei Wecker und ein Laib Brot. Die Wecker und das Brot wogen schwerer. Ich hatte Mathematik nie gemocht, aber dieses Rätsel lockte mich.

»Wie heißt du?« fragte ich.

Sein Kopf duckte sich vor Schreck zwischen die Schultern. Er drehte sich langsam um.

»Wladimir Makejew«, stellte er sich leise vor.

Graue Strähnen im Haar. Von den Augen zu den Schläfen Fältchen vom vielen Augenzusammenkneifen. Er war etwa fünfzig bis fünfundfünfzig.

»Sag, Wolodja, was ist hier der verborgene Sinn?« fragte ich und nickte Richtung Gemälde.

»Verborgen?« fragte er zurück. »Da ist nichts Verborgenes ... Obwohl ...« Er zuckte die Achseln. »Man kann in allem einen geheimen Sinn suchen.«

»Na, also *ich* suche jedenfalls«, bekannte ich. »Wie viele Uhren sind da links?«

Der Künstler Makejew guckte auf die linke Schale seiner Waage. Man sah, er hatte keine Lust, zu zählen.

»Los, gemeinsam«, schlug ich vor.

Wir zählten gemeinsam und laut die Taschenuhren. Dreiunddreißig kamen heraus.

»So«, sagte ich. »Siehst du, zweimal drei! Schon ein geheimer Sinn! Und auf der rechten Schale zwei Wecker und Brot. Drei Gegenstände ... Ist das Absicht?«

»Nein«, antwortete er, aus irgendeinem Grund erschrokken. »Das ist Zufall.«

»Wie denn Zufall?« widersprach ich. »Das muß einen verborgenen Sinn haben! Es ist doch Kunst! Rätsel!«

»Nein, nicht unbedingt!« entgegnete er fast flüsternd. »Eigentlich ist das Kunst um der Kunst willen ... Sie verstehen das wahrscheinlich nicht ... Sie sind ein Mann des Konkreten!«

Sein Mut gefiel mir. Mir war nicht mehr nach Streiten. Jetzt wäre ich gern mit ihm einer Meinung gewesen, in irgend etwas Unwichtigem.

»Wieso nicht? Kunst um der Kunst willen? Ist mir bekannt und völlig verständlich. Das ist das gleiche wie Präsidentsein um des Präsidentseins willen...«

»Gibt es so was?« wunderte er sich.

»Natürlich! Auf Schritt und Tritt!«

Er sah mich mißtrauisch an. Was dachte er in diesem Moment wohl?

»Willst du einen Whisky?«

»Ich trinke nicht.« Auf Makejews Gesicht erschien ein Schuldgefühl.

»Na, dann trinke ich allein. Und für dich, was? Tee?«

»Ja, Tee.«

Auf mein lautes »He!« sah mein Assistent herein und verschwand nach Erhalt des Auftrags gleich wieder.

»Sag mir ...« – ich wandte mich wieder dem Künstler zu –, »... wenn man dich gut dafür bezahlen würde, daß du dir zu jedem Bild einen verborgenen philosophischen Sinn ausdenkst – könntest du das?«

»Könnte ich schon«, sagte er.

»Und wer sind deine Lieblingsmaler?«

»Schischkin, Surikow, Henri Rousseau, Chagall natürlich...«

»Genügt schon«, stoppte ich ihn. »Mit Schischkin, da hast du recht!«

Ich sah das nächtliche Museum in Kiew und die mächtigen Waldlandschaften vor mir, dachte an das Gemälde von Schischkin in meinem Schlafzimmer auf der Desjatinnaja.

»Sag, geht es einem gut, als Künstler?« fragte ich.

»Dem Künstler geht es gut, nur der Frau des Künstlers schlecht.«

»Wieso?«

»Die Familie zu ernähren ist schwierig«, bekannte er verlegen.

»Schon gut«, sagte ich und winkte beruhigend ab. »Deine Bilder hier werden für die Residenz gekauft. Ich werde das veranlassen. Solange setz dich erst mal. Gleich gibt es Tee. Und ich guck sie mir noch ein bißchen an.«

Ich ging die an den Wänden aufgehängten Bilder entlang. Uhren, alte Fahrräder, Waagen, Katzen, einsame Bäume. Reinste Symbolik. Aber liebevoll gemacht, anrührend. Natürlich war er kein Schischkin. Aber Schischkin war nur für die Augen und fürs Herz gut. Er half bei Erschöpfung. Hier gab es dafür Details. Etwas, woran man sich in Gedanken festhalten konnte. Und ich hielt mich fest.

»Wolodja«, wandte ich mich wieder dem Künstler zu. »Und warum gibt es auf deinen Bildern keine Frauen?«

Er zuckte die Achseln.

»Weiß ich nicht«, gestand er. »Früher habe ich welche gemalt, aber dann aufgehört...«

»Zu den Frauen muß man von Zeit zu Zeit zurückkehren«, riet ich ihm und wunderte mich selbst über meinen Rat.

»Das tu ich«, versprach der Künstler, und mir war schon nicht mehr klar: Zu welchen Frauen kehrte er zurück? Zu den gemalten? Oder zu denen, die er verlassen hatte?

Ich fühlte mich müde.

Im Speisesaal erschien mein aufgelöster Assistent. Stellte ein Tablett mit Tee auf den Tisch.

»Ich habe sie in die Bar gestellt, und jetzt ist sie nicht mehr da«, sagte er.

»Was hast du in die Bar gestellt?«

»Diese Flasche mit Ihrem Lieblingswhisky!«

»Wahrscheinlich hat Lwowitsch sie mitgehen lassen! Geh und guck bei ihm nach!«

Mein Assistent verließ den Raum sehr zögernd. Widerwillig. Ich stellte mir vor, was Lwowitsch ihm auf die Frage nach der Whiskyflasche sagen würde. Sogar, wenn sie bei ihm auf dem Tisch stand!

160

Kiew. 2. Mai 1992. Abend.

Am nächsten Tag würde ich sicher Bauchweh haben. Aber jetzt war da drin Festtag. Unsere Veranstaltung ›Gleichzeitiger Verzehr verschiedenartigster Speisen‹ verlief erfolgreich und ohne jede Hast, ohne jeden Wettkampf. Für alle war genug von allem da. Auch für Mama, die das ganze Fleisch, die Hühnchen, den Fisch und die Salate zubereitet hatte. Ebenso wie für Vater Wassili, der ausschenkte: für sich und mich Wodka ›Finlandia‹, für Mama, Dima und seinen Chefarzt bulgarischen Brandy ›Slantschew Brjag‹. Und Mama, die zu diesem Anlaß ihr geliebtes glasperlenbesticktes schwarzes Kleid angezogen und eine große goldfarbene Schlangenbrosche an die Brust gesteckt hatte, war fröhlich. Auch der Chefarzt war vergnügt: Nicht jeden Tag wurde er von Verwandten seiner Patienten ins Restaurant eingeladen.

Zuerst hatte er sich still hingesetzt, aber nach drei Gläschen Brandy war er gesprächig geworden und warf jetzt mit Witzen aus dem Leben in der Klapsmühle um sich.

»Und kennen Sie den?« Er zuckte wieder vor Ungeduld, den nächsten Witz zu erzählen. »Fragen sie einen Sträfling: ›Wofür sitzt du?‹ Und er: ›Wir haben in der Klapsmühle eine Demonstration zu Lenins Geburtstag organisiert, mit den Losungen ›Lenin ist mit uns, Lenin ist unter uns!‹«

Vater Wassili grinste breit und langsam, ohne sich von seinem Hähnchenschenkel ablenken zu lassen. Mama lachte, und Dima prustete laut heraus.

»Das stimmt ja!« sagte er. »Mir hat ein Pfleger erzählt, wenn es in der Klapsmühle nicht zwei Lenins, einen Gorbatschow und einen Napoleon gibt, kriegt der Chefarzt keine Prämie und muß zur Fortbildung!«

Ich sah Dima an und begriff einfach nicht: Was machte er eigentlich in der Klapsmühle? Wenn man ihn nur an eine Tafel setzen mußte, damit er sich völlig normal benahm, was war das dann für eine Krankheit?

Nach dem Festmahl spülten und trockneten wir einmütig das Geschirr ab. Schora Stepanowitsch war doch nicht gekommen. ›Und Gott sei Dank auch‹, dachte ich.

Als alles wieder an seinem Platz war und wir sogar den Herd gescheuert hatten, auch wenn Schmutz und Fett auf ihm nicht ›aus unserer Produktion‹ stammten, schaute Mama einfach so, instinktiv, in einen der Schränke. Und erstarrte.

Der Schrank war voller Konserven. Polnische Pasteten, Rigaer Sprotten, Ananas in Dosen.

»Und was passiert damit?« fragte Mama, sah sich um und fing meinen Blick auf. »Du hast gesagt, daß morgen neue Besitzer kommen?«

Ich nickte.

Aber sie stand einfach weiter vor dem offenen Schrank, und mir wurde es unbehaglich.

»Kommt, wir nehmen es mit«, schlug ich vor.

Der Chefarzt wechselte Blicke mit Dima.

»Vielleicht nehmen wir es?« fragte Dima. »Für die Kranken...«

»Was, bist du verrückt geworden?« Mama sah ihn erstaunt an. »Bringen Serjoscha und ich dir etwa immer zuwenig? Nein, wir teilen. Es wird sonst sowieso geklaut!«

Sie sah mich an, damit ich ihr beipflichtete.

Und so teilten wir die Konserven nahezu gerecht. Denn siebenundzwanzig Konservendosen ließen sich nicht ohne Rest durch fünf teilen. Den Rest in Form von zwei Dosen Ananasscheiben im eigenen Saft nahm ich an mich, um die Nachbarn in der Gemeinschaftswohnung zu bewirten.

»Ja, die haben es verdient«, stimmte Mama zu.

»Entschuldigen Sie«, wandte sich der Chefarzt schon auf dem Weg nach draußen an Mama, während ich, den Schlüssel im Schloß, das fremde Eigentum abschloß. »Könnten Dima und ich vielleicht bei Ihnen übernachten? Ich wohne in Bojarka. Die Züge fahren schon nicht mehr...«

Der Chefarzt klang so kläglich, daß ich mich umdrehte.

»Wir haben eine kleine –«, fing Mama an, aber ich unterbrach sie.

»Kommen Sie mit zu mir«, schlug ich dem Chefarzt vor. »Die Liege ist allerdings alt. Die Federn kommen raus, aber schlafen kann man...«

Beim Reden fiel mein verwunderter Blick auf die teure Pelzjacke des Chefarztes und die ungewöhnlichen, auch nicht billigen Halbstiefel.

Ich stellte mir vor, wie peinlich es für einen Menschen sein mußte, fast unbekannte Leute um ein Nachtlager zu bitten, der sich besser und teurer kleidete als die, bei denen er sich einlud. Oder vielleicht hatten ihm das Verwandte von Patienten geschenkt? Denn für drei solcher Pelzjacken konnte man eine Einzimmerwohnung in Kiew oder sogar ein Häuschen in Puschtscha-Wodiza kaufen. Und dann hätte er kein Problem mit den Zügen!

»Wohnen Sie weit von hier?« fragte er.

»Nein, zwanzig Minuten zu Fuß.«

Vater Wassili verabschiedete sich feierlich und verschwand in der spärlich beleuchteten Dunkelheit seiner vertrauten nächtlichen Stadt. Und Mama gelang es, einen Wagen anzuhalten.

»Sie haben einen guten Bruder und eine gute Mutter«, erklärte der Chefarzt, als wir allein waren.

»Entschuldigung, und wie heißen Sie?« fragte ich.

»Igor Fjodorowitsch.«

Wir gingen über den feuchten, glänzenden Asphalt. Am Abend, während wir im Restaurant saßen, hatte es geregnet. Aber jetzt war es trocken, auch wenn die noch feuchte Luft an den Regen erinnerte. Dumpf schlugen mal bei mir, mal beim Chefarzt in den Tüten die Konservendosen aneinander.

»Igor Fjodorowitsch.« Ich sah mich im Gehen zu ihm um. »Und was meinen Sie, ist Dima wirklich krank?«

»Ich würde nicht das Wort ›krank‹ verwenden«, antwortete er ruhig. »Seine persönliche Beziehung zur Wirklichkeit fällt nicht mit der der Mehrheit zusammen. Dabei ist es ihm unangenehm, daß er anders ist als die anderen. Deshalb fühlt er sich bei uns wohler. Bei uns ist übrigens auch das Publikum gebildeter, niemand ist grob zum anderen…«

Bei den letzten Worten sah mir der Chefarzt beim Gehen in die Augen. Und sein Blick durchfuhr mich mit seiner plötzlichen Schärfe. Ich hatte das Gefühl, als versuchte er nebenbei, auch meine Diagnose zu stellen.

›Ich bin gesund, verdammt!‹ fluchte ich innerlich. ›Und meine Beziehung zur Wirklichkeit fällt mit der der Mehrheit zusammen! Und grob sein kann ich, und die Grobheit der anderen macht mir nichts aus! Also brauchen Sie mir Ihren Psychozoo nicht anzubieten!‹

»Sie sollten öfter zu Dima kommen«, sagte Igor Fjodorowitsch kurz darauf. »Er hängt an Ihnen.«

»Ich versuche es«, sagte ich. »Ich bin gerade meine Arbeit losgeworden…«

»Was haben Sie denn gelernt?« fragte der Chefarzt interessiert.

»Nichts Medizinisches. Ich studiere noch, im Fernstudium. Institut für Leichtindustrie.«

»Also…«, sagte Igor Fjodorowitsch gedehnt. »Wenn Sie mal Probleme haben… Wir haben immer freie Stellen. Gezahlt wird allerdings wenig…«

»Ich überleg's mir«, versprach ich.

Aber ich überlegte nicht. Ich lachte nur innerlich über die

fürsorgliche Ernsthaftigkeit des Chefarztes und dachte, daß seine Beziehung zur Wirklichkeit sich eindeutig von meiner unterschied.

161

Kiew. November 2004.

Der Montag erwies sich diesmal als bester Tag der Woche. Auf der Schwelle meines Arbeitszimmers empfing mich Nilotschka, makellos gekleidet. Sie sah überhaupt nicht wie eine Sekretärin aus, eher wie eine Businesslady. Sie hätte nur für einen Moment das Lächeln vom Gesicht nehmen müssen, und jedermann an meiner Stelle wäre ihr mit Vorsicht begegnet: so viel Selbstsicherheit lag in ihrem Blick und ihren Gesten. Aber das Lächeln gab ihrem selbstbewußten Blick Fröhlichkeit, und wenn man bedachte, daß dieser Blick jetzt auf mich gerichtet war, dann wunderte es gar nicht, daß wir uns auf der Stelle umarmten. Und ich hob sie wie ein junger Kerl vom Boden hoch und drehte mich mit ihr im Kreis.

»Was machen Sie denn, Sergej Pawlowitsch!« flüsterte sie. »Schließen Sie die Tür!«

Ich sah mich um. Tatsächlich, die Tür stand offen.

Im Vorzimmer und im Arbeitszimmer standen Blumen. Neben ihrem Aroma hing in der Luft noch der Duft einer jungen schönen Frau. Ja, es war der Duft eines Parfüms. Aber es gibt Parfüms, die auf ein gewisses Alter der Dame verweisen. Und hier war es das Gegenteil.

»Kaffee?« fragte Nilotschka.

Ich nickte.

»Gut, daß du auch hier bist!« sagte ich und setzte mich an den Tisch.

»Mich hat ja eine Wahrsagerin gewarnt!« sagte Nilotschka. »Sie sagte, ich darf keinen Schritt von Ihrer Seite weichen, sonst werde ich unglücklich!«

»Davon hast du mir schon erzählt«, erinnerte ich mich. »Nur irgendwie anders.«

»Vielleicht hat sie es auch anders gesagt. Aber genau das war der Sinn!«

Der Kaffee war stark und gut. Während ich meine Gedanken mit dem Koffein auf Trab brachte, legte Nilotschka eine lederne Dokumentenmappe vor mir auf den Tisch.

»Obendrauf liegt ein wichtiges Papier!« bemerkte sie. Ihre Lippen waren in diesem Moment so nah an meinen. Und während ich darauf schaute, lächelte Nilotschka und sah mir in die Augen.

Im Vorzimmer klingelte das Telefon. Sie drehte sich um und ging schnell hinaus, die Tür zum Arbeitszimmer ließ sie leicht angelehnt.

Ich sah in die Mappe. Auf dem Blatt mit dem noblen Briefkopf der Präsidialverwaltung standen nur zwei ausgedruckte Sätze: ›Für 12. November um 10:30 drei Theaterschaffende für ein Gespräch mit dem Präsidenten auswählen. Die Kandidaten mir heute bis 12:00 vorstellen.‹ Großzügige Unterschrift.

Den Leiter der Präsidialverwaltung hatte ich schon kennengelernt. Ein ehemaliger Milizhauptmann, der auch schon mal eine Zeitlang Stellvertretender Chef der Steuerbehörde war. Ich spürte gleich, daß er sich auf diesem hohen Posten nicht besonders sicher fühlte. Oder vielleicht wußte er, daß man ihn nur vorübergehend zum Stabschef ernannt hatte, bis man eine besser geeignete Gestalt finden würde. Auf jeden Fall kam diese Instruktion eindeutig nicht von ihm. Genauer, die Formulierung stammte von einem seiner Assistenten, die, wie es aussah, hier geboren waren und hier alle Präsidenten und Stabschefs überdauern würden. Er selbst sprach trocken, versuchte hinter farbloser Förmlichkeit seine natürliche Freundlichkeit zu verbergen. Aber das Gesicht, als er mit mir geredet hatte, war lebendig und weckte Vertrauen.

›Na gut‹, dachte ich. ›Bis zwölf, dann also bis zwölf!‹

Zuerst sah ich die alte VIP-Liste durch. Zwei Theaterregisseure und Staatspreisträger fielen gleich raus. Ein männlicher Präsident sollte sich nicht mit einem männlichen Regisseur treffen. Theater ist eine weibliche Kunst!

Mein Blick fiel auf den Namen einer bekannten Ballerina, Solistin an der Nationaloper. So jemand mußte es sein. Neben dem Präsidenten sollte die Verkörperung der Grazie auftreten, damit allen, auch den Bewohnern der entlegensten Dörfer und Weiler, klar war: Der Präsident verkehrte mit dem Schönen.

Für alle Fälle setzte ich auch die Namen zweier männlicher Regisseure auf die Kandidatenliste, aber erst nach der Ballerina. Sollte sie der Stabschef selbst rausstreichen. Er würde das genauso gern tun. Jeder normale Mann würde auf dieser Liste nur die Ballerina lassen, nur die Frau!

162

Ukrainischer Luftraum. 3. Januar 2016.

Gestern war Schnee gefallen. Vor dem Fenster im Schlafzimmer der Regierungsdatscha waren lockere, dicke, Schneeflocken herabgeschwebt. Sie wurden zu einer weißen Wand, die mich vom Meer trennte. Sosehr ich auch versuchte, tiefer hineinzusehen, mein Blick stieß auf ihre flaumige bewegliche Wand und kam nicht weiter. So hatte der echte Winter das Südufer der Krim erreicht. Und mit ihm die nächsten schlechten Nachrichten.

»Hör zu«, sagte ich zu Lwowitsch, der im Flugzeugsessel mir gegenübersaß, »woher hat der einzige nationale Fernsehkanal Stromschulden von drei Millionen? Wer ist zur Zeit Premierminister? Wer ist Energieminister?«

»Premier ist zur Zeit der Umweltminister, und Energieminister ist Safonow.«

»Was zum Teufel brauchen wir die Umwelt im Winter?« fragte ich wütend. »Gibt es im Budget Geld für den Fernsehkanal?«

»Im Budget, ja«, sagte Lwowitsch.

»Wieso hat dann keiner den Strom bezahlt?«

»In der Kasse ist nichts... Es ging alles drauf für die Zahlung der ausstehenden Löhne. An die Bergleute. Sonst hätten wir in den großen Städten nicht anfangen können zu heizen...«

»Ich verstehe gar nichts! Wie kann Kasimir darauf klagen, den Nationalen Kanal für bankrott zu erklären?! Wie?«

»Dem Gesetz nach kann er. Aber das oberste Gericht ist ja unseres. Es hat die Klage angenommen, wird die Eröffnung des Bankrottverfahrens aber ablehnen. Ich habe das schon geklärt…«

»Also, schalt ein!« Ich nickte in Richtung Fernseher, der oben dicht unter der Decke hing.

Lwowitsch warf einen Blick nach hinten zu dem jungen Steward. Der kam rasch zu uns und reckte sich zum Bildschirm.

»Welchen Kanal wünschen Sie?« wandte er sich an mich.

»UT1.«

Der Steward entfernte sich.

Auf dem blauen Bildschirm erschienen die Nachrichten. Rechts neben der Sprecherin auf dem Tisch brannte eine Kerze. Das sollte wohl ein Symbol für die über sie hereinbrechenden Schwierigkeiten sein. Denn in Wirklichkeit war es bei ihnen im Studio überhaupt nicht schummrig. Alles wie immer.

Statt der Sprecherin erschien plötzlich ein Text: ›Die Sendeleitung des Ersten Nationalen Kanals ist nicht immer einverstanden mit Gedanken, die von Gästen der Sendungen geäußert werden.‹

›Das ist was Neues‹, dachte ich und schaute genauer hin.

Und auf dem Bildschirm erschien in Großaufnahme das Gesicht von Kasimir.

»Lassen Sie mich Ihnen zum gerade begonnenen neuen Jahr gratulieren!« sagte er schwungvoll und wandte sich direkt ins Objektiv der Kamera, das hieß, direkt ans Volk. »Ich wünschen Ihnen, daß Sie alle alten, ungelösten Probleme, Wunden, Ärgernisse im alten Jahr zurücklassen können. Dort können Sie auch alle die Politiker und Mitglieder der Regierung zurücklassen, die Ihre Hoffnungen nicht erfüllt haben. Ins neue Jahr mit neuer Hoffnung! Mit neuen Gesichtern! Mit neuem Glauben an eine frohe Zukunft, an den langersehnten Frühling der Nation. In diesem Jahr feiern wir das fünfundzwanzigjährige Bestehen der unabhängigen Ukraine. Wir haben die Möglichkeit, dieses Fest in einem erneuerten Land zu feiern! Verlangen wir die Amtsenthebung des Präsidenten, der die Hoffnungen des Volkes nicht erfüllt hat!«

Lwowitsch sprang auf, schaltete den Fernseher aus und drehte sich zu mir um. Blick und Hände zitterten. Es sah aus, als zitterte der ganze Mann. Und ich sah ihn an und versuchte zu begreifen: Wie konnte sich der allgemein bekannte Feind der Regierung und des Volkes, der Strombaron Kasimir, aus dem Studio des Ersten Nationalen Kanals heraus ans Volk wenden? Wie war so was möglich? Wo war Swetlow? Wo blieben unsere Machtstrukturen? Wo schauten die denn hin?!

»Melde nach Kiew!« befahl ich Lwowitsch. »In zwei Stunden Versammlung der Machtstrukturen. Bei mir! Klar?«

Lwowitsch nickte düster.

Mir wurde kalt. Der Steward bemerkte meine Blässe und brachte gleich eine warme Decke. Er bot mir einen Whisky an.

Zum ersten Mal seit vielen Jahren empfand ich das Gefühl von Kälte nicht angenehm, sondern als bedrückend. Die Kälte sammelte sich im Körper wie Strom im Akku während des Ladevorgangs. Besonders stark machte die Kälte sich in den Fingern und Zehen bemerkbar, in den Ohren und an der Nasenspitze. Nur meinem Herzen war es warm. Das Herz brannte geradezu in der Brust vor Hitze. Das Herz hatte erhöhte Temperatur, seine eigene. Die Temperatur des Körpers war nach unten gesaust und die des Herzens nach oben.

Ich nahm das Whiskyglas, fischte mit den Fingern die drei Eiswürfel heraus und warf sie auf den Boden.

Der Whisky strömte langsam in den Körper hinunter. Speiseröhre, Magen, stopp. Es war, als hätte der Whisky weder Geschmack noch Alkohol. Im Mund blieb ein komisches Gefühl, als hätte ich Sonnenblumenöl geschluckt.

Ich winkte den Steward herbei.

»Welche Temperatur ist draußen?«

»Minus achtundfünfzig«, sagte er.

Die Außentemperatur entsprach völlig meinem inneren Zustand.

»Sind die Fenster alle zu?« fragte ich gereizt.

»Selbstverständlich«, antwortete er geziert, aber als er in meinen Augen kein Vertrauen in seine Worte fand, durchquerte er mit schnellen Schritten den Salon und überprüfte konzentriert jedes Fenster.

Er kam wieder zu mir.

»Ich habe nachgeschaut, alle sind zu!«

Ich nickte, zweimal. Zuerst ein bestätigendes Nicken: Ich habe verstanden. Dann: Du kannst gehen! Und er ging etwa drei Meter zur Seite.

Mein Blick wanderte zum erloschenen Fernsehbildschirm. Von *dort* zog es. Der blaue Bildschirm war es, der mich so frösteln ließ! Aber was tun? Was konnte man mit ihm tun? Man konnte ihn ausschalten – das hatte Lwowitsch schon erledigt. Übrigens, wo war er?

»Nikolaj Lwowitsch soll kommen!« Meine zitternde Stimme versetzte wieder den Steward in Bewegung.

Er ging rasch in Richtung Besatzungskabine davon.

Im Flugzeug war es ungeheuer still. Nur die Motoren dröhnten gleichmäßig in der unfaßbaren Kälte des offenen Himmelsraumes.

163

Kiew. 15. Mai 1992.

Im Morgengrauen rief mich Schora Stepanowitsch an.

Er überfiel mich schon am Telefon: »Nimm deinen Paß, deinen Arbeitsausweis und saus her!«

»Wohin – her?« wollte ich verschlafen wissen.

»Ich treffe dich beim Haus der Offiziere. In zwanzig Minuten.«

»In fünfundzwanzig«, widersetzte ich mich seiner Hast. »Besser noch in einer halben Stunde. Also um acht!«

»Zum Teufel mit dir! Dann eben um acht!«

Und jetzt stand ich am Eingang zum Haus der Offiziere. Es war schon Viertel nach acht, und mein ergrauter Komsomolze war nirgends in Sicht. Mitte Mai war dieses Jahr eine kalte Zeit. Die Augen juckten vom feuchten, kalten Wind, die kalten Hände steckten zu Fäusten geballt in den Taschen der Daunenjacke.

Im Grunde hoffte ich ja, daß dieses Treffen mir irgendwas einbrachte. Schließlich ließ einen keiner einfach so Paß und Werktätigenausweis mitbringen. Das hieß, es roch nach Arbeit, und was Arbeit in Schora Stepanowitschs Begriffen bedeutete, hatte ich schon erfahren. Und so eine Arbeit paßte mir gut. Weil ihm nicht wichtig war, was ich tat oder wie, sondern die Tatsache, daß man mir vertrauen konnte und ich alles sofort begriff.

»Entschuldige!« erklang seine Stimme hinter mir.

Ich drehte mich um. Er war glattrasiert, frisch, mit dem Duft von Eau de Cologne und Mundwasser.

»Wartest du schon lange?«

»Seit acht.«

»Ausgezeichnet. Gehen wir!«

Und er führte mich durch die Gasse an den Kanonen vorbei, die den Gehweg am Haus der Offiziere schmückten. Wir bogen rechts ab und betraten den Eingang eines Hauses aus der Stalinzeit.

Ein kleiner, enger Aufzug schob uns hoch zur fünften Etage.

Eine abgewetzte Flügeltür, zu deren beiden Seiten die Klingelknöpfe wie Pickel klebten. Die typische Gemeinschaftswohnung.

Schora Stepanowitsch ignorierte das Dutzend Klingeln und schlug einfach mit der flachen Hand an die Tür. Zweimal.

Die eine Hälfte der Tür ging auf, und ich erkannte, daß die altmodische Tür nur Camouflage war. Dahinter roch es nach frischer Farbe und Parkettlack. Hier wurde gerade renoviert.

Ein Mädchen mit Bubikopf, in engen Jeans, mit einem modischen Shirt darüber, führte uns den weißen Flur entlang. Sie öffnete eine Tür zu einem gemütlichen Büro, setzte uns an den polierten Tisch, fragte: »Tee? Kaffee?«

»Kaffee!« sagte ich.

»Habt ihr Mineralwasser?« fragte Schora Stepanowitsch.

Sie nickte und ging aus dem Zimmer. Und ich betrachtete die zwei Porträts, die die weiße Wand zierten: Taras Schewtschenko und Präsident Krawtschuk. Der Dichter, der von einer freien Ukraine träumte, und der Politiker, der zum Gesicht dieser Freiheit wurde. Da bildeten sich im Kopf gleich komische Parallelen. Oder sogar Antiparallelen. Die abgewetzte Tür mit den vielen Klingelknöpfen war eine Tarnfassade, hinter der sich das Ergebnis einer schicken Totalrenovierung verbarg. Es war natürlich eine Konspiration. Nur, warum hingen in einer konspirativen Wohnung die ›ordentlichen‹ offiziellen und dem Establishmentgeschmack entsprechenden Porträts? Was war das? Eine zweite Staatsmacht? Oder ihre geheimen Mechanismen?

»Was bist du so nervös?« fragte Schora Stepanowitsch.

»Ich?«

»Ja, du!«

Ich überlegte, horchte in mich hinein. Nein, eigentlich war da drin alles ruhig, und auch im Kopf keine Panik. Fragen kamen auf, das war klar. Aber wieso sollte ich nervös sein?

»Ihr Kaffee.« Das Mädchen stellte eine Tasse auf einem Tablett vor mich hin.

Schora nahm sein Glas mit Mineralwasser entgegen.

Jetzt war unser Schweigen völlig gerechtfertigt. Der Kaffee war zu stark und nicht besonders süß, aber ich konnte das Mädchen ja nicht noch mal rufen.

»Oh! Ihr seid vor mir da!« bemerkte im Hereinkommen fröhlich ein Mann im langen schwarzen Mantel. Hinter ihm wurde wieder das Mädchen in Jeans und Shirt sichtbar.

Er warf Mantel, Schal und Rentierfellmütze in ihre ausgestreckten Arme und setzte sich zu uns an den Tisch.

Ein Gesicht in Wartestellung. Ohne Ausdruck, ohne Lächeln, aber bereit, sofort jeden beliebigen Ausdruck anzunehmen. Ich hatte ihn schon irgendwo gesehen. Bloß wo?

»Also«, sagte er zu Schora Stepanowitsch. »Alles nach Plan. Die Renovierung klappt hervorragend. Die Büroeinrichtung kommt morgen. Wir können loslegen.«

Schora Stepanowitsch holte ein Portemonnaie aus der Jackettasche, zog einen Paß heraus und streckte ihn dem Herrn des Büros hin. Dann wandte er den Blick zu mir. Ich begriff, worauf er wartete, und legte meinen Paß und den Werktätigenausweis auf den Tisch.

Der Herr des Büros drehte meinen Ausweis in den Händen. Dann reichte er ihn mir wieder.

»Personalabteilung haben wir noch keine, das tragen wir später ein. Gehalt dreihundert Grüne pro Monat im Umschlag und zwanzig offiziell. Einverstanden?«

Ich nickte.

»Arbeitstag von zehn bis fünf, manchmal auswärts, manchmal am Wochenende. Einverstanden?«

»Ja.«

»Morgen sind die Visitenkarten fertig. Den Namen nehmen wir aus dem Paß, Telefonnummer nur dienstlich. Klar?«

»Klar«, sagte ich, und mir fiel dieses sprechende Gesicht ein – es war einer von jenen vier Gästen, die wir mit Julik und Slawik nachts bedient hatten, gar nicht lange her, vor dem Verkauf des Klubrestaurants. Wahrhaftig! Es war einer von ihnen!

»Dann bist du für heute frei. Morgen erscheinst du hier um zehn in Anzug und Krawatte. Vera zeigt dir das Büro.« Er wies lässig irgendwo hinter sich.

Sie hieß also Vera!

Vom fünften Stock stieg ich zu Fuß hinunter, an fürchterlichen, abgewetzten Türen vorbei, auch sie mit Trauben von Klingelknöpfen bestückt.

›Sind das wohl echte Gemeinschaftswohnungen‹, überlegte ich, ›oder solche wie da oben?‹

Auf der Straße nieselte es. Auf der Uhr war es erst neun. Ich ging ins ›Kulinaria‹ gegenüber vom Haus der Offiziere, bestellte Tee und einen Klops ohne Brot und dachte nach. Genauer, ich versuchte mir vorzustellen, als was man mich eingestellt hatte. Das Gehalt war klar, der Arbeitstag festgelegt. Aber was ich tun sollte, hatte mir keiner gesagt! Lustig! Das beunruhigte mich nicht besonders, morgen würde ich es schon erfahren. Jedenfalls würde es keine schmutzige Arbeit sein, wenn ich in Anzug und Krawatte kommen sollte. Ich mußte mir dringend eine Krawatte kaufen!

164

Kiew. November 2004. Sonntag.

In dieser Woche war Schanna nur zweimal bei uns aufgetaucht. Allerdings verschwand Swetlana ein paarmal irgendwohin und kam ziemlich spät heim. Aber ich belästigte sie nicht mit Verhören. Sie war immer noch nicht sie selbst. Auf ihrem Nachttisch sah ich hin und wieder die Polaroidfotos unserer Kleinen, oder ihre Locken in den durchsichtigen Tütchen, oder die Plastikarmbändchen, auf denen die lateinisch geschriebenen Namen *Oleg* und *Vera* jetzt besonders traurig aussahen.

Swetlana stand normalerweise gegen zehn auf. Bis dahin machte ich mir an den Wochenenden ruhig in der Wohnung zu schaffen, richtete das Frühstück, kochte Kaffee. Das Leben fuhr fort, uns seine melancholische Melodie zu spielen, und wir hörten sie und folgten ihr. Jeder für sich. Vielleicht hatte jeder von uns seine eigene Melodie, aber beide taten sie sich nicht durch Freude und Schwung hervor. Beide konnte man auf den Gesichtern ablesen. Ich las sie auf Swetlanas Gesicht, und sie wahrscheinlich auf meinem.

Ich hatte mich an das Sofa in meinem Arbeitszimmer gewöhnt. Ich vergrub mich gern darin, das Gesicht zur Wand mit dem ungarischen Wandteppich und seiner Darstellung eines Bücherregals voll dicker alter Bücher. Es war etwas Faszinierendes an diesen beiden gegenüberliegenden Wänden meines Zimmers. Als betrachteten die echten Bücher aus dem Regal das Gruppenbild ihrer Ahnen auf dem Teppich gegenüber. Vielleicht dachten sie auch, dort, an der Wand hinge ein riesiger Spiegel, in dem sie sich sahen? Kindliche, leicht ausgelassene Träumereien erfrischten manchmal mein Hirn und meine Vorstellungen. Vor ein paar Tagen hatte ich sogar versucht zu prüfen, wie viele Bücher in meiner Bibliothek ich wirklich gelesen hatte. Auf fünf Regalbrettern kamen mit Mühe sechs zusammen, davon hatte ich vier vor zwanzig Jahren gelesen. Dabei betrachtete ich mich als belesen. Ich kaufte dicke Literaturzeitschriften, russische und unsere, setzte mich entweder aufs Klo oder in die Küche und blätterte sie mit aufrichtigem Wissensdrang durch. Aber nur Erzählungen schaffte ich manchmal bis zum Ende. Lange Prosa versetzte mich gleich in schwermütige Stimmung, diese ganze Prosa war auch von solchem Pessimismus durchdrungen, daß ich am liebsten den ein oder anderen Autor aufgesucht und ihm Geld in die Hand gedrückt hätte, damit er seine Umwelt wenigstens einmal etwas lebensfroher betrachtete!

Vor dem Fenster schneite es. Der erste Schnee dieses Jahres. Gut, daß er an einem Sonntag kam. Sonntag war allein schon ein besonderer, festlicher Tag. Und jetzt noch die großen Flocken, die sich wie eine dichte Wand vor den Fenstern meines dreizehnten Stockwerks herabsenkten.

Die Uhr zeigte 9:45. Swetlana schlief noch, aber jetzt würde sie gleich die Augen aufschlagen.

Und ich sah durchs Küchenfenster in den Schnee hinaus und dachte an sie. Wandte mich zum Herd und kochte ihr Kaffee. Ich wollte gern, daß dieser Tag für sie froher begann als die vorigen. Ich wollte, daß sie lächelte. Mochte auch November sein, der Herbstmonat, aber es fiel doch Schnee vor dem Fenster, und wenn es schneite, war Winter. Ein Wandel der Jahreszeit. Unsere Kinder waren im Herbst gestorben, und jetzt war Winter. Das hieß, ein bestimmter Zeitraum war abgeschlossen. Vielleicht lenkte der Winter Swetlana ab und gab sie mir zurück?

Ich goß den Kaffee in das zarte Meißener Porzellan, stellte Täßchen und Unterteller auf ein Tablett. Daneben ein Milchkännchen. Sie trank den Kaffee ohne Zucker.

»Guten Morgen!« sagte ich durch die offene Schlafzimmertür.

Sie lag da mit dem Blick an die Decke, aber bei meinen Worten hob sie den Kopf und lächelte. Sicher, ihr Lächeln war nicht das von früher, aber es war doch ein Lächeln. Ein trauriges, müdes, stilles, wie Kinderflüstern.

»Willst du was essen?«

Sie schüttelte den Kopf.

»Ich gehe Zeitungen holen, bin gleich wieder da«, sagte ich.

Sie nickte.

Draußen war es herrlich frostig. Der verfluchte Herbst war vorbei. Ich war ohne Mütze losgegangen, und die Schneeflocken stachen mich mit ihrer Kälte, setzten sich auf Stirn, Nase und die kurzgeschorenen Haare.

Zum Zeitungkaufen mußte man den Boulevard überqueren. Es gab erstaunlich wenig Autos. Aber eigentlich war es doch nicht erstaunlich, wir hatten schließlich Sonntag!

Alle Zeitungen am Kiosk waren vom Vortag. Sonntagszeitungen gab es bei uns noch nicht. Aber am Tag vorher hatte ich keine Zeitungen gelesen, so nahm ich alles, was da war. Ich betrachtete die bekannte Umgebung durch den festlich glitzernden Schleier von Schnee. Mein Blick blieb am Fenster eines Cafés hängen. Ich war nie dort reingegangen und hätte es an einem normalen Tag auch nicht getan. Es war ein allzu gewöhnliches, von außen unansehnliches Café. Aber heute war ich anders gestimmt, heute würde ich diesem Lokal alles verzeihen, außer schlechtem Kaffee.

Und das Café wurde meinen minimalen Erwartungen gerecht. Der Kaffee, den mir die üppige Frau in lustiger altmodischer Schürze kochte, war hervorragend. Ich saß da ganz allein, der einzige Gast, und blätterte die Zeitungen durch.

›Der Leiter der Präsidialverwaltung hat dieses gesagt, hat jenes gesagt...‹ Ich mußte lächeln. ›Er wird euch noch ganz anderes sagen‹, dachte ich. Und überblätterte die politischen Seiten, überblätterte die Wirtschaftsnachrichten, überblätterte die Kriminalchronik und kam zum Sport. Hier wurde es interessanter. Sportnachrichten vorherzusagen war schwieriger. Na, wen hat Klitschko der Ältere gestern verprügelt? Einen Deutschen? Richtig so! Soll der sich nicht mit der besten Faust der Ukraine anlegen! Und wie ging es bei ›Dynamo Kiew‹? Wieder unentschieden? Na ja!

»Noch einen Kaffee«, bat ich die Frau an der Theke, und sie nickte freundlich.

»Wir haben frischen Kuchen!« sagte sie.

»Von gestern?« fragte ich nach.

»Gestern abend gekommen!«

»Nein, danke.«

In einer Viertelstunde hatte ich die Zeitungen durch. Ich wußte eigentlich auch nicht, was ich darin finden wollte. Und wenn man mich jetzt gefragt hätte, was ich Neues daraus erfahren hatte, hätte ich kaum etwas antworten können. Doch es stellte sich das befriedigende Gefühl einer erfüllten Pflicht ein.

»Walja hat angerufen!« teilte mir Swetlana mit lebhafter gewordener Stimme mit, als ich zur Wohnungstür hereinkam.

Sie trug einen warmen grünen Morgenmantel und armenische Pantöffelchen an den nackten Füßen. Mir schien, ich hatte diese Pantöffelchen noch nie an ihr gesehen.

»Was gibt es Neues bei ihnen?« Ich zog die Herbstjacke aus und hängte sie an den Garderobehaken.

»Es geht ihnen gut. Sie haben die Kleine Lisa genannt. Sie wiegt schon fünf Kilo! Bei der Geburt waren es vier Kilo zweihundert Gramm. Und dein alter Freund mit dem kaukasischen Namen hat angerufen... Ich weiß nicht mehr, wie er heißt...«

»Husseinow?«

»Ja, der. Wollte die Adresse wissen, ich habe sie ihm gegeben. Er hat gefragt, ob er heute abend kurz vorbeischauen kann.«

»Was will er denn?«

»Es ist doch *dein* Freund, nicht meiner. Ich kann deine Freunde nicht fragen, was sie von dir wollen.«

Die Bemerkung war berechtigt. Ich konnte mir nur nicht vorstellen, warum Husseinow beschlossen haben sollte, mich ausfindig zu machen. Vor unserem Abflug hatten wir uns versöhnt. Will sagen, ich hatte ihm verziehen. Aber weiter hatten wir nichts Besonderes verabredet.

»Hat er sonst noch was gefragt?«

»Er hat gesagt, daß er uns gut versteht. Und das klang irgendwie komisch, als wüßte er alles.«

Ich nickte. »Und hat Walja von Dima erzählt?«

»Ja. Sie hat gesagt, daß er ihr hilft, Lisa im Kinderwagen spazierenfährt, sich ganz verändert hat. Und sie hat gebeten, ihnen Geld auf ihr Konto zu überweisen. Sie haben nur noch fünftausend Franken.«

»Und wieviel haben wir noch?« fragte ich und sah Swetlana in die Augen.

»Ich habe etwa zwanzigtausend Dollar, und du?«

»Ich habe weniger«, antwortete ich. »Ich habe in der Schweiz mit Dima geredet. Ihm angekündigt, daß sie bald nach Kiew zurückkommen müssen.«

»Und wie hat er reagiert?«

»Er war nicht erfreut.«

Swetlana wiegte nachdenklich den Kopf und seufzte. »Wenn sie hier wären, könnte ich Walja manchmal helfen«, bemerkte sie.

Abends rief plötzlich der Concierge von unten an, sagte, daß für mich ein großes Paket eingetroffen war und die Träger um Erlaubnis baten, es raufzubringen.

»Gut, sollen sie es raufbringen«, sagte ich achselzuckend.

Ich erwartete überhaupt kein Paket, aber in ein paar Minuten würde sich alles klären.

Die Träger waren zu viert, junge, kräftige Kerle. Neben ihnen auf dem Boden stand ein zugeklebter mächtiger Kühlschrank.

»Sergej Pawlowitsch Bunin?« fragte einer der Jungs und sah in seinen aufgeschlagenen Notizblock.

»Ja.«

»Wo ist bei Ihnen die Küche?«

Immer noch ohne zu begreifen, zeigte ich ihm die Richtung: durch den Flur geradeaus und dann links.

Sogar zu viert hoben sie den Kühlschrank mit sichtlicher Mühe hoch und trugen ihn den von mir genannten Weg entlang.

Als sie den eingepackten Kühlschrank mitten in der Küche abgestellt hatten, starrten die Träger verwundert auf unseren Kühlschrank.

»Aber Sie haben ja schon einen!« entfuhr es einem der Jungs.

»Ja«, bestätigte ich. »Und diesen hier« – ich zeigte auf den von ihnen gebrachten – »habe ich nicht bestellt.«

»Aber Sie sind doch Bunin, Sergej Pawlowitsch?« Ihr Anführer sah noch mal auf seinen Notizblock.

»Ja.«

»Dann stimmt es schon. Wohin sollen wir ihn stellen?«

Ich sah mich mit dümmlicher Miene in meiner Küche um, starrte schließlich auf die freie Ecke rechts vom Fenster.

»Stellen Sie ihn erst mal da hin«, sagte ich.

Sie entfernten die Verpackung, hoben einmütig zu viert den Kühlschrank hoch und stellten ihn am angewiesenen Platz ab. Einer von ihnen schaltete ihn gleich ein.

An der oberen Leiste des neuen Kühlschranks blinkten grüne Lämpchen auf und zeigten den Temperaturzustand an.

»Bestätigen Sie den Erhalt!« bat einer der Träger und hielt mir ein Heft und einen Kugelschreiber hin.

Ich setzte meine Unterschrift hinein. Die Träger verschwanden, an ihrer Stelle sah Swetlana in die Küche – und starrte überrascht auf die Neuheit.

»›Bosch‹!« las sie laut. Dann schaute sie zu unserem Kühlschrank hinüber. »Ist denn ›Bosch‹ besser als ›Indesit‹?«

»Eigentlich schon.« Ich zuckte die Achseln. »Nur verstehe ich nicht, wo dieser ›Bosch‹ herkommt.«

»Das heißt, du hast ihn nicht gekauft?« Swetlana sah mich an.

»Nein. Ich glaube, nicht. Aber vielleicht muß ich auch mal zum Psychiater?«

»Ja, vielleicht«, stimmte Swetlana zu. »Und wenn es eine Bestechung ist?« Auf ihrem Gesicht erschien ein Lächeln.

»Wofür?«

»Ich weiß nicht.« Sie schüttelte den Kopf, dann ging sie zum neuen Kühlschrank hin und zog die Tür auf.

Drinnen flammte das Licht auf und beleuchtete irgendwelche Päckchen, Rollen und sogar Flaschen, die innen in der Tür standen und mit breitem Klebeband befestigt waren.

»Na, das ist ja interessant«, sagte ich, als ich begriff, daß der neue Kühlschrank gefüllt war.

In dem Moment klingelte es an der Tür. Immer noch über die Überraschung sinnierend, öffnete ich und erblickte das lächelnde Gesicht von Husseinow.

»Grüß dich, mein Lieber!« Er trat mit einem Schritt herein und umarmte mich gleich. »Mach dir nur keine Sorgen! Ich wollte bloß nicht, daß deine Frau Arbeit damit hat, etwas auf den Tisch zu bringen. Verstehst du?«

Langsam dämmerte es mir. »Der Kühlschrank ist also dein Werk?«

»Falsch«, sagte er. »Mein Werk ist der Kühlschrankhandel. Und dies hier ist bloß ein Geschenk für einen alten Freund und etwas zum Knabbern zum Kognak. Ich verstehe ja, daß dir jetzt nicht nach Gästen ist.« Sein Gesichtsausdruck wurde plötzlich ernst. »Aber bei uns im Kaukasus läßt man seine Freunde im Unglück nicht allein. Zeig, was hast du ihm für einen Platz ausgesucht?«

Wir gingen in die Küche. Er musterte kritisch unseren ›Indesit‹.

»Na, den da kannst du jetzt beruhigt auf die Datscha verfrachten.«

»Wir haben keine Datscha.«

»Hat man einen Kühlschrank für die Datscha, findet sich auch die Datscha«, sagte er beruhigend. »Ist deine Frau auch da?«

»Ja.«

»Sag ihr, sie soll sich keine Sorgen machen. Sie hat so eine schöne Stimme am Telefon!«

Wir setzten uns ins Wohnzimmer. Swetlana holte Wurst, Lachs, Käse, Oliven und anderes, was die Träger mit dem Kühlschrank gebracht hatten, schnitt es auf und stellte es auf den Tisch. Den Kognak ›Naryn-Kala‹ löste Husseinow selbst aus der Kühlschranktür, Swetlana kam einfach nicht klar mit den Klebestreifen. Sie lehnte es ab, sich an den Tisch zu setzen, trank im Stehen ein Gläschen Kognak mit uns und verschwand mit dem Hinweis auf Kopfweh und Müdigkeit im Schlafzimmer.

Als die Kognakflasche leer war, hatte meine Stimmung sich gehoben. Husseinow ging hinüber in die Küche und löste noch eine aus der Kühlschranktür.

»Du wirst noch viele Kinder haben«, sagte er, während er den Kognak ausschenkte. »Keine Sorge! Ein Mann hat immer mehr Chancen, Kinder zu haben, als eine Frau! Ein Gesetz der Natur!«

»Ein Gesetz des Kaukasus!« versuchte ich zu scherzen.

Husseinow ging auf meinen Scherz nicht ein.

»Weißt du, mein Vater hatte acht Kinder, von zwei Frauen. Und ich wünsche dir, daß du mal so viel Achtung von deinen Kindern erfährst wie unser Vater von uns!«

Ich nickte und dachte an meine Mutter; dachte daran, daß ich seit der Rückkehr aus Zürich nur einmal bei ihr gewesen war, und auch da nur für ein paar Minuten.

»Du mußt verstehen, Sergej«, fuhr Husseinow fort, »der Satz ›Die Kinder sind unsere Zukunft‹, das ist kein Witz! Ebendarin liegt der Sinn des Lebens. Daß du mal alles, was du erreicht hast, den Nachfolgern übergeben kannst!«

›Was kann ich schon erreichen?‹ fragte ich mich in Gedanken.

Eine Antwort fand sich nicht, und ich fuhr mit der Gabel in den Teller mit der aufgeschnittenen Räucherwurst.

165

Kiew. 3. Januar 2016.

In völliger Dunkelheit, mit ausgeschalteten Positionsleuchten, setzte das Regierungsflugzeug zur Landung an. Ich wußte das nicht. Ich wunderte mich nur: Warum waren unter uns nicht die Lichter der Stadt zu sehen? Die Antwort erhielt ich fünf Minuten später.

»Wir sind in Gastomel gelandet«, teilte mir der sichtbar blasse Lwowitsch mit. »Machen Sie sich keine Sorgen. Der Flughafen ist vom Inlandsgeheimdienst abgeriegelt. Die Situation müßte unter Kontrolle sein…«

»*Müßte* oder *ist*?« fragte ich nach. Mir war immer noch eiskalt. Draußen konnte es doch einfach nicht mehr so kalt sein!

»Ich bin gleich wieder da, ich berichte.« Lwowitsch wich in Richtung Besatzungskabine zurück.

Das Flugzeug fuhr noch über Beton, holperte über die Nahtstellen der Platten, bog erst nach rechts, dann nach links ab. Doch vor dem Fenster war es finster.

»Alles klar!« Von hinten traf mich plötzlich Lwowitschs warme Stimme. Genauer gesagt, nicht die Stimme, sondern sein warmer Atem. Seine Stimme war nämlich kalt, zitternd wie Alkoholikerhände. »Swetlow ist da, er erwartet uns!«

»Wieso die Panik? Wieso Gastomel?« fragte ich. Bei der Erwähnung von Swetlow kehrte zumindest in meinen Kopf die Wärme zurück.

»Vorsichtsmaßnahmen«, erklärte Lwowitsch. »Die Loyalität der Sondereinheiten mußte sichergestellt werden. Kasimir hat vielen Generälen zinsfreie Kredite gegeben.«

»Wozu Kredite?«

»Zum Leben...«

»Wieso, leben die etwa schlecht?«

»Nein, aber sie haben sich ans Nehmen gewöhnt. Sie können nicht nein sagen.« Lwowitsch seufzte schwer.

»Und du, kannst du Nein sagen?«

»Kann ich«, sagte Lwowitsch überzeugt.

Unser Geleitzug bestand aus zwanzig identischen schwarzen Mercedessen. Alle hatten statt Nummern blaue Dreizacke auf gelbem Grund. In einem der Wagen fuhr Lwowitsch, in einem anderen fuhren Swetlow und ich. Einige Wagen fuhren überhaupt leer. Wie Draisinen vor dem Panzerzug. Falls da Minen waren.

»Er hat drei Millionen Unterschriften für ein Amtsenthebungsverfahren gesammelt«, berichtete Swetlow finster.

»Wann hat er das geschafft? Er hat doch erst vor ein paar Stunden auf UTI davon gesprochen!«

»Er hat schon seit zwei Wochen gesammelt, und er ist aufgetreten, als er drei Millionen beisammenhatte«, erklärte General Swetlow. »Wir haben versucht, diese Unterschriftenlisten zu finden, aber bisher ohne Erfolg...«

»Und wenn du sie findest, was machst du dann? Drei Millionen Menschen kannst du nicht dafür bestrafen, daß sie einen anderen Präsidenten wollen!«

»Die wollen gar nichts. Die bekommen zwanzig Griwni für eine Unterschrift. Sie fragen nicht mal, wo sie ihre Unterschrift druntersetzen! Das einzig Richtige wäre, die Unterschriften zu finden und zu verbrennen. Dann müßte er noch mal zwei Wochen und sechzig Millionen Griwni dranhängen... Wenigstens würden wir Zeit gewinnen!«

»Wie, so ernst ist das Ganze?« Ich sah dem General direkt in die Augen.

Er erwiderte meinen Blick eisern und lässig. Anscheinend war es tatsächlich so.

»Und was kann er sonst noch tun?« fragte ich.

»Er kann die Regierung anklagen, verlangen, daß das Land wegen nichtbezahlter Stromrechnungen für bankrott erklärt wird.«

»Aber das ist doch absurd.«

»Stimmt, aber die entsprechenden Gesetze über die Schuldenverantwortung auf allen Ebenen hat das Parlament schon vor zwei Jahren verabschiedet.«

»Was sollen wir machen?« fragte ich und hörte in meiner eigenen Stimme völlige Ratlosigkeit. »Zurücktreten vielleicht?«

»Ausgeschlossen«, sagte Swetlow fest. »Die Hauptsache ist, einen unerwarteten Schritt zu tun und die Initiative wieder zu übernehmen!«

»Und wer wird diese Initiative übernehmen?« wollte ich wissen, und im Kopf breitete sich vorm Hintergrund der in den Körper zurückgekehrten Wärme völlige Gleichgültigkeit aus. »Vielleicht einfach die Macht aus Gesundheitsgründen dem Premierminister oder gar Lwowitsch übertragen?«

»Der Premierminister hat Sie schon verkauft«, flüsterte Swetlow. »Dann schon lieber Nikolaj Lwowitsch... Aber ich würde nichts übereilen ... Hast ist ein Zeichen von Schwäche.«

Es hatte begonnen. Von jetzt an würde Swetlow mir sagen, was wann zu tun war!

Ich spürte auf einmal deutlich beginnende Herzstiche. Na also, ich hatte selbst von den ›Gesundheitsgründen‹ angefangen. Und gleich hatten wir sie.

»Ist Ihnen nicht gut?« fragte Swetlow beunruhigt und sah mir von unten ins Gesicht.

»Das Herz«, flüsterte ich. »Irgendwas ist nicht in Ordnung.«

Er hielt mir eine kleine grüne Kapsel hin.

»Nehmen Sie die!«

Nach der Kapsel reichte er mir ein Glas stilles Mineralwasser. Mein Herz beruhigte sich.

»Ist eigentlich Maja mit Ihnen hergekommen?« wollte der General plötzlich wissen.

»Nein, sie kommt morgen mit einem Linienflug aus Simferopol.«

Swetlow nickte beifällig.

»Wir kommen ein wenig zu spät«, bemerkte er plötzlich nach einem Blick auf die Uhr.

»Wohin?«

»Sie haben doch eine Besprechung der Machtstrukturen angesetzt!«

Ich nickte. Ich hatte einfach das Interesse an allem verloren.

Die schwarzen Mercedesse schlängelten sich eilig bergauf zum Syrez-Viertel. Rechts tauchte das leuchtende Schild des Restaurants ›Kleine Eichen‹ auf und blieb zurück.

166

Kiew. 20. Mai 1992.

Auf der ersten Visitenkarte meines Lebens stand:

VEREIN ZUR FÖRDERUNG
DES PRIVATEN UNTERNEHMERTUMS
BUNIN, SERGEJ PAWLOWITSCH
LEITENDER REFERENT
TEL./FAX 293-97-93

Die zentrierte Anordnung der Buchstaben war mindestens so respekteinflößend wie mein Titel. Dabei war das, was ich zu tun hatte, einfach und strengte mich nicht an.

Ich war die erste Abteilung, oder genauer, das erste Sieb, durch das in unseren ›Kupferkessel‹ die Früchte und Beeren fielen, die in baldiger Zukunft zu mächtiger, zäher ›Marmelade‹ werden sollten, um die Interessen des entstehenden ukrainischen Privatunternehmertums zu vertreten. Beginnenden Selbständigen boten wir für geringe Mitgliedsbeiträge juristische und andere Hilfe, unter anderem bei der Lösung von Streitfällen und beim Eintreiben von Schulden. Ich kannte zwar nicht alle unsere Möglichkeiten, aber ich spürte hinter unserem Verein eine handfeste Kraft. Schora Stepanowitsch war auch da, aber er hatte ein besseres Büro, nicht so eine winzige Kammer mit kahlen Wänden, in der nur Platz für den Schreibtisch und einen Besucherstuhl war. Übrigens gefiel mir das. Es gab mir das Gefühl, als wäre ich Arzt und hielte Sprechstunde. Denn jeder, der kam, erzählte mir seine Probleme, und ich hörte zu, nickte und versprach Beistand. Danach füllte der Besucher ein Formular aus und ging damit zu unserer informellen Kasse, die die burschikose Vera führte. Mit ihr war ich schon näher bekannt geworden. Sie hatte Kanten wie Glas, beim ersten Mal hätte ich mich beinah geschnitten. Ich schlug ihr vor, in eine Bar zu gehen, weil ich gleich am ersten Arbeitstag den Umschlag mit dem Vorschuß bekommen hatte.

»Mein Junge«, sagte sie. »Ich kann dir die Adresse von dem Laden geben, in dem man sich einkleiden muß, wenn man mit mir unter die Leute gehen will! Sonst wird es dir selbst peinlich...«

Das war natürlich keine Absage, versprach aber auch nicht unbedingt schon erfreulichen Umgang und herzliche Beziehungen.

Jetzt war es zehn Uhr morgens, alles noch still. Mir war nach Kaffee, aber Vera würde mir keinen kochen. Ich konnte ins Vorzimmer gehen und mir selbst welchen machen, aber dort herumzustehen war nicht gern gesehen. Besonders am Vormittag, wenn ein wichtiger Besucher nach dem anderen zum Chef wanderte.

Die Tür öffnete sich, ohne daß jemand geklopft hatte, und Schora Stepanowitsch sah in meine Kammer herein.

»Na, wie geht's?«

»Bestens!«

»So muß es auch sein, wenn du mehr erreichen willst als das, wozu du in Wahrheit fähig bist. Übrigens, ab nächster Woche sind wir kein Verein mehr!«

»Sondern was?«

»Der ukrainische Unternehmerverband! Kapierst du?«

»Nein«, gestand ich.

»Georgij Stepanowitsch!« war im Flur die Stimme des Chefs zu hören. »Komm schnell, Anruf aus dem Ministerkabinett!«

»Leg dich ins Zeug!« konnte Schora Stepanowitsch noch bemerken, während er eine Wendung um hundertachtzig Grad vollführte.

Abends, als ich die vertraute Gemeinschaftswohnung betrat, stieß ich im Korridor auf Koffer und Reisetaschen, die die Tür zu meinem Zimmer verstellten. Aus der Küche drang Stimmengewirr, lauter als sonst. ›Komisch‹, dachte ich, ›sind bei einem der Nachbarn die Verwandten angereist?‹

Ich schaute in die Küche und erstarrte verblüfft. Um zwei zusammengeschobene Küchentische herum saßen die Nachbarn in Hauskleidung und Schlappen, und unter ihnen zwei bekannte gerötete Frauengesichter: Mira und ihre Mama.

Das Stimmengewirr verstummte, alle Teilnehmer des Gemeinschaftsküchenfestes wandten ihre Blicke zu mir.

Die stumme Szene dauerte fast eine Minute. Es war Mira, die die Stille zerriß und von ihrem Hocker aufstand.

»Wir haben beschlossen zurückzukommen«, sagte sie. »Dort ist es zu heiß und… es gibt zu viele…«

›Juden‹, soufflierte ich ihr innerlich.

»… Araber«, sagte sie.

167

Kiew. Dezember 2004. Montag.

Auf dem verschneiten Schlittenhügel rodelten Kinder. Viele, viele Kinder. Auch bei mir knirschte der Schnee unter den Füßen. Ich hatte vor einer Stunde das Haus verlassen und den Fahrer Viktor Andrejewitsch heimgeschickt, hatte Übelkeit und Erkältung vorgeschoben und versprochen ihn zu rufen, sobald mir besser würde. Und jetzt war es bald elf Uhr, aber besser war mir nicht geworden.

In Wahrheit tat mir gar nichts weh. Nur hatte ich morgens ins Schlafzimmer gesehen, um Swetlana einen schönen Tag zu wünschen – und sie beide im Bett erblickt. Sie und Schanna. Sie schliefen engumschlungen.

Jetzt war ich schon fast wieder im Treppenhaus. Und überlegte: raufgehen oder noch warten? Und wenn Schanna noch da war? Und wie sollte ich mich verhalten?

Von diesen Fragen bekam ich nun wirklich die Kopfschmerzen, auf die ich mich schon berufen hatte.

Fürs erste beobachtete ich die Kinder auf den Schlitten

und versuchte sie zu zählen. Es waren eindeutig mehr als dreißig. ›Das ist gut‹, dachte ich, ›daß in diesen elitären Hochhäusern des Zarendorfs elitäre Kinder aufgezogen werden.‹ Ich betrachtete die Schlitten. Auch Schlitten gab es da viele ›elitäre‹: mit Lenkrad.

In der Nähe führte eine junge Frau im kurzen Fuchspelz zwei Dackel spazieren. Mein Blick wanderte wie von selbst zu den Dackeln, dann kehrte er zum Gesicht ihrer Herrin zurück – ein angenehmes, freundliches Gesicht.

»Sagen Sie, wohnen Sie hier?« fragte ich sie.

»Ja, da drüben«, antwortete die Dame mit den Hündchen und wies auf das Nachbarhaus.

»Kann ich Sie etwas Dummes fragen?«

Sie sah mich angespannt an, nickte aber.

»Wenn Sie einmal nach Hause kämen und würden Ihren Mann im Bett mit einem anderen Mann vorfinden? Was würden Sie tun?«

»Sie kennen meinen Mann?« fragte die Frau voller Schreck.

»Nein, nein! Ich kenne hier kaum jemanden«, plapperte ich hastig, selber erschrocken und meine blöde Zunge verfluchend, die schneller gewesen war als das Hirn. »Da ist bei Freunden... so eine dumme Geschichte...«

Sie sah mir aufmerksam ins Gesicht, studierte es in allen Einzelheiten.

»Sie lügen«, sagte sie entschieden. »Sie... kennen meinen Mann!«

»Ach, hol Sie der Teufel«, flüsterte ich, drehte mich um und lief über den knirschenden Schnee davon.

Im Gehen fühlte ich ihren Blick im Rücken. Und sagte

mir meinen alten Lieblingssatz aus Bulgakows *Der Meister und Margarita:* »Sprechen Sie nie mit Unbekannten!«

168

Kiew. 3. Januar 2016.

Politik ist eine schreckliche Sache. Lockt einen langsam herein, zieht einen sanft nach oben, unter die Kuppel, ins Zentrum des Scheinwerferkreises. Und läßt einen da, unter der Kuppel, ganz allein zurück. Oder fast allein. Und außerdem auf einem Hochseil. Und Millionen neugieriger Blicke verfolgen einen von unten: Fällt er runter oder hält er durch?

Um den langen Tisch in der Präsidialverwaltung saßen zwölf Männer. Ich war der dreizehnte. General Filin, Chef des Innenministeriums, notierte etwas auf einem Blatt Papier und versteckte das Geschriebene mit der linken Hand vor dem gegenübersitzenden Premier und Umweltminister. General Swetlow wanderte mit dem Blick langsam über die Gesichter der Versammelten, als würde er sie durch ein Zielfernrohr betrachten. Ich schweifte auch über die verschlafenen, in nichts bemerkenswerten Gesichter. Ein paar von ihnen kamen mir völlig unbekannt vor. Ich sah den rechts von mir sitzenden Kolja Lwowitsch scharf an, und er beugte sich zu mir.

»Der zweite neben Swetlow, der mit der Adlernase … Wer ist das?« flüsterte ich.

»Der Verkehrsminister.«

»Mir scheint, ich habe ihn noch nie gesehen.«

»Er wurde ernannt, während Sie krank waren…«

»Und vor Filin, links?«

»Der neue Verteidigungsminister, Jazkiw.«

»Jazkiw? Wo kommt der denn her?«

»Der Quotenmann der Liberalen Partei…«

»Also ist unsere Armee jetzt liberal?«

»Wir sollten anfangen«, flüsterte Lwowitsch, ohne auf meinen Sarkasmus zu reagieren.

Ich nickte Swetlow zu. Heute leitete er die Versammlung.

»So«, sagte er unerwartet tief und volltönend. »Dann fangen wir an! Ich erinnere daran, daß wir uns heute nicht im Namen der Parteien, die wir hier vertreten, versammeln, sondern im Namen der Heimat! Vergeßt das nicht!«

Der Premier rutschte auf seinem Stuhl hin und her. Irgendwas machte ihn eindeutig nervös. Vielleicht Hämorrhoiden, vielleicht das, woran er dachte.

»Die Situation ist kritisch. Gewisse Kräfte wollen Instabilität im Land und sind bereit, die Interessen des Volkes und des Staates zugunsten ihrer eigenen habgierigen Interessen zu vernachlässigen.«

»Was schauen Sie mich dabei an?« rief der Premierminister empört und starrte Swetlow beleidigt an.

›Aha‹, dachte ich. ›Es geht los!‹

»Ich werde alle der Reihe nach ansehen«, sagte Swetlow ruhig. »Sie sind hier nicht der einzige!«

»Was wollen Sie damit sagen?«

»Kein Schmierentheater!« warf ich ein und rief sie zur Ordnung. »Weiter!«

Swetlow wechselte einen Blick mit mir und fuhr fort.

»Heute bis neun Uhr müssen wir die gemeinsame Politik

der Regierung in der entstandenen Situation ausarbeiten. Ich werde Sie auf dem laufenden halten über die Daten der diversen Dienste. Während wir hier beraten, ist der Feind weiter aktiv. Aber nicht nur er hat seine Leute unter uns, sondern auch umgekehrt!«

Ich sah, daß Swetlow wieder dem Premier einen Blick zuwarf. Dem zitterten schon die Finger. Natürlich, das war fast noch ein Bub, keine fünfundvierzig! Kein Durchhaltevermögen, keine Kaltblütigkeit!

»Nach den letzten Informationen«, fuhr Swetlow fort, »trifft sich der Feind gerade mit Offizieren des Kiewer Militärbezirks...«

»Bitte!« Der Premier schüttelte den Kopf. »Wir sind zivilisierte Menschen, lassen Sie uns den Ausdruck ›rechte Opposition‹ verwenden und nicht ›Feind‹! Es geht hier doch nur um politischen Kampf!«

›Mutig!‹ dachte ich und sah wieder zu Swetlow: Was würde er antworten?

»In welchem Sinn ›rechte‹?« fragte Swetlow.

»Einen Moment!« Kolja Lwowitsch erhob sich hastig. »Lassen Sie uns ein für allemal eines klären: Haben wir alle ein gemeinsames Ziel oder nicht? Wollen wir die Stabilität im Land wiederherstellen oder nicht?«

»Und wie wollen wir das herausfinden?« Landwirtschaftsminister Wlassenko hob das graue Haupt. »Pistole an die Schläfe setzen und fragen?! *Er* ist doch an allem schuld!« Der Minister zeigte mit dem Finger auf mich.

Hier geriet ich endgültig außer mir. Ich wandte mich an Lwowitsch, aber er sah in die andere Richtung. Zum Landwirtschaftsminister.

»Er hat doch die nötigen Gesetze nicht unterschrieben!« redete der Grauhaarige weiter. »Er hat die Mehrwertsteuervergünstigungen für die Landwirtschaft aufgehoben. Er hat Zölle für den Getreideexport eingeführt!«

»Was quatschst du denn da, Idiot!« Ich hielt es nicht mehr aus und stand auf. »Was für Zölle? Was für Gesetze? Ich habe unterschrieben, was das Ministerkabinett abgesegnet hatte! Überhaupt habe ich euch heute nicht herbestellt! Habe ich eine Versammlung der Machtstrukturen angeordnet oder nicht?!« An dieser Stelle fixierte ich den bleich gewordenen Lwowitsch. »Wen hast du da hergerufen? Diesen Traktorfahrer?« Ich zeigte mit dem Finger auf den Landwirtschaftsminister. »Oder den Umweltmann?« Ich schwenkte meinen ausgestreckten Finger in Richtung Premier. »Wieso zum Teufel sitzen die hier?«

»Aber wir haben doch eine Krisensituation«, stotterte Lwowitsch.

»Swetlow, teile allen mit, was du weißt!« befahl ich.

Der General erhob sich, zog aus der Innentasche des Jacketts ein doppelt gefaltetes Papier und entfaltete es.

»Das ist nur aus den letzten zwei Wochen«, kündigte er nach einem dankbaren Blick zu mir an. »Der Premierminister hat von Kasimir zwei Millionen Euro auf sein Konto bei der ›Andorra-Kredit‹-Bank erhalten, außerdem fünfhunderttausend Dollar auf das Konto seiner Tochter bei der ›Citibank‹. Gestern mittag fand bei ihm ein Treffen mit Kasimirs Assistenten Burenkow statt, bei dem sein Kurs für die Krisensitzungen der Regierung festgelegt wurde! Sie haben schon Krisenszenarien und Maßnahmen der Regierung berechnet! Weiter. Der Landwirtschaftsminister –«

Wlassenko erhob sich schwerfällig und bat mit einer Geste um das Wort. Swetlow verstummte.

»Ich weigere mich, bei diesem Zirkus weiter mitzumachen«, erklärte Wlassenko, die Hand ans Herz gelegt. »Amüsiert euch ohne mich!«

»Warten Sie doch.« Auf Swetlows Gesicht lag ein sarkastisches Lächeln. »Gerade Sie dürften doch nicht gehen! Sie haben acht Millionen aus der Staatskasse geklaut und drei von Kasimir genommen. Und Ihr Anzug ist auch ein Geschenk von Kasimir, zum Sechzigsten! Ist es nicht so?«

»Machen wir es kurz«, unterbrach ich Swetlow. »Sollen die Verräter der Staatsinteressen selbst aufstehen und gehen! Wir haben keine Zeit zum Verlesen der ganzen Fakten!«

»Sie müssen zurücktreten!« warf mir mit dünner Stimme der Premierminister hin.

»Du hast hier nichts zu melden!« entgegnete ich und fühlte, wie Gedanken und Stimmung sich harmonisch in Kampfordnung formierten, für eine Schlacht, die ich nicht begonnen hatte. »Raus mit dir!«

Der Premierminister erhob sich hilflos und sah fragend auf Lwowitsch, dann auf die Tür.

»Geh schon, geh!« drängte ihn Swetlow.

Die Versammlung gewann allmählich an Dynamik. Wlassenko und der Umweltminister gingen hinaus. Ihnen folgten der Verkehrsminister und der Gesundheitsminister. Am Ende blieben wirklich nur die ›Machtminister‹ zurück.

»Ist das Sofa aufgetaucht?« fragte ich General Filin als erstes.

Er schüttelte den Kopf und wollte sich langsam vom Stuhl erheben.

»Bleib sitzen!« befahl ich ihm. »Das Sofa ist jetzt nicht die Hauptsache!«

Über dem Versammlungsraum schwebte eine ungemütliche Atmosphäre, als hätten die verschwundenen Verräter hier die Luft verpestet. Wir gingen hinüber in mein Präsidentenarbeitszimmer und öffneten ein Fläschchen Whisky.

»Wir müssen ihnen zuvorkommen«, sagte Lwowitsch entschlossen.

»Unbedingt!« stimmte Swetlow zu.

Filin schwieg. Neben ihm schwieg General Jazkiw, der in der kleinen Runde mehr Vertrauen erweckte als vorhin unter den Mitgliedern des Ministerkabinetts.

»Was wollen die?« stellte ich die rhetorische Frage und schluckte den ›Ballantines‹. »Was ist ihr Hauptziel?«

»Die Machtübernahme«, antwortete Swetlow. »Ablösung des aktuellen Präsidenten durch Kasimir.«

»Wie wäre das möglich?« Ich wollte die logische Kette weiterverfolgen.

»Sie wollen im Land Chaos veranstalten, zeigen, daß die Regierung nicht Herrin der Lage ist. Dann fordern sie den Rücktritt des Präsidenten und Neuwahlen«, sagte Lwowitsch wie aus der Pistole geschossen.

»Richtig«, sagte ich. »Wer würde bei außerordentlichen Wahlen gewinnen?«

Nach dieser Frage entstand eine bleierne Stille. Mein Blick wanderte über alle Versammelten. Ihre Augen waren trüb geworden. Die Finger ballten sich erschreckt zu Fäusten, die Fäuste wurden versteckt.

»Tja«, seufzte ich. »Ihr glaubt also, wir müßten ihnen irgendwie zuvorkommen?«

Ich nahm noch einen Schluck. Und da fuhr es mir durchs Herz. Vor den Augen wurde es dunkel. Die Welt geriet in Bewegung und verschwamm. Verschwamm im erschreckten Gesicht von Lwowitsch.

»Dem Präsidenten ist schlecht!« hörte ich seine Stimme irgendwo über mir.

Ich fiel in einen Brunnen, und mir war schon völlig egal, ob es da unten Wasser gab oder nicht.

169

Kiew. 20. Mai 1992. Nacht.

Vor dem Fenster leuchtete Mondlicht. Wie es aussah, war Vollmond, und der hatte die Stadt hörbar munter gemacht. Durch die offene Lüftungsklappe flogen hin und wieder Gesprächsfetzen herein, das Schlagen von Eingangstüren war zu hören.

Mama und ich saßen in der Küche und überlegten. Genauer, sie überlegte, und ich ließ träge die Gedanken wandern, manchmal auch laut. Aber Mama unterbrach meine Gedankengänge immer schnell.

»Was erhoffen die sich?« fragte sie, neigte ein wenig den Kopf und sah mich direkt an.

»Ich habe doch nur zehn Minuten mit ihnen geredet, habe gesagt, daß ich morgen früh wiederkomme.«

»Da siehst du, das war der erste Fehler! Sie sind dort immerhin nicht gemeldet. Du hast Schwäche gezeigt!«

»Wieso denn Schwäche?« Ich war ganz und gar nicht Mutters Meinung. »Sie haben doch früher da gewohnt! Hätte ich sie etwa im Flur schlafen lassen sollen? Sie wußten ja nicht mal vom Tod des Alten, dachten, sie kommen heim zu ihm! Und jetzt können sie nirgends hin...«

»Ja«, stimmte Mama zu. »Das ist wahr. Aber sie sind schließlich freiwillig aus der Sowjetunion ausgereist!«

»Aber es gibt doch keine Sowjetunion mehr!«

»Richtig«, sagte Mama nachdenklich und zog den weichen lila Morgenrock über der Brust zurecht.

Sie saß unter der offenen Lüftungsklappe, und ich sah, wie der Luftzug ihre zerzausten, hennagefärbten Haare bewegte. Man müßte ihr sagen, daß niemand sich mehr mit Henna färbte. Aber ich wußte, daß in der Schublade in ihrem Schrank im Schlafzimmer noch etwa zwanzig Päckchen von diesem ewigen, unverwüstlichen iranischen Henna lagen.

»Also.« Sie wollte einen Punkt unter das heutige nächtliche Gespräch setzen. »Morgen gehen wir gemeinsam hin und reden mit ihnen. Ich erlaube ihnen nicht, meinen Sohn auf die Straße zu setzen! Geh schlafen!«

Auf einmal kam der Geruch der Wohnung mir fremd vor. Vielleicht, weil in meiner Abwesenheit mein persönlicher Geruch aus diesen Wänden entwichen war. Die Zusammensetzung der von mir lange nicht geatmeten Luft hatte sich verändert. Diese Luft und diesen Geruch atmete meine Mutter, und natürlich sollte ich nicht hierher zurückkehren. Sie hatte es ja auch so gesagt: ›Ich erlaube ihnen nicht, meinen Sohn auf die Straße zu setzen!‹ Das hieß, entweder das Zimmer in der Gemeinschaftswohnung oder die Straße...

170

Kiew. Dezember 2004.

Das Päckchen aus der Züricher Klinik kam um acht Uhr morgens. Ich war etwas später dran, und gerade als ich die Wohnung verließ, stieß ich auf den Boten.

Ich öffnete es auf dem Rücksitz im Auto und zog zwei Bogen Computertext in deutscher Sprache heraus.

»So früh kommt bei Ihnen die Post?« wunderte sich Viktor Andrejewitsch, der mich im Rückspiegel ansah.

»Nein, das war ein Kurierdienst«, antwortete ich und versuchte, im Text bekannte und verständliche Wörter zu entdecken.

Eine Stunde später bat ich Nilotschka herauszufinden, wer unter den Kollegen Deutsch konnte. Bald darauf sah der Übersetzer der Protokollabteilung herein und bot seine Hilfe an.

»Das kommt von der Klinik«, erklärte ich ihm, während ich ihm den Brief gab. »Bericht über die Todesursachen...«

Er nickte traurig, senkte den Blick auf die erste Seite und konzentrierte sich.

Ich beobachtete sein Gesicht, bis er zu Ende gelesen hatte.

»Und...?« fragte ich ihn.

Er seufzte. »Sie müssen es schriftlich übersetzen lassen und damit zu einem Spezialisten gehen.«

»Warum?« wunderte ich mich.

»Da gibt es komplizierte medizinische Fachausdrücke... Aber da steht auch, daß Ihnen geraten wird, Ihre inneren Organe untersuchen zu lassen...«

»Welche Organe?!«

»Wenn Sie nichts dagegen haben, Sergej Pawlowitsch, kann ich den Brief einem Kollegen aus der Medizin geben. Ich schicke ihm das Fax, und in ein paar Stunden erhalten Sie eine genaue Übersetzung. Ich habe Angst, etwas falsch zu verstehen…«

Ich folgte seinem Rat.

Am Nachmittag brachten sie mir die fertige Übersetzung. Die Ärzte aus Zürich teilten mit, daß die unzureichende Entwicklung einiger lebenswichtiger Funktionen bei den Embryos vermutlich mit der ›Qualität des väterlichen Samens‹ zusammenhing. Nach einer lateinischen Aufzählung der möglichen Anomalien rieten die Züricher Ärzte dringend, eine eingehende Untersuchung der Fortpflanzungsorgane sowohl der Ehefrau, Wilenskaja, als auch des Ehemannes, Bunin, vorzunehmen, bevor ein weiterer Versuch unternommen würde, Eltern zu werden.

»Einen Tee?« Nila sah herein.

Ich lehnte höflich ab. Und fühlte eine schon vergessene Schwere in der Brust, dachte an Ende Oktober und die Klinik am Ufer des Zürichsees, an die stille, furchtbare Nacht, die unsere Familienpläne durchkreuzt hatte.

Und jetzt erinnerte dieser Brief an die nicht zustande gekommenen Pläne und warnte uns, diese Pläne zu wiederholen, ohne vorher…

Ich dachte an Swetlana. Sollte ich ihr diesen Brief zeigen, oder nicht? Sie glaubte oder fühlte sich ja immer noch schuldig. Wie würde sie reagieren?

Schanna war wieder verschwunden. Sie war schon fünf Tage nicht mehr dagewesen, und ich hatte schließlich nichts zu Swetlana gesagt. Sie wußte sicher nicht, daß ich sie beide im Bett, in enger Umarmung gesehen hatte. Sie wußte nicht, daß mich das drei Tage lang aus der Bahn geworfen hatte, daß mir die Hände zu zittern anfingen wegen dieses Anblicks, der hin und wieder in den unpassendsten Momenten im Gedächtnis auftauchte.

Und in dem Brief ging es ja auch um mich. Darum, daß ich mich gründlich untersuchen lassen sollte. Damit würde ich anfangen. Ich würde alle Analysen machen lassen, alles untersuchen und bekäme das Resultat in die Hand. Wenn mit mir alles in Ordnung wäre, hieße das, der Tod der Kleinen hätte wirklich an ihr gelegen. Und dann müßte ich den Gedanken an künftige Kinder vergessen und würde ihr den Brief erst recht nicht zeigen. Aber wenn es genau umgekehrt war… Was dann? Doch wozu lange herumrätseln?

171

Karpaten. Januar 2016.

Als ich die Augen aufschlug, wunderte ich mich über die absolute, sterile Stille. Ich lag eindeutig in einem Krankenzimmer, nur gab es in diesem Zimmer keine Fenster. In der Ecke links von der Tür blinkte auf einem Metalltischchen irgendeine Apparatur mit bunten Lämpchen und Anzeigen. Von der Decke hing eine auf mich gerichtete Videokamera.

Ich versuchte, mich auf die Ellbogen zu hieven und schaffte es nicht. Die merkwürdige Muskelschwäche erschreckte mich. Aber ich erschrak irgendwie oberflächlich, in mir war eine grundlegende Gleichgültigkeit gegenüber meiner ganzen Umgebung und mir selbst. Als wäre ich gar nicht ich selbst, sondern eine Kopie des ukrainischen Präsidenten, die sich noch dazu ihrer Überflüssigkeit und Unechtheit bewußt war.

Ein Teil der weißen Wand entpuppte sich plötzlich als Tür. Diese Tür ging nach innen auf, und herein kam General Swetlow. Ihm folgte ein kleingewachsener Mann im Schafpelz und mit einem braunen, ledernen Aktenkoffer in der Hand.

Mir wurde auf einmal der Grund meiner Schwäche klar: Mir war kalt. Furchtbar kalt. Diese Kälte lähmte meine Muskeln. Ich warf einen beunruhigten Blick zu Swetlow. Aus irgendeinem Grund war ich überzeugt, daß ich keinen Ton hervorbringen würde.

»A!« machte ich vorsichtig und merkte im gleichen Moment, wie meine Besucher reagierten. »A-a«, wiederholte ich länger. Dann fixierte ich Swetlow. »Sag, was ist los?«

Ich hörte meine Stimme. Schwach, zitternd vor Kälte.

»Setzen wir uns«, gab Swetlow zur Antwort. Er sah sich nach dem Mann im Schafpelz um, der sich über den Tisch mit der Apparatur beugte und dort irgendwas überprüfte.

Swetlow setzte sich auf einen weißen Stuhl am Kopfende meines Bettes.

»Es sieht ernst aus«, sagte er mit einer Stimme, mit der wohl ein Arzt dem hoffnungslosen Patienten seine Diagnose mitteilt. »Nur gut, daß es Leute gibt, denen man vertrauen kann…«

Und er sah sich nach dem Mann im Schafpelz um. Der Mann hob den Kopf und nickte dem General bestätigend zu.

»Aber regen Sie sich nicht auf, Herr Präsident.« Swetlow sprach langsamer, wie um sich die Möglichkeit zu geben, ohne Hast die richtigen Worte zu suchen. »Die Situation ist nicht hoffnungslos, außerdem haben wir eine gute Mannschaft! Aber wir können uns nirgendwohin zurückziehen. Hinter uns steht nicht Moskau, wie bei Kasimir...«

»Konkreter«, bat ich und verfolgte aufmerksam seinen Gesichtsausdruck.

Swetlow wechselte wieder Blicke mit dem Mann im Schafpelz. Der Mann nickte dem General bestätigend zu.

Swetlows Stimme bekam mehr Überzeugung.

»Es ist jetzt klar«, sagte er, »daß die Operation Machtwechsel vor langer Zeit ausgedacht wurde. Mindestens vor einem Jahr. Auf alle Fälle ein paar Monate vor Ihrer Operation... Sie haben ein krankes Herz bekommen, in das ein komplizierter elektronischer Apparat eingepflanzt war. Wir kennen seine Funktionen noch nicht ganz, aber folgendes ist schon bekannt: Das Gerät übermittelt irgendwohin Ihre Koordinaten, wo immer Sie sich befinden; man kann damit die Gespräche abhören und an einen Satelliten oder einen entfernten Empfänger übermitteln, vor allem das, was Sie sagen. Es besteht auch die Befürchtung, daß mit Hilfe dieses Apparats Ihr Herz angehalten werden kann.«

»Es ist nicht mein Herz«, antwortete ich. »Also, jeden Moment können sie mich ausschalten, und inzwischen hören die Feinde sich unser Gespräch hier an?«

»Nein.« Swetlow lächelte plötzlich. »Hier ist es uns gelungen, Sie völlig von Funksignalen und Wellen abzuschirmen. Die Tätigkeit des Geräts ist blockiert. Wir haben das gerade noch geschafft. Selbst der Arzt war verblüfft. Er hat gesagt, daß alles auf ein klassisches Koma hinauslief, und plötzlich, als wir die Blockade errichtet hatten« – Swetlow drehte sich um und sah zu der Apparatur hinüber –, »ging es Ihnen besser.«

»Ja…«, seufzte ich. »Wie haben Sie das alles rausbekommen?«

»Der Arzt, Resonenko, der Sie vor einer Weile untersucht hat, kam zu mir und erzählte mir von seinem Verdacht.«

Ich nickte. Ich erinnerte mich daran, wie dieser Arzt verstummt war, sobald Lwowitsch den Raum betrat.

»Und wo ist Lwowitsch?« fragte ich mißtrauisch.

»Hier, hier. Er arbeitet! Alles in Ordnung, das heißt, er ist in Ordnung. Überprüft.«

Das letzte Wort sprach Swetlow nachdenklich aus.

»Und wer ist *nicht* in Ordnung?«

»Maja. Sie ist verschwunden… In dem Flugzeug aus Simferopol war sie nicht.«

›Nun ja‹, dachte ich. ›Völlig logisch. Eine Frau, die davon träumt, im Restaurant ›Metropol‹ zu sitzen, kann keine ukrainische Patriotin sein. Und auch noch Oligarchenwitwe…‹

»In einer halben Stunde haben wir hier eine Versammlung.« Swetlow begann zu flüstern. »Der Arzt hat gesagt, daß Sie schon bei wichtigen Entscheidungen dabeisein können.«

»Hier, wo ist das?« fragte ich. »Wo bin ich überhaupt?«

»In den Karpaten, im für die Operation ›Fremde Hände‹ gebauten Gefängnis. Keine Sorge, praktisch niemand weiß davon, und das Gebiet wird als geheimer Gebirgstruppenübungsplatz bewacht…«

Ich erinnerte mich auf einmal dunkel an den Beschluß, die harmlosen Insassen dieses Gefängnisses loszuwerden.

»Sitzt hier denn noch jemand außer mir?« fragte ich vorsichtig.

»Natürlich. Und gut, daß wir sie nicht losgeworden sind! Sie können uns in der jetzigen Situation noch nützen. Immerhin sind es Vertreter der russischen Staatsmacht, wie auch immer!«

172

Kiew. 21. Mai 1992. Morgen.

Mira und ihre Mama empfingen uns, konnte man sagen, mit weitausgebreiteten Armen. Sie hatten schon den Tisch mit dem alten rosa Tischtuch gedeckt, das sie wohl aus dem Büffet gezogen hatten. Denn ich hatte nach dem Tod des Alten in diesem Zimmer nichts angerührt, nichts daraus entfernt, nur um ein bißchen eigenen Plunder ergänzt.

Auf dem Tisch blubberte der elektrische Samowar, und um den Samowar verteilten sich geblümte Teetassen mit Untertassen im Kreis. Eine richtige Teetassenplanetenparade, dazu zwei Schalen mit Gebäck und billigen Pralinen.

»Wir haben so guten Tee aus Israel mitgebracht!« sagte Miras Mama und wühlte in einer der Reisetaschen.

Die Koffer und diese unförmigen Reisetaschen nahmen jetzt fast ein Drittel meines Zimmers ein.

»Wo habe ich ihn bloß hingepackt?!« fragte sie sich laut.

Dann drehte sie sich um. »Mira! Weißt du nicht mehr, wo wir den Tee hingepackt haben?«

»Da, im Beutel mit den Gewürzen und Datteln«, half Mira und zeigte ihrer Mama nach einem suchenden Blick über die Taschen, wo das Ganze lag.

Ich betrachtete die völlig identischen Reisetaschen und sah nicht, wie man sie hätte voneinander unterscheiden können. Aber Frauen besitzen wohl so eine Fähigkeit, sie können ja auch ihre Zwillinge auseinanderhalten.

Fünf Minuten später saßen wir am Tisch.

»Ich bin dir so dankbar!« sagte Larissa Wadimowna zu mir. »Die Nachbarn haben mir alles erzählt. Von den Gedenkfeiern, die du organisiert hast, und was du für ein guter Mensch bist! Wenn ich bloß so einen Sohn hätte!«

In den Augen meiner Mutter blitzte bei diesen Worten eindeutig der Wunsch auf, etwas Fieses oder Grobes zu sagen. Aber sie beherrschte sich. Und wir lauschten weiter aufmerksam Miras Mama, die jetzt auf die schmutzigen Araber und die ebenso schmutzigen Juden schimpfte.

»Und dann so was«, klagte sie. »Ich habe gewußt, daß es wasserscheue Juden gibt, die stinken. Ich kannte hier mal so einen Schneider, aber dort sind sie überall! Und wo sie uns angesiedelt haben! Da reise ich mit meiner kultivierten Tochter aus der Hauptstadt an, und sie setzen uns in eine Kolchose mit Gemeinschaftskantine und wöchentlichen Versammlungen! Ich war nie in der Partei. Was sollen mir solche Versammlungen!«

Ich trank Tee und wartete, bis Miras Mama alles losgeworden war. Sie hatte anscheinend lange geschwiegen. Jahrelang.

Meine Mama hörte auch geduldig zu, aber ihrem Gesicht sah man an, daß ihre Geduld noch für etwa zehn Minuten reichen würde. Nicht mehr.

Und wirklich. Als sie die zweite Tasse Tee ausgetrunken hatte, schlug Mama Mira und mir vor spazierenzugehen, und sie und Larissa Wadimowna würden die Lage besprechen.

Miras Mama war einverstanden, sah mich an und wies freundlich mit einem Nicken in Richtung Tür.

»Und jetzt?« fragte ich Mira, als wir aus der Haustür traten. »Wohin?«

Sie sah mich nachdenklich an. Dann schlug sie vor, ins Museum für russische Kunst zu gehen.

»Ich habe solche Sehnsucht nach der Schönheit«, sagte sie.

Ich sah ihr aufmerksam ins Gesicht. Sie hatte sich überhaupt nicht verändert, war nur ein bißchen brauner geworden. Das kam sicher von der heißen israelischen Sonne.

»Also dann, ins Museum«, sagte ich.

173

Kiew. Dezember 2004.

»Sie haben ein seltenes Krankheitsbild«, sagte der alte Professor traurig, zog die Brille von der fleischigen Nase und steckte sie in die Brusttasche seines weißen Kittels.

Vor ihm auf dem Tisch lagen die Ergebnisse der Analysen. Analysen, für die ich mich physiologisch hatte erniedrigen müssen, Menschen in weißen Kitteln gestatten mußte, mir die unangenehmsten Anordnungen und Hinweise zu geben, zulassen mußte, daß sie mich mit den gummibehandschuhten Händen an den unzugänglichsten Stellen befühlten und abtasteten. Und alles für irgendein Tröpfchen Körpersekret oder Flüssigkeit, die der Körper nicht anders hergab. Nicht zu reden von meinen Empfindungen bei der Spermagewinnung auf die für einen erwachsenen Mann unwürdigste Weise.

Und jetzt, wo alle Stadien der Erniedrigung durchlaufen waren, klang das Urteil wie ein Schuß in den Hinterkopf: »Sie haben ein seltenes Krankheitsbild!«

»Nein, auf das tägliche Leben hat das keinen Einfluß«, ergänzte der Professor beruhigend. »Es ist nur so, daß Ihre Spermatozoiden ... Es ist eine sehr seltene Anomalie, jedenfalls, unter den Spermatozoiden ...«

»Werden Sie deutlicher!« bat ich, als ich spürte, daß die Redeweise des Professors mich wahnsinnig machen würde.

»Ja, ja, ich komme schon zum Kern der Sache. Sie haben in Ihrem Sperma bis zu achtzig Prozent gesunde Spermatozoiden. Aber die sind furchtbar passiv, unglaublich langsam. Und zwanzig Prozent, sagen wir, genetisch defekte, aber furchtbar schnelle und aktive. Und nun werden diese zwanzig Prozent defekten Spermatozoiden immer die gesunden überholen, immer die ersten sein. Verstehen Sie?«

»Wollen Sie sagen, daß ich keine gesunden Kinder haben kann?«

»So etwas zu sagen wäre eine Vereinfachung.« Der Professor setzte wieder die Brille auf die Nase und nahm einen der Analysebögen in die Hand. »Wenn ganz und gar alle hundert Prozent der Spermatozoiden defekt wären ... aber bei Ihnen ... Ihre Aussichten sind nicht so betrüblich. Allerdings machen mir Ihre gesunden Spermatozoiden Sorgen… Warum sind die nicht aktiv?!«

»Das fragen Sie mich? Sagen Sie mir lieber, was ich jetzt tun soll.«

»Wie ich gehört habe, hat ein junger Wissenschaftler eine Methode zur Spermawäsche entwickelt, nach dem gleichen Prinzip wie die Blutwäsche. Ich denke, es wäre in Ihrem Fall sinnvoll, sich mit ihm zu treffen. Ich sehe, Sie sind ein Mann, der sich nicht geduldig auf langwierige Therapien einlassen wird. Habe ich recht?«

»Ich bin ein vielbeschäftigter Mann«, murmelte ich mit zusammengebissenen Zähnen.

Die Krawatte am Hals wurde zu eng. Ich lockerte den Knoten.

»Ich verstehe«, sagte der Professor. »Therapieren kann man später immer noch. Aber wenn Sie sich um gesunden Nachwuchs sorgen, dann sollten Sie sich an diesen Spezialisten wenden. Er ist auch jung, Ihre Generation. Sie möchten, wie es aussieht, ein Kind zeugen, und das so bald wie möglich, nicht wahr?«

»So kann man es auch sagen.«

Der Professor breitete die Arme aus.

»Dann gibt es nur einen Weg. Eine Spermawäsche durchführen, und dann künstliche Befruchtung. Also, ich werde Sie nicht länger aufhalten! Irgendwo hier hatte ich seine Visitenkarte…«

Der Professor schob meine Analysen beiseite und hob irgendwelche anderen Papiere hoch, die mit unleserlicher Arzthandschrift vollgeschrieben waren. Unter den Papieren zog er ein Visitenkärtchen heraus und reichte es mir.

»Er ist ein ernsthafter junger Wissenschaftler, zu ihm sind schon viele gegangen… Ja, und nehmen Sie Ihre Analysen mit. Geben Sie sie ihm!«

Ich stand auf, steckte die Visitenkarte und die Analyseformulare ein und ging.

»Wohin jetzt?« fragte mich Viktor Andrejewitsch, als ich wieder auf dem Rücksitz meines Dienstmercedes saß.

»Dorthin!« kommandierte ich und reichte dem Fahrer die soeben empfangene Visitenkarte.

174

Karpaten. Januar 2016.

Bald erkannte ich, daß meine Schwäche doch nicht so schlimm war, wie ich gedacht hatte. Zumindest die Schwäche in den Armen. Das wurde klar, als mir zwei Offiziere der Wache vor Versammlungsbeginn halfen, mich aufzusetzen. Sie griffen mir von beiden Seiten unter die Arme und zogen mich einfach hoch. Aber die Prozedur war für sie gar nicht so einfach. Meine plötzliche körperliche Schwere, genau wie die vorige Schwäche meiner Arme, erklärte sich nämlich daher, daß man mir über einen dicken Pullover eine Panzerweste angezogen hatte. Dem Gewicht nach würde mich diese Bleiweste auch beim Einschlag eines Artilleriegeschosses retten. Sie war eine weitere Verteidigungslinie für mein verräterisches Herz, sie verstärkte die Abschirmung des Herzapparates. Und sie wog mindestens fünfzig Kilo.

Zur Versammlung erschienen Kolja Lwowitsch, General

Filin und zwei finster und entschlossen wirkende Männer in Zivil, für die Swetlow sich persönlich verbürgte. Auch der Arzt Resonenko sah kurz herein. Ich erkannte ihn gleich. Er suchte mich mit dem Blick und nickte beifällig.

»Rasch und konkret, bitte«, bemerkte General Swetlow und erteilte per Blick Lwowitsch das Wort.

»Sergej Pawlowitsch«, sagte der. »Kasimir war wieder für einen halben Tag in Moskau und ist in bester Laune zurückgekommen. Hier sind Fotos...«

Er reichte mir drei Fotos, die eindeutig aus der Ferne aufgenommen waren. Darauf stieg Kasimir die Gangway eines Flugzeugs hinunter, ein zuversichtliches, selbstgefälliges Lächeln im Gesicht.

»Wir wissen nicht, mit wem er sich getroffen hat. Aber nach seiner Rückkehr hat er sich in Kiew als erstes mit dem Führer der Kommunisten getroffen. Wenn sie sich zusammentun, vermindern sich unsere Siegchancen in dieser Situation erheblich.«

»Konkreter«, bat ihn Swetlow.

Ich erkannte, daß diese Gesellschaft sich schon mehr als einmal ohne mich versammelt und eindeutig irgendeinen wichtigen Beschluß gefaßt hatte, den Lwowitsch, als Chef der Präsidialverwaltung, zu Gehör bringen sollte.

»Bitte, reagieren Sie nicht gleich«, fuhr Lwowitsch fort. »Überlegen Sie ein wenig. Und die Hauptsache – regen Sie sich nicht auf! Wir denken, daß das Vernünftigste von Ihrer Seite jetzt wäre, eine Rücktrittserklärung zu schreiben... und außerordentliche Präsidentenwahlen auszurufen. Und natürlich gleich zu erklären, daß Sie kandidieren! Damit zerschlagen wir Kasimirs Pläne. Und lenken den Vorgang in legitime Bahnen. Dann werden die Kommunisten erkennen, daß sie die Chance haben, ohne Kasimir an die Macht zu kommen, und ihr potentielles Bündnis kommt nicht zustande...«

»Einverstanden!« seufzte ich und fühlte sofort Erleichterung in der Brust. »Nur unter der Bedingung, daß ich bei den Wahlen nicht kandidiere!«

Lwowitsch und Swetlow tauschten Blicke.

»Nein, Sie haben nicht verstanden!« sagte Lwowitsch hastig. »Wir haben alles berechnet! Bei außerordentlichen Wahlen gewinnen Sie auf alle Fälle. Wir haben das ganze Szenario fertig! Wir haben drei Tage daran gesessen!«

»Ihr wollt, daß sie mich gleich nach den Wahlen ausschalten?« Ich zeigte auf meine Brust. »Und dann sofort wieder Neuwahlen?«

»Nein.« Swetlow schüttelte ablehnend den Kopf. »Wir kümmern uns um diese Frage. Sogar die Amerikaner haben uns Hilfe angeboten. Man muß herausfinden, woher versucht wird, Signale an Ihren Herzapparat zu senden. Wenn wir die Langwelle einfangen, führt sie uns direkt zu dieser ganzen Bande!«

»Wieso, ist denn nicht klar, wem das nützt?« Ich lächelte sarkastisch.

»Natürlich, aber in solchen Situationen können wir nur die Ausführenden fangen, nicht die Auftraggeber.«

»Macht, was ihr wollt!« sagte ich. »Aber stellt mir einen Fernseher ins Zimmer, dann schaue ich wenigstens Nachrichten!«

»Geht nicht«, erklärte General Swetlow mitfühlend. »Der wird hier nicht funktionieren. Komplette Abschirmung. Ihren Apparat kann man nämlich auch über den eingeschalteten Fernseher erreichen, über die Antenne.«

»Abgeschnitten?« fragte ich und sah alle Anwesenden an. »Ihr erinnert mich irgendwie an Verschwörer...«

»Vielleicht einen Whisky?« schlug plötzlich General Filin vor und sah sich vorsichtig zu Swetlow um. »Er darf doch?«

»Whisky?« wiederholte Swetlow düster. »Darf er! Der Herr Präsident darf alles, was er will! Er denkt nicht an den Staat! Er denkt nicht daran, daß, wenn die Opposition an die Macht kommt, die Mehrheit seiner Mannschaft im Gefängnis landet und man den übrigen alles wegnehmen wird, was sie haben, und sie nackt und bloß außer Landes setzen wird... Zusammen mit ihren Frauen, Kindern und Geliebten! Wir schützen doch nicht nur Sie, wir versuchen das System zu retten! Vor einem System, das noch schlechter ist!«

Komisch, aber als ich Swetlows verzweifelten Monolog angehört hatte, schämte ich mich plötzlich. Nein, meine emotionale Gleichgültigkeit war immer noch da, aber im Kopf regte sich schwacher Protest. Protest gegen diese Gleichgültigkeit gegenüber dem Schicksal der Heimat und ihrer Diener.

»In Ordnung.« Ich versuchte, beifällig zu lächeln. »Ich bin auf eurer Seite. Nur haltet mich über die Ereignisse auf dem laufenden!«

175

Kiew. 22. Mai 1992.

Am wenigsten mochte ich Skandale. Genauer, ich mochte sie überhaupt nicht. Weil ich da nicht mitmischen und erst recht keinen Genuß daran finden konnte. Und während wir die einzigen Besucher des Museums für russische Kunst waren (da hatten wir unser kultiviertes Land!), während Mira sich an den Bildern der ›Wanderer‹ freute – wahrscheinlich, weil sie nach der Ausreise nach Israel und der Rückkehr nach Kiew selbst eine ›Wanderin‹ geworden war, nichts als Koffer und Taschen –, da malte ich mir in meiner Vorstellung beunruhigt aus, wie unsere Mütter die Dinge ›klärten‹. Nervös schaute ich auf die Uhr und überlegte, wann wir am besten zu ihnen zurückkehrten.

Wir wanderten zwei Stunden durch die Museumssäle. Dann gingen wir in eine Bäckerei, kauften uns Mohnkringel und machten uns langsam auf den Rückweg zum Ort der Verhandlungen.

»Deine Mutter ist schon heimgegangen, sie erwartet dich zum Mittagessen«, verkündete Larissa Wladimirowna vielsagend, kaum hatten Mira und ich das Zimmer betreten. »Morgen abend treffen wir uns wieder hier.«

»Und heute nacht?« Ich sah auf die hochgewölbte Liege mit den herausgesprungenen Federn und das Metallbett mit den glänzenden Eisenknäufen an den vier ›tragenden Säulen‹ an Kopf- und Fußende.

»Deine Mama sagt dir alles!«

Ich nickte Mira und ihrer Mama zum Abschied zu und fuhr zur Arbeit. Am Morgen hatte ich noch Schora Stepanowitsch angerufen und gesagt, daß ich die Wohnungsfrage klären mußte.

»Klär sie, und dann komm!« hatte er gelassen geantwortet.

Die Frage hatte sich nicht geklärt, aber ich mußte trotzdem zur Arbeit. Wenigstens hatte ich dort ein kleines, aber durchaus richtiges Büro, mit Telefon auf dem Tisch. Dort fühlte ich mich wichtig und einfach erwachsen, als Mann, mit dem nur Vera geringschätzig umsprang. Aber auch das würde sich ändern, wenn ich meine Wohnungsfrage geklärt und den bewußten Laden aufgesucht hätte. Um so mehr, als ich von ihm jetzt schon Name und Adresse kannte.

176

Kiew. Dezember 2004.

Komisch, wenn der Mensch in Behandlung ist, entsteht auf einmal, einfach so, das Vorgefühl eines besseren Lebens. Ich hatte das über viele Jahre bei Bekannten bemerkt, sogar bei denen, deren Behandlung mit dem Tod endete. Und jetzt erlebte ich dieses Syndrom selbst.

»Wieso bist du so fröhlich?« fragte mich Swetlana, als ich heimkam.

Sie klang mißtrauisch, und sie begleitete die Frage mit einem ebensolchen Blick. Ich wußte nicht, woran sie dachte. Aber gleich kam ihre nächste Frage: »Gehst du heute abend irgendwohin?«

»Nein«, antwortete ich. »Warum fragst du?«

»Einfach so, ich dachte, du freust dich auf etwas...«

Man konnte mir mein Syndrom also auch vom Gesicht ablesen. ›Ich freue mich auf etwas, ja‹, dachte ich, während ich den langen Mantel auszog, die Schuhe abstreifte und Swetlana einen Seitenblick zuwarf, die immer noch beunruhigt mitten in der Diele stand. Sie war offenbar auf dem Weg in die Küche gewesen und stehengeblieben, als sie das Knacken im Türschloß hörte. Sie trug einen Morgenrock mit Tigermuster und flauschige Pantoffeln.

»Erwartest du heute wen?« fragte ich und dachte an Schanna.

Bisher war nie jemand anders zu uns, genauer: zu Swetlana, gekommen. Und wegen Schanna mußte man sich um sein Äußeres keine Sorgen machen. Ich hatte mich schon daran gewöhnt, daß ich selbst kein Anlaß oder Anreiz war, zum Friseur oder zur Kosmetikerin zu gehen.

Doch mein Zynismus verflüchtigte sich, als ich daran dachte, für wen ich mich ›behandeln‹ ließ.

Ich trat zu Swetlana und umarmte sie. Sie gab sofort nach und lehnte den Kopf an meine Schulter. Gleich würde sie anfangen zu weinen.

»Bald ist Neujahr«, flüsterte ich.

Sie schien zu nicken, drückte die Stirn zweimal gegen meine Schulter. Dann hob sie das Gesicht und schob mit der Hand eine ins Gesicht gefallene Locke weg.

»Ich will nicht feiern«, flüsterte sie.

»Wenn du nicht willst, feiern wir nicht«, stimmte ich zu.

An diesem Abend ging sie früh schlafen. Und ich saß in der Küche, trank Tee und dachte an das Gespräch mit dem jungen Spezialisten aus der Klinik für Blutwäsche. Er hatte lange meine Analysen studiert, bevor er sprach. Aber als er redete, war es, im Unterschied zu dem alten, umständlichen Professor, sogar interessant, ihm zuzuhören.

»Es ist tatsächlich eine seltene genetische Erkrankung«, sagte er. »Meistens äußert sie sich im Psychischen, aber manchmal, wie bei Ihnen, im Sperma.«

Bei diesen Worten dachte ich sofort an Bruder Dima und sein gesundes kleines Mädchen. Richtig! Völlig gesundes Sperma und ein kranker Kopf. Danach weckte alles, was der Arzt sagte, völliges Vertrauen in mir.

»Die Mikroreinigungsprozedur ist sehr teuer«, teilte er mir gleich mit. »Aber die Erfolgsquote ist hoch, etwa neunzig Prozent. Einen vergleichbaren Fall hatte ich noch nicht, aber ich habe schon gesunde Spermatozoiden von kranken getrennt, für eine nachfolgende künstliche Befruchtung. Wir brauchen von Ihnen zur Sicherheit drei einzelne Ejakulate.«

»Was?« Ich verstand nicht.

»Sie müssen drei einzelne Male verschiedene Gefäße oder Präservative füllen und das Sperma in den Kühlschrank legen. Aber innerhalb von vierundzwanzig Stunden muß es hier sein. Alles weitere ist dann meine Aufgabe.«

»Und wieviel wird alles kosten?«

»An die zwölftausend Dollar.«

Die Summe rief in mir keinen Widerspruch hervor. Und ich ging, nachdem ich vom Spezialisten zum Abschied noch einen aufmunternden Blick erhalten hatte.

Ich fuhr in bester Stimmung nach Hause. Dabei freute ich mich, daß ich Swetlana den Brief aus der Schweizer Klinik nicht gezeigt hatte. Jetzt war klar, an allem war meine seltene Krankheit schuld, aber das würde ich ihr ja jetzt nicht erzählen. Ich würde mich bessern! Ich präparierte meine besten Kräfte für einen neuen Versuch, der unbedingt mit fröhlichem Kindergeschrei in unserem Haus enden würde. So war mir zumute an dem Abend. Und Neujahr brauchte man auch nicht zu feiern. Man konnte einfach warten, daß das neue Jahr anfing, und sich sofort für das neue Leben bereit machen.

177

Karpaten. Januar 2016.

Ein paar Tage vergingen, und mein Zustand besserte sich. Nur die schwere Panzerweste verursachte konkrete Unannehmlichkeiten.

Sie hatten mir einen Schreibtisch und zwei Sessel ins Zimmer gestellt. Auf meine Bitte hin wurden große Landschaftsfarbfotos an die Wände gehängt. Zwei Fenster könnte dieses Zimmer haben, und jetzt wußte ich genau, was dahinter zu sehen wäre. Eine schöne verschneite Karpatenlandschaft.

Nachrichten erhielt ich in ausgedruckter Form auf Papier. Die Lage im Land stabilisierte sich nach meiner Rücktrittserklärung und der Ankündigung von Neuwahlen. Die Unterschriftensammlungen für mein Amtsenthebungsverfahren wurden eingestellt. Kasimir verlor den Faden und flog wieder nach Moskau. Wenn ich nur gewußt hätte, mit wem er sich dort beriet! Der Führer der Kommunisten erklärte ein weiteres Mal den Oligarchen den Krieg und rief das Volk dazu auf, dem Land wieder zu sozialer Gerechtigkeit und zur gewohnten Ordnung zu verhelfen. Das zentrale Wahlkomitee eröffnete die Registrierung der Präsidentschaftskandidaten. Als erste meldete sich eine gewisse Dame namens Akorytenko von der unbekannten Partei der Vorortebewohner an. Auf meine Frage nach dieser Dame winkte Swetlow ab und lachte schief. »Das ist die Draisine, die man vor dem Panzerzug herschickt. Minenkontrolle«, sagte er.

Mich hatte man, wie es aussah, vergessen. Anscheinend war für die Leute mein Rücktritt gleichbedeutend mit meinem Tod. Überlegungen zu diesem Thema brachten mich zu dem traurigen, bitteren Schluß: Das Land vermißte mich nicht. Meine Abwesenheit, genauer, mein Verschwinden, kümmerte niemanden. Das Volk wartete ruhig ab, genauer, beobachtete das Geschehen passiv und träge.

›Und wenn schon‹, dachte ich. ›Das eben ist der Fluch der Macht.‹ War ich dem Volk schon egal, so würden sie einen Präsidenten Kasimir geradezu hassen. Ich hatte das Volk nicht ausgequetscht. Ich hatte es nicht gestört. Aber was Kasimir treiben würde, darüber konnte man nur spekulieren. Vor allem die Stromschulden eintreiben. Beim Volk und bei den Staatskassen...

Nach einer halben Stunde kam Lwowitsch, brachte ein Tablett mit Essen und Tee und entschuldigte sich für die einfache Küche.

»Es kocht der Gefängniskoch, und er weiß ja nicht, für wen er kocht«, erklärte Lwowitsch und zuckte schuldbewußt die Achseln. »Swetlow ist in Kiew. Morgen kommt er zurück, hat Neuigkeiten versprochen.«

Komisch, aber der Kartoffelsalat und die zusammengeklebten Makkaroni, mit heißer Tomatensoße übergossen, schmeckten mir. Ich mochte sogar den Tee, der nach Herbstheu roch.

»Sucht denn irgendwer nach Maja?« fragte ich Lwowitsch.

»Ja«, nickte er.

»Und ist das Sofa aufgetaucht?«

Lwowitsch seufzte schwer.

»Wir haben jetzt andere Sorgen als das Sofa«, sagte er düster.

»Das große Mausen beginnt mit kleinen Diebstählen«, erklärte ich mit erhobenem Zeigefinger. »Erst das Sofa, dann das Land…«

Lwowitsch schüttelte nur den Kopf und schaufelte sich noch eine Ladung Salat aus der Emailschüssel auf seinen Teller.

178

Kiew. 22. Mai 1992.

»Wir verstehen uns gut, wir haben beide unsere Kinder ohne Väter aufgezogen«, sagte Mama abends in der Küche zu mir. »Also nimm das, was ich dir jetzt sagen werde, bitte sehr ernst!«

Aber zuerst füllte sie uns noch Buchweizengrütze in die Teller, legte Fleischstückchen obendrauf und übergoß das Ganze mit Soße.

»Verstehst du, sie hatten nicht vor zurückzukommen«, begann sie und reichte mir die Neusilbergabel aus dem Besteck, das früher nur verwendet wurde, wenn Gäste kamen.

»Heute übernachten sie dort, und morgen fährt sie für eine Zeitlang zu einer Freundin...«

»Wer fährt?« versuchte ich zu klären. »Beide, oder wer?«

»Larissa Wladimirowna fährt, und Mira bleibt.«

»Und ich?«

Mama seufzte tief und aß ein wenig Grütze mit Fleisch. Dann hob sie wieder den Blick zu mir: »Du mußt Mira heiraten, dich mit ihr registrieren lassen...«

»Was?!?«

»Nur fiktiv! Ich verlange nicht, daß du mit ihr schläfst! Du bist schließlich erwachsen, das entscheidest du alles selbst. Aber man muß sie irgendwo anmelden, sonst kriegen sie kein Bein auf den Boden. Unterbrich mich jetzt nicht! Ihr laßt euch gemeinsam registrieren und sie und ihre Mutter bei dir einschreiben. Automatisch kommt ihr auf die städtische Wohnungswarteliste, und gleichzeitig suchen Larissa Wadimowna und ich Wege, den Prozeß zu beschleunigen. Klar? Denk doch mal nach: Ohne offizielle Wohnadresse kriegen sie keine Arbeit, und Geld haben sie keins!«

»Aber Mama, und wenn ich dann jemand anderen heiraten will?«

»Die andere Hochzeit kann warten. Du erklärst, daß es für die Sache war. Wenn sie erst bei dir eingeschrieben sind, kannst du die Scheidung einreichen und dich richtig verheiraten.«

Ich sah sie an und versuchte zu begreifen: Wie war es Miras Mutter bloß gelungen, den Kampfgeist meiner Mutter zu besiegen? Welche Waffe hatte sie eingesetzt?

»Und wenn es dir mit Mira gefällt?« flüsterte Mama verschwörerisch. »Du kennst dich doch gar nicht! Mit den

Juden kommst du immer durch! Und ihre Kinder sind hübsch...«

Ich wollte ihr sagen, daß ich Mira kannte wie meine fünf Finger, und mich selbst auch. Aber ich war nicht so dumm, mich mit meiner Mutter zu streiten. Sie wollte gern glauben, daß ich noch klein war und Ratschläge brauchte? Na gut! Nur zu!

»Übrigens, ich habe Larissa Wladimirowna versprochen« – Mamas Gesicht wurde wieder von einem neuen Gedanken belebt –, »daß du uns am Samstag zum Grab von David Isaakowitsch bringst. Sie wollten das Grabmal sehen.«

»Gut«, sagte ich nickend. »Aber er liegt nicht auf dem Friedhof.«

»Wo denn?«

»Draußen im Grünen. Er wollte es so.«

»Hast du denn einen Zaun um das Grab gemacht?«

»Nein.«

»Das sollte man...«

»Wo sie jetzt wieder da sind, können sie das ja tun«, sagte ich und gähnte.

179

Kiew. 26. Dezember 2004.

Der Morgen begann mit dem Unterschreiben der Neujahrskarten. Die Texte waren vorgedruckt, Hauptsache war die lebendige, ›feuchte‹ Unterschrift. Meine Finger hatten es schon satt, den schweren ›Parker‹ zu halten. Hätte ich nur zum billigen, leichten Kugelschreiber greifen können! Aber das ging nicht, das wurde nicht verstanden. Hier herrschten ein anderer Stil und anderes Schreibgerät.

»Sergej Pawlowitsch! Ihr Kaffee!« sagte Nilotschka zärtlich und stellte sorgsam mein Doping auf den Tisch.

Nach ein paar Schlucken erfüllte mich neue Energie, und meine Unterschrift wurde akkurater, rutschte nirgends mehr hin.

Noch zwei Karten, und die nächste Portion Kaffee, eine Tasse reichte. Jetzt sah ich aus dem Fenster, konzentrierte mich und schrieb den Brief an Bruder Dima. Es war Zeit, ihn vor die Tatsache seiner Rückkehr in die Heimat zu stellen. Um so mehr, als mein letztes Geld zum größten Teil für die Medizin draufgehen würde, die das Fortbestehen meines großen Geschlechts garantieren sollte.

›Lieber Dima‹, schrieb ich mit dem ›Parker‹ und spürte gleich ein Unbehagen über die Nichtentsprechung von edlem Schreibgerät und den Worten, die gleich folgen mußten. Also griff ich zum Kugelschreiber und machte damit weiter: ›Leider bringt die finanzielle Lage die Notwendigkeit Deiner Rückkehr näher. Nach meinen ungefähren Berechnungen reicht das Geld von Swetlana und mir für Euch bis Ende Februar. Stelle Dich daher auf ein ruhiges Leben hier in Kiew ein. Mama erwartet Dich und Deine ganze Familie. Die Tickets reserviere ich Euch gleich nach Silvester. Ich hoffe, Ihr kommt gut ins neue Jahr. Für uns wird dieses Fest traurig. Swetlana ist immer noch nicht über den Verlust der Kinder hinweg, und manchmal ist es für mich nicht leicht mit ihr. Aber zum Glück hat sich eine neue Hoffnung ergeben.

Ich werde Euch am Flughafen abholen, wie es sich gehört. Wenn Du Deine Sachen packst, vergiß nicht, vom

Professor Kopien all Deiner medizinischen Unterlagen mitzunehmen. Ich umarme Dich, Dein Bruder Serjoscha.‹

Der Brief war kurz geraten, und damit es ein wenig ansehnlicher wurde, legte ich noch eine gefaltete Neujahrskarte hinein, mit meiner ›Parker‹-Unterschrift unter dem gedruckten Standardtext.

»Nilotschka, schick den Brief zusammen mit den Karten ab«, bat ich meinen Arbeitszimmerschutzengel.

»Selbstverständlich«, sagte sie lächelnd.

180

Karpaten. Januar 2016.

›Dem Herzen kannst du nichts befehlen‹, sagt ein russisches Sprichwort. Ich saß am Tisch, hatte die ausgedruckten Neuigkeiten beiseite geschoben und dachte an Maja. Ich dachte an Maja als die letzte Frau meines Lebens, die letzte, die doch durch nichts außer dem Herzen ihres toten Mannes mit mir verbunden war. Jede Frau in meinem Leben war komplizierter und mir ferner gewesen als die vorhergehende. Es begann mit Sweta, deren Gesicht ich längst vergessen hatte. Ich erinnerte mich nur an die Heirat aus Schwangerschaftsgründen und die Trennung im Einvernehmen. Danach, so dachte ich, hatte ich etwas gelernt. Ich lernte am Leben, stellte mehr Ansprüche ans Leben und an die Frauen. Und erlaubte auch ihnen, anspruchsvoller zu sein. Eine gewisse Zeit lang jedenfalls.

Und was jetzt? Resümee ziehen? Am meisten geliebt hatte ich Swetlana Wilenskaja, mit der ich zwei Kinder und ein glückliches Leben hätte haben können. Die Fröhlichste und Ungezwungenste war diese... Wie hieß sie noch mal? Aus der Prothesenwerkstatt in Podol. Name und Gesicht waren aus dem Gedächtnis verschwunden. Die Einfachste und kameradschaftlich Zuverlässigste war David Isaakowitschs Tochter. Und die Kälteste, Fremdeste, die Apotheose meines Mißtrauens gegenüber den Frauen war Maja.

Meine schwermütigen Gedanken wurden durch den ohne Anklopfen ins Zimmer kommenden Swetlow unterbrochen. Er sah als erstes auf die ›Fotofenster‹ an den Wänden, nickte verstehend.

»Halten Sie aus, Sergej Pawlowitsch, alles verläuft nach Plan. Morgen wird Ihre Kandidatur registriert. Kasimir hat sich schon eingeschrieben. Warten wir die Reaktionen ab.«

»Warten wir ab«, sagte ich nickend. »Und was ist mit meinen Herzensangelegenheiten?«

»Ach ja! Wir haben Maja gefunden!« sagte er, und in seinen Augen blitzte Sportsgeist auf.

»Und was habt ihr herausgefunden?«

»Nichts! Wir wissen jetzt, daß sie die Krim nie verlassen hat. Wohnt im Gesindehäuschen auf der Regierungsdatscha... Mit dem Gärtner.«

»Was?« fragte ich verständnislos.

»Sie ist bei dem Gärtner. Wir kümmern uns später um die beiden...«

»Warum sich um sie kümmern? Vielleicht sind sie glücklich?«

Swetlow sah mich beunruhigt an.

»Gut, kümmert euch um Maja. Wenn sie den Gärtner verlassen hat!« sagte ich lachend.

Swetlow entspannte sich. Plötzlich fiel ihm irgendwas ein. Er zog das Handy aus der Anzugtasche. Versuchte eine Nummer zu wählen, erinnerte sich aber an die Signalabschirmung und ging wortlos hinaus.

181

Kiew. 2. Juni 1992. Nacht.

Ich lag auf dem Rücken, die Hände unter dem Hinterkopf, und diese Haltung gab meinen Gedanken zusätzliche Bedeutung. Die Gedanken prallten von der Decke ab, an der mein Blick versuchte, wenn nicht den Sinn des Lebens, dann doch wenigstens eine Erklärung zu finden für das, was mit mir passierte. Sie schreckten vor dem Gewöhnlichen und Banalen zurück. Morgen würden Mira und ich uns registrieren lassen. Das war auch ein Element des Gewöhnlichen. Sollte ich sie jetzt wecken und fragen, was sie davon hielt und was sie dabei fühlte?

Ich wandte leicht den Kopf und den Blick von der Decke auf ihren Hinterkopf. Sie lag auf der Seite, mit dem Rücken zu mir. Wir hatten die Entscheidung unserer Mütter irgendwie allzu selbstverständlich und leicht hingenommen. Und in der ersten Nacht gleich entschieden, an Laken und Decken zu sparen. Erst seit einer Woche schliefen wir zusammen, aber mir kam es schon vor, als lebte ich mit dieser Frau seit hundert Jahren. Wenn wir unter die leichte Decke gekrochen waren, liebten wir uns nicht, sondern ›trieben es‹. Genauer, ich ›trieb es‹ auf Mira, bis ich müde war, und sie wartete geduldig.

Dann drehte sie sich mit dem breiten Rücken zu mir und schlief ein.

Ich dachte an unsere Fahrt zur Truchanow-Insel zum Grab des Alten. Larissa Wadimowna war nicht begeistert gewesen, weder vom Grabmal noch vom Ort. Sie schüttelte nur den Kopf, seufzte bitter und setzte mit den Händen, ohne jedes Werkzeug, auf dem Hügel ein paar mitgebrachte Stiefmütterchen. Grub einfach mit dem dicken Zeigefinger ein Loch in die Erde, setzte die schwachen Blumenwürzelchen hinein und klopfte alles fest. Ebenfalls mit den Fingern.

Meine Mutter hatte sich Sorgen gemacht, daß Mira und ihrer Mama die Inschrift ›von Familie Bunin‹ nicht gefallen würde. Sie hatte schon vergessen, daß auch das Todesdatum auf dem Grabmal nicht mit der Wirklichkeit übereinstimmte. Das interessierte übrigens keinen. Der Alte war tot, er hatte ein Grab, und auf dem Grab stand ein Grabmal. Das war alles, was zählte.

Mira hatte im Schlaf die Decke von den Schultern gestreift. Anscheinend war ihr warm geworden. Ihr Körper hatte sich schon früher, vor dem Auswandern, nicht durch Schönheit und Grazie hervorgetan. Daran hatte sich nichts geändert, wie man auch jetzt, sogar im Halbdunkel erkennen konnte. Ich versuchte mich an unsere erste intime Begegnung zu erinnern. Das war doch in der Oper, auf dem Dachboden. Ich strengte das Gedächtnis an, aber an meine Gefühle und Empfindungen von damals konnte ich mich nicht erinnern.

»Man kann nicht zweimal in denselben Fluß steigen…«, flüsterte ich versonnen.

Mira regte sich. Sie drehte sich schwerfällig um, und ihre verschlafenen Augen starrten mich an.

»Was sagst du?« fragte sie.

»Man kann nicht zweimal in denselben Fluß steigen...«, wiederholte ich. »Das hat einer von den Griechen gesagt.«

»Und warum schläfst du nicht?«

»Ich kann nicht«, sagte ich, und meine Stimme klang unglücklich. »Dafür kommen die Gedanken.«

»Du bist wahrscheinlich nervös«, sagte Mira lachend. »Weil es morgen ab in den Hafen der Ehe geht?«

Ich hätte ihr gern was Grobes gesagt, aber ich schwieg. Dafür flog die nicht gesagte Grobheit irgendwie auf andere Weise, ohne Worte, aus meinen Gedanken und verteilte sich direkt in der Luft des Zimmers.

Und aus Miras Augen verschwanden die letzten Reste von Schläfrigkeit.

»Das mit dem Fluß – hast du damit mich gemeint?« fragte sie.

»Was?«

»Na, du wolltest vielleicht sagen, daß man nicht zweimal in ein und dieselbe Frau kann?«

Ich dachte nach. Bis ich erkannte, daß Mira recht hatte. Einen anderen Grund, an diese antike Weisheit zu denken, gab es nicht.

»Wahrscheinlich«, seufzte ich.

»Ein Körper ist kein Fluß«, sagte Mira. »In einen Körper kann man, soviel man will. Ein Körper ist ja nichts Besonderes...«

›Deiner auf keinen Fall‹, dachte ich und sah auf ihre formlose Brust.

182

Kiew. 31. Dezember 2004.

Gestern abend war ich trotz allem für Swetlana ein Neujahrsgeschenk kaufen gegangen. Die Suche führte mich ins Geschäft ›Neue Eremitage‹ auf die Straße des Januaraufstands, das ich mit einem hübschen silbernen Doppelkerzenhalter verließ.

Mitternacht wollte ich nicht abwarten und gab Swetlana den Kerzenhalter gleich. Sie nahm das Geschenk gleichmütig entgegen.

»Weißt du«, seufzte sie, »wenn du willst, kannst du ruhig ausgehen... Ich würde gern allein bleiben.«

»Und dann, willst du allein am Tisch sitzen und auf Mitternacht warten?« Ich sah ihr zweifelnd ins Gesicht.

»Nein, ich gehe ins Bett.«

Auf einmal dachte ich an die Swetlana zur Zeit ihrer Schwangerschaft, dezent geschminkt, frisiert. Wie konnte man sie zu dem meinem Herzen so lieben Zustand zurückbringen? Nur mit einer neuen Schwangerschaft? Und wenn sie Angst hat, daß die Geschichte sich wiederholt? Ich hatte ihr ja immer noch nichts von den Analyseergebnissen erzählt und nichts von meinem Entschluß, der sich gerade in die Tat umsetzte.

»Überleg es dir«, sagte sie müde. »Vielleicht gehst du wirklich und feierst Neujahr anständig, mit Freunden?!«

»Ich überleg es mir«, versprach ich. Und ging in die Küche.

Draußen war es schon dunkel, vor dem Fenster rieselte feiner Schnee. Der Boulevard war fast nicht zu sehen, nur die Scheinwerfer der Autos, wie gerade aufgegangene Löwenzahnblüten.

›Wohin soll ich denn gehen?‹ überlegte ich und sah auf das Autotreiben hinunter. ›Wohin?‹

In meinem Kopf war nur eine Antwort: zu Nilotschka. Wieso nahm ich nur an, sie würde Neujahr allein zu Hause feiern?

Ich zog das Handy aus der Tasche und rief sie an. »Frohes neues Jahr!«

»Sergej Pawlowitsch! Oh! Ihnen auch! Glück, Liebe, Gesundheit, frohe Überraschungen!«

»Ja?!« unterbrach ich den Fluß ihrer guten Wünsche. »Und wo feierst du? Mit Freunden?«

»Ach was! In ein paar Stunden gehe ich bei meiner Tante vorbei, gratuliere ihr, und dann nach Hause, zum Fernseher!«

»Ja, dann könnte ich vielleicht vorbeikommen und dir persönlich ein gutes neues Jahr wünschen?«

»Wirklich? Sie haben Zeit? Natürlich, Sergej Pawlowitsch! Kommen Sie! Und wann?«

»Also, nach der Tante?... Gegen zehn.«

»Ich warte auf Sie!«

Ich steckte das Handy wieder ein, drehte mich wieder zum Fenster und sah hinunter auf die vorfestliche, geschäftige Welt. Und dachte: ›Meine Frau läßt mich so leicht ziehen, als wäre es ihr ganz egal, wohin und zu wem ich gehe! Aber das ist ja auch klar. Wir brauchen jetzt beide nichts vom anderen. Mir reicht ihre Anwesenheit, sie freut sich manchmal über meine Abwesenheit. Es ist so eine Zeit. Die wird vorübergehen.‹

183

Karpaten. Januar 2016.

Mit jedem Tag überzeugte ich mich mehr vom politischen Talent der mir verbliebenen Mannschaft. Das Volk, das noch nicht aus den Feiertagen aufgetaucht war, wunderte sich nicht über meine Kandidatur. Die Ratings der Kandidaten zuckten wie lebende Nervenenden, über die man mit einer heißen Nadel fuhr. Vorn lag bis jetzt noch der Kommunist, dahinter – fast gleichauf – Kasimir und ich. Als sechster Bewerber meldete sich der Führer der liberalen Sozialisten und landete gleich darauf gemeinsam mit dem Kommunisten direkt hinter Kasimir und mir. Kasimir verlangte offene Fernsehdebatten mit mir, drohte, irgendwelche Zahlen und kompromittierende Details zu zeigen. Aber Swetlow und Lwowitsch sagten sofort, Kasimir brauche mich nur, um mein Herz mit seiner Fernbedienung auszuknipsen. Also blieb die Landschaft vor meinen Fotofenstern weiter unverändert. Nur bezeichnete ich meine Unterkunft nicht mehr als Zimmer. Es war jetzt einfach meine Kammer. Bescheidener ging es nicht mehr.

Um meine Stimmung zu heben, zeigte Lwowitsch mir ein Wahlplakat. Meine vom Spatengriff wunden Handflächen in Großaufnahme, ausgestreckt und der Welt gezeigt, als Erklärung für die erstaunliche, erhabene Erschöpfung auf meinem Gesicht. Über dem Bild der Slogan: »Nur die Arbeit nährt den Präsidenten!«

»Das ist doch…« Ich legte den Kopf in den Nacken und sah zur Decke, um mein müdes Gedächtnis in Schwung zu bringen. »Das war, als ich den ›Streß abgebaut‹ habe…«

»Mhm«, sagte Lwowitsch. »Ich hab doch gleich gemerkt, daß ich Ihre Hände mit den Blasen knipsen mußte!«

»Der Text ist bescheuert!« sagte ich, als ich das Plakat noch mal betrachtet hatte.

»Ich würde auch nicht drauf reinfallen«, meinte Lwowitsch grinsend. »Das ist doch fürs Volk! Mit dem Volk muß man von gleich zu gleich reden. Wenigstens in Wahlzeiten.«

»Wenn du meinst! Aber sag mal, Lwowitsch, vielleicht kann man diesen Chip aus meinem Herzen rausholen? Wir haben doch gute Chirurgen!«

»Wir haben daran gedacht. Gute Chirurgen gibt es schon, doch keine hundertprozentig zuverlässigen, und Ihr Herz ist schwach. Aber alles verläuft nach Plan!«

Mit diesen Worten beendete Lwowitsch seine Visite und trat den raschen Rückzug an, das Plakat vorsorglich zu einer Röhre zusammengerollt.

184

Kiew. 3. Juni 1992.

Das Eintragen beim Standesamt dauerte nicht mehr als zwanzig Minuten, und es vollzog sich nicht feierlich, sondern öde. Die Vertreterin des Staates hatte uns gleich in die Kategorie ›unechtes Paar‹ eingeteilt, als Paar, das sich aus irgendwelchen Notwendigkeiten gebildet hatte und nicht dem Ruf des Herzens oder des Fleisches folgte. Geschäftig schob sie uns die nötigen Papiere zur Unterschrift hin. Auch die Zeugen drängte sie zum Tisch der Registrierung, als wollte sie uns alle so schnell wie möglich loswerden. Als unsere Zeugen traten Nachbar und Nachbarin aus der Gemeinschaftswohnung auf, die schon über die Gründe dieser Eheschließung auf dem laufenden waren, sich aber trotzdem schön festlich angezogen hatten.

Als wir das Standesamt verließen, seufzten unsere Mütter und die nachbarlichen Zeugen erleichtert und fingen an, die Gemeinschaftswohnungsfesttafel zu besprechen. Da wurde mir klar, warum meine Mutter die schwere, große Tasche aus gelbem ägyptischem Leder dabeihatte. Ich ließ Mira mit ihnen nach Hause gehen und versprach, etwas später dazuzustoßen. Ich fühlte mich einfach zu übel.

Und erstaunlicherweise ließen sie mich ziehen.

»Das Fest beginnt in etwa anderthalb Stunden«, kündigte mir Larissa Wadimowna an.

Ich nickte und ging weg, ging einfach weg und bog dabei um jede Ecke, die mir begegnete. So kam ich auf einmal zu einer seltsamen Bar mit einem sportlichen Namen. Die Bar befand sich im Keller, und auf ihrem Schild prangte ein Basketball.

›Was trinken wohl Basketballer?‹ überlegte ich.

Drinnen gab es, wenn man die Leute nach ihrer Größe beurteilte, keine Basketballer. Dafür waren die Preise für Wodka und Kognak in Ordnung, und die belegten Brote an der Bar, bedeckt von einem breiten gläsernen Deckel, um die unter der Decke kreisenden Fliegen fernzuhalten, sahen sehr handfest aus. Links lag ein Haufen Schnitten mit ›Doktorwurst‹. Und auf einmal war ich froh. Froh darüber, daß Mama zur Eheschließung nicht Bruder Dima angeschleppt hatte.

Etwas später verdroß mich genau das. Ich stellte mir vor,

daß ich Dima um seinen Paß hätte bitten und nicht meine Ehe mit Mira registrieren lassen können, sondern seine. Ihm war es doch egal, und mir gefiel dieser Stempel im Paß überhaupt nicht. Ich mochte einfach keine Stempel.

Nach Mitternacht kehrte ich heim in meine Gemeinschaftswohnung. In der Wohnung war es still, nur das Wasser tropfte laut im Spülbecken in der Küche.

Im Zimmer waren diesmal sowohl Liege als auch Bett hergerichtet. Mira schlief im Bett, also wartete auf mich die Liege.

›Was ist das, kleinmütige Rache?‹ sagte ich lachend und schwankte dabei vom in der Bar getrunkenen Wodka. ›Also vor der Ehe darf man, und als gesetzlicher Ehemann geht es nicht?‹

Ich zog mich aus, ignorierte die bereitgestellte Liege und schlüpfte zu ihr unter die Decke.

185

Kiew. 31. Dezember 2004. Abend.

Im Supermarkt neben Nilotschkas Haus kaufte ich eine Flasche roten Krimsekt, eine große Schachtel Pralinen und, schon direkt an der Kasse, ein Trio Präservative. Die Hand streckte sich wie von selbst nach dem Päckchen mit den Utensilien für *safer sex* aus. Erst später, am Ausgang, begriff ich auf einmal – drei Stück! Und es brauchte keine Erklärungen! Es war wunderbar, das Schicksal selbst brachte die Realisierung des Vorhabens näher.

In Nilotschkas Wohnung hatte sich praktisch nichts verändert. Derselbe Tisch war so wie beim letzten Mal gedeckt. Nur Nilotschka selbst war feiner gekleidet. Im kurzen, bordeauxroten Cocktailkleid mit schrägem Saum, der an der kurzen Seite den Oberschenkel freigab. Fleischfarbene glänzende Strümpfe, ein Goldkettchen mit Stein, Ohrringe. Und die Hauptsache – ein frischer Haarschnitt.

»Ich freue mich so, daß Sie kommen konnten!« Sie schluchzte fast vor Glück. »Sonst hätte ich gar nicht gewußt... Ich hätte die ganze Nacht bloß ferngesehen!«

Fernsehen taten wir trotzdem. Aber zuerst leerten wir ihre Sektflasche, dann meine. Und die Stimmung hob sich so, daß Neujahr uns nur dank dem Fernsehen mit ›Väterchen Frost‹ und ›Schneeflöckchen‹ wieder einfiel. Wir plauderten über alles mögliche, bis auf einmal Nilotschkas Blick den Bildschirm streifte. Den Ton hatten wir gleich ausgestellt, aber das Bild gelassen. Wahrscheinlich hatten wir es genau dafür angelassen, um dann aufzufahren und den Ton anzustellen.

Alles zwischen uns ging herrlich leicht. Wir sangen mit der Pugatschowa und dem Komiker Serdjutschka, dann fingen wir an zu tanzen. Das Tanzen führte uns zum Schlafzimmer, wo es kein Licht gab. Und da gingen wir gleich zum Flüstern über. Ein zärtliches Flüstern im Dunkel. Während wir flüsterten, raschelte das Cocktailkleid und hob sich über Nilotschkas Kopf, um seine Besitzerin bis zum Morgen allein zu lassen.

Im ganzen Rausch unseres Neujahrsrendezvous dachte ich noch an die Anweisungen des Spezialisten für Blut- und Spermawäsche, und nach jedem Aufwallen der Leidenschaft, nachdem ich ein wenig dagelegen und der süßen

Nilotschka die zarte Haut gestreichelt hatte, ging ich in die Küche und packte das zusammengeknotete Präservativ in den Kühlschrank, der jetzt eine unermeßliche Menge gesunder und zwanzig Prozent defekter Spermatozoiden bewahrte, dieser unsichtbaren, geschwänzten Wesen, die davon träumten, Menschen zu werden.

Morgens wollte Nilotschka Kaffee. Ich verwöhnte sie ein wenig, aber als ich merkte, daß sie nicht die Absicht hatte, aufzustehen, verabschiedete ich mich leise, flüsternd, mich für den eiligen Aufbruch entschuldigend, schnappte aus dem Kühlschrank meine Schätze und schloß leise hinter mir die Eingangstür.

Das Neujahrs-Kiew schlief. Ich wußte im übrigen auch gar nicht, wie spät es war. So lange, bis ich in der Jackettasche meine Uhr fand, die ich ausgezogen hatte. Halb elf! Und kein Mensch zu sehen. Auf der Straße fuhren vereinzelte Taxis und Patrouillenwagen der Miliz vorbei. ›Was ist heute für ein Wochentag?‹ fragte ich mich. – ›Erster Januar!‹ antwortete mein Hirn, das nicht die geringste Lust hatte, sich anzustrengen.

186

Karpaten. Januar 2016.

Die zweite Woche meines Aufenthalts im Karpatenkerker wirkte sich positiv auf meine Gesundheit aus. In ruhigen Momenten, und die an der Decke hängende Videokamera schon längst ignorierend, machte ich Liegestütze, bis zu zehn hintereinander. Ohne die tonnenschwere Panzerweste wäre das natürlich kein Anlaß zum Stolz gewesen. Aber diese Liegestütze waren mehr Kraftsport als Konditionstraining. Allein schon beim Anspannen und Befühlen der Muskeln, mal im linken, mal im rechten Arm, fühlte ich die Energien zurückkehren. Ich hatte das Gefühl, als verbrächte ich tatsächlich die Zeit beim Training, im Trainigslager, von wo aus ich zur festgesetzten Stunde im Bademantel hinaus in den Ring, ins Scheinwerferlicht treten würde. Um dann mit einer gezielten Linken den Gegner auf die Matte zu strecken.

Diese Illusion gefiel mir. Um so mehr, als der Zusammenhang zwischen dieser Illusion und der Realität offensichtlich war. Die rein sportliche Parallele der aktuellen und bevorstehenden Vorgänge reizte mich. Lwowitsch, Swetlow und Konsorten waren meine Trainer und Psychologen. Sie bereiteten mich vor, und sie bereiteten die Welt auf mich vor. Ich trainierte, stählte die Muskeln und verfeinerte meine Kunst.

»Sie sollten vorsichtiger sein.« Ins Zimmer kam, wieder ohne anzuklopfen, Swetlow herein, als ich gerade den zehnten Liegestütz absolvierte. »Das Herz…«

Ich rappelte mich auf, setzte mich mit dem Rücken zum Bett an den Schreibtisch.

»Schieß los!« kommandierte ich munterer als gewöhnlich.

Der General rieb sich die Stirn.

»Eine indiskrete Frage«, sagte er leise. »Sergej Pawlowitsch, haben Sie sich irgendwann mal mit ›Erotik in der Fotografie‹ beschäftigt?«

»Mit *was*?« Ich starrte ihn aus weitaufgerissenen Augen an, die ich gleich darauf zusammenkniff.

»Im ›Haus des Künstlers‹ eröffnet heute Ihre Ausstellung erotischer Fotografie. Sponsor der Ausstellung ist Kasimir...«

Ich breitete hilflos die Arme aus. Fand keine Worte.

»Ich gehe im Internet nachsehen. Auf der Anzeige war eine Website angegeben. Bin gleich wieder da.«

Während Swetlow fort war, dachte ich an die Frauen. Und daran, daß es nichts weniger Erotisches gab als Politik. Und da fühlte ich auf einmal das ganze Ausmaß meiner Einsamkeit. Ich war nur von Männern umgeben, aß Gefängnisessen, das vom männlichen Gefängniskoch für die männlichen Gefangenen zubereitet wurde. Wie hatte ich da bloß bis jetzt den Verstand bewahrt?! Vielleicht hatte ich ihn ja auch längst verloren? Nämlich als ich darauf einging, Politiker zu werden? Denn genau seit damals war mein Leben steril und kalt geworden wie ein chirurgisches Instrument. Und ich war auch zum chirurgischen Instrument geworden, ohne Empfindung, ohne Zufriedenheit oder Glück. Nur Whisky und Kälte brachten Farbe in mein Leben, das ansonsten bleich war wie ein Krankenhauslaken.

Es klopfte an der Tür, und ich rief überrascht: »Herein!«, und rätselte dabei, wer das sein konnte. Aber es war Swetlow mit einem Packen Papier unterm Arm. Der ungewohnte, herzliche Ausdruck auf seinem Gesicht irritierte mich. Er setzte sich mir gegenüber und schob mir den Packen Ausdrucke hin. Meine Hände füllten sich mit Zärtlichkeit und begannen, die Fotos sorgsam über den Tisch auszubreiten. Verspielte Posen, Blicke, lachend und herausfordernd. Das war Nilotschka! Das war fast zehn Jahre her… Ich hatte ihr den Fotoapparat und den Film geschenkt, und sie hatte sich dem Objektiv geschenkt.

»Kennen Sie sie?« flüsterte Swetlow.

»Ja, das ist meine frühere Sekretärin… Nila.«

»Schöne Fotos«, sagte General Swetlow versonnen. »Gewagt, aber dabei überhaupt nicht schmutzig, nicht gemein…«

Darauf versank er vermutlich in Gedanken über die Frauen. Und über sich. Über den ›warmen‹ Sinn des Lebens.

»Er will Sie eindeutig als Sexbesessenen vorführen«, sagte Swetlow und dachte gleichzeitig an irgendwas ganz anderes.

»Wird mir das schaden?« fragte ich.

»Ich habe so ein komisches Gefühl«, gestand Swetlow und sah mir direkt in die Augen. »Ich komme bald wieder… Ich muß Ihre Sache überprüfen…«

»Was für eine Sache?«

»Ihre Akte.«

Vom Wort ›Akte‹ wehte es mich kalt an, und diese Kälte verursachte eine Welle von Gänsehaut am von der Panzerweste zusammengedrückten Rücken und brachte seltsamerweise in mein Befinden irgendein unabhängiges Wohlgefühl. Unabhängig von meiner Stimmung und meinen Gedanken.

»Wie, über Präsidenten wird auch eine Akte geführt?« sagte ich lachend und beugte mich weit über den Tisch vor.

»Über alle werden Akten geführt.« Swetlow zuckte die Achseln. »Wichtig ist, *wer* sie führt, nicht, *daß* sie geführt werden!«

Und er ging, mit einem Nicken zum Abschied. Aber er ging irgendwie leichtfüßig, als hätte er soeben eine schwere Last in seinem Leben abgeworfen.

Ich stand auf. Nach Liegestützen war mir nicht mehr. Ich wollte diese Panzerweste über meinem Pullover zum Teufel schicken. Ein kaltes oder wenigstens ein warmes Bad nehmen. Warm, aber mit Eis. Daß die Eiswürfel oder -stückchen die Haut stachen, mit Kälte bissen, mich daran erinnerten, daß ich fähig war, viele Qualen auszuhalten, und sie sogar zur völlig unschädlichen Gewohnheit machen konnte. Zur Gewohnheit, ohne die ich dann nicht mehr leben konnte!

187

Ägypten. Hurghada. Ende Juni 1992.

›Jeder nach seinen Fähigkeiten, jedem nach seinen Bedürfnissen‹. Eine schöne Losung, aber trotzdem hatte ich sie nie zu meinem Lebensmotto gemacht. Weil ich bescheiden war. Wer mich so erzogen hatte, war klar: Mama. Aber vor ein paar Tagen gab es eine angenehme Überraschung. Ich widmete mich der Arbeit wirklich ›nach meinen Fähigkeiten‹ und verlangte nichts, nahm einfach, was sie mir gaben. Und da kam Schora Stepanowitsch, den Blick leuchtend im Bewußtsein seiner Großzügigkeit, in mein Minibüro und sagte:

»Übermorgen fährst du in Urlaub!«

»...?«

Auf die stumme Frage in meinen Augen lachte er nur.

»Du fliegst nach Ägypten! Auf Urlaubsschein. Es sponsert das Reisebüro ›Ostexpreß‹, und seinen Besitzer machen wir zum Vizepräsidenten des Vereins. Wir haben ja keinen Vizepräsidenten!«

»Und was soll ich mitnehmen?« fragte ich und begriff gleich, wie idiotisch meine Frage war.

»Warst du schon mal am Meer?«

»Klar!«

»Dann nimm alles mit, was man fürs Meer braucht. Und vergiß nicht, daß es da heiß ist!«

Das Urlaubsgeld im rosa Briefumschlag brachte mir Vera.

»Du hast geheiratet?« fragte sie flüsternd.

»Nein, mich registrieren lassen«, antwortete ich, spähte in den Umschlag und erblickte dort zu meiner Freude nicht weniger als fünfhundert Grüne.

»Wo ist da der Unterschied?« flüsterte sie, Spott in den Augen.

Ich seufzte. Betrachtete sie mit bedauerndem Konsumentenblick. Sie war nämlich einfach süß. Zart, in schwarzen engen Jeans, verspielter Blümchenbluse, mit der Jungsfrisur, die dem lieben Gesicht einen frech-mutwilligen Ausdruck gab.

»Man läßt sich registrieren, um sich oder jemand anderen in einer Wohnung einzuschreiben«, sagte ich und versuchte, ihr lustiges Flüstern nachzuahmen. »Und heiraten tut man, um gegenseitig sexuelle Ansprüche anzumelden!«

»Du bist ja klüger, als ich dachte!« flüsterte Vera und sah sich nach der offenen Tür zu meinem Minibüro um.

›Was habe ich gesagt?‹ überlegte ich, ging hastig in Gedanken meine letzten Sätze durch und beruhigte mich. ›Vieldeutig, aber geistreich…‹

»Und wieso dachtest du…« Ich suchte ein Wort, das nicht so kränkend klang, ich redete ja von mir. »Wieso dachtest du, ich wäre blöd?«

»Na, so haben sie dich hier angebracht!«

»Also bin ich hier klüger geworden! Dein Einfluß!«

»Schade, mir haben sie keinen Urlaubsschein geschenkt«, seufzte sie.

Ihre leichte, fast teenagerhafte Stimme, die das Flüstern abgelöst hatte, zeigte an, daß unser Dialog beinah beendet war.

»Du weißt doch, Geschenke reichen nie für alle«, tröstete ich sie und ging auch wieder zum normalen Ton über. »Ich hätte dich mitgenommen.«

»Das da reicht übrigens auch für einen zweiten Urlaubsschein!« Vera zeigte mit dem Finger auf den rosa Umschlag in meiner Hand.

Jemand klopfte an die Tür, sehr willkommen. Ich mußte mich nicht aus der Sackgasse manövrieren, in die Vera mich mit ihren letzten Worten scherzhaft gestellt hatte.

Ein weiteres potentielles Mitglied unserer Vereinigung kam herein.

»Möchten Sie Kaffee oder Tee?« Vera kreuzte den Blick des Besuchers mit ihrem unschuldigen Blick.

»Kaffee«, sagte er.

»Mir auch einen«, ergänzte ich und sah noch das freche Lachen auf ihrem Gesicht.

Und jetzt, im Hotelrestaurant beim Frühstück, nachdem ich mir zwei Teller Salate, Oliven, Hähnchen und Rindswürstchen ›Merguez‹ genommen hatte, war mir langweilig. Am Nebentisch erinnerte sich ein Turteltaubenpärchen aus Moskau gegenseitig ungeniert an die letzte heiße Nacht. Ich hatte auch ein Doppelzimmer und ein riesiges Bett. Vielleicht hätte ich Vera tatsächlich mitnehmen sollen? Aber vielleicht hatte sie das auch nur so gesagt, hatte bloß Spaß gemacht?

Ich seufzte, trank Orangensaft, warf Blicke hinüber zu meinen Hotelnachbarn. Alle genossen in vollen Zügen alles, bloß ich hatte nur einen Teil abgekriegt: das Meer, die Sonne und die Hitze.

188

Kiew. Januar 2005.

Immer noch stand ich unter dem Eindruck von gestern abend. Als wäre ich mit der Ewigkeit in Berührung gekommen oder einfach mit einer höheren Macht. Erst war es mir nicht gelungen, meinen Arzt und Spezialisten mit dem seltenen Namen Knutysch ans Telefon zu bekommen. Aber gegen sechs schaltete er endlich sein Handy ein und reagierte sofort erfreut auf meinen Bericht. »Das Material ist bereit? Ausgezeichnet!« sagte er munter. »Bringen Sie es in einer Stunde!«

Ich kam ein wenig früher hin und wanderte eine Viertelstunde am verschneiten Eingang auf und ab. Er fuhr in einem hellblauen BMW vor, kletterte würdevoll aus dem Wagen und zog die Schlüssel aus der Tasche seines langen Pelzmantels.

Er knipste das Licht im Korridor an, und dann schloß er die schwere Eisentür mit der Aufschrift ›Labor‹ auf. Weiter ging alles wie in den amerikanischen Filmen. Wir blieben vor einem Labortisch stehen. Ich gab ihm die Tüte mit den drei, wie er sich medizinisch ausdrückte, ›Ejakulaten‹. Er goß den Inhalt sorgfältig in Reagenzgläser, schwenkte sie ein wenig vor den Augen, hielt sie gegen das Licht, klebte auf jedes ein Etikett mit Nummer und verschloß sie mit Gummistöpseln. Dann drehte er den Deckel eines großen verchromten Behälters auf, und von dort stieg sofort kalter Nebel auf, als atmete der Behälter im Frost. Mit einer Hand vertrieb der Doktor den Nebel und senkte die Reagenzgläser zielgenau in die Löcher der speziellen Haltevorrichtung im Innern. Ich sah noch, daß daneben schon die Stopfen anderer Reagenzgläschen mit Etiketten steckten. ›Der Genfonds der Ukraine!‹ sagte ich innerlich schmunzelnd.

»Machen Sie sich keine Sorgen, Sergej Pawlowitsch«, sagte der Spezialist, während er den Deckel schloß. »In einem Monat haben wir Ihr Sperma bis zum höchsten Reinheitsgrad raffiniert! Nach meiner Methode! Und Sie können es gleich zum Einsatz bringen!«

»Und wann soll ich bezahlen?« erkundigte ich mich nach der finanziellen Seite der Angelegenheit.

»Zahlen Sie in Raten oder auf einmal?«

»Auf einmal.«

Die Antwort gefiel dem Spezialisten. Er warf einen Blick auf den Wandkalender.

»Sagen wir, am Fünfzehnten, nach den Feiertagen!«

Karpaten. Februar 2016.

Einem Menschen, der die Welt um ihn herum nicht zu Gesicht bekommt, kann man über diese Welt alles mögliche erzählen. Man kann einen Blinden ans Fenster führen und ihm verkünden, aus dem Fenster wäre der Eiffelturm oder die Cheopspyramide zu sehen. Man kann einem Tauben eine CD von Ruslana einschieben und verkünden, er höre Mahlers Neunte. Na und? Das ist schon Sache des Blinden, Tauben oder die Welt nicht Sehenden, den Worten zu glauben, die die Realität ersetzen, oder nicht.

»Alles läuft ausgezeichnet«, sagte Lwowitsch mir beim Frühstück.

Er hatte dicke Tränensäcke unter den Augen und eine sehr ungesunde Gesichtsfarbe. Entweder hatte er nicht geschlafen oder zu viel gesoffen. Aber ›alles läuft ausgezeichnet‹!

»Konkreter«, bat ich ihn, während ich das weichgekochte Ei im Eierbecher betrachtete und mit dem kleinen Aluminiumlöffel vorsichtig seine Spitze anvisierte.

»Das Rating steigt«, sagte er und nahm einen hastigen Schluck Tee aus dem Porzellanbecher. »Swetlow und ich haben die ganze Nacht Ihre Akte gelesen. Haben das ein oder andere Nützliche für die Wahlkampagne gefunden. Ja! Und die Hauptsache! Wir haben Ihre Nila aufgespürt. Sie ist in Budapest. Es ist schon jemand zu ihr gereist. Heute abend trifft er sich mit ihr. Wir berichten Ihnen dann!«

»Kann ich meine Akte vielleicht lesen?« wollte ich spöttisch lächelnd wissen.

»Dürfen Sie nicht«, antwortete Lwowitsch ganz ruhig. »Wir haben kein Gesetz verabschiedet, nach dem die Bürger die Geheimdienstakten über sich lesen dürfen.«

»Dann sollten wir das tun«, sagte ich langsam.

»Nein«, entgegnete mir Lwowitsch voller Überzeugung. Er schaute mir direkt ins Gesicht, während er die verrutschte Krawatte festzurrte.

Ich sah, daß sein Hemd bei weitem nicht frisch war, und an der Krageninnenseite erschien ein dunkler Streifen, vom ungewaschenen Hals.

»Besser gar nicht daran denken«, wiederholte er im vorigen Brustton der Überzeugung. »Das kann zu unabsehbarer Korruption bei der Arbeit der Geheimdienste führen. – Sie müssen mal duschen...«

»Du auch«, antwortete ich. »Gibt es hier denn keine Badewanne?«

»Es gibt kein heißes Wasser. Der Generator ist kaputt.«

»Ich kann mich auch unter kaltem waschen.«

Lwowitsch verließ das Zimmer angespannter und müder, als er gekommen war. Schwer zu sagen, was ihn gestört hatte. Dabei war mir das auch völlig egal. Ich dachte an Nila und versuchte mir vorzustellen, auf welchen Wegen sie in Budapest gelandet sein mochte. Das war schließlich nicht New York oder Paris!

Kiew. Juli 1992.

Während ich in Ägypten das Rote Meer genoß, hatte sich zu Hause in Kiew der Dnjepr erwärmt, und die sonnenbadenden Kiewer und die Gäste der Hauptstadt besiedelten ihn wie die Mücken. Wäre ich nicht braun gebrannt und frisch aus dem Urlaub gekommen, hätte ich mich auch auf die Strände am Wasserpark geworfen. Aber nach Ägypten war mir nicht nach den trüben Wassern des Dnjepr und dem von Kronkorken übersäten Ufersand.

Mira freute sich nicht über mein Geschenk, einen Souvenirhonigkrug. Sie freute sich, wie es aussah, auch nicht über meine Rückkehr. Ich war gerade ins Zimmer geplatzt und hatte meine Tasche auf den Boden geworfen, da begann sie, sich ausgehfertig zu machen, ließ den Morgenrock fallen und zwängte sich in ihre hellblauen israelischen Jeans. Den Krug nahm sie, drehte ihn in den Händen und stellte ihn auf den Tisch.

»Bin heute abend zurück«, sagte sie und verschwand.

Als ich allein war, bemerkte ich den veränderten Geruch im Zimmer. Der Geruch war sozusagen billiger und gleichzeitig jünger geworden. Die antiquierte, etwas aristokratische Muffigkeit, in der man einen Hauch Naphtalin und den Geruch alten Leders (vermutlich von der Liege) erahnen konnte, war verdrängt worden, hatte seine Stellungen aufgegeben. Ich wanderte durchs Zimmer und entdeckte die Quellen dieser Veränderung: eine Sprühdose mit Lufterfrischer ›Lavendel‹ und Eau de Cologne im Flakon mit irgendeiner französischen Beschriftung auf dem Etikettchen.

›Alles wie bei den Katzen‹, dachte ich. ›Neue Territoriumsmarkierung!‹

Als ich mir Kartoffeln briet, schaute der Nachbar, der einst für den seligen Alten die neuen Schuhe eingelaufen hatte, in die Gemeinschaftsküche herein.

»Du hättest sie nicht allein lassen dürfen«, flüsterte er vertraulich. »Sie kriegt hier Herrenbesuch!«

Ich drehte mich zu ihm um, sah auf den vom Unterhemd halb bedeckten Bauch, das Stückchen unleserliche Tätowierung, die Trainingshosen mit den ausgebeulten Knien. Ich sah ihn an und wußte nicht, wie ich auf diese Neuigkeit reagieren sollte.

»Ist er wenigstens jung?« fragte ich schließlich.

»Mittel.«

»Und hat er hier übernachtet?«

Der Nachbar nickte gramvoll.

»Ich regle das«, versprach ich dem Nachbarn.

Während ich im Zimmer meine Kartoffeln aß, dachte ich nach. Dachte darüber nach, daß sicher auch die übrigen Nachbarn sich wegen Miras Untreue Sorgen machten. Und auf die weitere Entwicklung der Ereignisse warteten. Besonders jetzt, wo der in ihren Augen gesetzmäßige Ehemann aus dem Urlaub wieder da war.

Nach dem Essen überprüfte ich das Bett. Auf dem Laken gab es keine besonderen Spuren.

Abends, als Mira wieder da war, fragte ich sie nach dem Mann, den die Nachbarn gesehen hatten.

»Und, was geht das dich an?« wunderte sie sich. »Es wird sowieso Zeit, daß wir uns scheiden lassen! Mit dem Wohnsitz ist alles in Ordnung, also los!«

»Versteh mich, ich habe gar nichts gegen dein Privatleben«, änderte ich meinen Entschluß, »bloß ihnen« – ich nickte in Richtung Tür, die auf den Gemeinschaftsflur hinausführte – »ist das unverständlich.«

»Männer kommen und gehen, aber Frauen sind ewig«, sagte Mira mit einem fast hochmütigen Lächeln im Gesicht. »Such dir eine anständige Frau und geh zu ihr, solange sie dir nicht über wird! Und so lange, wie ich kein anderes Zimmer habe, laß uns verabreden: Ich empfange meinen Besuch nur in deiner Abwesenheit. Deshalb sag mir vorher Bescheid.«

»Wann ich weg bin?«

»Genau.«

»Wollen wir was trinken?« fragte ich.

Auf Miras Gesicht erschien aufrichtiges Staunen.

»Aus welchem Anlaß?«

»Wir feiern die künftige Scheidung.«

»Einverstanden.«

»Ich gehe schnell, das Feinkostgeschäft hat noch zehn Minuten auf. Was trinken wir?«

»Nimm ›Kagor‹ und Würstchen, wenn es welche gibt!«

Der Skandal, auf den die Nachbarn sicher so gehofft hatten, fand nicht statt.

Nach einer Flasche Rotwein ›Kagor‹ und belegten Broten mit ungarischer Salami (Würstchen hatte es im Feinkostgeschäft keine gegeben) legten wir uns ins Bett im vollen Bewußtsein unserer gegenseitigen Unabhängigkeit. Wir ›trieben es‹ ein wenig, drehten uns voneinander weg und schliefen ein.

Kiew. 15. Januar 2005.

Nachts wachte ich ein paarmal auf, lief aus meinem zum Schlafzimmer gewordenen Arbeitszimmer und schaute in unser gemeinsames Schlafzimmer, wo Swetlana auf dem großen Bett schlief, die Arme im Schlaf ausgebreitet. Sie schlief auf dem Rücken, das Gesicht nach oben. Das Kopfkissen lag ganz am Rand, es war weggeschubst worden, es wurde nicht gebraucht.

›Ich komme zurück zu dir‹, dachte ich, während ich wohl schon zum vierten Mal in dieser Nacht bei Swetlana vorbeischaute.

Die Nacht war fast vorbei. Der späte Wintermorgen setzte nicht mit dem Hellwerden ein, sondern mit dem Rauschen der Autos unten auf dem Boulevard. Das Rauschen war nicht zu hören, wenn die Lüftungsklappen geschlossen waren, aber in meinem Arbeitszimmer stand die Klappe immer weit offen. Es fehlte mir hier an Kälte und Sauerstoff. Die warme Daunendecke wärmte den Körper bis zur Erhitzung, und der Kopf steckte an der frischen Luft, in die sich ständig der kalte Straßenlärm hineinschob.

Ich legte mich nicht mehr hin, sondern zog den Gürtel meines Morgenmantels fest, ging in die Küche und zählte dort die Dollars, die ich gestern von meinem Bankkonto geholt hatte. Zwölftausend. Zwei Päckchen Fünfziger, und eines mit Zwanzigern. Neue, als wären sie hier bei uns gedruckt worden.

Um acht rief ich Knutysch an. Er schlug ein Treffen um Mittag in dem kleinen japanischen Restaurant ›Kampai‹ auf der Saksaganski-Straße vor. »Wissen Sie, wo das ist?« fragte er. – »Ich finde es!« antwortete ich.

Und Punkt zwölf fuhr mich Viktor Andrejewitsch beim ›Kampai‹ vor.

»Hol mich hier in einer halben Stunde wieder ab«, kommandierte ich beim Aussteigen.

Er nickte sachlich.

Der Mikroreinigungsspezialist war schon drin, ich setzte mich zu ihm an den Tisch.

»Hier kochen sie hervorragend«, vertraute er mir an.

Er trug eine Tweedanzugjacke mit schicken, aufgesetzten Lederflecken an den Ellbogen. Unter der Jacke ein schwarzer Rollkragenpullover.

Ich sah mir die Karte an und wählte eine japanische Suppe und verschiedene Sushi aus. Der Doktor bestellte Sushi mit Kaviar und Lachs.

»Wie verläuft der Prozeß?« fragte ich.

»Ausgezeichnet«, sagte Doktor Knutysch überzeugt. »Noch ein Durchlauf, und wir erhalten reine Raffinade!«

»Was für Raffinade?«

»Spermaraffinade.« Er senkte die Stimme und sah sich nach dem jungen Paar am Nachbartisch um. »Raffiniertes Sperma... Reineres und gesünderes gibt es nicht.«

Ich nickte. In meinem Kopf vollzog sich schnell die gedankliche Vereinigung des Wortes ›Raffinade‹, das für mich immer ›Zucker‹ bedeutet hatte, mit dem Wort ›Sperma‹, das früher, ehe das Problem auftrat, für mich überhaupt nichts Besonderes geheißen hatte.

Ich hob den Aktenkoffer hoch, öffnete ihn auf den Knien und legte drei dicke Umschläge auf den Tisch.

Doktor Knutysch betrachtete die Umschläge aufmerksam, dann hob er den Blick zu mir, und ich erkannte, daß sich bei ihm das Bedürfnis gebildet hatte, mir irgend etwas Wichtiges zu sagen.

»Ich werde Sie sofort benachrichtigen, wenn alles abgeschlossen ist. Dann können wir die Raffinade einfrieren oder einfach kühlen, aber es wäre besser, wenn Sie sie gleich zum Einsatz bringen könnten. Dazu muß man Ihre Frau rechtzeitig vorbereiten. Die Prozedur ist nicht die allerangenehmste.«

Er sagte das in gewöhnlichem Tonfall, ruhig, geschäftsmäßig. Ich war begeistert von seiner Wortwahl, seinem Ton.

»Gut«, sagte ich und schob die Umschläge auf seine Tischseite hinüber.

Er verteilte sie auf die Innentaschen seiner Tweedjacke.

Man brachte uns das bestellte Essen und hölzerne Stäbchen, und wir aßen ganz normal zu Mittag.

»Sie werden im Historischen Museum erwartet«, erinnerte mich Viktor Andrejewitsch, kaum hatte ich meinen Platz auf dem Rücksitz des Wagens eingenommen. »Der Museumsdirektor hat gebeten, gegen halb eins zu kommen...«

»Er kann warten«, antwortete ich.

Mir war nicht im geringsten nach diesem Museum zumute, aber den Auftrag hatte ich persönlich vom Chef bekommen – ein Bild von zwei Metern auf einen Meter sechzig auszuwählen, wertvoll und in gutem Zustand. Für das Arbeitszimmer des Premierministers.

›Woher bloß diese genauen Maße?‹ überlegte ich. ›Sind die Tapeten kaputt? Oder ist ein Fleck an der Wand? Es wäre gut, wenn ich mich in Malerei auskennen würde! Aber ich kann ja das wahre Schöne nicht vom Angenehmen unterscheiden. Also, etwas Angenehmes erkenne ich, wenn ich es sehe. Wenn es meinem Geschmack entspricht. Aber etwas richtig würdigen, den Wert begreifen – kaum. Und der Museumsdirektor ist ein Fuchs! Er wird nie ein wirklich wertvolles Bild hergeben. Er versucht sicher, mir irgendwelchen Plunder anzudrehen.‹

192

Karpaten. Februar 2016. Montag.

Seit diesem Morgen war mein Leben im Karpatenkerker spürbar leichter geworden. Sie hatten mir die Panzerweste abgenommen, und diese Tatsache wirkte sich sofort auf meinen Zustand aus. Einen Moment lang wurde ich leichter als Luft. Es kam mir so vor, als müßte ich nur hochspringen und würde über dem Boden und seinem billigen braunen Teppich schweben. Ich könnte zu den ›Fotofenstern‹ fliegen, vor denen schon den zweiten Monat ein und dieselben, dem Blick längst lästigen schneebedeckten Kiefern und Fichten standen.

»Wir haben die Abschirmung von Zimmer und Flur verstärkt«, erklärte Swetlow, die mir abgenommene Panzerweste in den Armen, Verblüffung auf dem Gesicht. Er hatte wohl nicht damit gerechnet, daß eine Weste so viel wiegen kann.

Er lud die Weste auf dem Tisch ab und setzte sich.

Und ich sah den Aktenkoffer, der an dem einen Tischbein

lehnte. Sofort fiel mir das mißglückte Attentat auf Hitler ein, als der Aktenkoffer mit der Bombe neben dem zu dikken Eichentischbein stand.

»Ist das deiner?« fragte ich Swetlow mit einer Kopfbewegung in Richtung Koffer.

Der General sah hinunter, und aus der spontanen Reaktion seiner Lippen, die über die eigene Verwirrung oder Müdigkeit lächelten, wurde klar: Es war der von Swetlow.

Er klappte ihn auf den Knien auf und stellte als erstes eine Flasche ›Aberlour‹ auf den Tisch. Mein Blick blieb an der ungewohnten blauen Zollmarke hängen. Ich beugte mich vor und studierte sie genauer. Von gesprochenem Ungarisch klingelt einem gewöhnlich der Kopf, aber von geschriebenem Ungarisch flimmert es einem vor den Augen.

»Also *du* warst in Budapest?« fragte ich.

»Ja«, antwortete Swetlow. »Ist ja gleich hier nebenan.«

»Erzähl!«

»Alles bestens«, sagte er achselzuckend. »Sie hat hunderttausend Euro bekommen. Diese Summe beinhaltete den Film und, falls nötig, eingehende Interviews mit der Boulevardpresse als Ihre ehemalige Geliebte.«

»Was ist denn daran bestens?« wunderte ich mich.

»Bestens ist, daß sie uns das alles erzählt hat. Auf sie zugekommen war unser Exkollege, der sie damals überwacht hat. Er arbeitet jetzt für Kasimir. Offensichtlich, daß das seine Idee war. Von dem Film wußte er. Und Nila saß ohne Geld da. Allein, in einer winzigen Wohnung…«

»Wie sieht sie aus?«

»Fast wie auf den Fotos. Will sagen, ihr Gesicht –«

»Weiter!« bat ich. Auf einmal interessierte mich das

Schicksal von Nila ungemein. Um so mehr, als sie sie nun als Geheimwaffe gegen mich ausgegraben hatten.

»In Budapest ist sie seit drei Jahren. Sie hatte einen neureichen Ukrainer geheiratet. Er hat einen großen Kredit aufgenommen und sich nach Ungarn aufgemacht. Hat auf Nilas Namen diese Wohnung gekauft und ist verschwunden. Sie verdient sich dort ihr Geld bei unseren Ehemaligen als Kindermädchen oder Hausmädchen. War sehr froh über unser Treffen, hat mich nach Ihnen ausgefragt...«

»Worüber?«

»Wollte wissen, ob Sie dick geworden sind, verheiratet, wie viele Kinder Sie haben...«

Ich seufzte schwer und dachte an Waljas und Dimas Tochter Lisa, die jetzt zwölf Jahre alt sein mußte. Dachte an den ›Lewis-Carroll-Garten‹ und die zwei Rosen mit den Namen *Vera* und *Oleg*. Ich dachte an mein Leben, das früher an echten Tragödien und echtem Glück reich gewesen war.

»Was hast du ihr gesagt?«

»Daß Sie sehr einsam sind; in einer kleinen Kammer leben; sich um die Zukunft des Landes sorgen und versuchen, es von dem unbedachten Schritt abzuhalten, der es in den Abgrund führen kann. Wir haben sie woandershin gebracht und mit Geld versorgt. Sie ist jetzt in einem kleinen Städtchen nicht weit von Budapest. Und sie ist bereit zu tun, was wir ihr sagen...«

»Das ist gut«, sagte ich. »Komm in einem halben Stündchen wieder. Ich möchte ein wenig allein sein.«

Swetlow nickte verstehend. Nahm seinen Aktenkoffer und verschwand.

In der gewohnten Stille meiner Kammer überließ ich mich meinem Selbstmitleid.

Ich setzte mich an den Tisch und nahm Nilas Fotos in die Hand. Ich hatte sie damals eindeutig nicht gesehen, während ich sie fotografierte. Einfach auf den Auslöser gedrückt, ohne die umwerfende Schönheit ihres Körpers zu beachten. Warum hatte ich sie nicht genauer angesehen? Swetlana hatte mich blind gemacht. Ich war damals so glücklich mit ihr, daß die anderen Frauen, wie auch immer sie sich zu mir verhielten, nicht existierten.

Erst jetzt konnte ich Nilas Formen, ihre Brust, ihren klaren Blick bei der kühnen, herausfordernd erotischen Pose würdigen. Vielleicht hatten meine jetzige Einsamkeit und das Alter den Blick geschärft? Das Alter, das sich der Grenze näherte, hinter der es immer schwieriger wurde, den Körper munter zu halten. Vielleicht konnte ich erst jetzt würdigen, was ich nicht würdigen konnte, als ich noch jünger gewesen war?

Ich öffnete die Flasche ›Aberlour‹-Whisky und goß mir ein Glas voll. Ich trank, ohne den Blick von den ausgedruckten Fotos von Nila zu wenden.

›Wenigstens bist du immer noch so schön‹, dachte ich und beugte mich über die Fotos.

193

Kiew. Juli 1992.

›Scheidungsurkunde‹ sieht und fühlt sich angenehmer an als ›Heiratsurkunde‹. Beim ersten Mal, nach der Scheidung von Sweta, hatte ich das nicht gespürt. Damals war alles irgendwie Ernst. Das finstere Hochzeitsessen im Restaurant ›Kleine Eichen‹ und das Briefchen von Swetlana über die Notwendigkeit der Scheidung und auch die Scheidung selbst, die ohne meine physische Anwesenheit und Beteiligung vollzogen wurde. Jetzt war es umgekehrt – das Herz sang von Freiheit, auch wenn niemand zuvor meine Freiheit angegriffen hatte. Aber der Stempel im Paß war schließlich echt, und er, konnte man sagen, hatte unangenehm gejuckt, wie ein Floh- oder Mückenstich. Jetzt hatte man ihn durch einen anderen Stempel ersetzt. Das Jucken war weg, und ich hatte Lust, diesen Umstand zu feiern. Und ich begab mich zu dem Laden, auf den mich Vera schon ein paarmal ›freundlich hingewiesen‹ hatte, gab fünfhundert Grüne aus und verwandelte mich in einen Knaben von der Titelseite eines bunten ungarischen Magazins. Zu einem amerikanischen oder französischen reichte es noch nicht. Aber die ausgegebenen Dollars gaben mir zusätzlich Selbstbewußtsein, und ich rief gleich Vera bei der Arbeit an und lud sie in eine Bar ein. Zu meinem Erstaunen sagte sie zu.

194

Kiew. 16. Januar 2005.

Nachts war mir dieser Kosak mit dem Stab sogar im Traum erschienen. Und jetzt saß ich in der Küche beim Kaffee, genoß den Anblick der verschneiten Stadt aus der Höhe der dreizehnten Etage und überlegte: ›Sie haben mir ja nicht gesagt, wie das Gemälde hängen soll – vertikal oder horizontal?‹ Sie hatten mir einfach die Maße gegeben, zwei auf eins sechzig. Und der Direktor hatte mir ein hochformatiges Bild angedreht. Bei mir zu Hause hätte ich so ein Bild nicht aufgehängt, aber für das Arbeitszimmer des Premiers war es ideal. Der drohende Kosak mit dem Stab in der Hand sah ziemlich zornig aus. Jedenfalls ein sehr patriotisches Gemälde, also würde der Premier, der noch weniger von Kunst verstand als ich, kaum etwas dagegen haben. Ihm waren ja die Maße die Hauptsache. Und der Kosake hatte genau den gleichen Gesichtsausdruck wie der Premier gewöhnlich. Ich hätte gern gewußt, an welche Wand er es hängte. Gut, wenn es so hinge, daß der Kosak dem Eintretenden entgegensah. Das konnte einen umwerfenden Effekt geben, der zweifache Blick.

Vor dem Fenster schneite es sanft. Swetlana schlief. Ich warf einen Blick zur halboffenen Küchentür, dann einen in der Küche in die Runde und sah auf dem metallenen Abtropfbrett des Spülbeckens zwei Kognakgläser.

Ich stand auf, öffnete das Schränkchen unter der Spüle und fand im Mülleimer zwei leere Kognakflaschen ›Koktebel‹. Wann hatten sie das geschafft?

Ich dachte an den vorigen Abend, und da durchfuhr es mich plötzlich. Ich war ja erst gegen Mitternacht heimgekommen. Bis halb zwölf saß ich bei der Arbeit in Erwartung irgendeines wichtigen Anrufs aus dem Ausland. So hatte es mir der Chef gesagt: »Bleib da sitzen und warte auf den Anruf!« Ich döste ein, und als ich aufwachte und den Kopf vom Schreibtisch hob, war es auf der Uhr halb zwölf. Ich ließ mir einen Wagen kommen und fuhr heim. Und zu Hause war es still gewesen, als ich reinkam…

Ich ging aus der Küche, öffnete leise die Schlafzimmertür: Swetlana schlief wieder eng umschlungen mit Schanna. Schanna war es wohl nachts zu warm geworden. Ihr mir und Swetlana zugewandtes Gesicht lag auf dem Kopfkissen, aber die Decke war weggeschoben und bedeckte nur den Po. Der schöne Rücken und die kleine hübsche Brust erregten mein unterschwelliges Interesse. Genauer, ich registrierte diese Schönheit, gleichsam ›für alle Fälle‹, und dachte an etwas ganz anderes. Ich dachte daran, daß Swetlana mich überhaupt nicht brauchte. Zumindest zur Zeit. Sie brauchte eine Frau, die sie besser verstand als irgendein männliches Lebewesen, auch das verständnisvollste. Sie litt immer noch unter dem Tod ihrer Babys. Wahrscheinlich war das ein emotionales und physiologisches Leid. Auf Instinktebene. Wir Männer waren die rationaleren Wesen. Das konnte ich gleich durch meine jüngsten eigenen Handlungen bestätigen. Sowohl damit, daß ich Swetlana die Ergebnisse meiner Analysen verschwieg, als auch mit der Tatsache, daß ich mit der Raffinierung meines Spermas einverstanden gewesen war, damit ein gesundes Kind geboren würde.

Ich kehrte in die Küche zurück und trank den Kaffee aus. Dann zog ich mich an und ging. Der Wagen stand schon vorm Eingang, aber Viktor Andrejewitsch war irgendwie freudlos, ausweichend, tiefer als sonst in sich versunken.

Kaum hatte ich die Tür zugezogen, ließ er den Motor an, und der Wagen rollte los. Ein paarmal warf er mir leicht beunruhigte Blicke zu.

»Gibt es Probleme?« fragte ich.

Er nickte.

»Liegt Ihr Reisepaß im Büro?« fragte Viktor Andrejewitsch plötzlich.

»Ja, wieso? Muß ich irgendwo hinfliegen?«

»Ich weiß nicht, man hat mich nur gebeten, Ihnen zu sagen, daß Sie ihn mitbringen sollen.«

»Wer hat gebeten?«

»Die Sekretärin vom Chef hat angerufen, Lilia Pawlowna.«

»Und sonst hat sie nichts gesagt?«

»Nein.«

Weiter fuhren wir schweigend. Ich versuchte mich zu erinnern: Hatte ich irgend etwas von einer Auslandsreise gehört? Wohl kaum. Im Januar wurden üblicherweise keine Delegationen losgeschickt.

›Egal‹, dachte ich. ›Hauptsache, nicht in die Mongolei!‹

195

Karpaten. Februar 2016. Mittwoch.

»Wir müssen sofort reagieren.« Lwowitsch war aufgeregt.

Er breitete ein paar Zeitungen auf dem Tisch aus. Auf der obersten lautete die Schlagzeile: ›Expräsident widmete sich Erotik‹. Weiter wurde mitgeteilt, daß der Kalender mit den erotischen Fotografien des Expräsidenten alle Verkaufsrekorde gebrochen hatte. Über zwei Millionen Exemplare!

Swetlow stand neben ihm. Er beobachtete meine Reaktion.

»Vielleicht verklagen?« fragte ich und hob den Blick zu

meinen beiden wichtigsten Helfern. »Immerhin gehören die Fotos mir, und sie werden ohne meine Einwilligung verwendet –«

»Kann man, aber später«, unterbrach mich Swetlow. »Jetzt müssen wir Ihr Image verändern, sonst haben die Wähler bis zu den Wahlen nur Nilas Körper im Kopf, und nicht Ihr Gesicht! Sie müssen sich auf eine ernste Entscheidung vorbereiten!«

Ich drehte mich heftig zu Swetlow um. Die letzte Zeit hatte ich doch nichts anderes getan als ernste Entscheidungen zu treffen.

»Wir sind der Fernbedienung für Ihr Herz fast auf der Spur, das heißt, bald können Sie nach Kiew zurück, ohne etwas zu befürchten. Aber Kasimir hat die Sache mit den Fotos größer aufgezogen, als wir dachten...«

»Was schlagt ihr also vor?« fragte ich ziemlich barsch. »Soll ich mich auch nackt knipsen lassen, für den ›Playboy‹, oder etwas in der Art?«

»Das ist eine schlechte Idee.« Swetlow schnalzte mit den Lippen und warf Lwowitsch einen nervösen Blick zu, als sollte der sich jetzt ins Gespräch einschalten, als schwere Artillerie zur Unterstützung des Infanterievorstoßes.

»Wir meinen, Sie müßten heiraten«, sagte Kolja Lwowitsch leise.

»Und wen?« Vor Verblüffung lachte ich laut heraus.

»Nila«, sagte General Swetlow. »Sie ist eine schöne und eine gute Frau. Sie wird eine zuverlässige Präsidentengattin... Ich kann mich verbürgen...«

»Verbürgen für meine künftige Frau?!«

»Das ist noch nicht alles«, ergänzte Kolja Lwowitsch,

nachdem er, um Mut zu fassen, tief Luft geholt hatte. »Die Wahlen sind für den 8. März angesetzt. An dem Tag muß Ihre Hochzeit stattfinden. Nila muß dem Land als Ihre langjährige Geliebte vorgestellt werden, die schon ein großes Kind von Ihnen hat...«

»Und zum Zeitpunkt der Trauung muß sie wieder schwanger sein!« warf Swetlow ein.

Von dem durch Swetlow und Lwowitsch gemalten Bild meines Privatlebens flimmerte es mir vor Augen. Und ich runzelte die Stirn. Die rechte Hand ballte sich zur Faust. Ich hatte große Lust, Lwowitsch ins Gesicht zu schlagen. Aber Lwowitsch, die alte Ratte, schien meinen Drang zu spüren, griff zur ›Aberlour‹-Flasche, die schon den dritten Tag auf dem Tisch stand, und begann, Whisky in die Gläser auszuschenken.

»Wir müssen rasch entscheiden«, bemerkte er nervös, während er versuchte, gleichzeitig auf die Gläser, die er füllte, und in mein Gesicht zu sehen. »Wenn Sie einverstanden sind, haben wir schon gewonnen!«

»Nila ist einverstanden«, sagte Swetlow mit heiserer, bebender Stimme und sah mir ebenfalls vorsichtig ins Gesicht.

»Nila ist einverstanden«, wiederholte ich. »Da mußte man dann bloß mich noch fragen... Wißt ihr, meine erste Ehe war aus Schwangerschaftsgründen«, sagte ich spöttisch und blickte von Swetlow zu Lwowitsch. »Und wißt ihr, wie sie endete?«

»Ja«, antwortete General Swetlow völlig ruhig. »Aber dies wird eine Ehe aus Gründen der Schwangerschaft des Landes. An Mitterands Grab standen seine Frau, seine Geliebte und seine uneheliche Lieblingstochter. Bei Ihnen wird noch zu Lebzeiten alles legitim!«

»Und habt ihr an Kasimirs Aktionen gedacht? Wird er eurem Plan etwa ruhig zusehen?«

»Er hat jetzt schon ganz andere Sorgen«, sagte Swetlow lächelnd. »Wir haben ein paar Informationen durchsickern lassen. Darüber, daß er Sie als Geisel irgendwo in den Karpaten gefangenhält. Und das Gerücht ausgestreut, daß er etwas mit dem Verschwinden einiger hoher russischer Staatsbeamter zu tun haben könnte. Jetzt muß er alle Kräfte auf die Neutralisierung dieser Gerüchte konzentrieren...«

»Ja, aber dann wird er mich suchen! Und ihr habt ihn darauf hingewiesen, wo!«

»Er ist ja kein Idiot, er wird natürlich nicht dort suchen, wo man ihn hinschiebt!« Swetlow griff nach dem Whiskyglas. »Sagen Sie ja, Sergej Pawlowitsch, um Gottes willen, um der Ukraine willen! Sagen Sie, sind Sie einverstanden?«

Das Glas in meiner Hand zitterte. Das kleine gelbbraune Whiskymeer darin schwappte hoch, beleckte in Wellen die schweren, durchsichtigen gläsernen Ufer.

Ich hob den Rand des Glases an die Unterlippe. In die Nase stieg mir der vertraute geliebte Geruch. Mein ganzer Körper und auch mein Hirn spannten sich in diesem Moment an. Zum ersten Mal spürte ich die echte, wahrhaft männliche Verantwortung für die bevorstehende Entscheidung.

Mein Blick wanderte nach unten, zu den schwarzweißen Fotoausdrucken von Nila und hielt sich daran fest, wie der Anker eines großen Schiffes, der endlich Grund erreicht hat.

»Einverstanden«, sagte ich, ohne den Blick zu den mir gegenübersitzenden Swetlow und Lwowitsch zu heben.

Ich hörte, wie sie beide auf einen Schluck die Gläser leerten. Nervös und gleichzeitig ungeheuer erleichtert.

Fünf Minuten lang hing Stille im Raum.

»Du hast irgendwas von einer großen Tochter gesagt?« Ich sah dem General in die Augen, nachdem ich meinen Whisky ausgetrunken hatte.

»Ja, ich sprach von Ihrer Tochter Lisa, die jetzt in Amerika ist. Sie wird zurückkommen müssen. Wenigstens für eine Zeit.«

»Lisa?!« wiederholte ich, und ohne daß ich es verhindern konnte, traten mir Tränen in die Augen. »Ich habe sie so viele Jahre nicht gesehen!«

Swetlow und Lwowitsch wechselten Blicke und erhoben sich.

»Wir kommen später wieder«, sagte Lwowitsch leise.

Durch die Tränen hindurch verschwanden zwei verschwommene, undeutliche Figuren durch die verschwommene Tür. Und die Tür ging wieder zu.

Vielleicht war ich einfach betrunken. Vielleicht hielten meine Nerven diesen Kerker nicht mehr aus. Vielleicht empfand ich wirklich ein Schuldgefühl gegenüber Lisa, dem einzigen Sproß meiner praktisch von der Erdoberfläche verschwundenen Familie.

Kiew. August 1992.

›Männer kommen und gehen, aber Frauen sind ewig.‹ Das hatte Mira selbst gesagt, und jetzt bewies sie mit ihren Aktionen das Gegenteil. Ihr Kerl hatte Arbeit gefunden in der Heizkesselanlage eines Krankenhauses. Er arbeitete alle drei Tage für vierundzwanzig Stunden, und ich hatte schon einen guten Überblick über seinen Dienstplan. Im Kesselraum gab es sowohl Sofa als auch Tisch und sogar einen kleinen Kühlschrank. Wie es aussah, war es dort gemütlich genug, um glückliche Familie zu spielen. Zumindest tat Mira jetzt dort auch alle drei Tage vierundzwanzig Stunden Dienst. Ich hoffte nur, daß sie ihren Heizer nicht von der Erfüllung seiner dienstlichen Pflichten ablenkte. Allerdings, ehrlich gesagt, fiel es mir schwer, mir die Pflichten eines Heizers im August vorzustellen, wenn es draußen dreiunddreißig Grad plus waren und in jedem beliebigen Innenraum auch schon fünfundzwanzig. Vielleicht heizte er auch nur das Warmwasser?

Aber was immer er da heizte, Mira kam nach diesen Vierundzwanzigstundenschichten glücklich und zufrieden nach Hause. Und, was das Erstaunlichste war, sie legte sich erst mal schlafen!

Ich hatte meiner Mutter schließlich von der Scheidung erzählt und gedacht, sie würde es gelassen aufnehmen, aber sie war verstimmt.

»Hör mal! Du selbst hast doch von Anfang an gesagt, daß alles Fiktion ist!« wunderte ich mich.

»Die Hälfte aller Ereignisse im Leben fängt mit dem an,

was du ›Fiktion‹ nennst, und wird dann zur normalen Lebenswahrheit, zur Wirklichkeit. Weil es so einen Begriff gibt wie Verantwortung eines erwachsenen Menschen für seine Taten!«

»Was soll denn das jetzt?« wunderte ich mich noch mehr. »Vielleicht solltest du dich eine Weile bei Dima einmieten? Dort nehmen sie dich gleich!«

Dieses Gespräch vor zwei Tagen endete, wie zu erwarten war, in Tränen und Vorwürfen. Und Drohungen vom Typ ›Warte nur, wenn du mal Kinder hast, wirst du schon sehen!‹.

Ich antwortete gar nicht auf die Vorwürfe. Ich verspürte nicht die geringste Lust dazu, nur Mitleid mit meiner sich an irgendwelche absurden Ideen klammernden, alt gewordenen Mutter. ›Vielleicht ist das der erste Altersschwachsinn?‹ überlegte ich. Aber ich wußte ja, daß Altersschwachsinn eher für Männer charakteristisch war als für Frauen. Also schrieb ich das alles einer Art geistiger Ermüdung zu – meine Mutter litt unter dem Ende der sowjetischen Moralprinzipien. Denn jetzt galt überhaupt keine Moral mehr. Moral war nicht mehr in Umlauf, fast gleichzeitig mit dem Ende des sowjetischen Rubels. Jetzt waren Dollars in Umlauf, und ich wußte seit Kindertagen, daß es dort, wo Dollars waren, weder Moral noch Gerechtigkeit gab.

Im übrigen war mein monatlicher Umschlag bei der Arbeit auf sechshundert Grüne angeschwollen. Und tatsächlich, ich hatte mich verändert. Ich war jetzt gelassener, wurde meinen Nächsten und der Umwelt immer freundlicher gesinnt. Mama wußte es noch nicht, aber ich würde ihr eine Mikrowelle für hundert Dollar kaufen. Auch für Dima würde ich etwas kaufen. Und für Vera, auch wenn wir über betrunkene Küsse und Umarmungen noch nicht hinausgekommen waren. Mir war nicht danach, Miras ›Dienste‹ im Kesselraum zu nutzen, um dieses heitere Pralinchen in die von den Gerüchen der Vergangenheit erfüllte Gemeinschaftswohnung mitzunehmen. Und auch sie hatte sich, so komisch das klingt, als Mädchen aus gutem Hause erwiesen und gesagt, sie hätte ihre Eltern noch nicht darauf vorbereitet, daß sie einen Mann mit nach Hause bringen könnte. Und das mit über zwanzig Jahren!

197

Luftraum. 16. Januar 2005.

Das Flugzeug hatte Borispol Punkt fünfzehn Uhr verlassen. Jetzt war es schon kurz nach vier.

»Möchten Sie etwas essen?« Die blonde Stewardess beugte sich zu mir herunter.

»Nein.« Ich schüttelte den Kopf. »Geben Sie mir noch einen Whisky!«

Sie ging zu der Bar auf Rädern. Ich war an diesem Tag ihr einziger Passagier in der Business-Class. Sie sah meinen Zustand. Stewardessen sind gute Psychologinnen, sie wissen, wen sie bemitleiden und mit wem sie streng sein müssen. Mich mußte man bemitleiden, das hatte sie gleich erkannt. Meine Augen brannten vor Mitleid mit mir selbst. Es schüttelte mich, wenn ich daran dachte, mir vorstellte, wie jetzt alles gekommen war.

Am Morgen hatte mich Oberst Swetlow vor meinem Arbeitszimmer erwartet, mit steinerner Miene, aber die Augen gefühlvoll, lebendig. Er grüßte mich mit einem Kopfnicken, betrat hinter mir das Zimmer. Und dann teilte er mir gleich mit leiser, vibrierender Stimme die Neuigkeit mit: »Bei Ihnen ist ein Unglück geschehen, Sergej Pawlowitsch. Ihr Bruder Dmitri und seine Frau sind in eine Schlucht gesprungen. Selbstmord.«

Ich war wie gelähmt. Mein Mund wurde sofort trocken, mein Kopf dröhnte dumpf, ich sah ihn mit stumpfem Blick an und konnte nichts sagen, die Lippen steif, als hätte sie ein Krampf gepackt. Im Hals bildete sich ein Klumpen, kalt wie ein Eiswürfel. Ich versuchte, diesen Klumpen hinunterzuschlucken, aber es gelang mir nicht. Und Swetlow wartete geduldig. Endlich rutschte dieser Eisklumpen abwärts, tief hinunter, dorthin, wo er schon nicht mehr am Sprechen hinderte.

»Wie? Warum?« entrangen sich mir die ersten Worte aus der schockartigen Starre.

»Sie müssen hinfliegen. Jemand von der Botschaft wird Sie abholen, alles erklären. Sprechen Sie zu niemandem von dem Geschehenen, wenigstens fürs erste. Verstehen Sie, so eine Nachricht, wenn sie publik wird, ziert weder Sie noch uns und noch viel weniger die Ukraine. Die Behörden in der Schweiz sind uns entgegengekommen, und es besteht die Möglichkeit, diese Tragödie vor der Boulevardpresse geheimzuhalten.«

Ich nickte. Nickte und wunderte mich, wie klar und vernünftig Oberst Swetlow alles erklärte.

»Ihr Ticket wird in einer halben Stunde gebracht. Der Flug geht um fünfzehn Uhr. Die Botschaft wird Ihnen alle nötige Hilfe erweisen.«

»Und das Kind?« fragte ich plötzlich, als mir Lisa einfiel, Dimas und Waljas Tochter. »Was ist mit ihr? Was?«

»Sie lebt, ist zur Zeit im Krankenhaus... Das ist auch ein Teil des Problems, das den Schweizer Gesetzen und unseren Interessen entsprechend gelöst werden muß...«

Er ging rasch und vollkommen lautlos hinaus. Ich hörte keinen einzigen seiner Schritte, als ich ihm hinterhersah. So gehen wahrscheinlich Engel.

Allein in meinem Zimmer, wurde ich von einer Frage gequält, die gleich nach Swetlows Abgang aufgetaucht war. Warum war Lisa im Krankenhaus? Also war ihr doch etwas passiert?

Diese Frage beschäftigte mich auch jetzt im Flugzeug.

»Noch Eis, bitte«, bat ich die Stewardess und hielt ihr das dicke Whiskyglas entgegen.

Sie kam her, sah verwundert in das leere Glas und fragte zurück: »Whisky mit Eis?«

Ich sah auch auf das Glas in meiner Hand und erkannte, daß es schwierig ist, seine Wünsche richtig zu äußern, wenn den Kopf etwas ganz anderes beschäftigt.

»Ja, Whisky und noch mehr Eis!«

198

Karpaten. Februar 2016. Donnerstag.

Morgens klopfte es an der Tür. Ich bat zu warten. Schälte mich aus dem Bett, zog mich an. Überlegte dabei, wer wohl an die unverschlossene Tür klopfte. Vielleicht General Filin? Er schien der einzige zu sein, der sich so benahm wie früher, vor diesen ganzen Katastrophen. Lwowitsch und Swetlow kamen meistens ohne Anklopfen herein oder klopften und öffneten gleichzeitig schon die Tür.

»Ja!« rief ich, als ich am Schreibtisch saß.

Herein kam General Swetlow. Mein Blick fiel sofort auf seine frisch geputzten Stiefel. Erst dann sah ich den gewöhnlichen Briefumschlag in seiner Hand.

»Post?« fragte ich ihn.

Er nickte vielsagend und setzte sich mir gegenüber.

Der Umschlag trug eine Unterschrift und war grob aufgerissen. ›An Präsident S.P. Bunin‹ stand darauf akkurat, eindeutig von Frauenhand geschrieben.

›Lieber Serjoscha‹, las ich, und mein Blick wanderte nach unten, zur Unterschrift. Ich wollte zu gern wissen, wer sich solche Vertraulichkeit erlaubte.

Die nicht zu entziffernde Unterschrift mit den Schnörkeln gab wenig Aufschluß, und ich kehrte an den Anfang des Briefes zurück.

Ich weiß, daß ich mit dem Feuer spiele, oder besser gesagt, bis zum Ende des letzten Jahres damit spielte. Jetzt geht es mir gut, und ich möchte gern, daß dieses ›gut‹ noch möglichst lange anhält. Deshalb kaufe ich mich von Dir mit einer Information frei, die Dir sehr helfen wird. Vielleicht rettet sie Dir sogar das Leben. Im Gegenzug bitte ich Dich, mich zu vergessen und all Deinen Diensten und Dienern anzuordnen, das gleiche zu tun. Ich bleibe auf der Krim mit dem Menschen, den ich liebe. Und Dir rate ich, den Chirurgen Minusenko aus dem Oktoberkrankenhaus ausfindig machen zu lassen und ihn gut durchzuschütteln. Wenn man ihn genügend einschüchtert, wird er das ein oder andere über Dein neues Herz erzählen. Übrigens, den Vertrag habe ich zerrissen. Er existiert nicht mehr. Ich brauchte ihn bis zur ersten Liebe. Als Verbindung zur glücklichen Vergangenheit. Jetzt, wo ich diese Liebe habe, will ich alle und alles vergessen, was war.

»Wo kommt das her?« fragte ich Swetlow, der geduldig wartete, bis ich zu Ende gelesen hatte.

»Von Maja Woizechowskaja, von der Krim.«

»Das sehe ich. Und wieso aufgerissen?«

»Damit nicht Sporen der ›sibirischen Grippe‹ oder irgendein Gift drin sind«, erklärte der General ruhig.

»Und, was ist mit diesem Minusenko? Habt ihr ihn gefunden?«

»Selbstverständlich...«

»Und was hat er euch erzählt?«

»Er hat nicht erzählt. Er hat uns das hier ausgehändigt!« Swetlow zog eine kleine Fernbedienung aus der Tasche, die fast so aussah wie die einer Autozentralverriegelung.

»Das ist Ihr persönlicher Schalter...«

Ich nahm das schwarze Teil mit den zwei Knöpfen und wog es in der Hand.

»Wie, er hat es euch einfach so gegeben?«

»Na ja, ganz so einfach nicht«, meinte Swetlow lächelnd. »Dafür hat er eine lustige Geschichte erzählt. Diesen Schalter haben Kasimirs Leute von ihm im Tausch für eine riesige Wohnung am Sofienplatz erhalten. Er hat ihnen allerdings aus Versehen ein ebenso schwarzes Teil überlassen, nur von seinem ›Audi‹. Jetzt können sie jederzeit seine Kutsche klauen, aber sie können Sie nicht ausschalten ... Wir müssen ihn jetzt bloß eine Zeitlang beschützen.«

»Und hier«, sagte ich und versuchte das Gewicht dieses Teils in meiner Hand einzuschätzen, »hier ist also meine Freiheit?«

»Und das Leben«, ergänzte der General. »Dafür können wir ab jetzt entschiedener vorgehen.«

»Tu das.« Ich sah Swetlow dankbar in die Augen. »Ich bin froh, daß ich mich nicht in dir getäuscht habe!«

Swetlow erhob sich und ging zur Tür. Ehe er verschwand, drehte er sich um. »Sie müssen sich gut ausschlafen. Morgen wird ein langer und schwerer Tag. Und vermutlich ein aufregender...«

Sein Blick fiel auf meine Hand, in der ich immer noch den Schalter für mein Herz hielt.

»Vielleicht geben Sie ihn zur Verwahrung?« fragte Swetlow vorsichtig.

Ich schüttelte den Kopf.

199

Kiew. August 1992.

»Ich bin schwanger«, sagte Mira beim Frühstück.

Wir saßen am Tisch wie immer. Meine Liege trug noch keine Tagesdecke, ihr Bett war auch nicht gemacht.

Ich wäre fast an dem Rührei erstickt und begann sofort zu überlegen, wann wir beide es das letzte Mal ›getrieben‹ hatten. Ein unangenehmer Verdacht kam auf, den sie allerdings schnell zerstreute.

»Witja und ich lassen uns in den nächsten Tagen registrieren«, fuhr sie fort.

»Und dann, feiert ihr ein Hochzeitsfest?«

»Ein kleines, nur für seine Freunde.«

»Hier?«

»Nein, wenn er Dienst hat, im Kesselraum.«

»Lädst du mich ein?«

»Wenn er einverstanden ist.«

Ich nickte verständnisvoll.

»Du hast dann nichts dagegen, daß wir ihn hier einschreiben lassen«, fragte sie nach einer Pause und hob den fragenden Blick zu mir.

»Hier?!« Ich überlegte. »Zu wievielt sind wir denn hier schon gemeldet? Du, ich, deine Mama…«

»Siehst du, dann ist es doch schon egal, wie viele…«

»Ja, und dann noch dein Kind, das ergibt fünf!« Ein hysterischer Lachanfall überkam mich. »So viele schreiben sie hier nicht ein!«

»Für fünfzig Dollar schreiben sie hier noch zwei Großmütter und drei jüdische Großväter ein«, bemerkte sie herablassend, wie zu einem Beschränkten.

»Schreib ein, wen du willst«, sagte ich abwinkend.

Eine halbe Stunde später ging sie, und ich blieb am Tisch sitzen. Ich bereute meinen letzten Satz. Weil sich meine Ecke in dieser Wohnung jetzt leicht von sieben Quadratmetern auf vier verkleinern konnte. Und was blieb mir dann? Zu Mama zurückgehen? Nein! Ich mußte einen anderen Ausweg suchen.

Abends, nach Feierabend, rief ich Vater Wassili an und schlug ihm vor, uns zu treffen. Er freute sich.

Wir verabredeten uns zum abendlichen Schwimmen. Während ich zur Alexandersäule hinunterging, dachte ich an Vera und daran, daß ich sie übermorgen, am Samstag, an den Strand einladen sollte. Auf die Truchanow-Insel oder in den Wasserpark!

Vater Wassili wartete schon unten auf mich. Forschen Schrittes überquerten wir die Fußgängerbrücke und badeten ein Weilchen im Dnjepr. Die Luft war nicht mehr so aufgeheizt, aber der Sand am Ufer speicherte noch die Sonnenenergie des vergangenen Tages. Und wir lagen direkt auf dem Sand, ohne irgendwelche Unterlagen.

Ich erzählte Vater Wassili von Mira, ihrer Schwangerschaft und Heirat und der Wohnungseinschreibung.

»Weltliche Nichtigkeiten«, sagte er abwinkend. »Und dieses Zimmer ist doch ganz egal! Umsonst hast du es bekommen, umsonst geht es wieder. Sagen wir so, du hast es für die Familie des Alten bewahrt. Er ist dir vom Himmel aus dankbar!«

Ich zuckte die Achseln. Mir war nach einem handfesten Rat, nicht nach einer Predigt.

»Komm, wir gehen ihn besuchen!« forderte Vater Wassili mich auf.

Zu dem Zeitpunkt waren wir schon getrocknet.

An der Stelle der Erdhütte war weder ein Grabhügel noch ein Grabmal. Wir standen auf der von Traktorspuren übersäten Lichtung. Sie hatten das Grab genauso heimlich entfernt, wie davor die Erdhütte. Beim Anblick dieser von Menschenhand geschaffenen Ödnis, spürte ich einen Stich im Herzen. Und tatsächlich, alle diese Probleme mit den Registrierungen und Mira erschienen mir lächerlich und unwürdig. Wenn man so einfach das Grab eines Menschen entfernen, also die Erinnerung an ihn wegwischen konnte, sollte man sich da um sich selbst, da man lebendig war, Sorgen machen? Na und, dann hatte ich in Zukunft eben vier Quadratmeter. Für die Toten waren nur zwei Quadratmeter vorgesehen, und auch die konnte man ihnen wegnehmen! So wie hier, mit Traktor oder Bulldozer!

»Man muß es Mira und ihrer Mutter sagen«, bemerkte ich gramvoll.

»Siehst du«, brummte Vater Wassili in seinem Baß, »der Mensch ist ein seltener Schurke, und keine Religion wird ihn als Art retten. Retten muß man solche wie dich, die Seelenverwandten und Hilfesuchenden! Die anderen – zum Teufel mit ihnen!«

Zum ersten Mal hörte ich von Vater Wassili ein Schimpfwort, und es klang so überzeugend, daß es keinerlei Protest in mir hervorrief.

›Zum Teufel mit ihnen allen, zum Teufel!‹ wiederholte ich innerlich.

Und dann dachte ich, daß Vater Wassilis Worte meinen jüngsten Überlegungen entsprachen. Retten mußte man die Nahestehenden!

Und ich beschloß, am nächsten Tag gleich meiner Mutter die Mikrowelle zu kaufen, und Dima ein paar Bücher. Zur Zeit beschäftigte er sich mit Geschichte, und bei unserem letzten Besuch hatte er mich mit einer Masse Fakten aus dem Leben von Marschall Schukow überschüttet. Ich würde für ihn eine Biographie von Marschall Budjonny auftreiben.

Schweiz. 16. Januar 2005. Abend.

Der Fahrer der Botschaft holte mich am Flughafen ab, brachte mich ins Hotel ›Florhof‹ und verschwand bis zum nächsten Morgen. Er war wortkarg, und ich war ja zur Zeit auch nicht gerade gesprächig. Vor dem Hotelzimmerfenster schüttete es. Der Name des Hotels bedeutete ›Blumenhof‹. Nur war aus dem Hof inzwischen eine kleine Halle geworden. Alles grün. Dabei war das ganze kleine dreistöckige Hotel in einem Hof gelegen, von der engen Gasse durch eine kahle Hecke geschützt. Hätte wenigstens ein ganz klein wenig Schnee die Erde bedeckt, wäre alles schöner gewesen. Aber so erfüllten einen all diese Pfützen, die das gelbe Licht der Straßenlaternen spiegelten, mit Schwermut. Herbstschwermut.

Am nächsten Tag würde mich der Botschaftswagen erst nach Bern bringen, wo jemand von der Botschaft sich mit mir treffen wollte. Dann fuhr dieser Jemand mit mir nach Leukerbad. An den nächsten Tag wollte ich nicht denken, überhaupt wollte ich nicht denken. Und auch nicht schlafen.

Ich nahm einen Hotelregenschirm aus dem Foyer und ging ein wenig spazieren. Nach fünf Minuten durch den Regen stand ich auf dem Platz mit den Straßenbahnhaltestellen und dem Museum für zeitgenössische Kunst. Und kein Mensch ringsum, nur die Straßenbahnen liefen wie lichtgefullte Flaschen hell und geräuschvoll auf schmalen Schienen an mir vorbei.

Ich wanderte zum ebenso stillen und verlassenen See hinunter. Nur hinter den durchsichtigen Scheiben und Fenstern der Cafés und Restaurants ging das Leben weiter. Es brodelte nicht, es kochte nicht, es ging einfach weiter.

›Sie sind beide völlig schizophren gewesen‹, dachte ich über Bruder Dima und Walja. ›Eine Familie gründen, ein gesundes Kind zur Welt bringen und sich das Leben nehmen?! Wie geht das? Ich, normaler, gesunder Mensch, begreife das nicht! Warum? Was ging in ihnen vor?‹

In meiner Nähe schwang abrupt die Tür einer Bar auf, und ein Haufen junger Leute drängte auf die Straße, in den Regen hinaus. Im Gehen schossen sie ihre Regenschirmmaschinenpistolen gen Himmel. Ich wich ihnen und ihren Regenschirmen aus und blieb stehen, bemerkte noch durch die sich schließende Tür das durchaus gemütliche Innere der Bar und machte mich dorthin auf – ins Warme, ins Trokkene, in eine andere Welt.

In der Manteltasche hatte ich Dollars und Kreditkarte. Ich zeigte beides dem Barmann. Er entschied sich mit dem Finger für die Dollars und wies mit dem Blick auf die vollen Flaschenregale.

›Na also‹, dachte ich, ›das Regenende erlebe ich hier nicht, aber Aufwärmen kann ich mich!‹

Und ich entschied mich für amerikanischen ›Bourbon‹-Whiskey.

Wie lange würde ich wohl brauchen, bis ich betrunken war? dachte ich, während ich mich an ein Tischchen am Fenster setzte, an dem der regnerische Schweizer Winter herabrann.

Für alle Fälle legte ich meinen Hotelschein auf den Tisch. Damit sie wenigstens wußten, wo ihr auch für sich selbst unberechenbarer Kunde hergekommen war.

201

Karpaten. Februar 2016. Freitag.

In der Nacht schlief ich nicht. Alle paar Minuten rannte ich aufs Klo. Dazwischen saß ich auf einem Stuhl auf der äußersten Kante und hielt mir mit beiden Händen den schmerzenden Bauch. Es war sinnlos, sich hinzulegen.

Schuld war bestimmt der Gefängniskoch. Oder das marinierte Fleisch, das er einfach über die gekochten Kartoffeln geschüttet hatte, war verdorben gewesen. Jedenfalls hatte ich schon beim Abendessen einen unangenehmen Nachgeschmack auf der Zunge. Und die ersten Brechanfälle ließen nicht lange auf sich warten. Gleich nach dem Tee stach es zum ersten Mal im Bauch. Und dann ging es los. Ich überlegte nicht mal, warum mir an diesem Abend keiner beim Essen Gesellschaft leistete: weder Filin noch Lwowitsch, noch Swetlow selbst.

Frühmorgens ertönten draußen Schüsse. Maschinengewehrsalven. Ich erschrak nicht. Wegen der Vergiftung war mir alles egal, was ringsum vorging, wenn nur der Weg zum Klo frei war. Fünf Minuten später dröhnten schwere Stiefel durch den Flur. Ein paar massige Kämpfer in Tarnanzügen und Masken platzten herein, packten mich unter den Armen und zogen mich wortlos hinaus. Ihnen entgegen kamen andere gelaufen, auch in Tarnanzügen. Auch sie schleppten jemanden. Ich wollte nur aufs Klo, wollte so schnell wie möglich mit dem Hintern zur kalten Schüssel, auf der es nicht mal einen Sitz gab. Aber diese Leute trugen mich an vielen Türen vorbei, und ich wußte nicht mehr, wo ich war und was mit mir geschah.

Dann drang mir das Dröhnen eines Hubschraubers ans Ohr. Man gab mir eine Tablette und ein Glas Wasser. Und ich sackte weg, nachdem ich gerade noch bemerkt hatte, wie sich der Fleischwolf des Hubschrauberpropellers immer schneller und schneller drehte. Und ich bemerkte auch noch weitere Hubschrauber.

»Keine Fragen! Keine Fragen!« weckte mich eine vertraute Stimme.

Ich schlug die Augen auf und sah mehrere Fernsehkameras, die direkt auf mein Gesicht gerichtet waren. Und das helle Licht zwang mich, die Augen zuzukneifen, sie mit der Hand zu bedecken.

Langsam wurde mein Kopf lebendig, und schon erschienen die ersten Gedanken: Was ist mit mir? Wo bin ich? Gefangen? Was ist hier los?

Aber man gab mir noch eine Tablette. Und ich verschwand im Inneren meines Körpers, sank irgendwo bis auf die Höhe meines endlich beruhigten Bauches. Dorthin, wo es warm und noch ein wenig dunkel war.

»Richten Sie das Kissen«, erklang eine Stimme von irgendwo oben.

Das war schon einige Stunden danach, wovon ich aber nichts ahnte, bis meine Augen aufgingen und versuchten, einen Fixpunkt für den unsicheren Blick zu finden.

So ein Fixpunkt wurde das über mich gebeugte Gesicht. Als der Blick sich festigte, fokussierte, erkannte ich Swetlow. Seine Augen waren rot und geschwollen.

Ich wollte etwas fragen, aber als er die Bewegung bemerkte, stoppte er meine Bemühungen mit erhobener Hand und sagte: »Alles in Ordnung!«

Kiew. August 1992.

»Nächste Woche fliegen wir nach Polen!« verkündete Schora Stepanowitsch mir morgens fröhlich. »Wir organisieren eine polnisch-ukrainische Unternehmerkonferenz!«

»Für wie lange?« wollte ich wissen.

»Drei Tage. Wieso, hast du hier irgendwas Wichtiges zu tun?«

»Nein.«

Schora Stepanowitsch nahm die Fröhlichkeit vom Gesicht. Er war ein aufmerksamer Mensch, und die freudlosen Töne in meiner Stimme hätte wahrscheinlich auch ein Tauber auffangen können.

»Was ist los?« fragte Schora.

»Die Wohnungsfrage«, gestand ich. »Meine Exfrau feiert morgen Hochzeit. Sie ist schwanger. Auf unser Zimmer in der Gemeinschaftswohnung müssen wir jetzt auch noch ihren neuen Mann einschreiben lassen...«

»Ach so?!« Er wurde nachdenklich. Durchbohrte mich mit einem fragenden Blick. Dann fuhr er sich mit der flachen Hand über die frisch geschorenen Haare. »Laß uns erst mal nach Polen fahren, und wenn wir zurückkommen, überlegen wir uns was für deine Wohnungsfrage!«

Sein Versprechen munterte mich mehr auf als der von Vera gekochte Kaffee. Vielleicht dachte er sich ja wirklich was aus? Die ›Komsomolzen der Neunziger‹ waren findige Jungs und kannten noch das Prinzip der gegenseitigen Hilfe!

Er hatte mein Büro schon verlassen, seine Absätze klackten auf dem Parkett im Flur in Richtung Empfangszimmer des Chefs. Und ich saß immer noch da und dachte jetzt daran, daß von den sechs hier Arbeitenden nur ich noch nicht kurz geschoren war. Als erste hatte Vera diese Mode eingeführt. Und natürlich war ihr Kurzhaarschnitt entsprechend chic. Meine Haare hatten in etwa die gleiche Länge, aber sie sahen formlos und ungepflegt aus, obwohl ich sie regelmäßig über der Gemeinschaftsbadewanne wusch. Und als ich jetzt im Geiste alle Mitarbeiter bis zum Chef unserer Unternehmervereinigung durchging, wurde mir klar, daß alle außer mir in letzter Zeit beim Friseur gewesen waren und ein, konnte man sagen, sportliches und der Zeit entsprechendes Äußeres angenommen hatten. Das beunruhigte mich.

Ich kündigte Vera an, daß ich für ein Stündchen verschwinden würde, fuhr im Zwanziger-Trolleybus zum Kreschtschatik und sah im Frisiersalon ›Zauberin‹ vorbei. Als ich keine Schlange entdeckte, besetzte ich schnell einen freien Stuhl vor einem Spiegel.

Hinter meinem Rücken erschien eine Dame von etwa fünfzig mit lila Löckchen.

Sie musterte gedankenverloren meinen Hinterkopf. Und ich beobachtete sie im Spiegel.

»Was machen wir?« fragte sie.

»Bürstenschnitt!«

Als ich ins Büro kam, stieß ich gleich auf den Chef, der einen eindeutig hochgestellten Besucher begleitete. Er warf kurz einen Blick auf meine neue Frisur, lächelte und sagte: »Das Zusammengehörigkeitsgefühl einer Mannschaft, das ist das Wichtigste!« Vielleicht war das Teil seines Gesprächs mit dem Besucher. Vielleicht schätzte er auch meinen

Wunsch, mich frisurmäßig der Mannschaft zuzugesellen. Egal, als ich an meinem Schreibtisch saß, spürte ich das erwähnte ›Mannschaftsgefühl‹, nahm den Hörer ab und bat Vera, mal kurz vorbeizukommen. Jetzt war ihre Reaktion mir wichtig.

203

Schweiz. 17. Januar 2005.

Eine Stunde nach der Abfahrt aus dem verregneten Zürich kamen wir in die verschneiten Berge.

Ich war erstaunt gewesen, in dem Botschaftswagen einen anderen Fahrer zu sehen, aber wie sich herausstellte, hatte der zweite Botschaftssekretär beschlossen, mich persönlich nach Leukerbad zu bringen. Er hatte sich vorgestellt, aber ich hatte nur den Vornamen mitbekommen – Wladimir.

»Haben Sie schlecht geschlafen?« fragte er mich gleich, während er meine teure Tasche in den Kofferraum des silbrigen Audi packte.

»Wenig«, bekannte ich. »Und wahrscheinlich schlecht.«

Ich erzählte ihm nicht erst, daß ich bis fünf Uhr morgens in der Bar gesessen, von Zeit zu Zeit zur Theke gegangen war und mit Dollars nach dem Kurs des Barmanns für das nächste Glas Whiskey bezahlt hatte. Wie hatte mein Organismus das bloß durchgehalten? Ich hatte sogar versucht, mich mit irgendeiner Hure zu unterhalten. Genauer, sie setzte sich zu mir und erzählte mir etwas auf deutsch, dann fluchte sie in einer verständlicheren Sprache. Eine Bulgarin, wie sich herausstellte. Ich erklärte ihr, daß mich jetzt mehr der Alkohol interessierte als der Sex, und sie war weggegangen und hatte sich auf einen hohen runden Hocker direkt an der Theke gesetzt.

»Ich werde Ihnen dolmetschen und soufflieren, nach Möglichkeit«, sagte Wladimir zu mir, ohne den Blick von der ziemlich schmalen Straße zu lösen, auf die wir von der Autobahn abgebogen waren. »Normalerweise kommt man uns entgegen. Jedenfalls ist nicht mal bis zur örtlichen Presse etwas durchgesickert. Zuerst müssen wir zur Polizei, danach kommen schon die schwersten Fragen…«

Schwere Fragen kreisten auch so schon in meinem Kopf. Ich stellte mir vor, daß ich ihre vom Fall aus der Höhe entstellten Körper und Gesichter identifizieren mußte. Ich wollte überhaupt nichts mit dem Tod zu tun haben, aber jedes Leben hat ständig mit ihm zu tun. Darin liegt vielleicht auch der Sinn des Weiterlebens. Du kommst mit dem Tod in Kontakt und lebst weiter, bis zum nächsten Kontakt. Bis schließlich jemand mit *deinem* Tod zu tun bekommt und *sein* Leben weiterlebt.

»Sie müssen jetzt schon entscheiden, was Sie tun wollen«, begann Wladimir nach einer Pause wieder. »Die Leichname zur Beisetzung in die Heimat überführen, das ist ein für die Psyche schweres und nicht billiges Unternehmen. Natürlich, wenn Sie das beschließen, werden wir Ihnen helfen. Das gehört zu den Pflichten der Botschaft. Man kann sie kremieren und die Asche in die Heimat überführen. Man kann sie hier begraben. Sie haben es Ihrer Frau nicht gesagt?«

»Nein.«

»Gut. Die Polizei hat uns angekündigt, daß man Ihnen

etwas zeigen will. Wahrscheinlich geht es um persönliche Gegenstände der Toten. Damit muß auch irgend etwas geschehen.«

Um halb eins kamen wir nach Leuk. Dort, und nicht im Kurort Leukerbad, befand sich die örtliche Polizei.

Wladimir stellte mich irgendeinem Beamten vor, ein durchaus freundlicher kleiner Mann in Uniform, mit kurzem, sorgfältig gestutztem Schnauzer.

Dann wandte Wladimir sich mir zu, nachdem er ein paar Sätzen auf deutsch gelauscht hatte.

»Der Herr Major bringt Sie ins Büro, wo er Ihnen bei den Toten gefundene Papiere zu lesen geben wird. Nur zur Kenntnisnahme. Dann reden wir weiter.«

Das Büro war ein winziges Kämmerchen mit einem alten Schreibtisch und einem Stuhl. Auf dem Tisch war nichts als eine Lampe. Mit einer Geste bat mich der Polizist, Platz zu nehmen. Er verschwand kurz und erschien mit einer schwarzen Mappe wieder. Die Mappe reichte er mir und schloß die Tür von außen.

Ich war allein in dem Kämmerchen, das mir sekundenlang wie eine Einzelzelle vorkam. Vielleicht, weil ich jetzt auf der Polizei war. Vielleicht, weil solche Szenen oft in Fernsehfilmen auftauchen: In einem Extragefängnisraum wird dem Verdächtigen oder Angeklagten irgend etwas zum Lesen vorgelegt.

Ich schlug die Mappe auf. Einzeln abgeheftet lagen etwa ein Dutzend Blätter darin. Ich nahm das oberste heraus. Es war mein letzter Brief.

›Lieber Dima‹, las ich die akkuraten Zeilen. ›Leider bringt die finanzielle Lage die Notwendigkeit Deiner Rückkehr näher. Nach meinen ungefähren Berechnungen reicht das Geld von Swetlana und mir Euch bis Ende Februar. Stelle Dich daher auf ein ruhiges Leben hier in Kiew ein. Mama erwartet Dich und Deine ganze Familie. Die Tickets reserviere ich Euch gleich nach Silvester. Ich hoffe, Ihr kommt gut ins neue Jahr. Für uns wird dieses Fest traurig. Swetlana ist immer noch nicht über den Verlust der Kinder hinweg, und manchmal ist es für mich nicht leicht mit ihr. Aber zum Glück hat sich eine neue Hoffnung ergeben.

Ich werde Euch am Flughafen abholen, wie es sich gehört. Wenn Du Deine Sachen packst, vergiß nicht, vom Professor Kopien all Deiner medizinischen Unterlagen mitzunehmen. Ich umarme Dich, Dein Bruder Serjoscha.‹

Ein Zittern überfiel mich. Mein heimlicher Verdacht, den ich nicht mal als Vermutung hatte hochkommen lassen, fing an, sich zu bestätigen. Er hatte doch geschworen, daß er nie zurückkäme. Geschworen oder versprochen. Aber jedenfalls hatte er Wort gehalten. Sein Wort, das er gegeben hatte, aber ich hatte nicht darauf geachtet.

Beim nächsten Blatt krampfte sich in mir alles zusammen. Ein Abschiedsbrief, an mich gerichtet.

›Lieber Bruder. Danke für die Neujahrsglückwünsche. Und für alles, was Du für mich getan hast. Ich verstehe, daß Du nicht in der Lage bist, mehr zu tun, und daß Du wahrscheinlich findest, das Schicksal war ungerecht mit Dir. Darin stimme ich Dir zu. Ihr habt solches Leid nicht verdient, Ihr seid beide gute Menschen. Ich verstehe sehr gut, daß das ein schwacher Trost ist, aber wir übergeben Dir unsere Tochter Lisa. Eine gesunde Familie muß Kinder haben!

Daß wir sie bekommen haben, war irgendein höherer Irrtum. Ich korrigiere diesen Irrtum und wünsche Dir Glück! Dima.‹

›Idiot!‹ entfuhr es mir ungewollt. ›Was für ein Glück wünschst du mir!‹

Mir standen Tränen in den Augen, und jetzt liefen sie mir schon übers Gesicht. Bloß gut, daß ich allein war in diesem Bürokämmerchen. Gut, daß mich niemand sah. Ich legte den Kopf auf die Tischplatte. Meine Schultern zuckten. Es war ungeheuer kalt geworden, und diese Kälte war feindselig, fremd und drang wie das kalte Metall eines unsichtbaren Messers in mich ein.

Eine Weile später klopfte jemand an die Tür. Ich fuhr hoch und drehte mich um. Und sah in das aufmerksame Gesicht des Polizeimajors.

Ich erhob mich. Er winkte mir, ihm zu folgen. Und jetzt waren wir wieder zu dritt. Er, ich und Wladimir aus der Botschaft.

»Der Herr Major hat erklärt, daß all diese Papiere eine Zeitlang hierbleiben, bis das Vorgefallene offiziell als Unfall bestätigt ist. Dann werden sie vernichtet.«

»Aber es ist doch Selbstmord«, sagte ich leise. »Es ist kein Unfall.«

»Selbstmord psychisch Kranker gilt in der Schweiz als Unfall«, erklärte mir Wladimir ruhig. »Für uns ist das auch wichtig.«

Ich nickte. Und dachte: ›Wie gut, daß diese Papiere vernichtet werden! Denn an ihnen erkennt jeder Idiot den Grund für den Selbstmord.‹

Der Polizeibeamte fragte Wladimir etwas. Wladimir sah mich an. Ich riß mich aus meinen Gedanken.

»Wollen Sie die Stelle sehen, von der sie gesprungen sind?« fragte Wladimir.

Der Polizeimajor sah mir sehr ernst ins Gesicht, er wartete auf die Antwort.

»Nein«, sagte ich. »Das will ich nicht. Und wo ist das Kind?«

»Das kleine Mädchen ist im Kinderkrankenhaus. Vorerst konnten wir sie nirgendwo anders unterbringen. Sie ist ja noch klein.«

»Da«, ich nickte in Richtung Flur, der zu dem Bürokämmerchen führte. »In seinem Abschiedsbrief hat Dima mir seine Tochter anvertraut...«

»Das ist eine äußerst komplizierte Frage.« Wladimir fixierte mich mit seinen braunen Augen. Sein Blick war stahlhart, mit so einem Blick konnte man jeden zum Teufel schicken, ohne dabei ein Wort zu äußern. »Das besprechen wir später. Jetzt werden wir in Leukerbad beim Standesbeamten für Trauerfälle erwartet.«

Das Wort rief in meiner Erinnerung gleich das Bild der Frau in dem schwarzen Kittelkleid wach. Jener Frau, die uns geholfen hatte, die Fragen mit der Beerdigung von Vera und Oleg zu klären.

»Ist das Mädchen hier oder in Zürich?« fragte ich.

»In Bern«, antwortete Wladimir. »So war es für uns praktischer. Die Botschaft ist ja auch in Bern. Wir müssen los!«

Der Polizeimajor drückte mir fest die Hand zum Abschied. Er hatte Mitleid mit mir. Das sah ich, und ich hörte es in seiner Stimme.

Der silbrige Audi glitzerte in der Alpensonne. Am Himmel keine Wolke, es war herrliches Winterwetter. Auf der Straße nach Leukerbad fuhren langsam, einer nach dem anderen, teure Wagen mit Skiern und Snowboards auf Dachgepäckträgern. Die Wintersaison ging weiter. Nur für mich war sie vorbei. Und sie war nicht erst diesen Winter vorbei, sondern schon früher. Letztes Jahr im Oktober.

204

Kiew. Februar 2016. Samstag.

»Zeig es noch mal!« befahl ich Lwowitsch mit schwacher Stimme.

Wir saßen im Wohnzimmer meiner Wohnung auf der Desjatinnaja vor dem großen Fernseher. Er spulte das Band im Gerät zurück und ließ noch mal die letzten Nachrichten laufen.

Dunkelheit, Scheinwerfer, Lampen, Maschinengewehrfeuer, vereinzelte Schreie und Flüche und Gestalten in Tarnanzügen. Das ging so eine Weile ohne Kommentar. Dann erzählte die Sprecherin, aufrichtig erregt, mit bebender Stimme davon, wie vor Tagesanbruch ein Sondereinsatz zur Befreiung des als Geisel gehaltenen Präsidenten durchgeführt worden war. Vollkommen zufällig waren am selben Ort dreizehn vor einigen Monaten verschwundene hochrangige russische Staatsbeamte entdeckt worden. Zwei von ihnen kamen während der Schießerei mit den Wachen dieses geheimen Gefängnisses durch verirrte Kugeln um. Unter den getöteten Wachleuten identifizierte man zwei von

Kasimirs Leibwächtern. Kasimir war es gelungen, im Privatflugzeug nach Moskau zu fliegen, aber das ukrainische Außenministerium hatte schon eine entsprechende Note an Rußland geschickt. Dann wieder mein furchtbares, bläuliches, von der schlaflos verbrachten Nacht und den Schmerzen verquollenes Gesicht, das Gesicht eines Menschen, der nicht begriff, was um ihn herum vorging. Und gleich darauf Swetlows vertraute Rufe: »Keine Fragen! Keine Fragen!«

Nachdem ich es zum fünften Mal bis zu Ende angesehen hatte, sah ich Lwowitsch aufmerksam und schweigend an.

»Noch mal?« fragte er diensteifrig.

Ich schüttelte den Kopf.

»Womit habt ihr mich vergiftet?« fragte ich nach einer kurzen Pause.

»Gewöhnliches Armeeschmorfleisch ... Wir dachten nicht, daß es so weh tut...«

»Idioten!« seufzte ich aus tiefstem Herzen und spürte immer noch den Schmerz im Magen. Dann ergänzte ich: »Aber gekonnt gemacht!«

Lwowitsch lächelte müde.

»Vielleicht ein kaltes Bad?« schlug er vor.

Ich nickte.

Vor dem Fenster im Bad lag die endlose Dunkelheit des Winterabends.

Auf der Marmorfensterbank stand eine Flasche ›Glennfiddich‹ von 1948. Daneben ein niedriges Glas. In der Wanne schwappte kaum hörbar das kalte Wasser hin und her.

Ich zog den Gürtel des ›Zaren‹-Bademantels fester und wandte mich dem Geräusch der sich öffnenden Tür zu.

Lwowitsch kam mit einem silbernen Champagnerkübel. Im Kübel funkelten Eiswürfel. Sie ergossen sich als silberner Hagel in die Wanne.

»Und wo ist der andere?« fragte ich Lwowitsch.

»Wer?«

»Mein Assistent?«

»Wie hieß er denn?«

Ich zuckte die Achseln.

»Wir haben gerade einen kompletten Austausch des Mitarbeiterstabs«, erklärte er ruhig. »Nach dem, was geschehen ist, brauchen wir neue Leute, aber bevor wir sie zum Dienst zulassen, müssen wir sie sorgfältig prüfen. Also gedulden Sie sich, Herr Präsident...«

Lwowitsch verschwand still, ohne ein weiteres Wort. Ich füllte das Glas und ließ mich konzentriert ins kalte Wasser sinken, fischte ein paar Eiswürfel heraus und warf sie in das Whiskyglas.

Die Stille der Umgebung sickerte allmählich zu mir nach innen durch. Der Whisky drang ins Blut, und die Stille in die Seele und die Gedanken. Und die Gedanken wurden stiller, als wollten sie mit dieser ungeheuren Ruhe im Bewußtsein harmonieren. Alles in der letzten Zeit Vorgefallene entfernte sich in die Geschichte. In die Geschichte des ukrainischen Staates. Alles wurde Geschichte, außer meiner still gewordenen Innenwelt.

Als ich den Whisky ausgetrunken hatte, erhob ich mich. Ich stieg aus der Wanne auf den am Boden liegenden Bademantel und ging wieder zum Fenster.

Der im winterlichen Abenddämmerlicht erstarrte Andreashügel erschien mir vertrauter als sonst. Wie ein frierendes Waisenkind lag er reglos da, wartete auf milde Gaben oder einfach Mitgefühl. Ein einziges Fenster in irgendeinem Kellerloch leuchtete heimelig mit gelbem Licht. Nicht ein Passant, nicht ein Wagen mit eingeschalteten Scheinwerfern.

Ich stand da und starrte still in die Landschaft. Es vergingen sicher ein paar Minuten, bis sich in dieser Landschaft etwas bewegte. Aus der unteren Umzäunung der Kirche trat eine Frau im langen dunklen Mantel. In der Hand hielt sie eine brennende Kerze. Es kam mir komisch vor, daß das vor Kälte zitternde Flämmchen aus dieser Entfernung so deutlich zu sehen war. Sie blieb stehen, lehnte sich mit dem Rücken an die Umzäunung und beugte den Kopf über das Flämmchen, wie um es vor dem Wind zu beschützen.

Ich sah lange auf diese Frau und ihre Kerze. Meine Kehle wurde trocken. Ich griff nach der Flasche und goß mir noch mal ein. Und als ich kurz den Blick senkte, im Glas den Whiskeystand prüfte, und ihn dann wieder hob, war die Frau nicht mehr da. Sie konnte nur hügelabwärts davongegangen sein. Die rechte Gehwegseite war hinter der Kirchenumzäunung verborgen.

Der angenehme, die Zunge zwickende Geschmack konnte die Enttäuschung nicht verdrängen. Es war ein Gefühl, als hätte ich irgendeinen interessanten Film nicht zu Ende gesehen. Eine Geschichte nicht zu Ende gehört, in der das Interessanteste, wie es sich gehört, im Finale erklärt wurde.

Die reglose und wieder leblose Landschaft verlor etwas Wichtiges für mich. Natürlich, das heimelige gelbe Licht leuchtete noch in dem Fenster, hinter dem sich vielleicht das

Leben abspielte. Aber die Frau mit der Kerze war nicht mehr da. Und ich kehrte in meine Wanne zurück, warf wieder ein paar schon kleiner geschmolzene Eiswürfel ins Glas und schluckte den Whisky. Ich legte den Hinterkopf auf das wasserabweisende Plastikkissen und schloß die Augen.

205

Kiew. August 1992.

Im Kesselraum war es noch heißer als auf der Straße draußen. Die Gäste kamen in T-Shirts und Shorts und packten Flaschen, Konserven und große Salatbehälter auf den aus drei dünnen Sperrholzplatten improvisierten Tisch. Auf den Gesichtern der Gäste das Bewußtsein völliger Freiheit. Das waren meine Altersgenossen, oder etwas jünger, aber sie erinnerten mich an Ausländer. Ich versuchte zu begreifen, woher dieses Gefühl kam: daher, daß ich mit einem Geschenk gekommen war – einer Küchenmaschine für vierzig Dollar, und sie mit Flaschen und guter Laune?

»Kann ich dir helfen?« fragte ich Mira.

Man konnte nicht sagen, der Festtag ließe sie kalt. Das Gesicht war geschminkt, die Jeans gebügelt, mit Bügelfalten. Dieser Aufzug stand ihr sowieso nicht. Für ihre Figur eignete sich nur etwas, was diese Figur kaschierte. Sie sah sich ein wenig verloren nach allen Seiten um, als wären auch ihr diese Gäste fremd.

»Wo ist deine Mutter?« fragte ich und ertappte mich dabei, daß ich mich fast wie ein Verwandter um Mira sorgte, als würde *ich* sie heute verheiraten.

»Sie kommt nicht«, antwortete Mira traurig. »Witja ist ja kein Jude, er ist aus Moldawien.«

»Nur deswegen?« wunderte ich mich.

»Nicht nur. Mama hat gesagt, daß sie nicht in Kesselräumen verkehrt.«

»Kesselräume gibt es verschiedene«, tröstete ich Mira und gab ihr zu verstehen, daß dieser Kesselraum mir gefiel.

Mein Blick blieb an dem alten, durchgelegenen Sofa hängen, das in einer Ecke des großzügigen Raumes stand. Auf ihm war wahrscheinlich ihr künftiges Kind gezeugt worden.

Mit dem Blick überprüfte ich den Umfang von Miras Bauch. Ihre Schwangerschaft war noch nicht zu sehen.

Fenster gab es hier nur unter der Decke oben, und sie waren klein. Die verzweigten eisernen Röhren und die Feuerung mit dem Berg Kohlebriketts störten uns nicht – sie verschwanden irgendwie am Rande, an der gegenüberliegenden Stirnwand, hinter dicken Wolken aus Zigarettenrauch.

Ich sah wieder Mira in die Augen. Sie konnte den Blick nicht von ihrem Witja lassen – ein langhaariger, magerer Kerl in Jeans und offenem Hawaiihemd. Bloß er schaute leider nicht in Richtung seiner Braut. Er schwatzte mit zwei Bekannten. Ich wollte sie gern ablenken und erzählte ihr, was ich bis jetzt geheimgehalten hatte, erzählte ihr von dem Verschwinden von David Isaakowitschs Grab und Grabmal.

»Das waren wir, wir haben ihn umgebettet«, sagte Mira gelassen zu mir. »Auf den Friedhof in Syrez. Seine Mutter liegt dort.«

»Was das bloß gekostet hat?!« wunderte ich mich.

»Der Jüdische Gedächtnisfonds hat es bezahlt.«

Das Gespräch war erschöpft. Da hatte ich mir Sorgen gemacht, ob ich es ihr sagen sollte, hatte gewissermaßen gelitten, weil ich beschlossen hatte, nichts zu sagen – und jetzt war alles ganz einfach! Sie waren mit ihrem jüdischen Bulldozer über David Isaakowitschs Vergangenheit weggewalzt und hatten ihn ins Kollektiv übersiedelt, damit er nicht aus der Reihe tanzte! Sie ließen nicht zu, daß er auch nach dem Tod der Einzelgänger blieb, der er im Leben gewesen war! Vater Wassili und ich hatten ihn besser verstanden als die…

Der Tisch war schon gedeckt, im Raum drängte sich das Volk, an die dreißig Personen. Es wurde Zeit, sich hinzusetzen und das Ereignis zu feiern. Die Bänke, das hieß die über Hocker gelegten Bretter, waren schon bereit. Man mußte ein Signal geben.

»Gorko!« rief ich, wie es sich gehörte.

Und erblickte auf den mir zugewandten Gesichtern der Versammlung völliges Unverständnis. Ich sah sie meinerseits betreten an, aber dann, als ich dem Blick eines mit roten Flatterbändern an Hals und Armen geschmückten Mädchens folgte, erkannte ich, daß sie meine Krawatte musterte, sie anstarrte, als wäre es eine zum Sprung bereite Kobra, in den Augen dumpfes Entsetzen.

›Na, Mira, da hast du dir was eingebrockt!‹ dachte ich und begriff, daß ich hier wegmußte.

Ich drehte mich um und sah die Braut an. Aber ich konnte nichts sagen. Die Zunge regte sich nicht.

»He, Jungs!« sagte jemand laut. »Der Champagner wird warm! Zeit, ihn aufzumachen!«

Und die Gäste verteilten sich um den Spanplattentisch, reichten sich gegenseitig die Einwegpapierteller, nahmen die Deckel von den Plastikschüsseln mit den Salaten.

›Vielleicht sind die alle aus Moldawien?‹ überlegte ich. ›Deshalb kommen sie mir wie Ausländer vor?‹

»He, Mira!« rief Bräutigam Witja seine Braut und schlug mit der flachen Hand auf den freien Platz neben sich auf der Bank.

Und ich stand da und überlegte, ob ich bleiben oder gehen sollte. Stand da und brachte es zu keiner Entscheidung.

»He, mach mal die Flasche auf, ich schaff das nicht!« Ein Mädchen in schwarzen Ledershorts und T-Shirt streckte mir eine Wodkaflasche entgegen.

Ich schraubte mühsam den Deckel auf und gab die Flasche zurück.

»Setz dich! Steh nicht rum!« sagte dasselbe Mädchen in den Ledershorts fröhlich zu mir und rief mich, wie Witja seine Mira, mit der klatschenden Hand auf den freien Platz neben sich.

Ich setzte mich.

»Von dem Gras hier drehe ich gleich durch«, klagte mein qualmender Nachbar zur Rechten.

Ich nickte. Heuchelte Mitgefühl. Schlug ihm vor, Wodka nachzuschenken.

»Was tust du?!« rief er erschrocken. »Man darf das Wahre nicht mit dem Sündigen mischen!«

›Na gut‹, dachte ich. ›'Das Wahre' rauche ich nicht, ich werde sündigen.‹

Und ich goß mir den Plastikbecher voll mit Wodka.

Luftraum. 18. Januar 2005.

Außerhalb der Boeing waren minus zweiundfünfzig. Im Herzen – null. Im Glas – vierzigprozentiger Wodka. Zum ersten Mal seit langer Zeit war mir nicht nach Whiskey. Vielleicht, weil sich in der Bar der Business-Class nur eine Flasche ›Teachers‹ fand. Übersetzt war das ›Lehrerwhiskey‹. Vielleicht stimmte die Übersetzung auch nicht, vielleicht hieß der Markeninhaber einfach so. Aber dieses Detail hatte mich geärgert, genauer, es hatte mich abgestoßen. Ich brauchte keine Belehrung. Das hatte ich auch Wladimir gesagt, an diesem Morgen vor der Abfahrt zum Flughafen. Aber er hörte sich meine Worte mit steinernem, ruhigem Gesichtsausdruck an, als redete ich Unsinn und als wäre er der Psychiater, der meinen Anfall über sich ergehen ließ.

Nein, die wichtigsten Fragen hatten wir entschieden, und er hatte auch einiges auf sich genommen. Praktisch die ganze Botschaft erleichterte meine traurige Aufgabe. Dimas und Waljas Leichen würden morgen kremiert werden, und die Asche auf dem Züricher Friedhof verstreut, nicht weit vom ›Lewis Carroll-Garten‹, in dem zwei Rosen wuchsen: *Vera* und *Oleg.* Erwachsenen bot man nicht an, ihre Namen Rosen zu geben. Und das war auch richtig. Selbst die abgebrochene Kindheit soll ihre Privilegien haben.

Diesmal kümmerte sich keine Stewardess um mich, sondern ein Steward, ein junger Kerl mit kurzgeschorenen Haaren. Er hatte begriffen, daß ich Wodka trank und daß mir schwer und traurig zumute war. Er hatte alles begriffen und saß vorn auf einem Sitz mit irgendeiner Zeitschrift auf den Knien. Nur manchmal erhob er sich und suchte meinen Blick, um zu prüfen, ob ich vielleicht etwas wünschte.

Was ich mir gestern noch gewünscht hatte, war heute schon unmöglich. Aber jetzt bedrängten mich Zweifel. Wladimir hatte recht gehabt, als er darauf bestand, daß das Mädchen fürs erste in der Schweiz bleiben sollte. Erstens war sie noch keine drei Monate alt. Zweitens würde das Auftauchen eines nicht neugeborenen Kindes in meiner Familie eine Menge Fragen aufwerfen und irgendwem Anlaß geben, nachzuschnüffeln, bis er auf die Tragödie stieß. Drittens sollte Swetlana in ihrem jetzigen psychischen Zustand lieber nichts vom Tod ihrer Schwester und dem Dimas erfahren.

Woher wußte Wladimir vom psychischen Zustand meiner Frau? Erst jetzt, während ich an alles dachte, was er gesagt hatte, machte mich das nachdenklich: Er wußte zuviel über mich! Aber ich war weder verwirrt noch verärgert darüber. Ich versuchte mich an das gestrige Gespräch mit ihm zu erinnern.

»Wir finden eine Möglichkeit, Lisa in einer guten privaten Krippe unterzubringen«, hatte er gesagt und einen Schluck Campari Orange genommen. Wir saßen in dem angenehmen Büro der ukrainischen Botschaft in Bern. »Für eine Vormundschaft oder gar eine Adoption braucht es einen Haufen Zeit und Papiere. Wenn es soweit ist, helfen wir Ihnen in dieser Angelegenheit. Aber jetzt verhalten Sie sich so, als sei nichts geschehen. Sie waren einfach auf einer kurzfristigen Dienstreise. Ihr Bruder ist mit Frau und Tochter auf dem Weg nach Amerika. Sie haben eine medizinische Überweisung erhalten. Wenn Sie selbst daran glauben, ist es noch besser.«

›Warum Amerika?‹ überlegte ich. ›Na ja, er hat bloß ein Märchen für Swetlana und meine Mutter entworfen. Er hat mir dabei fast zugezwinkert.‹

»Das Vorgefallene muß geheim bleiben! Und von dem Kind werden wir Ihnen regelmäßig berichten. Wir finden eine entsprechende Möglichkeit!«

Komisch, der Wodka wärmte nicht. Und ich mochte ihn nicht mehr trinken. Ich bat den Steward um Tee.

»Mit Kognak?« fragte er.

»Ja, mit Kognak«, stimmte ich zu. »Und denken Sie an ein Stückchen Zitrone!«

Der Steward lächelte. Er glaubte, das flüchtige Lächeln auf meinem Gesicht hinge mit seinem Kognakvorschlag zusammen. Er irrte sich, aber ich würde ihn nicht enttäuschen. Das Lächeln, das ich gleich wieder von den Lippen vertrieb, hing mit einer Erinnerung zusammen. Mit der Erinnerung daran, wie die schwangere Swetlana mich gebeten hatte, in Paris zu der Prostituierten, der Mulattin, zu gehen und den Preis für ihre Dienste zu erfragen. Komisch, aber immer noch erinnerte ich mich an diese Szene in allen Einzelheiten. Warum war mir das nur eingefallen? Warum gerade jetzt? Wahrscheinlich wollte ich kehrtmachen in die Vergangenheit, zurück in die Zeit, als Glück und Veränderungen im Leben bevorstanden! Damals konnte ich mir ja nicht vorstellen, wie mein plötzliches Interesse an Walja Wilenskaja und ihrer Schwester enden würde. Ich ahnte auch nicht, wie Waljas und Dimas romantische Reise in die Schweiz enden würde. Aber ihre romantische Reise war jedenfalls vorbei, und meine ging weiter, nur romantisch war sie nicht mehr.

Kiew. Februar 2016. Montag.

Mein Arbeitszimmer kam mir nach der ungewohnt langen Unterbrechung zu warm vor. Ich mußte für zehn Minuten das Fenster öffnen.

Die Ledermappe mit dem aufgeprägten goldenen Dreizack faßte mit Mühe den Stapel Erlasse und Gesetze, die auf meine Unterschrift warteten.

Ich trank Tee und überlegte, ob ich sie jetzt gleich aufschlagen oder warten sollte.

Und während ich überlegte, kam Lwowitsch herein. Frisch gewaschen, gebügelt, verputzt, auf Hochglanz rasiert. Neuer Anzug, neue Krawatte.

Auf meinen erstaunten Blick lächelte er nur.

»Ich nehme das mit zur Durchsicht«, sagte er und wies kühn auf die von mir nicht angerührte Mappe. »Das sind ja noch Dokumente aus dem letzten Jahr. Und jetzt hat sich vieles geändert.«

Ich nickte.

»Unterschreiben können Sie sowieso erst nach dem achten März, nach den Neuwahlen... Übrigens! Die wichtigste Neuigkeit – Kasimir wurde in Moskau verhaftet. Zusammen mit seinem russischen Partner! Toll gemacht! Es ist auch schon Anklage erhoben worden – Verbindungen zu tschetschenischen Kämpfern und Entführung russischer Bürger.«

»Du denkst nicht, daß sie ihn laufenlassen?«

»So viele öffentliche Anklagepunkte! Das ist ernst! Ich denke, wir sehen ihn für die nächsten zwanzig Jahre nicht wieder. Hauptsache, wir verlangen keine Auslieferung!«

»Gut, dann lassen wir das sein«, sagte ich lächelnd.

Und plötzlich durchfuhr es mich unangenehm. Wieso war ich denn so freundlich und gesprächig? Wo war meine präsidiale Härte? Wo die ranggemäße Arroganz und Grobheit? Wo hatte ich die bloß verloren?

Mein Blick leuchtete kurz zornig auf, erlosch aber gleich wieder. Ich empfand das besonders schmerzlich. Ich war nicht in Form. Ich war schon lange nicht mehr in Form! Und dreist stand Lwowitsch vor mir. Auf seinem Gesicht lag immer noch das gelassene, selbstsichere Lächeln. Und mein Hirn suchte fieberhaft nach der Erklärung für sein Benehmen, als wäre ich aus einem lethargischen Traum erwacht und hätte ihn ganz anders in Erinnerung, vorsichtig und furchtsam.

»Swetlow bittet, ihn zu empfangen.« Lwowitsch sah nachdenklich zur Tür. »Soll ich ihn holen?«

»Ja, hol ihn!«

Lwowitsch ging hinaus. Und ich war plötzlich nervös, fuhr mit der Hand in die Jackettasche und zog meinen persönlichen ›Schalter‹ heraus – das schwarze Teil mit den zwei Knöpfen. Ich legte es auf den Tisch. Und suchte mit dem Blick vergeblich die Ledermappe mit dem aufgeprägten Dreizack. Natürlich, Lwowitsch wollte sie mitnehmen ... Aber ich hatte nicht gemerkt, wie er sie an sich nahm. Und er war doch ohne sie gegangen. Nein, er konnte nicht ohne sie gegangen sein, sonst läge sie noch auf dem Tisch.

Ich schüttelte den Kopf. Zur Antwort begann er zu schmerzen, als hätte sich da drin eine trübe Welle erhoben, die mit unfreundlichem Echo an den Hinterkopf schwappte.

Mein Blick blieb an dem ›Schalter‹ hängen. Das Märchen vom Koschtschej dem Unsterblichen fiel mir ein: Der Tod steckt in der Nadel, die Nadel im Ei, das Ei in der Ente, und so weiter...

Ich versteckte meine ›Fernbedienung‹ in der Schreibtischschublade und fixierte die Stelle, an der Major Melnitschenkos Sofa fehlte.

Swetlow kam herein.

»Grüß dich.« Ich erhob mich.

Der Händedruck war männlich fest.

»Und, wie?« fragte ich.

»Was die Wahlen angeht – alles in Ordnung! Alle bis auf den Kommunisten haben ihre Kandidaturen zurückgezogen. Es gibt Briefe von Werktätigen mit der Bitte, die Wahlen abzusagen und sie verfassungsgemäß in zwei Jahren abzuhalten... Aber ich denke, wir dürfen nicht zurück. Erstens bedeutet es eine Bestätigung des Vertrauensmandats, zweitens eine Verlängerung Ihrer Amtszeit um zwei Jahre...«

»Ja«, seufzte ich. »Das mit der Amtszeit ist richtig!«

»Ja, Herr Präsident...«

»Nicht so förmlich«, schlug ich freundschaftlich vor.

»Sergej Pawlowitsch, es liegt eine Bitte der Gefängnisbehörde vor. Sie wollen die Abstimmung in den Gefängnissen und Lagern schon am 1. März durchführen, um dem Volk zu zeigen, wen die Untersten wählen...«

»Wie meinst du das?«

»Die Häftlinge haben erklärt, daß sie zu hundert Prozent für Sie stimmen werden. Ohne Manipulation! Aus Dankbarkeit für die Einführung der Ausbildung hinter Gittern, dafür, daß sie jetzt normale Berufe erlernen können, bevor sie freikommen...«

»Aber dafür müssen sie sich bei Mykola bedanken.«

»Bei ihm auch, aber das Okay kam von Ihnen.«

»Ja, stimmt. Entscheide das mit dem Zentralen Wahlkomitee! Und außerdem, übernimm die Suche nach Melnitschenkos Sofa!« Ich nickte zu dem leeren Platz an der Wand hinüber. »Grab das ganze Land um, aber stell es wieder an seinen Platz!«

»Ich werd es versuchen!« versprach Swetlow. Dann legte er einen Briefumschlag auf den Tisch, salutierte und ging.

Wieder überfiel mich Erschöpfung. Ohne jedes Interesse betrachtete ich diesen weißen, nicht unterschriebenen Umschlag. Dabei stellte ich mir vor, daß er die nächste Sendung von Maja von der Krim enthielt, in der sie mir im Austausch für ihre Freiheit und Immunität das nächste Geheimnis anbot. Und sogar bei der Erinnerung an Maja wurde mir langweilig. Unter ihrem bösen Stern hatte ich fast ein Jahr verbracht, das mir und dem Land nur Unerfreuliches und Katastrophen gebracht hatte. Wie hatte Stolypin zu den Revolutionären gesagt? ›Sie brauchen große Katastrophen. Und ich brauche ein großes Rußland!‹ Ich brauchte eine große Ukraine...

An der Tür klopfte es, dann ging sie auf, und ein Bursche von etwa achtzehn Jahren mit lackglänzenden, tadellos geglätteten Haaren sah herein. Er trug einen schwarzen Anzug und spitze modische Schuhe.

»Herr Präsident! Tee? Kaffee? Cappuccino?« Auf seinem Gesicht erschien eine solche Dienstfertigkeit, daß ich seinen Eifer nicht enttäuschen konnte.

»Tee«, sagte ich. »Mit Zitrone und Honig. – Bist du schon lange da?«

»Den ersten Tag.«

Im Herzen regte sich irgendein menschliches Gefühl, und ich hätte ihn gern nach seinem Namen gefragt und erfahren, was er vorher gemacht hatte. Aber ich beherrschte mich und beschränkte mich auf ein zurückhaltend freundliches Nicken.

Als ich wieder allein war, öffnete ich den Umschlag, zog zwei Fotos und einen Brief heraus und legte sie vor mich hin. Zwei Gesichter, sehr vertraute: eine Frau und ein Mädchen.

Der Brief war kurz. Eine Frauenhandschrift, ohne Eile.

Lieber Sergej Pawlowitsch!

Lisa und ich haben uns gleich angefreundet. Sie ist ein Schatz. Obwohl es ihr schwerfällt, russisch zu sprechen. Ihr Russisch hat sie bei einer estnischen Emigrantenfamilie gelernt.

Die künstliche Befruchtung in der Klinik ist gut verlaufen. Der Professor gibt uns siebenundneunzig Prozent Erfolgsaussicht. Unsere ›Kleinen‹ haben sich getroffen! Ich werde so glücklich sein, wenn es soweit ist! Mir hat schon vor langer Zeit eine Wahrsagerin gesagt, daß ich bei Ihnen bleiben soll, und dann wird alles gut in meinem Leben. Wir warten auf den Frühling und das Wiedersehen.

Nilotschka und Lisa

Ich sah mir die Fotos an. Lisa war Walja sehr ähnlich, und auch Swetlana. Ich sah schon geradezu ihr Gesicht in der

Zukunft, in vielleicht zehn Jahren. Eine hochmütige, selbstbewußte Schönheit.

Nilotschka hatte sich wirklich fast gar nicht verändert. Nur um die lachenden Augen sah man ein paar kleine Fältchen.

Der Bursche brachte ein Tablett mit Tee und zog sich schweigend zurück, um mich in meinen Gedanken nicht zu stören.

›Ein guter Mann‹, dachte ich über Swetlow. ›Er weiß, was man berichten kann und was man schweigend auf dem Tisch zurückläßt.‹

208

Kiew. September 1992.

Witja, Miras neuer Ehemann, erwies sich als Pechvogel wie aus dem Bilderbuch. Er war einfach ein ideales Beispiel für die Ungerechtigkeit des Lebens. Wobei es natürlich blöd gewesen wäre, einen Schuldigen an seinen Miseren zu suchen, denn er war stets sein eigener Regisseur bei allem, was ihm passierte.

Vorgestern nacht hatten sie ihn per Telefon geholt, um einen Bekannten mit einer Überdosis zum Magenauspumpen zu bringen. Den Bekannten pumpten sie aus, aber Witja bezahlte auf dem Rückweg gründlich für seine Hilfsbereitschaft. Er versuchte es per Anhalter. Ein Schiguli hielt, drei Kerle stiegen aus. Verprügelten ihn, klauten die Jacke, nahmen die Taschen aus, in denen sowieso meistens Ebbe herrschte, und warfen ihn in einen Abwasserschacht. Den schmiedeeisernen Kanaldeckel hatten Metalljäger geklaut, und so half ein Verbrechen dem anderen.

Gegen sechs Uhr morgens tauchte er auf. Augenbrauen und Lippen zerschlagen, Dreck und Blutergüsse im Gesicht. Und um sieben kam Miras Mama, um die Frage von Witjas Einschreibung in der Gemeinschaftswohnung zu besprechen. Sie selbst hatte das Ganze Gott sei Dank abgebremst, nachdem Witja nicht zur offiziellen Hochzeitsfeier gekommen war, die die Schwiegermutter für ihre Freundinnen und Freunde in der Flugmotoren-Werkskantine ausgerichtet hatte. Seither befand sich Witja unter verschärfter schwiegermütterlicher Kontrolle. Sie hatte ihm einen Monat Probezeit gegeben, und jetzt, als der Monat um war und sie anreiste, um die Lage der Dinge zu begutachten, empfing sie der zerschlagene, verdreckte und im Abwasserkanalschacht durchgeweichte Schwiegersohn.

Der Zirkus, der sich seit der Hochzeit im Kesselraum vor meinen Augen abgespielt hatte, näherte sich seinem Ende. Und leider gab es in diesem Zirkus weder Akrobaten noch Dressurnummern. Nur Clowns. Aber traurige. Ich selbst wurde auch ein wenig zum Clown, nachdem ich mich geweigert hatte, aus dem Zimmer und von meinen gesetzlichen Quadratmetern zu weichen. Ich richtete mir auf dem Boden an der Heizung mein Matratzenlager ein und überließ Liege und Bett den Jungverheirateten. Sie schoben diese zwei verschieden hohen, aber weichen Gegenstände zusammen und ›trieben es‹ manchmal darauf, aber träge und schweigend. In diesen Momenten dachten sie vielleicht, ich schliefe. Manchmal schlief ich wirklich. Aber selbst wenn ich nicht schlief, schenkte ich ihrem Privatleben keinerlei Beachtung.

Miras Mama also sprach das Urteil, nachdem sie fünf Minuten im Zimmer verweilt und den guten löslichen Kaffee abgelehnt hatte: »Kein Wohnungseintrag!« Und knallte die Tür zu.

»Dann reisen wir aus«, rief Mira ihr hinterher.

»Wohin denn?« fragte ich sie.

»Nach Deutschland! Deutschland nimmt jetzt die Juden auf! Das schulden sie uns wegen Babi Jar.«

Darauf verstummte ich. Ich dachte nach. Und fühlte eine seltsame, kaum merkliche innere Verbindung zu Mira. Wie zu meiner Schwester, mit der ich mich die ganze Kindheit durch gezankt hatte und die mir jetzt, im Angesicht ihrer Abreise, schon zu fehlen begann.

»Aber lassen sie auch ihn rein?« fragte ich nach einer Pause und nickte hinüber zum Moldawier Witja, der in seinen verdreckten Kleidern auf der Liege eingeschlafen war.

»Sie lassen ihn.« Mira senkte den Blick auf ihren schon sichtbaren Bauch und streichelte ihn. »Hier drin ist ja ein echter Jude«, sagte sie zärtlich. »Und sein Vater ist ein wandelndes Unglück! Aber trotzdem sein Vater.«

Ich warf einen Blick auf meine neue Uhr, ein Geschenk vom Kiewer Bürgermeister persönlich, für die Organisation und die aktive Beteiligung an der ersten polnisch-ukrainischen Unternehmerkonferenz. Acht Uhr dreißig, und in der Mitte des Zifferblatts – ein goldener Dreizack.

»Wasch ihn mit Wodka ab«, sagte ich zu Witja. »Und packe ihm Pflaster drauf, damit es keine Infektion gibt. Sonst erlebt er dein Deutschland nicht mehr!«

Mira nickte, sah mich kläglich und sogar vorwurfsvoll an, als wäre ich schuld an ihren Miseren.

›Kopf hoch, halte durch!‹ wünschte ich ihr innerlich, band die Krawatte mit dem roten polnischen Adler um – ein Geschenk von derselben Konferenz – und machte mich auf zur Arbeit.

209

Kiew. Januar 2005. Abend.

Zuerst achtete ich nicht auf die ungeheure Stille in der Wohnung. Ich kam heim, warf die teure Tasche in mein Arbeitsschlafzimmer und ging gleich in die Küche.

In der Spüle ein Haufen Geschirr. Swetlana hatte nie gelernt, die Spülmaschine einzuräumen. Aber das war verzeihlich. Sie war von Natur aus keine Hausfrau, war es nie und würde es auch nicht mehr werden.

Meinen ersten Impuls, einen Tee zu trinken, verfolgte ich nicht weiter. Statt an Tee erschien es mir logischer, mich an etwas Stärkerem zu wärmen. Ich blieb beim Kognak, um den Nachgeschmack des dreistündigen Fluges zu verlängern.

Und wieder fiel mir die Stille auf. Ich mußte im Schlafzimmer nachsehen, vielleicht schlief Swetlana?

Die Uhr zeigte halb neun. Irgendwie ein wenig früh, zu früh, um sich ins Bett zu legen.

Ich schaute ins Schlafzimmer, sah das glattgezogene Bettzeug. Allzu sorgfältig glattgezogen, wie mit besonderer Aufmerksamkeit.

Ich starrte sekundenlang dumpf auf unser breites Bett, das sich an meinen Rücken schon nicht mehr erinnerte. Und auf einmal bemerkte ich den Zettel, der auf dem Kopfkissen lag.

»Verzeih, mir ist immer noch nach Alleinsein. Ich ziehe fürs erste zu Schanna. Ihre Telefonnummer: 239-00-45. Wenn Walja anruft, diktiere ihr die Nummer. Ruf nur an, wenn es unbedingt nötig ist. Kuß. Swetlana.«

In der Küche hielt ich immer noch diesen Zettel in der Hand, setzte mich auf einen Hocker an der Bartheke, starrte auf die Telefonnummer und versuchte daraus zu erkennen, in welchem Bezirk Schanna wohnte. Oder war das eine Handynummer?

Vor dem Fenster schneite es wieder sanft im winterlichen Abenddunkel. Mir war weder nach Tee noch nach Kaffee, mir war auch nicht nach Alleinsein. Aber ich fand einen einzigen tröstlichen Gedanken. Ich mußte nicht lügen. Es war einfach keiner da, den ich anlügen mußte. Ich mußte mir nicht ausdenken, wohin ich geflogen war und warum. Swetlana hatte es selbst so eingerichtet, daß sie die Wahrheit nicht erfuhr. Vielleicht hatte sie auch etwas geahnt. Aber wahrscheinlich brauchte sie jetzt einfach niemanden. Vermutlich brauchte sie auch Schanna nicht. Aber Schanna gegenüber fühlte sie sich anscheinend verantwortlich. ›Wir sind für das verantwortlich, was wir uns vertraut gemacht haben!‹ Sie hatte Schanna von der Großen Okruschnaja geholt, sie neu eingekleidet, gekämmt, und jetzt hatte sie ihre Schanna wie andere reiche Damen einen Chow-Chow oder sonstiges reinrassiges lebendes Spielzeug. Schanna war zwar nicht reinrassig, dafür lernte sie schnell und konnte sprechen.

Warum stürzte ich mich auf die arme Schanna? Ich schüttelte den Kopf, wunderte mich über meine plötzliche Gehässigkeit. Nein, Schanna war nett, und Schanna war zu bedauern, weil man jetzt an der Seite meiner, oder ehemals meiner, Swetlana Wilenskaja nicht glücklich und froh werden konnte.

Und konnte man denn an meiner Seite glücklich werden?

Ich goß mir wieder Kognak ins Glas und seufzte nachdenklich.

Das Telefon klingelte. »Ja?« sagte ich in den Hörer.

»Sergej Pawlowitsch? Hier Doktor Knutysch. Der Vorgang ist abgeschlossen! Alles bestens, ich habe es unter dem Mikroskop geprüft! Fast hundert Prozent Garantie! Es kann auch gleich losgehen!«

»Was kann losgehen?« fragte ich verwirrt, außerstande, dem Gegenstand des Gesprächs zu folgen.

»Hier ist Doktor Knutysch von der Blutwäsche-Klinik.«

»Ah! Ja! Und was heißt ›gleich‹?«

»Ich kann einen Termin vereinbaren für morgen früh, um die künstliche Befruchtung vorzunehmen. Kann Ihre Frau morgen früh?«

»Morgen früh? Geht nicht. Lieber noch warten.«

»Also dann? Kühlen oder einfrieren?«

»Was ist der Unterschied?«

»Also, wenn es sich um zwei, drei Tage handelt, dann besser kühlen. Und für länger, dann einfrieren.«

»Frieren Sie es ein!« sagte ich entschieden in den Hörer.

»Sie sind erschöpft?« Doktor Knutysch klang besorgt. »Hören Sie, ich rufe Sie morgen früh noch mal an!«

»Ist gut«, stimmte ich zu, verabschiedete mich und legte den Hörer auf.

210

Kiew. Februar 2016. Mittwoch. Abend.

Hinter dem einzigen Fenster in der ›Andreaswand‹, zu Hause auf der Desjatinnaja, schneite es. Es schneite nicht gleichmäßig, sondern so, als würde jemand von oben Schaufel um Schaufel herunterwerfen. Und ich erkannte deutlich die Pausen zwischen diesen Würfen. Mal fiel der Schnee dicht, mal gab er plötzlich meine Lieblingslandschaft frei, meine Lieblingsaussicht aus dem Fenster auf die ersten Häuser des Andreashügels, auf die Kirche mit dem Zaun und der verschneiten steinernen Treppe, auf das erstarrte Bronzepaar aus der alten sowjetischen Filmkomödie. Die Zeit der Komödien war längst vorbei. Jetzt wäre der richtige Zeitpunkt gewesen, ein paar epische Tragödien aus dem Leben zu drehen. Aber bei uns wurden schon lange keine Filme mehr gedreht. Wie sagte der vorletzte Kulturminister: »Dieser Zweig hat sich angesichts des Fehlens schöpferischer Kräfte in der Ukraine als nicht zukunftsträchtig erwiesen.«

Warum fühlte ich mich hier so wohl, in diesem geräumigen, kalten Bad? Natürlich, kalt war es auf meinen eigenen Wunsch. Ich selbst hatte vor ein paar Jahren befohlen, die Heizung unter dem Fußboden auszuschalten. Warum fühlte ich mich hier so wohl, allein, und sogar mit jenem betretenen Lwowitsch, der jedesmal mit einem Blick hier reinkam, als würde man ihn in eine Falle locken?

Einst hatte ich genauso die Küche geliebt. Die enge, kühle Küche mit dem hartnäckigen Geruch von heißem Sonnenblumenöl, mit der altersfettigen Decke und den zwei Töpfchen Aloe auf dem vielfach gestrichenen Fensterbrett. Wie unglaublich gut war es in der Küche nachts, wenn die Mutter und Dima schliefen. Und ich konnte, ohne das Licht einzuschalten, auf die erleuchteten Fenster der Häuser gegenüber schauen. Fast alle Fenster, die in der Nacht leuchteten, waren Küchenfenster. Fast hinter jedem dieser Fenster saß jemand am Tisch und dachte vielleicht über die Ewigkeit nach.

Über die Ewigkeit konnte ich jetzt auch nachdenken. Meine letzten zwei Tage waren in einer seltsamen Erstarrung verlaufen. Lwowitsch hatte mich daran erinnert, daß ich bis zum 8. März die Funktionen des Präsidenten ausfüllte! Und keine konkreten Entscheidungen treffen sollte und durfte. Ich hatte auch nicht vor, irgendwelche Entscheidungen zu treffen, aber, andererseits, Swetlow und Filin hatten mir auf meine Bitte hin die Listen ihrer Mitarbeiter gebracht, die man für die Verteidigung der verfassungsmäßigen Ordnung belohnen mußte. Wie sich jetzt herausstellte, konnte ich bis zum Frauentag der allukrainischen Präsidentenwahlen nicht mal irgendeine Kleinigkeit anweisen, geschweige denn einen Erlaß in die Welt setzen.

»Ich mache auch eine Liste«, drohte mir Lwowitsch, als er die Listen von Swetlow und Filin entdeckte.

»Nur zu!« sagte ich ihm. »Du kannst dich auch gleich selbst draufschreiben!«

Zum Teil scherzte ich. Ich scherzte böse. Aber Lwowitsch ignorierte das.

»Mich hat schon General Filin auf seine Liste gesetzt, und ich setze ihn auf meine«, erklärte er. »So kann niemand etwas beanstanden!«

Auf dem breiten Marmorsims standen jetzt zwei silberne Rähmchen mit den Fotos von Nila und Lisa. Hin und wieder hielt ich mich mit dem Blick an ihnen fest wie an Ikonen. Ich fühlte sogar, wie mein Blick sich fast physisch aufwärmte, warm und sentimental wurde. Es war, als bildete sich zwischen Auge und Fotos irgendeine Spannung, eine elektrische Ladung. Erstaunlich, wie natürlich die Gesichter von Nila und Lisa auf den Fotos geraten waren. Nichts Geziertes, kein amerikanisches Lächeln, keine Pose. Wehmut in den Blicken und Ruhe auf den Gesichtern – einfach das Leben mit allen seinen möglichen Gefühlen.

Ich goß mir Whisky ein. Ein klein wenig. Drehte das Glas in der Hand so, daß der Whisky die Glaswände innen entlanglief wie die Motorradfahrer an der Steilwand im Zirkus meiner Kindheit. Der angenehme Duft stieg auf, erreichte die Nase. Und der Blick fing wieder die Pause zwischen zwei Himmelsschaufeln Schnee auf und blieb an dem erleuchteten Fenster im zweiten Haus am Andreashügel hängen. Das warme gelbe Licht dieses Fensters hatte etwas Verlockendes. Vielleicht war dort irgend jemandes Küche?

Ich schluckte Speichel hinunter, dachte an Essen. Hatte ich etwa Hunger? Die Uhr zeigte halb zwei nachts. Selbst wenn ich Hunger hätte, würde ich so spät jetzt nichts essen.

»Soll ich einen Wagen rufen?« fragte draußen die Wache und starrte verwundert auf meinen langen schwarzen Mantel.

»Nein«, antwortete ich. »Ich bin gleich wieder da...«

Auf der Straße wehte ein scharfer, kalter Wind. Auch die Schneeflocken, die mir ins Gesicht und in den Kragen flogen, waren scharf und stechend.

Als ich das Kopfsteinpflaster zur anderen Straßenseite überquerte, stolperte ich und wäre fast hingefallen.

Vor dem erleuchteten Fenster blieb ich stehen. Ich schaute hinein, sah aber nichts. Es war von innen mit irgend etwas verklebt. Ich lauschte. Mehrere Männerstimmen drangen an mein Ohr, die sich ohne Hast unterhielten.

Ich sah in den Hofdurchgang, dort führten links zwei Stufen hinunter, zur Tür dieses ebenerdigen Kellers.

Ich klopfte mit der Faust an die Eisentür und zog sie auf. Ich trat ein – und fing sofort die neugierigen Blicke von vier Männern auf, die in dem winzigen Raum um ein kleines Tischchen saßen.

»Darf ich?« fragte ich.

»Setzen Sie sich!« antwortete der Älteste von ihnen, ein Grauhaariger mit scharfem Blick.

Ich setzte mich an den Rand des alten Sofas, dessen Lederbezug schon rissig war.

Gleich füllten sie mir einen silbernen Becher mit Wodka und wiesen mit dem Blick auf den Teller mit aufgeschnittener Sülze und das Meerrettichglas daneben.

»Auf Ihr Wohl!« sagte der Graue und hob seinen Silberbecher mit eingravierter Zeichnung und der Ziffer ›60‹.

»Und auf Ihres!« antwortete ich.

»Irgendwo habe ich Sie hier schon gesehen«, sagte nachdenklich der schnauzbärtige Mann, der dem Grauen gegenübersaß.

»Ich wohne gleich hier, auf der Desjatinnaja.«

»Ah ja«, sagte der Schnauzbart. »Dann ist alles klar. Dann habe ich Sie hier in der Gegend schon gesehen. Sie haben so ein Gesicht… Kann man leicht verwechseln.«

Ich nickte zustimmend. Und sah mich nach einem Spiegel um. Ich fand einen, kleinen, hoch oben unter der Decke hängend.

»Wir haben hier Probleme«, seufzte der Graue.

»Was für welche?«

»Wir werden hier rausgesetzt.« Er umfing das Zimmerchen mit einem Blick, dann sah er hinüber in den angrenzenden kleinen Saal, in dem die Wände mit Gemälden vollgehängt waren.

»Wer setzt euch hier raus?« fragte ich mitfühlend.

Der Graue hatte wohl keine Lust, darüber zu reden. »Der Staat«, seufzte er. Dann streckte er mir wortlos eine Visitenkarte hin.

»Milowsorow?« las ich laut.

»Ja, das bin ich«, sagte er. »Und das hier sind die besten Künstler, die keiner zum Teufel hier braucht! Bludow, Lebedinets... Und das ist Serjoscha Ternawski.«

»Wieso werden die besten Künstler nicht gebraucht?« wollte ich wissen.

»Na, eben so.« Der Graue ließ den Kopf hängen, seufzte wieder müde. »Ein trauriges Thema. Ein andermal! Gieß ein!« Er wies den schnauzbärtigen Sergej mit einer Kopfbewegung an, meinen leeren Becher zu füllen.

»Vielleicht kann ich helfen«, versprach ich und fischte mir mit der Gemeinschaftsgabel ein Stückchen Sülze heraus.

»Provision: von jedem von uns ein Bild und eine Flasche!« versprach der Graue.

»Abgemacht.« Ich lächelte zuversichtlich.

»Vielleicht lassen Sie Ihre Visitenkarte da?« fragte der schnauzbärtige Sergej.

»Ich habe keine«, bekannte ich. »Ich schreibe euch die Telefonnummer von meinem Sekretär auf.«

In ein Heft mit Preislisten für die Bilder trug ich Lwowitschs Handynummer ein. Und verabschiedete mich.

Der Schnee rieselte unverändert vom Himmel auf das Kopfsteinpflaster des Andreashügels. Links vom Torbogen der Einfahrt stand ein Toyota-Geländewagen. Drinnen saßen mehrere Männer. Der gleiche Geländewagen stand gegenüber weiter rechts, genau dort, wo die Umzäunung der Kirche begann, dort, von wo jetzt schon ein paarmal nachts diese Frau mit der brennenden Kerze herausgekommen und hügelaufwärts in meine geliebte Landschaft getreten war.

Ich ging zurück in den Durchgang, blieb einen Moment in der Tür stehen.

»Sie wissen nicht zufällig … hier geht manchmal nachts eine Frau mit einer Kerze spazieren …, besser gesagt, sie steht an der Kirche …?« fragte ich.

»Die Kapnist?« fragte der Graue zurück. »Maria Kapnist, die berühmte Schauspielerin, die hat das gemacht, aber das ist lang her, das war vor dreißig Jahren. Später hat ein Auto sie überfahren …«

»Und andere Frauen mit Kerzen?«

Der Graue schüttelte den Kopf.

»Nein, nur sie. An kirchlichen Feiertagen. Sonst habe ich nie wen mit brennender Kerze gesehen.«

»Ach so …« Ich wurde nachdenklich, sah dem Grauen aufmerksam ins Gesicht. »Was denkst du, kann ein Fenster auch vielleicht nicht zur Straße hin gehen, sondern, zum Beispiel, in die Vergangenheit?«

Der Graue lächelte.

»Natürlich«, sagte er. »Bei mir gehen fast alle Fenster in die Vergangenheit! – Die hier kennen das noch nicht, sie sind noch jung! Aber wir...«

Ich drückte ihm die Hand, dann auch den übrigen. Nickte zum Abschied und ging endgültig in den Schnee der Kiewer Winternacht hinaus.

211

Kiew. Oktober 1992.

Der goldene Herbst ist eine hervorragende Zeit für Veränderungen. Das Grün wird gelb und rot, das Reife fällt ab, das Faule breitet sich auf dem Boden aus und vertrocknet dort unter der immer schwächer werdenden Herbstsonne.

Mira und Witja waren vor drei Tagen nach Deutschland abgereist. Miras Mama und ich hatten sie zum Bahnhof gebracht. Es war komisch, die drei identischen Reisetaschen zu sehen, mit denen Mira und ihre Mama aus Israel zurückgekommen waren. Jetzt wurden diese Taschen in einen Waggon des Zuges ›Kiew–Warschau–Berlin‹ verfrachtet, und der Zug fuhr los.

Vorher hatte Mira sich noch aus der Gemeinschaftswohnung abgemeldet. Jetzt wohnten auf diesem Territorium offiziell ihre Mama und ich, aber de facto war ich dort jetzt endlich allein. Larissa Wladimirowna wohnte zusammen mit einer Freundin irgendwo draußen in Syrez, aber sie rief oft an und klagte mal über die Freundin, mal über das Leben, mal über die Inflation, bei der sie nicht mithalten konnte, weshalb sie immer ohne Geld dastand.

Die Vereinigung der Unternehmer wurde von einem freudigen Fieber gepackt. Alle waren aufgeregt und flüsterten. Verschiedene Gerüchte waren in Umlauf, aber das Hauptgerücht lautete, daß aus dem Verband ein eigenes Staatskomitee für Unternehmerfragen werden sollte und man uns alle in dieses Komitee übernehmen würde, Vera eingeschlossen, die wieder frisch beim Friseur gewesen war.

Übrigens hatte Vera mir noch zugeflüstert, daß ihre Eltern nach Malta fliegen würden. Dabei hatte sie mir zugezwinkert.

Und dann schaute Schora Stepanowitsch in mein Minibüro herein. »Na, bist du bereit für den Aufstieg?« fragte er fröhlich.

»Gibt es dann eine eigene Wohnung?« fragte ich genauso fröhlich.

»Selbstverständlich. Ich habe es dir doch versprochen!«

»Dann bin ich bereit.«

Wobei ich, als ich meine Bereitschaft erklärte, nicht ›bereit für den Aufstieg‹ im Sinn hatte, sondern ›bereit für den Vera-Besuch‹ nach der Abreise ihrer Eltern. Aber auch zum Aufstieg wollte ich natürlich nicht nein sagen. Um so mehr, als es Schora Stepanowitsch mit der Wohnung anscheinend ernst meinte.

212

Kiew. Februar 2006. Dienstag.

Es war schon nach neun, und ich war immer noch im Dienst. Es zog mich einfach nirgendwo hin. Wohin auch? In die leere Wohnung im dreizehnten Stock?

Nila schaute herein. »Vielleicht gehen Sie besser heim? Sie sehen so erschöpft aus, Sergej Pawlowitsch!«

»Nilotschka, geh nach Hause, ich bleibe noch und denke nach. Sag Viktor Andrejewitsch, er soll dich heimfahren!«

Sie verabschiedete sich von mir mit einem Lächeln und schloß leise die Tür.

Ich mußte noch ein paar Organisationen aussuchen, die sich mit der Bitte um eine Verfassungsreform an das Parlament wenden würden. Aber alle, sogar die treuen Organisationen auf der Krim und in Iwano-Frankowsk, hatten jetzt ihre eigene Nomenklatur und verlangten jedesmal mehr im Gegenzug. ›Leichter und billiger wäre es, eine neue Organisation zu gründen, irgendeine Vereinigung von Veteranen der Stahlindustrie, und sie, solange sie noch nicht zum Monster geworden ist, staatstragend einzusetzen.‹ Meine Gedanken hatten begonnen, formale, nichtssagende Ausdrücke zu verwenden. Man konnte es auch einfacher sagen: Man mußte eine Gruppe von Marionetten zusammenstellen, ihnen etwas Geld und eine Einzimmerwohnung als juristische Adresse geben und ihnen ein paar Anträge in die Hand drücken, mit denen die eigenen Politiker und Gesetzgeber ungern auftraten. Moralisch Heikles mußte ›von unten‹ angeregt werden.

Der Chef war jetzt nervös wegen der bevorstehenden

Präsidentenwahlen. Das war auch verständlich. Wurde der Präsident nicht wiedergewählt, war unsere ganze Mannschaft zum Teufel. Dann würde auch ich den warmen Platz im Schatten des Wirtschaftsministers vermissen. Egal, wer Minister war. Aber vorerst war es hier wirklich warm. In der Präsidialverwaltung war die Durchschnittstemperatur fünfundzwanzig Grad plus. Nicht mal auf den Fluren gab es zugige Stellen. So ein besonderes Mikroklima läßt besondere Mikroorganismen und eine eigene Fauna entstehen, die bei Veränderung des Mikroklimas nicht mehr lebensfähig wäre. Solche Gedanken kamen von der Einsamkeit, von der Abneigung, nach Hause zu fahren, vom Zuhause, in dem es kälter war als im Dienst. Und wenn ich zu Nilotschka fuhr? Der Gedanke erwärmte mich. Nur hatte ich Nilotschka schon heimgeschickt.

Ich orderte per Telefon einen Dienstwagen und ging ohne Eile ein letztes Mal das Programm für den nächsten Tag durch. Nichts Erfreuliches. Bis zu den Präsidentenwahlen war es heute noch genau ein Jahr, und mit dem heutigen Tag hatte dieser Marathon verrückter Ideen begonnen, die nur ein einziges Ziel hatten: den heutigen Präsidenten zu erhalten, um in seinem Schatten sich selbst zu erhalten. Und ich mochte, ehrlich gesagt, weder ihn, Herrn Fedjuk, noch seinen Schatten, meinen Chef, noch den Schatten des Schattens, mich selbst. Vor allem mich selbst mochte ich nicht.

Dem namenlosen Fahrer nannte ich Nilotschkas Adresse, und der Toyota setzte sich sanft in Bewegung.

Kiew. 8. März 2016.

In den ersten Märztagen herrschte Tauwetter. Die Sonne testete die Kraft ihrer Strahlen auf den Gesichtern der Passanten. Die Jugend ließ schnell die Mützen zu Hause. Die ältere Generation hatte es nicht so eilig, zur Frühjahrskleiderordnung überzugehen. Alle warteten auf den nächsten Streich, diesmal von seiten der Natur.

Ich wartete gelangweilt auf die Wahlen und sehnsüchtig auf das Wiedersehen mit Nila und Lisa. Manchmal saß ich auf der Bankowaja und trank Tee. Die Staatsangelegenheiten wurden vom Apparat der Präsidialverwaltung ohne meine Mitwirkung erledigt. Lwowitsch stapelte die Papiere, um sie mir sofort nach dem offiziellen Wahlergebnis auf den Tisch zu packen. Im Parlament berieten sie müde die Änderungen am ›Gesetz über die Staatssprache‹. Eine Gruppe Abgeordneter wollte einen Zusatz über die Anerkennung des Krimtatarischen als teilweise Staatssprache. Eine andere Gruppe argumentierte, daß wir keine Teilstaatlichkeit, sondern eine volle hätten und deshalb das Krimtatarische zweite Staatssprache werden müßte. Ich bekam die Mitschriften ihrer Diskussionen zu lesen. Ich lachte, trank Whisky und dachte daran, daß man sich das irgendwann mal großartig ausgedacht hatte – alle Schwätzer an einem Ort zu versammeln und ihnen Themen zum Streiten zu geben.

Zweimal am Tag fuhr ich durch die Stadt, ohne jedes Blaulicht oder Eskorte. Sah mir einfach das Leben an. Sah meine Wahlplakate an, meine blasenbedeckten Hände, und die Plakate des im Rating zügig verlierenden Konkurrenten, auf denen eine rote Visage und eine schlaffe Nase prangten.

Diese Wahlen hätte man eigentlich absagen müssen, nachdem Kasimir in Moskau verhaftet worden war. Aber keiner wollte den Prozeß stoppen. Die Gefängnisse und die Armee hatten, wie gewünscht, eine Woche vor dem offiziellen Datum gewählt. Achtundneunzig Prozent für mich, null für den Kommunisten. Dabei interessierte mich das alles gar nicht.

Ich wartete ungeduldig auf das Wiedersehen. Das Wiedersehen mit Nila und Lisa. Sie erschienen mir jetzt als rettende Engel. Sonst hatte ich niemanden mehr, niemanden, der mir nahestand. Da war das wankelmütige Land, das mal nach Westen, dann nach Osten schwankte, wogegen ich rein gar nichts tun konnte. Da waren die heimlichen und erklärten Feinde. Und die heimlichen und erklärten Kampfgenossen, genauer, die Mitglieder der Mannschaft, die Angst hatten, ihren Hauptmann zu verlieren. Da war alles, außer Wärme, außer nahestehenden Menschen.

Ja, ich wußte, daß man aus diesem für mich allerwichtigsten Moment eine Seifenoper fürs ganze Land machen würde. Aber das war mir ganz egal. Hauptsache, wir würden wieder zusammensein. Hauptsache, mein Ich, dessen Einsamkeit ich so satt hatte, wurde unser Wir.

Kiew. Oktober 1992.

»Du überraschst mich angenehm«, flüsterte Vera mir zu.

Ihre Stirn war schweißbedeckt, sie atmete erschöpft und wohlig, als würde sie nicht atmen, sondern vor Zufriedenheit seufzen. Die zwei sanften bläulichen Lichter der gedimmten Nachttischlämpchen machten aus diesem nächtlichen Zimmer etwas Märchenhaftes.

»Hast du denn an mir gezweifelt?« fragte ich flüsternd, streifte mit den Fingerspitzen den Schweiß von ihrer niedrigen hübschen Stirn und probierte ihn mit der Zunge. Er war überhaupt nicht salzig. Das war etwas anderes als dieser Männerschweiß, vor dem auch Deodorants einen nicht immer retten. Das war der süße Schweiß der Liebe.

»Ich habe gezweifelt«, bekannte Vera. »Aber ich tu es nicht mehr!«

Sie beugte sich zu mir und küßte mich auf die Lippen, fiel kraftlos auf mich. Sie war leicht wie eine Feder, schlank wie ein Schilfrohr. Aber sie hatte alles, um eine schöne Frau zu sein. Und ihre geschmeidige Brust, wie zwei Äpfel, drückte sich angenehm gegen meine.

»Meine letzte Frau...«, begann ich zu erzählen.

»Die, die ausgereist ist?« präzisierte Vera.

»Ja. Sie hat gern gesagt: Männer kommen und gehen, aber Frauen sind ewig! Siehst du, sie hatte recht. Ich komme zu dir, gehe weg, und komme wieder!«

»Stimmt nicht«, sagte Vera lachend. Sie rutschte auf mir in eine bequemere Lage. Einfach, um gemütlicher zu liegen.

»Wenn du eine eigene Wohnung hast, komme ich auch zu dir! Und bleibe vielleicht sogar!«

»Ich habe schon eine!« prahlte ich. »Allerdings ein bißchen weit außerhalb und nur ein Zimmer. Geschenk vom Bürgermeister!«

»Das ist normal! Bei uns war es auch so. Zuerst ein heruntergekommenes Häuschen im Saporosche, dann eine Einzimmerwohnung in Trojeschtschina, danach zwei Zimmer in Darniza, und jetzt vier Zimmer hier, in Petschersk ... Und bald kaufen sie mir eine eigene.«

»Hör mal, ich wollte dich schon lange fragen: Was machen denn deine Eltern?«

»Papa ist stellvertretender Wirtschaftsminister, Mama führt zwei Schönheitssalons. Und deine?«

»Bei mir ist es einfacher«, sagte ich betrübt. »Mein Vater kam bei einer Truppenübung um, ist schon lange her. Und meine Mutter ist in Rente.«

»Mein kleiner Waisenjunge«, murmelte Vera zärtlich und küßte mich auf den Hals. Ihre feinen Finger zogen zärtliche Linien auf meiner Haut. »Weißt du«, flüsterte sie wieder, »Waisen bringen es weiter im Leben! Sie sind rachsüchtig.«

»Und an wem rächen sie sich?«

»Na, am Leben. Siehst du, ich habe keinen Grund zur Rache, deshalb habe ich auch keinen Ehrgeiz. Interessiert mich nicht. – Willst du was trinken?«

»Und was hast du?«

Wir standen vom Bett auf, beide nackt. Ich bewunderte ihre Nacktheit, ihre nächtliche Schönheit. Und ich schämte mich nicht für meine eigene Nacktheit. Vera winkte mir mit einer leichten Handbewegung, und ich folgte ihr. Wir gingen ins Wohnzimmer. Vera blieb vor einem hohen, edlen Schrank mit zwei Glastüren stehen.

»Was ich habe?« wiederholte sie meine Frage. Dann öffnete sie beide Schranktüren und schaute auf die Regale, die voll standen mit Dutzenden von Whisky-, Wodka-, Wein- und allen möglichen anderen Flaschen. Und sagte etwas traurig: »Alles!«

215

Kiew. Februar 2006. Sonntag.

Gestern hatte ich zu Hause überraschenden Besuch. Nein, er hatte sein Kommen angekündigt, sogar um Erlaubnis gebeten. Und er kam pünktlich, genau um zwanzig Uhr. Es war Oberst Swetlow, der mir schon mehr als einmal brauchbaren Rat gegeben und sich vor einem Monat mit meinen familiären Schweizer Problemen befaßt hatte. Als er anrief und um Erlaubnis bat vorbeikommen zu dürfen, dachte ich, es würde um die Schweiz gehen, um meine Reise. Wegen Swetlanas Auszug dachte ich wenig an die traurigen Januarereignisse. Ich dachte mehr an mich und an meine innere Verlassenheit.

Swetlow hatte eine Flasche achtzehn Jahre alten irischen ›Jameson‹-Whiskey dabei. Ich schlug ihm vor, sich an die Theke zu setzen, aber er lehnte mit einem ironischen Blick auf den hohen Hocker ab. Und sah hinüber zum Tisch am Fenster. Natürlich, mit seinem kleinen Wuchs wäre es für ihn an der hohen Theke nicht nur unbequem, sondern erniedrigend. Daran hatte ich nicht gedacht.

»Wie geht es Ihnen, Sergej Pawlowitsch?« fragte er und hob den Blick vom Whiskyglas. »Nicht besonders?«

Ich antwortete nicht gleich. Zuerst nahm ich zwei kleine Schlucke.

»Vielleicht nicht besonders«, sagte ich schließlich. »Aber was hätte ich tun können? Zumal mir Wladimir von der Botschaft alles genau erklärt hat...«

»Ich rede nicht von Ihrem Bruder und seiner Frau«, Swetlow schüttelte den Kopf. »Ich rede von heute. Sie sind jetzt einsam. Sie fühlen Ihre Verlassenheit im Alltag, die Leere. Und versuchen, sie auf die Schnelle zu füllen...«

Er sah mir erwartungsvoll ins Gesicht und wartete auf eine Reaktion auf seine Worte. Auf seine nicht schlecht formulierten Gedanken.

»Sie meinen Nila?«

»Ja.«

»Sie meinen, ich soll nicht –«

Swetlow stoppte mich mit einer Handbewegung, ruhige Freundlichkeit im Gesicht.

»Ich meine gar nichts. Ich glaube nur, daß Sie niemanden zum Reden haben. Außerdem wollte ich Ihnen eine Information zum Bedenken geben. Von Swetlana sollten Sie sich scheiden lassen. Sie wird kaum zu Ihnen zurückkommen. Um sie bemüht sich zur Zeit Ihr alter Bekannter...«

»Welcher Bekannter?«

»Marat Husseinow. Sie hat sich schon zweimal mit ihm getroffen. Nein, denken Sie nicht, daß Swetlana Sie betrogen hat. Sie haben nur in Restaurants zu Abend gegessen. Im ›Lipsker Hofgut‹ und im ›Da Vinci‹ auf der Wladimirskaja. Wir schützen Ihre Biographie und haben uns deshalb zu diesem Gespräch entschlossen. Wenn Sie wollen, können wir Husseinow isolieren, ein für allemal. Wenn Sie nicht wollen, dann denken Sie über die Scheidung nach.«

Swetlows Stimme wurde immer kälter. Ich trank Whiskey und versuchte, mir Husseinow mit Swetlana im Restaurant vorzustellen. Es klappte einfach nicht. Sie paßten so ganz und gar nicht zueinander, daß ich nicht aufhören konnte, mich zu wundern: Wie konnten sie sich überhaupt zusammentun? Wie konnte sie sich mit ihm zusammentun?

»Also, was? Möchten Sie Zeit zum Nachdenken?« fragte Swetlow. »Aber Sie haben jetzt so wenig Zeit, um an sich zu denken. Und es wird noch weniger, denn bald sind die Präsidentenwahlen...«

»Meinetwegen«, seufzte ich müde.

»Meinetwegen – was?«

»Meinetwegen sollen sie durch die Restaurants ziehen...«

»Humane Entscheidung. Wir reden mit Swetlana, und auch die Scheidungsformalitäten können wir ohne Sie erledigen. *In absentia.* Sind Sie einverstanden?«

Mir wurde heiß. In den Kopf schoß mir ein komischer Schmerz, als wäre eine freie Meereswelle plötzlich unter der engen Schädeldecke eingezwängt und drängte mit aller Kraft durch die Stirnknochen nach außen. Von diesem Schmerz, aber vielleicht auch ganz unabhängig davon, stiegen mir Tränen in die Augen.

»Ich habe mein letztes Geld hingelegt«, klagte ich und verstummte sofort, als mir klar wurde, daß ich mich seltsam benahm.

»Sie haben Geldprobleme?« fragte Swetlow ganz ernst.

»Nein, alles in Ordnung. Ich wollte bloß Kinder haben.

Da gab es Probleme, und jetzt, wo alles bereit ist… Soll ich die Mutter meiner Kinder… Was rede ich da?«

Mein vermutlich betrunkener, tränenschwimmender Blick hängte sich an Swetlow wie an einen Retter, der nicht nur seine eigenen, manchmal komplizierten Gedanken klar formulieren konnte, sondern auch imstande war, ebenso leicht die Gedanken fremder Menschen zu lesen, zum Beispiel meine.

»Sie meinen die Spermawäsche?«

»Das wissen Sie?« wunderte ich mich und dachte dabei gleich: ›Er weiß ja auch von Swetlana und Husseinow, was ist daran erstaunlich, daß er auch von meiner ›Raffinade‹ weiß.‹

»Machen Sie sich keine Sorgen. Sie haben es doch einfrieren lassen!«

»Ja«, sagte ich und versuchte für alle Fälle, mich an das morgendliche Gespräch mit Doktor Knutysch, dem Mikroreinigungsspezialisten, zu erinnern.

»Wissen Sie, es ist wie im Theater: Wenn im ersten Akt das Gewehr an der Wand auftaucht, kommt es unweigerlich im letzten Akt zum Schuß. Machen Sie sich keine Sorgen!«

»Mögen Sie Theater?« fragte ich.

»Sie müssen sich gründlich ausruhen, wenigstens morgen. Und noch eins, Viktor Andrejewitsch und Nilotschka können Sie vollständig vertrauen, aber den Dienstwagen nehmen und über Nacht zu Nilotschka fahren… Sie verstehen selbst! Seien Sie sorgfältiger. Ihr Privatleben gehört auch teilweise dem Staat…«

Als er gegangen war, lag ich lange in der Wanne und dachte an die Vergangenheit. Dachte an Swetlana, Dima und Walja. ›Gehört dieser Teil meines Privatlebens auch teilweise dem Staat?‹ überlegte ich.

Und jetzt, wie Swetlow mir geraten hatte, ruhte ich mich aus. Ich lag auf unserem breiten Bett, gewöhnte mich wieder an seine nachgiebige orthopädische – oder wie das gleich noch hieß – Matratze. Ich lag da und wurde die Einsamkeit einfach nicht los, die noch durch das Ausmaß dieses Bettes unterstrichen wurde. Wie konnte Swetlana bloß allein darin schlafen? Ich wunderte mich, aber gleich fielen mir die beiden Male ein, als ich sie hier eng umschlungen mit Schanna gesehen hatte. Das Bett war daran schuld, daß Schanna neben Swetlana darauf erschienen war. Wäre das Bett kleiner gewesen, hätte sie, Swetlana, nie eine Frau zu sich unter die Decke gelassen. Warum dachte ich das? Nur, weil dieser Gedanke guttat. Ich konnte doch einfach nicht glauben, daß es Swetlana angenehmer gewesen war, mit Schanna zu schlafen als mit mir.

216

Kiew. 8. März 2016.

Morgens wechselten sich Sonne und leichter Regen ab. Ein freundlicher Wind streichelte das Gesicht. Auf dem Flughafen Borispol herrschte ungewohnte, erstaunliche Stille. Aber das hatte einen Grund. Der ganze Flughafen wartete geduldig auf den Sonderflug aus Budapest. Die übrigen Flugzeuge waren ›verschoben‹ worden, kreisten irgendwo über Kiew und warteten auf das *okay* vom Boden, von den Lotsen.

Mein junger Assistent hielt mir einen Regenschirm über den Kopf. Links von mir stand ein anderer Assistent mit zwei Sträußen gelber Rosen. Der ganze übrige Troß drängte sich hinter meinem Rücken. Trotz der Absperrung an der Zufahrt zum Flughafen, hatten es Hunderte Reporter geschafft, hereinzukommen. Also würden wir uns auch ihnen zeigen müssen, aber nur für einen Augenblick. Und dann – Trauung in der Wladimirkathedrale, Besuch des Wahlkreises, und erst dann konnten wir uns erholen von Blitzlichtern, Fragen, Blicken und Lärm.

Das kleine Flugzeug landete, setzte leicht auf der Betonpiste auf und rollte in unsere Richtung.

Hinter mir ging das Geflüster los. Ich sah, daß ringsum die Sonne schien, nur ich stand im Schatten des Regenschirms. Und drehte mich stirnrunzelnd zu meinem Assistenten um. Er verstand alles ohne Worte, und im nächsten Moment legten sich mir die warmen Sonnenstrahlen aufs Gesicht.

Das Flugzeug war herangerollt und hielt. Zwei Männer schoben eilig eine Gangway hin, zwei weitere folgten im Laufschritt mit einem zusammengerollten Läufer.

Ich ging auch auf das Flugzeug zu. Unter den Füßen schmatzten manchmal kleine Pfützen, aber ich sah nicht hinunter. Hinter mir dröhnten die Heerscharen mitlaufender Füße.

Die Gangway hielt am Türoval der kleinen Maschine. Der Läufer war schon ausgerollt. Ich blieb am fernen Ende stehen und dachte: ›Gut, daß er nicht rot ist.‹ Er war irgendwie familiär, mit dunkelblauer Wellenlinie an den Rändern und kaum sichtbaren ukrainischen ›Stickmustern‹.

Die ovale Tür ging auf, und als erste trat eine Stewardess auf die Gangway heraus. Auf ihrem Gesicht erschien zuerst Erschrecken, dann ein Lächeln. Sie hatte so eine Invasion eindeutig nicht erwartet. Oder sie wußte nicht, wer mit ihr hergeflogen war.

Als zweite trat Nila heraus, hinter ihr Lisa. Ich entriß meinem Assistenten die beiden Sträuße und eilte ihnen entgegen. Dabei spürte ich, daß ich gleich vor Glück losheulen würde. Sie waren da. Sie waren meine Rettung. Sie waren auch die Rettung für das Land, aber das war nicht wichtig. Weder Nila und Lisa noch mir! Es fiel eben zusammen. Das Land hatte einfach beschlossen, mein Glück für seine eigenen Interessen zu nutzen.

›Unsere Präsidenten laufen nicht, sie schreiten!‹ erklang in der Erinnerung die Stimme von Dogmasow.

›Mein Gott!‹ dachte ich dabei. ›Ich glaube, ich werde jünger! Mein Gedächtnis kommt wieder!‹

Ich erreichte die Gangway genau in dem Moment, als meine beiden Lieben den Läufer betraten. Beide waren eingeschüchtert, und als ihre Blicke an mir hängenblieben, tauten sie auf, wurden lebendig, hielten sich mit den Blicken an meinem Gesicht fest wie an einem Rettungsring im stürmischen Ozean.

Wir umarmten uns und heulten einmütig los. Genauer, sie heulten los, und ich weinte vor Glück. Die Köpfe zusammengesteckt, standen wir so da und umarmten uns, daß unser Dreieck zum Rettungsring wurde. Und sie waren uns ganz egal, die Fernsehkameras mit ihren Objektiven, die uns und unsere Gefühle aufmerksam, wie für die Sendung ›Aus dem Leben der Tiere‹ studierten. Egal waren mir alle, die um uns herumstanden. Die, die uns neugierig anstarrten, und die, die verschämt zur Seite guckten. Sie alle waren mir völlig gleichgültig!

Der Regen fing wieder an, aber wir versteckten uns immer noch vor der Welt in unserem kleinen, soeben erst geborenen Familienkreis und kehrten allem den Rücken zu. Mein Assistent mit dem Regenschirm trat nicht gleich zu uns, er wußte vermutlich auch nicht, was tun, wußte nicht, wie er sich in der inoffiziellen menschlichen Situation verhalten sollte.

Lwowitsch versuchte, uns auf verschiedene Mercedesse zu verteilen, war aber, als er meinem zornigen Blick begegnete, einverstanden, daß wir alle zusammen in einen Wagen einstiegen.

Und der Zug bewegte sich die Borispoler Chaussee entlang. Auf beiden Seiten der besten ukrainischen Autobahn salutierten in endloser Kette Militärs und Milizionäre, an denen die Dutzende Wagen in Windeseile vorbeibrausten. Die Sonne schien, wieder von den aufdringlichen kleinen Frühlingswolken befreit. Dieser Sonntag versprach der beste meines Lebens zu werden.

Unsere Trauung wurde aus der Wladimirkathedrale von allen ukrainischen Fernsehkanälen live übertragen, in ›Echtzeit‹, wie einer meiner früheren Pressesprecher gern sagte. Später erfuhr ich, daß gleich nach der Übertragung der Sprecher die Zuschauer daran erinnerte, daß an diesem Sonntag die Wahl des Präsidenten stattfand. Und der Zuschauer ging wirklich hin und wählte und stimmte für mich nicht schlechter als die Häftlinge und die Soldaten. Der arme Kommunist bekam nicht mehr als sechs Prozent.

In der Wohnung auf der Desjatinnaja wurde es gleich ab Montag viel fröhlicher. Großzügig teilte ich mit Nila und Lisa meinen dienstlichen Wohnraum. Nur das Bad mit Sicht auf die Vergangenheit und den Andreashügel behielt ich mir allein vor. Am anderen, fernen Ende der Wohnung befand sich noch ein anderes Bad. Ich konnte mich nicht daran erinnern, es je benutzt zu haben, aber jetzt war auch seine Zeit gekommen. Die Assistenten und die ganze Dienerschaft siedelte ich in die Diensträume des Stockwerks aus und gab Order, daß keiner mehr ungerufen erschien. Die Etagenwache begriff die veränderten Regeln meines Privatlebens sofort und begann, brav nicht nur mir, sondern auch Nilotschka zu salutieren, was ihr besonders gefiel.

Ein neues Leben fing an. Für mich und für das ganze Land. Und ich beschloß: Solange ich glücklich war, würde ich alles tun, damit auch das Land sich glücklich fühlte.

Epilog

Kiew. 15. März 2016.

Die Neuigkeiten der vergangenen zwei Tage wühlten mich doch auf. Zuerst traf aus New York die Mitteilung ein, daß bei Sotheby's Major Melnitschenkos Sofa zur Versteigerung kam. Der gealterte Major persönlich machte Werbung dafür, nahm mehrmals darauf Platz und legte die Arme über die Lehne. Der Handel kam allerdings nicht zustande, und das Sofa ging zum Ausgangspreis an den gerade erst aus einem amerikanischen Gefängnis entlassenen ukrainischen Expremier Lasarenko. CNN brachte diese Reportage mehrmals und zeigte dazu eine Europakarte unter Hervorhebung der genauen geographischen Lage der Ukraine.

Lwowitsch erlaubte sich, über diese Geschichte zu lachen, während ich aufmerksam im Wohnzimmer das Video verfolgte. Mir war nicht zum Lachen. Auf seine Art war das gestohlene Sofa so etwas wie die gestohlene Nationalehre. Die Schuldigen hatte man nie gefunden.

Die zweite Neuigkeit würde, wie ich gleich begriff, erheblich schwerwiegendere Folgen für die Ukraine haben. Das Moskauer Patriarchat hatte bereits sein Geschenk zur Fünfundzwanzigjahrfeier der ukrainischen Unabhängigkeit angekündigt. Das Geschenk ging ans Kiewer Höhlenkloster und bestand aus den Reliquien des heiligen Märtyrers Wladimir Uljanow, genannt Lenin. Die russischen Fernsehkanäle zeigten die geplante Route, auf der wahre orthodoxe Gläubige die Gebeine des Heiligen auf ihren Schultern von Moskau nach Kiew tragen sollten. Die Route schlängelte sich durch alle großen Städte der östlichen und südlichen Ukraine. Was so eine Prozession auslösen würde, konnte man nur erahnen.

Aber dafür gab es genügend Spezialisten sowohl im Dienst von General Swetlow als auch in der Präsidialverwaltung. So daß ich mich darum fürs erste nicht zu sorgen brauchte. Die Hauptsache war: Nilas Schwangerschaft verlief normal, und obwohl es noch früh war, gaben die Ärzte die allergünstigsten Prognosen.

Insgeheim machte ich mir Gedanken um meine eigene Zukunft. Die ›Fernbedienung‹ für mein Herz gab ich dann doch Swetlow zur ewigen Aufbewahrung. Und jetzt stellte ich mir vor, wie ich nach der Geburt des Kleinen sachte meinen Rücktritt erklären würde. Ein kleines, nahestehendes Wesen zu lieben war so viel leichter, als zu versuchen, ein ganzes Land zu lieben. Leichter und erfreulicher, gar nicht zu reden davon, daß ein Kind gewöhnlich Liebe mit Gegenliebe beantwortet. Ganz im Gegensatz zu einem Land.

Nachwort

Eine gute Geschichte geht nie zu Ende. Auch diese hier ist nur zum Teil vorbei. Wenn Sie wirklich erfahren wollen, was weiter war und sein wird, schreiben Sie mir, Ihrem Erzähler. Und ich setze mich wieder an den Schreibtisch, um die Vergangenheit wiederherzustellen und die Zukunft weiterzudenken.

Hochachtungsvoll, der Autor

Bitte beachten Sie
auch die folgenden Seiten

Andrej Kurkow im Diogenes Verlag

Picknick auf dem Eis

Roman. Aus dem Russischen von Christa Vogel

Als Tagträumer hat es Viktor schwer im Kiew der Neureichen und der Mafia: Ohne Geld und ohne Freundin lebt er mit dem Pinguin Mischa und schreibt unvollendete Romane für die Schublade. Doch eines Tages bietet ihm der Chefredakteur einer großen Zeitung eine gutbezahlte Stelle an: Viktor soll Nekrologe über berühmte Leute verfassen, die allerdings noch gar nicht gestorben sind. Wie jeder Autor möchte Viktor seine Texte auch veröffentlicht sehen, doch erweisen sich die VIPs als äußerst zählebig. Bei einem Glas Wodka erzählt er dem Freund seines Chefs davon. Als Viktor ein paar Tage später die Zeitung aufschlägt, sieht er, daß sein Wunsch beängstigend schnell in Erfüllung gegangen ist.

»Kurkow beweist, daß man auch in Rußland wieder frische Geschichten erzählen darf: intelligent, witzig, weder die Realität verkleisternd noch sie ausblendend, nicht angestrengt antirealistisch, aber auch nicht wirklich traditionell.«
Thomas Grob / Neue Zürcher Zeitung

Petrowitsch

Roman. Deutsch von Christa Vogel

Die Suche nach den geheimen Tagebüchern des ukrainischen Vorzeigedichters Taras Schewtschenko führt den jungen Geschichtslehrer Kolja in die kasachische Wüste, wo er in einen Sandsturm gerät. Ein alter Kasache und seine beiden Töchter retten ihm das Leben. Doch das ist erst der Anfang einer langen Reise – und einer zarten Liebesgeschichte.

»Viel russische Seele, viel Melancholie und Traurigkeit. Doch dann und wann blitzt auch ein Augenzwinkern durch, ein Funke Hoffnung – worauf auch immer.«
Jürgen Deppe / Norddeutscher Rundfunk, Hamburg

Ein Freund des Verblichenen

Roman. Deutsch von Christa Vogel

Tolja findet das Leben nicht mehr lebenswert, denn seine Frau betrügt ihn. Er würde sich am liebsten umbringen, aber er schafft es nicht. Da kommt ihm die Begegnung mit dem ehemaligen Klassenkameraden Dima gerade recht. Man trinkt auf die alte Freundschaft, erzählt sich sein Leben, und so ganz nebenbei fragt Tolja, ob Dima nicht Kontakte zu einschlägigen Kreisen habe, die einen ›ganz speziellen Auftrag‹ ausführen könnten. Dima, der glaubt, Tolja wolle den Liebhaber seiner Frau aus dem Weg räumen lassen, verspricht Hilfe. Aber da trifft Tolja Lena und hat plötzlich gar keine Lust mehr zum Sterben. Doch der Profi ist bereits unterwegs.

»Die Idee ist so verrückt, wie sie nur in einem Roman von Andrej Kurkow vorkommen kann, der hintergründige Komik und sarkastischen Witz auf die Spitze zu treiben versteht. Eine fesselnde Geschichte, zugleich traurig und komisch, nicht ohne Tiefgang, aber mit unglaublich leichter Hand präsentiert.«
Eckhard Thiele / Berliner Morgenpost

Pinguine frieren nicht

Roman. Deutsch von Sabine Grebing

Auf der Polarstation in der Antarktis, wohin Viktor vor der Mafia geflüchtet war, hält er es nicht lange aus. Das Vermächtnis eines sterbenden Bankiers, der ebenfalls ins ewige Eis geflohen war, und nicht zuletzt der Gedanke an den Pinguin Mischa, dem Viktor noch etwas schuldig ist, lassen ihm keine Ruhe. Er fliegt zurück nach Moskau, zu der kleinen Sonja und ihrem von Viktor bezahlten Kindermädchen, zu dem er früher einmal in enger Beziehung stand. Doch Viktors Hausschlüssel paßt nicht mehr, und in seinem Bett schläft inzwischen »ein anderer Onkel«, wie ihm Sonja vertrauensvoll mitteilt. So findet Viktor bei der Witwe des Bankiers, dessen Testament er überbringt, eine erste Unterkunft – und mehr als das. Doch kann das süße Leben Viktor nicht von seiner Suche nach Mischa abbringen. In der Klinik, in der Mischa seinerzeit operiert worden war, weiß man nur, daß der Pinguin von ein paar Männern in schwarzen Anzügen abgeholt wurde. Viktor schwant nichts Gutes. Auf dem Friedhof, wo die Mafiabosse ihre ›Familienmitglieder‹ begraben, paßt Viktor Trauerzüge ab und hofft so, Mischa zu finden. Und in der Tat beginnt hier eine heiße Spur…

»Pinguin Mischa ist nur eine Nebenfigur – aber was für eine!« *Matthias Matussek / Der Spiegel, Hamburg*

»Kurkow ist so etwas wie ein Garantieschein für beste Unterhaltung.« *Markus Bundi / Wiener Zeitung*

Anna Dankowtsewa
im Diogenes Verlag

»Anna Dankowtsewa reiht sich in den Reigen jener jungen russischen Autoren ein, die für eine neue Generation von spannender Unterhaltungsliteratur bürgen.« *Verica Spasovska/Deutsche Welle, Köln*

Über den Roman *So helle Augen*:

»Die charakterbezogene Herangehensweise verleiht dem Roman eine angenehme Wärme und Glaubwürdigkeit, die mitten im gnadenlosen Moskauer Winter wunderbar in Szene gesetzt ist.«
Till Raether/Brigitte, Hamburg

»Ein psychologischer Frauenroman aus dem neuen Moskau fernab von allen Klischees. Ein lesenswertes Buch.« *Eva Gerberding/Radio Bremen*

So helle Augen
Roman. Aus dem Russischen von Christa Vogel

Ein Haus am Meer
Roman. Deutsch von Sabine Grebing

Kinder- und Jugendbücher:

Die Stadt mit dem blauen Tor
Roman. Deutsch von Sabine Grebing

Tanja und der Magier
Mit Bildern von Tatjana Hauptmann
Deutsch von Angelika Schneider

Viktorija Tokarjewa im Diogenes Verlag

Viktorija Tokarjewa, 1937 in Leningrad geboren, studierte nach kurzer Zeit als Musikpädagogin an der Moskauer Filmhochschule das Drehbuchfach. 15 Filme sind nach ihren Drehbüchern entstanden. 1964 veröffentlichte sie ihre erste Erzählung und widmete sich ab da ganz der Literatur. Sie lebt heute in Moskau.

»Ihre Geschichten sind seit jeher von großer Anmut, allesamt Kunst-Stückchen, die einem die Vorstellung von Leichthändigkeit suggerieren. Nicht jedoch von Leichtgewichtigkeit. Wenn sie uns ein Schmunzeln entlocken, dann liegt das daran, daß Viktorija Tokarjewa über einen ausgeprägten Humor verfügt und diese Gabe durchweg einsetzt. Es ist kein Humor der satirischen Art, eher eine sanfte Ironie, gewürzt mit einer Prise Traurigkeit und einem vollen Maß an mitmenschlichem Erbarmen.« *FAZ*

»Viktorija Tokarjewa erzählt ihre Liebesgeschichten mit einem solchen Witz und einer solchen Lebendigkeit, daß ich ganz entzückt davon bin.«
Elke Heidenreich

Zickzack der Liebe
Erzählungen. Aus dem Russischen von Monika Tantzscher

Mara
Erzählung. Deutsch von Angelika Schneider

Happy-End
Erzählung. Deutsch von Angelika Schneider

Lebenskünstler
und andere Erzählungen. Deutsch von Ingrid Gloede

Sag ich's oder sag ich's nicht?
Erzählungen. Deutsch von Angelika Schneider, Monika Tantzscher und Elsbeth Wolffheim

Die Diva
Zehn Geschichten über die Liebe. Deutsch von Angelika Schneider, Monika Tantzscher und Susanne Veselov

Der Pianist
Erzählungen. Deutsch von Angelika Schneider

Lampenfieber
Erzählungen. Deutsch von Angelika Schneider

Eine Liebe fürs ganze Leben
Erzählung. Deutsch von Angelika Schneider

Glücksvogel
Roman. Deutsch von Angelika Schneider